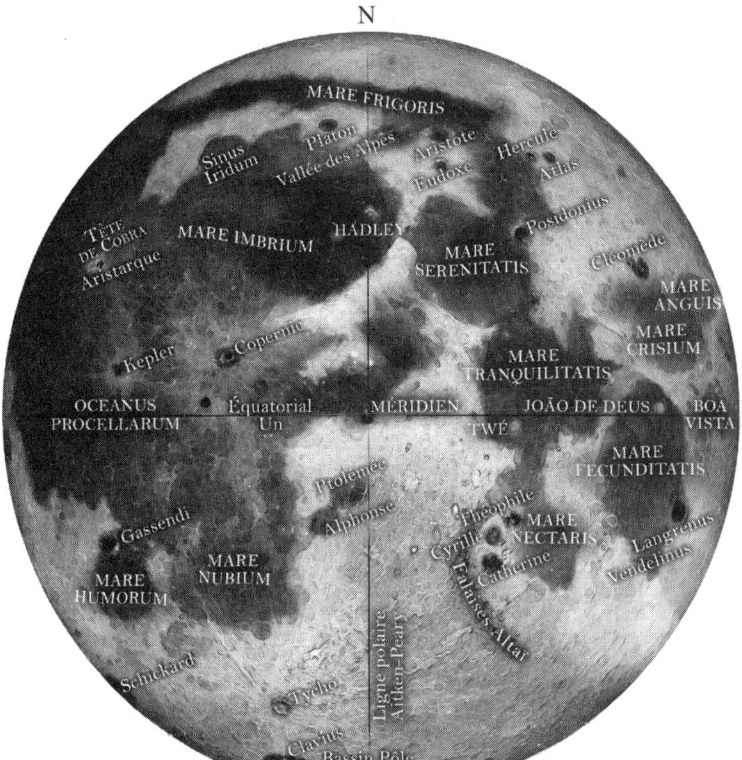
N
MARE FRIGORIS
Platon
Sinus Iridum
Vallée des Alpes
Aristote
Hercule
Eudoxe
Atlas
TÊTE DE COBRA
Aristarque
MARE IMBRIUM
HADLEY
Posidonius
MARE SERENITATIS
Cléomède
MARE ANGUIS
MARE CRISIUM
Copernic
Kepler
MARE TRANQUILITATIS
OCEANUS PROCELLARUM
Équatorial Un
MÉRIDIEN
JOÃO DE DEUS
BOA VISTA
TWÉ
MARE FECUNDITATIS
Ptolémée
Alphonse
MARE NECTARIS
Gassendi
Cyrille
Catherine
Langrenus
MARE HUMORUM
MARE NUBIUM
Falaises Altaï
Ligne polaire Aitken-Peary
Schickard
Tycho
Clavius
Bassin Pôle Sud-Aitken
Reine-du-Sud
Palais de Lumière Éternelle

LUNA

DU MÊME AUTEUR
DANS LA MÊME COLLECTION

Roi du matin, reine du jour
Le Fleuve des dieux
La Maison des derviches
La Petite Déesse et autres nouvelles d'une Inde future

IAN MCDONALD

LUNA

TOME I

NOUVELLE LUNE

ROMAN TRADUIT DE L'ANGLAIS (IRLANDE DU NORD)
PAR GILLES GOULLET

DENOËL
LUNES D'ENCRE

Collection LUNES D'ENCRE
Sous la direction de Gilles Dumay

LUNA : LISTE DES PERSONNAGES

Pour les termes relatifs aux coutumes de mariage et les titres d'entreprise, voir le glossaire page 457.

CORTA HÉLIO

Adriana Corta : fondatrice et hwaejang de Corta Hélio.
Carlos de Madeiras Castro : oko d'Adriana Corta (†).
Rafael (Rafa) Corta : fils aîné d'Adriana Corta. Bu-hwaejang de Corta Hélio.
Rachel Mackenzie : oko de Rafa Corta.
Lousika Asamoah : keji-oko de Rafa Corta.
Robson Corta : fils de Rafa Corta et de Rachel Mackenzie.
Luna Corta : fille de Rafa Corta et de Lousika Asamoah.
Lucas Corta : deuxième fils d'Adriana Corta. Jonmu de Corta Hélio.
Amanda Sun : oko de Lucas Corta.
Lucasinho Corta : fils de Lucas Corta et d'Amanda Sun.
Ariel Corta : fille d'Adriana Corta. Avocate très en vue à la cour de Clavius.
Carlinhos Corta : troisième fils d'Adriana Corta. Directeur du travail en surface et zashitnik chez Corta Hélio.
Wagner « Lobinho » Corta : cinquième enfant (renié) d'Adriana Corta. Analyste et loup lunaire.

Marina Calzaghe : ouvrière de surface chez Corta Hélio, puis assistante d'Ariel Corta.
Helen de Braga : directrice financière de Corta Hélio.
Heitor Pereira : chef de la sécurité de Corta Hélio.
Carolina Macaraeg : médecin personnel d'Adriana Corta.
Nilson Nunes : régisseur de Boa Vista.

MADRINHAS

Ivete : mère porteuse de Rafa Corta.
Amalia : mère porteuse de Lucas et Ariel Corta.
Flavia : mère porteuse de Carlinhos, Wagner et Lucasinho Corta.
Elis : mère porteuse de Robson et Luna Corta.

MACKENZIE METALS

Robert Mackenzie : fondateur et PDG à la retraite de Mackenzie Metals.
Alyssa Mackenzie : oko de Robert Mackenzie (†).
Duncan Mackenzie : fils aîné de Robert et d'Alyssa Mackenzie, PDG de Mackenzie Metals.
Anastasia Vorontsov : oko de Duncan Mackenzie.
Rachel Mackenzie : benjamine de Duncan et d'Anastasia, oko de Rafa Corta et mère de Robson Corta.
Apollonaire Vorontsov : keji-oko de Duncan Mackenzie.
Adrian Mackenzie : fils aîné de Duncan et d'Apollonaire, oko de Jonathon Kayode, l'Aigle de la Lune.
Denny Mackenzie : benjamin de Duncan et d'Apollonaire, gérant de Mackenzie Fusible, la branche hélium 3 de Mackenzie Metals.
Bryce Mackenzie : fils cadet de Robert Mackenzie, directeur financier de Mackenzie Metals, père de nombreux « adoptés ».

Hoang Lam Hung : adopté de Bryce Mackenzie, brièvement oko de Robson Corta.

Jade Sun-Mackenzie : deuxième oko de Robert Mackenzie.

Hadley Mackenzie : fils de Jade Sun et de Robert Mackenzie, zashitnik chez Mackenzie Metals. Demi-frère de Duncan et de Bryce.

Analiese Mackenzie : amor-sombre de Wagner Corta dans son aspect sombre.

Eoin Keefe : chef de la sécurité de Mackenzie Metals, remplacé par Hadley Mackenzie.

Kyra Mackenzie : coureur de Lune.

AKA

Lousika Asamoah : oko de Rafa Corta, puis membre du Kotoko.

Abena Asamoah : coureuse de Lune.

Kojo Asamoah : collègue de colloque de Lucasinho Corta et coureur de Lune.

Ya Afuom Asamoah : fêtard à Twé.

Adofo Mensa Asamoah : omahene du Tabouret doré, dirigeant du Kotoko.

TAIYANG

Jade Sun : oko de Robert Mackenzie.

Amanda Sun : oko de Lucas Corta.

Jaden Wen Sun : propriétaire de l'équipe de handball Tigers of the Sun.

Jake Tenglong Sun : PDG de l'éphémère entreprise de conception Smallest Birds.

Fu Xi, Shennong, l'Empereur Jaune : les Trois Augustes, IA de haut niveau développées par Taiyang.

VTO

Valery Vorontsov : fondateur de VTO, vit depuis cinquante ans en chute libre à bord du cycleur *Saints Pierre et Paul.*

Nikolaï « Nik » Vorontsov : commandant de la flotte lunaire de VTO.

Grigori Vorontsov : (brièvement) amor et hôte de Lucasinho Corta.

LUNAR DEVELOPMENT CORPORATION

Jonathon Kayode : Aigle de la Lune, c'est-à-dire président de la Lunar Development Corporation.

Juge Kuffuor : juge doyen de la cour de Clavius et professeur de droit d'Ariel Corta.

Nagai Rieko : juge doyenne de la cour de Clavius et membre du pavillon du Lièvre variable.

Vidhya Rao : économiste et mathématicien, membre du Lièvre variable et de la Société sélénite, qui milite pour l'indépendance. A développé les Trois Augustes au sein de Taiyang pour la Whitacre Goddard Corporation.

SORORITÉ DES SEIGNEURS DU PRÉSENT

Irmã Loa : confesseur d'Adriana Corta.

Madrinha Flavia : a rejoint la Sororité une fois bannie de Boa Vista.

Mãe-de-santo Odunlade Abosede Adekola : directrice de la Sororité des Seigneurs du Présent.

MÉRIDIEN / REINE-DU-SUD

Jorge Nardes : musicien de bossa-nova et amor de Lucas Corta.
Sohni Sharma : chercheuse à l'université de Farside.
Mariano Gabriel Demaria : directeur de l'École des Sept Cloches, qui forme des assassins.
An Xiuying : délégué commercial de la China Power Investment Corporation.
Elisa Stracchi : conceptrice de nanoware freelance pour *Smallest Birds.*

LES LOUPS

Amal : chef de la meute Loups Bleus de Méridien.
Sacha Voltchonok Ermin : chef de la meute Magdalena de Reine-du-Sud.
Irina : amor de meute de Wagner Corta lumineux.

1

Dans une salle blanche au bord de Sinus Medii, six adolescents sont assis nus. Trois filles, trois garçons. Ils sont de couleur noire, jaune, marron ou blanche. Ils n'arrêtent pas de se gratter d'un air absorbé. La dépressurisation assèche la peau, provoque des démangeaisons.

La salle est étroite, fût d'un diamètre tout juste suffisant pour tenir debout à l'intérieur. Les jeunes gens s'y serrent sur deux bancs placés face à face, les cuisses plaquées à celles de leurs voisins, les genoux effleurant ceux devant eux. Il n'y a rien à regarder ni à voir à part eux-mêmes, mais tous fuient le contact visuel. Trop près, trop exposés. Ils respirent par l'intermédiaire d'un masque transparent. L'oxygène siffle aux endroits où les joints sont mal ajustés. Sur la porte extérieure, juste sous le hublot, un manomètre indique 15 kilopascals. Il a fallu une heure pour atteindre une pression aussi basse.

Mais dehors, c'est le vide.

Lucasinho se penche pour regarder une nouvelle fois par le hublot. Le portail est parfaitement visible, droit devant et sans le moindre obstacle sur le chemin. Le soleil, bas, projette dans la direction de l'adolescent de longues ombres épaisses. Plus sombres sur le régolite noir, elles pourraient cacher de multiples perfidies. *La température à la surface est de 120 degrés Celsius*, l'a prévenu son familier. *Ça sera comme marcher sur le feu.*

Sur le feu, sur la glace.

Sept kilopascals. Lucasinho se sent bouffi, la peau raide et sale. Quand le manomètre atteindra 5, le sas s'ouvrira. Lucasinho regrette l'absence de son familier. Jinji aurait pu ramener son cœur à un rythme plus normal, calmer les contractions musculaires dans sa cuisse droite. Son regard croise celui de la fille en face de lui. C'est une Asamoah, elle est assise à côté de son frère et tripote l'amulette adinkra qu'elle porte au cou. Son familier a dû la prévenir du danger : le métal peut se souder à la chair en un instant, dehors. Elle pourrait se retrouver avec la marque Gye Nyame en tissu cicatriciel jusqu'à la fin de ses jours. Elle lui adresse un tout petit sourire. Cette salle contient six beaux adolescents nus cuisse contre cuisse, mais on n'y trouverait pas une once de sexualité. Tout le monde ne pense qu'à ce qu'il y a derrière la porte. Deux Asamoah, une Sun, une Mackenzie, un Vorontsov apeuré et en hyperventilation, et Lucasinho Alves Mão de Ferro Arena de Corta. Il est sorti avec chacun d'entre eux, à part la Mackenzie. Les Corta et les Mackenzie ne sortent pas ensemble. Et à part Abena Maanu Asamoah, parce qu'elle est d'une perfection qui intimide Lucasinho Corta. Son frère, par contre, suce comme un dieu.

Vingt mètres. Quinze secondes. Jinji lui a enfoncé ces chiffres dans le crâne. La distance du deuxième sas. La durée pendant laquelle un corps humain nu peut survivre dans l'ultravide. Quinze secondes avant la perte de conscience. Trente avant les dégâts irréversibles. Vingt mètres. Dix foulées.

Il sourit à la belle Abena Asamoah. Puis les voyants rouges clignotent. Il est debout quand le sas s'ouvre. Le dernier souffle de pressurisation le propulse sur le Sinus Medii.

Première foulée. Son pied droit touche le régolite et chasse toute pensée de son esprit. Ses yeux le piquent. Ses poumons le brûlent. Il éclate.

Deuxième foulée. Expire. *Expire. Pression nulle dans tes poumons,* a dit Jinji. Non non, mauvaise idée, c'est la mort. Expire ou tes poumons vont exploser. Son pied se pose.

Troisième foulée. Il exhale. Sa respiration gèle sur son visage. L'eau sur sa langue, les larmes au coin de ses yeux commencent à bouillir.

Quatrième. Abena Asamoah le dépasse. Sa peau est grise de givre.

Cinquième. Ses globes oculaires sont en train de geler. Il n'ose pas cligner des yeux : ses paupières resteraient soudées par le gel. Clignement égale cécité égale mort. Il reste le regard rivé sur le sas, ceint de feux de navigation bleus. Le Vorontsov le dépasse, maigre, courant comme un dératé.

Sixième. Son cœur panique, se bat, brûle. Abena Asamoah se jette dans le sas, se retourne en levant la main vers son masque. Écarquille les yeux en voyant quelque chose derrière Lucasinho. Ouvre la bouche en un cri silencieux.

Septième. Il regarde par-dessus son épaule. Kojo Asamoah est tombé et roule sur lui-même. Kojo Asamoah se noie dans les océans de la Lune.

Huitième. Lucasinho tend les bras pour casser l'élan qui le précipite vers les lumières bleues du sas.

Neuvième. Kojo Asamoah essaye de se relever, mais il est aveugle, les globes oculaires recouverts de poussière gelée. Il agite les mains, titube, trébuche. Lucasinho l'attrape par le bras. Debout. Debout !

Dixième. Le rouge palpite dans ses yeux : un cercle de lumière et de conscience focalisé sur celui du sas. Qui rétrécit à chaque pulsation rouge dans son cerveau en cours de désintégration. Respire ! hurlent ses poumons. Respire ! Debout. Debout. Le sas est rempli de bras et de visages. Lucasinho se jette sur le cercle de bras tendus. Son sang bout. Des bulles de gaz se forment dans ses veines et sont autant de billes de roulement chauffées à blanc. Ses forces le désertent. Il a l'esprit qui agonise mais ne lâche pas Kojo. Il tire ce bras, tracte ce garçon : mourant, en feu. Il sent une secousse, entend le hurlement de la pressurisation d'urgence.

Le minuscule cercle de sa vision contient un enchevêtrement

de membres, de peaux, de culs et de ventres qui dégoulinent de condensation et de sueur. Il entend des souffles courts se transformer en rires, des sanglots en gloussements hystériques. Les corps sont agités de fous rires. On a fait la course lunaire. On a battu Dame Lune.

Une autre vision-éclair : une éclaboussure sur la ligne médiane de la porte du sas, d'un rouge étrange sur le blanc. Il se concentre dessus, cible rouge qui attire toute son attention dans une ligne allant jusqu'à elle. Alors que sa conscience sombre dans l'obscurité, il comprend en quoi consiste cette tache. Du sang. La porte du sas s'est refermée d'un coup sur le gros orteil gauche de Kojo Asamoah, qu'elle a écrasé en une traînée de chair.

Obscurité.

La femme ailée surgit du sommet du thermique. Les premières lueurs la transforment en or. Elle va jusqu'à effleurer le toit du monde, puis cambre le dos, rabat les bras, bascule les pieds et plonge en un saut de l'ange. Elle dégringole pendant cent, deux cents mètres, point noir jaillissant de la fausse aurore, passe en trombe devant les usines et immeubles, les fenêtres et balcons, les téléphériques et ascenseurs, les passerelles et les ponts. Au dernier moment, elle plie les doigts, déploie des plumes primaires en nanofibre et sort de son plongeon. Remonte très haut en flèche, ses ailes brillant dans la lumière de plus en plus vive. Trois battements d'ailes la conduisent un kilomètre plus loin, particule d'or sur le monumental paysage de canyons d'Orion Quadra.

« Salope », murmure Marina Calzaghe. Elle déteste la liberté de la femme volante, sa constitution athlétique, sa peau parfaite et son corps tonique de gymnaste. Par-dessus tout, elle déteste que cette femme ait du souffle à gâcher pour un loisir alors qu'elle-même doit se battre pour la moindre goulée d'air. Marina a diminué ses réflexes respiratoires. Le chib sur son globe oculaire lui montre que sa dette en oxygène ne fait que croître. Chaque inhalation a un coût. Marina est à découvert à la banque d'air. Elle se souvient de sa panique la première fois qu'elle a cligné des yeux pour essayer de faire disparaître le nouveau chib. Il n'a pas bougé. Elle l'a poussé du doigt. Il est resté collé à son œil.

« Tout le monde en a un, a dit l'agent du service Intégration et Acclimatation de la LDC. Qu'on soit un Joe Moonbeam à peine sorti du cycleur ou l'Aigle lui-même. »

Les barres d'état pour les Quatre Fondamentaux de Marina ont fait leur apparition : état du compte en eau, carbone, données et air. Après quoi, chaque gorgée, chaque pensée, chaque bouchée, chaque goulée a été mesurée et facturée.

Elle a la tête qui tourne, une fois en haut de l'escalier. Elle s'appuie à la rambarde pour reprendre son souffle. Devant elle, le vide terrifiant et bondé brille de mille lumières. Les quadras de Méridien, creusés jusqu'à un kilomètre de profondeur, obéissent à un ordre social inversé : les riches habitent en bas, les pauvres en haut. Les ultraviolets, les rayons cosmiques, les particules chargées des éruptions solaires bombardent la face nue de la Lune. Quelques mètres de régolite lunaire suffisent à absorber le rayonnement, mais les rayons cosmiques à haute énergie font jaillir du sol toute une série de feux d'artifice de particules secondaires susceptibles d'endommager l'ADN humain. Aussi les habitats humains se cachent-ils en profondeur et les citoyens vivent-ils aussi loin de la surface que le leur permettent leurs moyens financiers. Seuls les niveaux industriels se situent plus haut que Marina Calzaghe, et ils sont presque totalement automatisés.

Devant le faux ciel danse un ballon d'enfant argenté, piégé.

Marina Calzaghe monte vendre le contenu de sa vessie. De la tête, l'acheteur d'urine lui fait signe d'entrer dans son box. Celle de Marina est peu abondante, ocre et granuleuse. N'y voit-elle pas des traces de sang ? L'acheteur évalue sels minéraux et nutriments avant de créditer Marina. Celle-ci transfère aussitôt les fonds sur son compte réseau. On peut diminuer sa respiration, pirater de l'eau, se nourrir en pique-assiette, mais impossible de mendier de la bande passante. Des pixels s'éparpillent et fusionnent pour faire apparaître Hetty, son familier, au-dessus de son épaule gauche. C'est un habillage gratuit de base, mais Marina Calzaghe est de retour sur le réseau.

La prochaine fois, murmure-t-elle en reprenant son ascension vers son piège à brouillard. *Je prendrai les médocs la prochaine fois, Blake.*

Marina grimpe les dernières marches à quatre pattes. Le treillis en plastique est une prise de choix : elle l'a escamoté et caché avant que les robots récupérateurs zabbalins puissent le recycler. Le principe est ancien et a fait ses preuves. Des lanières de plastique entrecroisées entre les poutrelles. L'air chaud et humide s'élève, formant dans la fraîcheur de la nuit artificielle des cirrus temporaires. L'humidité se condense sur les fines lanières avant de s'égoutter en quantités buvables dans un bocal. Une gorgée pour elle, une pour Blake.

Il y a quelqu'un à son piège. Un grand type d'une minceur lunaire boit à son bocal.

« Donne-moi ça ! »

L'homme la regarde, puis vide le bocal.

« C'est pas à toi ! »

Elle a toujours ses muscles terrestres. Même sans air dans les poumons, elle pourrait lui faire son affaire, à cette grande fleur lunaire pâle et fragile.

« Casse-toi ! C'est à moi.

— Plus maintenant. » Il a un couteau à la main. Elle ne peut pas l'emporter face à un couteau. « Si je te revois ici, s'il manque quoi que ce soit, je te découpe en morceaux et je les revends. »

Elle ne peut rien faire. Aucun acte, aucune parole, menace ou idée géniale ne changerait quoi que ce soit. Cet homme au couteau l'a anéantie. Elle n'a plus qu'à s'éclipser. Chaque pas, chaque barreau est une éprouvante humiliation. Arrivée à la petite galerie d'où elle a vu la femme volante, elle tombe à genoux, crispée de colère jusqu'à la nausée. Des haut-le-cœur secs qui n'expulsent rien. Il ne reste plus en elle ni humidité ni nourriture.

En galère sur la Lune.

Lucasinho se réveille. Il y a une coquille transparente au-dessus de lui, si près de son visage que son haleine l'embue. Paniqué, il lève les mains pour repousser cette chose dont la proximité l'oppresse. Une chaleur sombre se répand dans son crâne, lui traverse la nuque, descend dans ses bras et son torse. Pas de panique. Dors. La dernière chose qu'il voit est la silhouette au pied de son lit. Il sait que ce n'est pas un fantôme : il n'y en a pas sur la Lune. Sa roche les rejette, son rayonnement et son vide les dissipent. Les fantômes sont fragiles, tout en vapeur, en nuances et en soupirs. Mais cette silhouette y ressemble, grise, mains croisées.

« Madrinha Flavia ? »

Le fantôme relève la tête en souriant.

Dieu ne punirait pas la femme qui vole par désespoir. Marina passe tous les jours devant l'autel de rue en revenant de chez l'acheteur d'urine : une icône de Notre-Dame de Kazan entourée d'une constellation de biolumières palpitantes. Chacun de ces globules gélatineux contient une gorgée d'eau. Rapidement, honteusement, elle les fourre dans son sac à dos. Elle en donnera quatre à Blake. Il a tout le temps soif.

Elle ne connaît Blake que depuis deux semaines, mais a l'impression que cela fait une éternité. La pauvreté étire le temps. Et la pauvreté est une avalanche. Un petit dérapage en provoque un autre, qui en déclenche lui-même d'autres et voilà que tout glisse et disparaît. Un contrat résilié. Un jour, l'agence n'a pas appelé. Et tous ces chiffres minuscules au coin de son champ de vision continuaient à défiler. À glisser puis disparaître. Marina s'est mise à gravir échelles et escaliers, à escalader les murs d'Orion Quadra. À monter depuis l'entrecroisement des ponts et des galeries, à grimper au-dessus des avenues résidentielles, à emprunter des escaliers et des échelles de plus en plus raides (les ascenseurs n'étant pas gratuits et n'allant de toute manière pas jusqu'à ces niveaux supérieurs) en direction des cubes et piles suspendus de Bairro Alto. L'air rare sentait les feux d'artifice : roche brute fraîchement sortie des robots de construction, verre fritté. Les passerelles tanguaient dangereusement en passant devant les rideaux-portes des cellules rocheuses, uniquement éclairées par la lumière qui sort des portes et des fenêtres sans vitres. Un faux pas, et elle hurlerait tout le long de sa lente chute jusqu'aux néons de Gagarin Prospekt.

Bairro Alto change à chaque lunaison et Marina s'est aventurée loin avant de trouver la chambre de Blake. *Ch. coloc, perdiemes en commun*, disait la petite annonce.

« Je ne resterai pas longtemps », a-t-elle annoncé en explorant du regard la pièce avec les deux matelas à mémoire de forme, les bouteilles en plastique vides utilisées pour l'eau, les vieux plateaux-repas.

« Personne ne reste jamais longtemps », a répondu Blake. Ses yeux se sont exorbités et il s'est plié en deux, une toux déchirante et stérile secouant des pieds à la tête sa maigre silhouette. Cette toux débilitante a tenu Marina éveillée toute la nuit. Trois toussotements secs, presque agressifs. Puis trois autres. Et trois autres. Et encore trois autres. Cela l'a empêchée de dormir toutes les nuits qui ont suivi. Tel était le chant de Bairro Alto. Silicose. La poussière de Lune transforme les poumons en roche. Après la paralysie arrive la tuberculose. Les phages n'ont aucun mal à la traiter. Les habitants de Bairro Alto dépensent leur argent en air, en eau et en carbone. Même les phages bon marché ne sont qu'un lointain espoir.

Marina. Cela fait si longtemps que son familier ne lui a pas adressé la parole que, surprise, elle tombe de l'échelle. *Tu as reçu une offre d'emploi.* Elle ne chute que de quelques mètres, ce qui n'est rien sous cette gravité incroyable. Elle continue à faire des rêves où elle vole : elle y est un oiseau à remontoir qui orbite autour d'un planétaire mécanique. Un planétaire qui tourne dans une cage en pierre.

« Je prends. »

C'est un travail d'extra pour un traiteur.

« Je ferai l'extra. » Elle ferait n'importe quoi. Elle parcourt le contrat. Elle s'est proposée à des tarifs bas, mais la rémunération suffit à peine. C'est son réseau-air-eau-carbone, et un peu plus. Il y a un paiement d'avance. Il faudra qu'elle se fasse fabriquer un nouvel uniforme par les imprimantes. Et qu'elle prenne un bain dans une bania. Ses cheveux sentent mauvais. Il faut aussi qu'elle achète un billet de train.

Elle a une heure pour arriver à la gare centrale. Elle signe d'un clin d'œil. La lentille de contact scanne et transmet son empreinte rétinienne à l'agence. Après les échanges de protocole habituels, elle a de l'argent sur son compte. La joie est si vive qu'elle en devient douloureuse. La puissance et la magie de l'argent ne sont pas dans ce qu'il vous permet de posséder, mais dans ce qu'il vous permet d'être. L'argent est la liberté.

« Monte les niveaux, enjoint-elle à Hetty. Restaure les valeurs par défaut. »

Aussitôt, la tension dans ses poumons disparaît. Exhaler est un délice. Inhaler, une allégresse. Marina savoure le parfum de Méridien : électricité, poudre noire, égouts et moisissure. Et quand elle arrive au moment où l'inspiration devrait s'arrêter, il y en a encore. Elle s'emplit les poumons au maximum.

Mais elle n'a pas beaucoup de temps. Pour attraper le train, il faudra qu'elle prenne l'ascenseur du 83e Ouest, sauf qu'il est dans la direction opposée à celle de chez Blake. Ascenseur ou Blake ? La question ne se pose pas.

Lucasinho se réveille à nouveau. Il essaye de s'asseoir, mais la douleur le fait retomber sur le lit. Il souffre comme si on avait écarté chaque muscle de son corps de l'os ou de l'articulation auquel il se rattache pour remplir de verre pilé les espaces ainsi créés. Il est vêtu d'une combinaison élastique, du genre qui sert à une promenade ordinaire, raisonnable et sans danger à la surface. Il peut bouger les bras et les mains. Ses doigts parcourent son corps pour l'inventaire. Les abdos, la cuirasse de muscles sur son ventre, ses cuisses solides et définies. Son cul lui fait une impression formidable. Il aimerait pouvoir se toucher la peau. Il a besoin de savoir que sa peau va bien. Il est célèbre pour sa peau.

« Je me sens super mal foutu. Même mes yeux me font mal. On me donne des médicaments ? »

Les groupes opioïdes-mu de ta substance grise périaqueducale sont sous stimulation directe, dit une voix dans sa tête. *Je peux en changer les réglages.*

« Tiens, te revoilà, Jinji. » Cette façon de parler comme un majordome exigeant ne peut qu'appartenir à son familier. L'ambiguïté pose des problèmes aux familiers. Lucasinho est conscient du chib dans le coin inférieur droit de son champ de vision. Les Corta n'ont pas besoin de consulter ces chiffres, mais il est content de les voir. Le chib lui dit qu'il est vivant, qu'il est conscient, qu'il consomme.

« Où est-ce que je suis ? »

À la clinique Sanafil Méridien, répond Jinji. *On t'a transféré d'un caisson hyperbare à une combinaison élastique. Tu as enchaîné les comas artificiels.*

« Combien de temps ? » Il essaye à nouveau de s'asseoir. La douleur lui déchire os et articulations. « Ma fête ! »

Elle a été repoussée. On va te remettre dans le coma, maintenant. Ton père vient te voir.

Des bras médicaux articulés se déploient depuis le mur.

« Attends. J'ai vu Flavia. »

Oui. Elle est venue te rendre visite.

« Ne le lui dis pas. »

Il n'a jamais compris pourquoi, le matin de ses six ans, son père a chassé de Boa Vista sa madrinha, sa mère porteuse. Il sait seulement que si Lucas Corta apprend que madrinha Flavia est venue, il accablera celle-ci de cent méchancetés.

Je ne lui dirai rien, promet Jinji.

Une troisième fois, Lucasinho s'éveille. Son père se tient au pied de son lit. Frêle, de petite taille, aussi sombre et tourmenté que son frère aîné est volumineux et solaire. Posé et raffiné, la barbe et la moustache fines comme un coup de crayon, rien d'autre ; irréprochable d'aspect mais toujours attentif à le rester : ses vêtements, ses cheveux, ses ongles sont impeccables. Un homme calme et prompt à juger autrui. Au-dessus de son épaule gauche flotte Toquinho, son familier, nœud inextricable de notes musicales et d'accords complexes qui se laisse à l'occasion percevoir comme un murmure à peine audible de guitare bossa-nova.

Lucas Corta applaudit. Cinq battements de mains distincts.

« Félicitations. Tu es un coureur de Lune, à présent. » On sait dans comme hors de la famille que Lucas Corta n'a jamais fait la course lunaire. Il en garde la raison secrète : Lucasinho a entendu dire que les gens qui mettaient le nez là-dedans étaient punis, et sévèrement. « Équipe d'urgence médicale, ophtalmologues, spécialistes du pneumothorax, location de caissons hyperbares, location de combinaisons élastiques, frais d'O_2… », liste son père. Lucasinho pose les pieds par terre. Les robots médicaux lui ont enlevé la combinaison élastique. Les parois blanches s'ouvrent autour de lui : les bras robotiques se déplient pour lui proposer des vêtements frais sortis de l'imprimante. « Transfert de Méridien à João de Deus…

— Je suis à João de Deus ?

— On t'attend à une fête. Pour le retour du héros. Fais un effort. Et essaye de ne pas mettre ta bite dans qui que ce soit pendant cinq minutes. Tout le monde est là. Même Ariel a réussi à s'arracher de la cour de Clavius. »

Avant toute chose : l'essentiel. Des clous et pointes métalliques se glissent à l'intérieur des trous soigneusement pratiqués dans sa chair — chacun marquant un chagrin d'amour. Jinji lui montre son image pour qu'il puisse peigner sa mèche de manière à lui redonner toute sa magnificence de basse gravité ; une vague de haute mer faite d'épais cheveux brillants. Des pommettes à se damner et un ventre sur lequel on pourrait casser des cailloux. Il est plus grand que son père. Toute cette génération est plus grande que la deuxième. Il est méchamment sexy.

« Il vivra, dit Lucas.

— Qui ça ? » L'adolescent hésite entre deux chemises, opte pour le motif marne brun pâle.

« Kojo Asamoah. Il est brûlé au deuxième degré sur 20 % du corps, il a des alvéoles endommagées, des vaisseaux sanguins éclatés et des lésions cérébrales. Sans parler de son orteil. Il s'en sortira. Une délégation d'Asamoah attend à Boa Vista de pouvoir te remercier. »

Abena Asamoah en fera peut-être partie. Et peut-être lui sera-t-elle si reconnaissante qu'elle le laissera la sauter. Un pantalon brun-roux à six plis avec des revers de deux centimètres. Il boucle sa ceinture. Des chaussettes en soie d'araignée et des mocassins bicolores. Comme c'est une fête, une veste sport conviendra. Il prend le tweed, en teste le piquant entre les doigts. Les fibres proviennent d'animaux et non d'imprimantes. Une matière d'origine animale horriblement chère.

« Tu aurais pu y passer. »

En enfilant la veste, il remarque le sceau au revers : Dona Luna, l'insigne des coureurs de Lune. La sainte patronne de leur astre : Notre-Dame de la Vie et de la Mort, de la Lumière et de l'Obscurité, la moitié du visage un ange noir, l'autre un crâne blanc à nu. Dame Deux-Visages. Dame Lune.

« Comment aurait fait la famille sans moi ? »

Son père savait qu'il choisirait la veste avec le sceau ? Les bras rapatrient alors le reste des vêtements dans les murs, révélant à Lucasinho que toutes les vestes ont une Dona Luna au revers.

« Je l'aurais laissé, moi, à ta place.

— Tu n'étais pas à ma place», répond l'adolescent. Jinji lui montre l'effet d'ensemble de ses choix. Élégant mais pas guindé, décontracté mais classe et à la mode de la saison, c'est-à-dire celle de l'Europe des années 1950. Lucasinho Corta adore les vêtements et les parures. « Me voilà prêt pour ma fête. »

« Je choisis le combat. »

Les mots prononcés par Ariel Corta résonnent dans le tribunal. Et l'assistance explose. Le défendeur hurle : vous ne pouvez pas faire ça. Son avocat tonne abus de procédure. L'équipe juridique d'Ariel — qui ne sert plus à grand-chose maintenant le duel judiciaire acté — plaide, cajole, lui crie que c'est de la folie, que le zashitnik d'Alyaoum va la découper en morceaux. Le tumulte règne dans les tribunes réservées au public. Les chroniqueurs judiciaires encombrent la bande passante avec leur retransmission en direct.

Alors qu'elle semblait de pure routine, une procédure post-divorce portant sur la garde des enfants s'est transformée en drame absolu. Ariel Corta est la meilleure avocate du Méridien — et donc de la Lune — pour faire comme défaire un mariage. Ses contrats nikahs concernent chacun des Cinq Dragons, les grandes dynasties lunaires. Elle arrange les mariages, négocie les divorces, déniche des failles dans les nikahs en titane, marchande des rachats et de considérables pensions alimentaires. La cour, les tribunes, la presse, les commentateurs et passionnés d'affaires judiciaires, tous attendent énormément d'Alyaoum contre Filmus.

Ariel Corta ne les déçoit pas. Elle ôte ses gants. Se débarrasse de ses chaussures, se glisse hors de sa robe Dior. En simple corsaire et haut sport, elle se tient devant la cour de Clavius. Elle administre une tape dans le dos à Ishola, son zashitnik. C'est un Yoruba massif à la tête ronde, un type aimable et un rude combattant. Les Joe Moonbeam — les nouveaux immigrants — font les meilleurs duellistes, avec leur masse musculaire terrestre.

« Je vais m'en charger moi-même, Ishola.

— Non, senhora.

— Il ne touchera pas à un seul de mes cheveux. »

Elle s'approche des trois juges. « Aucune objection à mon défi ? »

Le juge Kuffuor et elle se connaissent depuis longtemps : elle a été son élève. Quand elle a commencé ses études de droit, il lui a expliqué que la loi lunaire reposait sur trois piliers. Le premier étant qu'il n'y a pas de droit pénal, seulement du droit contractuel : tout est négociable. Le deuxième est que davantage de loi est mauvais. Le troisième est qu'une ruse, une tactique élégante ou une audacieuse prise de risque sont aussi puissantes qu'un argument étayé et qu'un contre-interrogatoire.

« Maître Corta, vous savez aussi bien que nous qu'il s'agit ici de la cour de Clavius, répond Kuffuor. Tout peut être mis à l'épreuve, y compris la cour de Clavius. »

Ariel serre en pince les doigts de sa main droite en saluant les juges d'une inclinaison de la tête avant de se tourner vers le zashitnik du défendeur, dans l'arène. Tout en muscles et en cicatrices, vétéran d'une vingtaine de procès devenus duels, il lui fait déjà signe d'approcher, de descendre, de le rejoindre dans l'arène.

« Battons-nous donc. »

La salle d'audience hurle son approbation.

« Au premier sang, crie Heraldo Muñoz, l'avocat d'Alyaoum.

— Oh non, rugit Ariel Corta. La mort ou rien. »

Son équipe, son zashitnik se lèvent d'un bond. La juge Nagai Rieko essaye de se faire entendre dans le charivari. « Maître, je me dois de vous mettre en garde… » Au milieu de ce tumulte, Ariel Corta reste posée, puissante, le calme au cœur de la tempête de voix. Les avocats de la défense se consultent, hochent la tête, donnent des coups d'œil en direction d'Ariel avant de reprendre leur conciliabule à voix basse et précipitée.

« S'il plaît à la cour. » Muñoz s'est levé. « Le défendeur se désiste. »

Tout le monde retient son souffle dans la salle nº 3.

« Nous statuons dans ce cas en faveur du plaignant, conclut le juge Zhang. Les coûts sont à la charge du défendeur. »

Une troisième fois, la salle entre en éruption, et celle-là est plus forte que les deux précédentes. Ariel se délecte de cette adulation. Elle s'assure que les caméras la couvrent sous tous les angles. Elle sort de son sac sa longue et mince vapette en titane, la déploie, la verrouille et l'allume, puis exhale un mince filet de brume blanche. Elle jette sa veste sur l'épaule, accroche ses chaussures à un de ses doigts et sort de la salle d'audience en tenue de combat. Les applaudissements, les visages, le nuage de familiers : elle s'en repaît. Tous les procès sont du théâtre.

Une vue extérieure n'est pas donnée, les divertissements encore moins, aussi Marina reste-t-elle sur son siège couloir du niveau inférieur à faire des grimaces au gamin qui la regarde entre les appuie-tête. Il n'y a qu'une heure de train à grande vitesse entre Méridien et João de Deus. Amuser un enfant est bien assez divertissant. C'est la première fois qu'elle sort de Méridien. Elle est sur la Lune. Elle est sur la surface de la Lune, qu'elle traverse à 1 000 kilomètres-heure sur des rails magnétiques, et ce, à l'aveugle dans un tube de métal. Plaines, rebords de cratère, rilles et falaises. Grandes montagnes et vastes cratères. Tout cela autour de cet intérieur tiède, pastel et parfumé au jasmin dans lequel résonnent les bavardages. Tout est gris et poussière. Tout est identique et à court de magnificence. Elle ne rate rien.

Hetty bénéficie d'un accès réseau complet, si bien que, quand le gamin reçoit l'ordre de laisser la dame de derrière tranquille, Marina tue le temps avec de la musique et des photographies. Sa sœur en a mis en ligne des récentes de la famille. Avec la nouvelle nièce et le vieux neveu de Marina. Et son beau-frère Arun. Et sa mère, dans son fauteuil, des tubes enfoncés dans le dos des mains. Elle sourit. Marina se réjouit qu'elle ne voie pas les montagnes sans air, les mers vides et arides. Comparée au trésor des feuilles d'arbre, du ciel d'un doux gris colombe, de la mer si verte et si pleine que Marina en sent presque la profondeur, la Lune ressemblerait à un crâne blanc. Dans ce train, Marina peut faire comme si elle était chez elle, sur Terre, comme si elle pouvait sortir entre les arbres et les volcans de Cascadia.

Maman commence un nouveau traitement mardi. Kessie ne demanderait jamais ouvertement de l'argent, mais la requête est là. Les frais médicaux de maman ont envoyé Marina sur la Lune. Le Grand Boom sur la Lune ! Tout le monde a la main tendue. Tout le monde, à chaque seconde de chaque journée. Marina ravale sa colère. On n'est pas comme ça, sur la Lune. Si tout le monde se laissait dicter son comportement par ce qu'il ressent, les villes seraient des morgues avant la fin de la journée.

Le train ralentit en arrivant à João de Deus. Les passagers ramassent leurs affaires. Les instructions transmises par Hetty sont de se présenter à la sécurité sur le quai n° 6, d'où un tramway privé la conduira à sa destination finale. Marina ressent un peu d'excitation en pensant pour la première fois à ce qui se trouve au bout de cette ligne privée : Boa Vista, le légendaire palais-jardin des Corta.

À l'extérieur de la salle d'audience n° 3, l'entourage fond sur elle. Ariel Corta ne manque jamais d'admirateurs, de pots de colle, de clients potentiels, de soupirants potentiels d'un sexe ou d'un autre. *Séduisante* est le premier adjectif dont les gens la qualifient. Les Corta n'ont jamais été d'une beauté éclatante, mais pas le moindre Brésilien n'a été laid et chacun des enfants d'Adriana est plutôt agréable à regarder. La séduction d'Ariel tient à son allure, à son aisance et à son assurance, à sa confiance calme en elle-même. Elle attire naturellement l'attention. Son collègue Idris Irmak se fraye un chemin dans les embrassades et les félicitations. « Tu aurais pu y rester, là-dedans. »

Des essaims de caméras d'une taille d'insecte flottent au-dessus de la tête de la jeune avocate. « Mais non.

— Il t'aurait coupée en deux.

— Tu crois ? »

Les mains d'Ariel viennent agripper l'avant-bras d'Idris. Elles lui bloquent le coude. La moindre pression déboiterait l'articulation comme on décapsule une bouteille. L'entourage retient son souffle. Les caméras plongent pour chercher un angle plus resserré. C'est sensationnel. Les sites de potins vont en retentir pendant des jours. Puis Ariel le relâche. Idris secoue sa main martyrisée. Tous les enfants Corta ont appris le jiu-jitsu brésilien. Adriana Corta croit qu'un enfant doit maîtriser un art martial, la pratique d'un instrument de musique, trois langues, la lecture d'un rapport annuel et le tango.

« Il m'aurait hachée menu. Tu crois que j'aurais pris ce risque si je ne savais pas que Muñoz capitulerait ? »

Idris écarte les mains. Explique.

« Les Alyaoum ont été clients des Mackenzie jusqu'à ce que Betake Alyaoum insulte Duncan Mackenzie en n'épousant pas Tansy Mackenzie », raconte Ariel. L'entourage boit ses paroles. « Les Mackenzie ont retiré leur soutien. Du coup, si les Alyaoum ne m'avaient ne serait-ce qu'égratignée, ils auraient eu une vendetta avec les Corta sur les bras, et sans la Maison Mackenzie à leurs côtés. Ils ne pouvaient pas prendre ce risque. Depuis le début, je m'efforçais d'imposer un duel en sachant qu'ils seraient obligés de céder. » Elle s'arrête à la porte de la salle des avocats. « Maintenant, si vous voulez bien m'excuser, lance-t-elle à la cantonade, je vais à une fête pour mon coureur de Lune de neveu et je ne peux quand même pas y assister dans cette tenue. »

La juge Nagai et une bouteille de gin botanique-dix attendent Ariel à l'intérieur de la salle. « Recommence ce genre de truc devant mon tribunal et je te fais éventrer par les zashitniks », menace la magistrate, une fesse posée sur le lavabo. Les salles des avocats sont petites et étouffantes.

« Sauf que ce serait un manquement manifeste au devoir de

diligence », répond Ariel. Elle va lâcher dans le désassembleur la tenue professionnelle qu'elle a dans les bras. L'appareil avale le vêtement et réduit le tissu en matières premières organiques. Beijaflor, le familier d'Ariel, a déjà choisi ce qu'elle portera à la fête : une Balenciaga de 1958 à épaulettes et coupe asymétrique, motif floral noir sur gris foncé. « La cour ne protège pas les intérêts d'une partie contractante ?

— Pourquoi est-ce que tu ne peux pas miner de l'hélium comme tes frères ?

— Ils sont tellement ennuyeux. » Ariel dépose un baiser sur chaque joue. « Lucas a un sens de l'humour négatif. » Elle examine le gin, cadeau de son client. « Imprimé sur mesure. Délicate attention. » Elle incline la bouteille vers Nagai. Qui secoue la tête. Ariel se prépare un dry martini incroyablement *dry*.

Rieko se touche le haut du nez de l'index gauche : le geste reconnu pour indiquer qu'on veut discuter sans familiers. D'un clin d'œil, Ariel chasse Beijaflor. Un colibri difficilement visible, une gerbe irisée qui ne cesse de changer de teinte pour s'adapter à la mode portée par Ariel. Le familier de Rieko, une feuille blanche qui se replie constamment en nouveaux origamis, disparaît.

« Je ne vais pas te retarder, dit la juge Nagai. Pour faire court, tu ne sais peut-être pas que je fais partie du pavillon du Lièvre variable.

— Il paraît que quiconque se dit membre du Lièvre variable…

— … ne l'est pas, complète Nagai. Il y a toujours une exception à la règle. »

Ariel Corta prend nonchalamment une gorgée de son cocktail, mais tous ses sens sont en éveil. Le pavillon du Lièvre variable, le cercle de conseillers de l'Aigle de la Lune, occupe une place située entre mythe et réalité. Il existe, il ne peut pas exister. Il se cache au nez et à la barbe de tout le monde. Ses membres confirment et nient en faire partie. Ariel Corta n'a pas besoin de Beijaflor pour savoir que ses rythmes cardiaque et respiratoire ont augmenté. Il lui faut toute sa concentration pour empêcher son excitation d'onduler à la surface de sa boisson.

« Je suis membre du Lièvre variable, répète la magistrate. Depuis cinq ans. Chaque année, nous remplaçons deux d'entre nous. Mon tour est arrivé. J'aimerais te proposer pour prendre ma place. »

L'abdomen d'Ariel se crispe. Elle est là en sous-vêtements alors qu'on lui propose un siège à la table ronde.

« C'est un honneur. Mais je me vois obligée de demander…

— Parce que tu es une jeune femme exceptionnellement douée. Parce que le Lièvre variable a conscience que certains parmi les Cinq Dragons ont de plus en plus d'emprise sur la LDC et souhaite contrebalancer cette influence.

— Les Mackenzie. » Aucune autre famille n'ambitionne aussi ouvertement d'accroître son pouvoir politique. Adrian Mackenzie, le benjamin du PDG, Duncan, est oko de Jonathon Ayode, Aigle de la Lune, président de la Lunar Development Corporation. Robert Mackenzie, patriarche du clan, a longtemps mené campagne pour l'abolition de la LDC et l'indépendance complète de la Lune, sa libération de la paternelle supervision de la Terre. *La Lune est à nous.* Si elle en connaît les arguments politiques et les participants, Ariel ne s'est jamais intéressée à ce débat. Plus que tout autre type de législation, la loi matrimoniale lunaire est un terrain chaotique de loyautés acharnées, de ressentiments amers et de rancunes sans fin. Associé à la politique de la LDC, cela donne un mélange volatil. Mais une place à la main de l'Aigle… bien qu'elle n'ait pas senti depuis longtemps l'odeur de la poussière lunaire sur sa peau, Ariel est une Corta, et le pouvoir est dans le caractère des Corta.

« Certaines personnalités proches du pouvoir estiment qu'il est temps pour les Corta de renoncer à leur isolement pour participer à l'administration politique de la Lune. »

De toute la famille, c'est Ariel qui s'est le plus rapprochée du pouvoir politique. Rafa, bu-hwaejang de Corta Hélio, a le pouvoir économique : Corta Hélio éclaire les nuits terrestres. Adriana, fondatrice et matriarche de Corta Hélio, détient le pouvoir moral. Mais tout le monde ne porte pas les Corta dans son cœur, au sein des familles plus anciennes. Le Cinquième Dragon : on les considère comme des parvenus, des escrocs ayant réussi, des assassins souriants, des cowboys cariocas. Les Corta vous coupent en morceaux le sourire aux lèvres. Terminés, les cowboys cariocas, les trublions de l'hélium. Voici leur invitation à la table du pouvoir. Voici l'acceptation des Corta comme maison noble. Mamãe se montrera méprisante — qui a besoin de l'approbation de ces dégénérés, de ces parasites mous ? —, mais se réjouira pour Ariel. La jeune femme sait depuis toujours qu'elle n'est pas la préférée, l'enfant chéri, mais si Adriana Corta se montre dure avec sa fille, c'est parce qu'elle en attend davantage que de ses fils.

« Donc, tu acceptes ? demande Nagai. Ne serait-ce que pour que je puisse me décoller de ce lavabo.

— Bien sûr que j'accepte. Tu croyais que j'allais dire quoi ?

— Tu aurais pu vouloir y réfléchir.

— Pourquoi ? » Ariel écarquille les yeux de surprise franche et sincère. « Je serais idiote de refuser.

— Ta famille pourrait avoir une opinion…

— L'opinion de ma famille est que je devrais rentrer à João de Deus pour transpirer et me salir dans une combiAS. Pas question. » Elle lève son dry martini. « À ma santé. À la santé d'Ariel Corta, Lièvre variable. »

La juge effleure son front de son index droit. *Nous pouvons retourner au monde enregistré.* Ariel fait revenir Beijaflor. Oko, le familier de Nagai réapparaît. La magistrate s'en va. L'imprimante carillonne. La robe de soirée Balenciaga est prête. Beijaflor est déjà en train d'adopter une nouvelle couleur qui s'accorde bien avec celle-ci.

La petite Luna Corta porte une robe boule à motif de pivoines. La robe est blanche, froncée à l'ourlet, avec une audacieuse impression de fleurs écarlates. Une Pierre Cardin. Mais Luna, sept ans, en a assez des vêtements intelligents, aussi se débarrasse-t-elle de ses chaussures pour courir pieds nus dans les bambous. Son familier s'appelle Luna aussi, c'est un papillon-lune vert citron avec de grands yeux bleus sur les ailes. *Les papillons-lunes sont d'Amérique du Nord et non du Sud*, lui a dit grand-mère Adriana. *Et vraiment, tu ne devrais pas donner ton propre nom à ton familier. Les gens risquent de ne pas savoir à qui ils parlent.*

Les papillons quittent leur abri pour venir tourbillonner autour de la tête de Luna. Bleus, bleus comme le faux ciel, et grands comme la main de la fillette. Les petits Asamoah ont apporté un coffret surprise et libéré les lépidoptères. Luna bat des mains, ravie. Elle ne voit jamais d'animaux à Boa Vista : sa grand-mère les ayant en horreur, elle n'y autorise rien qui ait un pelage, des écailles ou des ailes. Luna poursuit le ruban de papillons aux lents mouvements, court non pour les rattraper, mais pour être libre et flotter comme eux. L'air tourbillonne, les bambous murmurent, apportant voix, musique et odeurs de cuisine. De la viande ! Luna agrippe ses propres épaules. C'est une occasion spéciale. Distraite par l'odeur de viande grillée, elle s'enfonce entre les hautes tiges de bambou oscillantes. Derrière elle, des cascades descendent lentement entre les immenses visages rocheux des orixás.

Trois milliards d'années et demi plus tôt, le magma craché par le cœur vivant de la Lune a inondé le bassin Fecunditatis, s'écoulant mollement en rilles, digues et tunnels de lave. Puis le cœur de la Lune est mort, les écoulements ont refroidi et il est resté les tunnels de lave, glacés, sombres et secrets, artères ossifiées. En 2050, Adriana Corta est descendue en rappel depuis la galerie d'accès creusée par ses sélénologues dans la mer de la Fécondité. Ses lumières sont tombées sur un monde caché : un tunnel de lave intact de deux kilomètres, d'une largeur et d'une hauteur de cent mètres. Un univers vierge et vide, aussi précieux qu'une géode. *C'est là*, a-t-elle annoncé. *C'est là que je créerai une dynastie.* En cinq ans, ses machines ont aménagé l'intérieur, sculpté des visages de dieux umbandas de la taille d'un pâté de maisons, initié un cycle de l'eau et rempli l'espace de balcons et d'appartements, de pavillons et de galeries. Telle est Boa Vista, la résidence de la famille Corta. Même en ce jour de fête, on sent la roche trembler sous l'action des excavatrices qui façonnent pour Luna et ses descendants des pièces ou des espaces au fond des murailles.

Pour fêter la course lunaire de Lucasinho, Boa Vista a ouvert son cœur vert au beau monde. Luna Corta se faufile entre amors et madrinhas, entre parents et liges, entre Asamoah et Sun, entre Vorontsov et même Mackenzie ou des gens n'appartenant à aucune grande famille. Des troisièmes-générations de haute taille et des premières trapues. Robes et costumes, revers et jupons, gants de soirée et chaussures teintées. Une dizaine de couleurs de peau et d'yeux. Richesse et beauté. Amis et ennemis. C'est le monde dans lequel est née Luna Corta, avec le bruit des chutes d'eau, le murmure du vent artificiel dans les bambous et les branches. Elle n'en connaît pas d'autre. En ce jour de fête, il y a de la viande.

Les traiteurs ont installé des barbecues électriques sous le surplomb de la lèvre inférieure d'Oxum. Les cuisiniers préparent et font cuire des brochettes. De la fumée grasse monte en direction du ciel, paramétré ce jour-là pour être d'un bleu éclatant d'après-midi, avec passage nuageux. Comme un bel après-midi sur Terre. Des serveurs apportent les brochettes aux invités sur de grands plats. Luna se place entre une serveuse et sa destination.

« Hé, jolie robe », dit la serveuse en globo, l'anglais simplifié qui constitue la langue commune. Elle est petite, pas beaucoup plus grande que Luna, et carrée. Elle bouge trop pour une telle gravité. Une Joe Moonbeam à peine sortie du cycleur.

Son familier est un habillage bon marché de tétraèdres en déploiement perpétuel.

« Merci, répond Luna. Oui, elle est jolie. »

La femme tend son plat vers elle. « Bœuf ou poulet ? »

Luna prend une brochette de bœuf dégoulinante de jus et de graisse.

« Attention à ne pas salir ta belle robe. » Elle a un accent norte.

« Jamais je ferais ça », répond la fillette avec énormément de gravité. Elle descend ensuite le chemin rocheux à côté du cours d'eau qui traverse le cœur de Boa Vista tout en détachant des morceaux de bœuf saignant avec ses petites dents blanches. Il y a là Lucasinho en habits de fête, insigne Dona Luna au revers et cocktail blue moon à la main. Ses amis coureurs de Lune l'entourent. Luna reconnaît la fille Asamoah et le Sun. Les Sun et les Asamoah ont toujours fait partie de la famille. Le Vorontsov est facile à reconnaître, pâle et bizarre. Comme un vampire, se dit Luna. Et cette fille-là doit être la Mackenzie. Que du beau monde.

« T'as des taches de rousseur magnifiques », déclare-t-elle en s'immisçant dans le groupe. Elle regarde la Mackenzie bien en face. Ils rient de son effronterie, surtout la Mackenzie.

« Luna, dit Lucasinho, va manger ce truc-là ailleurs. » Il le dit sur le ton de la blague, mais elle ne s'y laisse pas prendre. Il est en rogne contre elle. Elle se met entre Abena Asamoah et lui. Il veut sans doute coucher avec elle. C'est un véritable obsédé. Il y a une ligne de verres à cocktail posés à l'envers à ses pieds. Un obsédé ivre.

« Je dis ça comme ça. » Les Corta disent ce qu'ils pensent. Luna s'essuie la bouche du dos de la main. De la viande, et voilà qu'elle entend de la musique. « Moi aussi j'ai des taches de rousseur ! » Elle touche du doigt ses joues de Corta-Asamoah, puis repart en courant. À la recherche de la musique, elle fonce sur les pierres de gué, patauge dans la rivière en soulevant du pied des embruns qui retombent au ralenti. Les invités crient et s'écartent pour ne pas se faire mouiller, mais ils ont le sourire aux lèvres. Luna se sait irrésistible.

« Tio Lucas ! »

La fillette court vers lui et lui enserre les jambes. Où pouvait-il être, sinon à proximité de la musique ? Il parle à l'immigrée qui a servi de la viande à Luna et porte désormais un plateau de cocktails bleus. Luna a interrompu son oncle.

« Luna, coração, demande-t-il en ébouriffant sa chevelure brune et frisée, va courir plus loin, d'accord ? » Il fait pivoter sa nièce d'une petite pression sur l'épaule. En s'éloignant, celle-ci l'entend dire à la serveuse : « Il ne faut plus servir d'alcool à mon fils. Compris ? Je refuse qu'il s'enivre et se ridiculise devant tout le monde. Il fait ce qu'il veut en privé, mais je ne le laisserai pas déshonorer la famille. Si une seule goutte d'alcool approche encore de lui, je m'arrangerai pour vous renvoyer tous à Bairro Alto mendier de l'oxygène d'occasion et boire la pisse les uns des autres. Rien de personnel là-dedans. Veuillez transmettre à votre supérieur. »

Luna adore son oncle Lucas, la manière dont il s'abaisse à son niveau, ses petits jeux, ses ruses et leurs blagues rien qu'à eux, mais parfois il est grand et distant, dans un autre monde qui est dur, froid et méchant. Luna voit l'immigrée pâlir de peur et a pitié d'elle.

Des bras la soulèvent, haut, la jettent en l'air.

« Coucou, mon anjinho ! »

Et la rattrapent qui retombe comme une plume, sa robe à pivoines remontée autour du visage. Rafa. Luna se colle à son père.

« Dis, tu sais qui vient d'arriver ? Tia Ariel. Si on allait la voir ? » Rafa presse la main de Luna et obtient en guise de réponse un vigoureux hochement de tête.

Dans sa robe à couper le souffle, Ariel Corta sort de la gare, pénètre dans le grand jardin de Boa Vista. Les couches de sa Balenciaga 1958 flottent comme des pétales dans la gravité lunaire. Un murmure parcourt la foule des invités. Ariel Corta. Tout le monde a entendu parler d'Alyaoum contre Filmus. Luna se jette au cou de sa tia. Celle-ci l'attrape au vol et la fait tourner. La fillette crie de plaisir. Et voilà qu'arrive sa madrinha, Elis. De chaleureuses étreintes et embrassades. Amanda Sun, l'épouse de Lucas. Lousika Asamoah, la mère de Luna. Rafa lui-même, qui soulève sa sœur dans les airs au point qu'elle le supplie de faire attention à sa robe. L'autre oko de Rafa, Rachel Mackenzie, est à Reine-du-Sud avec leur fils, Robson. Elle ne met jamais les pieds à Boa Vista. Ariel se réjouit de son absence. Certaines affaires judiciaires les opposent et les Mackenzie sont du genre rancunier. Ensuite : le course-Lune lui-même. Avec sa tia, il est d'une maladresse et d'une gaucherie qu'on ne lui voit jamais avec ses amis. Le doigt d'Ariel s'attarde un instant sur la Dona Luna de Lucasinho, attirant l'œil de l'adolescent sur celle accrochée au corsage de sa tante : *Imagine-moi nue, gelée, en train de courir à la surface de la Lune.*

Puis les hommes et femmes liges de la famille : Helen de Braga, directrice financière — elle a pris de l'âge depuis la dernière venue d'Ariel à Boa Vista —, ainsi que le vieux et très droit Heitor Pereira, chef de la sécurité. Lucas arrive après tout le monde. Il embrasse chaleureusement sa sœur. Il n'y a qu'elle dans la fratrie qu'il considère comme son égale. Dans un murmure, il demande à lui parler en privé. La main gantée d'Ariel attrape sans mal un blue moon sur un plateau qui passe.

« C'est comment, Méridien, à cette saison ? demande Lucas. Je n'arrive pas à avoir le temps d'y monter. »

Ariel sait que son frère la trouve déloyale d'avoir préféré le droit à Corta Hélio.

« Il semble que je sois célèbre. Pour le moment.

— J'ai cru entendre. Rumeurs et ragots.

— Davantage de rumeurs que d'oxygène, de ragots que d'eau.

— J'ai aussi entendu dire qu'une délégation de la China Power Investment Corporation arrive à bord du *Saints Pierre et Paul.* Et qu'elle va conclure un contrat de cinq ans avec Mackenzie Metals.

— Il paraît, oui.

— D'après une autre rumeur, l'Aigle de la Lune organise des réjouissances pour leur souhaiter la bienvenue.

— C'est vrai. Et, oui, je suis invitée. » Ariel sait que le réseau de renseignements de son frère est assez puissant pour avoir été informé de sa conversation avec la juge Nagai dans la salle des avocats.

« Tu as toujours été douée pour la politique sociale. Je t'envie pour ça.

— Je ne sais pas ce que tu veux, Lucas, mais c'est non. »

Il lève les mains en un mea-culpa.

« Je ne fais que répéter quelques rumeurs. »

Ariel éclate d'un rire argentin, mais Lucas est obstiné, Lucas est acier, Lucas l'a coincée. Puis, dans une bourrasque de poussière de Lune piquante, arrive un sauveur.

Peut-être reprendre de la viande. Peut-être boire du jus. Lucas a acculé tia Ariel. Oncle Lucas est pénible quand il parle de tout près à quelqu'un. Puis les yeux de Luna s'écarquillent, sa bouche bée. D'excitation, elle lâche un petit cri aigu.

Une silhouette en combiAS approche à grands pas par le ravin, le casque sous le bras droit, le pack de survie dans la main gauche. L'homme est botté et la combiAS qui lui colle à la peau est un brillant patchwork de logos et de bandes réfléchissantes, de feux de navigation et d'insignes de course. Au moment où il entre dans le réseau de Boa Vista, son familier apparaît pixel par pixel. De la poussière se détache du nouvel arrivant, sillage noir argenté qui retombe lentement.

« Carlinhos ! »

Carlinhos Corta recule d'un pas en voyant sa nièce courir se jeter dans ses bras, mais la fillette le heurte, lui enserre les jambes, soulève un gros nuage de poussière qui se redépose comme de la suie sur sa robe à pivoines.

Rafa arrive sur ses talons. Il fait semblant de boxer avec son petit frère, touche son poing fermé du sien.

« Tu es venu par la surface ? »

Carlinhos brandit son casque en guise de réponse. Dans sa combiAS-patchwork et avec l'odeur épicée de poudre que dégage la poussière lunaire, il est un pirate à un cocktail. Il lâche son pack de survie et attrape un blue moon qu'il vide cul sec.

« Tu sais quoi, après deux heures à moto à boire sa propre pisse… »

Rafa secoue la tête face à tant de folie.

« Ta manie de te déplacer à moto est stupide et elle finira par te tuer. Peut-être pas aujourd'hui ni demain, mais un jour, il y aura une éruption solaire pendant que tu fais de la moto-poussière en surface à cinq heures de tout. Et ça grillera. Ton. Cul. De. Carioca. » Il ponctue chacun de ces quatre derniers mots d'un doigt enfoncé dans l'épaule.

« Et toi, ça fait combien de temps que t'es pas monté à la surface ? » Carlinhos fait semblant de boxer son frère dans le ventre. « Mais dis donc, qu'est-ce que je sens là ? Du bide ? Tu n'as plus la forme, irmão. Il faut que tu la retrouves pour la surface. Tu vas à trop de réunions. On est mineurs d'hélium, pas comptables. »

L'aîné et le benjamin de la fratrie adorent le sport. La passion de Carlinhos est la moto-poussière. C'est un pionnier du sport extrême. Il a conçu les motos et les combinaisons customisées. Il a tracé des pistes dans toute la chaîne des Apennins qui borde Mare Imbrium et organisé la course d'endurance trans-Serenitatis. Le sport de Rafa est moins dangereux et moins extérieur : il possède une équipe de handball LHL, une équipe très bien classée dans le championnat. Obsession qu'il partage avec son beau-frère Jaden Wen Sun, propriétaire des Tigers of the Sun. Ils se font concurrence avec humour et acharnement.

« Tu restes dans le coin après la fête ? demande Rafa.

— Je me suis accordé une permission. » Carlinhos a passé trois lunaisons sur Tranquilitatis à extraire de l'hélium.

« Viens au match. Il faudrait que tu voies ce qu'on fait !

— Vous perdez, à ce qu'il paraît. Où est le course-Lune ? J'ai entendu parler de ce qu'il a fait pour le petit Asamoah. C'était du bon boulot. Si jamais il en cherche à l'extérieur, il pourrait m'être utile.

— Ça ne fait pas partie des plans de Lucas. »

Deux pas derrière Carlinhos, il y a un autre jeune homme en combiAS, aussi foncé que Carlinhos est clair, avec de superbes pommettes et d'étroits yeux de chasseur.

« Wagner, irmão », salue Rafa. Une autre série de contacts entre poings serrés.

Luna se serre contre la jambe d'oncle Carlinhos, tachée et maculée de poussière lunaire.

« Montrez-vous un peu ! déclare Ariel en approchant avec son entourage. Quels beaux garçons ! » Elle se penche pour les embrassades, mais sans aller jusqu'au contact. Pas de saletés sur cette robe-là.

Lucas est arrivé, tactiquement en retard. Il salue poliment mais par réflexe Carlinhos, prête attention à Wagner. « J'adore les fêtes. Toute cette famille éloignée qu'on ne voit jamais.

— Wagner est ici à mon invitation, précise Carlinhos.

— Bien sûr, répond Lucas. Il est ici chez lui. »

Des arcs de haine pure entre Lucas et Wagner, que Carlinhos prend ensuite par le coude pour l'emmener au cœur de la fête.

« Luna, file donc avec madrinha Elis, enjoint Rafa.

— On va t'enlever ces salissures », promet madrinha Elis, une solide Pauliste aux traits marqués qui mesure une tête de moins que les générations nées sur la Lune. Les corps de la Terre font de solides porteuses. Les Corta ne laissent porter leurs enfants qu'à des Brésiliennes. Elis prend la fillette sale par la main et, l'éloignant de la discussion des adultes, l'emmène voir les musiciens.

« Lucas, pas ici, dit doucement Rafa.

— Ce n'est pas un Corta », se contente de répondre son frère.

Une main effleure la sienne. Amanda Sun est à côté de lui. « Même pour toi, c'était impoli », le morigène-t-elle. Étant une troisième-génération, Amanda Sun est de grande taille et dépasse son mari. Son familier est tchen : « l'Éveilleur », en rouge foncé. Les Sun ont pour tradition d'adopter comme habillage de leurs familiers des hexagrammes du *Livre des changements.*

« Pourquoi ? C'est la vérité », réplique Lucas. La haute société a été surprise de voir Amanda Sun quitter le palais de Lumière éternelle pour Boa Vista, encore fruste. Le nikah ne l'y obligeait en rien. C'était un mariage profondément dynastique. Incluant un équilibre des pouvoirs et des clauses d'annulation. Amanda Sun était pourtant venue à Boa Vista, où elle avait vécu dix-sept ans. Elle semblait en faire tout autant partie que les paisibles orixás ou les cours d'eau. La haute société — ceux de ses membres qui s'intéressent encore au sujet — pense à une stratégie à long terme. Les Sun faisaient partie des premiers colons et, à l'instar des Mackenzie, ils se considèrent comme la vieille souche, la véritable aristocratie lunaire. Pendant plus d'un demi-siècle, ils se sont battus contre l'hégémonie de la République populaire, qui se servait de la Maison Sun comme tête de pont pour dominer la Lune. Tout le monde convient que les Sun ne se marient jamais sans contrepartie.

Ces cinq dernières années, Lucas Corta a établi résidence dans son appartement de João de Deus.

La musique — du bossa-jazz joué pas trop fort — cesse. Les verres s'immobilisent avant d'atteindre les lèvres. Les conversations s'interrompent, les mots s'évaporent, les baisers n'aboutissent pas. Tout le monde est paralysé par la petite femme sortie d'une porte située entre les énormes visages sereins des orixás.

Adriana Corta est arrivée.

« Ils vont te chercher, non ? »

Lucasinho a pris Abena Maanu Asamoah par la main pour l'emmener loin des passages fréquentés, dans des couloirs éclairés par la lumière d'autres pièces — les robots de construction ne savent pas travailler dans l'obscurité —, par des salles fraîchement creusées qui bourdonnent encore de la vibration des excavatrices.

« Ça va être baisemains et discours pendant une éternité. On a tout le temps qu'il faut. » Lucasinho attire l'adolescente contre lui. Malgré les lampes chauffantes qui combattent les – 20 degrés permanents de subsurface, l'air est assez frais pour que leur respiration se condense en nuage et qu'Abena frissonne dans sa tenue de soirée. La Lune a le cœur glacé. « Et donc, c'est quoi ce truc spécial que tu veux me donner ? » demande Lucasinho en descendant la main sur le flanc d'Abena pour la poser sur sa hanche. Elle le repousse en riant.

« Kojo a raison, t'es un mauvais garçon.

— Les mauvais sont les meilleurs. Si, promis. Allez… on est des coureurs de Lune. » Son autre main caresse la Dame Lune d'Abena, monte telle une araignée sur le haut de la poitrine, à nu. « On est vivants. Plus vivants que qui que ce soit sur ce caillou, pour l'instant.

— Lucasinho, non.

— J'ai sauvé ton frère. J'aurais pu mourir. J'ai failli mourir. Je me suis retrouvé en caisson hyperbare. On m'a mis dans le coma. J'ai fait demi-tour pour sauver Kojo. Je n'étais pas obligé. On connaît tous les risques.

— Lucasinho, continue comme ça et tu vas tout gâcher. »

Il lève les mains : capitulation.

« Alors, c'est quoi le truc ? »

Abena ouvre sa main droite. Quelque chose de chromé, une luisante dent métallique. Elle gifle alors l'adolescent sur l'oreille gauche. Lucasinho pousse un cri, touche l'endroit où il a ressenti cette douleur inattendue. Il a du sang sur les doigts.

« Qu'est-ce que t'as fait ? Jinji, qu'est-ce qu'elle a fait ? »

Nous sommes hors de la zone couverte par les caméras de Boa Vista, répond Jinji. *Je ne vois rien.*

« Je t'ai donné quelque chose qui te rappellera Kojo. » C'est peut-être la lumière rouge des lampes chauffantes, mais il voit dans le regard d'Abena une lueur qu'il n'a jamais vue. Il ne sait pas qui elle est. « Tu sais ce qu'on dit de toi ? Que tu te fais un piercing chaque fois que t'as le cœur brisé. Eh bien, avec moi, c'est différent. Celui que je t'ai mis dans l'oreille sert à consolider le cœur. C'est une promesse. Quand tu auras besoin de l'aide des Asamoah — quand tu en auras vraiment besoin, quand tu n'auras plus d'autre espoir, quand tu seras seul, nu et en danger, comme mon frère… envoie le piercing. Je me souviendrai.

— Ça fait mal ! gémit Lucasinho.

— Comme ça tu ne l'oublieras pas. » Elle a un peu du sang de l'adolescent sur l'index. Très lentement, d'un geste plein de grâce, elle le lèche.

Adriana Corta semble frêle et élégante comme un oiseau, au milieu de ses grands enfants et encore plus grands petits-enfants. L'âge ne pèse pas trop, en gravité lunaire : elle a la peau lisse et sans rides, ses soixante-dix-neuf ans ne lui ont pas voûté le corps, elle a un maintien de débutante. C'est toujours elle qui dirige Corta Hélio, même si nul ne l'a vue sortir de Boa Vista depuis plusieurs mois. La plupart des résidents de Boa Vista ne l'ont pas vue non plus. Mais elle arrive toujours à faire une apparition pour la famille. Elle salue ses enfants. Trois baisers pour Rafael et Ariel. Deux pour Lucas et Carlinhos, un pour Wagner. Luna échappe à madrinha Elis pour courir vers sa vóvó Adriana. A le souffle coupé par les taches sur la robe Ceil Chapman de sa grand-mère. Adriana ne porte pas d'insigne Dame Lune. Durant ses folles années de jeunesse, elle a avalé davantage de vide que l'ensemble des coureurs de Lune de Boa Vista.

Lucas se place en retrait de sa mère tandis qu'elle avance dans la rangée de petits-enfants, de madrinhas, d'okos et d'invités. Elle a un mot pour chacun. Elle passe plus particulièrement quelques minutes avec Amanda Sun et Lousika Asamoah, la keji-oko de Rafa.

« Allons bon, où est Lucasinho ? demande-t-elle. Il nous faut notre héros. »

Lucas s'aperçoit de l'absence de son fils. Il ravale sa colère.

« Je vais le trouver, maman. » Toquinho essaye d'appeler le garçon, mais celui-ci est hors réseau. Adriana Corta lâche un *tss* désapprobateur. Le protocole ne sera pas correct tant qu'elle n'aura pas félicité le héros de la fête. Lucas s'approche de l'orchestre, ensemble réduit comportant guitare, piano, contrebasse et percussions jouées au balai. « Vous connaissez *Águas de março* ?

— Bien sûr. » C'est un standard, un classique.

« Jouez-le doucement. C'est le morceau préféré de maman. »

Le guitariste et la pianiste échangent des signes de tête pour mettre en place les subtiles syncopes. *Les Eaux de mars* : une vieille et belle chanson qu'Adriana Corta interprétait à ses enfants quand leurs madrinhas venaient les poser sur ses genoux, qu'elle leur chantait dans leurs berceaux. C'est une chanson d'automne impressionniste sur la pluie, les bâtons et les minuscules choses vivantes, sur l'universel au creux de la main, à la fois joyeuse et teintée de saudade. Les voix masculine et féminine se donnent la réplique, se jettent sur les indices donnés par l'autre, c'est enjoué et espiègle. Lucas écoute attentivement, passionnément. Il a le souffle court, le corps tendu. Presque des larmes au coin des yeux. La musique l'a toujours fortement ému — surtout ancienne et brésilienne. Bossa-nova, MBP. Musique d'ascenseur ; variétés insipides. Jazz cooool sans couilles. Ceux qui disent ça n'ont pas d'oreille, n'écoutent pas. Ils n'entendent pas la saudade ; la douce mélancolie de la fugacité des choses qui intensifie toutes les joies. Ils n'entendent pas le désespoir étouffé, le sentiment que, derrière la beauté et la langueur, quelque chose a terriblement, terriblement mal tourné.

Lucas jette un coup d'œil à sa mère. Yeux fermés, elle hoche la tête au rythme sinueux de la musique. Il a détourné son attention du prodigue Lucasinho. Dont il s'occupera plus tard.

Le clou de la chanson, c'est la capoeira des deux voix au-dessus des mots. Elles s'interrompent, cabriolent, esquivent. Le guitariste et la pianiste sont excellents. Lucas n'a jamais entendu cet ensemble, mais il est ravi de l'avoir fait. La chanson se termine. Il ravale son émotion. Il applaudit fortement et distinctement.

« Bravo ! » s'écrie-t-il. Adriana se joint à lui, puis Rafa, Ariel, Carlinhos, Wagner. Les applaudissements se répandent dans toute l'assistance. « Bravo ! » On distribue à nouveau à boire, le moment d'embarras est oublié, la fête continue. Lucas s'avance pour échanger un mot avec le guitariste. « Merci. Vous avez la bossa, monsieur. Ma mamãe a adoré. J'aimerais que vous veniez jouer pour moi, dans mon appartement de João de Deus.

— Nous en serions honorés, senhor Corta.

— Non, juste vous. Bientôt. Comment vous appelez-vous ?

— Jorge. Jorge Nardes. »

Les familiers s'échangent des coordonnées. Et la serveuse, la Joe Moonbeam norte avec un plateau à cocktails, se jette soudain sur Rafael Corta.

La rugosité de la croûte sur l'oreille de Lucasinho plaît à Abena. Elle aime tirer dessus, défaire la cicatrisation, laisser couler un peu de sang frais. Ça la fait mouiller dans sa robe de bal Helena Barber. Les deux adolescents sont de retour dans le réseau de Boa Vista et Jinji a montré à Lucasinho le cadeau d'Abena : un croc argenté qui lui traverse le haut de l'oreille droite. Ça a l'air cool. Sexy. Mais Abena ne le laisse même pas lui passer le bras autour de la taille.

Tous deux prennent conscience d'un problème avant même

d'arriver à la fenêtre. Pas de musique, pas de bavardage, pas de *plouf* de corps plongeant dans le bassin sous la chute d'eau. Des cris, des ordres aboyés en portugais et en globo. La pupille de l'œil de pierre de Xangô donne sur toute la longueur des jardins de Boa Vista. Lucasinho voit les escoltas du service de sécurité des Corta protéger des groupes d'invités. Musiciens et extras ont les mains sur la tête. Des drones de sécurité scannent les murs sculptés, leurs lasers s'attardent un instant sur Lucasinho et Abena.

« Qu'est-ce qui se passe ? » demande l'adolescent. Jinji répond à l'instant même où le visage d'Abena se fige sous le choc.

On a essayé d'assassiner Rafael Corta.

La lame du couteau est pressée contre la trachée de Marina Calzaghe. Si elle bouge, si elle parle, si elle respire trop fort, il fendra sa chair. La lame est tellement aiguisée que c'en est presque anesthésique : elle ne sentirait pas qu'on l'égorge. Mais il faut qu'elle bouge, il faut qu'elle parle si elle ne veut pas mourir.

Son doigt tapote le pied du verre à cocktail retourné sur le plateau.

« La mouche », siffle-t-elle.

Les mouches ne bougent pas de cette manière. Marina Calzaghe les connaît très bien. Elle a travaillé comme attrape-mouches. Sur la Lune, les insectes — pollinisateurs, papillons décoratifs comme ceux que les petits Asamoah ont envoyés voleter dans tout Boa Vista — sont brevetés. Mouches, guêpes et insectes sauvages, menaces pour les systèmes complexes des villes lunaires, sont exterminés. Ayant tué un million de mouches, Marina Calzaghe sait qu'elles ne volent pas de cette façon-là, qu'elles ne vont pas attaquer en ligne droite la peau tendre et non protégée au coin de la mâchoire de Rafael Corta. Elle a plongé avec le verre, a atteint l'insecte à quelques millimètres de sa cible et l'a piégé en retournant le récipient sur le plateau. Une prison-verre à cocktail. Au même instant, un couteau sorti en chuintant d'une gaine magnétique dissimulée s'est plaqué sur sa gorge. Tenu par un escolta des Corta en costume sur mesure à la poche de poitrine ornée d'un mouchoir impeccablement replié. Ce qui n'empêche pas cet homme de ressembler à une brute. Ce qui n'empêche pas cet homme de ressembler à la mort.

Heitor Pereira s'accroupit avec raideur pour examiner la chose sous le verre. Pour un première-génération, il est grand, et carré. Un imposant ancien officier de marine qui regarde attentivement dans un verre à cocktail retourné, ce serait plutôt comique, sans les couteaux.

« Un insecte tueur, conclut Heitor Pereira. AKA. »

En un instant, des lames encerclent Lousika Asamoah, leurs pointes à quelques millimètres de sa peau. Luna gémit et sanglote, cramponnée à sa mère. Rafael se rue en direction des agents de sécurité. Des hommes en costume se jettent sur lui, l'immobilisent.

« Pour votre sécurité, senhor, dit Heitor Pereira. Elle pourrait abriter des agents biologiques.

— C'est un drone, chuchote Marina Calzaghe. Il a une puce. »

Heitor Pereira examine la chose de plus près. La mouche ne cesse de se cogner au verre, mais quand elle s'immobilise, on voit distinctement un motif au fil d'or sur ses ailes et sa carapace.

« Lâchez-la. » La voix d'Adriana Corta est calme, mais son ton de commandement fait sursauter les agents de sécurité des deux sexes. Heitor Pereira hoche la tête. Les couteaux sont rengainés. Lousika prend dans ses bras Luna qui n'a pas cessé de pleurer.

« Elle aussi », ordonne Adriana Corta. Marina inspire d'un coup quand la lame s'éloigne de sa gorge, s'aperçoit qu'elle retenait son souffle depuis que la sécurité s'était saisie d'elle. Les tremblements commencent.

Lucas est en train de crier. « Lucasinho ? Où est Lucasinho ?

— Je vais prendre ça. » Heitor Pereira place la main sur le verre, sort un pistolet à impulsion d'un petit étui. L'appareil est de la taille de son pouce, arme de théâtre dans son énorme main. « Éteignez vos familiers. » D'un bout à l'autre de Boa Vista, les familiers disparaissent. Et Marina éteint Hetty. Le petit pistolet contient assez d'énergie pour détruire l'intégralité du réseau de Boa Vista. Il ne se passe rien de visible ou d'audible, mais la petite mouche câblée cesse de bouger, morte.

Lucas Corta se penche sur son chef de la sécurité pour lui murmurer à l'oreille : « Ils ont essayé de tuer mon frère. Ils se sont introduits dans Boa Vista, chez nous, pour essayer de tuer mon frère.

— Nous maîtrisons la situation, senhor Corta.

— La situation est qu'il s'en est fallu de l'épaisseur d'un verre à cocktail qu'un assassin parvienne à tuer Rafa. Devant nos invités de chacun des Cinq Dragons. Devant notre mère. Ça me donne l'impression que vous maîtrisez la situation, vous croyez ?

— Nous analyserons l'arme. Nous trouverons qui est derrière tout ça.

— Eh bien, ça n'est pas suffisant. Une autre attaque pourrait se produire à tout moment. Je veux que vous sécurisiez les lieux. La fête est terminée.

— Senhores, senhoras, un incident nous oblige à sécuriser Boa Vista, annonce Heitor Pereira. Je dois vous demander de partir. Si vous voulez bien regagner la station de tramway. Vous pouvez maintenant réactiver vos familiers.

— Trouvez mon fils ! » lui ordonne Lucas. Les amis de Lucasinho s'agitent, perdus, éclipsés. Leur course de Lune, le sauvetage de Kojo Asamoah par Lucasinho n'intéressent plus personne. La sécurité de Boa Vista canalise les invités vers la sortie et la station. Un garde escorte les grands de Corta à l'intérieur. Lucas Corta pose sur Marina Calzaghe un regard de fer et de glace. Elle tremble sous le choc. « Comment vous appelez-vous ?

— Marina Calzaghe.

— Vous travaillez pour le traiteur ?

— Je prends les emplois que je peux. Je suis… j'étais ingénieure en contrôle de processus.

— Vous travaillez désormais pour Corta Hélio. »

Lucas tend la main. Marina la serre.

« Parlez à mon frère Carlinhos. Les Corta ont une dette envers vous. »

Et il disparaît. Toujours stupéfaite, Marina s'efforce de comprendre ce qui s'est passé. Les Corta ont essayé de lui trancher la gorge et voilà qu'elle travaille pour eux. Mais : les Corta. Blake, ça va aller. Je peux te trouver les médicaments. On n'aura plus jamais soif. On peut respirer tranquilles.

2

Luna Corta : petite espionne. Boa Vista regorge de cachettes pour une fillette qui s'ennuie. Luna a découvert la galerie de service en suivant un robot de nettoyage par une interminable matinée. Comme tous les enfants de Lune, elle est attirée par les tunnels et les passages étroits. Aucun adulte ne pourrait passer dans cette galerie, et tant mieux, parce que les cachettes et refuges doivent rester secrets. Cela s'est resserré depuis la première fois où Luna s'est aperçue, en se faufilant à l'intérieur, qu'elle pouvait voir, et même entendre, à condition de retenir sa respiration, ce qui se passait dans la chambre de sa mère. Elle se tortille derrière les yeux d'Oxóssi, constriction dans un sinus à l'intérieur de la tête du chasseur et protecteur.

« Ils m'ont mis un couteau sous la gorge. »

Elle n'entend pas ce que répond son père. Elle s'approche en rampant de la grille de ventilation. Des rayons de lumière pleins de poussière lui dansent autour du visage.

« Ils m'ont mis un couteau sous la gorge, Rafa ! »

Luna voit sa mère s'effleurer le cou des doigts, toucher le souvenir du tranchant de la lame.

« Simple précaution.

— Ils m'auraient tuée ? »

Luna bouge à nouveau pour inclure ses deux parents dans les limites étroites de son champ de vision. Son père est assis sur le lit. Il a l'air petit, diminué, comme s'il n'avait plus ni oxygène ni lumière dans le corps.

« Ils nous protégeaient. À part les Corta, tout le monde était suspect.

— Amanda Sun n'est pas une Corta. Je n'ai pas vu de couteau sous sa gorge.

— La mouche. Tout le monde sait que vous autres, vous vous servez d'armes biologiques.

— "Vous autres" ?

— Ta famille, les Asamoah.

— Il y avait d'autres Asamoah à la soirée. Abena Maamu, par exemple. Je n'ai pas vu de couteau sous sa gorge non plus. Ma famille tout entière, ou seulement une partie ?

— Pourquoi tu fais ça ?

— Parce que ta famille à toi m'a mis un couteau sous la gorge. Et je ne t'entends absolument pas dire qu'ils ne me l'auraient pas tranchée.

— Je ne les aurais jamais laissés faire.

— Si ta mère avait donné l'ordre, tu les en aurais empêchés ?

— Je suis le bu-hwaejang de Corta Hélio.

— Ne m'insulte pas, Rafa.

— Ça me met en colère que notre service de sécurité t'ait mis un couteau sous la gorge. Et que tu aies été soupçonnée. Ça me met en colère, mais tu sais comment nous vivons, ici.

— Je sais, oui. Et peut-être que je ne veux pas vivre ici. »

Luna voit Rafa relever la tête.

« Je sais comment nous vivons à Twé. C'est un endroit agréable, Twé. Un endroit sûr. Avec *ma famille*, Rafa. Je veux y emmener Luna. »

La fillette lâche un hoquet de surprise. Le conduit est si étroit qu'elle ne peut pas se couvrir la bouche avec les mains pour essayer de rattraper le bruit. Ils ont peut-être entendu. Mais elle se dit ensuite que Boa Vista est pleine de soupirs et de murmures.

Rafa est debout. Quand il est furieux, il se met tout près,

nez à nez. Comme pour vous cracher au visage. Lousika ne sourcille pas.

« Tu n'emmènes pas Luna.

— Elle n'est pas en sécurité ici.

— Mes enfants restent avec moi.

— Tes enfants ?

— Tu n'as pas lu le nikah ? Tu avais trop hâte de coucher avec l'héritier présomptif de Corta Hélio ?

— Rafa. Non. Ne dis pas ça. C'est indigne de toi. Ce n'est pas toi. »

La colère de Rafa est maintenant attisée. La colère est son péché. Tel est le pendant de son amabilité : la facilité à rire, à jouer, à faire l'amour. À se mettre en rage.

« Tu sais quoi ? Peut-être que ta famille avait préparé le…

— Rafa. Arrête. » Lousika presse ses doigts sur les lèvres de son oko. Elle sait que sa colère reflue aussi vite qu'elle afflue. « Je ne comploterais jamais, jamais contre toi… ni moi ni *ma famille*… pour récupérer Luna.

— Luna reste avec moi.

— D'accord. Mais moi, non.

— Je ne veux pas que tu t'en ailles. Tu es ici chez toi. Avec moi. Et Luna.

— Je ne suis pas en sécurité, ici. Luna non plus. Mais le nikah ne me laissera pas l'emmener. Si, rien qu'une fois, tu avais dit être désolé que tes escoltas m'aient mis un couteau sous la gorge, la situation serait peut-être différente. Tu étais en colère. Tu n'étais pas désolé. »

Le père de Luna répond, mais ses mots échappent à la fillette. Elle n'entend qu'un grondement dans sa tête : le bruit que les pires choses au monde font en se produisant. Sa mamãe s'en va. Son cœur se serre. Sa tête résonne de l'horrible sifflement, comme si l'air et la vie s'échappaient de son être. Elle se dégage, redescend le conduit depuis la cachette où elle en a trop entendu. Elle a éraflé ses chaussures et déchiré sa robe Pierre Cardin sur la pierre brute.

La pluie a emporté les papillons morts comme des débris flottants. Leurs ailes forment une écume bleu azur en bordure des flaques. Luna Corta s'assied au milieu des cadavres.

« Eh bien alors, qu'est-ce qui se passe ? » Lousika Asamoah s'accroupit près de sa fille.

« Les papillons sont morts.

— Ils ne vivent pas longtemps. Rien qu'une journée.

— Je les aimais bien. Ils étaient jolis. Ce n'est pas juste.

— C'est comme ça qu'on les fabrique. »

Lousika se déchausse pour s'asseoir sur la roche à côté de Luna. Elle promène ses pieds dans l'eau. Des ailes bleues se collent à ses jambes sombres.

« Vous pourriez les faire vivre plus longtemps, dit la fillette.

— On pourrait, mais ils mangeraient quoi ? Ils iraient où ? Ce sont des décorations, comme les drapeaux pour la fête de l'Igname.

— Mais non. Ils sont vivants.

— Luna, qu'est-ce qui est arrivé à tes chaussures ? Et à ta robe ? »

Luna regarde les débris de papillons dériver lentement dans le courant.

« Tu t'en vas.

— Qu'est-ce qui te fait croire ça ?

— Je t'ai entendue le dire. »

Aucune des questions que pourrait poser Lousika n'a alors la moindre signification.

« C'est vrai. Je retourne à Twé, dans ma famille. Mais seulement quelque temps. Pas pour toujours.

— Combien de temps ?

— Je ne sais pas, chérie. Pas plus qu'il ne faut.

— Mais je ne viens pas avec toi.

— Non. J'adorerais, j'aimerais ça plus que tout, plus que moi-même, mais je ne peux pas.

— Je suis en sécurité, maman ? »

Lousika serre sa fille contre elle, l'embrasse sur le crâne.

« Tu es en sécurité. Papa y veillera. Il arrachera la tête à tous ceux qui essaieraient de te faire du mal. Mais il faut que je parte le temps que les choses s'éclaircissent. Je n'en ai aucune envie et tu vas terriblement me manquer. Papa prendra soin de toi, madrinha Elis aussi. Elis ne laissera rien de mal t'arriver. »

Ces mots brûlent la gorge de Lousika Asamoah. Les madrinhas, les mères porteuses. Les utérus de location, qui deviennent nourrices, puis tantes officieuses, membres de la famille. Pour des compagnies de taille modeste comme les Corta, qui ont leur affaire à monter et pas de temps à consacrer à la grossesse, la naissance et la petite enfance, Lousika peut comprendre l'arrangement. Pas pour la génération suivante, pas que l'assemblée de madrinhas réservées et omniprésentes devienne une tradition. Elle en veut à la grande madrinha Elis aux pommettes brésiliennes d'avoir porté son enfant, de lui avoir donné naissance. Elle avait été stupéfaite quand Rafa avait présenté cela comme allant de soi : c'était comme ça qu'on faisait chez les Corta. Mets-le en moi, implante-le en moi, laisse-moi le faire croître, le porter, l'imposer au monde. Je n'ai pas besoin de Madones de la Conception pour mélanger ton sperme à mon œuf en prononçant *que la vie soit*. Je n'ai pas besoin de regarder tes gynécobots glisser l'embryon dans la doucereuse et souriante Elis, de la voir s'élargir et s'emplir jour après jour. Je n'ai pas besoin des rapports, des scans de son utérus, des comptes rendus quotidiens de l'évolution de sa grossesse. Et je n'avais pas besoin de m'enfermer dans ma chambre à crier et casser des choses pendant qu'on lui faisait sa césarienne. Ç'aurait dû être moi, Luna. Ç'aurait dû être à moi qu'on te présente. Mon visage souriant, épuisé, plein de larmes aurait dû être la première chose que tu vois. Une Asamoah. La vie coule, jaillit, gicle dans tous nos fluides et liquides. Je suis en bonne forme physique, je suis fertile, tout fonctionne de manière naturelle, remarquable, féconde. Mais ce n'est pas comme ça qu'on fait chez les Corta.

Je t'aime, Luna, mais je n'arrive pas à aimer la façon de faire chez les Corta.

Lousika prend sa fille dans le cocon de ses bras, la berce pour la réconforter autant que pour se réconforter elle-même. Une mouche-assassin a ouvert une fissure dans son monde. Ce n'est pas un jardin des dieux, un palais d'eaux. C'est un tunnel dans la roche. Chacune des agraria baignées de lumière de sa famille, chaque ville, usine, hameau est une éraflure, un fragile bivouac de roches pour se protéger du ciel vide et du soleil meurtrier. Tout le monde est en danger, tout le temps. Il n'y a nulle part où s'échapper, ni même où se cacher.

« Ton papa, le contrat et le monde entier peuvent dire que tu es une Corta, mais tu es une Asamoah. Tu es une Asamoah parce que j'en suis une, parce que ma mère en est une. C'est comme ça qu'on fait chez nous. »

De la main, Lucas Corta éparpille les documents virtuels sur la table du conseil.

« Je n'ai pas le temps. D'où ça vient ? De qui ? »

Heitor Pereira baisse la tête. Il est de vingt centimètres plus petit et de dix ans plus grisonnant que toutes les personnes présentes, excepté Adriana Corta et sa directrice financière, Helen de Braga, la volonté invisible de Corta Hélio.

« Nous n'avons pas fini d'analyser…

— On a la meilleure unité R&D de la Lune, et vous n'êtes pas en mesure de me dire qui a fait ça ?

— Ils se sont donné un mal de chien pour cacher tout ce qui pourrait permettre d'identifier le drone. Les puces sont génériques, on n'a rien pour remonter au type d'imprimante.

— Bref, vous ne savez pas.

— Pas pour le moment. » Tout le monde entend le tremblement dans la voix de Heitor Pereira.

« Vous ne savez pas qui l'a construit, vous ne savez pas qui l'a envoyé, vous ne savez pas comment il a échappé à la sécurité. Vous ne savez pas si, en ce moment même, un autre de ces machins n'est pas en train de venir s'en prendre à mon frère, à moi-même ou, Dieu nous en garde, à ma mère. Vous, le chef de la sécurité, vous ne le savez pas ? »

Lucas ne le quitte pas des yeux. Le visage d'Heitor Pereira tressaille.

« On est passés en sécurité absolue. On surveille tout ce qui est plus gros qu'une squame.

— Et s'ils sont déjà là ? Ce drone a pu être introduit il y a plusieurs mois. Vous y avez pensé ? Il pourrait y en avoir une dizaine d'autres en train de se réveiller. Une centaine d'autres. Ils n'ont besoin que d'un seul coup de chance. Je sais de quoi sont capables les poisons modernes. Ils vous font attendre. Ils vous font attendre des heures pendant lesquelles vous souffrez en sachant que chaque inspiration est plus courte que la précédente, qu'il n'existe pas d'antidote, que vous allez mourir. Vous passez beaucoup de temps à voir la mort en face. C'est seulement après qu'ils vous laissent mourir. Et je sais que quelqu'un a essayé de se servir d'un de ces poisons sur mon frère. Voilà ce que moi, je sais. Et vous, qu'est-ce que vous savez ?

— Lucas, suffit. » Adriana Corta est installée en bout de table. Elle a laissé plusieurs mois son siège vide, présente uniquement par l'intermédiaire de son grand et disgracieux portrait en combiAS, Notre-Dame de l'Hélium baissant les yeux sur le conseil. Une menace immédiate de mort sur ses enfants l'a fait revenir avec toute son autorité dans la salle du conseil, Rafa à sa droite, Ariel à sa gauche. Lucas est assis à droite de son frère.

« Mamãe, si ton chef de la sécurité est incapable de nous protéger, qui en sera capable ?

— Heitor servait déjà fidèlement notre famille avant ta naissance. » Personne ne peut douter qu'elle vient de le rabrouer.

« Oui, mãe. » Lucas incline la tête en direction de sa mère.

« N'est-ce pas évident ? » Rafa comble le silence cuisant.

« C'est évident ? s'étonne Ariel.

— Qui, à part les Mackenzie, comme toujours ? » Rafa se

penche sur la table. Il fulmine. « Bob Mackenzie n'a jamais pardonné à mamãe. Ce type est un poison lent. Pas aujourd'hui, ni demain, ni cette année ou même cette décennie, mais une année, un jour. Les Mackenzie rendent trois fois la pareille. Ils s'en prennent à la succession. Ils veulent que tu voies s'effondrer tout ce que tu as construit, mamãe.

— Rafa…, commence Ariel.

— Kyra Mackenzie, l'interrompt Rafa. Elle était à la fête. Quelqu'un l'a fouillée, ou on lui a fait signe de passer parce qu'elle est copine avec Lucasinho ?

— Rafa, tu crois que les Mackenzie prendraient le risque d'une guerre totale ? » demande Ariel. Elle tire longuement sur sa vapette. « Vraiment ?

— S'ils pensent arriver à briser notre monopole, pourquoi pas, indique Lucas.

— Ça recommence, tu ne t'en rends donc pas compte ? » demande Rafa.

Huit ans plus tôt, Corta Hélio et Mackenzie Metals s'étaient brièvement opposés dans une guerre territoriale. Des extractrices réduites à des enchevêtrements de métal, des trains pris d'assaut et des équipement détournés, des robots et des IA mis hors service par des bombardements de code noir. Des corps à corps de lève-poussière armés de couteaux à l'intérieur dans les tunnels de Maskelyne et de Jansen, à l'extérieur sur les mers rocheuses de la Tranquillité et de la Sérénité. Cent vingt morts, des millions de bitsys de dégâts. Les Corta et les Mackenzie avaient fini par accepter un arbitrage. La cour de Clavius avait tranché en faveur de Corta Hélio. Deux mois plus tard, Adrian Mackenzie épousait Jonathon Kayode, Aigle de la Lune, PDG de la Lunar Development Corporation, propriétaire de la Lune.

« Rafa, suffit », intime Adriana Corta. La voix est grêle, l'autorité incontestable. « Nous nous opposons aux Mackenzie dans les affaires, nous les battons dans les affaires. Nous gagnons de l'argent. » Adriana se lève, visage et membres raides, usés. Ses enfants et serviteurs s'inclinent et la suivent en direction de la porte.

Carlinhos se met debout, serre en pince les doigts de sa main droite et s'incline devant sa mère. Il n'a pas prononcé un mot de toute la réunion. Comme toujours. Sa place est à l'extérieur, sur le terrain, avec les extractrices, les raffineurs et les lève-poussière. Il est le lève-poussière, le combattant. Rafa peut le surpasser en charme, Lucas l'assommer à coups d'arguments, Ariel le paralyser de son éloquence, mais aucun n'arpente la surface comme lui.

Lucas retient Heitor Pereira quelques instants.

« Vous avez fait une erreur, lui dit-il à voix basse. Vous êtes trop vieux. Vous avez fait votre temps, vous êtes fini. »

Dans le hall devant la salle du conseil, Wagner Corta attend. Adriana et ses liges passent sans lui accorder un regard, Lucas et Ariel sur leurs talons. Cette dernière hoche la tête, un sourire crispé aux lèvres. Carlinhos assène une claque dans le dos de son frère.

« Salut, frangin. »

Wagner avait brillé par son absence à la réunion.

« Je veux dire un mot à Rafa, explique-t-il.

— Bien sûr. Tu comptes rentrer à moto à João ?

— J'ai autre chose de prévu.

— À plus tard, Lobinho.

— Un mot à quel sujet ? » demande Rafa. Il se juche sur le rebord intérieur de l'œil droit d'Oxalá. Dans son dos, l'eau dégringole doucement.

« La mouche. Je veux y jeter un coup d'œil. »

Rafa a veillé à ce que les schémas d'Heitor Pereira parviennent à Wagner. Il veille à ce que toutes les données de toutes les réunions du conseil lui parviennent.

« Tu as tout.

— Sans vouloir manquer de respect à Heitor ou même

à votre R&D, certaines choses ont pu leur échapper que je verrai. »

Rafa sait que Wagner a une existence compliquée, qu'il la mène dans les ombres en bordure de la famille, que sa contribution à Corta Hélio est incontestable bien que difficile à quantifier, mais que personne ne maîtrise mieux que lui l'ingénierie du petit et du complexe. Rafa lui envie parfois ses deux natures : la sombre précision et la lumineuse créativité.

« Comme quoi ?

— Je le saurai en le voyant. Mais j'ai besoin de le voir.

— J'en avertirai Heitor. » Socrate, le familier de Rafa, a déjà expédié la notification. « Je lui ai dit de ne pas en informer Adriana.

— Merci. »

Wagner est depuis si longtemps l'ombre dans la famille que ses frères et sa sœur ont adopté une nouvelle gravité sociale, en l'informant, en l'incluant tout en le gardant invisible, comme un trou noir.

« Quand est-ce qu'on te verra dans les parages, miúdo ? » demande Rafa. Adriana s'est retournée, elle l'attend.

« Quand j'aurai quelque chose à dire, répond Wagner. Tu me connais. Respire bien, Rafa.

— Respire bien, Petit Loup. »

« Ariel », appelle Lucas. Plus bas sur les marches d'Oxalá, sa sœur se retourne. « Tu repars déjà ?

— J'ai à faire à Méridien.

— Ah oui, la réception pour la délégation commerciale chinoise. Je ne peux pas te demander de rater ça.

— Je t'ai clairement prévenu, à la fête.

— C'est la famille.

— Arrête, Lucas. »

En le voyant froncer les sourcils d'un air perplexe, Ariel s'aperçoit qu'il ne comprend pas ce qu'elle veut dire. Il croit vraiment que le moindre de ses actes, il l'effectue pour la famille et uniquement pour la famille.

« Si tu étais à ma place et moi à la tienne, je le ferais. Sans hésiter.

— Les choses sont plus simples pour toi, Lucas. Les gens s'intéressent à ma carrière. Je ne peux rien laisser m'atteindre. Il faut que je sois propre.

— Personne n'est propre sur la Lune. Ils ont essayé de tuer Rafa.

— Non. Ne me fais pas ce coup-là.

— Peut-être pas les Mackenzie. Mais quelqu'un a essayé. On est Corta Hélio : on est bons, mais on n'est bons qu'à une chose. L'extraction d'hélium. On fait en sorte que les lumières restent allumées en bas. C'est notre force, mais aussi notre vulnérabilité. AKA, Taiyang : ils sont partout, ils font tout. Ils peuvent aller à plusieurs endroits. Même Mackenzie Metals se diversifie… dans notre cœur de métier. Si on perd l'entreprise, on n'a nulle part où aller. On perd tout. La Lune ne supporte pas les perdants. Et mamãe. Elle n'est plus ce qu'elle était. »

Ariel avait détourné les yeux par intermittence, pour fuir le regard puissant de son frère. Déjà dans leur enfance, il gagnait chaque joute de regards. Et voilà que huit mots suffisent à la rendre incapable de fuir le contact visuel.

« Même toi, tu dois l'avoir remarqué », continue Lucas. Ariel gobe l'hameçon. Cela faisait des mois qu'elle n'avait pas assisté à un conseil de Corta Hélio.

« Je sais que c'est Rafa qui gère ses engagements publics.

— Rafa Corta. L'enfant chéri. Il fera mordre la poussière à l'entreprise. Aide-moi, Ariel. Aide-moi, aide mamãe.

— T'es qu'un salaud, Lucas.

— Pas du tout. Je suis le seul vrai fils qu'on puisse trouver par ici. J'ai besoin de quelque chose sur ces Chinois, Ariel. Presque rien. Juste un petit moyen de pression. Il y a forcément quelque chose. Un petit bout de peau molle sur lequel tirer.

— Je m'en charge. »

Lucas s'incline. Il tourne le dos à sa sœur, un sourire naissant aux lèvres.

Un voyant allumé indique le verrouillage des portes, deux, le découplage. Trois, le départ. Une légère secousse dans la roche au moment où les moteurs à induction soulèvent le wagon. Et le tram est parti. Il n'y a que cinq kilomètres entre Boa Vista et la gare de João de Deus. Et non plusieurs mondes comme pourraient le faire croire les embrassades, adieux et, oui, larmes de Rafa.

Lucas observe avec gêne les émotions à nu de son frère. Le coin de sa bouche se convulse. Tout est grand avec Rafa. Depuis toujours. La plus grande petite brute, le rire le plus fort, le garçon charismatique, la lumière dorée ; aussi prodigue de colère que de plaisir. Lucas avait grandi dans son ombre : réservé et précis, affûté et rangé dans un étui comme un taser. Lucas ressent aussi profondément et aussi intensément que son frère aîné. Émotion n'est pas émotivité. L'une est scénario, l'autre représentation. Lucas Corta a de la place pour l'émotion, mais dans un endroit privé, sans fenêtre, blanc et clair. Des endroits blancs, sans ombres.

Rafa serre son frère dans ses bras. C'est inconvenant et embarrassant. Lucas souffle de douleur.

« Elle te reviendra. » C'est le genre de platitude qu'on attend dans des situations de ce genre.

« Elle ne me fait pas confiance. »

Lucas ne comprend pas l'incontinence émotionnelle de son frère. Les contrats de mariage sont là pour ça. La confiance et l'amour ne sont pas l'architecture qu'il faut à une dynastie.

« Tant que Luna est là, elle te reviendra, assure Lucas. Elle comprend. Je garde Lucasinho ici jusqu'à ce qu'on soit davantage en sécurité. Il va détester. Mais ça lui fera du bien. Ça lui donnera un truc auquel s'opposer. Il a eu la vie bien trop facile. » Lucas donne une tape dans le dos de Rafa. Ris-en. Remets-t'en. Lâche-moi.

« Je vais faire revenir Robson. »

Lucas retient un soupir exaspéré. *Encore*. En cas de frustrations, que ce soit dans le domaine des affaires, du sport, des relations sociales ou sexuelles, Rafa revient à l'injustice persistante de son fils et premier-né. Cela fait trois ans que Rachel Mackenzie a ramené Robson dans sa propre famille. Des contrats ont été rompus, ouvertement et délibérément. Les avocats continuent à discuter de ce qui est en réalité une prise d'otage. Ariel a négocié un accord d'accès en béton, mais chaque fois que Robson repart en tram vers Reine-du-Sud ou Creuset, la plaie de Rafa se rouvre et saigne. Quand il est de cette humeur-là, même Lucas ne peut le convaincre.

« Tu fais ce que tu as à faire. » Lucas respecte sa mère en tout, à part l'adoration aveugle qu'elle porte à Rafa. L'enfant chéri, l'héritier présomptif. Il est trop émotif, trop ouvert, trop tendre pour gérer la société. Les cœurs ne peuvent pas décider du destin de dynasties grâce auxquelles les lumières continuent à briller sur Terre. Lucas serre à nouveau Rafa dans ses bras. Sa mission est claire. Il va falloir qu'il prenne le contrôle de Corta Hélio.

Deux sauts de Reine-du-Sud à João de Deus. Rafa et ses escoltas attendent dans la zone des arrivées privées de la gare du BALTRAN. Jusqu'à présent, les gardes de Rafa ont été électroniques. Ce jour-là, ils sont tout près de lui et biologiques : deux hommes plus une femme, armés et sur le qui-vive.

La capsule est dans le tube élévateur, l'informe Socrate.

Voyants verts. Les portes s'ouvrent. Un petit garçon se précipite dehors : peau brune, dreadlocks, tout en bras et en jambes. Il se jette sur Rafa, qui l'attrape et le fait tourner en riant.

« Oh toi toi toi ! »

Derrière le garçon vient la femme : grande, rousse, peau blanche. Yeux verts comme son fils. Elle marche avec une grâce infinie jusqu'à Rafa, qu'elle gifle violemment. Les mains des gardes du corps filent aussitôt vers les couteaux dissimulés dans leurs costumes bien taillés.

« On a des trains, tu sais. »

Rafa éclate de son grand et beau rire.

« Tu es d'une beauté renversante », dit-il à son épouse. Et elle est en effet superbe, pour une femme venant d'être bringuebalée comme une cargaison de minerai d'un bout à l'autre de la Lune dans un container converti. Le maquillage est impeccable, le moindre cheveu, pli et ourlet aussi. Et elle a raison. Le BALTRAN est démodé depuis l'installation du réseau de train à grande vitesse : c'est rudimentaire, mais rapide. Le BALTRAN est un système de transport balistique. L'absence d'atmosphère sur la Lune permet de calculer les trajectoires balistiques avec précision. Une catapulte magnétique accélère une capsule et la projette dans le ciel. La gravité la fait retomber. La partie réceptrice de la catapulte de destination la récupère, la décélère et l'immobilise. Entre les deux, vingt minutes de chute libre. Répéter autant de fois que nécessaire. Les capsules peuvent contenir du fret ou des passagers. C'est pénible mais supportable, rapide et effrayant seulement si on y pense trop. Rafa aimait s'en servir pour baiser en chute libre.

« Je veux qu'il assiste au match. Il l'aurait raté en venant en train. » Puis, au garçon : « Tu veux voir le match ? Moços contre Tigers. Jaden Sun pense qu'il va nous battre, mais à mon avis, les Tigers dans le stade vont tous se faire botter le cul. T'en dis quoi ? »

Robson Corta a onze ans et en le voyant, en le voyant là avec ses cheveux magnifiques, son visage, ses superbes yeux verts, sa manière d'entrouvrir les lèvres d'excitation, Rafa a le cœur empli d'une joie si intense qu'elle en devient douleur, et d'un sentiment de perte si prononcé qu'il en devient nausée. Il s'accroupit pour se mettre au niveau de l'enfant. « Jour de match. Qu'est-ce que t'en dis, alors ?

— Oh bon Dieu, Raf. » Rachel Mackenzie sait, Rafa sait, leurs gardes du corps respectifs savent, même Robson sait que le match de handball n'est pas la question. Le contrat permet à Rafa de voir son fils quand il le veut. Même si cela signifie le balancer d'un bout à l'autre de la Lune comme un ballon de handball. Lancer et attraper. Lancer et attraper.

« On peut en parler devant lui, si tu veux, dit Rafa.

— Robbo, chéri, tu peux retourner à la capsule ? On n'en a que pour deux minutes. » D'un geste de la tête, Rachel envoie une de ses lames accompagner le garçon. Celui-ci jette un coup d'œil en coin à son père. Des yeux verts à tomber. Il brisera des cœurs. Il est en train d'en briser un.

« Robbo, répète Rafa avec mépris.

— Je n'ai rien à voir avec ce qui s'est passé à la fête.

— "Ce qui s'est passé à la fête". Il s'est passé à la fête que quelqu'un a essayé de me faire piquer par une mouche bourrée de neurotoxines. J'aurais convulsé des heures dans ma pisse et ma merde avant d'étouffer.

— Classe, mais ce n'est pas notre style. Avant de te tuer, les Mackenzie aiment que tu voies leur visage. Regarde plutôt du côté de tes copains les Asamoah. Les poisons et les insectes assassins, ça leur ressemble davantage.

— Je veux le récupérer.

— Les termes de l'accord…

— Rien à foutre, de l'accord.

— Laisse ça aux avocats, Raf. Tu ne sais vraiment pas de quoi tu parles.

— Il est en danger, avec toi. J'invoque la clause de sécurité.

— En danger avec moi ? » Le rire de Rachel Mackenzie est comme des outils de mineur sur de la roche. « Tu perds la tête ? Raf, je me fiche de la manière dont ils te tuent, et même qu'ils te tuent ou non, mais je connais la Lune : ils ne se contenteront pas de toi. Racine et branche, Rafa. Te laisser prendre Robson ? Pas question, putain. Rob reste avec moi. Les Mackenzie prennent soin des leurs. » Elle se tourne vers son garde du corps. « Préparez un nouveau saut BALTRAN. Nous allons à Creuset. »

Rafa rugit, cri de rage inarticulé. Des couteaux surgissent tout à coup d'étuis magnétiques : escoltas et lames.

« Tu sais quoi ? Ton frère a raison, dit Rachel Mackenzie. T'es le roi des cons. Tu veux nous déclarer la guerre ? Baissez vos armes, les gars. » Les lames des Mackenzie ouvrent la capsule. Au moment où le sas se referme, Rachel lance : « Je vais te dire un truc : ta sœur me fait plus peur que toi. Et elle a plus de couilles. »

La capsule est dans l'élévateur, annonce Socrate. *La catapulte se met sous tension.*

Rafa frappe dans le béton, très fort. Du sang jaillit de ses phalanges.

« Je sais que c'était toi ! beugle-t-il. Je sais que c'était toi ! Tu veux le mettre à la tête de Corta Hélio ! »

Pour retourner à Méridien, Marina Calzaghe se paye un siège côté fenêtre, niveau supérieur. Montagnes et cratères, imposants et poussiéreux, faute d'être magnifiques comme elle le croyait. Elle regarde une *telenovela* sur le canal de divertissement. Ça n'a aucun sens et ça a tous les sens. Amour, trahison et rivalité au sein de l'élite. Celle des mineurs de terres rares. C'est idiot, répétitif et mal joué. Elle regarde parce qu'elle peut. Elle envoie un message chez elle. *Maman, Kessie : il y a du nouveau. J'AI UN BOULOT ! Un vrai boulot. À Corta Hélio. Ceux de la fusion. Les Cinq Dragons. Je peux vous procurer cet argent.* Hetty le transmet, puis Marina va dans le menu shopping du train pour trouver un nouvel habillage à son familier. Les singes-robots sont mignons mais tellement prévisibles. Dieu à épées. Sorcière à vapeur. Orque cyborg. Oui. Elle cligne des yeux pour confirmer l'achat et Hetty prend une apparence par défaut noir métallisé liquide et souple. Marina laisse échapper un petit cri de ravissement. L'argent vous rend libre. Elle regarde à nouveau par la fenêtre les montagnes et rilles d'un doux gris, traversées de traces de pneus et de pas, essaye de s'imaginer en train de marcher dehors avec Carlinhos Corta et ses lève-poussière. Les Corta extraient de grands godets de poussière, la filtrent, extraient l'hélium 3 et jettent le reste. Du travail salissant.

Parlez à Carlinhos, avait dit Lucas Corta. Marina s'est précipitée. Les gens oublient les promesses post-crise que vous ne leur faites pas tenir tout de suite. Carlinhos lui a apporté du thé et l'a installée sous le dôme d'un des nombreux pavillons de Boa Vista pour qu'elle s'explique devant Wagner et lui.

« Bon, quelles sont vos qualifications ?

— Mon troisième cycle portait sur la biologie évolutionnaire computationnelle dans l'architecture de contrôle de processus. »

Quand il ne comprenait pas, Carlinhos Corta avait un tic : sa lèvre inférieure tombait, rien que d'un millimètre, tandis qu'une toute petite ride verticale se formait entre ses sourcils. Elle a trouvé cela mignon. Mais la même expression chez Wagner signifiait qu'il avait creusé loin sous les mots qu'elle venait de prononcer.

« C'est ce qui fait que la fabrication ressemble davantage à de la biologie, a dit celui-ci.

— Oui, en simplifiant vraiment beaucoup. J'étudiais l'analogie entre un environnement riche en énergie solaire tel que la Lune et un écosystème aride photosynthétique terrestre du genre d'une prairie à herbes hautes, et la manière dont cela pourrait générer de nouveaux paradigmes de fabrication ou accroître l'efficacité. La technologie convergera toujours vers la biologie.

— Intéressant. » Wagner a incliné la tête, comme sous le poids des idées. *C'est ça qui est mignon chez toi*, a pensé Marina. « Et vous êtes déjà allée à la surface ? est intervenu Carlinhos.

— Je suis arrivée il y a huit semaines. Je n'ai rien vu d'autre que l'intérieur de Méridien. »

Les deux frères Corta portaient encore leur combiAS, dont les bandes réfléchissantes sont positionnées le long de leurs muscles. Marina a inhalé leur odeur, celle de fluides corporels recyclés et de poudre de poussière lunaire. La sueur de la Lune. Les garçons étaient détendus et à leur aise dans leurs combinaisons élastiques sales. En les voyant, elle ressentait douleur et envie, tout comme cela lui serrait l'âme de voir un snowboard et des lunettes de ski. Ses amis skiaient, là-bas, à Snoqualmie et Mission Ridge. C'étaient des enfants de la neige. Ils lui avaient proposé un jour de l'emmener pour lui apprendre, malheureusement, elle avait une dissertation à terminer. Une dissertation sans rien d'insurmontable, mais rien de facile non plus. Qui prenait du temps. Marina était donc restée dans l'appartement tandis qu'ils chargeaient la voiture, et avait pleuré de solitude en la voyant s'éloigner. Elle avait terminé la dissertation, mais était devenue à jamais la Fille-Qui-A-Laissé-Passer-Le-Snowboard. La proposition n'avait pas été renouvelée. Chaque fois qu'elle voyait des lunettes, des gants ou tout autre équipement de ski dans les magasins, quand la météo annonçait les premières chutes de neige en altitude, elle était prise d'un douloureux sentiment de perte et d'envie. Quelque part, dans un univers parallèle, existait la Marina snowboardeuse, fraîche et enjouée. Les combiAS recouvertes de décalcomanies, les casques : cela l'attire comme des rumeurs de neige. L'occasion se présente à nouveau. Ne sois pas la Femme-Qui-A-Laissé-Passer-La-Lune.

« Je veux travailler à la surface. Je veux être là-haut. Je peux apprendre.

— Il faudra que vous développiez tout un tas de nouvelles capacités physiques, a prévenu Wagner.

— Je vous apprendrai, a promis Carlinhos. Présentez-vous aux Installations d'extraction de Corta Hélio à João de Deus.

— Pas de problème. » D'un murmure subvocal, elle a chargé Hetty de lui trouver un logement.

« Apprenez le portugais », a lancé Carlinhos en guise d'adieu. La sécurité reconduisait des groupes d'invités et d'extras à la gare. « Et merci. »

Marina se laisse aller contre son dossier. Le boulot, l'appartement, le changement complet d'existence se reflètent dans un minuscule et imperceptible mouvement : elle consulte son chib dans le coin inférieur droit de son champ de vision, constate que la jauge d'O_2 est dorée. Elle respire sur le compte des Corta. Marina a presque terminé son second mojitka quand le train s'arrête à Méridien, où les sas se connectent hermétiquement aux portes. Les escaliers mécaniques la hissent dans la bruyante et chaotique cathédrale d'Orion Hub. Chaque marchand d'eau et de thé, chaque boutique et échoppe, chaque étal de nourriture dans la rue, chaque kiosque resplendit de choses qu'elle peut *acheter*. Elle se souvient alors de Blake, là-haut dans le toit de la ville, Blake qui crache ses poumons morceau par morceau. Hetty-l'Orque fait des offres à des *farmácias*, passe un contrat pour un traitement par phage. La tuberculose multirésistante, envahisseur de fraîche date venu de la Terre malgré l'application stricte d'une quarantaine, n'a pas tardé à trouver où se loger, s'accrochant comme de la moisissure blanche aux hautes nervures humides et sans air des quadras, là-haut parmi les pauvres. L'imprimante crache vingt comprimés blancs. De petites pilules blanches.

Trois bitsys pour l'ascenseur express. Un pour l'escalator : elle monte dans les toits plats, les escaliers et ruelles de 80ᵉ et 90ᵉ Ouest. Au-delà de 110, il n'y a plus rien de mécanique. Elle court pour arriver dans Bairro Alto, de grands et infatigables bonds terrestres qui lui permettent de franchir plusieurs volées de marches à la fois. Il y a là l'acheteur d'urine, il y a là Notre-Dame de Kazan qui n'a toujours ni lumière ni amour. Il y a là le balcon sur lequel elle a jalousé la femme volante.

La pièce est vide. Tout a disparu : matelas, bouteilles d'eau, restes de nourriture de Blake. Cuillers et assiettes en plastique. Il n'y a même plus la moindre particule de mucus, le moindre grain de poussière. Les squames sont de précieuses matières organiques.

Elle a dû se tromper d'endroit.

Blake a dû déménager.

Ce n'est pas possible.

Marina s'appuie au chambranle. Elle n'arrive pas à respirer. Pas à respirer. Hetty adapte ses fonctions pulmonaires. *Respire.* Elle ne devrait pas respirer, ne devrait pas pouvoir respirer. Inhaler de l'air non mérité alors que Blake a disparu.

« Qu'est-ce qui s'est passé ? » crie-t-elle en direction de la bousculade d'alcôves aux portes fermées par un rideau, aux fenêtres vides. Sur les échelles et les couloirs, Bairro Alto lui tourne ses dos. « Où étiez-vous ? »

J'ai des images, dit Hetty, et la lentille de Marina affiche des corps par-dessus la pièce vide. Des zabbalins avec leurs robots. Des récupérateurs. Elle aperçoit un pied, tourné vers l'extérieur, au bout d'un matelas. Le zabbalin s'en approche et en masque la vue. La vidéo a été récupérée sur une caméra de surveillance dans la rue, aussi l'angle est-il obtus et la magnification granuleuse. Les zabbalins ressortent avec dans chaque main un encombrant récipient métallique.

« Enlève-moi ça, enlève-moi ça ! » hurle-t-elle. Hetty interrompt la séquence juste au moment où Marina voit les machines recouvrir la porte et la fenêtre de plastique à vide. Jusqu'à la dernière squame. Jusqu'à la dernière goutte de sang. Et il n'y a rien à faire. Aucun appel à interjeter. Blake est mort mais, sur la Lune, la mort ne vous libère pas de votre dette. Les zabbalins renflouent les comptes chibs de Blake par un recyclage brutal de chaque parcelle de son corps en matière organique utile.

Tousser à en mourir, écouter les frottements-grattements de robots zabbalins devant la porte, attendre que la toux cesse.

« Pourquoi vous n'avez rien fait ? crie Marina aux portes et aux fenêtres. Vous auriez pu faire quelque chose. Ça n'aurait pas été dur. Une ou deux décimas chacun. Ça vous aurait tués, une ou deux décimas ? Quel genre de personnes est-ce que vous êtes ? » Les portes vides, les dos tournés, les épaules qui s'éloignent en hâte sont sa réponse. Les gens de la Lune.

Le tramway ne le reconnaît pas. Le refuse. Lui désobéit.

Rien n'avait encore jamais désobéi à Lucasinho Corta. L'affront suffit à le paralyser un instant. Puis il renouvelle à Jinji l'ordre d'ouvrir la porte.

L'accès t'est interdit, répond Jinji.

« Comment ça, il m'est interdit ? »

L'accès au tramway a été retiré aux personnes figurant sur la liste suivante : Luna Corta, Lucasinho Corta.

Il a cru à une plaisanterie quand son père lui a dit qu'il bouclait Boa Vista. Protéger les enfants.

« Outrepasse. »

Je n'en suis pas capable. Je pourrais informer la sécurité. Souhaites-tu que je l'informe ?

« Laisse tomber. »

Lucasinho s'était réjoui de pouvoir traîner un peu à Boa Vista et João de Deus. De vivre de la manière dont on est censé vivre. Il n'est pas pressé de retourner à l'université : son colloque comblera ce qu'il a manqué. Il sert à ça. Et voilà que son père l'a bouclé et qu'il faut qu'il sorte. C'est de la claustrophobie. Boa Vista est un intestin de pierre. Lucasinho est enfermé dans le ventre de la bête, qui le digère peu à peu. Il lève le poing pour frapper la porte métallique rebelle. Se fige. A soudain une meilleure et brillante idée.

Carlinhos et Wagner sont arrivés par le sas de surface. Il n'a qu'à sortir par là. Ensuite, il pourra aller où il veut. N'importe où. Loin. Le bouclage peut aller se faire foutre, la sécurité familiale aussi. Et la famille avec. Sauf peut-être sa vó. Elle a vieilli et n'est plus la même, mais elle a gardé la flamme et il l'admire d'imposer aussi naturellement le respect. Sauf peut-être aussi Carlinhos, même si Lucasinho ne sait jamais trop quoi dire à son oncle, comment lui faire comprendre qu'il le trouve bien. Il a craint pendant des années de passer pour un con aux yeux de Carlinhos. Les gamins, ce n'est même pas la peine d'en parler. Le reste peut aller se faire foutre.

Surtout son père.

Les doublures de combinaisons d'urgence n'ont pas été conçues pour les troisièmes-générations et Lucasinho doit se tortiller pendant cinq minutes pour arriver à en enfiler une. Il n'y a pas de place pour ses vêtements dans la poche intérieure de la combinaison. Pas grave. Il pourra toujours imprimer une nouvelle tenue à João de Deus. Il ôte sa Dame Lune qu'il glisse dans la poche. La combinaison d'urgence est un scaphandre robotisé, bulbeux comme dans les vieux films de SF, orange fluo et muni de clignotants. Assez spacieux pour que Lucasinho puisse remuer à l'intérieur. Jinji se duplique dans le système embarqué, qu'il active. À la surface, Lucasinho sera hors de portée du réseau. Des attaches se ferment. Des joints s'étanchéifient. La pressurisation siffle pendant quelques instants.

« Allons faire un tour », souffle Lucasinho. Jinji le conduit dans le sas. L'adolescent se rappelle la dernière fois qu'il s'apprêtait à sortir d'un sas. Des corps nus. Genou contre genou. Abena Asamoah nue en face de lui. La sueur qui s'évapore sur ses seins à la courbe parfaite tandis que la pression baisse. Il aura ces seins. À un endroit ou à un autre du monde. Il les trouvera. Il en a le droit. Elle a fait couler son sang.

Il ne pense pas à la dernière fois où il est entré dans un sas. Les corps entremêlés qui perdaient et reprenaient conscience. La douleur le rouge le noir la douleur. Le hurlement de la repressurisation d'urgence.

La porte extérieure s'ouvre d'un coup.

Jinji contrôle les servos du scaphandre, qu'il lance dans une course rapide et bondissante. La sécurité saura qu'un sas a été ouvert, une combinaison empruntée. Elle ne saura pas par qui, ni pour aller où, ni à quelle vitesse. Elle finira par le découvrir, mais Lucasinho sera déjà rentré en atmosphère pressurisée, sorti du scaphandre et perdu dans la foule de João de Deus.

Tu n'es pas si malin, pai.

Lucasinho sort du sas à João de Deus et descend en ascenseur.

Le scaphandre ressortira par ses propres moyens pour rentrer à Boa Vista. Les combinaisons d'urgence sont trop précieuses pour les laisser traîner sur la mer de la Fécondité. Une vie pourrait en dépendre un jour. Épingler le badge de coureur de Lune dessus est presque aussi difficile qu'enfiler la doublure élastique. Lucasinho a abîmé le scaphandre. Il espère qu'une vie n'en dépendra pas un jour. Que sa propre vie n'en dépendra pas. Non : Lucasinho Corta n'a plus jamais l'intention de monter à la surface.

João de Deus est une ville inachevée : roche brute et linteaux bas, prospekts et quadras minces et étroits. Les portes de sécurité s'ouvrent avec des spasmes et des secousses, la barre solaire tremblote. Ça sent la merde, les odeurs corporelles et les systèmes environnementaux poussés aux limites. L'eau a un goût de pile électrique. Trop de gens, et toujours pressés. On a en permanence quelqu'un devant soi, sur son chemin. Des coudes et des haleines, spectres au sein de nuées flottantes de familiers. Les panneaux et enseignes, les prospectus et graffitis sont tous en portugais. João de Deus est Hélium-ville, une ville-frontière. Une ville Corta Hélio, et c'est pour cette raison que Lucasinho ne va pas s'y attarder.

« Si tu étais mon père, tu ferais quoi ? » demande-t-il à Jinji.

Je gèlerais tes comptes bancaires.

Aussi Lucasinho se dirige-t-il vers la gare et non vers l'imprimerie de mode.

Les doublures de combinaison sont banales à João de Deus, et même acceptables. Mais à la gare centrale de Méridien, vingt têtes se sont tournées dans sa direction avant qu'il arrive à l'escalator principal et monte sur Gagarin Prospekt. Faut-il qu'il se débarrasse de cette doublure, même s'il la porte bien ? Pourrait-il persuader qui que ce soit qu'il s'agit là d'une nouvelle micro-tendance ? 1950 est tellement dernière lune. Chic d'ouvrier de surface. C'est col bleu qui est la grande mode : si sincère et *actuel*. Il commence à faire des pas un peu trop grands. Conduit par son costume trois-pièces, son bas-ventre.

Il se pavane. Se sent bien. Il a accompli un truc. Parce que ni Boa Vista ni la famille n'ont pu le retenir. Parce qu'il s'est enfui, grâce à son intelligence et son *cool*. Parce qu'il est libre. Parce qu'il est de retour. Ce n'est pas qu'un seul truc, mais *plusieurs*. Lucasinho Corta se sent plus que bien : il se sent super.

Le serveur ne peut cacher un regard quand, prenant ses aises sur la chaise du café, l'adolescent commande une vapette et un thé à la menthe. À cause de la doublure ou des muscles à l'intérieur ? Lucasinho cambre le dos pour contracter ses abdominaux et écarte les jambes pour mettre ses cuisses en valeur. Il aime qu'on le regarde. Je suis un gamin riche qui porte une doublure. Je lui donne bonne allure, mais je suis trop cher pour toi.

Lucasinho bascule l'extrémité de la vapette et inhale. Le THC se love dans sa gorge. Il sent naître en lui la détente, le sourire intérieur. Il prend une gorgée de thé et fait afficher par Jinji le catalogue Boy de la Boy sur ses lentilles. Le temps d'assembler une garde-robe, il plane gentiment. Jinji transmet la commande à une imprimerie. Elle lui est renvoyée.

Paiement refusé.

Lucasinho tombe des hauteurs où il plane. La chute est longue et l'atterrissage rude.

Ton compte a été gelé, annonce Jinji. Un gouffre s'ouvre dans le ventre du coureur de Lune, rempli de roues dentées en mouvement. Il jette un coup d'œil autour de lui pour voir si on a remarqué son sursaut, sa bouche bée. Les lapas passent en vrombissant, la foule circule sous les arbres de Gagarin Prospekt. Personne ne sait qu'en un instant, il est passé de Dragon à mendiant. Pas d'argent, il n'a pas d'argent. C'est la première fois de sa vie qu'il n'en a pas. Il ne sait pas comment faire sans.

Les doigts de Lucasinho trouvent le clou avec lequel Abena Asamoah lui a transpercé l'oreille. *Quand tu auras besoin de l'aide de la Maison Asamoah, quand tu n'auras plus d'autre espoir, quand tu seras seul, nu et en danger comme Kojo…* Il le fait tourner, apprécie la légère douleur qu'il ressent en tirant sur la croûte. Non. Il n'est pas encore désespéré à ce point. Il est Lucasinho Corta : il est charmant, beau et sexy. Des atouts qu'il peut faire fructifier.

Les quatre nombres dans son chib sont énormes et superbes. Ils sont le monde entier : air, eau, carbone et données. On ne peut pas lui couper les Quatre Fondamentaux. Payer son air et ses données, c'est pour les travailleurs. Les Corta se sont débrouillés autrement. Il peut respirer, il peut boire, il est connecté, il a du crédit carbone. À partir de là, prévois la prochaine étape. Il ne peut pas aller à l'appartement. Les escoltas de son père y sont sans doute déjà. Il a des amis, des amors, des endroits où se rendre. Il a besoin de vêtements et d'un toit.

Il faut qu'il coupe tout contact. Oui. Voilà. Son père peut retrouver sa trace par l'intermédiaire du réseau. Jinji doit donc disparaître. Le ventre et les couilles de Lucasinho se contractent de peur. Hors réseau. Déconnecté. Il hésite à murmurer les mots qui désactiveront Jinji. C'est une mort sociale. Non, c'est survivre. Le problème de paiement a peut-être déjà permis à son père de le localiser. Des gardes privés sont peut-être déjà en route.

Il faut qu'il paye une vape et un thé.

Non, il n'a pas besoin de payer. Il peut se borner à partir, comme il faisait à Boa Vista et João de Deus. Que va faire le serveur ? Le poignarder ? Rameuter la foule contre lui ? Lucasinho est toujours un Corta. Levez la main sur un Corta et le reste de la famille vous mettra en pièces. Il n'y a pas de crimes sur la Lune, pas de vols, pas de meurtres. Rien que des contrats et des négociations.

Il quitte d'un mouvement fluide son siège pour aller se promener sur Gagarin Prospekt. Même en doublure de combinaison rose fluo, il disparaît dans la cohue de gens, de véhicules et de robots. Encore quelques pas, et le voilà sous les arbres. Ne regarde pas en arrière. Ne regarde jamais en arrière. Tout en marchant, il extirpe de Jinji des commandes et des routines, coupe des connexions et désactive des utilitaires, jusqu'à ne plus avoir qu'un habillage vide en train de flotter au-dessus de son épaule gauche. Les gens deviennent méfiants quand ils ne voient pas un familier dans leur vision augmentée.

Les murs d'Orion Quadra se dressent de chaque côté : étage après étage, niveau après niveau, lumières et néons, enseignes en romain, en cyrillique et en chinois. Déconnecter Jinji a supprimé du monde une couche de réalité augmentée, mais il reste des écrans physiques et de mignonnes animations kawaï qui baissent les yeux sur lui. Seul dans Méridien sans un kopeck à son empreinte de pouce. Comme les pauvres. Sauf qu'il a des amis dans les environs, au milieu des lumières dans les murs du monde. Pas comme les pauvres, donc, en fin de compte. Merde aux pauvres. Il faut qu'il bouge.

La Lune tout entière est amoureuse d'Ariel, lorsque celle-ci arrive à la réception en l'honneur de la délégation commerciale chinoise. La LDC a loué un belvédère ouvert au quatre-vingtième étage de la rotonde, l'axe central sur lequel se rejoignent les cinq prospekts d'Aquarius Quadra. La vue porte à plusieurs kilomètres. Des rideaux de plantes grimpantes descendent des jardins verticaux sur les baies. Derrière lesquels les lumières dérivent dans le néant.

Ariel porte une robe de cocktail Ceil Chapman. Tout le monde la regarde. Tout le monde veut être dans son orbite. Elle entend les murmures, voit les têtes se rapprocher les unes des autres. L'attention est oxygène. Elle tire sur sa longue vapette en titane et s'enfonce dans la réception.

Les invités des Cinq Dragons : Yao Asamoah du Tabouret doré, le timide et réservé Alexeï Vorontsov, Verity Mackenzie qui caresse un magnifique furet angora domestique. L'animal, biologique, attire des regards admiratifs. Wei-Lun Sun, en orbite à l'aphélie des Chinois.

Les mouvements de la mission chinoise sont encore maladroits et excessifs. Elle n'est composée que d'hommes, et ceux-ci ne font aucun effort pour adapter leur corps aux exigences de la gravité lunaire. Ils n'ont pas l'intention de rester assez longtemps. Ils s'inclinent, sourient, serrent la main d'Ariel sans avoir la moindre idée de qui elle est, bien qu'on semble lui faire fête de toutes parts. Ariel se délecte d'un léger semblant d'excitation sexuelle dans le bas-ventre. Elle est l'espionne en robe Ceil Chapman.

Les grands de la LDC. Dirigeants d'entreprise et directeurs financiers. Avocats et juges.

La juge Nagai Rieko la salue de la tête de l'autre bout de la pièce. Désigne du menton l'Aigle de la Lune. *J'ai parlé de toi à l'Aigle*, communique-t-elle par l'intermédiaire de son familier. *Il est d'accord.* Ariel répond en levant son verre à cocktail. Bienvenue au pavillon du Lièvre variable.

Et l'Aigle de la Lune est là. Jonathon Kayode, PDG de la Lunar Development Corporation; roi, pape et empereur, en réalité une figure de proue, un oiseau au beau plumage dans une cage. Son familier est l'Aigle de la Lune lui-même. Seul Kayode a le droit d'utiliser cet habillage. Près de lui, son oko Adrian Mackenzie, toujours attentif à paraître un tout petit peu plus terne que le resplendissant Aigle. Son familier à lui prend la forme d'un corbeau.

« La fameuse Ariel Corta », dit l'Aigle de la Lune. Il est grand, pour un natif de la Terre : un immense Igbo de Lagos. Même la deuxième génération d'enfants de la Lune ne le dépasse pas en taille. « Rassurez-moi, vous n'allez pas provoquer de bagarre ici ?

— Dans cette tenue ? » réplique-t-elle d'un air charmeur, en retournant malgré tout son verre vide, signe qu'elle se battra contre la fête entière. L'Aigle de la Lune ne connaît pas ce signe, mais son mari, australien, comprend la plaisanterie. Il a un petit sourire.

« J'ai gagné de l'argent en misant sur vous au Celebdaq », chuchote l'Aigle. Il jette un coup d'œil à son oko. « On se fait des petits concours de ce genre. Il est très mauvais perdant.

— Même sur la Lune, se déshabiller est le seul moyen pour une fille de se faire remarquer. »

L'Aigle de la Lune s'esclaffe. Il a un rire tonitruant. La pièce se fige, puis de petits contrecoups d'humour se propagent dans l'assemblée : les gens rient parce que des gens plus importants qu'eux le font.

« Ce n'est que trop vrai. Hélas. » Par jeu, il donne une claque à Adrian Mackenzie sur le thorax. L'oko grimace, ravale son ressentiment. La rumeur veut qu'il ait manœuvré l'Aigle de la Lune pour rendre son poste plus politique, plus puissant, plus présidentiel, tout en l'installant plus profondément dans les poches de Mackenzie Metals. « Votre famille est très douée pour attirer l'attention du public. Vous faites un coup spectaculaire au tribunal en sous-vêtements. Votre neveu sauve le jeune Asamoah pendant la course lunaire. Et votre frère, bon, c'est horrible. Vraiment horrible.

— Vous semblez très intéressé par le clan Corta. » Ariel expédie une spirale de vapeur en direction des lumières.

Jonathon Kayode baisse une paupière. « L'œil de l'Aigle », lance-t-il, l'air malicieux. Il conduit Ariel sur un balcon derrière des rideaux d'hibiscus. Signifie d'un regard à Adrian Mackenzie de rester à l'intérieur. Le haut balcon est agité par les courants atmosphériques qui montent des niveaux inférieurs. La lumière se fait coucher de soleil. Une lumière longue et dorée, avec des ombres mauves, de l'indigo s'élevant de tout en bas : des quartiers entiers s'éclairent, scintillent dans la poussière. Jonathon Kayode glisse tout bas de sa voix grave, sur le ton de la confidence : « Je suis ravi de vous compter dans mon conseil.

— C'est un honneur.

— Personnellement, je pense qu'il est largement temps que les Corta dépoussièrent leurs bottes pour prendre la place qui leur revient dans la société politique. Ce n'est pas un gros mot, "politique". Cette tentative d'assassinat nous perturbe, tout de même. On se croirait malheureusement revenus dans les années 60. Duels, vendettas et assassinats… on a dépassé ce stade. L'Aigle n'a bien entendu pas le pouvoir d'intervenir, mais nous pouvons conseiller et mettre en garde. Ce serait dommage que, par le comportement de quelques frères belliqueux, les Corta gâchent la chance qui s'offre à eux. »

L'Aigle de la Lune incline la tête. Ariel Corta serre les doigts en pince. L'audience est terminée. Jonathon Kayode retraverse le rideau d'hibiscus. Des pétales en tombent sur les épaules de son agbada. Adrian Mackenzie s'accroche à son bras.

Ariel s'attarde, s'appuie à la balustrade en pierre. Les feux de navigation des drones et des pédicoptères, le scintillement des express, le boulier serti qu'évoquent les cabines d'ascenseur et de téléphérique : elle baigne dans la lumière, la respire comme un poisson respire l'eau. Des bulles de lumière exhalée.

Elle tire sur sa longue vapette et se repasse mentalement la brève conversation. Deux choses. La LDC est au courant de la tentative d'assassinat tout comme de la certitude de Rafa que celle-ci est une reprise de la vieille querelle entre Corta et Mackenzie. Et l'Aigle de la Lune a laissé leur échange être enregistré, entendu par les familiers. Ariel est censée transmettre cette conversation à Boa Vista, avec toutes ses promesses et ses menaces. Nous pouvons être les rois de la Lune comme nous sommes ceux de l'hélium, mais il faut pour cela nous comporter en rois et non en incontrôlables *bandeirantes*. L'Aigle de la Lune l'a chargée de contenir son frère impétueux.

La fête l'attire, elle va flirter scandaleusement, mais elle a encore un peu de travail à faire : du travail de Corta. De *bandeirante*. Elle fait signe de la tête à l'homme resté toute la soirée aux limites de son champ de vision. Il la rejoint sur le balcon et prend un instant à ses côtés pour regarder le mouvement permanent.

« An Xiuying », dit-il sans un regard ni un geste.

Et il repart. C'est un cadre moyen de la LDC qui porte un costume au-dessus de ses moyens et a embauché une avocate de nikah au-dessus de ses moyens pour pouvoir épouser le Sun qu'il aime de tout son cœur faible et généreux.

« Lucas », murmure Ariel à Beijaflor. Elle a aussitôt son frère en ligne. Il a attendu son appel toute la soirée.

« An Xiuying, répète Ariel.

— Merci.

— Et ne me demande plus aucun service, Lucas. » Elle coupe la connexion. Elle se redresse, se défait des tensions et raideurs de la journée. Aucun collier n'est plus séduisant que la confiance en soi. Les bijoux sexy du pouvoir siéent bien à Ariel. Très très bien.

Du mouvement, du bruit à la porte. Une silhouette en rose derrière les robots et les inflexibles humains du service de sécurité. Un manque, une rancune, un espoir. Une requête. Les Chinois regardent, à présent.

« Senhora Corta ? » Ariel n'a pas vu arriver l'assistante. Qui lui parle tout soudain à l'oreille. C'est ce que sont censés faire les assistants, approcher sans qu'on les remarque. D'un aigle épinglé en insigne sur le haut de sa robe Suzy Perette, elle a indiqué son allégeance. « Connaissez-vous un Lucas Corta junior ?

— Mon neveu.

— Il souhaiterait vous voir. À l'extérieur, si vous voulez bien. Sa tenue n'est pas appropriée. »

La silhouette en rose la reconnaît. C'est quoi, une doublure de combinaison ? Mais impossible de se tromper sur ce beau et grand nigaud. Sur ces adorables pommettes, ce large et irrésistible sourire.

« Tia, dit-il en portugais. Je me suis enfui de Boa Vista. Je peux dormir chez toi ? »

Gâteau et thé à la menthe attendent Ariel dans son minuscule coin cuisine, dont elle ne se sert jamais.

« Je t'ai fait du gâteau, dit Lucasinho. Pour te remercier. Pour le hamac. » L'appartement d'Ariel est tout petit. Pour une personne. Elle y a envoyé Lucasinho depuis la porte de la réception pour les Chinois. Un hamac attendait celui-ci dans le bac de l'imprimante. Le temps qu'elle revienne, son neveu se balançait doucement à l'intérieur dans un profond sommeil, la bouche ouverte, les membres pendant sous l'agrandissement du visage de Dovima photographiée par Richard Avedon qui recouvre l'intégralité du mur. Ariel n'a pas d'autre décoration que ce visage comme à la chaux, ces yeux et cette bouche un peu sombres, ces trous en guise de narines.

« Tu ne diras rien à papai ? demande Lucasinho.

— Il le découvrira. » Ariel prend une tranche de gâteau. Au citron, léger comme un souffle. « Si ce n'est déjà fait. Il me demandera.

— Tu diras quoi ?

— Mon frère me doit un service. » Lucas a dû rester debout toute la nuit, à solliciter des renvois d'ascenseur, à contacter ses alliés, à activer ses agents biologiques et informationnels sur Terre. Il a dû mobiliser toutes ses ressources sur An Xiuying, mais en premier chef son implacable intelligence, qui ne se laisserait aller à aucun renoncement ou repos avant que Lucas Corta ait obtenu ce qu'il voulait. Ariel plaint presque le pauvre homme. Lucas se servira d'une brutale et soudaine coercition à laquelle il sera impossible d'échapper. « Je peux donc dire ce que je veux. » Cette fois-là. Mais elle n'est pas irréprochable. Une place au pavillon du Lièvre variable, et déjà elle a divulgué des renseignements confidentiels, et sous les yeux de l'Aigle de la Lune en personne. Lucas n'a jamais aimé qu'elle cherche à vivre et faire carrière hors de la famille. Et voilà qu'en se livrant à cette unique et minuscule trahison pour cette dernière, elle a donné à son frère un moyen de pression sur elle. Il ne s'en servira pas tout de suite. Ni à brève échéance. Mais un jour, quand il en aura le plus besoin. Pour la famille. Toujours pour la famille. « Ce gâteau… » Ariel prend une autre bouchée. « Tu as appris ça où ?

— Où est-ce que tout le monde apprend quoi que ce soit ?

Sur le réseau. » Lucasinho le fait glisser vers Ariel pour qu'elle l'examine. « Je suis bon en gâteaux.

— En effet.

— J'ai eu un peu de mal. Tu n'as pas grand-chose dans ta cuisine. Juste de l'eau et du gin, en fait.

— Tu t'es fait livrer ?

— Des ingrédients, ouais. Des trucs que je ne pouvais pas imprimer. Comme des œufs.

— Tu es donc aussi quelqu'un de très soigneux. »

Il sourit. Son plaisir est manifeste et candide.

« Ariel, je peux rester ? »

Elle se l'imagine comme un meuble de son appartement. Quelque chose de brillant, de drôle et d'imprévisible, en plus des surfaces pures d'un blanc sévère, du gin fait sur commande et de l'eau pure dans son réfrigérateur, de l'immense visage d'un modèle des années 1950 mort depuis longtemps, les yeux clos, les dents serrées sur la lèvre inférieure. Quelque chose de mignon et de gentil.

« Il ne me doit pas une si grande faveur. »

Il hausse les épaules. « D'accord. Je comprends.

— Tu iras où ?

— Chez des copains. Filles. Garçons. Mon colloque.

— Attends. » Ariel se glisse dans sa chambre, sort des morceaux de papier de son sac. « Tu auras besoin de ça. »

Lucas regarde d'un air interloqué l'éventail de coupures grises dans ses mains. « C'est quoi ?

— De l'argent.

— Ouaouh.

— En liquide. Ton père a gelé ton compte courant.

— Je n'ai jamais… Ouaouh. Ça a une drôle d'odeur. Plutôt excitante. Genre poivre. C'est fait en quoi ?

— En papier.

— Mais encore ?

— Des fibres de chiffon. Si tu vois de quoi je parle. Bon, ce n'est pas approuvé par la LDC, mais ça te mènera là où tu as besoin d'aller, et plus loin encore, où tu veux.

— Comment tu te l'es procuré ?

— Les clients font souvent preuve d'imagination dans la manière de solder les comptes. Essaye de ne pas tout claquer d'un coup.

— Comment je m'en sers ?

— Tu sais compter, non ?

— Je t'ai fait un gâteau. Donc je sais compter. Et ajouter. Et retrancher.

— Oui, bien sûr. Des cent, des cinquante, des dix et des cinq. C'est comme ça qu'on s'en sert.

— Merci, Ariel. »

Ce grand sourire irrésistible. Ariel a de nouveau dix-sept ans, quand elle sortait de sous l'aile de sa mère et clignait des yeux dans la lumière d'un grand monde. L'université de Farside, située sur la face cachée de la Lune, venait d'ouvrir son premier colloque à Méridien et Ariel Corta était le premier nom dans le groupe de travail. Farside était un repaire de geeks, João de Deus un avant-poste minier crasseux, Boa Vista à peine mieux qu'une grotte. Méridien était couleur, glamour, ferveur, et les meilleurs légistes de la Lune. Elle a pris le BALTRAN. Rien n'aurait pu l'éloigner assez vite de Corta Hélio. Elle a fui loin, est restée loin. Lucas ne laissera pas pareille chose arriver à son fils. L'avenir de Lucasinho est réglé comme un jeu de société : un siège au conseil de Boa Vista, un emploi familial taillé sur mesure pour correspondre à ses compétences et à ses limites. Y avait-il là de la place pour des gâteaux préparés avec amour ? La même que l'amour porté par son père à la musique. Subordonnée aux besoins de Corta Hélio.

Profite de ton escapade, petit.

« Juste une chose : j'ai consommé un bon paquet de carbone pour imprimer ces vêtements. Tu pourrais au moins les porter. »

Lucasinho sourit. Il est magnifique, pense Ariel. Muscles, métal et port de danseur. Et le gâteau est vraiment excellent.

Handball ! Soir de match ! Handball ! Les João de Deus Moços contre les Tigers of the Sun.

Estádio da Luz est un Colisée : des gradins très pentus et des loges creusées dans la roche brute, niveau après niveau, si bien que ceux d'en haut sont presque à la verticale du terrain. Au-dessus des sièges bon marché, il n'y a que l'éclairage et les petits dirigeables robotisés en forme de jolies icônes manhuas, des publicités sur le ventre. Les fans s'installent tout près ; un joueur sur le terrain, s'il pouvait se permettre d'y consacrer son attention pendant un moment, verrait une muraille de visages, niveau après niveau. Il aurait l'impression d'être un gladiateur dans l'arène. Les joueurs ne sont pas encore entrés. Les caméras volettent au-dessus des amoncellements de fans, transmettant leurs visages dans les lentilles de tout le monde. En bas, sur le terrain, des acrobates exécutent de formidables numéros, des pom-pom girls se pavanent et se trémoussent, superbes garçons et filles étonnamment doués en gymnastique. Les fans les voient à chaque match, mais cela fait partie de la routine. Musique et lumières. Les dirigeables, replets comme des dieux, adoptent de nouvelles formations. Huées et sifflets : la LDC a bien entendu augmenté le prix de l'O_2 pour le match. On continue malgré tout à parier avec acharnement.

Les habitants de João de Deus vivent dans des tunnels et des dédales, mais ils ont le meilleur stade de handball de la Lune.

Rafa Corta ouvre la paroi vitrée de la loge de la direction pour sortir avec An Xiuying sur le balcon. Sa main droite est enveloppée dans un gant thérapeutique. Il a été idiot. Idiot et trop pressé. Idiot, colérique et trop sensible. Robson devrait être là avec lui, dans la loge, loin au-dessus des rangées de fans : ton équipe, fils. Tes joueurs. Il a mal joué. Il a mal joué depuis le moment où il a vu Rachel Mackenzie sortir, impeccable et magnifique, de la nacelle BALTRAN. Il se souvenait de tout ce qui lui plaisait chez elle. Le port, la fierté, l'intelligence et la flamme. Un mariage dynastique. Une trêve entre les Corta et les Mackenzie, scellée par un fils. Robson était au centre du contrat de mariage, et c'est ce qui les avait séparés, comme la glace fait éclater la roche. Au baptême, l'un pour l'église, l'autre pour les orixás, il avait vu les Mackenzie roucouler autour du bébé comme des pigeons à la recherche de nourriture. Des vampires. Des parasites. Chaque fois que Rachel partait dans sa famille en emmenant leur fils — et chacune de ces visites durait plus longtemps que la précédente —, Rafa sentait la méfiance et la peur lui évider les os. À l'intérieur du gant, sa main blessée l'élance.

Mais c'est soir de match. Soir de match ! Et il a un invité venu de la Terre. Il y a le match, et il y a l'autre match. Celui qui compte vraiment dans le stade ce soir-là.

Éteins ton cœur, Rafa.

Les bruits, la vue, les sensations stupéfient quelques instants An Xiuying quand il passe sur le balcon. Rafa lève la main en direction des tribunes. Les fans répondent d'un rugissement. Le patrão est là. Voyant Jaden Wen Sun dans la loge voisine, Rafa bondit dedans pour saluer et mettre en boîte son ami et rival, laissant son invité s'imprégner de l'atmosphère d'un soir de match. Le Terrien agrippe des deux mains la rambarde, étourdi par le bruit et la gravité.

Les haut-parleurs du stade lisent à présent la feuille de match. Les fans peuvent obtenir instantanément cette information de leurs familiers, mais ce n'est pas la même communion, le même moment, la même émotion. Chaque nom reçoit une ovation. La plus bruyante pour Muhammad Basra, le *ring-court* gauche récemment transféré du CSKA de St Ekaterina.

« C'est très excitant, senhor Corta, dit An Xiuying.

— Attendez que les équipes sortent des vestiaires. »

Fanfare ! Les visiteurs arrivent en courant sur le terrain. Leurs supporters se déchaînent à l'extrémité des tribunes, agitant des banderoles et actionnant des klaxons à air comprimé. Dans la loge voisine, Jaden Sun brandit le poing en criant à s'en fêler la gorge. Ses Tigers of the Sun se font des passes, s'entraînent à sauter, dribbler et se pousser de l'épaule. Le gardien fixe une minuscule icône derrière le minuscule filet. C'est ce qui fait du handball le grand sport collectif de la Lune : si la gravité vous offre beaucoup de libertés, le filet reste étroit.

Musique ! *The Kids are Back.* L'hymne des Moços. Voici les garçons, les garçons, les garçons ! Les fans se lèvent. Leurs voix deviennent davantage que du bruit. L'enceinte d'Estádio da Luz en vibre. Rafa Corta s'y baigne. Elles le nettoient de sa colère et de sa douleur. Il aime encore plus ce moment-là que la victoire, ce moment où il ouvre les mains et où jaillit la magie. Vous voyez ce que je vous donne ? Mais je suis égoïste, car je me le donne aussi. Je suis un fan, tout comme vous.

L'équipe commence son échauffement de terrain. An Xiuying se penche en avant sur la rambarde. Rafa le voit dans les mouvements de sa lentille de contact : son familier zoome. Le dos de Muhammad Basra. Son nom, son numéro, le logo du sponsor.

« C'est le premier match dans cette tenue, indique Rafa. Nouveau marché. Golden Phoenix Holdings. » Le même nom figure au dos de chacun des João de Deus Moços.

An Xiuying s'écarte de la rambarde. Ses mains tremblent. Il a le visage blême et luisant de sueur.

« Je ne me sens pas très bien, senhor Corta. Je ne suis pas sûr que je pourrai tenir jusqu'à la fin du match. »

Et Lucas est derrière lui. La chemise si pimpante, les plis si nets, la pochette si précise.

« J'en suis désolé, monsieur An. C'est vraiment à voir. Notre choix de logo pour les maillots vous a-t-il bouleversé ? Une compagnie intéressante, la Golden Phoenix. J'ai eu un mal surprenant à déterminer son véritable domaine d'activité. D'après ce que j'ai trouvé, elle semble n'exister que pour rediriger les financements de développement des infrastructures vers une série de sociétés-écrans immatriculées dans des paradis fiscaux — en général situés ici-même, sur la Lune — d'une manière que même moi, j'ai du mal à démêler. Si vous ne voulez pas assister au match — les Tigers vont gagner, les gars de Rafa sont en très mauvaise forme depuis le début de la saison —, nous pourrions peut-être discuter de vos relations avec la Golden Phoenix. Je peux les rendre publiques, voyez-vous. Votre gouvernement semble traverser une de ses périodes de répression de la corruption. Les sanctions sont très lourdes. Je peux aussi les dissimuler. Rafa peut renoncer à ces maillots. À vous de voir. Nous pourrions aussi parler des besoins futurs en hélium 3 de la China Power Investment Corporation. Corta Hélio est parfaitement capable d'y répondre. Le match dure une heure. Je suis sûr que c'est suffisant pour conclure un marché. »

D'une main sur l'épaule, An Xiuying est guidé vers l'intérieur de la loge directoriale. Avant d'en refermer la porte, Lucas adresse un signe de tête à son aîné.

Rachel avait raison, pense Rafa. Tu es plus malin que moi. Un coup de sifflet retentit et le ballon s'élève. C'est parti !

Une heure plus les arrêts de jeu. Les Tigers gagnent 31-15. Une victoire haut la main. Jaden Sun exulte, Rafa Corta déprime. Lucas ne se trompe jamais sur le résultat des matchs.

Le tram transportera une passagère. Les services de sécurité de Boa Vista ont été informés. La surveillance sera discrète. Cette passagère ne devra en aucun cas être fouillée. Elle vient sur invitation personnelle d'Adriana Corta.

La voiture s'arrête dans la gare de Boa Vista. La femme qui pose le pied sur la pierre polie est grande, même pour les normes lunaires, sombre de visage et d'yeux, extrêmement mince. Elle porte du blanc volumineux : une robe à multiples volants, un turban assez lâche. Couleurs : une étole tissée de vert, d'or et de bleu, rangée après rangée de grosses perles autour du cou, un anneau d'or à chaque oreille et à chaque doigt. Ses amples vêtements accentuent sa taille et sa minceur.

Elle n'a aucun familier, ce qui donne la même impression d'absence que s'il lui manquait un bras ou une jambe. Les gardes se redressent. Elle exsude le charisme. Il ne leur viendrait jamais à l'idée de la fouiller.

« Irmã », prononce Nilson Nunes, le régisseur de Boa Vista. Elle répond d'une inclinaison de la tête aussi légère que possible. Dans le jardin des Corta, elle s'immobilise. Lève la tête vers les panneaux célestes et cligne des yeux dans le soleil artificiel. Elle considère les grands visages en pierre des orixás, articule en silence le nom de chacun d'eux.

« Irmã ? »

Un signe de tête. En avant.

Adriana Corta attend dans le pavillon São Sebastião, assemblage de colonnes et de dômes au point le plus haut du tunnel de lave incliné. Des eaux dévalent d'entre ces colonnes. Deux chaises, une table. Un samovar de thé à la menthe. En pantalon décontracté et chemisier en soie douce, Adriana Corta se lève. « Irmã Loa.

— Senhora Corta. Je vous transmets les plus amicales salutations de la Sororité et les bénédictions des saints et orixás.

— Merci, ma sœur. Du thé ? » Adriana Corta sert un verre de thé à la menthe. « J'aimerais tellement qu'on puisse cultiver du café sur ce monde. Mon dernier arabica remonte à presque cinquante ans. »

La femme s'assied, mais ne touche pas au verre.

« Désolée que votre famille traverse ces ennuis.

— Nous avons survécu. » Adriana prend une gorgée de thé, grimace. « Horrible. On n'arrête jamais de s'inquiéter pour eux. Rafa ne renoncera pas à Robson. Carlinhos brûle de retourner sur le terrain. Ariel est repartie à Méridien. Lucasinho s'est enfui. Lucas a gelé son compte, mais ce n'est pas ça qui l'arrêtera. Ce garçon ressemble davantage à son père que celui-ci le croit. »

Irmã Loa porte à ses lèvres une croix sortie de sa profusion de perles, embrasse l'homme crucifié.

« Les saints et les orixás vous protègent. Et Wagner ? »

Adriana Corta écarte la question en en posant une autre :

« Et vous, la sécurité de votre œuvre est-elle maintenant garantie ?

— Saint et pécheur payent l'un et l'autre l'impôt sur l'air, répond irmã Loa. Et les catholiques continuent à se plaindre de nous. D'un autre côté, jamais notre fête de l'Assomption n'avait connu autant de succès. Votre parrainage est pour nous une bénédiction permanente. C'est si rare de trouver quelqu'un qui, comme nous, pense sur plusieurs siècles.

— Vous investissez dans les gens, moi dans la technologie. Nos objectifs à long terme se rejoindront tôt ou tard. Mieux vaut qu'ils le fassent maintenant, afin de se reconnaître quand ils se rejoindront à nouveau dans des centaines ou des milliers d'années. Il y a si peu de gens qui pensent à long terme. À vraiment long terme. Vous et moi, nous sommes dynastiques. »

Pataugeant dans les ruisseaux, attirée par les voix, Luna, en simple robe rouge. « Qui es-tu ? demande-t-elle à la femme en blanc.

— Je te présente irmã Loa, une des sœurs des Seigneurs du Présent. Elle prend le thé avec moi.

— Elle ne le boit pas, son thé, déclare Luna.

— Qu'est-ce que tu as au-dessus de l'épaule, un papillon de nuit ? » demande irmã Loa. La fillette hoche la tête, encore un peu effrayée par la femme mince vêtue de blanc, même si celle-ci sourit. « Il est attiré par la lumière. Il est tellement focalisé dessus que ça le rend facile à distraire. Le papillon est si fragile, mais c'est un enfant d'Iemanjá. Il est rempli d'intuition, le papillon. Il est attiré par l'amour et les autres l'aiment.

— Tu n'as pas de familier, remarque Luna.

— Nous ne nous en servons pas. Ils nous encombrent. Ils perturbent nos communications.

— Mais tu vois le mien.

— Nous portons toutes des lentilles, anjinho. » Irmã Loa extrait des replis de son turban un petit objet qu'elle plaque dans la paume de Luna : un minuscule ex-voto en plastique imprimé représentant une sirène avec une étoile sur le front. « Notre-Dame des Eaux. Elle sera ton amie et te guidera vers la lumière. »

La fillette serre la déesse dans son poing et repart dans les eaux vives.

« C'était très aimable de votre part, dit Adriana. Je crois que, de tous mes petits-enfants, c'est Luna que je préfère. J'ai peur pour eux. Havaianas à Havaianas en trois générations. Vous connaissez ce proverbe, ma sœur ? La première génération porte des chaussures de pauvre avant de se hisser au-dessus de sa condition. La deuxième bâtit les richesses. La troisième les dilapide. Retour aux chaussures de pauvre. Les projets à long terme, ma sœur.

— Pourquoi m'avez-vous fait venir, senhora Corta ?

— Je voudrais me confesser. »

La surprise sur le visage calme d'irmã Loa.

« Sauf votre respect, senhora, vous ne me faites pas l'impression d'une femme ayant beaucoup le sens du péché.

— Et les sœurs ne prêchent pas une religion qui l'a davantage. Je suis vieille, ma sœur. J'ai soixante-dix-neuf ans. Biologiquement, ce n'est pas énorme, mais je suis plus âgée que la majeure partie des choses de ce monde. Je n'étais pas la première, mais dans les premiers. Je suis sortie de rien — une fille de nulle part — et j'ai construit tout cela, là-haut dans le ciel. Je veux raconter cette histoire. En entier. Le bon et le mauvais. Vous pensiez vraiment que mon financement était une donation ?

— Senhora Corta, ne confondez pas simplicité d'esprit et naïveté.

— Vous viendrez ici une fois par semaine, et je vous ferai ma confession. Ma famille posera des questions — Lucas a besoin de me protéger —, mais il ne faut pas qu'elle sache. Pas tant que… » Adriana Corta s'interrompt.

« Vous êtes mourante, n'est-ce pas ?

— Oui. J'ai gardé le secret, bien entendu. Personne n'est au courant, à part Helen de Braga. Elle a tout traversé avec moi.

— Vous en êtes à un stade très avancé ?

— Très, oui. La douleur est maîtrisée. Je sais que je vous impose un fardeau. Ce que vous direz à Rafa, ou à Ariel, et surtout à Lucas, à vous de voir. Mais Lucas en particulier reviendra sans cesse à la charge. Vos mensonges doivent être irréfutables. Si mes enfants apprennent que je suis en train de mourir, ils vont s'entredéchirer. Ce sera la fin de Corta Hélio.

— Je souhaiterais prier pour vous, senhora Corta.

— Faites comme bon vous semble. Ensuite, je commencerai. »

3

Mon nom. Commencez par mon nom. Corta. Il n'est pas portugais, c'est un mot espagnol qui signifie « coupe », l'action de couper. Ce n'est pas vraiment un nom en espagnol non plus. C'est un bruit qui a parcouru le monde, passant d'un pays à l'autre, d'une langue à l'autre, pour devenir un mot puis un nom et enfin s'échouer sur les côtes brésiliennes.

Quand vous postulez pour la Lune, la LDC vous oblige à passer un test ADN. Si vous prévoyez de rester, d'avoir des enfants, la LDC refuse que vous ou vos descendants développiez des maladies génétiques chroniques. Mon ADN vient d'un peu partout sur Terre. De l'Ancien Monde, du Nouveau ; d'Africains, de Méditerranéens orientaux et occidentaux, de Tupis, de Japonais, de Norvégiens. Je suis une planète dans un corps de femme.

Adriana Corta. Adriana comme ma grand-tante. Le souvenir le plus net que j'en garde, c'est qu'elle jouait de l'orgue électrique. Elle vivait dans un appartement minuscule avec cet instrument énorme au milieu de la pièce. C'était son seul bien de valeur. Impossible de le lui voler, il aurait fallu pouvoir le sortir de l'appartement. Elle en jouait et nous dansions autour. Nous étions sept. Byron, Emerson, Elis, Adriana, Luiz, Eden, Caio. J'étais au milieu de la fratrie. C'est la plus mauvaise place, celle du milieu. Mais elle permet de ne pas se faire prendre. Vos frères et sœurs vous servent de camouflage. Il y avait toujours de la musique à la maison. Ma mère ne savait jouer d'aucun instrument, mais elle adorait chanter et il y avait toujours une radio allumée quelque part. J'ai grandi avec tous les classiques. Je les ai apportés ici. Quand je travaillais à la surface, je me les passais dans le casque. Lucas est le seul à avoir hérité de mon amour de la musique. Dommage qu'il n'ait pas de voix.

Adriana Arena de Corta. Ma mère s'appelait Maria Cecilia Arena. Elle était employée comme agent de santé par une organisation caritative catholique. De la puériculture et pas de contraception. Je suis injuste avec elle. Elle travaillait à Vila Canoas, et quand elle est partie, toute la favela est venue. Un jour, mon père s'est brûlé la main en soudant une voiture. Il est allé voir ma mère pour se faire soigner et a fini soudé à elle. C'était une femme imposante aux gestes lents ; elle avait des raideurs dans les hanches et, après la naissance d'Eden, elle a arrêté de travailler et n'est plus trop sortie de l'appartement. Elle ne pouvait pas nous attraper tous, alors elle criait. Elle avait une voix tonitruante qui trouvait toujours son chemin jusqu'à celui d'entre nous dont elle voulait se faire entendre. Elle était si gentille. Papa l'adorait. Elle avait des problèmes de circulation et le cœur fragile. Pourquoi est-ce toujours ceux qui travaillent dans la santé qui en ont le moins ?

Elle continue à me manquer. De tous ceux que j'ai laissés sur Terre, c'est à elle que je pense le plus.

Adriana Mão de Ferro Arena de Corta. Mão de Ferro. Main de Fer. Quel nom, hein ? Nous étions tous des Mains de Fer, comme mon père et tous mes oncles avant nous. C'était le surnom de mon grand-père Diogo, de Belo Horizonte. Il est mort avant ma naissance, mais il a commencé à travailler dans les mines de fer à quatorze ans et il a continué jusqu'à ce qu'on le renvoie parce qu'il était dangereux pour lui comme pour les autres. Dix millions de tonnes, qu'il a pelletées. J'en ai pelleté plus. Mille fois plus. Dix mille fois plus. Si quelqu'un est Main de Fer, c'est bien moi. Exploitation minière et métaux.

Mon père vendait des voitures. Il a su démonter et remonter un moteur avant de savoir conduire. Il est venu à Rio quand la récession a touché le Minas Gerais et il a trouvé un travail dans une boutique de « raccommodage » : on prend deux voitures déclarées bonnes pour la casse par les compagnies d'assurances, on coupe l'avant de l'une et l'arrière de l'autre qu'on soude ensemble. Une nouvelle voiture ! Ce travail ne lui a jamais plu… mon père était quelqu'un de très honnête. Dès que les informations parlaient de corruption ou de malversations, il se mettait à crier devant la télé. Au Brésil, dans les années 10 et 20, il n'arrêtait pas de crier. Ces magouilles sur les stades olympiques ! Des travailleurs qui n'avaient pas les moyens de se payer le bus ! Il s'est reconverti dans la vente automobile… allez savoir si c'est une activité plus honnête que construire une voiture en apparence correcte avec deux épaves. Toujours est-il qu'il s'est rapidement retrouvé avec une concession, puis a fait le pari d'acheter une franchise Mercedes. Ça a été la meilleure décision de sa vie… après celle d'épouser mãe. Mon père avait apparemment le don des affaires. Il nous a fait déménager à Barra da Tijuca. Oh ! je n'avais jamais rien vu de la sorte ! Tout un étage d'immeuble rien que pour nous. Je n'ai eu à partager une chambre qu'avec une sœur ! Et si on se mettait à la fenêtre, en se penchant bien, on voyait la mer, là, entre les autres immeubles !

Adriana Maria do Céu Mão de Ferro Arena de Corta. Marie du Ciel. Notre-Dame des Cieux étoilés. Ma mère, qui travaillait pour l'Abrigo Cristo Redentor, nous a tous envoyés au catéchisme et à la messe, mais ce n'était pas du tout une bonne catholique. Quand nous tombions malades, elle allumait un cierge et nous glissait une médaille bénite sous l'oreiller, mais elle achetait aussi des herbes, des prières et des icônes à la mãe-de-santo. La ceinture et les bretelles, comme elle disait. Plus il y avait de divinités sur l'affaire, mieux ça valait. On a grandi avec deux mondes invisibles qui se recouvraient sur nous : les saints et les orixás. J'ai donc reçu le nom d'une sainte catholique qui était aussi Iemanjá. Je me souviens que ma mère nous emmenait à la plage à Barra pour le réveillon. C'était la seule fois de l'année où elle voulait y aller. L'océan lui faisait peur. On passait la semaine d'après Noël à confectionner des costumes, en bleu et blanc, les couleurs sacrées. Mãe faisait de magnifiques chapeaux avec de vieux collants et du fil de fer… Pai les peignait au pistolet au fond de l'atelier. C'est ça, pour moi, l'odeur du nouvel an : celle de la peinture automobile. Mãe s'habillait tout en blanc et chacun la traitait avec beaucoup de respect quand elle descendait à la plage. Je me sentais si fière… elle ressemblait à un grand navire. Des millions de personnes montaient réveillonner à Rio, mais nous n'étions pas si misérables, à Barra. C'était notre fête. Tout le monde accrochait des feuilles de palmier à son balcon. La musique sortait des fenêtres des voitures qui allaient et venaient sur avenida Sernambetiba. La foule était si dense qu'elles ne pouvaient rouler qu'au pas, du coup même les petits enfants ne risquaient rien. Il y avait des DJ et plein de nourriture. Tout ce qu'aimait Iemanjá. De l'herbe. Des fleurs. Des fleurs blanches, des bateaux en papier, des cierges. Nous allions tout au bord de l'eau, l'océan nous léchait les orteils. Même mãe, elle entrait jusqu'aux chevilles dans les déferlantes, avec le sable qui lui filait sous les orteils. Des fleurs dans nos cheveux, des cierges dans nos mains. Nous attendions l'instant où la Lune commence à s'extraire de l'océan. Et il arrivait : un tout petit bout de Lune, fin comme une rognure d'ongle. On aurait dit qu'elle saignait sur l'horizon. Énorme. Vraiment énorme. Puis mes perceptions changeaient et je voyais qu'elle ne se levait pas derrière le rebord du monde : elle se formait à partir de l'eau. L'océan s'agitait et déferlait et le blanc des vagues montait dans la Lune. Je n'arrivais pas à parler. Aucun d'entre nous n'y arrivait. On restait immobiles, on était des milliers. Une ligne de blanc et de bleu au bord du Brésil. Ensuite la Lune se détachait, complète, et dessinait sur l'océan une ligne argentée qui venait jusqu'à moi. Le chemin d'Iemanjá. La voie empruntée par la déesse pour atteindre notre monde. Et je me souviens d'avoir pensé que les voies allaient dans les deux sens. Je pouvais prendre celle-là pour atteindre la Lune. Nous jetions ensuite nos fleurs dans les vagues, qui les emportaient. Nous allumions nos bougies chauffe-plat dans les bateaux en papier que nous mettions à l'eau après les fleurs. La plupart coulaient, mais certains suivaient le chemin de Lune conduisant à Iemanjá. Je n'ai jamais oublié ces minuscules bateaux voguant en direction de la Lune, ballottés par les vagues.

Mãe n'a jamais cru que des hommes avaient marché là-haut, sur la Lune. Elle ne pouvait pas concevoir pareille chose. La Lune était une personne, pas un satellite rocheux. Les gens ne pouvaient pas marcher comme des puces sur la peau d'autres personnes. Elle ne croyait toujours pas qu'il y avait des gens dessus, des années après, avant mon départ, quand je l'ai emmenée à la plage. Elle n'arrivait presque plus à se déplacer, à l'époque. J'ai loué une voiture pour faire les deux cents mètres jusqu'à la plage. Pai avait perdu sa concession. Nous n'avions plus rien à voir avec les automobiles. L'appartement nous appartenait parce que pai avait remboursé l'emprunt par avance. Il était encore tout imprégné de nous : Byron, Emerson, Elis, Luis, Eden, Caio. Adriana. Tout le monde finit par rentrer au bercail.

Mãe était aussi énorme que la Lune, à ce moment-là, mais tous les gens sortis pour le réveillon lui ont témoigné du respect, et les voitures sur l'avenida ont klaxonné pour elle. Elle était grande et sacrée. Je l'ai prise par la main pour aller au bord de l'eau, où nous avons vu la Lune qui semblait se former à partir de la mer. *Je serai bientôt là-haut*, j'ai dit à mãe. Elle a ri sans me croire, mais elle a répondu ensuite : comme ça, je pourrai te faire coucou rien qu'en allant sur le balcon.

Adriana Maria do Céu Mão de Ferro Arena de Corta. Une Outra. Outrinha. L'autre, la petite autre. Madame Tout-le-monde. C'est mon nom définitif. Celui qui a le plus façonné mon existence. La fille moyenne. Ni la plus jolie, ni la plus brillante ou la plus expansive. Pas celle à laquelle vóvó donne en premier les sous à Pâques. Adriana Tout-le-monde. J'avais de bonnes jambes, mais j'étais trop petite, avec un nez et des oreilles trop grands. De petits yeux en fente et une peau trop foncée. Mes parents pensaient me rendre service. Ils voulaient m'éviter de me bercer d'illusions. Ils disaient : Tu ne seras jamais belle, tu ne seras jamais la fille que tout le monde aime, celle qui a de la chance, alors ne t'attends pas à ce que tout te tombe du ciel. Rien ne te viendra sans efforts de ta part. Tu devras te servir de toutes tes forces et de toutes tes compétences pour obtenir ce que certains obtiendront par leur apparence et leur sourire. L'Autre. Personne ne m'a appelée comme ça depuis cinquante ans. Vous êtes la seule personne sur ce monde à connaître ce nom. Et je sens ma mâchoire qui se crispe. Mes dents se serrent. Tout ça à cause de ce nom. Cinquante ans que je suis en ce monde, et toujours ce nom ! Ce nom !

Et donc, je suis née sans grâces ni avantages. Et donc, j'avais le nez trop gros et la peau trop sombre. Je serais celle qui se rend exceptionnelle. Celle qui fait tout, qui ose tout. Je savais qu'on ne m'attraperait jamais. À l'école, j'étais l'élève qui levait la main avant les autres. La fille qui ne voulait pas se taire quand les garçons parlaient. Qui hackait le réseau de l'école pour changer les résultats des examens. Le garçon manifestement geek l'a fait. J'ai demandé à Baby Norton, la star de futsal qui faisait se pâmer toutes les filles, de glisser la main sous l'élastique de ma jupe. Et il l'a fait, ce qui a absolument choqué tout le monde. Je me camouflais au milieu des mignonnes. Aucune équipe féminine de futsal ne m'a plus jamais choisie. Du coup, je me suis trouvé mon propre sport : le jiu-jitsu brésilien. Ma mère n'était pas du tout d'accord. Pai, qui adorait regarder les MMA à la télé, m'a trouvé un dojo. J'étais petite, sournoise et vicieuse, j'arrivais à faire tomber des garçons deux fois plus vieux que moi. J'étais au lycée, à l'époque. Ah, qu'est-ce que j'étais vilaine. Je coiffais les jolies filles au poteau avec les garçons parce qu'ils savaient que je ferais n'importe quoi. Ce que je faisais, mais pas autant que ce qu'elles imaginaient. La légende suffisait. Les jolies filles m'ont exclue de leurs fêtes et de leurs cercles. Vous parlez d'une perte. Elles ont essayé de monter des combines pour m'humilier, mais aucune ne pouvait imaginer quoi que ce soit d'assez socialement scandaleux. Elles ont mis des choses sur moi sur Facebook, je leur ai rendu la monnaie au centuple en les hackant. Je savais mieux coder qu'elles toutes réunies. Et elles n'osaient pas s'en prendre physiquement à moi ou me lancer de l'acide de batterie : j'étais rapide, j'étais dure et elles seraient aussi impuissantes entre mes mains que des poupées Barbie. Le lycée, c'était la guerre. Ça l'est toujours et partout, non ?

Les garçons, ça allait en général, au fait. Ils parlaient sodomie, mais les garçons parlent toujours de ça. Une pipe suffisait à les satisfaire. Ils avaient aussi peur de moi que les filles.

C'est scandaleux, non ? Une dame de mon âge qui parle de sodomie et de fellation.

Papai a été ravi que je veuille devenir ingénieure. Des mines : j'étais une vraie fille du Minas Gerais. Une vraie Main de Fer. Ma mère a été complètement horrifiée. Ingénieur, c'était pour les hommes. Je ne me marierais jamais. Je n'aurais jamais d'enfants. Je mangerais avec les doigts, j'aurais de la crasse sous les ongles et aucun homme ne poserait les yeux sur moi. Et à São Paulo. Cette ville épouvantable, vraiment épouvantable.

J'ai adoré São Paulo. J'ai adoré son effrayante laideur. J'ai adoré son anonymat. J'ai adoré sa banalité. J'ai adoré ses gratte-ciel à perte de vue. J'ai adoré qu'elle ne transige pas. Comparée à la Lune, c'est un ange de beauté. Il n'y a aucune beauté sur la Lune. São Paulo était comme moi : rien d'agréable à regarder, mais débordante d'énergie, d'idées, de colère et de salive.

Je me suis fait un bon groupe d'amis. D'abord et surtout des garçons — c'était encore inhabituel de trouver des filles suivant des études d'ingénieur des mines et je connaissais mieux la manière de fonctionner des mecs que celle des filles. Les hommes étaient simples et directs. J'ai découvert que je pouvais avoir des amies femmes. J'ai découvert ce que l'amitié des femmes et des hommes avait de différent. J'ai découvert que je pouvais apprécier les filles. Que je pouvais les aimer. J'étais opportuniste, je ne cachais rien. Je connaissais des trucs. Je pense à cette jeune femme, à son audace, à son effronterie, et je l'adore. Elle ne laissait passer aucune occasion. Je venais de m'installer sur le campus quand je me suis peinte aux couleurs de notre drapeau national, des pieds à la tête, avant de partir nue à vélo dans les rues de São Paulo. Tout le monde me regardait, personne ne m'a vue. J'étais nue et invisible. Ça m'a énormément plu. Oh, quel corps j'avais à l'époque. J'aurais pu faire tellement davantage avec !

Je vais maintenant vous parler de Lyoto. C'est un nom remonté au chalut des grandes profondeurs — la pêche au chalut, vous savez ce que c'est ? J'oublie parfois qu'il y a des mots et des idées de l'ancien monde qui ne parlent pas aux jeunes générations. Les comparaisons animalières… mes petits-enfants n'y comprennent rien. Luna n'a jamais vu une vache, un cochon, ou même une poule, une poule vivante en train de glousser.

Lyoto. Je ne le visualise plus très bien, mais je me souviens de sa voix. Il avait un accent du Sud, il venait de Curitiba. Je crois que ça a été mon premier amour. Ah, vous souriez. Je n'ai pas flirté avec lui, je ne l'ai pas allumé, je ne l'ai pas séduit, je n'ai pas joué à des jeux sexy avec lui, ça devait donc être de l'amour. Je l'ai rencontré dans l'équipe de jiu-jitsu. Les équipes sportives, c'est sexe sexe sexe : tout le monde baise tout le temps. Nous étions à une compétition, moi dans l'équipe féminine, poids léger, ceinture violette. Lui, lourd, noire cinq. Je me souviens de son poids et de sa ceinture, mais pas de son visage.

Papai empruntait la Mercedes la plus voyante de la salle

d'exposition pour venir aux compétitions à domicile. Ce qui faisait pas mal de route, mais il aimait ça. Il me conduisait ensuite dans un restaurant chic de Jardins. Je descendais de cette grande voiture en ayant l'impression d'être millionnaire.

Une fois, il est venu et je ne suis pas montée dans la Mercedes avec lui. Je voulais aller boire de la bière avec Lyoto, puis à une fête. Je me souviens du visage triste de papai à l'idée qu'il ne pourrait pas descendre une nouvelle fois rua Barão de Capanema en consultant les menus sur l'écran de la voiture. Je crois que je le faisais se sentir millionnaire aussi. Il a continué à venir assister aux tournois jusqu'à ce que je parte en troisième cycle à Ouro Preto. C'était trop loin pour lui et combattre commençait à ne plus trop m'intéresser. Année après année, faire des cabrioles sur le tapis, progresser d'un dan ici, d'une ceinture là.

Lyoto était mort depuis deux ans, à l'époque. On avait été ensemble plus de douze mois. J'étais absente quand il s'est fait abattre sur la Praça da Sé. Je travaillais sur un mémoire à rendre quand on a appris la nouvelle. Je ne me suis jamais intéressée à la politique. J'étais ingénieure, lui étudiait la littérature. C'était un activiste. Moi, une simple capitaliste-née n'ayant jamais pris position parce que n'ayant jamais vraiment réfléchi à la politique, à ce qu'il me disait. J'avais le pragmatisme. Lui, la théorie. Je ne pouvais jamais débattre avec lui, car il avait pensé à tout : il alignait un argument après l'autre comme une armée coloniale. Quand une ligne tombait, la suivante s'avançait en tirant. L'ordre mondial était pourri. Malade d'injustice sociale, de racisme, de sexisme, d'inégalité et de mauvaise politique sur l'égalité des genres. Je croyais que c'était simplement l'état naturel du Brésil. Mais même moi, je voyais chaque jour davantage d'hélicoptères survoler le campus : les limousines des hyper-riches, les gens qui vivaient là-haut au sommet des tours sans jamais toucher le sol. Les changements tombaient comme des micro-météorites, comme des centaines de minuscules impacts. Les tarifs du bus et du métro qui flambaient encore. Mes amis qui puçaient leurs vélos, ce à cause de l'augmentation des vols, eux-mêmes dus à l'augmentation des tarifs. Les magasins qui achetaient des rideaux de fer parce que de plus en plus de gens dormaient sur leur pas de porte. Davantage de caméras dans les rues, à cause des SDF. Des drones de surveillance. À São Paulo ! Peut-être dans un État européen, ou dans le golfe Persique, mais ce n'est pas la manière de faire brésilienne. Là où il y a des drones, il y aura toujours la police. Là où il y a la police, il y aura toujours de la violence. Et jour après jour, le prix du pain augmentait. S'il y a une chose qui fait descendre les gens dans la rue, c'est bien le prix du pain.

Lyoto était quelqu'un d'engagé. Il descendait sur Praça da Sé poser des affiches et occuper l'espace. Il croyait que ça me laissait indifférente. C'était faux, du moins en ce qui concernait les gens de ma connaissance. Je me fichais que des compagnies chinoises achètent des provinces entières et chassent les gens de leur terre. Je me fichais des réfugiés des campagnes, que même les *favelados* méprisaient. Je n'arrivais à me soucier que de ce que je connaissais. Ma famille, mes amis, la famille que j'aurais un jour. La famille d'abord, toujours.

J'avais peur pour lui. Je regardais YouTube. Je voyais l'escalade des manifestations. Des cris aux pierres aux cocktails Molotov. À chaque étape, la police réagissait : des boucliers antiémeutes aux gaz lacrymogènes aux armes à feu. Je lui ai dit que je n'aimais pas qu'il aille là-bas. Je lui ai dit qu'il risquait de se faire arrêter, ou d'aller en prison et de se faire enlever son CPF, ce qui l'empêcherait jusqu'à la fin de ses jours de demander un crédit ou de décrocher un véritable boulot. Je lui ai dit qu'il se souciait davantage des étrangers que des gens qui tenaient à lui. Que de moi. On s'est séparés quelque temps. En continuant à coucher ensemble. Personne ne se sépare jamais vraiment.

Au début, je ne savais pas ce qui s'était passé. Il y a eu tout à coup une dizaine de messages. Mon Dieu. La police qui tirait. Des gens abattus. Des coups de feu. Lyoto blessé, Lyoto indemne, Lyoto abattu. Les messages se succédaient, s'empilaient. Dont une vidéo : un corps traîné à l'abri d'une devanture. Puis des sirènes, l'arrivée des ambulances. Tout ça en images saccadées, tremblotantes. Toujours floues. Au loin, des coups de feu. Vous en avez déjà entendu ? J'imagine que non. Il n'y a pas d'armes à feu sur la Lune. Ça fait un petit bruit méchant. Toutes ces informations qui me tombaient dessus, mais impossible de démêler le vrai du faux. J'ai essayé d'appeler Lyoto. Pas de signal. Puis les rumeurs ont commencé à converger. Lyoto avait pris une balle. On l'avait conduit à l'hôpital. Lequel ? Vous imaginez comme je me sentais impuissante ? J'ai appelé tous les gens qui, à ma connaissance, avaient un jour été en relation avec Lyoto ou n'importe lequel de ses amis activistes. L'hôpital Sírio-Libanês. J'ai volé une bicyclette. Il m'a fallu quelques secondes pour hacker la puce de pistage. J'ai pédalé comme une folle dans la circulation de São Paulo. On ne m'a pas laissée le voir. J'ai attendu aux urgences, il y avait des policiers partout, et des caméras de télévision. Je me suis installée au fond sans rien dire. La police m'aurait interrogée, et après elle les journalistes. J'ai écouté, j'ai tendu l'oreille au maximum, mais je n'ai rien entendu sur son état de santé. Sa famille est arrivée. Je ne l'avais jamais rencontrée, je ne savais même pas qu'il en avait une, mais j'ai compris tout de suite qui c'était. J'ai attendu et attendu en essayant de surprendre des conversations. Jusqu'à ce qu'on apprenne qu'il était décédé aux urgences. La famille a été anéantie. Le personnel de l'hôpital a tenu la police à l'écart. Les caméras ont eu toutes les bonnes images. Il n'y avait rien à faire. Rien à reprendre. La mort garde tout. Je me suis éclipsée sur mon vélo volé.

Lyoto est mort, cinq autres aussi. Comme il n'était pas le premier à se faire abattre, personne n'a retenu son nom. Personne n'a bombé sur les murs et les bus : « N'oubliez pas Lyoto Matsushita. » Personne ne se souvient du deuxième type sur la Lune. Je me rappelle que j'étais choquée, prostrée, terrifiée, mais surtout en colère. J'étais en colère d'avoir tellement peu compté pour lui qu'il s'était mis en danger de mort. J'étais en colère qu'il soit mort aussi bêtement. Je me rappelle la colère, mais je n'arrive pas à sentir la nausée, la tension des muscles, la pression derrière les yeux, l'impression de mourir et mourir encore de l'intérieur. Je suis vieille. Je suis très loin de cette élève ingénieure à l'université de São Paulo. La colère a-t-elle une demi-vie ?

Je me demande ce que Lyoto aurait pensé de moi, s'il avait vécu. Je suis riche et puissante. D'un mot, je peux éteindre toutes les lumières sur Terre, la plonger dans les ténèbres et l'hiver. Je ne suis même pas le 1 % : je suis le 1 % du 1 % : ceux qui ont quitté la Terre.

En une semaine, nous avons oublié Lyoto Matsushita, le deuxième martyr. Il y a eu d'autres émeutes, d'autres morts. Le gouvernement a fait des promesses sans en tenir une seule. Il y a ensuite eu une série de krachs, chacun plus nuisible que le précédent au pays et à l'économie, jusqu'à ce qu'elle s'écroule, complètement détruite.

Je ne savais pas à l'époque que Lyoto était une des premières victimes de la guerre des classes. La grande, l'ultime guerre des classes : la disparition de la classe moyenne. L'économie financiarisée n'avait pas besoin d'ouvriers et la mécanisation conduisait les classes moyennes dans une course vers l'abîme. Si un robot pouvait faire correctement et pour moins cher votre boulot, il vous le prenait. Les machines vous obligeaient à surenchérir sur elles. Elles fournissaient même les applis que vous utilisiez pour surenchérir sur elles et sur vos congénères. Si vous étiez meilleur marché qu'une machine, vous aviez de quoi manger. Tout juste. On a toujours cru que l'apocalypse des robots prendrait la forme de flottes de drones tueurs, de mechas de guerre gros comme des pâtés de maisons et de terminators aux yeux rouges. Pas d'une rangée de caisses enregistreuses automatiques à l'Extra ou à la station Alco du coin, pas de la banque en ligne, des taxis automatiques, du système automatique de triage médical à l'hôpital. Un par un, les robots sont venus nous remplacer.

Et nous voilà maintenant dans la société la plus dépendante aux machines jamais créée par l'humanité. Je suis devenue riche, j'ai bâti une dynastie basée sur ces mêmes robots qui ont réduit la Terre à la mendicité.

Mon père ne se souvenait pas de l'alunissage des Nord-Américains, mais il m'a dit que le vieux Mão de Ferro s'en rappelait, lui. Il buvait un verre dans un bar de Belo Horizonte. La télévision diffusait un match de foot et Mão de Ferro a failli provoquer une bagarre en exigeant du patron qu'il passe sur la chaîne retransmettant l'alunissage. C'est historique, qu'il a dit. On ne verra rien de plus sensationnel de toute notre vie. Truquage, ont crié les autres clients du bar. Tourné sur un plateau de Hollywood. Mais lui est resté en face de la télévision, les yeux rivés sur les images noir et blanc, en défiant quiconque de rebasculer sur le foot. Et je me souviens du jour où les Mackenzie ont mis des robots sur la Lune. J'étais moi aussi dans un bar, avec mon groupe de travail. J'étais revenue chez nous, au Minas Gerais, et à DEMIN, l'institut des mines, pour faire mon troisième cycle. Je sortais encore plus du lot, à Ouro Preto : j'étais unique. La seule femme. Les hommes étaient trop polis et trop claniques. Je ne les laissais pas m'exclure, si bien que je buvais de la bière avec eux dans ce bar. Le patron passait d'une chaîne de sport à l'autre quand il s'est attardé quelques instants sur les informations. J'ai vu la Lune, j'ai vu les machines, j'ai vu les traces de pneus. J'ai crié au barman : hé ho, laissez cette chaîne-là. Personne d'autre ne regardait l'écran, ne regardait l'histoire en train de se faire. Les Australiens de la Mackenzie Mining Corporation avaient envoyé des robots sur la Lune récupérer des métaux rares indispensables, sur Terre, à l'industrie électronique. Pourquoi vous ne regardez pas ? j'ai voulu crier à mon groupe. Pourquoi vous ne voyez pas la même chose que moi ? Et vous vous dites ingénieurs ? En regardant cet écran, j'ai eu un éclair de compréhension, un flash dans la tête. J'ai eu l'impression que ma respiration se figeait, que mon cœur manquait un battement sur trois ou quatre. Je sentais l'impossible devenir non seulement possible, mais accessible. Par moi. Puis les infos sont passées à un autre sujet — ce n'était pas considéré comme important, personne ne s'intéressait à l'espace et aux sciences. Ce que faisaient les vedettes et mannequins de *telenovela*, ça, c'étaient des infos. Je suis sortie dans le jardin du bar pour m'asseoir sur le mur, au pied des arbres poussiéreux. J'ai levé les yeux vers le ciel nocturne. J'ai vu la Lune. Je me suis dit : il y a là-haut des choses avec lesquelles on gagne de l'argent.

Mon père est venu me rendre visite. En bus. J'ai tout de suite compris qu'il apportait de mauvaises nouvelles. Ouro Preto était loin, mais mon père aurait fait une aventure du trajet en voiture. Il avait perdu la concession. Plus personne n'achetait de Mercedes haut de gamme, pas même à Barra. Il avait été prudent : l'appartement était remboursé et je pouvais terminer mes études. Du moment que j'obtenais mon diplôme dans les deux prochaines années sans remplir chaque semaine le frigo de bières. Mais c'en était fini de son entreprise et, à son âge, il ne pouvait espérer acquérir les compétences nécessaires à l'économie à base de code-machine, encore moins trouver un autre travail. Il était désolé et fier à la fois : il avait fait tout son possible et du mieux qu'il le pouvait. Les marchés l'avaient trahi.

Puis Notre-Dame de la Tuberculose est venue réduire ses plans en miettes. Caio, le bébé, le petit dernier. Caizinho, que nous appelions l'avorton de la portée. Il n'était jamais parti de la maison, semblait avoir perpétuellement treize ans. Au fur et à mesure que les emplois disparaissaient, que les mariages battaient de l'aile et que les familles implosaient, le reste des sept bébés de mamãe Corta est revenu habiter chez elle. Sauf moi. Celle qui apprend, qui reste où elle est. Puis Caio a inhalé le bacille de la tuberculose TDR… un bus, une classe, la messe.

Il y avait trois types de tuberculose, à l'époque. MDR, XDR, TDR. Multiply Drug Resistant, Extensively Drug Resistant, Totally Drug Resistant. La MDR résiste aux antibiotiques de première intention. La XDR résiste même aux médicaments de deuxième intention, qui sont en gros des chimiothérapies toxiques. La TDR : vous imaginez. La Dame Blanche, comme nous l'appelions, s'est installée dans les poumons de Caio, où elle a grandi.

Mamãe a fermé hermétiquement une des pièces avec du plastique pour la transformer en sanatorium. Papai a fabriqué une climatisation. Ils ne pouvaient pas payer l'hôpital, ni les médicaments. Ils ont acheté des traitements expérimentaux au marché noir — des phages russes expérimentaux, des médicaments génériques chimio-trafiqués. Je suis rentrée à la maison. J'ai vu Caio derrière le plastique. C'était dangereux d'entrer dans la pièce. Mãe lui glissait ses repas sur des plateaux volés par mes frères et sœurs au McDonald's et enveloppés d'une double couche d'épais plastique. Caio nous rendait les déchets sous double emballage. Je l'ai vu, j'ai vu pai complètement exténué, j'ai vu mãe parler à ses saints et orixás. J'ai vu mes frères, mes sœurs et leurs enfants grappiller un réal là où ils pouvaient : en achetant et revendant des trucs, dans la ferraille ou la loterie d'animaux. Caio allait mourir, mais je ne pouvais pas reprocher à ma famille d'espérer en épargnant le moindre centavo. Elle n'avait pas les moyens de me laisser terminer mon troisième cycle. Il y avait une manière pour moi d'aller jusqu'au bout. Les publicités avaient commencé à apparaître dans les sites et revues professionnels quelques semaines après l'arrivée des Mackenzie sur la Lune.

J'ai postulé pour un emploi là-haut.

Mon conseiller d'études m'a aidée pour la demande de prêt. Ma dissertation sur la distillation solaire d'éléments terrestres rares présents dans le régolite lunaire a fait de moi une recrue de choix pour le développement lunaire. J'ai signé avec

Mackenzie Metals. Ma demande de prêt a été acceptée et j'ai reçu l'argent.

Je suis rentrée chez moi, ce week-end-là. J'avais de quoi me payer l'avion. Je suis allée à Barra et j'ai vu l'herbe pousser entre les pavés de Niemeyer. Des arbustes avaient pris racine sur les toits des immeubles et dans les fenêtres vides. Avenida Sernambetiba était bordée d'étals et d'abris, chaque immeuble d'habitation était recouvert d'un entremêlement de conduites d'eau et de fils électriques, comme des figuiers étrangleurs. On trouvait sur chaque rond-point un groupe de citernes et de panneaux solaires. Le stade de football, le parc olympique, les sièges arrachés, la moitié des toits qui manquait depuis la dernière tempête. La ville faisait faillite. La planète faisait faillite.

L'appartement était bondé, mais on m'a donné ma chambre. Caio occupait toujours sa grotte de plastique. Il était sous oxygène, à présent. Caio et moi, dans nos chambres : le prince agonisant et la princesse de retour au foyer. Télévision jour et nuit, des gens qui arrivaient ou partaient jour et nuit, maris, femmes, conjoints et leurs parents, membres de la famille qui ne faisaient pas partie de la famille. Et ma mamãe, si grosse qu'elle ne pouvait que se dandiner, gérant le tout de sa voix de stentor. Cette nuit-là, je suis allée sur le balcon, d'où j'ai vu la Lune. Iemanjá, ma déesse, sauf qu'elle ne se formait pas à partir de la mer, elle était bien plus loin que le monde, et le monde se tournait vers elle. Le monde tournait et me plaçait sous son regard, et toute l'eau de l'océan était attirée dans sa direction. Et moi avec. Oh oui, moi avec.

L'entraînement pour la Lune m'a beaucoup plu. Courir, nager, soulever des poids et faire du cyclo-cross. J'étais mince, motivée et tellement, tellement en forme. J'adorais mes muscles. Je crois que j'étais éperdument amoureuse de moi-même. Je n'étais pas seulement la Main de Fer, mais la Femme de Fer.

Le centre d'entraînement sud-américain était situé en

Guyane, à proximité du centre de lancement de l'ESA. Quand je joggais, j'entendais s'allumer les moteurs du véhicule de transfert interorbital. Leur rugissement me secouait jusqu'à ce que je n'entende plus rien. Il secouait la Terre et les cieux. Puis je voyais la traînée de condensation, courbe montante terminée par la minuscule aiguille noire du vaisseau. Il montait, s'éloignait du monde. J'en pleurais. Chaque fois.

Le truc, avec l'entraînement pour la Lune, c'est qu'on ne s'entraîne pas pour la Lune. Seulement pour le lancement. La Lune n'avait pas besoin de mon magnifique corps. Elle le mangerait petit à petit. Elle me changerait en elle.

Je n'étais pas la seule femme, mais presque. Les installations de Kourou, c'était DEMIN, sous stéroïdes. La Lune serait comme une gigantesque équipe universitaire de football, mais dans l'espace. Je me suis rendu compte qu'elle n'était pas un endroit sûr. Elle connaissait mille moyens de vous tuer si vous étiez idiot, négligent ou paresseux, mais le véritable danger venait des gens autour de vous. La Lune n'était pas un monde, mais un sous-marin. L'extérieur, c'était la mort. Je serais enfermée avec ces gens. Il n'y avait ni loi ni justice, rien que de la gestion. La Lune était la frontière, mais la frontière avec rien. On ne pouvait s'échapper nulle part.

Il m'a fallu trois mois de préparation. Entraînement en centrifugeuse, en chute libre — dans un vieil A319 qui survolait l'Atlantique sud et me faisait vomir chaque fois qu'il plongeait. Et formation à la combinaison… un énorme machin bringuebalant, comparé aux combiAS de maintenant : essayez donc de fileter des pas de vis avec ces gants ! J'étais douée pour ça. Bonnes capacités motrices. Entraînement sous basse pression, sous zéro pression. Fabrication en basse gravité, en apesanteur, en robotique et en programmation d'imprimantes 3D. Trois mois ! Trois ans n'auraient pas suffi. Trois vies.

Puis il n'est plus resté que trois semaines avant le lancement. Je suis rentrée à la maison. Papa a organisé une fête sur le toit. Il sautait toujours sur la moindre occasion de faire une churrascaria. Tout le monde m'a dit que j'avais l'air sensationnelle. Ç'a été une super fête, la joie se mêlant de saudade. Ç'a été une veillée mortuaire. Tout le monde savait que je ne reviendrais plus jamais.

Caio est mort trois jours avant le lancement. Et je ne me suis pas dit qu'il me manquait ou que j'avais du chagrin. Plutôt : tu n'aurais pas pu attendre ? Une semaine, ou même cinq jours ? Pourquoi a-t-il fallu que tu me donnes quelque chose à ressentir, alors que tous mes sentiments sont accaparés par cette grosse Lune là-haut, par cette étoile chaque jour plus brillante dans le ciel du matin — c'était le cycleur qui approchait de la Terre — et, plus directement, par cet oiseau noir qui attend dans le hangar 6 qu'on le sorte sur la piste ?

D'où colère, puis culpabilité. J'ai demandé un congé exceptionnel. Qui m'a été refusé. Je ne pouvais risquer d'être contaminée si près du lancement. Le moindre microbe s'introduirait dans les espaces confinés du cycleur et des installations. La Lune était une énorme salle blanche. Chaque jour, on vérifiait par divers tests que nous n'avions aucune infection virale, aucun parasite ou insecte. Pas de vermine sur la Lune.

On a donc incinéré Caio pour tuer la Dame Blanche tandis qu'on me transférait du bus pressurisé à l'avion spatial. Nous avions répété une dizaine de fois la procédure d'embarquement dans le hangar, ce qui ne nous a pas empêchés de nous presser aux hublots assombris pour voir le VTI, nu et d'un noir luisant au soleil. L'impression de puissance, de compétences humaines était si forte. Beaucoup des hommes ont pleuré. Les garçons s'émeuvent si facilement.

On s'est sanglés à l'intérieur, avec notre combinaison et notre casque, sans fenêtres, écrans éteints. Même si on l'avait déjà fait vingt fois, j'ai eu du mal avec les sangles et les contrôles de sécurité. Je n'étais pas prête. Personne ne pouvait être prêt pour un truc de ce genre. Je n'arrêtais pas de penser aux réservoirs d'hydrogène devant et derrière moi, au réservoir d'oxygène sous mes pieds. La peur me tétanisait. J'ai alors découvert l'existence d'un endroit derrière cette peur… ni calme, ni beau, ni résigné ou impuissant, mais ferme et résolu.

On a sorti le VTI, qui a fait *clong clong clong* sur la piste à cause de ses pneus aplatis par endroits à force d'attendre. Dire que ça remonte à cinquante ans et que je me souviens de tout à la perfection. Je nous ai sentis tourner sur la piste, j'ai senti l'avion spatial s'arrêter, puis les moteurs se déchaîner. Mon Dieu ! Quelle puissance ! Vous n'avez jamais rien ressenti de tel, même en ayant déjà voyagé par BALTRAN. C'est comme si la moindre partie de votre corps criait. Et j'ai découvert ce qu'il y avait derrière la résolution, derrière la peur. De l'excitation. De l'excitation pure. Je n'avais jamais rien fait de plus sexuel.

Les moteurs se sont tus. Un léger choc : la capsule de charge utile avait été libérée. Nous étions en chute libre. J'ai senti mon abdomen commencer à se défaire, la bile acide me remonter à la gorge. Vomir dans son casque n'est pas seulement infect. On peut se noyer comme ça. La force centrifuge s'est alors agrippée au fond de mon estomac et j'ai compris que la bride nous tenait, nous remontait en orbite de transfert jusqu'au cycleur. Les g se sont accumulés, le sang s'est rué dans mes orteils. Chute libre, de nouveau. La prochaine fois que je ressentirais mon poids, ce serait dans les bras centrifuges du cycleur.

Une trépidation. Une secousse, des bruits sourds et métalliques, le gémissement des servos. Nous étions amarrés au cycleur. Nos ceintures se sont débouclées. Je me suis dégagée et poussée en direction de l'ouverture du sas. Elle avait l'air beaucoup trop petite, même pour moi. Mais je suis entrée, nous sommes tous entrés, à vingt-quatre.

Je suis restée accrochée à un étançon dans le sas, le temps de ravaler ma nausée, de regarder par un minuscule hublot l'avion spatial avec l'énorme Terre bleue derrière. C'était trop grand, trop près pour révéler le mouvement du cycleur, qui s'en éloignait à toute vitesse. Mais je l'ai senti. J'étais sur le sentier de la Lune, moi : Adriana Maria do Céu Mão de Ferro Arena de Corta.

4

Deux bises pour Adriana Corta, une sur chaque joue. Un petit cadeau, enveloppé dans du papier imprimé japonais doux comme du tissu.

« Qu'est-ce que c'est ? »

Lucas adore apporter des cadeaux à sa mère quand il lui rend visite. Ce qu'il fait avec assiduité : il vient au moins une fois par semaine en tram à Boa Vista voir sa mère dans le pavillon Santa Bárbara.

« Ouvre-le », répond-il.

Il voit le ravissement se peindre sur le visage de sa mère quand elle défait soigneusement l'emballage, libérant un parfum révélateur. Il adore la gestion des émotions.

« Oh, Lucas, tu n'aurais pas dû. C'est tellement cher. »

Adriana Corta débouche le minuscule pot pour humer à plein nez l'arôme du café. Lucas voit des années et des centaines de milliers de kilomètres passer sur ses traits.

« J'ai peur qu'il ne soit pas brésilien. » Le café coûte plus cher que l'or. L'or est bon marché, sur la Lune, où il ne vaut que pour sa beauté. Le café est plus précieux que les alcaloïdes et les diamorphines. Les imprimantes peuvent synthétiser les stupéfiants, aucune n'a jamais produit un café qui n'ait pas un goût de merde. Lucas n'apprécie pas le café, qu'il trouve trop amer et trompeur. Son goût ne ressemble jamais à son odeur.

« Je vais le garder, décide Adriana en refermant le pot qu'elle presse un instant sur son cœur. Pour une occasion spéciale. Je saurai laquelle. Merci, Lucas. Tu as appelé Amanda ?

— Je me suis dit que je pouvais m'en passer pour cette fois. »

Adriana ne réagit pas, même d'un regard. Cela fait maintenant des années que le mariage de Lucas et d'Amanda Sun n'est plus que de pure forme.

« Et Lucasinho ?

— Je lui ai coupé les vivres. Je crois qu'Ariel lui a donné un peu d'argent. De l'argent sale. Qu'est-ce que ça nous dit sur la famille ?

— Laisse-le n'en faire qu'à sa tête.

— À un moment, il faudra bien que ce garçon prenne des responsabilités.

— Il a dix-sept ans. À son âge, je sortais avec tous les garçons et toutes les filles sur qui j'arrivais à mettre la main. Il a besoin de liberté. Coupe-lui les vivres si tu veux, ça lui fera du bien de se débrouiller tout seul. Il a fait preuve d'initiative en prenant cette combinaison pour partir.

— Pour qu'il se débrouille seul, il lui faudrait un minimum d'intelligence. Et la sienne lui vient de sa mère.

— Lucas ! »

La réprimande maternelle lui arrache une grimace.

« Amanda fait toujours partie de la famille. Nous ne cassons pas du sucre sur le dos de membres de la famille. Et tu n'as aucun droit d'être mécontent d'Ariel. Elle vient à peine d'être admise au Lièvre variable que tu compromets sa place.

— On a eu le marché avec les Chinois. On a battu les Mackenzie.

— J'en suis absolument ravie, Lucas. Bien vu, les maillots de handball. Nous te sommes reconnaissants. Mais il y a parfois plus important que la famille.

— Pas pour moi, mamãe. Jamais.

— Tu es le fils de ton père, Lucas. Tu es vraiment comme lui. »

Lucas accepte le compliment, même s'il le trouve amer,

comme le café. Il n'a jamais connu son père. Il n'a toujours voulu être que le fils de sa mère.

« Mamãe, puis-je te faire une confidence ?

— Bien sûr, Lucas.

— Je m'inquiète pour Rafa.

— Je regrette que Rachel ait emmené Robson à Creuset. Et si vite après la tentative d'assassinat. Certains pourraient y voir un signe de complicité.

— Complicité qui ne fait aucun doute pour Rafa. »

Adriana fait la moue, secoue la tête de frustration.

« Lucas, allons.

— Il voit la main des Mackenzie partout. C'est lui qui me l'a dit. Tu connais ce bon vieux Rafa, toujours à plaisanter, à faire la fête. À qui d'autre pourrait-il le dire dans un moment d'inattention ? Tu vois le danger pour l'entreprise ?

— Robert Mackenzie voudra se venger d'avoir perdu le contrat avec les Chinois.

— Bien sûr. On ferait exactement pareil. Mais Rafa verra ça comme un autre épisode de la vendetta personnelle de Robert Mackenzie.

— Qu'est-ce que tu demandes, Lucas ?

— Des têtes plus froides, mamãe. Rien de plus.

— Comme celle de Lucas Corta, par exemple ?

— Rafa est bu-hwaejang, je n'ai rien contre. Je ne cherche pas à diminuer son prestige. Mais peut-être pourrait-il déléguer certaines responsabilités ?

— Précise.

— Il représente Corta Hélio. Qu'il continue. Qu'il soit la figure de proue. Qu'il s'occupe des réunions et des argumentaires commerciaux. Qu'il continue à présider le conseil d'administration. Mais, très discrètement, enlève-lui les prises de décisions pour l'entreprise.

— Qu'est-ce que tu veux, Lucas ?

— Rien que ce qu'il y a de mieux pour l'entreprise, mamãe. Pour l'entreprise et pour la famille. »

Lucas Corta prend congé de sa mère. Deux baisers pour les membres de la famille. Un sur chaque joue.

À vingt kilomètres de Creuset, le familier de Robson Corta-Mackenzie le réveille d'une chanson dans l'oreille. Le garçon se précipite dans la bulle d'observation située à l'avant du wagon, plaque ses paumes sur le verre. Quand on a onze ans, découvrir la capitale des Mackenzie est toujours impressionnant. L'autorail, une navette privée de Mackenzie Metals, traverse l'océan des Tempêtes sur la lente ligne orientale d'Équatorial Un : six voies larges de trois mètres, pures et brillant de la lumière de la Terre, qui font le tour de la Lune. Un rapide en provenance de Jinzhong semble surgir de nulle part et disparaît dans une confusion de lueurs. Rachel trouve stressante la vue qu'on a de l'avant de la navette. Le garçon, lui, la trouve géniale.

« Regarde, un transporteur de classe Ghen », dit Robson alors qu'ils dépassent un immense et pesant train de fret. Le garçon l'oublie vite, car sur l'horizon, à l'est, un deuxième soleil se lève, point à la luminosité si forte et si perçante que le verre s'assombrit pour protéger les yeux des humains. Le point devient une boule, qui flotte tel un mirage au bout du monde sans jamais sembler approcher ou devenir plus lumineuse.

Arrivée à Creuset dans cinq minutes, annoncent les familiers.

Rachel Corta s'abrite les yeux. C'est loin d'être la première fois qu'elle assiste au phénomène : le point va danser et éblouir avant de laisser voir ce qui le compose au dernier instant. C'est toujours à couper le souffle. La lueur emplit la bulle d'observation, puis l'autorail entre dans l'ombre de Creuset.

Creuset chevauche les quatre voies intérieures d'Équatorial Un. Les bogies roulent sur deux voies extérieures distinctes ; de l'acier à l'ancienne, pas de maglev. Les modules d'habitation sont accrochés vingt mètres plus haut, parsemés de fenêtres et de lumières, jetant une ombre perpétuelle sur les voies. Au-dessus, on trouve les séparatrices, les niveleuses, les fonderies ; et tout en haut, des miroirs paraboliques qui concentrent la lumière du soleil dans les convertisseurs. Creuset est un train de dix kilomètres de long sur Équatorial Un. Les rapides de passagers, les trains de fret, les voitures de réparation le traversent par en dessous comme ils le feraient avec les superstructures d'un pont colossal. Se déplaçant en permanence à la vitesse obligatoire de dix kilomètres-heure, il complète une orbite en une journée lunaire. Le soleil reste toujours à midi au-dessus de ses miroirs et fonderies. Les Sun appellent tour de Lumière éternelle leur flèche de verre au sommet du mont Malapert. Les Mackenzie méprisent de telles affectations. Ce sont eux qui vivent dans la lumière perpétuelle. Elle les baigne, les imprègne, les enrichit, les lessive et les blanchit. Nés sans ombre, les Mackenzie ont pris les ténèbres en eux.

L'autorail passe sous le rebord de Creuset, pénètre dans les ombres et les faisceaux des projecteurs. Des reflets entraperçus deviennent un train de fret duquel une batterie de vis d'Archimède décharge du régolite. L'autorail ralentit : échange de protocoles entre les IA du train et celles de Creuset. C'est la partie que Robson préfère. Des crampons se referment sur l'autorail qu'ils soulèvent pour l'amarrer à un des emplacements libres parmi ceux réservés aux navettes ferroviaires des Mackenzie. Des écoutilles se connectent, la pression s'équilibre.

Bienvenue chez toi, Robson Mackenzie.

Des lames lumineuses frappent par les fentes du toit, si brillantes qu'elles paraissent solides. L'approche du cœur de Creuset est défendue par une palissade lumineuse, éclats venus des miroirs chargés de concentrer le soleil sur les fonderies. Mille fois Rachel s'est enfoncée dans le couloir, mille fois en sentant le poids et la chaleur des milliers de tonnes de métal en fusion au-dessus de sa tête. C'est le danger, c'est la richesse et c'est la sécurité. Le métal en fusion est la seule protection contre les dangereuses radiations. Les gens de Creuset ont perpétuellement conscience de ces métaux en fusion au-dessus de leurs têtes, sorte de plaque d'acier sur un crâne fracturé. En équilibre, précaire. Un jour, un système pourrait connaître une défaillance et le métal tomber, mais pas ce jour-là, pas à l'époque de Rachel, du vivant de Rachel.

Robson se met à courir. Il a vu Hadley Mackenzie au sas du compartiment voisin, son oncle préféré, même s'ils n'ont que huit ans d'écart. Hadley est issu du mariage contracté dans ses vieux jours par le patriarche Robert avec Jade Sun. C'est donc un grand-oncle, mais qui ressemble davantage à un grand frère. Robert Mackenzie n'a eu que des fils. *C'est l'homme de la Lune*, plaisante encore le vieux monstre. Par des avortements sélectifs, de la modélisation d'embryon et du génie chromosomique, la plaisanterie est devenue réalité. Hadley lance Robson dans les airs. Le garçon s'élève haut, le rire aux lèvres, avant que les bras solides de Hadley Mackenzie le rattrapent.

« Alors, avec le Brésilien ? demande Hadley en embrassant sa demi-nièce sur les deux joues.

— Je crois vraiment que c'est lui, l'enfant, répond Rachel.

— Ça ne me plaît pas du tout que Robbo grandisse là-bas. » Hadley est trapu, câble et acier, nœuds de muscles et de tendons ciselés. Lame des Mackenzie, couvert de taches de rousseur par ses séances au solarium. Des taches sur des taches : c'est un homme-léopard. Qui ne cesse de gratter son pelage. Trop de temps passé sous les lampes UV pour sa vitamine D. « Ce n'est pas un endroit où un enfant peut apprendre à vivre comme il faut. »

Message de Robert Mackenzie, annonce Cameny, le familier de Rachel. À voir l'expression sur les visages de Hadley et de Robson, ils reçoivent le même. « Rachel, ma chérie. Je me réjouis que tu aies ramené Robson sain et sauf. Je suis ravi. Viens me voir. » La voix est douce, toujours empreinte d'un accent d'Australie-Occidentale, et irréelle. Robert Mackenzie n'a pas eu cette voix depuis avant la naissance des trois personnes présentes. L'image dans les lentilles n'est pas celle de

Robert Mackenzie mais de son familier : Chien Rouge, le symbole de la ville qui a donné naissance à son ambition.

« Je vous y emmène », dit Hadley.

Une capsule les conduit dix kilomètres plus loin à l'avant de Creuset. Sa propulsion maglev donne à Rachel l'impression d'amplifier le mouvement, léger mais perpétuel. Ce lent balancement du Creuset sur ses rails lui paraît le pouls de son foyer. Rachel Mackenzie lisait beaucoup, dans son enfance, et sur ces écrans, au milieu de ces mondes constitués de mots, elle a vogué sur des océans d'eau en compagnie de terribles pirates et aventuriers. Dans son monde de mers rocheuses, les sensations éprouvées durant ce trajet sont ce qui, selon elle, se rapproche le plus de la navigation à bord d'un grand voilier.

La capsule décélère fortement, puis s'amarre. Le sas s'ouvre. Rachel s'emplit les poumons de vert et de pourriture, d'humidité et de chlorophylle. Cette voiture est un grand jardin d'hiver. Dans la faible gravité lunaire et l'ensoleillement permanent, les fougères poussent à des hauteurs prodigieuses : une voûte verte de frondes épouse les armatures courbes des parois vitrées. Des taches et zébrures de lumière : le soleil reste immobile, à un cheveu du zénith. Toutes les fougères penchent dans cette direction. Entre elles s'élèvent des cris d'oiseau et passent des plumages aux couleurs vives. Quelque chose hulule on ne sait où. Ils sont dans un jardin d'Éden, mais Robson prend la main de sa mère. C'est là qu'habite Bob Mackenzie.

Un chemin serpente entre mares et cours d'eau qui gargouillent doucement.

« Rachel, ma chérie. »

Jade Sun-Mackenzie accueille de deux baisers sa petite-fille par alliance. Idem pour Robson. Elle est grande, avec de longs doigts, aussi élégante et délicate que les frondes qui l'entourent. Elle n'a pas l'air d'avoir vieilli du tout depuis son mariage avec Robert Mackenzie, dix-neuf ans plus tôt. Aucun des enfants de son mari ne se laisse abuser par son apparence. Elle est buisson de ronces et volonté de fer. « Il a hâte de vous voir. »

Robson serre davantage la main de sa mère.

« Il est de mauvaise humeur depuis que les Corta nous ont volé ce contrat avec les Chinois », lance Jade par-dessus son épaule. Elle voit Robson jeter un coup d'œil à Rachel. « Mais vous allez le radoucir. »

Robert Mackenzie attend dans un belvédère formé de fougères tissées. Des perruches de diverses espèces ne cessent de siffler et de pépier en un bavardage insensé. Des robots-papillons agitent langoureusement leurs grandes ailes iridescentes de polymère.

La légende veut que ce soit son fauteuil qui garde Robert Mackenzie en vie, mais la vérité se révèle au premier regard qu'on pose sur lui : c'est plutôt la volonté qui brûle au fond de ses yeux. La volonté de détenir le pouvoir, de posséder, de tenir bon sans rien lâcher, pas même cette apparence de vie. Robert Mackenzie fait reculer la mort. Le système d'assistance vitale monte au-dessus de sa tête comme une couronne, une auréole. Les tubes vibrent, les pompes sifflent et aspirent, les moteurs bourdonnent. Le dos des mains de Robert Mackenzie est taché d'hématomes longs à guérir, aux endroits où aiguilles et canules traversent la peau. Personne n'arrive à regarder plus d'un instant le tube dans sa gorge. Le parfum de fougères, l'odeur d'eau douce ne peuvent dissimuler la puanteur. Celle émanant de la colostomie soulève le cœur de Rachel Mackenzie.

« Ma chérie. »

Elle se penche pour embrasser les joues caves. Robert Mackenzie remarquerait la moindre hésitation ou révulsion.

« Robson. » Il ouvre les bras pour le serrer contre lui. Le garçon s'avance, se laisse étreindre. Un baiser de l'affreuse vieille momie, un sur chaque joue. Robert Mackenzie avait quarante-huit ans le jour où il a préféré Mare Insularum à l'ouest de l'Australie et confié à la Lune tant sa famille que son avenir. Trop vieux pour aller sur la Lune. Il ne survivrait jamais à la montée en orbite, encore moins au lent grignotage de ses os, de ses vaisseaux sanguins et de ses poumons par la faible gravité, au flux régulier de radiations. Laissez ça aux gamins et aux robots. Robert Mackenzie est venu et a posé les fondations de la société lunaire, forte de plus d'un million de gens. Cette chose dans le fauteuil d'assistance vitale peut à juste titre se prétendre l'Homme de la Lune. Âgé de cent trois ans, avec une dizaine d'IA médicales chargées du monitorage et de l'entretien de son corps, mais son carburant est cette volonté intacte dans ses yeux bleu pâle.

« T'es un bon petit, Robson, souffle-t-il à l'oreille de l'enfant. Un bon petit. Je suis content que tu sois revenu là où est ta place, avec nous, loin de ces voleurs de Corta. » Les mains crochues et parcheminées secouent le garçon. « Bienvenue chez toi. » Robson s'arrache aux griffes fragiles. « Ils ne te voleront plus.

— Mon mari se demandait… », commence Jade Sun. Elle se tient debout derrière le vieillard, une main sur son épaule. Une main menue, raffinée, aux ongles vernis, mais Robert Mackenzie semble ployer sous son poids infime. « Y a-t-il une raison pour que Robson ne soit pas marié ? »

Salut maman, salut Kessie. Les enfants, si vous voyez ça, salut. Je n'ai pas vraiment donné de nouvelles depuis un moment. J'ai une excuse. Qui est, comme je l'ai dit dans mon courrier fait vraiment à la va-vite, que je travaille pour les Dragons. Corta Hélio. Les mineurs d'hélium 3.

Je travaille pour Corta Hélio. Je me suis dit que j'allais le répéter pour que vous vous rendiez bien compte. Ce que ça signifie d'emblée, c'est : fini les problèmes d'oxygène, d'eau, de carbone ou de réseau, ce qui me permet de vous envoyer ceci. Je ne pense pas pouvoir vous faire comprendre ce qu'on ressent quand on n'a plus à s'inquiéter des Quatre Fondamentaux. On a l'impression d'avoir gagné le gros lot, sauf qu'on a gagné de pouvoir continuer à respirer au lieu de dix millions de dollars.

Je ne peux pas trop vous dire la manière dont j'ai décroché ce boulot… ça a à voir avec la sécurité : comme la mafia, les Cinq

Dragons sont toujours en train de se battre. Je peux quand même vous dire que je réponds directement de Carlinhos Corta. Kessie, ma frangine. Tu devrais émigrer. Ce caillou est plein de corps magnifiques.

Je fais partie d'une équipe d'intégration à l'activité en surface. On marche sur la Lune. Il y a beaucoup à apprendre. La Lune connaît mille façons de vous tuer. C'est la règle n° 1 et elle régit tout. Il y a des techniques pour se déplacer, lire les panneaux et les signaux, établir ou couper la communication, analyser les données de sa combinaison. Si on ne les connaît pas, on va cramer, geler, être asphyxié ou bombardé de radiations à cause du tout petit détail auquel on n'a pas fait attention. On a passé trois journées entières à parler de la poussière. Elle peut être de quinze types différents et il faut connaître les propriétés physiques de chacun, abrasion, électrostatique, adhérence… Comme Sherlock Holmes avec ses cinquante types de cendres de cigare, vous voyez ? Il y a les temps de recharge des batteries, la navigation lunaire… les Joe Moonbeam évaluent mal l'horizon et surestiment les distances. Et on ne nous a pas encore emmenés à la surface. Les combiAS, à propos. Je sais qu'elles sont censées être serrées, mais ils ne se seraient pas trompés de taille ? Il m'a fallu dix minutes pour enfiler la mienne. Je ne voudrais pas avoir à le faire au beau milieu d'une dépressurisation. Si on ne la met pas comme il faut, on se retrouve avec des bleus aux endroits où les jointures vous serrent. Bon, d'accord, en dépress', les bleus sont le cadet de vos soucis.

Je dois vous faire sacrément peur. Mais on s'y habitue. Personne ne pourrait vivre en ayant sans cesse peur à ce point. Mais si jamais on fait preuve de négligence, inutile d'espérer la moindre pitié. Carlinhos me dit qu'il y a en général un mort dans chaque équipe d'intégration. Je fais super attention que ce ne soit pas moi.

Mon équipe : Oleg, José, Saadia, Thandeka, Patience et moi. Je suis la seule Norte. Ils me regardent. Ils voudraient bien dire des méchancetés sur moi, mais la seule langue commune est le globo et je suis anglophone de naissance. Ils ne m'aiment pas. Carlinhos travaille plus ou moins exclusivement avec moi, ce qui me différencie des autres. La fille pas comme tout le monde. Si bien que les formateurs me prennent pour une espionne des Corta et la classe pour la chouchoute du professeur. Celle qui me déteste le moins, c'est Patience. Elle vient du Botswana, mais comme le reste de l'équipe, elle a étudié à l'université et travaillé en entreprise un peu partout sur les deux mondes. Les Joe Moonbeam doivent être les immigrants les plus diplômés de l'histoire. Patience me parle et prend le thé avec moi. José veut ma mort. S'il pouvait la manigancer en toute impunité, je crois qu'il le ferait. Je ne peux pas prendre la parole sans qu'il m'interrompe. Je n'arrive pas à savoir si c'est parce que je suis une femme ou parce que je viens d'Amérique du Nord. Sans doute les deux. Quel con. La mentalité de notre équipe ressemble à celle d'une équipe universitaire de football. C'est toujours agressif, bourrin, rentre-dedans. Ça empeste la testostérone. Pas seulement parce qu'il s'agit d'industries minières : tout le monde est jeune, intelligent, ambitieux et extrêmement motivé. En même temps, sur le plan sexuel, c'est la société la plus libérale qui ait jamais existé. En globo lunaire, il n'y a même pas de mots pour hétéro ou homo. Tout le monde est à un endroit ou à un autre du spectre.

Je vais vous dire le plus difficile. Apprendre le portugais. Qu'est-ce que c'est que cette langue ? Il faut parler comme si on avait tout le temps un rhume de cerveau. Ça ne se prononce jamais comme ça s'écrit. Au moins, ça se lit de manière logique. Mais la prononciation… il y a celle du Portugal et celle du Brésil. Et celle de Rio de Janeiro. Et enfin la variante lunaire de la prononciation de Rio, celle qu'on parle à Corta Hélio. J'ai suggéré qu'Hetty traduise tout : les regards qu'on m'a décochés. Il est donc temps d'apprendre le portugais. Ce qui veut dire : *adeus, eu te amo, e eu vou falar come você de novo em breve !*

Léger et fragile comme un rêve, Lucas Corta descend en spirale entre les colonnes de feuilles. L'eau goutte et coule, en filets ou en rapides, dans les ruisselets et tuyaux qui relient les différents niveaux de citernes de culture. Il contourne la colonne centrale de miroirs qui redirigent la lumière du soleil sur les étagements. Lève les yeux : le vert continue encore et encore, jusqu'à fusionner avec l'aveuglant soleil, de la taille d'une pièce de monnaie, formé par le chapiteau du cylindre agricole. Ce puits est profond d'un kilomètre. L'agrarium Obuasi en contient cinq et Twé est situé au centre d'un pentagramme de soixante-quinze agraria du même modèle. Des laitues, des légumes verts, tellement collés les uns aux autres qu'un coléoptère ne pourrait pas passer entre. S'il y avait des coléoptères sur la Lune, sauf qu'il n'y en a pas, ni de pucerons ou de chenilles pour grignoter les cultures : aucun insecte ravageur. Des plants de pommes de terre grands comme des arbres, des haricots grimpeurs qui montent à cent mètres sur les palissages. Les frondes des légumes-racines, des étendues verdoyantes de calalou et d'aki. Ignames et patates douces, gourdes et cucurbitacées : des potirons gros comme des lapas de Méridien. Le tout nourri par un filet d'eau enrichie en nutriments, et soumis à des croisements ainsi qu'à une gestion des symbioses en micro-écosystèmes autonomes. Obuasi n'a jamais perdu une récolte, et il y en a quatre par an. Lucas baisse à présent les yeux. Loin en dessous, sur les passerelles enjambant les viviers, deux silhouettes insectoïdes. Les canards jacassent, les grenouilles éructent. Il est l'une de ces deux minuscules silhouettes.

« Le son est d'une qualité extraordinaire, dit-il en désactivant la vision sur ses lentilles.

— Merci », répond Kobby Asamoah. C'est un homme qui en impose, en longueur comme en largeur. À côté de lui, Lucas Corta ressemble à une ombre pâle. Il lève la main, la mouche se pose dessus.

« Je peux ? »

D'une pensée, Kobby Asamoah envoie la mouche se poser sur la main de Lucas. Celui-ci la lève à hauteur d'yeux.

« Vous pourriez nous tuer tous dans notre sommeil. Ça me plaît. » Lucas Corta lance la mouche dans les airs et la regarde grimper dans le puits de lumière, de verdure et de chlorophylle humide. « J'achète, dit-il quand il ne la voit plus.

— La durée de vie d'une unité est de trois jours, précise Kobby Asamoah.

— J'en ai besoin de trente.

— Nous pouvons en livrer dix et imprimer le reste.

— Marché conclu. »

Toquinho obtient du familier de Kobby Asamoah le prix voulu, qu'il transmet aux lentilles de Lucas. C'est un prix parfaitement scandaleux.

« Autorise le paiement, ordonne Lucas.

— Nous vous les remettrons à la gare », indique Kobby Asamoah. Son grand et large visage ouvert s'anime à nouveau. « Avec tout le respect que je vous dois, monsieur Corta, n'est-ce pas un moyen un peu excessif d'avoir votre fils à l'œil ? »

Lucas Corta éclate d'un rire profond et sonore, comme un carillon. Qui surprend Kobby Asamoah. Les canards et grenouilles de la ferme-tube cinq de l'agrarium Obuasi se taisent.

« Qui dit que c'est pour mon fils ? »

Heitor Pereira laisse la mouche lui courir sur la main, sent les minuscules pattes crochues chatouiller les rides de sa peau sombre. Quel que soit le sens dans lequel il tourne le poignet, la mouche des Asamoah reste en haut.

« Je veux une surveillance vingt-quatre heures sur vingt-quatre, dit Lucas.

— Bien sûr, senhor. Qui est la cible ?

— Mon frère.

— Carlinhos ?

— Rafael.

— Très bien, senhor.

— Qu'il lâche sa purée, des pets ou du fric, je veux le savoir. Je veux tout savoir. Sans que ma mère soit au courant. Ni personne, à part vous et moi.

— Très bien, senhor.

— Toquinho vous enverra les protocoles. Je veux que vous vous en occupiez personnellement. Personne d'autre. Je veux que vous envoyiez chaque jour un rapport, crypté, à Toquinho. »

Lucas lit le dégoût sur le visage d'Heitor Pereira. C'est un ancien officier de marine brésilien, congédié quand le Brésil a privatisé ses forces de défense. En disgrâce de la mer, il l'a quittée pour la Lune où, comme beaucoup d'ex-militaires, il a monté une société de sécurité. Cela a été une époque sanglante que celle où Adriana a arraché Corta Hélio de la cage thoracique de Mackenzie Metals, une époque de vols de concessions, de duels pour l'honneur et de combats entre factions, de litiges juridiques réglés de manière plus rapide et plus économique par des coups de couteau dans le noir. Des vies collées les unes aux autres, respirant l'air les unes des autres. Heitor Pereira a intercepté de nombreuses lames pour Adriana Corta. Sa loyauté, son courage et son honneur sont incontestables. Et tout simplement sans importance. Corta Hélio a évolué sans lui. Mais ce n'est ni cela ni même la mouche de surveillance qui sont l'objet du mépris que Lucas lit sur son visage. Heitor déteste que sa défaillance à la fête pour la course de Lune lui ait lié les mains. Lucas peut lui demander n'importe quoi, jusqu'à la fin des temps.

« Heitor ?

— Senhor ?

— Ne me décevez pas. »

Un archipel de sperme séché sur le creux parfait de la fesse gauche de Lucasinho Corta. L'adolescent soulève doucement le bras de Grigori Vorontsov pour se dégager. Il s'étire, contracte ses muscles, fait craquer ses articulations. Le jeune Vorontsov est lourd. Et exigeant. Cinq fois, alors qu'il allait s'endormir, Lucasinho a senti une barbe lui picoter la joue, un chuchotement lui entrer dans l'oreille — *tiens tiens tiens* — et un pénis de plus en plus rigide palpiter contre l'intérieur de sa cuisse.

Si Lucasinho savait parfaitement que Grigori en pinçait pour lui — à mort, avait dit Afua dans le groupe d'études, au cours d'un de ces jeux de filles dont les règles ne vous sont jamais indiquées, mais que vous ne transgressez qu'au prix d'une terrible punition —, il ignorait qu'il était un baiseur aussi accompli. Il pouvait baiser pendant des heures. Régulier, profond, violent. Infatigable. Et généreux dans la réciprocité. Il n'a même qu'à peine pu gémir. Qui aurait cru que le type assis en face de vous, pendant vos séminaires hebdomadaires de colloque en personne, était quelqu'un d'aussi passionné ? Ça a été génial, énorme, jamais Lucasinho Corta n'avait pris un tel pied avec un garçon, mais ça suffit maintenant, d'accord ? Ça suffit.

Que donnera-t-il en échange de ce qu'il a reçu ? Un gâteau. Depuis que son père lui a coupé les vivres, il n'a pas grand-chose d'autre à offrir. Laissant Grigori ronfler, il explore le réfrigérateur. Qui est presque aussi vide que celui d'Ariel, mais il y a de quoi préparer une fournée de brownies sans farine. Deux fournées. Lucasinho pense à son prochain lit. Impossible de rester une nuit de plus dans celui-là. Il n'en peut plus. Lucasinho verse un peu de la réserve de THC de Grigori dans le mélange. Ils en ont vapé la veille au soir, vautrés l'un sur l'autre dans le canapé à partager bouffées et baisers. Il jette un coup d'œil à Grigori en étoile de mer sur le lit. Que de poils. Il paraît que les Vorontsov sont comme ça. Poilus et bizarres. Touchés par l'espace. Lucasinho connaît les légendes. La Maison Vorontsov descend de Valery, le patriarche d'origine, un oligarque qui a investi dans une station de lancement privée en Asie centrale. Allez savoir où c'est. Ils ont construit les brides orbitales, les deux cycleurs qui décrivent en permanence des huit entre la Lune et la Terre, ainsi que le BALTRAN et le réseau ferroviaire. L'espace les a changés. Ils ont engendré une étrange progéniture : de longues choses bizarres nées en apesanteur. Personne n'a vu un membre du personnel des cycleurs depuis des années. Ils ne descendent jamais. La gravité les écraserait comme des papillons décoratifs. Mais aucun n'est aussi étrange que Valery lui-même… toujours vivant, monstre devenu si énorme, si gonflé, qu'il emplit le cœur entier d'un cycleur. Les légendes ne s'accordent jamais sur lequel, le *Saints Pierre et Paul* ou l'*Alexandre Nevski*. C'est ce qui permet de reconnaître les histoires vraies. Celles inventées sont toujours trop propres.

Lucasinho passe la main sur la cuisinière pour rendre la vitre transparente et examiner ses fournées. Il jette un coup d'œil inquiet à Grigori. Ce n'est pas le moment que la bête se réveille. Encore quelques minutes. Puis les mettre à refroidir. Lucasinho sent l'ombre sur sa peau avant que Grigori plaque ses poils et ses muscles dessus.

« Salut.

— Salut.

— Tu fais quoi ?

— Cuire des trucs.

— Quels trucs ?

— Des brownies. Ils sont bons. Avec du hasch dedans.

— Tu cuisines toujours comme ça ?

— Comme quoi ?

— Sans rien sur le dos.

— Ça me fait me sentir plus en phase.

— Je trouve ça sexy. »

Lucasinho sent son cœur lui manquer. Grigori est tout contre lui et commence à bander. Ce garçon est-il fait de foutre ? Lucasinho prend un morceau d'un brownie en train de refroidir pour le glisser entre les lèvres de Grigori.

« Miam. »

Et ils s'y remettent.

Marina a un balcon. Petit, mais dont elle a vite du mal à se passer. À la fin de chaque journée, en revenant de sa formation de groupe épuisée et le corps endolori par ce qu'elle a eu de nouveau à apprendre pour Corta Hélio, elle va sur son balcon.

L'appartement que lui a affecté Corta Hélio se trouvant sur le 23e Ouest de São Sebastião Quadra, ce balcon est en surplomb de Gagarin Prospekt, même s'il est moins haut que Bairro Alto. Le vertige attire Marina. Les bruits aussi. Les rues lusophones de João de Deus n'ont pas le même timbre que celles de Méridien. Des cris et des salutations, les exclamations regardez-moi lâchées par les adolescents, les voix des enfants qui montent et descendent Kondokova Prospekt en vrombissant sur des tricycles à gros pneus. Des voix différentes. Le bourdonnement des lapas, les ascenseurs, les escaliers mécaniques et les passerelles mobiles, les générateurs d'air : des bruits différents. La ligne céleste est plus lumineuse, le spectre plus jaune qu'à Méridien. Les couleurs des néons tournent autour du bleu, du vert et de l'orange, celles du vieux Brésil. Les noms, les mots sont exclusivement portugais. C'est différent, excitant. João de Deus est une ville compacte : quatre-vingt mille personnes dans trois quadras, chacun décalé de huit heures avec ses voisins, *mañana*, *tarde*, *noche*. Sur bien des plans, João de Deus est un endroit d'autrefois, sculpté dans les tunnels de lave qui rident la surface de Mare Fecunditatis. Le Santa Bárbara Quadra, avec ses trois cents mètres de diamètre, semble exigu à Marina. Le toit lui paraît lourd et tout proche. Elle souffre un peu de claustrophobie. Mais il n'y a pas assez d'espace aérien pour les hommes volants, ce qui la ravit. Elle déteste ces aéronautes arrogants à la forme physique impeccable.

« *O bloqueio de ar não é completamente despressurizado* », dit-elle. Elle essaye de parler portugais dans l'appartement. Hetty a été paramétrée pour ne pas réagir au globo.

Daqui a pouco sair para a superfície da lua, répond Hetty. *Seu sotaque é péssimo.* Non seulement son familier parle mieux portugais qu'elle, mais il le fait avec un irréprochable accent Corta Hélio.

Hetty interrompt la leçon pour annoncer : *Carlinhos Corta está na porta.*

Les cheveux sont OK, le visage aussi, lisser ses vêtements, vérifier les dents, replier dans le mur le lit non fait. Vingt secondes suffisent à Marina pour être prête à recevoir son patron.

« Oh. »

Carlinhos Corta porte un short, des chaussettes à orteils séparés et des tresses colorées autour des coudes, des poignets, des genoux et des chevilles. C'est tout. Il la salue en portugais. Marina l'entend à peine. Il est magnifique. Il sent le miel et l'huile de coco. Beau, intimidant.

« Habille-toi, dit-il en globo. Tu sors avec moi.

— Je suis habillée.

— Mais non. »

Senhor Corta está acessando a sua impressora, indique Hetty. L'imprimante produit un short (très court), un soutien-gorge bandeau (minuscule) et des chaussettes comme celles de Carlinhos. La consigne est claire. Marina va aux toilettes mettre ces vêtements. Elle essaye d'enfiler le soutien-gorge par le haut, le short par le bas. Elle se sent on ne peut plus nue. Son patron est dans la pièce d'à côté et elle ne sait ni ce qu'il fait, ni pourquoi il est venu, ni qui ou ce qu'il est vraiment.

« Pour toi. » Carlinhos ramasse une poignée de tresses vertes sur l'imprimante. « Je te donne la couleur de mon orixá, Ogum. » Il lui montre comment les nouer autour des articulations, quelle longueur laisser pendre derrière. Marina a l'impression que les chaussettes lui sucent les orteils. « Tu sais courir, non ? »

Marina le suit dans les ladeiras. Les marches sont étroites et de faible hauteur, difficiles à prendre en joggant. Les passants se plaquent aux murs en saluant de la tête. Elle court à hauteur de Carlinhos sur le 3e, parallèlement au prospekt central, mais trois niveaux au-dessus. Bicyclettes et lapas passent avec bruit. Marina sent des odeurs de maïs grillé, d'huile bouillante, de falafels frits. De la musique rythmée sort de minuscules bars à cinq places taillés dans la roche nue. La ligne céleste se tamise en teintes rouges et violettes. Carlinhos tourne à gauche dans un passage transversal. Marina se retrouve sous un éclairage artificiel. Elle croit entendre des chants sortir d'un tunnel à une intersection devant eux. Voit ensuite un groupe de joggers passer dans ce tunnel, leurs familiers comme un chœur flottant au-dessus d'eux. La peau nue luit d'huile, de sueur, de peinture corporelle. Des glands et des tresses pendent aux coudes et aux genoux, aux poignets, aux gorges et aux fronts. Des chants. Ils chantent. Marina manque se figer de surprise.

« Allez, colle à moi », dit Carlinhos en allongeant sa foulée de cinquante centimètres. Marina réagit aussitôt. Elle n'a pas l'habitude de courir, mais elle n'a pas encore perdu ses muscles de la Terre, aussi le rattrape-t-elle sans problème. Carlinhos tourne au croisement dans le tunnel, une large voie de service qui vire doucement vers la droite. Marina ne connaît pas cette partie-là de João de Deus. Les coureurs sont devant, très resserrés, un peloton. Dans la gravité lunaire, ils semblent bondir comme des gazelles. Un mouvement de houle. Par-dessus les chants, Marina entend des percussions, des sifflets, le carillon de sagattes. Carlinhos rattrape le peloton. Marina est deux pas derrière lui. Les coureurs s'écartent pour les intégrer au groupe, dont Marina adopte facilement le rythme.

« Colle encore à moi », lance Carlinhos avant d'accélérer. Marina l'imite et s'enfonce derrière lui dans le cœur du peloton. Des battements l'engloutissent, leur rythme celui de son cœur, de ses pieds. Les voix qui chantent en appellent à la sienne. Elle ne comprend pas les mots, mais veut se joindre à elles. Elle est en expansion. Ses sens, son espace personnel recouvrent les coureurs tout près autour d'elle, mais elle a en même temps une conscience éclatante de son corps. Poumons, nerfs, os et cerveau sont en harmonie. Ses mouvements se font sans effort, parfaits. Chacun de ses sens est accordé sur la plus haute note possible. Elle entend les percussions dans ses genoux, ses talons. Elle sent l'odeur de la sueur sur la peau de Carlinhos. Sur la sienne, le jeu des glands est érotique. Elle distingue le moindre grain de poussière en suspension. Elle reconnaît un tatouage d'épaule à l'avant du peloton et, comme si elle avait physiquement senti ce regard, Saadia, de son équipe, se retourne et la regarde. Une vague de joie sans mélange parcourt Marina des pieds à la tête.

Les mots. Elle les reconnaît, à présent. C'est du portugais, une langue qu'elle ne comprend pas tout à fait, dans un dialecte qui lui est inconnu, mais leur signification est claire. *Saint Georges, seigneur de fer, mon mari. Saint frappe hardiment. Saint Georges a de l'eau mais baigne dans le sang. Saint Georges a deux coutelas. L'un pour couper l'herbe, l'autre pour tracer des signes. Il porte des robes de feu. Il porte une chemise de sang. Il a trois maisons. La maison des richesses. La maison de la prospérité. La maison de la guerre.* Les mots sont dans sa gorge, ils sont sur ses lèvres. Marina n'a aucune idée de la manière dont ils sont arrivés là.

« Colle à moi, Marina », dit Carlinhos pour la troisième fois, et ils avancent ensemble entre les corps et les familiers jusqu'au premier rang des coureurs. Il n'y a rien devant Marina. Le tunnel ne cesse de s'incurver. Les tourbillons d'air lui rafraîchissent la peau. Elle pourrait courir ainsi jusqu'à la fin des temps. Corps et esprit, âme et sens sont une seule chose, plus grande et plus perceptive que chacun de ses composants.

« Marina. » La voix l'appelle déjà depuis un moment. « Ralentis. » Ils lâchent la tête du peloton pour se retrouver à côté de celui-ci. « Prends à droite. »

Abandonner les coureurs pour emprunter le tunnel transversal est physiquement douloureux, mais émotionnellement accablant. Marina s'arrête, mains sur les cuisses, tête baissée, pour crier son sentiment de perte. Les voix, les percussions et carillons des coureurs qui s'estompent lui donnent l'impression d'avoir été chassée du pays des elfes. Battement après battement, elle se rappelle qui elle est. Qui il est.

« Désolée. Oh mon Dieu.

— Mieux vaut ne pas s'arrêter, sinon tu vas te bloquer. »

Elle force son corps à se remettre à courir. Cela fait mal. Le tunnel transversal aboutit sur la 3e Rue de Santa Bárbara Quadra. Il fait sombre au-dessus du quadra, qui luit des dix mille fenêtres et des ronds de lumière projetés au sol par l'éclairage public. Marina commence à avoir froid.

« Combien de temps est-ce que je…

— Deux tours complets. Seize kilomètres.

— Je ne me suis pas rendu compte que…

— Non, c'est le but.

— Combien de temps…

— Personne ne sait vraiment, mais au moins depuis que j'existe. L'idée est que ça ne s'arrête jamais. Des coureurs se joignent au peloton, d'autres le quittent. On fait le tour des saints. C'est mon église. C'est là que je guéris, que je disparais un moment. Où je cesse d'être Carlinhos Corta. »

Ces seize kilomètres se mettent à peser sur les cuisses et les mollets de Marina. Elle n'a jamais couru qu'à contrecœur, durant la formation pré-lancement. Là, c'est différent. Quelque chose en elle sera toujours en train de courir dans cette roue d'éloges qui ne cesse de tourner. Elle meurt d'envie d'y revenir.

« Merci », dit-elle. Rien de plus, cela gâcherait l'instant. « Et maintenant, on fait quoi ?

— Maintenant, répond Carlinhos Corta, on prend une douche. »

Analiese Mackenzie emprunte l'escalier en colimaçon qui, de la chambre, descend dans les entrailles d'une mouche : éclatées, agrandies, améliorées et annotées. Les ailes se révèlent être des pales, les yeux sont décomposés en lentilles, pattes, pulpes, trompe, nanopuces et processeurs protéiniques orbitent autour de sa tête. Au milieu, Wagner, dos tourné, nu comme il aime à l'être pour se concentrer, fait s'afficher et disparaître des images, les agrandit et les superpose dans leur vue commune. C'est éblouissant, c'est vertigineux, et il est quatre heures et demie du matin.

« Ana. »

Elle n'a pas l'impression d'avoir fait le moindre bruit, mais Wagner l'a repérée dans le fond sonore de l'appartement, mélange de sifflements, bourdonnements et grincements. Cela commence par une sensibilité accrue, une nervosité, une énergie sans limites. Cette insomnie est une nouveauté.

« Wagner, il est…

— Jette un coup d'œil là-dessus. »

Wagner incline son dossier en arrière, glisse un bras autour du cul d'Analiese. Son autre main fait tourner la mouche éclatée dans la pièce.

« C'est quoi ?

— La mouche qui a essayé de tuer mon frère.

— Avant que tu sautes à je ne sais quelles conclusions, ce n'était pas moi, ce n'était aucun de nous.

— Oh, je sais bien. » Wagner tend les doigts pour extraire un morceau de circuit protéinique et rejeter tout le reste. « Tu vois ? » Il pivote la main, agrandit l'image jusqu'à ce qu'elle emplisse en totalité la petite pièce : un cerveau de protéines repliées.

« Tu sais bien que je n'y connais rien, à ces trucs-là. » Analiese travaille dans la métalogique sur mesure et joue du sitar dans un ensemble de musique perse classique.

« Heitor Pereira n'aurait pas su quoi chercher. Les gars de la R&D non plus, d'ailleurs. J'ai mis du temps à le trouver, mais dès que je l'ai vu, je me suis dit que ce devait être ça, je l'ai agrandi et j'avais raison, en fait, c'est écrit partout sur les molécules, comme si elle y avait gribouillé sa marque, mais il faut savoir ce qu'on cherche, il faut savoir regarder.

— Wagner.

— Je parle trop vite ?

— Oui. Je crois que ça commence.

— Impossible. C'est trop tôt.

— Ça commence de plus en plus tôt.

— Impossible ! jette Wagner. C'est une horloge. Le soleil se lève et se couche. Tu ne peux rien y faire. Tu ne peux pas changer l'astronomie.

— Wagner…

— Désolé. Désolé. » Il l'embrasse au creux du ventre et sent les muscles se crisper sous la peau dorée, ce qu'il trouve adorable parce que ce n'est pas de la technologie, du code ou des mathématiques : c'est physique et chimique. Mais il sent le changement, comme le soleil sous l'horizon. Il avait cru devoir son humeur à sa fascination, à son implication, mais se rend compte que c'est le changement qui provoque cette fascination. Quand la Terre est pleine, il peut travailler des jours d'affilée, brûlant d'énergie. « Il faut que j'aille à Méridien. »

Il sent Analiese s'écarter.

« Tu sais que je déteste que tu y ailles.

— La femme qui a fabriqué ce processeur est là-bas.

— Tu n'as jamais eu besoin de trouver des excuses. »

Il embrasse une nouvelle fois son abdomen musclé et elle glisse une main dans ses cheveux. Elle sent la vanille et l'adoucissant textile. Wagner s'en emplit les poumons avant de s'écarter.

« J'ai encore du travail.

— *Va te coucher, Analiese*, singe Analiese.

— Je monterai tout à l'heure.

— Pas vrai. Promets-moi que tu seras là demain matin.

— Je serai là.

— Tu n'as pas promis. »

Une fois Analiese partie, Wagner écarte les bras et ramène lentement les paumes l'une contre l'autre pour retrouver la vue éclatée de la mouche-assassin. Il fait tourner doucement les éléments autour de lui, à la recherche d'autres indices sur ses fabricants, mais il a perdu sa concentration. Aux limites de son audition, aux limites du moindre de ses sens, il entend sa meute appeler de l'autre côté de la mer de la Tranquillité.

Pour le pavillon du Lièvre variable, Ariel Corta porte une réimpression chocolat d'une Dior 1955 en chantilly ruché avec corsage à manches courtes très décolleté. Un chapeau tambourin avec une rose en soie marron, des gants jusqu'à mi-coude, un sac et des chaussures pour compléter. C'est coordonné, mais pas abominablement ton sur ton. Professionnel, mais pas guindé.

Un réceptionniste conduit Ariel à la salle de conférences. L'hôtel est raffiné, le service discret, mais on n'aurait aucun mal à trouver plus cher ou plus luxueux à Méridien. Dans l'ascenseur, Ariel désactive Beijaflor, conformément aux instructions qu'elle a reçues. À un certain niveau de vie politique et sociale, la connectivité permanente est nuisible. Nagai Rieko l'accueille dans l'antichambre où les conseillers bavardent en buvant du thé et en se servant sur les plateaux de baozis aux haricots doux. Quatorze, membres sortants inclus. Tant de robes sublimes, d'épaules nues. Ariel a l'impression d'avoir été admise dans une partie fine louche et secrète : inconvenante, un peu scandaleuse.

Rieko se charge des présentations. Jaiyue Sun, responsable du développement à Taiyang, Stephany Mayor Robles, la pédagogue de Reine-du-Sud. Le professeur Monique Dujardin, astrophysicienne à l'université de Farside. Daw Suu Hla, d'une famille alliée aux Asamoah par le sang et les relations commerciales, Ataa Afua Asamoah du Kotoko, qui tente de maîtriser un suricate domestique trop excité. Le chef cuisinier en vogue Marin Olmstead. Sa présence fait sourciller Ariel : *Tout le monde réagit comme vous*, dit-il. Il est du Lièvre variable depuis quatre ans. Piotr Vorontsov de VTO. Marlena Lesnik de Sanafil Santé, la plus grande compagnie d'assurance maladie. Le cheikh Mohammed el-Tayyeb, grand mufti de la mosquée centrale de Reine-du-Sud, savant et légaliste, célèbre pour sa fatwa dispensant les acclimatés à la Lune de la nécessité du *hajj*. Niles Hanrahan, membre sortant, et son remplaçant, le poète V.P. Singh. Six femmes, cinq hommes, un neutro : tous des professionnels connaissant réussite et prospérité.

« Vidhya Rao. » Un petit neutro âgé serre avec vigueur la main d'Ariel. « Enchanté, senhora Corta. Il était grand temps que votre famille soit présente au Lièvre variable.

— Tout le plaisir est pour moi », répond Ariel, mais elle est déjà en train d'explorer la pièce du regard, maligne comme le suricate, à la recherche d'un avantage social.

« Grand temps, oui, répète Vidhya Rao. J'ai été docteur en mathématiques à Farside, mais ces dix dernières années, je fais partie du conseil de Whitacre Goddard. »

Ariel reporte d'un coup son attention sur le neutro.

« Le forward Rao. »

Vidhya Rao bat des mains de plaisir.

« Merci. Vous me faites honneur.

— J'ai entendu parler du forward Rao, mais je ne le comprends pas vraiment. Mon frère spécule régulièrement sur ces choses.

— J'aurais cru Lucas Corta beaucoup trop prudent pour risquer de l'argent sur le marché des produits dérivés.

— En effet. Je parlais de Rafa. Lucas tient à ce qu'il n'y mette que son argent personnel. » Rafa a expliqué plusieurs fois — trop de fois — les forwards Rao. Ce sont des instruments financiers, une variante des futures, les contrats à terme, qui exploitent le délai de 1,26 seconde dans les communications entre la Terre et la Lune : le temps nécessaire au moindre signal se propageant à la vitesse de la lumière pour franchir 384 000 kilomètres. Ce délai suffit pour créer entre les marchés terrestre et lunaire des différences que les traders peuvent exploiter. Le forward Rao est un contrat à court terme pour acheter ou vendre à la Bourse LMX à un prix donné. Si le prix sur la Lune baisse, vous gagnez de l'argent. S'il monte, vous en perdez. Comme avec tous les futures, c'est un jeu de devinettes, et un bon, arbitré par la règle d'airain de la vitesse de la lumière. La compréhension d'Ariel s'arrête là. Le reste est du vaudou. Pour les IA qui font du trading en quelques millisecondes sur les marchés électroniques, 1,26 seconde représente une éternité. Des billions de forwards, des trillions de dollars sont échangés entre les deux mondes. Ariel a entendu dire que les Vorontsov envisageaient de construire une plateforme de trading automatisé au point L1 entre la planète et son site naturel afin de mettre en place un marché secondaire de forwards : le délai y serait de 0,75 seconde. « Il estime qu'il ne faut jamais investir dans quelque chose qu'on ne comprend pas.

— Lucas Corta est un sage », sourit Vidhya Rao. Les portes de la salle de conférences s'ouvrent, révélant des tables basses, de confortables canapés en cuir de cuve, des œuvres d'art raffinées.

« On y va ?

— Il ne faudrait pas attendre l'Aigle ? s'étonne Ariel.

— Oh, il n'est pas invité, explique Vidhya Rao. Marin sera notre agent de liaison. » Eil désigne du menton le célèbre cuisinier.

« Tout ça est très informel », indique la juge Rieko sur le seuil. Niles Hanrahan et elle restent dans l'antichambre tandis qu'Ariel suit Vidhya Rao à l'intérieur. Puis le personnel de l'hôtel referme les portes et la réunion du pavillon du Lièvre variable commence.

« Salut. »

Kojo Asamoah est couché face au mur. Des robots médicaux volettent et s'agitent autour de lui. En entendant la voix de Lucasinho, il se retourne et se redresse, surpris.

« Salut ! » D'un geste, il chasse les machines. Elles se regroupent dans les coins de la pièce, numériquement soucieuses. Accéder au centre médical n'a pas été si facile, maintenant que

Lucasinho est le Gosse Hors Réseau. Grigori Vorontsov lui a arrangé ça. Il a toujours été le meilleur codeur du colloque.

« Qu'est-ce que tu as sur le dos ? »

Lucasinho se pavane dans la doublure de combinaison. Les habits imprimés par Ariel sont de super-marque et tendance, mais il ne les a mis qu'une fois avant de les remiser dans son sac. Il s'est mis à aimer ce à quoi il ressemble, vêtu de cette doublure qui le transforme en rebelle élancé. Les gens le remarquent. Il attire le regard là où il passe. C'est agréable. Il va peut-être même lancer une mode.

Il embrasse Kojo sur la bouche, comme un garçon.

« Ça va ?

— Je m'emmerde d'une force...

— Mais au niveau santé ? »

Kojo se rallonge, les bras sous la tête.

« Je continue à cracher des morceaux de poumon, mais au moins, je peux me mettre sur le dos, maintenant. » Il soulève son pied gauche, enfermé dans ce qui ressemble à une botte de combiAS reliée par des tubes au pied du lit. « On me fait pousser un nouvel orteil. On m'a imprimé un os et les cellules souches. Ça prendra à peu près un mois.

— Je t'ai apporté un truc. »

Lucasinho sort le sachet hermétique, l'ouvre. Les médbots s'agitent, inquiets, leurs capteurs décelant du chocolat, du sucre, du THC. Kojo s'appuie sur un coude, prend le brownie que lui tend Lucasinho, le renifle.

« Qu'est-ce que t'as mis dedans ?

— De quoi s'amuser.

— C'est ce que tu fais avec Grigori Vorontsov, il paraît.

— Où t'as entendu dire ça ?

— Afua.

— Pour une fois, elle a raison. »

Kojo s'assoit, l'air perplexe.

« Qu'est-ce qui est arrivé à Jinji ?

— Je m'en passe. »

Ne pas avoir de familier est comme ne pas avoir de vêtements. Ou de peau.

« Afua dit que tu t'es enfui de chez toi. Que ton père t'a coupé les vivres.

— Là-dessus aussi, elle a raison.

— Ouaouh. » Kojo dévisage Lucasinho, comme à la recherche de péchés ou de parasites. « Mais bon, tu peux quand même respirer ?

— Il ne ferait jamais ça. Grand-mère ne le lui pardonnerait pas. Elle m'adore. Pour l'eau, ça va aussi, mais il a gelé mes comptes carbone et données.

— Tu fais comment, pour l'argent ? »

Lucasinho déploie des billets en éventail.

« J'ai une tante pleine de ressources.

— Je n'en avais jamais vu. Je peux sentir l'odeur ? » Kojo les feuillette sous son nez. Il frémit. « Pense à toutes les mains qui l'ont touché. »

Lucasinho s'assoit sur le lit. « Kojo, combien de temps tu vas rester ici ?

— Qu'est-ce que tu veux ?

— C'est juste que si tu n'habites pas chez toi...

— Tu veux mon appart' ?

— Je t'ai sauvé la vie. » Lucasinho regrette aussitôt d'avoir joué son as. C'est imbattable, c'est petit.

« Tu es venu pour ça ? Juste pour te planquer chez moi ?

— Non, pas du tout... » Lucasinho bat en retraite. Aucune parole ne convaincra Kojo. Il tend un brownie. « Je les ai faits pour toi. Promis.

— Je n'ai droit à aucune drogue douce tant que mon orteil n'a pas repoussé complètement. » Il prend le brownie. Mord dedans. Fond. « La vache, c'est délicieux. » Il termine le gâteau. « T'es vraiment doué. » Il en mange la moitié d'un autre avant d'ajouter : « Tu as l'appart' pendant cinq jours. J'ai déjà reconfiguré la serrure à ton iris. »

Lucasinho monte sur le lit et se roule en boule comme un

furet domestique aux pieds de Kojo. Il s'accorde un brownie, à présent. Les robots médicaux bourdonnent et s'agitent, leurs capteurs les informant que leur patient est de plus en plus défoncé. Les deux adolescents grignotent et rient bêtement pendant des heures.

Les grandes doubles portes s'ouvrent et les délégués quittent leurs canapés pour sortir d'un pas nonchalant, les conversations s'enchaînant. Le pavillon du Lièvre variable est terminé.

« Alors, senhora Corta, quelle impression vous fait votre première incursion dans la politique de la Lune ? » Le banquier Vidhya Rao se glisse aux côtés d'Ariel.

« Ça m'a paru d'une surprenante banalité.

— C'est l'attention au banal qui nous garde en vie. » Le grand cuisinier Marin Olmstead se précipite vers les ascenseurs, impatient de relancer son familier et de préparer son rapport à Jonathon Kayode. « Bien sûr, la politique n'est pas obligée d'être aussi banale. » Eil touche le bras d'Ariel, invitation à s'attarder, à conspirer. « Il y a des conseils à l'intérieur des conseils.

— Je viens à peine d'être nommée à celui-là.

— Ce qui n'a pas enchanté tout le monde », répond le banquier. Eil fait signe à Ariel de s'asseoir. Le contact du cuir de cuve lui a toujours donné la chair de poule, elle n'arrive pas à oublier qu'il provient de peau humaine.

« Il serait malavisé de citer des noms, devine Ariel.

— Bien entendu. Certains d'entre nous ont plaidé avec acharnement en faveur de votre admission. J'en étais. J'ai suivi votre évolution avec intérêt. Vous êtes une jeune femme exceptionnelle qui fera une carrière brillante.

— Je suis beaucoup trop vaniteuse pour rougir. Je l'espère aussi.

— Oh, ma chère, il ne s'agit pas d'un vœu pieux. » Vidhya Rao a le regard qui brille. « Cela a été modélisé avec la plus grande précision. Le forward Rao est la moindre de mes réussites. Toute banque d'investissement souhaite avoir la capacité de prédire l'avenir. Savoir quels produits acheter à la hausse ou à la baisse nous donnerait un avantage considérable.

— Vous avez dit "nous" ?

— Oui, hein ? Depuis sept ans, je mets au point des algorithmes de modélisation des marchés. En fait, j'ai créé des simulations de marchés qui tournent sur des ordinateurs quantiques et permettent de faire des suppositions plus ou moins fondées quant aux mouvements des vrais marchés. Des suppositions à la précision surprenante, même si nous trouvons l'outil moins précieux que nous l'avions imaginé... se servir de cette information dévoile notre jeu, en quelque sorte, ce qui conduit le marché à prendre position contre nous et annule de ce fait tout avantage dont pourrait bénéficier Whitacre Goddard.

— De l'économie vaudoue. De la magie noire. » Ariel allonge sa vapette au maximum et la verrouille. Elle l'allume, inhale, laisse échapper des volutes de vapeur.

« Nous avons découvert un meilleur domaine d'application pour cette technique. » Vidhya Rao se penche en avant, tient à ce que son interlocutrice le regarde dans les yeux. « Les prophéties. Charabia religieux, bien entendu. Je parle en réalité de prédictions utiles basées sur des suppositions très bien informées dérivées de modélisations informatiques d'une grande finesse. Des modélisations de l'économie et de la société lunaires. Nous les faisons tourner sur trois systèmes indépendants. Taiyang a construit trois superordinateurs quantiques, j'ai mis au point les algorithmes. Nous les appelons les Trois Augustes : Fu Xi, Shennong et l'Empereur Jaune. Ils sont rarement d'accord... Il faut dénicher des structures dans ce qu'ils nous fournissent, mais ils s'accordent avec un degré de confiance élevé sur une personne. Vous-même. »

Extérieurement, Ariel est calme et élégante — comme au tribunal —, mais elle sent une secousse électrique glacée aller de son cœur à la base de son cerveau.

« Je ne suis pas sûre qu'être l'Élue d'une cabale d'ordinateurs quantiques me plaise.

— Ce n'est rien d'aussi tendancieux. Nous avons bien entendu modélisé les Cinq Dragons. Personne n'a autant d'influence qu'eux sur la société économique et politique. Vous vous révélez être une personnalité majeure dans la famille Corta. La personnalité majeure.

— Rafa est bu-hwaejang.

— Et c'est Lucas qui tient en réalité les rênes du pouvoir. Vous n'ignorez pas qu'il a l'intention de prendre le contrôle de l'entreprise. Ce sont des garçons doués, mais prévisibles.

— Et vous avez prévu mon imprévisibilité. » Ariel lâche un autre flot de vapeur dans les airs. Elle a l'air parfaitement calme. À l'intérieur, elle est électriquement sur le qui-vive.

« Les Trois Augustes étaient unanimes. Les Trois Augustes ne sont jamais unanimes. Je vais être franc, Ariel. Nous voulons faire une offre sur votre potentiel.

— Vous n'êtes pas en train de parler de Whitacre Goddard.

— Je parle d'un mouvement, d'un fantôme, d'une philosophie, d'une diversité.

— Si vous me sortez le combat du bien contre le mal, cette conversation s'arrête là. » Mais le petit neutro a toute son attention. La curiosité s'allie à la vanité.

« Votre mère a construit la Lune. » La voix de la juge Reiko. Ariel ne l'a pas entendue revenir dans l'antichambre. « Mais l'héritage politique de la LDC et des Cinq Dragons se résume avant tout au féodalisme. Grandes maisons et monarchie accordant territoires et faveurs, monopolisant les allocations en eau, en oxygène et en carbone. Avec des vassaux et des serfs liés à leurs entreprises commanditaires. On dirait le Japon à l'ère des shoguns ou la France médiévale. »

Reiko s'assied à côté de Vidhya Rao. Ariel commence à se sentir prise pour cible.

« Les Trois Augustes s'accordent à dire que ce modèle n'est pas viable, indique Vidhya Rao. Les Cinq Dragons ont atteint le summum de leur puissance — les bénéfices réalisés le trimestre dernier dans le trading des produits dérivés ont dépassé pour la troisième fois d'affilée ceux des Cinq Dragons. Les firmes financières comme Whitacre Goddard sont sur la pente ascendante. »

Ariel soutient le regard du banquier jusqu'à ce qu'il détourne la tête. Le mépris Corta.

« La dame de Hambourg qui branche sa voiture sur la station de recharge publique, la gamine d'Accra qui recharge la puce de son familier sur la tablette de l'école, le garçon de Hô Chi Minh-Ville qui passe son DJ mix, le type de Los Angeles qui monte dans le HST pour San Francisco : tous se servent de l'hélium Corta.

— Belle éloquence, senhora Corta.

— C'est encore plus éloquent en portugais.

— Je n'en doute pas. Il n'en reste pas moins que l'avenir est financier. Notre économie est pauvre en ressources et riche en énergie. De toute évidence, notre avenir économique consiste en biens numériques qui ne pèsent rien.

— Ils se mettent bizarrement à peser très lourd quand ils vous tombent dessus. À moins que vous n'ayez rien appris des Cinq Krachs ?

— Les Trois Augustes…

— Nous sommes un mouvement indépendantiste, l'interrompt Nagai Reiko.

— Mais bien sûr, réplique Ariel Corta tout en tirant doucement, un sourire félin aux lèvres, sur sa vapette luisante.

— Nous avons notre propre pavillon. La Société sélénite.

— Encore des mots.

— Ils valent mieux que des lames.

— Et vous me voulez.

— La Société sélénite vient de chacun des Cinq Dragons et de chacun des niveaux de la société.

— Elle est beaucoup plus démocratique que le Lièvre variable, glisse Vidhya Rao.

— Je suis une Corta. Nous ne faisons pas dans la démocratie. »

Vidhya Rao n'arrive pas à masquer son dégoût. Nagai Reiko sourit.

« Vous voulez m'inviter à me joindre à votre société », dit Ariel.

Vidhya Rao se laisse aller contre le dossier, sincèrement surpris.

« Ma chère senhora Corta, nous ne proposons pas de vous inviter. Nous voulons vous *acheter*. »

Ayant un endroit où dormir et une bourse garnie, Lucasinho se met à aller aux fêtes. Un jeune Corta n'a jamais de mal à en trouver une. Il suit une chaîne de connaissances de connaissances jusqu'à l'appartement de Xiaoting Sun, sur le hub de Trente Aquarius. Sa réputation l'a précédé. Tu t'es tiré de chez ton père ? Pas de réseau, de carbone, de bitsys, tu veux dire ? Tu dors où ?

Chez Kojo Asamoah. Le temps qu'il se fasse pousser un nouvel orteil. Je l'ai sauvé. Mais ils passent directement à la question suivante : *C'est quoi ces habits que tu portes ?*

Xiaoting Sun a engagé Banyana Ramilepe, la nouvelle narco-DJ. Qui mélange et imprime des highs, des moods et des loves maison dans du jus pour toute une série de vapettes. Lucasinho se laisser porter, magnifique en rose moulant, inhale empathie, admiration religieuse, plaisir meilleur que n'importe quelle baise, euphorie, mélancolie dorée. Vingt minutes durant, le voilà totalement, éperdument amoureux d'une Budiño solennelle, large de hanches et petite de taille. Cette fille est un ange, une déesse, amour divin, jour après jour, il restera immobile à la regarder, rien qu'à la regarder. Puis les produits chimiques se décomposent et tous deux se retrouvent assis à se regarder jusqu'à ce que Lucasinho insère un nouveau liquide dans sa vapette. À la fin de la nuit, un garçon et une fille dessinent au marqueur sur sa doublure de combinaison des créatures sorties de leurs hallucinations.

Personne ne rentre avec lui chez Kojo.

Le lendemain soir, à la fête dans Orion Quadra, il y a deux filles en doublure de combinaison, vert et orange fluorescents. Il essaye toujours de déterminer si l'une d'elles était à la fête de Xiaoting Sun quand une fille blanche à la chevelure blond pétillant surgit devant lui en demandant : *Je peux voir l'argent ?*

Il sort les billets qu'il déploie en éventail comme un magicien de rue.

C'est des bitsys, ça ?

Cinq dix vingt cinquante cent.

Les gens se sont regroupés autour de lui, les coupures passent de main en main, on en tâte la texture, on les froisse.

Et si je les prenais ?

Et si je les déchirais ?

Et si j'y mettais le feu ?

Ce serait de l'argent mort, explique Lucasinho. *Il n'y a pas d'assurance, là-dessus.*

Un garçon prend un billet de cinq bitsys et écrit quelque chose dessus au crayon. C'est un de ces moços dont la langue pointe entre les dents quand ils se concentrent. Il n'a pas l'habitude d'écrire.

Et si je fais ça ?

Il a modifié le 5 en 5 millions.

Ça ne change rien, indique Lucasinho. Le garçon a laissé un autre message, si mal écrit sur le bord que Lucasinho peine à le déchiffrer. Un endroit dans Antarès Quadra, et une heure.

Antarès a huit heures de retard sur Orion, ce qui laisse juste à Lucasinho le temps de fourrer la doublure de combinaison à la blanchisserie, de dormir un peu, de se doucher et de se faire livrer des glucides payés cash avant de se retrouver en haut du 97e Ouest, dans l'obscurité du crépuscule, à regarder passer à toute vitesse des bicyclettes lumineuses. La montée est longue, puisque ascenseurs et escaliers mécaniques ne prennent pas l'argent matériel. Il est à une course de descente, dans laquelle des cyclistes doivent dévaler cinq kilomètres d'architecture urbaine abrupte. D'où zigzags sur des pentes inclinées et des escaliers. Sauts prodigieux, passant très haut au-dessus des toits pour atterrir dans d'étroites ruelles, et continuer ainsi, avec des virages en épingles à cheveux, des accélérations sur des rampes pour s'élever à nouveau dans les airs. Et continuer encore, en fonçant dans le noir, en s'orientant grâce aux lentilles de vision nocturne et aux flèches lumineuses peintes à la bombe sur les murs et les lampadaires d'Antarès Ouest, en écartant à coups de sifflet piétons et promeneurs nocturnes. Une fille attire Lucasinho sous un porche au moment où des sifflets sortent de nulle part, suivis de deux vélos qui passent à toute vitesse en laissant sur les rétines de brillantes images rémanentes.

Oh mon Dieu, c'est toi ?

C'est moi, dit Lucasinho. Il est devenu célèbre. Il achète de la mjadra pour cette fille à un étal en haut de la course, non parce qu'elle a faim, mais parce qu'elle veut voir comment on se sert d'argent liquide.

Il faut que tu fasses toutes ces additions de tête ?

Ce n'est pas si difficile.

Ils regardent ensemble les traînées lumineuses passer dans les ruelles, sur les toits, les passerelles, disparaissant et réapparaissant au fil des surplombs et des tournants. Loin en dessous, sur Budarin Prospekt, de minuscules spirales lumineuses s'emmêlent : les bicyclettes sur la ligne d'arrivée. Peu importe le temps qu'elles ont mis. Ou le vainqueur. Ou la course elle-même. Ce qui compte, c'est le spectacle, l'audace, l'impression de transgression, que quelque chose de merveilleux est tombé du ciel dans l'existence sûre et conventionnelle qu'on mène sur la Lune.

Il y a bien davantage de doublures de combinaison, ce soir-là. Deux des garçons se redécorent mutuellement avec la peinture fluorescente dont les cyclistes se servent sur leurs machines. La présence de Lucasinho a en quelque sorte honoré la course. Deux filles traversent la foule pour s'approcher de lui. Elles sont habillées à la mode masculine de l'Europe du dix-neuvième siècle : queue-de-pie, col cassé, haut-de-forme et monocle. Accroche-cœurs et maquillage macabre. Gants et canne. Leurs familiers sont de petits dragons, l'un vert, l'autre rouge. L'une d'elles murmure un endroit et une heure dans l'oreille de Lucasinho. Il sent ses dents tirer doucement sur le clou de métal dans son lobe. Une agréable petite douleur. Abena Asamoah a léché son sang, à sa fête de course-Lune.

La fille qui l'a sauvé et a partagé sa mjadra s'appelle Pilar. Elle n'est d'aucune famille, mais revient chez Kojo avec lui et s'endort aussitôt sur le hamac d'amis. Il reste de la lumière. Lucasinho dort jusqu'au matin local et fait cuire des muffins en guise de cadeau d'adieu à Pilar.

Le reste de la fournée, il l'emporte à cette nouvelle fête. C'est à Antarès Quadra, le côté matinal de la ville, dans sept pièces d'un immeuble de colloque. Les deux filles de la nuit précédente le reçoivent. Elles sont toujours habillées comme des aristos masculins du dix-neuvième siècle.

Oh, de la boulangerie, dit l'une.

Mais c'est déjà de l'histoire ancienne, dit l'autre, qui fait courir son doigt sur la doublure de combinaison de l'adolescent en s'attardant un instant sous son menton. Elle a les lèvres rouges et très pleines. *Il va falloir qu'on s'occupe de toi.*

Le reste de la nuit est consacré à la transformation de Lucasinho Corta. Il glousse quand les filles le déshabillent, mais il a suffisamment de vanité pour aimer être mis à nu.

Tu sais, ce n'est pas ce que tu fais, l'important.

Tu es si bi, si spectre, si normal.

L'important est qui tu es.

Ce que tu es.

Elles appliquent sur son corps et son visage peintures et cosmétiques, lui changent les cheveux, pulvérisent des tatouages temporaires, jouent avec ses piercings, l'habillent de pied en cap. Des vêtements de toutes les époques et d'aucune, des inventions d'étudiants stylistes, de tous les genres et d'aucun.

C'est toi, ça.

Une robe lamée or des années 1980, taille cintrée, manches gigot, épaules structurées. Collants, talons rouges.

C'est complètement toi.

L'assistance hoche la tête, approuve de la voix, s'extasie. En arrivant, Lucasinho a cru à une fête costumée : mini-tournures et tutus, chevelures décorées de miroirs et de cages à oiseau, chapeaux et talons, cuir et collants déchirés, bodys et genouillères. Il y avait cent maquillages différents, tous impeccables. Lucasinho s'est alors aperçu qu'il s'agissait d'une sous-culture où tout le monde était une sous-culture.

L'un des garçons a un miroir dans son sac, en guise d'accessoire d'époque, et Lucasinho se regarde dedans. Il est superbe. Il n'est pas une fille, il n'est pas habillé transgenre. Il est un moço en robe. Sa mèche a été ramenée vers l'arrière et montée en récif avec du gel. Une infime touche de maquillage transforme ses pommettes en armes tranchantes et ses yeux en meurtriers noirs. Il évolue comme un ninja en talons. Pas une fille, pas complètement un garçon.

Je crois que ça lui plaît, dit Haut-de-Forme et Monocle.

Je crois qu'il sait qui il est, dit Col Cassé et Canne.

L'une des filles l'attrape : *Hé, t'es Lucasinho Corta, super robe, montre-moi le cash.* Dit : *Tu veux venir à une fête?*

Où?

Elle lui indique l'endroit, et ce n'est que de retour seul chez Kojo qu'il se rend compte que c'est une adresse dans Twé, la capitale des Asamoah, et qu'Abena Asamoah y sera peut-être. Et que ce qu'il veut, ce qu'il veut vraiment vraiment, n'a jamais été rien d'autre que cette fille qui lui a transpercé l'oreille.

« C'est une pièce étrange », dit le musicien.

Lucas s'assoit sur un canapé. C'est le seul meuble visible, avec la chaise placée juste en face. « Elle est acoustiquement parfaite. Elle a été conçue pour moi, mais vous n'aurez jamais entendu meilleure acoustique.

— Où est-ce qu'il faut que je… »

Lucas indique la chaise au milieu de la pièce.

« Votre voix, dit le musicien.

— Oui », répond doucement Lucas d'un ton égal, et ses mots remplissent la pièce. Il doute qu'il existe sur les deux mondes une salle d'écoute qui vaille la sienne. Il a fait monter des ingénieurs acousticiens de Suède pour en superviser la construction. Lucas adore sa discrétion. Il y a des merveilles soniques dissimulées par les parois microrainurées, le sol noir absorbant et le plafond reconfigurable. Cette salle d'écoute est son seul vice, croit-il. Il réfrène son excitation tandis que le musicien ouvre son étui à guitare. C'est une expérience. Il n'a jamais essayé d'y écouter de la musique non enregistrée.

« Si cela ne vous fait rien… » Lucas désigne du menton l'étui ouvert par terre. « Il interférerait avec les formes d'onde. »

Une fois l'étui sorti, le musicien se penche sur son instrument et joue une harmonique douce. Les notes résonnent aussi doucement et précisément aux oreilles de Lucas que si elles respiraient.

« Excellent.

— Vous devriez venir écouter d'ici, dit Lucas. Sauf qu'il n'y aurait personne pour jouer de la guitare. »

Le musicien s'accorde, puis pose les mains sur le corps en bois de son instrument. « Qu'est-ce que vous aimeriez entendre ?

— Je vous ai demandé un morceau, à la fête. Le préféré de ma maman.

— *Águas de março.*

— Jouez-le-moi. »

Les doigts flottent sur le manche, un accord par mot. Le garçon n'a pas la voix la plus forte ou la plus pure que Lucas ait entendue — un chuchotement intime, comme s'il ne chantait que pour lui-même. Mais qui caresse la chanson, transforme son dialogue en une conversation sur l'oreiller entre le chanteur et la guitare. Voix et cordes syncopent autour du temps, qui cesse d'être perceptible entre elles, ne laissant que la conversation : accords et paroles. La respiration de Lucas est superficielle. Chacun de ses sens est accordé avec autant de précision que les cordes de la guitare, harmoniquement vivant et résonant, concentré sur le musicien et la chanson. Voici l'âme de la saudade. Voici des mystères sacrés. Cette pièce est l'église de Lucas, son terreiro. Elle est tout ce qu'il espérait.

Jorge le musicien arrive au bout de la chanson. Lucas se ressaisit.

« *Eu vim da Bahia* ? » propose-t-il. Une vieille chanson de João Gilberto avec de difficiles progressions d'accords descendants et un pont déchirant. Jorge hoche la tête. *Lua de São Jorge. Nada será como antes. Cravo e canela.* Toutes les vieilles chansons que sa mère a apportées sur la Lune depuis le vert Brésil. Les chansons de son enfance, celles des criques, collines et couchers de soleil qu'il n'a jamais vus et ne peut jamais voir. C'étaient des graines de beauté, fortes et tristes, dans l'enfer gris de la Lune. Lucas Corta s'est rendu compte jeune qu'il vivait en enfer. Le seul moyen de transformer l'enfer, ou même d'y survivre, est d'en être le maître.

Lucas sent une larme lui couler sur la joue.

Por toda a minha vida se termine. Il reste immobile et silencieux le temps de se remettre de ses émotions.

« Merci, dit-il. Vous avez magnifiquement bien joué. » D'une pensée, il expédie le cachet au familier de Jorge.

« C'est plus que le prix convenu.

— Un musicien qui se plaint d'être trop payé ? »

Jorge récupère l'étui et range son instrument. Lucas regarde avec quel soin et quel amour il le manipule, essuie la sueur sur les cordes, souffle la poussière accumulée sous le bout de la touche. On dirait qu'il dépose un enfant dans son berceau.

« Cette pièce est trop bien pour moi, dit Jorge.

— Elle a été faite pour vous. Revenez. La semaine prochaine. S'il vous plaît.

— Pour cette somme-là, il suffit de me siffler.

— Ne me tentez pas. »

Et c'est là, dans l'ébauche d'un sourire, dans un bref regard échangé.

« C'est agréable de trouver quelqu'un qui apprécie les classiques, dit Jorge.

— C'est agréable de trouver quelqu'un qui les comprend. »

Jorge soulève l'étui de guitare. Toquinho ouvre la porte de la salle d'écoute. Même les pas étouffés, le crissement de l'étui de guitare ont un son parfait.

Des rayons de lumière tombent autour des silhouettes des combattants. La salle des Couteaux est un tunnel de lumineuses et poussiéreuses colonnes de soleil. Les deux combattants masculins, l'un grand, l'autre petit, se fendent et sautillent, feintent et suivent, pieds nus sur le sol absorbant, passant de la lumière à l'ombre et de l'ombre à la lumière. C'est beau comme un ballet. Rachel Mackenzie les observe d'une petite tribune près de la porte. Robson est rapide et courageux, mais il a onze ans et Hadley Mackenzie est un homme.

Il n'y a pas de lois sur la Lune, rien que le consensus, et le consensus proscrit les armes à projectiles. Les balles sont incompatibles avec les environnements pressurisés et les mécanismes complexes. Couteaux, gourdins, garrots, machines subtiles et poisons lents, petits assassins biologiques comme les affectionnent les Asamoah : tels sont les instruments de la violence. Les conflits sont modestes et se livrent nez à nez. Rachel déteste voir Robson dans la salle des Couteaux. Elle déteste encore davantage qu'il aime et maîtrise les techniques que lui enseigne Hadley. Elle déteste surtout que cet enseignement soit nécessaire. Les Cinq Dragons ne dorment pas tranquilles sur leurs trésors. Hadley est le duelliste de la famille. À en croire les rumeurs qui courent dans Creuset, Robert Mackenzie l'a décrété ainsi pour contenir les ambitions de Jade Sun et pour continuer à n'avoir que des Mackenzie dans la lignée. Personne ne peut mieux apprendre à Robson la voie du couteau, mais Rachel préférerait qu'il y ait un meilleur lien entre eux. Le sport — comme l'obsession de son père pour le handball — serait un moyen sain et salubre de canaliser les énergies du garçon.

Regardez-le, frêle mais aussi affûté que la lame dans sa main droite. Le pantalon de combat pend à ses hanches étroites. Son torse maigre se soulève, mais rien dans la longue pièce n'échappe à son regard. Un cri. Robson lance le pied afin de briser une rotule, enchaîne par une frappe de taille qui part d'en haut à gauche pour descendre vers la droite. Visant les yeux, la gorge. Hadley esquive le coup de pied, avance à portée de la lame pour tordre le bras. Robson lâche un cri. Et son arme. Hadley la rattrape au vol. Une autre torsion accompagnée d'un croc-en-jambe expédie Robson sur le dos. Un couteau dans chaque main, Hadley abaisse brutalement les lames vers la gorge du garçon.

« Non ! »

Elles s'immobilisent à un millimètre de la peau brune. Une goutte de sueur tombe du front de Hadley dans les yeux de Robson. L'homme sourit. Il n'a même pas entendu Rachel. Elle n'a pas retenu sa main. Il n'y a que Robson et lui. Rien d'autre n'existe. L'intimité de la violence.

« Quelle est la règle, Robbo ? Si on prend un couteau…

— … on doit tuer avec.

— Pour cette fois, seulement pour cette fois, je te laisse en vie. Quelle leçon en tires-tu ?

— Ne jamais perdre son couteau.

— Ne jamais lâcher prise. Retourner leurs armes contre eux », dit une voix à la porte.

Rachel n'a pas entendu Duncan entrer. Jeune sexagénaire, son père a l'énergie et le port de quelqu'un ayant vingt ans de moins. Il porte un simple costume droit gris, conformiste, d'une coupe irréprochable mais discrète. Son familier, Espérance, est une sphère chromée unie sans autre décoration que les ondulations liquides sur sa surface. Rien dans le minimalisme et la modestie étudiés de Duncan Mackenzie ne crie sur les toits qu'il est le PDG de Mackenzie Metals. Toute sa personne le proclame.

« Il est doué ? demande-t-il.

— Il pourrait t'éventrer », répond Hadley.

Duncan Mackenzie lâche un sourire amer, crochu.

« Amène-le, Rachel. Je veux lui présenter quelqu'un.

— Dans cinq minutes, après sa douche, répond Rachel.

— Amène-le, Rachel », répète Duncan Mackenzie. Robson regarde sa mère. Celle-ci hoche la tête. Hadley lève son couteau : un salut de combattant.

Rachel Mackenzie a toujours été révulsée par son oncle Bryce. Robert est une horreur, mais Bryce Mackenzie, directeur financier, est un monstre. Il est énorme. Grand même pour un deuxième-gén. La gravité lunaire lui a permis d'accumuler toujours plus de masse. C'est un répugnant homme-montagne en équilibre sur des pieds bizarrement minuscules. Pas gras, vaste. Il se déplace avec la légèreté et la délicatesse qu'ont souvent les hommes imposants.

Il examine Robson d'un bout à l'autre, comme une sculpture, comme un compte rendu. « Quel beau garçon. »

Un jeune adopté apporte du thé à la menthe. En général, Bryce Mackenzie trouve ses garçons à la puberté, les adopte, et leur fournit ensuite un emploi dans l'entreprise. Beaucoup ont pris un conjoint à l'intérieur ou à l'extérieur de celle-ci, quelques-uns sont devenus pères de famille. Bryce est proche de ses anciens amants, qu'il aide avec générosité. Il n'y a jamais le moindre scandale. Bryce est trop consciencieux pour cela. Le serveur de thé est un des trois amors à son service pour le moment. Les doigts se touchent sur le verre. Un regard, un sourire. Rachel l'imagine chevauchant Bryce, l'homme-montagne Bryce. Hue, hue. Les va-et-vient du cul.

« Robson, voici ton nouveau mari », lance Duncan. Rachel écarquille les yeux. « Je te présente Hoang Lam Hung. » Un adulte, bien bâti : vingt-neuf ou trente ans.

« Un de tes garçons », dit Rachel. Les lèvres tendres et pleines de Bryce se crispent sous l'affront.

« Rachel », lance Duncan. Hung hausse les épaules, comme indifférent à l'insulte, mais le pli de sa bouche exprime une petite blessure.

« Voici le nikah. » Bryce pousse le contrat imprimé sur le bureau au moment exact où Cameny reçoit la version électronique. Une sous-IA juridique se déclenche, fournit un résumé sous forme de liste à puces.

« Tu plaisantes, s'indigne Rachel Mackenzie.

— C'est un modèle standard. Rien d'inquiétant, rien de surprenant, précise Bryce.

— As-tu demandé à Robson ses préférences ?

— C'est ce que veut papa, indique Duncan Mackenzie.

— Et alors ? » demande Rachel à son père. Elle regrette d'avoir visualisé le serveur de thé chevauchant le corps nu et massif de Bryce. Cela la conduit à imaginer de telles horreurs qu'elle se couvre la bouche des deux mains.

« Comme dit Bryce, c'est un contrat standard.

— J'ai besoin d'un ou deux jours.

— À quoi pourrais-tu donc avoir besoin de réfléchir ? » demande Bryce. Rachel est impuissante. La volonté de Robert Mackenzie s'impose à Creuset et elle se trouve au cœur de son pouvoir. Il n'y a personne à qui elle puisse faire appel. Jade Sun prendra toujours le parti de son mari. Que Hung soit gentil ou cruel, le mariage fait de Robson un otage des Mackenzie.

Duncan décapuchonne le stylo. Cameny présente le panneau de signature numérique sur le contrat virtuel.

« Je ne te le pardonnerai jamais, Bryce, dit-elle.

— C'est noté. »

En frappant vite à deux reprises avec le stylo, elle pourrait crever les yeux de Bryce. Mais elle signe, et Cameny marque son yin numérique. C'est fait.

« Robson, mon garçon, va retrouver ton nouveau mari », enjoint Duncan.

Hung attend, les bras ouverts. Rachel s'agenouille, serre Robson dans les siens.

« Je t'aime, Robbo. Je t'aimerai toujours, et je ne laisserai jamais personne te faire du mal. Jamais. Crois-moi. »

Elle conduit son fils par la main à l'autre bout de la pièce. Trois pas et le monde change : de fils à mari. Arrivée près de Hung, elle chuchote assez fort pour que tout le monde l'entende : « Si vous lui faites du mal, si vous cherchez seulement à le toucher, je vous tue, vous et tous ceux que vous avez aimés un jour ou l'autre. Compris ? » Elle le dit à Hung, mais les yeux posés sur Bryce. À nouveau, la bouche pleine et humide de Bryce exprime le mécontentement.

« Je prendrai soin de lui, madame Mackenzie.

— Je m'en assurerai. »

Hung pose la main sur l'épaule de Robson. Rachel veut en briser les doigts un par un. D'une gifle, elle l'écarte.

« Je vous ai prévenu. »

Un contact sur son bras : son père.

« Allez, viens, Rachel. »

La porte du bureau s'ouvre sur deux agents de sécurité de Duncan.

« Qu'est-ce que tu crois que je vais faire, père ?

— Viens, Rachel. »

Elle embrasse son fils, puis se détourne de lui, rapidement afin que personne ne voie son visage. Jamais, plus jamais elle ne laissera son oncle, son père, son grand-père voir les traces des clous qu'ils lui ont enfoncés dans le cœur.

« Maman, qu'est-ce qui se passe ? » La porte se referme dans son dos, mais elle continue à entendre les cris de son fils. « Qu'est-ce qui se passe ? J'ai peur ! J'ai peur ! »

Ne jamais lâcher prise, a dit son père. Retourner leurs armes contre eux.

Le sas est vaste, construit pour les rovers et les bus, mais Marina sent la claustrophobie lui serrer le cœur quand la porte se referme dans son dos. Pendant la dépressurisation, elle observe. C'est par l'observation minutieuse qu'elle affronte sa peur des espaces confinés. Se perdre dans le sensoriel. Le crissement de la poussière sous ses bottes. Le sifflement de plus en plus ténu de l'air en cours d'extraction. Le resserrement de la combiAS sur son corps, le tissu intelligent s'adaptant au vide. Étranges, les familiers en train de flotter au-dessus de l'épaule de ses coéquipiers. Ils devraient porter des combiAS virtuelles.

José, Saadia, Thandeka, Patience. Oleg est mort. Tué par la physique. Il a confondu poids et masse, vitesse et inertie. Une erreur de Joe Moonbeam. Il a cru pouvoir immobiliser d'une main la palette de marchandises. L'inertie lui a enfoncé dans le corps les os de son bras tendu, provoquant l'éclatement du cœur.

Oleg, Blake là-haut dans Bairro Alto. Autant de ses connaissances sont mortes depuis le peu de temps que Marina vit sur la Lune que pendant toutes les années qu'elle a passées sur Terre. Le décès d'Oleg a creusé le fossé entre ses coéquipiers et elle. José ne lui parle plus. Marina sait que l'équipe lui met cette mort sur le dos. Elle est une porte-poisse, une annonciatrice d'orage, un aimant à karma. Elle a commencé à entendre un nouveau mot lunaire : *apatoo*, qui signifie « esprit de discorde ». La Lune est la mère de la magie et des superstitions.

Marina n'arrive pas à se sortir la Longue Course de la tête. Elle ne comprend pas comment heures et kilomètres ont disparu. Comment elle a pu se perdre dans quelque chose d'aussi irrationnel. Ce n'était rien d'autre qu'endorphines et adrénaline, mais dans son lit, elle sent le rythme des pieds, entend le battement des percussions. Elle brûle d'envie d'y retourner. Peinture corporelle, la prochaine fois

Gyrophares rouges. *Sas dépressurisé*, annonce Hetty, qui disparaît alors, comme les autres familiers. Tous reviennent sous forme d'un nom qui flotte en vert au-dessus de la tête d'un coéquipier. Vert quand tout fonctionne normalement. Orange pour avertir d'un problème d'air, d'eau, de batteries ou d'environnement. Rouge en cas de danger. Rouge clignotant : danger de mort imminente. Blanc pour décédé.

« Vérification des coms », lance Carlinhos. Marina dit son nom, puis la petite phrase difficile à prononcer choisie ce jour-là pour vérifier qu'on n'est pas atteint de narcose à l'oxygène. « Terminé », ajoute-t-elle en hâte. Il y a tant de choses à se rappeler. « Sas en ouverture », indique Carlinhos. Sa combiAS est un patchwork de logos, d'icônes et d'autocollants, mais avec au milieu du dos Ogum, São Jorge, son orixá personnel. Sur la paroi à côté de la sortie du sas est suspendue une icône de Dame Lune, le côté crâne du visage usé par des milliers de doigts gantés. La toucher porte bonheur. La toucher contrecarre la mort. « C'est Dame Lune. Plus aride que tout désert, plus chaude que toute jungle, plus froide que mille kilomètres de glace antarctique. Elle est chacun des mondes infernaux jamais imaginés. Elle connaît mille manières de vous tuer. Manquez-lui de respect et elle le fera. Sans y penser. Sans pitié. »

L'un après l'autre, les Joe Moonbeam viennent effleurer Dame Lune. Désert, jungle, Antarctique : Carlinhos n'a jamais connu ce que désignent ces mots, se dit Marina. Ils ressemblent à un vieux mantra. La prière du lève-poussière. Marina passe les doigts sur l'icône de Dame Lune.

Elle sent dans ses semelles la porte du sas s'ouvrir en grinçant. Une fente grise entre le gris de la porte et celui du sol s'élargit en révélant d'affreuses machines : des rovers, des robots de service ou des tours de communication disposés en cercle, les cornes pointées vers le haut du BALTRAN. Des machines au rebut, des épaves de machines, des machines en cours de réparation. Une extractrice, trop haute même pour l'énorme sas, isolée par des chaînes de clignotants jaunes : un sapin de Noël de lumières et de balises. Des rangées de panneaux solaires, qui suivent lentement la course du Soleil. Des collines au loin. La surface de la Lune est une décharge.

« Allons faire un tour », dit Carlinhos Corta en conduisant son équipe en haut de la rampe. Marina pose le pied à la surface. Il n'y a pas de transition, pas de passage de l'intérieur aux grands espaces, pas même une impression particulière de surface découverte et de ciel nu. L'horizon, proche, a une courbure visible. Carlinhos les mène sur une boucle d'un kilomètre délimitée par des cordons lumineux. Des centaines de Joe Moonbeam l'ont déjà empruntée, laissant leurs empreintes sur d'autres empreintes qui en recouvraient de plus anciennes. Il y en a partout, avec des traces de pneus et de délicates marques laissées par les orteils des robots traqueurs et grimpeurs. Le régolite est un palimpseste du moindre trajet effectué sur lui. C'est très moche. Comme n'importe quel gamin pouvant se procurer des jumelles, Marina les avait braquées sur King Dong : une bite géante en cours d'éjaculation, d'une taille de cent kilomètres, dessinée en empreintes de pied et traces de pneus dans Mare Imbrium par des ouvriers qui étaient venus construire les infrastructures et avaient trop de temps libre. Quinze ans plus tôt, elle était déjà brouillée et balafrée par l'enchevêtrement des traces laissées par les missions suivantes. Marina doute qu'il reste quoi que ce soit de ce joyeux esprit potache.

Elle lève les yeux. Et cesse de laisser des empreintes.

Une demi-Terre est posée sur la mer de la Fécondité. Marina n'a jamais rien vu de plus bleu, de plus vrai. L'Atlantique domine l'hémisphère. Elle distingue l'extrémité ouest de l'Afrique, la corne du Brésil. Elle arrive à repérer le tourbillon des tempêtes océaniques, attirées dans la cuvette des Caraïbes d'où, transformées en bêtes et en monstres, elles repartent tournoyer le long du Gulf Stream en direction d'une invisible Europe. Un ouragan recouvre le terminateur à l'est. Marina distingue sans mal sa structure en spirale, le point de son œil. Bleu et blanc. Aucune trace de vert, mais Marina n'a jamais rien vu qui paraisse plus vivant. Sur le cycleur VTO, elle avait regardé la Terre de la bulle d'observation en s'émerveillant de la splendeur qui se déployait devant elle. Les flots de nuages, la planète en rotation, la ligne de lever de soleil au bord du monde. Pendant la première moitié de l'orbite, elle avait regardé la Terre diminuer, pendant la seconde, elle avait regardé la Lune grossir. Elle n'a jamais vu la Terre depuis la Lune. Installée dans le ciel, la planète Terre est tellement plus grande que ce qu'imaginait Marina, et si horriblement lointaine. Radieuse, menaçante et inquiétante, hors d'atteinte et de portée. Les messages de Marina mettent une seconde et quart pour descendre jusqu'à sa famille. C'est chez toi et tu en es loin, voilà le message qu'envoie la demi-Terre.

« Tu comptes rester dehors toute la journée ? » grésille la voix de Carlinhos sur le canal privé de Marina. Surprise et embarrassée, celle-ci se rend compte que tout le monde est revenu au sas et qu'elle est là debout comme une idiote, les yeux levés vers la Terre.

Il y a une autre différence. Depuis le cycleur, elle avait baissé les yeux dessus. Alors que sur la Lune, la Terre est toujours en hauteur.

« Je suis restée comme ça combien de temps ? demande-t-elle à Carlinhos pendant la repressurisation du sas.

— Dix minutes. » Des jets d'air chassent la poussière des combiAS. « La première fois que je suis monté, j'ai fait exactement comme toi. J'ai regardé jusqu'à ce que São Jorge me prévienne que j'allais bientôt manquer d'oxygène. Je n'avais jamais rien vu de pareil. J'étais avec Heitor Pereira et mes premiers mots ont été : "Qui a mis ça là ?" »

Carlinhos déverrouille son casque. Marina profite des quelques secondes pendant lesquelles une conversation privée reste possible pour demander : « Et maintenant, on fait quoi ?

— Maintenant, répond Carlinhos Corta, on boit un coup. »

« Est-ce qu'il t'a touché ? »

Le petit rover roule sur Oceanus Procellarum. Il heurte à pleine vitesse chaque bosse et chaque caillou, décolle de la surface et retombe dans de légères détonations de poussière. Poursuit son chemin sans ralentir, ses roues soulevant de grandes volutes poussiéreuses. Ses deux passagers sont meurtris et contusionnés par les violentes secousses, les projections en tous sens dans leur harnais de sécurité. Rachel Mackenzie pousse le véhicule aux limites extrêmes de ses spécifications opérationnelles.

Elle a Mackenzie Metals aux trousses.

« Est-ce qu'il t'a fait quoi que ce soit ? » demande-t-elle à nouveau dans le gémissement des moteurs, les grincements et chocs de la suspension. Robson secoue la tête.

« Non. Il était très sympa. Il m'a fait à dîner et on a parlé de sa famille. Après, il m'a appris des tours de cartes. Je peux te montrer. Ils sont vraiment bons. » Robson plonge la main dans une poche plaquée de sa combiAS.

« Quand on sera arrivés », répond Rachel.

Elle pensait qu'elle aurait davantage de temps. Elle avait si soigneusement mis en place ses leurres et subterfuges. Les femmes Mackenzie étaient douées pour cela. Cameny avait loué un autorail à destination de Méridien. Rachel avait même, en hackant la serrure, donné l'illusion que deux personnes en sortaient. Robert Mackenzie avait arrêté la machine à distance en moins de vingt kilomètres. Au même instant, deux rovers avaient quitté Creuset dans des directions opposées. Le premier par l'itinéraire le plus naturel, cap au nord-est sur la ferme de serveurs Taiyang à Rimae Maestlin. Itinéraire logique pour une fuite : en matière de politique des grandes familles de la Lune, les Sun s'obstinaient dans leur non-alignement. Le courroux de Robert Mackenzie ne faisait pas peur à la Maison Sun.

Rachel a emprunté l'itinéraire illogique. Qui semble partir au sud-est vers la vieille ligne de fret polaire. Tout au long de laquelle on trouve des centrales électriques et des réserves de fournitures. Une tradition ancienne — du moins selon les critères lunaires — oblige les Vorontsov à arrêter un train pour quiconque lui fait signe depuis le bord de la voie. Ensuite, tout est négociable, mais la tradition d'entraide et de secours demeure. Duncan Mackenzie aura engagé du personnel de sécurité aux arrivées de chacune des grandes gares : Méridien, Reine-du-Sud, Hadley. Mais Rachel Mackenzie ne se rend pas dans l'une d'elles. Elle ne se dirige même pas vers la voie ferrée.

Le rover n'a ni fenêtres, ni air, ni pression, ce n'est guère davantage qu'un système électrique et une transmission. Le retour automatique et les commandes à distance ont été désactivés, tout comme sur le leurre expédié dans la direction opposée. Rachel a toujours été douée en codage. La famille n'a jamais reconnu la valeur ni de ce talent-là ni des autres. Sa véritable destination est le relais BALTRAN isolé à Flamsteed. Elle a préparé une série de sauts. Mais les rovers de Mackenzie Metals se rapprochent, venus des installations minières au sud et à l'est. Cameny est réduit à un murmure : Rachel ne veut pas que sa localisation soit diffusée sur le réseau. Elle espère que ses poursuivants essaieront de l'intercepter à la voie de chemin de fer. Les temps de parcours peuvent être calculés avec une grande précision. Les équations sont rigoureuses. S'ils pensent au relais, ils rattraperont Rachel. S'ils la croient en route pour la voie ferrée, elle leur échappera. Mais il faut qu'elle se connecte au réseau, ce qui divulguera sa position à la Lune tout entière.

« On y est presque », assure-t-elle à son fils. Regardez-le, sanglé dans sa combiAS sur le ventre étroit du rover, ses genoux touchant ceux de sa mère : regardez-le. La visière du casque dissimule ses cheveux et la forme de son visage, attirant toute l'attention sur les yeux, ses yeux, ses grands yeux verts. Que ce soit le gris sur lequel ils se trouvent ou le gros et bleu dans le ciel, nul monde n'est plus beau que ces yeux-là. « Il faut que je parle à quelqu'un. J'active Cameny, mais ne rebranche pas Joker. Pas encore. »

La sensation d'ouverture au moment où Cameny se connecte au réseau est physique, comme une respiration à pleins poumons.

Le familier d'Ariel Corta prend l'appel. Veuillez patienter. Puis Ariel Corta en personne apparaît dans sa lentille.

« Rachel. Qu'est-ce qui se passe ? »

La robe d'Ariel, ses cheveux, sa peau, son maquillage sont impeccables. Rachel trouvait sa belle-sœur snob, distante, carriériste. Elle est assez honnête pour reconnaître la jalousie — ces Brésiliens ont tous les dons et tous les talents. Ariel a vaincu de nombreuses fois les Mackenzie dans les prétoires, mais Rachel a besoin d'elle.

Elle résume l'évasion. Cameny produit le nikah.

« Un instant, s'il te plaît. » Ariel est remplacée quelque temps par Beijaflor. « C'est un contrat standard confiant mon neveu en mariage pour dix ans à Hoang Lam Hung, répond-elle en revenant en ligne. Inattaquable.

— Sors-le de là.

— Le contrat est légal et contraignant. Les obligations sont claires. Aucune des clauses ne me permet d'en libérer Robson. Je peux le faire annuler.

— Fais-le. Il a onze ans. On m'a obligée à le signer.

— Légalement, il n'y a ni majorité sexuelle ni nubilité. La contrainte n'est pas forcément une ligne de défense dans notre loi. II me faudra démontrer qu'en ne demandant pas à Robson ses préférences avant de signer la clause d'activité sexuelle, tu as contrevenu à ton contrat parental avec lui. Ce qui annulerait le nikah. Et ce n'est pas toi que je représenterai, mais Robson contre toi. J'essaierai de prouver que tu es une mauvaise mère. Aussi mauvaise que Lucrèce Borgia. Mais qu'en faisant ce que tu fais, en t'échappant avec Robson, tu agis comme une bonne mère. C'est une situation perdant-perdant. Il existe des moyens de la contourner.

— Je me fiche que tu donnes une mauvaise image de moi. »

Voit-elle Ariel Corta, la parfaite Ariel Corta, se laisser aller à un tout petit sourire ?

« Ça va soulever beaucoup de saletés.

— C'est de cette manière que les Mackenzie ont bâti leur fortune.

— Moi aussi. Il va falloir que Robson m'engage et approuve un contrat. Mais là encore, seul un bon parent lui conseillerait de m'engager. Je dois te prévenir, entre nous, que porter cette affaire devant les tribunaux signifie clairement un conflit ouvert entre nos familles. C'est une déclaration de guerre.

— C'est une déclaration de guerre si Rafa découvre que je ne me suis pas battue pour sauver Robson. Il mettrait Creuset en pièces à mains nues pour le récupérer. »

Ariel Corta hoche la tête. « Difficile d'imaginer une situation plus inextricable. On dirait presque que ton grand-père a délibérément choisi le comportement le plus provocateur possible. »

Le rover fait une embardée. Le harnais de Rachel se tend avec bruit pour compenser cette soudaine accélération. Qui se reproduit. Quelque chose heurte le véhicule à maintes reprises. Elle sent sans les entendre les vibrations d'outils qui coupent, qui forent. Une décélération, tout à coup : le rover ralentit.

« Qu'est-ce qui se passe ? » veut savoir Ariel Corta, une expression inquiète sur son masque parfait.

« Cameny, montre-moi ! crie Rachel.

— Je préviens Rafa », dit Ariel, puis Cameny transmet les images des caméras extérieures à la lentille de Rachel. Le drone de maintenance se cramponne au rover comme un petit cauchemar plein de dents. Manipulateurs et découpeurs s'en prennent au câblage mécanique et électrique. À nouveau, le véhicule ralentit, le drone venant de déconnecter une autre batterie. Comment peut-il être là ? D'où vient-il ? Cameny fait pivoter les caméras, qui révèlent les cornes dressées vers le ciel du relais BALTRAN au milieu du massif de panneaux solaires, à moins de deux cents mètres. Voilà la réponse : sa famille a réaffecté le drone de maintenance du relais.

En oubliant toutefois que le rover est un modèle non

pressurisé. Deux cents mètres de vide, en combiAS, c'est une petite promenade.

Rachel touche le genou de Robson. Le garçon sursaute, les yeux écarquillés de peur.

« Quand je te le dirai, suis-moi. On va devoir finir à pied. »

Le rover se couche tout à coup sur le flanc, projetant Rachel contre ses sangles. Puis s'immobilise, en formant un angle impossible avec le régolite. Le drone a sectionné une roue. Il détruit ensuite la dernière caméra.

« Robson, mon chéri : vas-y. »

Le panneau explose. Poussière, collines, ciel noir et plat. Rachel s'agrippe au montant pour se propulser à l'extérieur. Elle retombe sur le régolite, se met à courir. Jette un coup d'œil en arrière, voit Robson atterrir avec la légèreté d'un colibri et se mettre à courir à son tour. Le drone est accroupi sur l'épave du rover. Rachel pense à Bryce Mackenzie, au cancer, si le cancer pouvait marcher et faire la chasse.

Le robot s'écarte à présent de l'épave en se soulevant sur ses manipulateurs. Déplie des découpeurs et de longs doigts pointus en plastique. Descend sur la surface où il part en direction de Rachel. Il n'est pas rapide, mais avance inexorablement. Et Rachel a plusieurs opérations à effectuer avant de les catapulter vers la sécurité, Robson et elle.

« Robson ! »

Pas à pas, le robot rattrape le garçon. Qui est mal à l'aise sur le régolite. Il ne sait pas comment se déplacer dans le vide, comment éviter de soulever d'aveuglantes nappes de poussière. Son père l'a gardé trop longtemps dans le cocon douillet de Boa Vista. Si seulement il l'avait emmené à la surface voir la Terre quand il avait cinq ans, comme font les Mackenzie. Mais avec des si…

Écoutille prête, indique Cameny. Le sas pour le personnel n'admettra qu'une personne à la fois. Sur les mares, le système BALTRAN est rudimentaire, paramétré pour le transport en vrac.

« Entre ! » crie Rachel. Robson tâtonne à l'entrée du sas. Il est si maladroit.

« Je suis dedans ! »

Cameny referme l'écoutille. Rachel doit à présent faire pivoter la capsule. C'est lent. Pourquoi est-ce si lent ? Où est le robot ? Elle n'a pas le temps ne serait-ce que de donner rien qu'un coup d'œil par-dessus son épaule. Elle est si concentrée que sa respiration siffle entre ses dents tandis que Cameny prépare la séquence de lancement.

La douleur dans son mollet droit est si vive et si nette que Rachel n'arrive même pas à crier. Sa jambe ne va pas la soutenir. Quelque chose a été sectionné. Le casque affiche du rouge clignotant ; Rachel halète tandis que le tissu de la combiAS se resserre au-dessus de l'ouverture, rendant hermétique la combinaison, comprimant la plaie.

Ton tendon du long biceps droit a été sectionné derrière le genou, annonce Cameny. *L'intégrité de la combinaison n'est plus assurée. Tu saignes. Le robot est là.*

« Fais-moi entrer », crache Rachel, et la douleur arrive, plus vive qu'elle n'aurait pu l'imaginer dans l'univers, alors elle hurle, pousse d'horribles cris déchirants. Elle hurle ce son impossible pour une gorge humaine. Un mouvement, rapide, une autre incision nette et Rachel tombe. Le robot est au-dessus d'elle, ombre devant le ciel noir. Les lumières de la combinaison de Rachel font luire trois forets en train de descendre vers la visière de son casque.

« Lance la capsule, Cameny ! Fais partir Robson ! »

Début de la séquence de lancement, dit Cameny. *Ta probabilité de survie est nulle. Adieu, Rachel Mackenzie.*

Les trépans crissent sur sa visière endurcie. Et, dans ses derniers instants, Rachel Mackenzie ne trouve que la rage : rage de devoir mourir, de devoir le faire là, dans le froid, la saleté et la solitude de Flamsteed, rage que ce soit toujours la famille qui vous baise. Sa visière se brise. Au moment où l'air explose de son casque, elle sent le sol trembler, entrevoit la capsule BALTRAN jaillir du tube de lancement.

Il est parti.

Colère et tonnerre, Rafa Corta marche de long en large devant son détachement de sécurité. João de Deus est sa ville, les ouvriers et le personnel auxiliaire de Corta Hélio connaissent son visage, mais pas comme cela : une icône de rage et de joie. Il est Xangô le Juste, São Jeronimo, juge et défenseur. Ses gens évitent son regard et s'écartent de son chemin.

Le garçon est déjà sorti du sas. Il est seul dans la zone des arrivées, toujours avec sa combiAS et son casque, taché de poussière, son familier flottant au-dessus de son épaule gauche.

« Il m'a appris un tour », dit Robson. Joker retransmet ses paroles au monde extérieur au casque. « C'est vraiment un bon tour. » Ses mains gantées sortent un paquet de cartes d'une poche sur sa cuisse. Les déploient en éventail. Il a la voix morte, plate, autre. Joker saisit chaque nuance. « Choisis-en une. »

Les cartes lui échappent. Ses genoux se dérobent, il tombe en avant. Rafa est là pour le rattraper.

« Ta mère. » Rafa secoue le garçon tout tremblant. « Où est ta mère ? »

5

Duncan Mackenzie traverse Creuset comme un ouragan. Les humains s'écartent devant lui, les machines ne le retiennent pas. On ne va pas faire attendre le PDG de Mackenzie Metals pour de vulgaires questions de sécurité. Pas quand il est blême de rage. La colère de Duncan Mackenzie est grise, comme son costume, ses cheveux et la surface de la Lune. Espérance s'est durcie en boule d'étain terne.

Jade Sun-Mackenzie vient à sa rencontre devant le sas de la voiture personnelle de Robert Mackenzie.

« Ton père est au milieu de son nettoyage sanguin de routine, dit-elle. Tu comprendras que le processus ne peut être perturbé.

— Je veux le voir. » Le ton de Duncan Mackenzie est aussi glacé que le métal au-dessus de sa tête est brûlant.

« Mon mari est en train de recevoir des soins médicaux délicats et importants », reformule Jade Sun. Duncan Mackenzie la prend à la gorge et lui plaque violemment la tête contre le sas derrière elle. Un épais filet de sang entame sa descente sur la paroi blanche. *Tu souffres d'une contusion au cuir chevelu et peut-être d'un traumatisme crânien*, l'informe Tong Ren, son familier.

« Conduis-moi à lui ! »

J'ai des images, annonce Espérance. Le familier transmet en surcouche à la lentille de Duncan Mackenzie une vue en plongée de la vieille horreur sur une couchette de diagnostic. Entourée d'infirmiers, humains et mécaniques. Des tuyaux et des lignes frémissent, rouges.

« Ce n'est pas réel. Vous avez pu fournir ces images à Espérance. Les enfoirés dans votre genre sont assez malins pour ça.

— Les enfoirés… dans notre genre ? » chuchote Jade Sun. Duncan Mackenzie relâche sa prise.

« Ma fille est morte, dit-il. Ma fille est morte, vous comprenez ?

— Duncan, je suis vraiment désolée. C'est affreux. Affreux. Une erreur logicielle.

— L'équipe de secours a découvert des incisions précises dans sa combiAS. Ce robot lui a coupé les tendons. » Duncan Mackenzie se couvre la bouche des mains pour contenir l'horreur. Au bout d'un moment, il ajoute : « On a trouvé des marques de trépan sur son casque. C'est une erreur logicielle très spécifique.

— Les radiations en provoquent régulièrement dans les puces. C'est un problème endémique, comme tu le sais.

— Ne m'insulte pas, bordel ! rugit Duncan Mackenzie. Endémique. Endémique ! Qu'est-ce que c'est que ce mot ? Ma fille a été tuée. Est-ce sur l'ordre de mon père ?

— Robert ne ferait jamais rien de la sorte. Tu ne peux quand même pas insinuer que ton père — mon oko, mon mari — ordonnerait qu'on assassine sa propre petite-fille. C'est ridicule. Ridicule et odieux. J'ai vu le rapport. C'était un terrible accident robotique. Réjouis-toi que le garçon n'ait rien.

— Et les Corta se pavanent avec lui comme s'ils venaient de réussir à recruter un champion de handball. Quand cet imbécile de Rafa Corta ne jure pas qu'il coupera la gorge à tous les Mackenzie qu'il croisera. On est au bord de la guerre à cause de ça.

— Jamais Robert ne ferait quoi que ce soit susceptible de nuire à l'entreprise. Jamais.

— Tu mets beaucoup de mots dans la bouche de mon père. J'aimerais l'entendre les dire lui-même. Laisse-moi passer. »

Jade Sun avance d'un pas. Impossible d'accéder au sas sans lui passer sur le corps. « Qu'est-ce que tu veux dire par là ?

— Comme tu le disais : Robert ne ferait jamais de mal à sa propre petite-fille.

— Tu accuses quelqu'un ?

— Pourquoi ne me laisses-tu pas voir mon père ? »

Duncan Mackenzie prend Jade Sun par les épaules, la soulève, la précipite avec brutalité contre le sas. Elle s'effondre. Des mains se posent sur les épaules de Duncan Mackenzie. Des bras solides l'arrachent à la femme qui, sous le choc, essaye de reprendre son souffle. Il se dégage pour faire face à ses agresseurs. Quatre hommes en costume aussi gris et aussi professionnel que le sien. Des types imposants, des Joe Moonbeam, lourds de muscles terrestres.

« Laissez-nous », ordonne-t-il. Les hommes ne bougent pas. Leurs yeux se posent sur Jade Sun.

« Ce sont mes lames personnelles », explique-t-elle, toujours pâle et tremblante par terre.

« Depuis quand ? vocifère-t-il. Avec l'autorisation de qui ?

— De ton père. Depuis que j'ai cessé de me sentir en sécurité à Creuset. Duncan, je crois que tu devrais me laisser. »

La lame la plus large d'épaules, un immense Maori dont les muscles frémissent sur la nuque, pose une main sur l'épaule de Duncan Mackenzie.

« Ôte ta sale patte de là », jette Duncan Mackenzie en la repoussant. Mais ils sont quatre, ils sont énormes et ils ne sont pas à lui. Il lève les bras : tout va bien. Les gardes du corps reculent. Duncan Mackenzie rectifie le tombé de sa veste, l'alignement de ses manchettes. Les lames de Jade Sun se placent entre lui et sa belle-mère.

« Je verrai mon père. Et je lance ma propre enquête sur ce qui s'est passé là-bas. »

Duncan Mackenzie se retourne et s'éloigne à grands pas,

marche de la honte et de l'humiliation dans les rayons de lumière qui descendent des miroirs de fusion, mais il a le temps de jeter un dernier mot par-dessus son épaule, esprit de l'escalier : « C'est moi le PDG de cette entreprise. Pas mon père. Pas les enfoirés dans votre genre !

— Les enfoirés dans notre genre se serrent les coudes avec ceux dans le vôtre, crie Jade Sun. Les Vorontsov sont des barbares, les Asamoah des paysans et les Corta des gangsters sortis des favelas. Les Sun et les Mackenzie ont bâti ce monde. Il appartient aux Sun et aux Mackenzie. »

« Elle porte toujours la même robe. » Helen de Braga et Adriana Corta s'appuient à la rambarde d'un balcon au huitième étage, entre les pommettes de pierre d'Ogum et d'Oxóssi. Dont les joues sont sèches, les chutes d'eau ayant été coupées. Des jardiniers, humains ou robots, sortent des feuilles mortes des bassins et du cours d'eau.

« Chaque fois qu'elle la salit, Elis lui en imprime une neuve », dit Adriana Corta. Vêtue de sa robe rouge adorée, Luna court pieds nus dans les flaques au fond des bassins, éclaboussant les robots jardiniers, sautillant de pierre de gué en pierre de gué suivant un motif complexe : il faut arriver sur celle-ci du pied gauche, sur celle-là du pied droit, sur les autres soit des deux pieds, soit pas du tout. « Tu devais bien avoir une robe préférée, à son âge.

— Des leggings, répond Helen de Braga. Avec des têtes de mort et des tibias croisés partout. J'étais une vraie petite pirate, à onze ans. Comme ma mère n'arrivait pas à me les faire enlever, elle m'en a acheté une autre paire. Que j'ai refusé de porter parce qu'elle n'était pas pareille, mais en vrai, je n'arrivais pas à les distinguer.

— Elle a ses petites cachettes, ses tanières un peu partout dans Boa Vista. » Luna disparaît dans le massif de bambous. « J'en connais la plupart… et davantage que Rafa. Mais pas toutes. Je ne veux pas toutes les connaître. Une petite fille a droit à quelques secrets.

— Tu leur diras quand ?

— J'ai pensé le faire à mon anniversaire, mais ça serait trop morbide. Je verrai bien. Il faut d'abord que je finisse avec irmã Loa. Que j'arrive au bout de ma confession. »

Les lèvres d'Helen de Braga se crispent. Elle est restée bonne catholique. Messe hebdomadaire à João de Deus, saints et neuvaines. Adriana Corta sait qu'elle trouve à redire à l'umbanda, sous les yeux de dieux païens jour après jour. Que doit-elle penser de la sainte confession d'Adriana auprès d'une prêtresse et non d'un prêtre ?

« Veille sur Rafa, dit Adriana.

— Arrête de dire ce genre de choses.

— Mes capacités et mes compétences vont décliner. Je les sens déjà faiblir. Et Lucas convoite le trône.

— Il le convoite depuis toujours.

— Il fait surveiller Rafa. Il profite de la tentative d'assassinat pour le déstabiliser. Et après ce qui est arrivé à Rachel… »

Helen de Braga se signe.

« *Deus entre nós e do mal.*

— Rafa veut une enquête indépendante.

— Aucune chance. » Helen de Braga et Adriana Corta sont de la même génération, celle des pionniers. Issue d'une famille nantie, Helen était comptable, une Tripeira de Porto. Partie de rien, Adriana était ingénieure, une Carioca de Rio. Elle a manqué à sa promesse de ne jamais faire confiance qu'à des Brésiliens. Plus encore que la nationalité et la langue, c'est d'être femmes qui les lie. Helen de Braga a discrètement géré les finances de Corta Hélio pendant plus de quarante ans. Elle fait tout autant partie de la famille que les descendants d'Adriana.

« Robson est en sécurité », dit Helen de Braga. Les enfants de son amie ont toujours constitué sa deuxième famille. Les siens, et ses petits-enfants avec, sont dispersés sur la Lune dans une dizaine d'installations Corta Hélio.

« Cet immonde nikah, lance Adriana. Creuset m'a déjà envoyé des demandes d'indemnisation.

— Qu'Ariel mettra en pièces devant le tribunal.

— C'est une fille bien. J'ai peur pour elle. Elle est tellement vulnérable. C'est idiot de vouloir qu'elle soit là, à la maison, avec nous, Heitor et cinquante escoltas entre le monde et elle ? Mais on ne peut pas s'empêcher de s'inquiéter, hein ? Ni la cour de Clavius ni même le pavillon du Lièvre variable ne la protégeront.

— Comment avons-nous fait pour devenir deux vieilles dames qui se tracassent sur un balcon pour des vendettas ? » demande Helen de Braga. Adriana Corta pose la main sur celle de son amie.

Au milieu du massif de bambous, il y a un endroit caché, un endroit spécial plein de murmures. Le dépérissement naturel a dépouillé la terre que, par cueillage et piétinement, des pieds et des mains curieux ont transformée en cercle enchanté. C'est le refuge secret de Luna. Il échappe aux caméras, les robots sont trop gros pour le chemin qu'elle emprunte entre les tiges, son père ne sait rien et elle est à peu près certaine que grand-mère Adriana, qui sait tout, ne connaît pas cette cachette-là. Luna a revendiqué l'endroit comme sien en attachant des bouts de ruban aux tiges, en laissant des impressions céramique de figurines Disney, des boutons et des nœuds prélevés sur des habits qu'elle adore, des morceaux de robot, des jeux de ficelle en câble électrique. Elle s'accroupit dans le cercle magique. Le bambou remue et chuchote au-dessus de sa tête. Felipe, le jardinier en chef, lui a expliqué un jour que Boa Vista est assez grand pour avoir ses propres brises, mais Luna ne veut pas qu'il y ait d'explication scientifique.

« Luna », chuchote-t-elle, et son familier déploie ses ailes. Celles-ci s'ouvrent pour remplir le champ de vision de la fillette, puis se referment en prenant la forme de sa mère.

« Luna.

— Mãe. Coucou. Je te vois quand ? »

Lousika Asamoah détourne un instant le regard.

« Ce n'est pas aussi simple, anjinho. » Elle parle portugais à sa fille.

« Je m'amuse plus du tout, ici.

— Oh, ma chérie, je sais bien. Mais raconte-moi, raconte-moi donc ce que tu as fait ?

— Eh bien, répond Luna Corta en comptant sur ses doigts, hier, madrinha Elis et moi, on s'est déguisées en animaux. On avait l'imprimante, et le réseau nous montrait plein de trucs et on imprimait plein de déguisements d'animaux. J'ai été un fourmilier. C'est un animal, de l'autre endroit. Avec un grand grand nez qui touche par terre. Et une grande grande queue. » Elle replie le doigt, ayant compté une transformation. « Et j'ai été un oiseau avec un grand... comment ça s'appelle, ce truc sur leur bouche ?

— Un bec. C'est ça, leur bouche, coração.

— Un bec grand comme mon bras. Et vert et jaune.

— Un toucan, non ?

— C'est ça. » Une de plus. « Et un gros chat avec des taches. Elis était un oiseau, comme le familier de tia Ariel.

— Beijaflor.

— Oui. Elle l'aimait beaucoup, celui-là. Elle m'a demandé si je voulais être un papillon, mais comme ça ressemble beaucoup à Luna, je lui ai dit qu'elle pouvait être un papillon, elle. Je crois qu'elle a beaucoup aimé ça aussi.

— Eh bien, ç'avait l'air amusant.

— Ça oui, concède Luna. Mais... c'est toujours madrinha Elis. J'avais l'habitude d'aller jouer à João, mais papai ne veut plus. Il ne me laisse voir que des gens de la famille.

— Oh mon trésor. C'est juste pour quelque temps.

— Comme tu as dit que tu partirais seulement quelque temps.

— C'est ce que j'ai dit, oui.

— Tu as promis.

— Je reviendrai, juré.

— Je peux venir à Twé voir de vrais animaux, pas des déguisés ?

— Ce n'est pas si simple, ma chérie.

— Vous avez des fourmiliers ? Je veux vraiment en voir.

— Non, Luna, on n'en a pas.

— Tu pourrais m'en faire un. Tout petit, Comme le furet domestique de Verity Mackenzie.

— Je ne crois pas, Luna. Tu sais bien que ta grand-mère n'aime pas avoir des animaux à Boa Vista.

— Papa crie beaucoup. Je l'entends. De mon refuge secret. Il crie, il est en colère.

— Pas à cause de toi, Luna. Crois-moi. Ni de moi, cette fois. » Un sourire, mais qui déconcerte Luna. Le sourire disparaît et Lousika Asamoah semble à présent mâcher ses mots, comme s'ils avaient mauvais goût. « Luna, ta tai-oko Rachel...

— Elle est partie.

— Partie ?

— Au paradis. Sauf que le paradis n'existe pas. C'est juste les zabbalins qui t'emportent, te réduisent en poudre et te donnent à AKA pour nourrir les plantes.

— Luna ! C'est horrible de dire ça.

— Helen de Braga croit au paradis, mais moi, je trouve ça idiot. J'ai vu les zabbalins.

— Luna, Rachel...

— Morte morte morte morte morte. Je sais. C'est ça qui énerve papa. C'est ça qui le fait crier et casser des trucs.

— Il casse des trucs ?

— Plein. Ensuite il les imprime et il les recasse. Tu vas bien, mamãe ?

— Je parlerai à Rafa... à ton papa.

— Ça veut dire que tu reviens ?

— Oh, Luna, j'aimerais tellement.

— Je te vois quand, alors ?

— Vó Adriana a son anniversaire à la fin de la lunaison. »

Le visage de Luna s'illumine. « Ah oui !

— Je viendrai pour ça. Promis. Je te verrai, Luna. Ma chérie. » Lousika Asamoah lui envoie un baiser. Luna se penche pour placer ses lèvres sur le visage virtuel de sa mère.

« À plus, mamãe. »

Lousika Asamoah déplie Luna qui retrouve sa forme de papillon de nuit. Le familier regagne sa place au-dessus de l'épaule gauche de Luna Corta. Alors qu'elle se tortille sur la sente sinueuse qui traverse le massif de bambous, la fillette prend conscience d'un changement dans l'air, une humidité, et un bruit. Les jardiniers ont terminé leur travail et rebranché les cascades. L'eau goutte, dégouline, jaillit, puis tombe en torrent des yeux et lèvres des orixás. Boa Vista résonne de la joyeuse ruée de l'eau vive.

La trajectoire du ballon s'infléchit. Un magnifique et rapide arc de cercle de droite à gauche, parti de la hauteur de la main qui tire en plein saut vers le coin inférieur gauche du but. Le gardien n'a pas le temps de réagir. Le ballon percute le fond du filet avant que Rafa retombe.

L'élégance de la LHL, ce qui rend le handball magnifique sur la Lune et en fait une curiosité olympique sur Terre, c'est sa relation avec la gravité. Avec, et contre elle. La taille du filet, les dimensions du terrain et la zone de but restreignent les avantages de la gravité lunaire, mais celle-ci rend possibles les divers effets que les meilleurs joueurs arrivent à imprimer au ballon, laissant les spectateurs béats d'admiration devant leurs talents magiques.

« T'es censé arrêter le ballon », rit Rafa Corta. Robson ramasse de mauvaise grâce celui-ci au fond du filet. À quel point un père peut-il vouloir avoir l'avantage sur ses enfants ? À quel point peut-il se vanter de marquer un but contre eux ? « Allez. » Il repart comme un danseur à l'autre bout du terrain, les pieds effleurant à peine le sol. Ce terrain de handball à Boa Vista est un luxe que s'est offert Rafa Corta. La surface de jeu est d'une élasticité parfaite. La sonorisation a été installée par l'ingénieur qui a conçu la salle d'écoute de Lucas, mais avec une acoustique destinée à exacerber les rythmes rapides plutôt qu'à souligner les subtilités de la bossa à l'ancienne. Il y a des gradins dissimulés pour les matchs privés sur invitation entre Rafa et ses rivaux de la LHL. Il n'existe pas de terrain plus parfait sur la Lune, et Robson n'arrive pas à lancer, n'arrive pas à attraper, n'arrive pas à courir, n'arrive pas à marquer, n'arrive à rien dessus. Rafa intercepte le dribble de Robson, qui repart à toutes jambes vers son but et se voit moins d'une seconde plus tard obligé de ramasser une nouvelle fois le ballon au fond du filet.

« Et alors, les Mackenzie ne t'ont rien appris ? »

La sécurité de Corta Hélio a transféré directement et rapidement Robson de la capsule BALTRAN au centre médical de Boa Vista. Son évasion de Creuset ne lui a pas valu la moindre blessure physique, mais les psychoIA ont remarqué une réticence à parler et une volonté compulsive de montrer un tour de cartes à n'importe quel humain s'intéressant à lui. Elles ont recommandé une longue rééducation post-traumatique. La thérapie de Rafa Corta est plus vigoureuse.

« Ils ne t'ont pas appris ça ? »

Rafa lance avec violence le ballon, qui frappe Robson à l'épaule. Le garçon lâche un cri.

« Ils ne t'ont pas appris à esquiver ? »

Robson relance le ballon à son père. D'un geste plein de venin, mais dépourvu de savoir-faire. Rafa n'a aucun mal à attraper le ballon, qu'il propulse en courbe sur Robson. Celui-ci ne peut éviter un impact bruyant sur sa cuisse.

« Arrête ! proteste-t-il.

— Qu'est-ce qu'ils t'ont appris, alors ? »

Le garçon tourne le dos en lâchant le ballon. Que Rafa récupère et lance de toutes ses forces à bout portant. Les tenues de handball sont fines et moulantes, le bruit ballon contre cul est aussi sonore que celui d'un os qui se brise. Robson se retourne, le visage crispé de rage. Rafa reprend le ballon au rebond. Robson se précipite pour l'ôter des mains de son père, mais il n'est plus là : Rafa a dribblé, s'est retourné et l'a repris. Il le propulse avec force sur le sol. Le choc résonne sur tout le terrain. Robson recule pour ne pas recevoir le rebond en plein visage.

« T'as peur d'un ballon ? » demande Rafa, qui l'a une nouvelle fois récupéré. Son fils se jette en avant. À nouveau, Rafa le contourne, cercle de rebonds autour du garçon. Qui tourne et se retourne, mais n'arrive pas à suivre. Sa tête pivote à gauche, à droite. Boum ! Il se prépare au rebond et le ballon l'atteint au ventre.

« Peur du ballon un jour, peur du ballon toujours, raille Rafa.

— Arrête ! » crie Robson. Et Rafa arrête.

« De la colère. Bien. »

Et le ballon revient, par rebond, passer de main en main. Badam badam badam. Tir. Robson glapit quand le lourd ballon de handball s'écrase sur lui. Il bondit en criant sur son père. Rafa n'est pas mince, mais rapide et léger dans ses mouvements. Il n'a aucun mal à s'écarter de son fils. L'aisance moqueuse avec laquelle il surclasse celui-ci attise la rage du garçon.

« La colère est bonne, Robbo.

— Ne m'appelle pas comme ça.

— Pourquoi donc, Robbo ? » Dribble, tir, douleur. Rattraper et faire rebondir, toujours avec une fraction de seconde d'avance sur les doigts de Robson.

« C'est comme ça qu'ils m'appelaient.

— Je sais. Robbo.

— La ferme la ferme la ferme !

— Oblige-moi à la fermer, Robbo. Attrape le ballon et je la ferme. »

Robson se plie en deux en prenant un tir à bout portant dans le ventre.

« Ta maman est morte, Robson. Ils l'ont tuée. Qu'est-ce que ça te donne envie de faire ?

— Va-t'en. Laisse-moi tranquille.

— Impossible, Robson. T'es un Corta. Ta mamãe. Mon oko.

— Tu la détestais.

— C'était ta mère.

— La ferme !

— Qu'est-ce que tu veux faire ?

— Je veux que t'arrêtes !

— J'arrêterai, Robson. Promis. Mais il faut que tu me dises ce que tu veux faire. »

Robson se fige complètement au milieu du terrain. Bras ballants, mains tendues à quelques doigts du corps.

« Tu veux que je dise que je veux leur mort. »

Le ballon l'atteint dans le dos. Robson oscille, mais reste en position.

« Tu veux que je dise que je me vengerai d'eux pour mamãe, même si ça prend beaucoup de temps. »

Dans le ventre. Il chancelle mais ne tombe pas.

« Tu veux que je jure vengeance et vendetta. »

Ventre, cuisse, épaule.

« Je fais ça et ils nous font pareil et j'en fais encore plus et eux aussi et ça n'en finit jamais. »

Ventre. Ventre. Visage. Visage. Visage.

« Ça n'en finit jamais, pai ! » Robson lance le poing. Il atteint le bord du petit ballon dense, ce qui suffit à en dévier la trajectoire. Un instant plus tard, Rafa l'a à nouveau dans la main.

« Ce qu'ils m'ont appris à Creuset, dit Robson. Ce que j'ai appris de Hadley. » Rafa ne voit pas bien ce que fait son fils, mais en un rapide battement de cœur, celui-ci s'avance à portée de main de son père et lui subtilise le ballon. « Ils m'ont appris à retourner l'arme de quelqu'un contre lui. » Il lance le ballon à l'autre bout du terrain et s'éloigne dans le bruit de ses rebonds de plus en plus bas, de plus en plus lents.

Badam. Badam. Badam.

Cramponnée à l'intérieur de l'œil droit d'Oxalá, la mouche-espion observe la table du conseil de Corta Hélio.

La mer du Serpent flotte dans la vision augmentée de Lucas Corta. Socrate et Iemanjá fournissent des cartes identiques à Rafa et Adriana Corta.

« Un site en prospection sur Mare Anguis. » Toquinho zoome, cercle les endroits cités. « Vingt mille kilomètres carrés de régolite de mare. »

Lucas lève un doigt, tapote l'illusion de carte. Une surcouche de données issues de relevés sélénologiques recouvre le gris et la poussière. Rafa les parcourt rapidement, mais Lucas voit les yeux de sa mère se plisser sous l'effet de la concentration.

« J'ai pris la liberté d'effectuer une analyse de rentabilité. Corta Hélio commence à réaliser des bénéfices au cours du troisième trimestre après l'enregistrement de la concession. On peut y déplacer une usine d'extraction depuis Condorcet. Condorcet est épuisé à 80 %, on y a du matériel qui ne sert à rien. Deux ans plus tard, nous extrairons chaque année pour un demi-milliard de dollars d'hélium 3. Nous estimons à dix ans la durée de vie de Mare Anguis.

— C'est une analyse approfondie », dit Rafa. De l'amertume sur la langue et les lèvres. Grâce à sa petite mouche, Lucas sait que dans l'intimité son frère fait des crises de rage au cours desquelles il brise des meubles. Il sait la présence constante de gardes du corps, même dans les eaux de Boa Vista. Il sait l'hésitation de Luna avant de se laisser prendre et jeter en l'air par son père. L'affable et lumineux Rafa s'assombrit, s'enlaidit de soudaines colères aux fêtes et réceptions. Réprimande son bon à rien de directeur du club de handball, sa bonne à rien d'équipe d'entraîneurs, ses bons à rien de joueurs. Lucas apprécie l'ironie : l'homme qui n'a pas eu un mot gentil pour sa femme quand elle était en vie enrage qu'elle soit morte. Les chaînes d'information ont imputé la mort de Rachel Mackenzie à une dépressurisation catastrophique. Un délicat mensonge. La presse ne se hâtera pas de chercher plus loin.

Les journalistes qui contrarient les Cinq Dragons sont eux-mêmes victimes de dépressurisations catastrophiques. Parler des sourires et des tenues, des affaires et des beaux enfants, des mariages et des adultères. Ne pas tirer la queue du Dragon.

« C'est pour quand ? demande Adriana.

— Douze heures ZMT sur Muku.

— Ce n'est pas long, dit Rafa.

— C'est suffisant, dit Lucas.

— L'information est fiable ? » veut savoir Adriana, dont Lucas voit les yeux examiner à peu près chaque zone de son propre territoire lunaire virtuel. Elle a passé davantage de temps en surface que n'importe quel Corta en vie, y compris Carlinhos. Peut-être n'a-t-elle plus verrouillé de casque sur sa tête depuis dix ans, mais lève-poussière un jour, lève-poussière toujours. Elle analysera le terrain, la couche de poussière, la logistique, l'effet électrique du passage de la Lune dans la traîne magnétique terrestre, la probabilité d'une tempête solaire.

« Elle vient d'Ariel. Un tuyau de quelqu'un au pavillon du Lièvre variable.

— Sacré tuyau », dit Rafa. Lucas sent de l'énergie dans sa voix, détecte de l'intérêt dans son regard. Ses muscles se crispent, il se redresse en abandonnant cette attitude voûtée qui ne lui ressemble pas. La lueur dorée brille comme par le passé sous sa peau. C'est soir de match. Les équipes sont dans le tunnel et la foule s'époumone. Mais il continue à se méfier. « Il faut agir tout de suite.

— Délicat », dit Adriana, qui joint le bout de ses doigts, formant des voûtes de cathédrale en os. Lucas connaît bien ce geste. Elle calcule. « Si on agit trop vite, on grille Ariel et je passe les années qui me restent à me défendre d'une accusation de vol de concession devant la cour de Clavius. Si on attend trop… »

Sur les droits d'extraction, la loi est primitive : c'est celle d'airain du plantage de poteaux et des ruées vers l'or qui a façonné l'Ouest nord-américain. Quiconque plante un poteau aux quatre coins d'un territoire nouvellement rendu disponible a quarante-huit heures pour enregistrer sa concession et payer la redevance à la LDC. C'est une véritable course. Lucas a vu Rafa hurlant, incohérent, se sublimant aux matchs des Moços. C'est la même excitation. C'est ce qu'il aime : le mouvement. L'énergie. L'action.

« De quoi disposons-nous ? »

Lucas ordonne à Toquinho de surligner les unités d'extraction autour du quadrangle visé. Des icônes orange apparaissent à plus ou moins grande distance aux coins nord-ouest, nord-est et sud-est. Le sommet sud-ouest est sombre.

« Je suis en train de déplacer les unités Crisium nord-est. On va avoir du mal à faire passer ça pour un redéploiement de routine ou une maintenance programmée. »

Lucas est jonmu : ce n'est pas à lui d'ordonner les déplacements. Un flamboiement de colère, que Rafa contient. Il a passé le test.

« Ce sont les sommets qui m'inquiètent. » Toquinho agrandit l'échelle.

« On n'a rien qu'on puisse amener là en moins de trente heures, constate Rafa à la lecture des balises de déploiement.

— Rien à la surface », insinue Lucas. Rafa prend la balle au bond.

« Je vais aller parler à Nik Vorontsov », dit-il. Il salue sa mère de la tête et se met en route : des décisions à prendre, des actions à mener.

« Un simple coup de fil nous fera gagner des heures, dit Lucas.

— C'est pour ça que je suis bu-hwaejang, frangin. En affaires, les relations comptent plus que tout. »

Lucas incline la tête. C'est le moment d'acquiescer un peu. Que sa mère voie cette union entre ses fils.

« Arrange-nous ça, Rafa », dit Adriana, le visage radieux, le regard clair. Elle a rajeuni de plusieurs années. Lucas voit l'Adriana Corta de son enfance, la bâtisseuse d'empire, la fondatrice de dynastie… la silhouette à la porte du berçário. Madrinha Amalia qui chuchote : dis bonne nuit à ta maman, Lucas. Son parfum alors qu'elle se penche sur le lit. Elle porte encore le même. Les gens sont plus fidèles à leur parfum qu'à tout ce qu'ils portent d'autre.

« Promis, mãezinha. » Le terme affectueux le plus intime.

Quand la mouche-espion s'envole pour suivre Rafa, personne ne s'en rend compte.

La décharge de bleu électrique frappe Lucasinho en plein dans les abdominaux. Elle s'y écrase et s'y joint au rouge, au violet, au vert, au jaune. Il est nu et presque toutes les parties de son corps ont déjà été atteintes. Il est un Arlequin, aussi coloré qu'un participant à la fête de Holî.

« Waouh », lâche Lucasinho quand l'hallucinogène commence à agir. Il pivote, tire avec son pistolet et le monde se déploie en millions de papillons. Il tourne, un sourire idiot sur les lèvres, au milieu d'une tornade d'ailes imaginaires.

Le jeu s'appelle Chasse, il se joue de haut en bas et d'un bout à l'autre de l'agrarium Madina, complètement nu et armé d'un pistolet qui tire des décharges d'hallucinogène coloré à l'effet aléatoire.

Les papillons ouvrent leurs ailes et s'accrochent les uns aux autres. La réalité revient. Lucasinho se baisse sous les frondes d'un grand plantain. Ses pieds nus transforment en vase gluante celles qui pourrissent par terre. Il avance, pistolet braqué, planant encore les yeux écarquillés après le bleu. Il a été fracassé en losanges, monté par l'extérieur au sommet d'un interminable gratte-ciel, il a observé les couleurs dégouliner du monde dans du violet, a été son gros orteil gauche pendant ce qui lui a semblé une éternité, il a poursuivi et été poursuivi dans d'immenses cylindres couverts de taches lumineuses, a été pris pour cible par des tireurs embusqués en hauteur dans les ignames et les buissons de dal.

Les frondes bruissent : du mouvement. La gueule du pistolet

contre la joue, Lucasinho se baisse sous le feuillage pour gagner une petite clairière humide à la pourriture et à la végétation enivrantes, un nid caché.

Quelque chose vient lui toucher la nuque.

« Splash », dit une voix féminine. Lucasinho attend la piqûre de la décharge colorée, le trip vers ailleurs. Il est venu à cette fête parce qu'elle se passait à Twé et qu'il n'était pas impossible qu'il y rencontre Abena Asamoah. Celle-ci n'aime pas les jeux de guérilla. Alors que c'est excitant de poursuivre quelqu'un et d'être poursuivi, d'être perdu et parfois un peu effrayé, de dégainer avant l'autre, de lui tirer dessus d'une position embusquée pour qu'il ne sache pas ce qui lui arrive, de se faire tirer dessus à son tour. Le pistolet contre son cou est sexy. Carlinhos est à la merci de cette fille. Émoustillante impuissance.

Il entend le déclic de la détente. Rien.

« Merde, lâche la fille. Vide. »

Lucasinho roule et se redresse, arme braquée.

« Non non non ! » s'écrie la fille, mains levées en signe de reddition. C'est Ya Afuom Asamoah, une sœur-abusua d'Abena et de Kojo. Abusua léopard. Les parentés AKA donnent la migraine à Carlinhos. Cinq taches de couleur sur la peau de la fille : hanche droite, genou gauche, sein gauche, cuisse gauche, tempe droite. Lucasinho presse la détente. Rien.

« Vide », dit-il. Le même constat résonne dans toute la ferme tubulaire, là-haut sur les terrasses et les positions de tireur embusqué dans les panneaux solaires. Vide. Dans les tunnels qui relient les tubes agraria. Vide. Vide.

« T'as de la chance, dit Lucasinho.

— Comment ça ? s'étonne Ya Afuom. Je t'avais mis à genoux. » Elle le regarde de haut en bas. « T'en as partout, dis donc. T'as besoin d'un bain. Viens. C'est génial. Tu n'as pas peur des poissons, au moins ?

— Pourquoi ?

— Il y en a dans les bassins. Plus des grenouilles et des

canards. Certains flippent à l'idée d'avoir un contact avec un être vivant qui n'est pas humain.

— Je crois que ce jeu ne marche pas bien, dit Lucasinho. Plus on est touché, plus c'est facile de se faire toucher.

— Il ne marche pas bien seulement si tu y joues pour gagner », répond Ya Afuom.

Le bar est installé sur la terrasse. Boissons et vapettes en abondance, mais tant de substances chimiques lui sont passées dans le cerveau que Lucasinho préfère en rester là. Les bassins sont déjà bondés. Voix et bruits d'éclaboussures montent résonner dans le tube de la ferme. Lucasinho s'immerge avec précaution. Est-ce que les poissons mordent, est-ce qu'ils sucent, est-ce qu'ils peuvent vous remonter par le trou de la bite ? La peinture corporelle légèrement hallucinogène se dissout en halos rouges, jaunes, verts et bleus. Qu'est-ce que ça fait aux poissons ? Et aux gens qui les consomment ? Il ne peut s'imaginer manger quoi que ce soit qui ait été dans la même eau que lui. Il ne peut s'imaginer manger quoi que ce soit qui ait des yeux.

« Coucou ! » Ya Afuom entre dans l'eau près de lui. Contact de hanches, de fesses. Jambes qui s'enlacent. Ventres qui se frottent, doigts qui se promènent.

« C'était un poisson, ça ? »

Ya Afuom glousse et Lucasinho s'aperçoit qu'il lui tient le sein et qu'elle-même lui serre le cul. Ses propres mains s'enfoncent davantage dans l'eau à température corporelle, en quête de replis et de secrets. « Dis donc, toi ! » Elle a le meilleur cul depuis Grigori Vorontsov. Il est dur et les voilà front contre front à se regarder dans les yeux et elle se moque de lui, parce que les hommes nus sont ridicules.

« J'ai toujours entendu dire que les filles Asamoah étaient polies et timides, la taquine-t-il.

— Qui t'a dit ça ? » demande Ya Afuom en l'insinuant en elle.

Abena. Il l'aperçoit entre les feuilles de plants de tomate. Elle s'éloigne du bar en direction du tunnel de service.

« Hé ! Abena ! Attends ! »

Il jaillit du bassin. Elle se retourne, se renfrogne.

« Abena ! » Il se précipite tout dégoulinant vers elle. Sa demi-érection se balance douloureusement. L'adolescente lève un sourcil.

« Tiens, Luca.

— Salut. »

Ya Afuom se glisse à côté de Lucasinho et lui enlace la taille.

« Depuis quand ? » demande Abena. Ya Afuom sourit en se pressant davantage. « Amuse-toi bien, Luca. » Elle s'en va.

« Abena ! » appelle Lucasinho, mais elle est partie et voilà qu'Ya Afuom a disparu aussi. « Abena ! Ya ! Qu'est-ce qui se passe ? » Un jeu de sœurs-abusua. Il fait frais maintenant, il ne bande plus du tout et la gueule de bois provoquée par tous ces hallucinogènes le laisse tremblant et paranoïaque, la fête a tourné au vinaigre. Il retrouve ses vêtements, quémande un billet de retour à Méridien et découvre l'appartement occupé par Kojo et son nouvel orteil. Lucasinho peut rester cette nuit, mais pas davantage. Sans domicile, sans sexe, sans Abena.

Wagner arrive en retard à Méridien. Théophile est une petite ville, mille âmes sur le rebord septentrional de la zone désolée qu'est Sinus Asperitatis, où le seul mouvement est celui de machines. La liaison avec le réseau ferré a été établie trois ans plus tôt, trois cents kilomètres de voie unique, quatre autorails par jour jusqu'à l'échangeur à Hypatie. Une micrométéorite a détruit le matériel de signalement à Torricelli, piégeant Wagner — qui marche de long en large, gratte ses démangeaisons cutanées, boit verre après verre de thé glacé, hurle intérieurement — pendant les six heures qu'il a fallu aux robots de maintenance pour insérer un nouveau module. L'autorail est bondé, il n'y restait plus que des places debout pour ce voyage d'une heure.

Est-ce que je me transforme sous vos yeux? s'est demandé Wagner. *Que mon odeur a changé, qu'elle n'est plus humaine?* C'est ce qu'il s'est toujours imaginé.

La chute de météorite à Torricelli a perturbé les projets de voyage dans la majeure partie de l'hémisphère Ouest. Quand Wagner arrive à la gare d'Hypatie — qui n'est guère que le raccordement à Équatorial Un de quatre lignes secondaires venues des mers du sud et du centre de Tranquillité —, les quais grouillent de navetteurs et de travailleurs postés, de grands-parents en pèlerinage dans leur famille étendue. Des nuées d'enfants courent et crient, se plaignent parfois de l'attente. Leurs voix écorchent les sens intensifiés de Wagner. Son familier a réussi à lui dénicher une place sur le Régional 37 : trois heures d'attente. Il trouve un endroit calme et peu éclairé à l'écart des familles, des cartons de nouilles et des tasses en papier jetés par terre, s'assied contre un pilier, remonte les genoux, baisse la tête et change l'apparence de son familier. *Adeus Sombra, olá Dr Luz.* Les piliers tremblent, les grands halls résonnent sous le choc des trains passant à toute vitesse à la surface. Les robots zabbalins reniflent autour de lui, à la recherche de déchets recyclables. Des appels, des messages, des images de Méridien. *Où es-tu on te veut ça commence.* Problème de train. *Tu nous manques, Petit Loup*. Rien d'Analiese. Elle connaît les règles. Il y a la moitié lumineuse de la vie, et il y a la moitié sombre.

Dr Luz n'a pas pu réserver à Wagner son siège habituel à la fenêtre, le mettant dans l'incapacité de passer le trajet les yeux levés vers la Terre. Tant mieux : il a à faire. Une stratégie à mettre au point. Il ne peut pas organiser une réunion. Il suffirait que se murmure le nom Corta pour qu'Elisa Stracchi prenne la fuite. Il va l'attirer avec une commission, mais il faudra rendre la chose convaincante et excitante. Elle fera des vérifications. Des sociétés-écrans, des structures imbriquées, un dédale de personnes morales : l'organisation classique d'une grande entreprise lunaire. Pas trop compliqué, car cela aussi éveillerait les soupçons. Il lui faudra un nouveau familier, des traces contrefaites dans les médias sociaux, un historique de présence en ligne. Rien qui ne soit hors de portée des IA de Corta Hélio, mais cela prend du temps, même pour elles. Difficile d'être minutieux en sentant la Terre là-haut, qui le déchire, le stimule et le change kilomètre après kilomètre. C'est comme les premiers jours de l'amour, comme être malade d'excitation, comme le moment d'euphorie juste avant l'ivresse, comme les drogues de dancing, comme le vertige, mais ce sont de faibles comparaisons : aucune des langues de la Lune n'a de mot désignant la sensation du changement au moment où la Terre est ronde.

Il s'éloigne presque en courant de la gare. L'aube point quand il arrive à la Maison commune. Amal attend.

« Wagner. » Amal a adopté plus pleinement que Wagner la culture des deux moi et opté pour le pronom alter. Pourquoi les pronoms ne devraient-il refléter que le genre ? dit nè. Nè plaque Wagner contre nel, lui mord la lèvre inférieure, tire avec assez de force pour susciter douleur et affirmer son autorité. Nè est chef de meute. Puis le véritable baiser. « Tu as faim, tu veux quelque chose ? » L'attitude de Wagner exprime l'épuisement mieux que des mots. Les jours de changement consument les ressources humaines. « Vas-y, petit. On attend encore José et Eiji. »

Wagner se déshabille dans le dressing. Se douche. Gagne la chambre à pas feutrés. La fosse de sommeil est déjà pleine. Il y descend, caressé par les douces garnitures, par la doublure en imitation fourrure. Les corps grognent, se retournent, marmonnent dans leur sommeil. Wagner se glisse entre eux, courbé en cuiller comme un enfant. De la peau se colle à lui. Sa respiration adopte le rythme. Les familiers flottent au-dessus des corps entrelacés, anges de l'innocent. L'union de la meute.

Le rover est la forme la plus pure d'outil lunaire : un châssis ouvert au vide, une génératrice d'air, de l'énergie, une IA et deux rangées de trois sièges placées face à face sur une suspension accrochée entre quatre énormes roues. Vachement rapide. Attachée dessus avec le reste de son équipe d'activité de surface, Marina se heurte aux barres de sécurité quand le véhicule bondit par-dessus les rilles et les rebords de cratère. Elle essaye de calculer sa vitesse, mais la proximité de l'horizon et sa connaissance limitée de l'échelle des points de repère de la Lune la privent de bases de calcul. Ça va vite. Et c'est ennuyeux. À divers niveaux : l'œil bleu de la Terre dans le ciel, les petites collines grises de Luna, la visière opaque de la combiAS en face d'elle — Paulo Ribeiro, affiche son familier. Hetty active le système de divertissement embarqué de la combinaison. Maria fait douze parties de Marble Mayhem, regarde *Hearts and Skulls* (un épisode prenant, car les auteurs font évoluer tant l'arc de la série que ses personnages vers la fin de celle-ci) et une nouvelle vidéo envoyée par sa famille. Maman lui fait coucou de la main de son fauteuil roulant sur la véranda, les bras maigres et marbrés, les cheveux gris en désordre, mais le sourire aux lèvres. Kessie et ses nièces, le chien Canaan. Et là, oh, son frère Skyler, de retour d'Indonésie, sa femme Nisrina avec les autres neveux et l'autre nièce de Marina. De la pluie grise en toile de fond, de la pluie grise qui tombe en cascade de la gouttière de la véranda, si bruyante que tous sur la véranda crient pour se faire entendre.

Invisible derrière sa visière, Marina pleure. Le casque absorbe ses larmes.

Une tape sur son épaule. Marina désopacifie sa visière : Carlinhos se penche au-dessus de l'étroite allée entre les rangées de sièges. Il montre quelque chose par-dessus l'épaule de Marina. Le harnais permet de se retourner tout juste assez pour découvrir l'exploitation minière. Les portiques arachnéens des extractrices montent derrière l'horizon tout proche. L'équipe a pour mission de procéder à l'inspection planifiée de l'exploitation minière Tranquillité est de Corta Hélio. Quelques instants plus tard, le rover freine en soulevant une gerbe de poussière et les harnais se détachent.

« Reste avec moi », lance Carlinhos sur le canal privé de Marina. Elle saute sur le régolite strié de traces de pneus. Elle est au milieu des moissonneuses d'hélium. Celles-ci sont d'un sinistre de Lune, austères, fonctionnelles. Chaotiques, difficiles à appréhender au premier coup d'œil. Des poutrelles entre lesquelles sont installés des vis complexes, des tamis et des tapis roulants. Des bras réfléchissants qui pivotent pour rester face au soleil dont ils concentrent l'énergie sur des distillateurs qui séparent l'hélium 3 du régolite. Des sphères de récolte, chacune identifiée par son contenu. L'hélium 3 est exporté, mais les installations Corta distillent aussi les carburants de la vie que sont l'hydrogène, l'oxygène et l'azote. Des vis d'Archimède ultrarapides propulsent les déchets en jets courbes qui montent à un kilomètre d'altitude avant de retomber en panaches de poussière comme des fontaines à l'envers. La lumière de la Terre, réfractée par la fine poussière et les particules de verre, crée des arcs-en-ciel lunaires. Marina avance jusqu'à la ligne de samba. Dix extractrices aux roues trois fois plus grandes qu'elle avancent au pas sur un front de cinq kilomètres. L'horizon proche dissimule en partie celles placées aux extrémités de la ligne. Des roues à godets arrachent des tonnes de régolite à la fois, leurs mouvements parfaitement synchronisés : des têtes qui se hochent. Marina imagine des tortues-kaiju portant des forteresses médiévales sur le dos. Godzilla devrait affronter ces choses. Elle sent la vibration des machines dans ses pieds, mais n'entend rien. Tout est silence. Elle lève la tête vers les miroirs et les jets de déchets loin au-dessus de sa tête, regarde dans son dos les traces de pneus parallèles et devant elle le rebord de Rima Messier. C'est son lieu de travail. C'est son monde.

« Marina. »

Son nom. Quelqu'un a prononcé son nom. La main gantée de Carlinhos lui agrippe l'avant-bras pour écarter doucement ses doigts des loquets de son casque. Les loquets : elle était sur le point de les ouvrir. Elle était sur le point d'enlever son casque de combiAS au beau milieu de la mer de la Tranquillité.

« Oh mon Dieu, lâche-t-elle, éberluée par la facilité avec laquelle son étourderie a failli la tuer. Je suis désolée. Vraiment désolée. J'ai tout simplement…

— … oublié où tu étais ? complète Carlinhos Corta.

— Je vais bien. » Sauf que non. Elle a commis le péché impardonnable. Elle a oublié où elle était. Première fois sur le terrain, et tout ce qu'on lui a appris lui est sorti de la tête. Elle halète, cherche sa respiration. Ne panique pas. La panique te tuera.

« Tu as besoin de retourner au rover ? demande Carlinhos.

— Non. Ça va aller. »

Mais sa visière est si près de son visage que Marina en sent la présence. Elle est coincée à l'intérieur d'une cloche en verre. Il faut qu'elle en sorte. Qu'elle se libère, respire librement.

« Si je ne te renvoie pas au rover, c'est uniquement parce que tu as dit *ça va aller* et pas *ça va*, explique Carlinhos. Prends ton temps. »

Il lit ses indices biologiques sur son affichage tête haute : pouls, glycémie, gazométrie et fonctions respiratoires.

« Je veux travailler, dit Marina. Donne-moi quelque chose à faire, que je m'occupe l'esprit. »

La visière opaque de Carlinhos reste un bon moment immobile. Puis il dit : « Mets-toi au travail. »

La Lune est presque aussi brutale avec les robots qu'avec la chair humaine. Les radiations non filtrées bousillent les puces IA. La lumière dégrade le plastique de construction. La traîne magnétique mensuelle, quand la Lune passe dans le coma ruisselant du champ magnétique terrestre, peut court-circuiter les circuits électriques affaiblis et provoquer de brefs mais destructeurs tourbillons de poussière. La poussière. Il n'y a rien de plus embêtant sur la ligne de samba de Tranquillité est. De la poussière toujours et partout. Elle recouvre les étançons, les longerons, les rayons et les surfaces comme de la fourrure.

Marina passe avec circonspection un doigt sur une armature structurelle. Le velours de poussière bouge comme des poils sous l'effet des charges électrostatiques de sa combiAS. Au fil des lunaisons, la poussière grippe, use, érode, détruit. Le travail de Marina consiste à démagnétiser. C'est assez simple pour être effectué par une Joe Moonbeam, et amusant à regarder. Elle règle un minuteur pour déclencher l'inversion électrique et magnétique, puis se précipite en quelques grands bonds lunaires à distance de sécurité. Le champ s'inverse et repousse les particules de poussière chargée en un soudain nuage de poudre argentée. C'est joli, spectaculaire et ça donne très envie de recommencer. Des comparaisons terrestres, biologiques viennent à l'esprit de Marina : un chien mouillé qui se secoue, l'explosion en spores d'un champignon forestier. L'équipe modules se met au travail avant même que la poussière retombe sur les combiAS, échange composants électroniques et actionneurs : du travail qui donne du mal aux robots.

Pouf. Marina déclenche une autre explosion molle de poussière. Cela devrait faire du bruit. Le silence est déplacé. *Pouf*, murmure-t-elle dans son casque. Elle entend rire sur un canal privé.

« Tout le monde fait pareil », dit Carlinhos.

Sous la poussière, il y a des hiéroglyphes. Des générations de lève-poussière ont laissé leurs noms, leurs jurons, leurs dieux et leurs amoureux-ses sur le métal nu, dans une douzaine de couleurs de stylos à vide. Piotr H. Ça fait chier. Moços HC.

Elle lâche *pouf* à chaque extractrice. Il y a des trucs à connaître, pour travailler sur la Lune. Pour maintenir la concentration. L'uniformité du terrain, la proximité de l'horizon, l'uniformité des extractrices, l'hypnotisant ballet de leurs godets : tout conspire à endormir, à envoûter. Marina s'aperçoit qu'elle pense à Carlinhos en train de courir, glands, rubans et huile corporelle. Elle chasse ces pensées de son crâne. Le deuxième truc est aussi une séduction. Toutes les combinaisons ne se valent pas. Une combiAS n'est pas une combinaison de plongée. Il n'y a pas de résistance de l'eau ou de l'air, à la surface. Les choses se déplacent rapidement. C'est justement l'erreur qui a valu à Oleg de perdre la vie pendant leur formation. Masse, vitesse, inertie. Concentre-toi. Fais attention. Vérifie les indications de ta combinaison. Eau température air radiations. Pression, comms, réseau. Canaux, prévisions météo. La Lune a une météorologie, dans laquelle rien n'est bon. Traîne magnétique, activité solaire. Une dizaine de choses à vérifier à chaque minute, sans interrompre le travail. Certains coéquipiers écoutent de la musique. Comment font-ils ? À la cinquième extractrice, Marina a mal aux muscles. Concentre-toi. Fais attention.

Elle est tellement concentrée, elle fait tellement attention qu'elle ne voit pas les alertes qui arrivent sur le canal public au moment où le nom au-dessus du casque de Paulo Ribeiro passe au rouge, puis au blanc.

Rafa fait courir ses doigts sur l'aluminium poli du train d'atterrissage.

« Il est superbe, Nik. »

Le transporteur de VTO *Orel* baigne dans plusieurs kilowatts de lumière déversée par vingt projecteurs. Ceux de recherche de l'élévatrice soulignent la coque, les nacelles de propulsion, les grappes de réservoirs d'essence sphériques, les bras manipulateurs, le cockpit encastré du pilote, l'aigle VTO sur le nez.

« Va chier, Rafa Corta, réplique Nikolaï Vorontsov. Il n'est pas superbe. Rien n'est superbe sur la Lune. T'es vraiment qu'un baratineur. » Son rire ressemble à un glissement de terrain.

Nikolaï est conforme à l'idée que chacun se fait d'un Vorontsov : une muraille d'homme, aussi large que haut. Barbe et longue natte. Des yeux bleus de Terre et une sonore voix grave. Il exagère son accent, Nik Vorontsov. Et ce n'est pas un adepte de la vogue rétro. Short à multiples poches, brodequins, T-shirt tendu sur d'épais muscles s'affaissant en lard flasque. Comme le reste de sa famille, il a pour familier l'aigle bicéphale, avec son emblème personnel blasonné sur l'écu. Il est professionnellement Vorontsov.

« Je ne parle pas de son apparence, dit Rafa. Je parle de ce qu'il est.

— Non, vraiment, va chier. »

Orel est un vaisseau lunaire qui sert au transport direct d'un point à un autre de la surface. C'est le moyen de transport le plus cher et le plus coûteux sur la Lune. L'hydrogène et l'oxygène dans les réservoirs sphériques sont précieux : carburant pour la vie, pas pour des propulseurs. C'est aussi dément que brûler du pétrole pour produire de l'électricité, là-haut sur la Terre. Sur la Lune, l'énergie est bon marché, les ressources sont rares. Pour voyager, gens et biens se servent du train, du rover, du bus de surface, de moins en moins du BALTRAN, des brides orbitales, de leurs propres muscles pour marcher, rouler ou voler. Pas des capsules de fret des vaisseaux lunaires.

VTO entretient une flotte de dix transporteurs postés à des endroits très éloignés les uns des autres. Ils constituent le service d'urgence, l'ambulance, l'équipe de secours, le canot de sauvetage. On n'est nulle part à plus de trente minutes de vol d'une de leurs bases. Nik Vorontsov est le commandant de cette flotte, parfois le pilote, le mécanicien et l'amant de ses horribles vaisseaux. Ils lui sont plus précieux que n'importe lequel de ses enfants.

« Alors comme ça, t'as fait tout ce chemin depuis Jean de Dieu pour lécher le cul à mes affreux bébés en me disant qu'ils sont magnifiques ? » demande-t-il. Il se sert du nom globo de la ville parce qu'il répète depuis toujours pour plaisanter que le portugais est impossible à prononcer. Rafa et lui sont amis depuis l'université. Ils ont fait leurs études ensemble, fréquenté le gymnase ensemble : haltères et culture physique. Nik est allé plus loin sur cette voie que Rafa, mais ce dernier s'est toujours tenu assez au courant pour pouvoir discuter suppléments et régimes avec son ancien copain de gymnase, quand ils se retrouvent autour d'une vodka au Nevski Bar de Méridien.

« J'ai fait tout ce chemin depuis João de Deus pour louer un de tes petits chéris.

— Un en particulier ?

— Le *Sokol* à Luna 18. » Tout comme avoir une assurance sauvetage à jour, il est indispensable pour le travail en surface de connaître la localisation de chaque canot de sauvetage de VTO.

« Désolé, vraiment. Ce petit chéri là est en maintenance.

— Et le *Pustelga* à Joliot ?

— Ah. Le *Pustelga*. Il attend toujours sa certification de vol. La LDC est si lente.

— Si bien que tout le secteur Tranquillité-Sérénité-Crisium n'est plus couvert.

— Je sais. C'est déplorable. Les fonctionnaires, m'en parle pas. Qu'est-ce que tu veux que j'y fasse ? Sois prudent dans ce secteur. »

Rafa plaque la main sur le train de l'*Orel*.

« Celui-là.

— Tu en as besoin quand ?

— Maintenant, location avec pilote de quarante-huit heures. »

Nik Vorontsov aspire de l'air entre ses dents et Rafa comprend que l'*Orel* ne sera pas disponible pour cette période, qu'aucun transporteur Vorontsov ne le sera. Sa mâchoire et ses abdominaux se contractent. La colère fleurit, lui embrase le visage et les mains. La touche personnelle, avait-il assuré à Lucas. En affaires, les relations comptent plus que tout. Et il a parcouru tout ce chemin avec ses vêtements élégants, ses cheveux bien coiffés et ses ongles manucurés pour que ce blockhaus de Vorontsov le fasse passer pour un imbécile.

« Tu as besoin de combien ?

— Rafa, ce n'est pas digne de toi.

— Qui te tient ?

— Rafa, ce n'est pas bien de parler comme ça.

— Les Mackenzie. Duncan ou le vieux a pu trouver la force de s'en occuper personnellement ? D'une famille à l'autre. Robert, ça devait être Robert. Bloquer la flotte de transporteurs, c'est bien son style. Duncan n'en a jamais eu aucun. Il te l'a demandé personnellement ou il a transmis au vieux Valery qui t'a dit de le faire ?

— Je crois que tu devrais partir maintenant, Rafa. »

La rage explose en Rafa, montée de sang bouillant. Il crie au nez de Nik Vorontsov, lui postillonne dessus.

« Vous voulez vous faire un ennemi de moi ? De ma famille ? Nous sommes les Corta. On peut vous baiser de tant de manières différentes que vous ne vous en sortirez jamais. Mais vous êtes qui, putain ? Des chauffeurs de bus et de taxis. »

Nik Vorontsov s'essuie le visage du dos de la main.

« Rafa…

— Va te faire foutre, on n'a pas besoin de vous. On aura cette concession, et ensuite, bordel, les Corta s'occuperont de votre cas. » Rafa donne un coup de pied coléreux dans le train du transporteur. Nik Vorontsov braille quelque chose en russe et les agents de sécurité Corta immobilisent les bras de Rafa. Ils ont surgi de nulle part, silencieux, bien habillés, solides.

« Senhor, allons-y.

— Lâchez-moi, bordel ! crie Rafa à ses gardes du corps.

— J'ai peur que ce ne soit pas possible, senhor, dit le premier escolta en l'éloignant de force de Nik Vorontsov.

— C'est un ordre !

— Ce n'est pas aux vôtres que nous obéissons, répond le premier escolta.

— Lucas Corta s'excuse de tout affront qui a pu être fait à votre famille, senhor Vorontsov, dit le deuxième, une femme de grande taille en costume bien coupé.

— Virez-moi votre patron de ma base, bordel ! rugit Nikolaï Vorontsov.

— Tout de suite, senhor », dit la femme. Rafa crache tandis que les escoltas l'emmènent vers la porte. Le crachat effectue un long vol élégant dans la gravité lunaire. Nik Vorontsov n'a aucun mal à l'éviter, sauf que ce n'était pas lui que Rafa visait, mais son vaisseau, son petit chéri, son précieux *Orel.*

Le club des Propriétaires du handball professionnel est petit, confortable et on ne peut plus privé. Il affiche une discrétion évidente : laissez vos escoltas à l'entrée. Les membres à l'épaisse musculature qui en assurent la sécurité se tapent l'épiphyse de l'index gauche quand vous passez devant eux : *pas de familiers.* Le personnel vous le rappellera poliment jusqu'à ce que vous obtempériez. Le club est sport, sans luxe : son ambiance rappelle les colloques à l'université. Il compte vingt-quatre membres, tous masculins.

Vingt-quatre hommes, vingt-quatre amis, et Rafa ne veut parler à aucun. Jaden Wen Sun le hèle des profondeurs d'un fauteuil club à l'autre bout du salon, Rafa répond d'un geste en gagnant sa chambre à grands pas. Il est carbonisé de colère. Il claque la porte, saisit une chaise qu'il expédie sans peine à l'autre bout de la pièce. Tables et lampes se brisent, tombent. Il donne de grands et violents coups de pied dans les débris. Il arrache du mur l'écran à l'ancienne, grâce auquel les propriétaires regardent leur équipe dans le si discret club PHP, l'abat sur le bord de la coiffeuse, recommence encore et encore jusqu'à ce que l'appareil se casse en deux. Il fourre ces deux moitiés dans le panier de sortie de l'imprimante, fait levier jusqu'à mettre celle-ci hors service.

Un petit coup à la porte.

« Monsieur Corta.

— Rien. »

Sa rage s'est consumée en braises. Il casse tout. Cette chambre, le marché avec Nik Vorontsov… la même rage. Il a craché sur le vaisseau de Nik Vorontsov. Il aurait tout aussi bien pu avoir craché sur sa fille. Quand il a appelé João de Deus, les temps d'arrêt et longs silences de Lucas ont été plus éloquents que n'importe quelle explosion de colère. Il a manqué à ses devoirs envers la famille. Il manque toujours à ses devoirs envers la famille. Tout ce qu'il touche tombe en ruine.

Rafa a été prudent, dans sa rage dévastatrice : le bar est intact. Il s'assied sur le lit, regarde les bouteilles comme des amants se regardent d'un bout à l'autre d'une pièce grouillant de monde. Le club s'assure qu'il dispose toujours dans sa chambre d'une réserve de ses gins et rhums personnalisés. Rafa passerait une bonne soirée avec eux, à boire ensemble. L'ivresse le ferait larmoyer de regrets, puis appeler Lousika au petit matin.

Un peu de dignité, bordel, mon gars.

« Hé, l'appelle à nouveau Jaden Sun.

— Je sors », répond Rafa.

À son retour, le personnel du club aura tout réparé.

Madrinha Flavia est aussi surprise de découvrir Lucasinho devant sa porte qu'il l'a été en la voyant au pied de son lit d'hôpital.

Lucasinho ouvre le carton qu'il a apporté avec mille précautions de chez Kojo. Des lettres vertes en glaçage fondant épellent le mot Pax.

« C'est de l'italien, dit-il. J'ai été obligé de vérifier où était l'Italie. C'est vraiment léger. Avec des amandes. Tu n'as rien contre les amandes ? Ça dit Pax. Le mot catholique pour *paz*, quelque chose comme ça. » Il est naturel pour un garçon de parler portugais à sa madrinha.

« *Paz na terra boa vontade a todos os homens*, dit Flavia. Entre, entre donc. »

L'appartement est sombre et exigu. Sans autre lumière que celle des dizaines de petites biolampes, disposées dans le moindre recoin, la moindre fissure, sur tous les rebords et étagères. Lucasinho fronce les sourcils dans la lueur verte.

« Ouah, c'est pas bien grand, ici. » Il se penche pour passer sous le linteau et cherche où s'asseoir au milieu de ce bazar.

« Il y a toujours de la place pour toi, dit Flavia en lui prenant le visage entre ses mains. Coração. »

Quand on a besoin d'un toit, d'un lit, de repas chauds, d'eau et de rester propre, on peut toujours compter sur sa madrinha.

« J'aime bien, chez toi.

— C'est Wagner qui paye le loyer. Et mes perdiemes.

— Wagner ?

— Tu ne savais pas ?

— Euh, mon papa ne…

— … parle pas de moi. Ta mère non plus. J'ai l'habitude.

— Merci d'être venue me voir. À l'hôpital.

— Comment est-ce que j'aurais pu faire autrement ? Je t'ai porté. »

Lucasinho se tortille. Aucun garçon de dix-sept ans n'aime s'entendre dire qu'il a été à l'intérieur d'une femme plus âgée. Il s'installe à l'endroit qu'elle lui indique sur le canapé, explore du regard les lieux pendant que Flavia branche la bouilloire, puis rapporte des assiettes et un couteau de la kitchenette. Elle déplace des icônes et des biolampes pour dégager de la place sur la table basse devant le canapé.

« Tu as beaucoup de… d'affaires. »

Des icônes, des statuettes, des rosaires et des porte-bonheur, des bols à offrandes, des étoiles et des guirlandes. La collision de vapeurs d'encens, de mélanges de plantes et d'air vicié fait froncer le nez à l'adolescent.

« La Sororité adore le fatras religieux.

— La S… » Lucasinho se reprend avant de devenir un perroquet qui répète sous forme interrogative chaque phrase de sa madrinha.

« La Sororité des Seigneurs du Présent.

— Ma vóvó a quelque chose à voir avec ça.

— Ta grand-mère nous donne de l'argent pour soutenir notre œuvre. Irmã Lao lui rend visite depuis quelque temps comme conseillère spirituelle.

— Pourquoi est-ce que vó Adriana a besoin d'une conseillère spirituelle ? »

La bouilloire chante. Madrinha Flavia écrase des feuilles de menthe qu'elle met à infuser.

« Personne ne t'a dit. » Flavia repousse d'autres statuettes et objets votifs au bout de la table basse, s'assied par terre.

« Eh ! c'est moi qui… »

Elle décline d'un geste sa proposition d'échange de places.

« Bon, et ce gâteau que tu m'as apporté ? » Elle lève le couteau devant ses yeux en murmurant une prière. « Il faut toujours bénir le couteau. » Elle coupe un morceau gros comme l'ongle, le pose sur une assiette devant une statuette des saints Cosmos et Damiano. « Hôtes invisibles », murmure-t-elle avant de prendre elle-même entre ses doigts une tranche de gâteau Pax aussi fine et aussi précise que des baguettes chinoises en porcelaine.

« C'est vraiment très bon, Luca. »

L'adolescent rougit.

« C'est agréable d'être doué pour quelque chose, madrinha. »

La femme se frotte les doigts pour en faire tomber les miettes.

« Bon, qu'est-ce qui t'amène à la porte de ta madrinha ? »

Lucasinho se laisse aller contre le dossier du canapé aux odeurs de patchouli, roule des yeux.

Dans le train qui le ramenait de Twé, il s'est demandé si son cœur n'allait pas exploser. Son cœur, ses poumons, sa tête, son esprit. Abena s'était désintéressée de lui. Il s'est rendu compte que ses doigts allaient d'eux-mêmes s'égarer sur le clou métallique dans son oreille. Abena avait léché son sang, à sa fête de course-Lune. Mais à celle des Asamoah, elle l'avait regardé et s'était éloignée. À cinq reprises, il a failli arracher la chose de son oreille pour la renvoyer à Twé dès l'arrivée du train à Méridien. À cinq reprises, il y a renoncé. *Quand tu n'auras plus d'autre espoir*, avait dit Abena. *Quand tu seras seul, nu et en danger, comme mon frère, envoie le piercing.* Il n'était rien de tout cela. S'il faisait mauvais usage du cadeau, elle ne l'en détesterait que davantage.

« J'ai besoin d'un endroit où dormir.

— Il semble bien.

— Et il y a un truc que je n'arrive pas à comprendre.

— Pas sûr que j'y arriverai, moi. Mais je t'écoute.

— D'accord. Madrinha, pourquoi donc les filles font-elles des choses ? »

« Il ne le fait pas comme il faut. »

Le barman se fige. La bouteille de curaçao bleu reste en suspens au-dessus du verre à cocktail. À l'autre bout du bar, la femme se tourne avec une lenteur de granit pour le regarder.

« Le zeste de citron d'abord. »

Rafa Corta longe le bar jusqu'à la femme. Elle est tirée à quatre épingles et son sac Fendi, qu'elle a posé sur le tabouret d'à côté, est un classique. Elle a pour familier une galaxie en rotation d'étoiles dorées. Mais c'est une touriste. Mauvaise coordination physique, manque de naturel, décalages et retards : ses origines terrestres se trahissent d'une dizaine de manières.

« Excusez-moi. »

Rafa prend le verre, se le passe sous le nez.

« Ça, au moins, c'est correct. Les Vorontsov tiennent à se servir de vodka, mais le véritable blue moon est à base de gin. Un botanique-sept, minimum. » Il s'empare des pinces, soulève l'orbe d'un zeste qu'il lâche dans le verre. Il désigne du menton la bouteille de curaçao. « Passez-la-moi. » Un claquement de doigts. « Cuiller à café. » Il retourne celle-ci vingt centimètres au-dessus du verre. Place la bouteille encore vingt centimètres plus haut. « Le truc consiste à sculpter avec la gravité. » Il verse. Un filet de liqueur bleue tombe aussi lentement que du miel sur le dos de la cuiller. « Et à ne pas trembler des mains. » Le curaçao nappe le dos de la cuiller avant d'en dégouliner en gouttes et ruisselets chaotiques. Des spirales azurées comme de la fumée dans le gin transparent. Des rubans de bleu diffus enveloppent le marbré jaune du zeste. « La dynamique des fluides s'occupe du mélange. C'est l'application des systèmes chaotiques à la théorie des cocktails. »

Il pousse le verre devant la femme. Elle goûte.

« C'est bon.

— Seulement “bon” ?

— Excellent. Vous savez bien le faire.

— Normal. C'est moi qui l'ai inventé. »

Dans un coin, un groupe de quatre clients d'âge moyen lèvent leur verre pour fêter un succès de l'entreprise familiale. Les agents de sécurité Corta occupent une table discrète à distance respectueuse du bar. Rafa et la Terrienne sont les seuls autres clients. Il est entré dans ce bar-là parce que c'est le plus proche du club, mais il s'y sent bien. L'éclairage vers le haut à l'ancienne transforme chaque boisson en pierre précieuse, raffermit les mentons, affûte les pommettes, nimbe les yeux de mystère. Du bois précieux et des canapés clubs carrés en cuir de cuve. Des miroirs derrière le comptoir, de la musique en sourdine, un balcon en hauteur sur le hub central d'Aquarius Quadra. Les lumières de la ville, par galaxies, dans toutes les directions. Quand la touriste est arrivée, il avait descendu deux caipis. Il a pris sa décision. Fini de boire seul. Désormais, ce sera blue moon.

Elle s'appelle Sohni Sharma. Chercheuse de troisième cycle à New York-Mumbai, elle termine une mission de six mois à l'observatoire planétaire de Farside. Le lendemain, la boucle lunaire la fera monter au cycleur pour son retour sur Terre. Elle passe sa dernière soirée à boire pour purger son esprit ou son sang de la Lune. Soit elle ne connaît pas le nom de Rafa, soit elle maîtrise parfaitement son côté hautain de Mumbai. Rafa s'installe dans cet espace social vacant.

« Laissez, dit-il en effleurant les ustensiles à cocktail. Un seau de glace pour le gin. Je vous dirai quand on aura besoin de verres. »

Elle déplace le Fendi. Invitation à s'asseoir.

« Et donc, c'est vous qui l'avez inventé ? demande-t-elle après le troisième.

— Demandez au bar du Sasserides à Reine-du-Sud. Vous savez quel est l'ingrédient le plus cher ? »

Sohni secoue la tête. Rafa tapote le zeste de citron.

« C'est le seul qu'on ne puisse pas imprimer.

— Vous avez vraiment la main ferme », dit-elle alors qu'il fait son numéro avec la cuiller et le curaçao. Elle lâche ensuite un petit cri quand Rafa attrape un verre, jette le gin par terre et plaque le verre retourné sur le bar. À l'intérieur, mal éclairée, bourdonnant : une mouche. Rafa se tourne vers la table qu'occupent tranquillement ses gardes du corps.

« Vous savez ce qu'il y a dans ce verre ? »

Ses escoltas bondissent sur leurs pieds.

« Assis. Assis ! rugit Rafa. Dites à mon frère que je sais que sa petite mouche me tourne autour depuis Ku Lua.

— Senhor Corta, nous ne…, commence la femme.

— … "travaillons pas pour vous", l'interrompt Rafa. Aucune importance. Vous l'avez laissée approcher. Vous l'avez laissée s'approcher de moi. Vous êtes virés. Tous les deux.

— Senhor Corta…, tente à nouveau la femme.

— Vous croyez que Lucas ne vous renverra pas pour ça ? Vous restez avec moi jusqu'à ce que vos remplaçants arrivent de Boa Vista. Socrate. Appelle-moi Heitor Pereira. Et mon frère. » Il se tourne vers la famille, penaude dans son box. « Où allez-vous ? »

Ils marmonnent le nom d'un restaurant, d'un bar à chansons.

« Tenez, voilà trois mille bitsys. Passez la plus belle soirée de votre vie. »

Socrate transfère l'argent. Ils sortent en s'inclinant. Le barman réaligne ses bouteilles pendant que Rafa se met à l'écart pour parler à son chef de la sécurité, puis, d'un ton moins posé, à son frère. Sohni pose le menton sur le bar pour observer la mouche.

« C'est mécanique, dit-elle.

— À moitié, répond Rafa. Un de ces trucs a failli me tuer.

Désolé de vous avoir fait peur. Vous n'auriez pas dû voir ça. Je ne suis pas sûr de pouvoir me faire pardonner. » Il demande un verre propre et y verse du gin glacé. Un zeste de citron. Des cirres de curaçao en cours de dissolution. « Pas le moindre tremblement. » Il pousse le blue moon sur le bar jusqu'à Sohni. « Une de mes épouses m'a quitté, l'autre est morte, je fais peur à ma fille et j'ai blessé mon fils par colère contre quelqu'un d'autre. Mon frère m'espionne parce qu'il me prend pour un bouffon et ma mère n'est pas loin de le croire. Je viens de perdre un marché, mes ennemis m'ont baisé, mes gardes du corps ne trouveraient pas leur cul dans le noir, quelqu'un a essayé de m'assassiner avec une mouche et mon équipe de handball masculine est dans le bas du classement. » Il lève son propre verre. « Il reste que j'ai inventé le blue moon.

— Je pourrais être un assassin, dit Sohni. Je pourrais sortir un couteau et vous ouvrir de là à là. » Elle promène un doigt du menton à l'entrejambe de Rafa.

Il lui immobilise la main.

« Non, vous ne pourriez pas.

— Vous en êtes sûr ? »

Rafa incline la tête en direction de ses ex-gardes du corps.

« J'ai beau les avoir renvoyés, ils ont scanné tout le monde ici.

— Vous avez violé ma vie privée.

— Je peux vous dédommager.

— Tout est vraiment contrat, avec vous autres.

— Nous autres ?

— Ceux de la Lune. »

Il n'a toujours pas lâché sa main. Elle ne s'est toujours pas dégagée.

« Je sais que je devrais me sentir privilégiée de travailler ici, mais j'ai hâte de rentrer chez moi, dit-elle. Je n'aime pas votre monde, Rafael Corta. Je n'aime pas sa mesquinerie, sa dureté, sa laideur, je n'aime pas que tout ait un prix. » Elle désigne un de ses yeux. « Je ne m'habitue pas à eux. Je ne crois pas que j'arriverai à m'y habituer un jour. Vous êtes des rats en cage, tout près de vous entre-dévorer au moindre regard, au moindre mot de travers.

— Je ne connais que la Lune, explique Rafa. Je ne peux pas aller sur Terre. Ça me tuerait. Pas vite, mais ça me tuerait. Aucun d'entre nous ne peut y aller. On est chez nous, sur la Lune. C'est ici que je suis né et que je mourrai. En attendant, c'est des gens, du haut jusqu'en bas. Avec leurs bons et leurs mauvais côtés. En fin de compte, on n'a rien d'autre que nous-mêmes. Là où vous voyez des contrats pour tout, je vois des accords. Des moyens sur lesquels nous nous accordons pour vivre.

— Bien. Dédommagez-moi. » Sohni libère sa main pour tapoter la bouteille de gin. Rafa lui reprend la main d'un geste si décidé que Sohni entrouvre les lèvres de surprise.

« Ne me prenez jamais en pitié », prévient-il en la lâchant. Des mécanismes se déclenchent : un auvent se déploie au-dessus du bar et des buveurs.

« Il va pleuvoir, dit Rafa en levant la tête. Vous avez déjà vu pleuvoir sur la Lune ?

— Vous n'êtes jamais allé à l'observatoire de Farside, pas vrai ?

— Je suis homme d'affaires, pas scientifique. » Un fond de gin, zeste jeté dedans, le numéro avec la cuiller et le curaçao qui coule lentement.

« Ce n'est que tunnels, couloirs et cagibis. J'ai l'impression d'avoir passé six mois pliée en deux. Je m'étonne d'arriver encore à me tenir droite. » Elle pivote sur son tabouret pour admirer la vue magnifique sur Aquarius Quadra. « Ça fait six lunaisons que je n'ai pas regardé aussi loin. »

Un battement de tambour soudain sur l'auvent. À découvert, la pluie tombe comme des ornements de verre, explose doucement sur la terrasse.

« Oh ! » De ravissement, Sohni porte les mains à son visage.

« Venez. » Rafa tend la main. La jeune femme la prend. Il la conduit sous la pluie. De grosses gouttes font gicler du blue moon de leurs verres, s'écrasent avec bruit autour d'eux. Sohni offre son visage à la pluie. En quelques secondes, ils sont trempés, leurs coûteux vêtements leur collent à la peau. Rafa mène Sohni à la rambarde.

« Observez », ordonne-t-il. La voûte du hub Aquarius est une mosaïque de gouttes frissonnantes en chute lente, chacune un joyau étincelant dans les lumières nocturnes d'Aquarius. « Voyez. » La ligne céleste s'illumine, se fait quelques instants aveuglante. Sohni se protège les yeux. Quand elle voit à nouveau, un arc-en-ciel relie deux extrémités du hub du quadra. « Regardez ! » En bas, sur Tereshkova Prospekt, la circulation s'est arrêtée. Passagers, piétons restent debout sans bouger, bras écartés. Sortant des magasins et des boîtes de nuit, des bars et des restaurants, d'autres viennent se joindre à eux. Sur les terrasses et les balcons, les enfants se précipitent à l'extérieur pour gambader et crier sous les gouttes. La pluie martèle Aquarius Quadra, tambourine, fait résonner le moindre toit, le moindre auvent, le moindre portique et la moindre passerelle.

« Je ne m'entends plus penser ! » crie Sohni, et à ce moment-là, la ligne céleste s'assombrit. La pluie cesse. Les dernières gouttes viennent lui exploser sur la peau. Le monde dégouline et brille. Sohni regarde autour d'elle, émerveillée, abasourdie.

« L'odeur a changé, constate-t-elle.

— Ça sent le propre, explique Rafa. C'est la première fois que vous respirez de l'air qui ne contient pas de poussière. La pluie l'en nettoie. C'est pour ça qu'on le fait.

— Comment pouvez-vous vous permettre de gaspiller cette eau ?

— On ne peut pas. On récupère la moindre goutte.

— Mais la dépense… qui paye ? »

C'est au tour de Rafa de montrer un de ses yeux.

« Vous. »

Le regard de Sohni s'écarquille quand elle voit sur son chib de combien son compte d'eau a été débité.

« Mais c'est…

— Rien. Vous le regrettez ?

— Non. Absolument pas. » Elle frissonne.

« Vous êtes trempée. Je peux vous imprimer quelque chose de neuf à mon club. »

Sohni sourit malgré ses frissons.

« C'est votre manière de me draguer ?

— Exactement.

— Allons-y, alors. »

Socrate donne un gros pourboire au barman et Rafa emmène rapidement Sohni au club PHP dans la ville dégoulinante. La mouche-espion reste là, bourdonnant sous sa cloche de verre.

Lucas revient dans la salle d'écoute et s'assied sur le canapé placé au centre acoustique.

« Tout va bien ?

— Pas de problème. Reprenez *Expresso*, je vous prie.

— Comme vous refusez les interruptions, d'habitude… » C'est la troisième fois que Jorge vient, mais la routine est établie. Il joue une heure d'affilée, Lucas l'écoute une heure de toutes ses oreilles. Sauf qu'à la troisième mesure d'*Expresso*, Lucas s'est brusquement précipité hors de la pièce. Jorge n'a pas entendu pourquoi. L'absence a duré plusieurs minutes.

« *Expresso*, s'il vous plaît. »

Cette perturbation a toutefois désarçonné Jorge, qui met quelque temps à évacuer la tension dans ses doigts, son corps et sa gorge. Les doigts trouvent les accords, la voix la syncope. Il n'y a plus d'interruption, mais le flux d'énergie qui passe de l'interprète à son public avant de lui revenir est déstabilisé. Jorge conclut *Izaura* en étouffant les accords de la cadence finale, puis range sa guitare.

« À la semaine prochaine, senhor Corta ?

— Oui. » Une main sur l'épaule de Jorge alors qu'il va partir. « Restez boire un verre.

— Merci, senhor Corta. »

Guitare à la main, Jorge se laisse guider jusqu'au salon, offrir un mojito.

« Le dosage vous convient ?

— C'est parfait, senhor Corta.

— Goûtez-le d'abord. »

Jorge goûte. Le dosage est parfait.

Lucas emporte son propre verre à la fenêtre. João de Deus défile, mouvement et lumière, niveau après niveau. Néons bleus, biolampes vertes, réverbères orange.

« Pardon d'avoir pris cet appel. J'ai vu que ça vous perturbait.

— Un bon professionnel ne doit pas se laisser désarçonner.

— Moi, ça m'a dérangé. Je dois encore être un public amateur. Vous avez des frères, Jorge ?

— Deux sœurs, senhor Corta.

— Je dirais bien que vous avez de la chance, si je ne savais pas d'expérience que les sœurs peuvent être tout aussi difficiles. Mais pas de la même manière. Le problème avec les frères, c'est que les règles sont fixées à la naissance. Le premier-né reste le premier-né. Toujours le petit chéri. Êtes-vous l'aîné, Jorge ?

— Je suis au milieu.

— Comme Ariel et moi. Carlinhos est le chouchou. Le plus jeune est toujours le chouchou.

— Je croyais qu'il y avait cinq Corta.

— Quatre et un imposteur. Je vois que vous avez fini. » Jorge a englouti son mojito. Par nervosité. « Prenez-en un autre. Essayez de l'apprécier, cette fois. Le rhum est vraiment bon. » Il apporte un deuxième verre, avec lequel il attire Jorge à la fenêtre. « Ma mère était une pionnière, une entrepreneuse, une fondatrice de dynastie, mais sur bien des plans, elle est restée prisonnière des traditions. Il n'y a rien d'incompatible à cela. Le premier-né dirigera l'entreprise. Les autres mettront leurs talents au service de celle-ci. C'est ce que je fais. Carlinhos aussi. Et même Wagner. Ariel. J'envie Ariel. Elle a choisi sa carrière à l'extérieur de l'entreprise. Maître Ariel Corta. Reine des nikahs. La coqueluche de Méridien. » Lucas lève son verre en direction de la rue grouillante et poussiéreuse. « Elle est du Lièvre variable.

— Quiconque dit être un Lièvre variable…

— … n'en est presque certainement pas un. Je sais. Si Ariel dit l'être, elle l'est. Comment trouvez-vous mon rhum, Jorge ?

— Il est bon.

— Ma propre marque. Vous aviez des animaux domestiques quand vous étiez petit ?

— Uniquement des mécaniques.

— Nous aussi. Ma mère ne voulait rien de vivant dans les parages. Rien qui chie et qui meurt. Les Asamoah nous ont offert des papillons décoratifs, pour la course de Lune de Lucasinho. Ma mère s'est plainte pendant des jours du désordre. Des ailes partout. Les machines sont plus propres. Même si elles ne sont pas éternelles non plus. Elles meurent. On les fait mourir, vous savez ? Pour que ça serve de leçon aux enfants. Du coup, il faut que quelqu'un les mette dans le désassembleur. C'était mon boulot, Jorge. » Lucas boit une gorgée. Jorge a presque terminé son deuxième mojito. Lucas vient d'entamer son premier. « Le petit chéri a fait une erreur épouvantable. Il a réussi à nous aliéner les Vorontsov. Il a laissé ses sentiments prendre le dessus et compromis non seulement notre plan de croissance, mais aussi notre marché avec VTO pour le transport. Nous avons besoin d'eux pour expédier les containers d'hélium sur Terre. Et c'est à moi de réparer les dégâts. D'imaginer une solution. De recycler les morts. De nettoyer les saletés.

— Faut-il que j'entende ça, senhor Corta ?

— Vous entendez ce que je veux que vous entendiez. Jorge, j'ai peur pour ma famille. Mon frère est un idiot. Ma mère… n'est plus ce qu'elle était. Elle me cache quelque chose. Helen de Braga et cet imbécile d'Heitor Pereira ne me diront jamais quoi, quels que soient les moyens de pression dont je dispose. L'entreprise va couler, à moins que quelqu'un s'occupe de la merde et de la mort. Vous avez des enfants, Jorge ?

— Je ne suis pas sur ce spectre.

— Je sais. » Lucas ôte le verre vide des mains de Jorge, en glisse un plein à la place. « J'ai un fils. Je m'aperçois que, contre toute attente, je suis fier de lui. Il a fugué. Nous vivons dans la société la plus fermée et la plus surveillée de l'histoire, et des jeunes gens continuent à essayer de fuguer. Je lui ai coupé les vivres, bien entendu. Rien de fatal, de nuisible à sa santé. Il vit par ses propres moyens. Il semble qu'il ait assez d'intelligence pour se débrouiller. Et de charme. Ce n'est pas de moi qu'il tient ça. Il s'en sort plutôt bien. Il est devenu une célébrité de second ordre. Ça va durer cinq jours, ensuite tout le monde l'oubliera. Je peux le ramener quand je veux, mais je ne veux pas. Pas pour le moment. Je veux voir ce qu'il trouvera d'autre en lui. Il a des qualités que je n'ai pas. Il est gentil, apparemment, et tout à fait fréquentable. Trop gentil et trop fréquentable pour l'entreprise, je le crains. J'ai très peur de l'avenir. Qu'est-ce que vous pensez de celui-là ? » Lucas incline son verre en direction de celui du musicien.

« C'est différent. Plus fumé. Plus costaud.

— Plus costaud. Oui. C'est ma propre cachaça. C'est ce qu'on devrait boire en faisant la bossa. Je la trouve un peu fruste. Bref, je dois fomenter une sorte de coup d'État au conseil d'administration. Je dois me battre contre ma famille pour la sauver. Et je raconte tout ça à un chanteur de bossa-nova. Et vous vous demandez : je suis quoi, son psy, son confesseur ? Son troubadour, son fou ?

— Je ne suis pas un fou. » Jorge saisit sa guitare. Lucas le rattrape à trois pas de la porte.

« Dans l'Europe d'avant, le fou du roi était le seul à qui il pouvait confier la vérité, et le seul qui pouvait lui dire la vérité.

— C'est une manière de vous excuser ?

— Oui.

— Il faudrait quand même que j'y aille. » Jorge regarde avec regret le verre dans son autre main.

« Oui. Bien sûr.

— À la semaine prochaine, senhor Corta ?

— Lucas.

— Lucas, d'accord.

— Est-ce qu'on pourrait avancer un peu la prochaine séance ?

— Quand ?

— Demain ? »

« Mamãe ? »

Adriana se réveille en sursaut. Elle est au lit dans une chambre, mais ne sait pas où et son corps ne lui répond pas, même s'il paraît léger comme un rêve, sans plus de substance que le destin. Une présence au-dessus d'elle, à portée de souffle, qui inspire quand elle expire.

« Carlos ?

— Tout va bien, maman. »

La voix est à l'intérieur de sa tête.

« Qui ?

— Maman, c'est moi. Lucas. »

Ce nom, cette voix.

« Oh. Lucas. Quelle heure est-il ?

— Tard, mamãe. Désolé de te déranger. Tu vas bien ?

— J'ai mal dormi. »

La lumière s'amplifie. Elle est dans son lit, dans sa chambre, dans son palais. Le fantôme penché sur elle jusqu'à lui prendre sa respiration, c'est Lucas, sur sa lentille.

« Je t'ai dit d'en parler à la docteure Macaraeg. Elle peut te donner quelque chose.

— Elle peut me donner trente ans ? »

Lucas sourit. Adriana aimerait pouvoir le toucher.

« Je ne vais pas te déranger davantage, alors. Rendors-toi. Je voulais juste te dire qu'on n'avait pas perdu Mare Anguis. J'ai un plan.

— Je détesterais qu'on la perde, Lucas. Je détesterais ça plus que tout.

— On ne la perdra pas, maman, si Carlinhos et ses fichues motos-poussière sont à la hauteur.

— T'es un bon garçon, Lucas. Tiens-moi au courant.

— Promis. Dors bien, maman. »

Le retour, Marina le fait près du cadavre sanglé au siège. Assez près pour que leurs cuisses et leurs épaules se touchent, mais cela vaut mieux que de l'avoir en face, sur le siège opposé. La combinaison, la visière opaque, le harnais qui limite les mouvements : il n'y a pas grand-chose pour différencier la viande vivante de la morte. Savoir, voilà l'horreur. Derrière cette visière n'exprimant rien, il y a un visage qui n'exprime rien, un visage mort.

Le décès est dû à une augmentation rapide et catastrophique de la température corporelle, qui a cuit Paulo Ribiero dans sa combinaison. Carlinhos passe les données au crible pour essayer de comprendre ce qui s'est passé. Si un lève-poussière avec un millier d'heures en surface à son actif peut mourir en moins de trois minutes, alors cela peut arriver à n'importe qui. Et donc à elle, Marina Calzaghe, sanglée dans un châssis ouvert et non pressurisé qui roule à 180 kilomètres-heure dans un vide poussé et sous une pluie de radiations. Dont seules la séparent cette mince combinaison et la bulle de son casque. Même à présent, mille pannes minuscules pourraient conspirer, se multiplier, s'allier. Marina Calzaghe ravale sa panique comme de la bile. Dans la mer de la Tranquillité, elle avait failli ôter son casque.

« Ça va ? » Carlinhos, sur son canal privé.

« Oui. » Menteuse. « Ça m'a fait un choc, voilà tout.

— Tu pourras continuer ?

— Oui. Pourquoi ?

— On a été redéployés.

— Où ça ?

— Je vais te transformer en jeu à boire, dit Carlinhos. À

chaque question que tu poses, je siffle un verre. On prend un train. »

Marina ne décèle aucun changement de trajectoire, mais une heure plus tard, le rover s'arrête au bord d'Équatorial Un. Les harnais se défont, l'équipe débarque en se dégourdissant bras et jambes. Marina pose prudemment un pied sur la voie, cherche à sentir la vibration d'un express en approche. Rien, bien entendu. Et les rails extérieurs sont réservés à la fonderie mobile des Mackenzie… Creuset, se rappelle avoir appris Marina. Les express empruntent les quatre voies maglev intérieures. Elle distingue les rails électrifiés à côté. Poser le pied sur ceux-là lui vaudrait une mort propre et instantanée, avec illumination genre Divali dans l'affichage tête haute de Carlinhos.

« Il arrive », annonce celui-ci. Un atome de lumière apparaît à l'ouest sur l'horizon, devient trois phares aveuglants. Le sol tremble. À vitesse maglev, avec un horizon si proche, le train arrive à leur hauteur avant que Marina réussisse à démêler les impressions qui lui parviennent : taille, vitesse, lumière aveuglante ; masse oppressante et silence complet. Les fenêtres défilent, floues, puis ralentissent. Le train va s'arrêter. Marina voit un enfant regarder dehors, les mains autour des yeux contre la vitre. Le train s'immobilise. Il est long d'un kilomètre, les deux premiers tiers constitués de voitures de passagers, le dernier réunissant wagons de marchandises et à plate-forme. Carlinhos fait signe à son équipe de gagner le tout dernier des wagons plats. Marina n'a aucun mal à bondir sur la voie de métal fritté et à grimper sur la plate-forme. Des motos. Grosses, avec des pneus épais, constellées de capteurs et d'appareils de communication, laides et absolument pas aérodynamiques, mais incontestablement, des motos.

Que…, commence-t-elle à demander, mais elle ne veut pas accorder à Carlinhos une nouvelle victoire dans son jeu à boire.

« On va revendiquer une concession », fait savoir Carlinhos sur le canal public. Des grommellements approbateurs des lève-poussière expérimentés, ceux de l'équipe et ceux arrivés avec les motos. « Lucas nous dit d'aller à Mare Anguis. Il y a une concession dont les gens de Mackenzie Metals croient être les seuls à connaître l'existence. Mais on la connaît aussi, et on peut la leur piquer sous leur nez. Ils ont la flotte de surface de VTO dans la poche, mais nous, on a ces bécanes. » Il tapote le guidon d'une des motos. « L'Équipe des Motos-Poussière Corta va la gagner, cette concession. Mais d'abord, on prend le train. » Un rugissement approbateur. Marina s'aperçoit qu'elle a joint sa voix aux autres. Sans secousses ni à-coups, le train repart. Marina regarde le rover s'écarter d'Équatorial Un pour reconduire son unique passager, mort, à João de Deus.

Flavia prépare à manger. Une nourriture substantielle et entièrement végétale, comme souvent en cuisine lunaire, mais Lucasinho trouve qu'elle manque de goût, semblable à une musique jouée par une guitare sans cordes graves.

« Qu'est-ce que tu as contre les oignons et l'ail ? demande-t-il. Et contre le chili ?

— Ce sont des légumes théologiquement inconvenants, répond Flavia. Ils exacerbent les passions et stimulent les bas instincts. »

Lucasinho mange du bout des dents. « Madrinha, pourquoi tu es partie de Boa Vista ? »

Il avait six ans, à ce moment-là. Il se souvient de chagrin mais surtout de confusion, et d'une absence vite comblée par les composantes d'une nouvelle normalité. Amanda, sa mère génétique, l'avait aussitôt confié à Elis, enceinte de Robson.

« Ton père ne t'a jamais dit ?

— Non.

— Ta grand-mère et lui m'ont renvoyée, m'ont obligée à te laisser et à quitter Boa Vista. J'ai porté Carlinhos, j'ai porté Wagner et en tout dernier je t'ai porté toi, Luca. Tu sais ce que font les madrinhas ?

— Vous êtes des mères porteuses.

— Nous vendons nos corps, en fait. Nous vendons à

quelqu'un d'autre le cœur même de notre féminité. C'est de la prostitution. Nous écartons les jambes et prenons dans notre ventre l'embryon de quelqu'un d'autre. Tu as été conçu dans un tube, Luca, et porté dans l'utérus d'une étrangère, en échange d'argent. De beaucoup d'argent. Mais tu n'étais pas mon bébé. Tu étais celui de Lucas Corta et d'Amanda Sun. Carlinhos, celui de Carlos et d'Adriana Corta.

— Tu as aussi été la madrinha de Wagner.

— Il n'y a pas profession plus cruelle. Si on t'avait ôté à moi après la naissance, ça aurait peut-être été plus facile. Mais notre contrat ne stipule pas seulement que nous vous portons et vous mettons au monde : nous devons aussi vous élever. Je vous ai consacré ma vie, à Carlinhos et toi. Et à Wagner. J'ai été une mère dans tous les sens du terme, sauf un.

— Tu n'as pas eu un bébé à toi. Un que tu aies fait, je veux dire.

— Tu ne peux pas savoir ce qu'on ressent en passant tout son temps avec des enfants qu'on a portés, qui sont les siens en tous points à part la génétique, sauf qu'ils ne sont pas et ne seront jamais les siens.

— Mais tu pourrais…

— Tu ne peux pas comprendre, Luca. Pas même commencer à comprendre. Les contrats sont exclusifs. Les seuls enfants que j'avais le droit d'avoir étaient les fils et les filles Corta. Je t'aime, Luca, et j'aime Carlinhos. Et Wagner. Je vous aime comme si vous étiez miens. »

Le sang bat dans la tête de Lucasinho. Une pression dans son crâne. Une pression derrière ses yeux. C'est lourd à porter. Il ne peut pas le traiter, aucun des processus émotionnels qu'il a appris ne convient. Flavia a raison. Il ne peut pas comprendre. C'est ce que ressentent les adultes.

« Et Wagner, dit-il. Tu n'arrêtes pas de rajouter "et Wagner".

— Tu as toujours été plus intelligent que ton père le pense, Luca.

— Pai a toujours dit que Wagner n'était pas un Corta. Vóvó

est incapable de lui parler. Dès qu'il a eu dix-huit ans, il est parti de Boa Vista.

— De son plein gré ou contraint et forcé ?

— Qu'est-ce que tu as fait ?

— Wagner est à moitié Corta. Une moitié Corta, l'autre Vila Nova.

— C'est toi, ça.

— Flavia Passos Vila Nova. Les madrinhas sont très bien payées. Assez pour faire fertiliser et implanter un autre ensemble d'embryons par un gynécologue obstétricien.

— Vóvó, le... euh... de Carlos... » Lucasinho n'arrive pas à prononcer les mots. Œufs, sperme, c'est embarrassant. Encore plus quand ils vous ont fait.

« Carlos était mort depuis des années. Il restait des centaines d'échantillons de sperme congelé. Carlinhos vient de là. Puis la bienveillante Adriana a décidé qu'elle voulait un autre enfant. Un bébé-jouet, un dernier souvenir de son mari décédé. À cinquante-six ans, elle a voulu un autre bébé. Et moi, je n'avais rien à moi ! Elle ne méritait pas un autre enfant, un petit garçon-jouet pour ses vieux jours. Et c'était si simple. »

Les saints, les orixás, les exus et les guias fixent sur Lucasinho Corta leur regard de plastique. Il sent une gêne, une démangeaison. La biolampe verte lui donne la nausée. Il est sûr que c'est la biolampe verte. Et non la terrible question qu'il lui faut poser tout de suite.

« Et moi, Flavia ?

— Tu as les pommettes Sun et les yeux Corta, Luca. C'est indéniable. » Elle voit sa confusion. « Je savais bien que tu ne comprendrais pas.

— Alors tu as eu Wagner.

— Un garçon à moi. C'est tout ce dont j'avais besoin. Vous autres Corta, votre orgueil vous aveugle. C'est le premier et le plus grand des péchés, l'orgueil. Vous n'auriez jamais envisagé que Wagner puisse être le fils de Carlos et de Flavia et non de Carlos et d'Adriana. Jamais. Arrogance et orgueil ! »

Flavia lève les mains, comme en signe d'éloge, ou de reproche. « Et vous ne l'auriez jamais su, si Wagner n'avait pas dû aller à l'hôpital se faire soigner les poumons. À cause d'un problème aux bronches. Adriana craignait que ce soit congénital, que le sperme de Carlos et ses œufs se soient abîmés au fil des ans. L'hôpital a fait des tests génétiques. Ma tromperie a aussitôt été découverte. Je n'avais pas respecté mon contrat, mais si les réseaux d'information apprenaient que le dernier enfant d'Adriana Corta n'était pas le sien, ce serait le scandale du siècle. Pour que je me taise, les Corta m'ont payée… et menacée.

— Vó t'a menacée ?

— Non, pas Adriana. Ses agents sont venus avec des cadeaux. Helen de Braga m'a montré l'argent, Heitor Pereira le couteau. Wagner est resté à Boa Vista pour être élevé exactement comme les autres Corta. Mais Adriana ne pouvait pas l'aimer. Quand elle le regardait, elle voyait quelque chose qui était à Carlos, mais pas à elle.

— Elle a toujours été distante avec lui. Froide. Mais mon père le déteste vraiment.

— Il n'est pas bête, ton père. Wagner est une menace pour la famille, je suis une menace pour la famille, que je te raconte ce que je suis en train de te raconter est une menace pour la famille. »

La panique fait bondir le cœur de Lucasinho.

« S'il l'apprenait, est-ce qu'il… te ferait du mal ?

— Il ne courrait pas le risque de te perdre à jamais.

— Comme si ça pouvait le gêner. Je ne l'ai pas trop vu envoyer ses gros bras à ma recherche quand je me suis enfui de Boa Vista.

— Ton père sait exactement où tu es allé et ce que tu as fait. Il sait où tu es en ce moment.

— Bordel, je déteste être un Corta. » D'un soudain mouvement du bras, il balaye la table de ses saints et images votives. Flavia les remet soigneusement en place.

« Pauvre gosse de riche. Tu t'enfuis, tes copains t'organisent des fêtes, ta tante te donne du liquide, tes amants te prêtent un lit et un toit. Tu détestes être un Corta ? Tu détestes n'avoir jamais à vendre l'air de tes poumons et la pisse de ta vessie ? Tu détestes n'avoir jamais à dévaliser les robots de recyclage, à poignarder quelqu'un pour un sachet de frites de manioc ? Ferme donc la bouche, ton cerveau risque de tomber. Ce gâteau que tu as apporté ? Petit, je t'aurais éventré pour l'avoir. Ta famille a toujours engagé des Joe Moonbeam comme madrinhas parce qu'on a des os et des muscles de Terriennes. J'étais sortie depuis six mois du cycleur, je travaillais dans le développement robotique pour Taiyang à Reine-du-Sud quand une microrécession m'a jetée à la rue. J'ai dormi là-haut dans le toit, je sentais les radiations me traverser le corps comme de la neige fondue. J'ai volé, j'ai estropié et j'ai vendu tout ce que j'avais, puis j'ai dit : plus jamais ça. Plus jamais. Alors je suis allée voir les sœurs parce que je savais ce qu'elles faisaient avec la généligne. La mãe-de-santo m'a toisée et a vérifié mon dossier médical cinq, dix, cinquante fois. Ensuite, on m'a envoyée à Adriana Corta, qui a mis Carlinhos en moi, et je n'ai plus jamais manqué de nourriture, d'eau ou d'air. Tu détestes avoir tout ça ? Mère et saints, quel putain d'ingrat. » Flavia se signe et s'embrasse les phalanges.

Le visage de Lucasinho brûle de colère et de honte. Il en a assez qu'on lui dise comment il doit se conduire. Porte cette robe. Mets ce maquillage. Ne fréquente pas cette fille. Sois un fils reconnaissant. Madrinha Flavia se lève, va mettre de l'eau à bouillir dans sa kitchenette. Pilonne dans son mortier. Une forte odeur verte envahit la petite pièce.

Lucasinho a la main sur la porte.

« Où tu vas ?

— Quelle importance ?

— Aucune. Mais ne pars pas. Tu ne serais pas venu si tu pouvais aller ailleurs. Et je ne veux pas que tu partes. Tiens. » Flavia lui tend un verre de maté. « Assieds-toi.

— Des ordres. Tout le monde m'en donne. Tout le monde sait toujours mieux que moi qui je suis et ce que je veux.

— S'il te plaît. »

Il hume l'infusion. « C'est quoi ?

— Ça aide à dormir. Il est tard.

— Comment le sais-tu ? » Il n'y a pas d'horloges dans l'appartement. La Sororité les désapprouve. Les horloges sont les couteaux du temps, elles découpent le Grand Présent en morceaux de plus en plus fins : heures, minutes, secondes. La Continuité est la philosophie des sœurs : le temps entier et complet, existant tout à la fois dans une quatrième dimension, dans l'esprit d'Olorum l'Unique.

« Il a l'air d'être tard.

— J'aime pas ça, dit Lucasinho en reniflant le verre avec une grimace de dégoût.

— Qui dit que c'est pour toi ? »

Lucasinho boit. Le temps que Flavia revienne après avoir lavé les verres, il s'est endormi recroquevillé sur le canapé.

Onze traces dans la poussière lunaire. Onze motards qui traversent déployés en V le cratère Eimmart K. Marina Calzaghe est en selle depuis trois heures. Cela fait donc un bon moment que son cul s'est transformé en roc. Elle a le cou douloureux et les doigts engourdis par les vibrations, elle sent le froid grignoter sa combiAS et elle n'arrive pas à détourner les yeux de l'indicateur d'O_2 en bas à droite de son affichage tête haute. Tout a été calculé : assez d'air pour arriver à destination, plus une heure. Cela suffira aux rovers venus de Mare Marginis pour les rejoindre et les réapprovisionner. Trois heures de passées, il en reste une, à 180 kilomètres-heure — 220 en vitesse de pointe, mais au détriment de la durée de vie des batteries — et quelque part, là-haut, derrière l'horizon, la flotte Vorontsov fonce vers Mare Anguis. D'après les calculs, l'Équipe Corta arrivera au sommet le plus éloigné du quadrangle cinq minutes avant les transporteurs Mackenzie/VTO. Plus ou moins trois minutes. Tout est réglé. Lucas Corta est précis dans ses calculs.

La première heure, sur terrain montagneux au nord de la voie ferrée, n'a manqué ni de secousses ni de cahots : les cratères, éjectas et pentes traîtres exigeaient une concentration de tous les sens, naturels comme cybernétiques. Les plus petits débris ne posent aucun problème aux énormes roues des motos-poussière, mais chaque rocher oblige à un choix : passer par-dessus ou le contourner? Avec le risque, en cas de mauvaise décision, d'abîmer les roues et la transmission, de se retrouver seul au milieu des cratères à regarder s'allonger vers l'horizon les lignes que les camarades tracent dans la poussière. Les bateaux de sauvetage ne viendraient pas. Ils ont été achetés par les Mackenzie. Marina grince des dents à chaque rocher, à chaque rille. Le moindre rebord lui transperce la colonne vertébrale de douleur. Son dos est une tige de souffrance fondue. Ses bras la lancinent, fatigués de stabiliser le guidon pendant que la moto bondit et se rue sur ce terrain redoutable. Sa mâchoire est crispée et elle ne se souvient pas de la dernière fois où elle a cligné des yeux. Marina Calzaghe est follement en vie.

« Des motos, avait-elle dit.

— Des motos-poussière », avait corrigé Carlinhos.

Onze, rangées sur le wagon plat. De magnifiques et puissantes machines qui montraient leurs veines, câbles, os et mécanismes, brutalement fonctionnelles et belles pour cela. Chacune différente, faite main et sur commande, ses surfaces métalliques gravées de têtes de mort, de dragons, d'orixás, d'hommes bien membrés et de femmes bien pourvues, de flammes, d'étoiles rayonnantes, d'épées et de fleurs. L'esthétique des motards est immuable et éternelle. Marina a passé la main sur un flanc chromé.

« T'en as déjà conduit? a demandé Carlinhos.

— Où veux-tu que j'aie…, a commencé Marina avant de se souvenir du jeu.

— Tu crois que tu pourrais ?

— Ça ne doit pas être si difficile, non ?

— Si. En cas de problème, on t'abandonne. »

Il n'y avait pas de moto pour elle. La Joe Moonbeam irait à Méridien dans la chaleur et le confort pressurisés. Mais puisque Paulo Ribeiro retournait à João de Deus se faire autopsier, il manquait un motard à l'Équipe Corta, et le plan impliquait toutes les motos. Les Mackenzie pourraient avoir encore un tour dans leur sac. Plus il y avait de motards, plus il y avait de flexibilité.

« Tu viendras ? »

En portugais, c'était une invitation, pas une question. Le train ralentissait déjà. Le plan de Lucas était simple. Marina gardait de lui le souvenir d'un homme sombre et grave qui avait prononcé les mots lui ayant sauvé la vie : *Vous travaillez désormais pour Corta Hélio.* Il s'était souvenu d'un détail que même Carlinhos avait oublié : c'était des motards-poussière. Le plan de Lucas : transporter par rail toutes les motos-poussière disponibles au plus près de la concession, foncer pleins gaz vers le nord jusqu'à Mare Anguis. Activer un transpondeur GPS à chacun des quatre coins du territoire. Quatre coins, onze motos.

« Bien sûr, a répondu Marina Calzaghe.

— Voilà le contrat. » Hetty l'a affiché sur la lentille de Marina. Un rapide examen — beaucoup de clauses faisant mention de mort accidentelle —, un yin, et renvoi à Carlinhos.

« Reste avec moi », a-t-il dit sur le canal privé de Marina. Onze motos, quatre coins. Ce serait donc à Carlinhos et à elle d'arriver avant Mackenzie Metals et leurs vaisseaux au dernier point, le plus éloigné, du territoire.

Les motards ont enfourché leur machine. Celle de Marina était un monstre d'aluminium courbé et de cellules énergétiques grésillantes. Une Dame Lune chromée l'observait au milieu du guidon, un sourire sur sa moitié crâne. L'IA s'est accordée avec Hetty quand Marina a posé ses fesses sur la selle.

La moto s'est activée. Les commandes étaient simples. En avant, en arrière. Torsion du poignet pour la vitesse.

Le train ne s'était pas encore arrêté que Carlinhos emballait son moteur et bondissait du wagon plat, s'élevant à une hauteur magnifique, luisant dans le clair de terre, pour atterrir derrière la voie la plus lointaine. Le temps que Marina fasse descendre sa machine à la surface et apprenne comment l'empêcher d'effectuer de terrifiantes et mortelles roues-arrière, Carlinhos avait franchi l'horizon.

Elle s'est mise dans la bonne direction, a ouvert les gaz et remonté les traînées de poussière. Une pointe de vitesse lui a permis de retrouver la formation disposée en pointe de flèche. Elle s'est glissée à gauche de Carlinhos, où il restait une place. Tournant sa visière opaque vers elle, celui-ci lui a adressé un signe de tête.

Les motards descendent le long rebord peu élevé du cratère Eimmart K. Marina vire pour éviter un morceau d'éjecta de la taille d'un corps humain. Elle se dit qu'il était déjà là quand la vie est apparue sur Terre. Un bête rocher gris sur son chemin. Sur le fond marin mort.

Carlinhos lève une main, mais les familiers ont déjà informé les motards. Les trois à l'arrière droit de la formation s'en détachent pour prendre la direction est-sud-est. Marina regarde leurs nuages de poussière retomber lentement. Ils s'occuperont du sommet sud-est du quadrilatère. Il reste huit machines à foncer sur cette plaine sombre : une aile inégale. La progression est facile, rapide, monotone et pleine de pièges : ceux de la pire espèce, ceux que l'ennui, la familiarité et la monotonie font sortir de vous. Plat plat plat. Monotone monotone monotone. Ce n'est sûrement pas le côté amusant de ce sport. Plat plat plat vite vite vite. Pourquoi en inventer un qui se limite à foncer en ligne droite ? C'est peut-être ça qui les amuse. Les hommes et le sport. Tout peut devenir vaine compétition, même traverser à toute vitesse un fond marin lunaire. Il doit y avoir autre chose. Des acrobaties, des cascades. Ce que Marina comprend des sports, c'est qu'il y est toujours question d'acrobaties, de scores ou de vitesse.

À un deuxième endroit prédéterminé, Carlinhos lève à nouveau la main, et les motards à l'arrière gauche partent en décrivant une courbe vers l'ouest à travers la mare. Le coin sud-est de la concession est à cinquante kilomètres de là. Les cinq motards restants continuent tout droit.

« Tu aimes la musique brésilienne ? » La voix de Carlinhos fait sursauter Marina. Elle oscille, se reprend.

« Pas vraiment. Pour moi, ça fait toujours un peu ascenseur. Il y a peut-être quelque chose que je suis tout simplement trop norte pour comprendre.

— Je ne comprends pas non plus. Mamãe adore ça. Elle a grandi avec. C'est son lien avec la maison.

— La maison », dit Marina, mais ce n'est pas une question.

« Lucas est vraiment fan. Il a essayé de m'expliquer, un jour... la saudade, le doux-amer et le reste, mais je n'avais pas l'oreille pour ça. Je suis très simple. J'aime la dance music. Les beats. Quelque chose de physique, avec du poids.

— J'aime bien danser, mais je ne suis pas danseuse.

— Quand on reviendra, quand on aura ce truc, on ira danser. »

À 195 kilomètres-heure sur Mare Anguis, le cœur de Marina bondit. « Tu me demandes de sortir avec toi ?

— J'emmènerai toute l'équipe, précise Carlinhos. Tu n'as jamais vu une fête Corta.

— J'étais à celle à Boa Vista, t'as oublié ? » Déconfite, Marina prend ses distances. Elle a soudain très chaud dans sa combiAS.

« Ce n'était pas une fête Corta, répond Carlinhos. Et donc, qu'est-ce que tu aimes comme musique, Marina Calzaghe ?

— Comme j'ai grandi dans le Pacifique nord-ouest, je suis à fond guitares. Rock.

— Ah. Du métal. Mon équipe n'écoute que ça : du métal.

— Non. Du rock.

— Il y a une différence ?

— Une grosse, oui. Comme dit ton frère, il faut avoir l'oreille pour ça. »

Le radar avant affiche un obstacle sur l'horizon. Un détour coûterait de précieuses minutes.

« Tu sais beaucoup de choses sur moi, Marina Calzaghe : j'aime la dance, je participe à la Longue Course, j'aime ma mère mais pas mes grands frères. J'aime mon petit frère et je ne comprends pas du tout ma sœur. Je déteste le costard-cravate et avoir des cailloux au-dessus de la tête. Mais je ne sais toujours rien sur toi. Tu aimes le rock, tu es norte, tu as sauvé mon frère, et c'est tout. »

L'obstacle est un affleurement de terrain rocheux, résultat d'une très ancienne inondation de basalte dans le bassin de Mare Anguis. La transition est abrupte par rapport à la douceur et à l'érosion de la Lune, mais Carlinhos se dirige sans la moindre hésitation droit sur ces rochers.

« J'ai plus ou moins échoué là, dit-elle.

— Personne n'échoue sur la Lune », dit Carlinhos au moment où sa machine heurte une crête et s'envole sur dix, vingt mètres avant de retomber dans une explosion de poussière. Marina s'envole aussi. Elle est impuissante, abandonnée, son cœur se serre de panique. Tiens-le bien. Bien ferme. La roue arrière touche ensuite le sol, Marina se débat pour garder la moto à la verticale, la roue avant se pose à son tour. Le guidon bien dans l'axe. Bien dans l'axe. Elle lâche un petit rire exalté.

« Donc ? » La voix de Carlinhos sur le canal privé.

« Ma mère est tombée malade. Méningite tuberculeuse. »

Carlos murmure une invocation portugaise à São Jorge.

« Elle a perdu la jambe droite en dessous du genou, et elle est paralysée des deux. Elle est vivante, elle parle et se déplace, mais ce n'est pas elle. Ce n'est pas la maman que j'ai connue. Juste les morceaux que l'hôpital a pu sauver.

— Donc tu bosses pour l'hôpital.

— Je bosse pour Corta Hélio. Et pour ma maman. »

Ils ne sont plus que deux, à présent. Carlinhos la guide hors des rochers et la mer du Serpent s'ouvre largement devant eux.

« Je suis née et j'ai passé mon enfance à Port Angeles, dans l'État de Washington », continue Marina, parce qu'il n'y a plus que Carlinhos et elle, seuls sur la plaine qui se recourbe dans toutes les directions, elle parle de son enfance dans la maison près de la forêt remplie de chants d'oiseaux, de carillons éoliens, de bannières et de manches à air flottant au vent. Mère : praticienne reiki, guérisseuse angélique, cartomancienne et arrangeuse feng shui, gardienne de chats, promeneuse de chiens et entraîneuse de chevaux — tous les nombreux emplois de service de la fin du vingt et unième siècle. Père : quelqu'un sur qui compter pour les cadeaux, les anniversaires, les fêtes et les remises de diplômes. Sœur : Kessie ; frère : Skyler. Les chiens, les brumes, les grumiers, le bruit des moteurs des grands navires qui passaient dans le détroit, le défilé des camping-cars, motos et caravanes en route pour les montagnes et l'eau, l'argent qui apparaissait toujours juste au moment où le désespoir allait débarquer chez eux. La certitude que tout n'était qu'à une paye de s'effondrer.

« J'adorais les navires », dit Marina, en s'apercevant que Carlinhos n'avait peut-être aucune référence lui permettant de se représenter les énormes transporteurs qui empruntaient le détroit de Juan de Fuca. « Quand j'étais toute petite, je m'imaginais qu'ils avaient des pattes gigantesques, comme des araignées, des dizaines de pattes avec lesquelles ils marchaient sur le fond de la mer. »

Ainsi se construisent les ingénieurs, à partir de navires à pattes et d'un jouet adoré, un jeu de perfectionnement pour filles où la mission consistait à sauver des animaux en danger à l'aide de tapis roulants, de poulies, d'ascenseurs et de rouages.

« J'aimais en construire des vraiment compliqués et spectaculaires, raconte Marina. Je les ai filmés et j'ai mis les vidéos en ligne. »

Sa mère a été déroutée et ravie que sa fille aînée montre des dispositions pour la résolution de problèmes et l'ingénierie. C'était une philosophie complètement étrangère aux existences délabrées que vivaient au jour le jour la famille, les amis et les animaux associés, mais Ellen-May Calzaghe a soutenu sa fille avec acharnement, même si elle ne comprenait pas tout à fait ce que celle-ci étudiait à l'université. Biologie évolutionnaire computationnelle dans l'architecture de contrôle de processus, c'était du jargon qui ressemblait surtout à une paye régulière.

Puis est arrivée la tuberculose. Venue de l'est, de la ville malade. D'où les gens déménageaient depuis plusieurs années, mais la maisonnée s'était crue immunisée, protégée. Sans se laisser arrêter par les charmes, les carillons et les gardiens astraux, la maladie s'est introduite dans le poumon d'Ellen-May et, de là, dans son enveloppe cérébrale. L'un après l'autre, les antibiotiques ont échoué. Les phages l'ont sauvée, mais l'infection a emporté ses jambes et 20 % de son cerveau. Tout en laissant une facture astronomique. Davantage d'argent qu'on pouvait en gagner pendant toute une vie. Davantage d'argent qu'on pouvait en gagner dans n'importe quelle profession, à part en travaillant dans la finance clandestine. Ou sur la Lune.

Marina n'avait jamais eu l'intention d'aller sur la Lune. Enfant, elle savait que des gens vivaient là-haut et qu'ils permettaient au monde en dessous de continuer à avoir de la lumière. Comme tous les gamins de sa génération, elle avait emprunté un télescope pour glousser à la vue de King Dong dans Imbrium, mais la Lune était aussi lointaine qu'un univers parallèle. Ce n'était pas un endroit où on pouvait aller. Pas depuis Port Angeles. Jusqu'à ce qu'elle découvre que non seulement elle pouvait, mais elle devait, que ce monde réclamait des compétences et un savoir-faire comme les siens, qu'il l'accueillerait à bras ouverts et la payerait grassement.

« Et cette compétence consiste à servir des blue moons à la fête de course-Lune de Lucasinho ? demande Carlinhos.

— Ils ont trouvé quelqu'un de moins cher.

— Tu aurais dû lire plus attentivement le contrat.

— C'était le seul disponible.

— Sur la Lune…

— … tout est négociable. Je sais. Maintenant, je le sais. » À l'époque, elle ne connaissait rien, sinon l'afflux d'impressions et de nouveautés, sinon ce cri *étrange, nouveau, effrayant* que poussaient tous ses sens. Sa formation ne lui servait plus. Rien n'aurait pu la préparer au choc qu'elle a ressenti en quittant le port des brides pour s'enfoncer dans la cohue, la couleur, le bruit et la puanteur de Méridien. La sensibilité se révoltait. *Mettez vite cette lentille sur votre œil droit. Bougez comme ci, marchez comme ça, ne faites pas trébucher les gens. Ouvrez ce compte, et aussi ça, ça et ça. Voici votre familier, vous avez un nom et un habillage pour lui ? Vous avez lu ça ? Bon, alors signez là, là et là. Cette femme est en train de voler ?*

« Des nouvelles du groupe sud-est, l'interrompt Carlinhos. Les Mackenzie sont arrivés.

— On est encore loin ?

— Roule à fond. »

Marina espérait qu'il dirait cela. Elle sent le moteur s'emballer entre ses cuisses. La moto-poussière réagit par un bond en avant. Marina se penche sur la machine. C'est inutile : il n'y a pas de résistance au vent à réduire, sur la Lune. C'est ce qu'on fait sur une moto rapide. Carlinhos et elle foncent côte à côte sur Mare Anguis.

« Et toi ? demande Marina.

— Rafa charme, Lucas manigance, Ariel parle… moi, je me bats.

— Et Wagner ?

— Wagner est le loup.

— Je voulais dire : pourquoi Lucas ne le tolère pas ?

— Nos vies ne sont pas simples. On ne fait pas les choses comme ailleurs, ici. » Par ces quelques mots, Carlinhos lui rappelle qu'elle est à son service.

« Il ne me reste à peu près que 12 % d'O_2, annonce Marina.

— On est arrivés », dit Carlinhos. Il freine et fait chasser sa machine, qui pivote autour de la roue avant en soulevant un anneau de poussière. Marina le contourne avant de revenir s'immobiliser près de lui. La poussière se redépose doucement autour d'elle.

« Là. » Un fond marin plat et sombre, aussi morne qu'un wok.

« Sommet nord-est du quadrangle Mare Anguis », annonce Carlinhos. Il détache la balise de l'arrière de sa monture.

« Carlinhos, appelle Marina. Chef… »

L'horizon est si proche, le vaisseau Vorontsov si rapide qu'il semble se matérialiser au-dessus de leurs têtes, comme un ange. Il est gros, il masque la moitié du ciel, il est bas et il descend en exerçant de brèves poussées par ses nacelles motrices.

Carlinhos jure en portugais. Il n'a pas fini de déplier les pieds de la balise Corta.

« Ces trucs ont une localisation intégrée. S'il touche le sol…

— J'ai une idée. » Une mauvaise idée, une idée démente, une clause que même un contrat lunaire ne couvrirait pas. Marina relance la moto-poussière. Le vaisseau Vorontsov pivote sur son axe central. Ses moteurs soulèvent des colonnes de poussière. Marina fonce à travers et s'arrête pile sous le ventre du vaisseau. Elle lève les yeux. Sa visière est baignée de couleur par les avertisseurs lumineux. Ils n'allaient pas atterrir sur une employée de Corta Hélio. Ils n'allaient pas l'écraser et la réduire en cendres, pas sous les yeux d'un Corta. Ils n'oseraient pas. Le vaisseau flotte quelques instants, puis les propulseurs luisent et le transporteur prend un peu de distance en virant.

« Oh non, pas question, bordel ! » Marina repart à moto se précipiter sous le vaisseau en descente. La poussée des réacteurs la souffle, manque la faire tomber. Plus bas, cette fois. Les caméras ventrales pivotent pour se braquer sur elle. De quoi sont-ils en train de discuter dans le poste de pilotage ? C'est la Lune. On ne fait pas les choses comme ailleurs, ici. Tout est négociable. Tout a un prix : la poussière, les vies. La guerre contre les Corta. Le transporteur reste immobile au-dessus d'elle.

« Carlinhos… »

Le transporteur part latéralement. Il ne peut pas trop s'éloigner des coordonnées du sommet, ce qui neutralise son avantage en vitesse. Marina peut toujours le rattraper. Mais il est bas, bons dieux qu'il est bas. Trop bas. Marina lâche un cri et fait déraper sa machine. La roue arrière décolle, moto et pilote heurtent le sol, glissent glissent glissent. La jeune femme agrippe la poussière pour tenter de casser son inertie. Hors d'haleine, elle s'immobilise sous le train d'atterrissage. Le souffle des réacteurs l'enveloppe dans une poussière qui cache tout. Le train d'atterrissage descend, pousse inexorablement la mort vers elle. Ils ont fait leurs calculs.

« Marina ! Par ici ! »

Elle mobilise ses dernières forces pour s'écarter du train d'atterrissage en roulant sur elle-même. Le vaisseau Vorontsov touche le sol. Elle voit le train, les vérins et l'amortisseur à deux mètres de son visage.

« J'ai réussi, Marina. »

Elle roule dans l'autre direction, découvre Carlinhos accroupi, la main tendue pour l'aider à se relever. À côté de lui, la balise transpondeur clignote. Ce clignotement est la vie. Ce clignotement est la victoire.

« On a réussi. »

Marina se relève tant bien que mal. Elle souffre des côtes, son cœur palpite, le moindre de ses muscles gémit d'épuisement, elle se demande si elle ne va pas vomir dans son casque, sur son affichage tête haute luisent une dizaine d'alertes en orange puis en rouge, et le froid lui a volé toute sensation dans les doigts et les orteils. Mais ce clignotement, ces petites lumières qui clignotent. Elle s'appuie sur Carlinhos, le laisse l'aider à s'éloigner en sautillant du vaisseau. Le transporteur est beau et extraterrestre, il n'est pas à sa place, c'est un jouet d'enfant, abandonné dans la mer du Serpent. Des silhouettes dans le poste de pilotage débordant de lumière, l'une d'elles salue de la main. Carlinhos lève la sienne en réponse. Puis les réacteurs se déclenchent, aveuglant de poussière Marina et Carlinhos, et le transporteur a disparu. Ils sont seuls. Marina s'effondre contre son patron.

« Le rover arrive dans combien de temps ? »

Jorge cale confortablement la guitare contre son corps, comme il le fait d'habitude. Le pied gauche un peu en avant, le poids en équilibre.

« Qu'aimeriez-vous que je vous joue, senhor Corta ?

— Rien.

— Rien ?

— Rien. Je vous ai fait venir sous un faux prétexte, Jorge. »

Il avait eu du mal à s'endormir, après la répétition avec le groupe, séquences et progressions harmoniques brillant d'un bout à l'autre de son imagination musicale ; les diverses manières de travailler avec le batteur sur une syncope difficile. Son familier, Gilberto, lui avait murmuré à l'oreille : *Lucas Corta.* 3 h 34. Jésus Marie Joseph. *J'ai besoin de vous.*

« Je ne veux pas que vous chantiez. »

La respiration de Jorge se fige.

« Je veux que vous buviez un verre avec moi.

— Je suis très fatigué, senhor Corta.

— Il n'y a personne d'autre, Jorge.

— Votre oko, Lucasinho…

— Il n'y a personne d'autre. »

Sur le balcon, un mojito dosé comme l'aime Jorge. Le rhum personnel de Lucas. Il est presque quatre heures, mais São Sebastião Quadra s'affaire, robots et ouvriers travaillant en trois-huit, techniciens d'équipement et de maintenance. L'air est immobile, électrique de poussière en suspension. Jorge en sent le goût sur sa langue, dans sa gorge. Il aimerait mettre son kuozhao pour protéger sa voix, mais le masque antipoussière risquerait d'offenser Lucas.

« Je vais divorcer de ma femme », annonce celui-ci.

Jorge cherche une réponse appropriée.

« Je ne connais pas grand-chose aux nikahs dans les Cinq Dragons, mais j'imagine que racheter le contrat doit coûter cher.

— Très cher, confirme Lucas. Ridiculement cher. Les Sun ont l'habitude d'attaquer en justice. Cela fait cinquante ans qu'ils se battent contre le PC chinois. Mais je suis ridiculement riche. Et j'ai ma sœur, Ariel. » Lucas s'appuie sur la rambarde.

« Si vous ne l'aimez pas…

— Penser que l'amour a eu à un moment ou à un autre quoi que ce soit à faire dans cette histoire, c'est ne vraiment rien savoir de la manière dont on se marie entre Dragons. Non, c'était pragmatique, politique, dynastique. Comme tous les autres. Le mariage d'abord, l'amour ensuite. Si on a de la chance. Rafa en a eu et c'est en train de le tuer. Ce soir, on fête quelque chose, Jorge.

— Je ne comprends pas, senhor… Lucas.

— J'ai remporté une victoire unique. J'ai eu une idée géniale, brillamment mise à exécution. J'ai vaincu mes ennemis et apporté pouvoir et richesse à ma famille. Je suis la coqueluche des Quatre Dragons. Ce soir, je suis le roi de cette ville. Et tout ce que je vois, c'est un homme blotti dans une grotte au milieu d'un empire de poussière. Cette grotte, j'y suis né, j'y mourrai, l'eau, l'air et le carbone que j'ai empruntés seront repris et remboursés. Je deviendrai une composante d'un million de vies. C'est une sorte de résurrection minable. Et nous n'avons jamais eu le choix. Ma mère l'a eu. Elle a échangé la Terre contre la fortune. Je n'ai pas eu ce choix. Aucun de nous ne l'a eu. On ne peut pas faire machine arrière… Aucun retour n'est possible, pour nous. Voilà tout ce que nous avons : la poussière, le soleil et les gens. La Lune, c'est les gens. À ce qu'ils disent. Votre pire ennemi et votre plus grand espoir. Rafa aime les gens. Rafa espère le paradis. Je sais que nous vivons en enfer. Des rats dans un tunnel, chassés de la beauté.

— Je devrais peut-être chanter pour vous, Lucas ?

— Peut-être, oui. Tout est limpide, Jorge. Je sais exactement ce qu'il faut que je fasse. C'est pour ça que je vais me débarrasser d'Amanda. C'est pour ça que je ne peux pas me réjouir. C'est pour ça que je ne peux pas vous entendre ce soir, Jorge. » Lucas passe le doigt sur la main du musicien. « Restez. »

« Réveille-toi. »

Des mains l'attrapent par les aisselles, la soulèvent. Elle était à deux doigts de glisser endormie sous l'eau. Carlinhos s'accroupit à côté de la cuve. Il tapote le verre à cocktail de Marina, poisseux du résidu saphir d'un blue moon. « Ce n'est pas un bon mélange. Noyé sur la Lune : ça ne fait pas bien sur le rapport d'autopsie.

— Il me semblait avoir gagné le droit d'arroser ça. »

Il ne restait plus à Marina que quelques goulées d'oxygène quand le rover de secours a franchi à toute vitesse l'horizon ; Carlinhos l'a connectée, frissonnante de froid et bleue d'anoxie, au système d'assistance vitale. Le rover a fait pivoter ses logements de roue pour foncer à Beikou, une ferme de serveurs Taiyang au bord de Macrobe. Le temps que Carlinhos fasse passer le sas à Marina et que l'air pulsé la débarrasse de la poussière, la jeune femme, en hypothermie, perdait et reprenait conscience. Des doigts ouvrant sa combiAS. Des mains la lui ôtant. Des doigts intimes débranchant ses tubes de fonction, une légère traction parce que le lubrifiant avait séché et ses fluides corporels durci. Des mains l'immergeant dans, oooh ! de l'eau bien chaude. De l'eau chaude qui l'entourait la pénétrait la caressait. Qui la rappelait à la vie.

Qu'est-ce que c'est ?

« Rien qu'une cuve. » La voix de Carlinhos. Ces mains : les siennes ? « Tu as failli y passer, là-bas.

— Ils n'auraient pas posé un vaisseau sur moi. » Elle arrivait à peine à faire franchir aux mots le claquement de ses dents. Elle revenait à la vie et c'était atrocement douloureux.

« Ce n'est pas ce que je voulais dire.

— Fallait le faire.

— J'adore comment tu dis ça. C'est tellement norte. Tellement vertueux. » Il a laissé courir un doigt sur la surface. « Nous payerons l'eau. »

Beikou est intime et introverti comme un couvent : les Sun, les Asamoah et les clans mineurs s'entremêlent en polyamorats interconnectés. Les étroits tunnels voûtés résonnent de voix d'enfants en cinq langues : l'air trois fois respiré sent les corps et la sueur, la poussière spécifique des systèmes informatiques, l'urine aigre. Pour que Marina le respire, qu'elle se prélasse dans cet œuf d'eau enserré dans la Lune, Corta Hélio a passé des contrats avec Taiyang et AKA. Marina se détend, laisse ses cheveux se dérouler dans le liquide tiède. Il lui suffirait de tendre le bras pour toucher le toit de verre fritté. Elle voit sur le plafond bas Ao Kuang qui la regarde, roi-dragon de l'est de la mer peint dans un style manhua. De l'eau vient clapoter contre ses seins. Quelque chose a perturbé la surface.

« Qu'est-ce que tu fais ? »

Elle s'était assoupie à nouveau, voit en rouvrant les yeux Carlinhos s'extraire de sa combiAS.

« Je te rejoins. »

Il se glisse dans la cuve. *Tu as l'air fatigué*, pense-t-elle. *Tu es magnifique, mais vanné. Tu bouges comme un vieux crabe.* Le journal d'activité d'Hetty a enregistré vingt-huit heures en surface. Les combiAS sont prévues pour vingt-quatre. *On devrait tous êtes morts.* Elle envoie d'une chiquenaude un peu d'eau au visage de Carlinhos. Il est si fatigué qu'il bronche à peine.

« Hé.

— Mmh.

— On a réussi ?

— La cour de Clavius a reconnu notre concession et délivré un permis. Nos engins de construction sont déjà en route. »

Elle lève avec peine un petit poing, lâche avec peine un petit *cool*.

« Tu sais, peut-être bien qu'on a gagné le droit d'arroser ça, dit Carlinhos. Ils font une vodka de pommes de terre vraiment bien, ici.

— Tu disais pas que ça faisait merdique, *noyade*, sur l'acte de décès ?

— Pire qu'écrasée par un vaisseau VTO en train de se poser, tu crois ?

— Toi alors. » Elle lui lance à nouveau un peu d'eau. Qu'il ne peut pas ou ne veut pas éviter. *Toi alors, t'es trop mignon quand tu as mal et que t'es mort de fatigue, puant et mal rasé, j'ai trop envie de te sauter et tu es juste devant moi, tu me touches les genoux, les mollets, les pieds, si je bougeais ma main de seulement quelques centimètres dans un sens et toi la tienne de quelques centimètres dans l'autre, mais je ne le ferai pas parce que toi et moi on est des loques, que tu es toujours mon patron plus un Dragon et que les Dragons m'ont toujours fait peur, mais surtout parce qu'on est comme des jumeaux dans le ventre de leur mère, blottis côte à côte dans cette eau tiède, ce serait de l'inceste prénatal.*

Elle remue près de lui et ils s'appuient confortablement, douloureusement, l'un contre l'autre, comme des personnes âgées, peau contre peau, chacun appréciant le poids et la présence de l'autre. Un adolescent Sun longiligne — Marina n'arrive pas à déterminer de quel genre, à part mince et dégingandé — leur apporte des blue moons en se penchant pour franchir la porte basse. Des rires, de la pop music, des cris d'enfants, des vrombissements de machines résonnent dans les tunnels comme s'ils étaient les tuyaux d'un immense instrument de musique.

« Corta Hélio. » Un toast.

« Mer du Serpent. Si je m'endors…

— Je veille sur toi, promet Carlinhos.

— Et moi sur toi. »

Le sexe commence toujours de la même manière. Un verre, refroidi au point de condensation. Une mesure de gin glacé.

Trois gouttes de curaçao bleu avec la pipette en verre. Pas de musique. La musique distrait Ariel Corta du sexe. Ce soir, elle porte une ravissante robe ballerine Rappi avec jupon, un chapeau plat en paille New Look Dior et des gants. Ses lèvres, Revlon Fire et Ice Red, restent plissées par une légère concentration pendant qu'elle laisse du curaçao tomber goutte à goutte de la pipette. Ce soir, elle se sert du botanique-dix offert par Dilma Filmus. Quand la dernière goutte a envoyé ses ondulations dans le verre à cocktail, Ariel Corta abandonne sa robe. Les soutiens-gorge sont inconnus en gravité lunaire et elle s'abstient de porter d'autres sous-vêtements. Gants, chapeau, bas autofixants à jarretière en dentelle, talons de douze centimètres Roger Vivier. Ariel Corta prend le verre dans sa main gantée, boit une gorgée.

Les garçons ont décroché la timbale. Le tuyau de Vidhya Rao était bon. La courte conversation sécurisée par cryptage privé avec Lucas a prouvé trois choses. À Rafa, qu'elle aussi a du pouvoir. À sa mère, que les Corta sont vraiment le Cinquième Dragon. À Lucas, qu'elle est toujours une Corta. *Nous voulons vous acheter*, avait dit Vidhya Rao. Pas achetée, payée. Engagée, pas possédée. C'est la différence entre le trader et le consultant. Tu as gagné. Ariel Corta porte un toast à elle-même, à tous ses clients et sous-traitants, à tous les membres de son cénacle. Elle boit une autre gorgée de blue moon. Beija-flor lui transmet les images des discrètes caméras braquées sur elles. Ariel se fige pour mieux admirer son corps. Elle est magnifique. Magnifique.

Avant de finir de se déshabiller, elle vape une capsule de Solo. The Chemical Sisters, concepteurs de narco pour la haute société, l'impriment sur mesure pour des séances de ce genre. Chapeau sur un présentoir rembourré, gants et bas patiemment et soigneusement roulés. Ariel entre dans le baisodrome. Sa peau, ses mamelons, ses lèvres, sa vulve et son anus frémissent de désir sexuel. Murs et sol sont capitonnés de similicuir blanc. La tenue l'attend, disposée dans un ordre précis, faite sur mesure en similicuir blanc. D'abord les bottes, hautes, serrées, lacées encore plus serrées, aussi serré qu'elle peut en tirant sur les lacets. Elle marche de long en large dans la petite pièce, laissant ses cuisses frotter l'une contre l'autre, les lacets lui chatouiller le cul et la vulve. Elle s'agenouille, se délecte de la pression des œillets et des talons sur ses fesses. Puis les gants, qui montent jusqu'aux coudes, eux aussi lacés, serrés. Elle écarte les doigts, à l'étroit dans la matière blanche. Le haut col raide. Ariel a un hoquet quand les lacets se resserrent, qu'elle renonce à la mobilité et à la liberté. Enfin, le corset. Pour lequel il y a tout un rituel : les exhalations, les resserrages à des moments précis jusqu'à ce qu'elle n'arrive presque plus à respirer. Ses petits seins sont fiers et effrontés.

À treize ans, Ariel Corta a joui après avoir enfilé une combiAS. Elle n'en a jamais remis depuis, mais sa vie sexuelle a été définitivement modelée par l'étroitesse de la chose, son implacable constriction et son contrôle du corps. Ariel Corta n'a jamais parlé à personne de son orgasme en combiAS.

Le bâillon. Classique, avec une boule d'un rouge qui s'accorde à celui de son gloss. Elle le fixe, le resserre encore davantage. C'est pour les fois où elle n'a pu étouffer les bruits de sa fabuleuse masturbation qu'en se fourrant la moitié d'un drap dans la bouche. Cela garde les bulles à l'intérieur du champagne. Ariel Corta crie et supplie sous son bâillon. Beijaflor est hors de portée de commande vocale, mais le familier a joué de très nombreuses fois à ce jeu. La tenue est complète.

Ariel tape doucement dans ses mains gantées. L'haptique se déclenche ; la jeune femme se caresse chaque sein, sifflant dans son bâillon au contact de l'épaisse et douce fourrure. Elle fait le tour de chaque mamelon, folle de plaisir. L'haptique se réajuste et l'effleurement de la soie fait glapir Ariel. Les gants suivent une séquence aléatoire : elle est à genoux, bavant d'extase quand elle présente les replis doux et sensibles de sa vulve aux soies qui deviennent des protubérances en vinyle, puis rugueuses et grumeleuses. De longues lentes caresses de la main droite, la gauche explorant le territoire de peau nue entre les vêtements serrés. Elle explose : sang, os, chair et fluide contenus par le cuir tendu. L'haptique cesse à présent de produire les mêmes sensations dans chaque main. À genoux, Ariel se penche en arrière pour que ses doigts puissent accéder à sa farouche petite vulve. Les talons pointus lui meurtrissent les fesses, qu'elle sent s'écarter sur le sol capitonné. Elle blasphème avec componction sous son bâillon. Beijaflor lui transmet son image, cuisses écartées, doigts s'activant, visage levé et yeux écarquillés. De la salive lui dégouline sur les joues depuis chaque extrémité du bâillon. L'haptique passe aux picotements : les doigts d'Ariel se posent pour la première fois sur son clitoris. Le bâillon étouffe ses longs hurlements de joie. Le Solo lui a hypersensibilisé le clitoris, les mamelons, la vulve et le bouton de rose de l'anus. Chaque contact est douleur et délectation osée. Ariel Corta mugit à présent en silence. Beijaflor fait tourner la caméra autour d'elle : gros plan sur ses doigts, ses yeux, le bourrelet de chair au-dessus des bottes serrées.

Les préliminaires durent une heure. Ariel Corta s'amène cinq ou six fois au bord de l'orgasme. Mais ce sont des préliminaires. Le rituel du sexe n'est pas moins strict que celui d'une messe. Une imprimante carillonne, l'haptique se désactive. Tremblante, luisante de sueur et de salive échappée du bâillon, Ariel rampe jusqu'à la machine. Coco de Lune est le plus grand concepteur de sextoys de l'astre. Ariel ne sait jamais ce qu'elle va obtenir avant que l'imprimante se réveille. La seule certitude étant que le jouet sera adapté à sa morphologie comme à ses goûts et qu'il faudra plusieurs heures pour en explorer toutes les subtilités.

Ariel soulève le capot. Un godemichet ainsi qu'un chapelet de boules anales polies. Le godemichet est long et élégant, une classique fusée lunaire à l'ancienne, terminée par quatre ailerons stabilisateurs. Chacun contrôle un champ haptique différent. Une fusée à chatte, chromée et imprimée aux dimensions de son vagin et de sa vulve. Pas un pénis. Jamais un pénis. Ariel Corta n'en a jamais laissé un la pénétrer.

Tu es superbe, lui murmure Beijaflor avec sa propre voix. *Je t'aime t'aime t'aime.*

Ariel gémit dans son bâillon, se rallonge sur le capitonnage, écarte les jambes.

Mets-le en toi, dans toi, à des kilomètres en toi, dit Beijaflor. *Baise-toi à mort.*

Ariel s'introduit les boules autolubrifiantes dans l'anus. Corset et col l'obligent à rester raide, l'empêchent de voir ce qu'elle fait à ses orifices. Beijaflor lui transmet des gros plans, murmure des insanités, l'insulte en portugais. Ariel enfonce les boules, profond, glisse un doigt dans la poignée. Elle tire doucement, sent la traction et le frottement en elle. Au moment de jouir, elle les ressortira, peut-être lentement, peut-être toutes à la fois. Puis elle les réintroduira une par une.

Elle tient le godemichet devant ses yeux, halète de peur et d'impatience tandis que sa propre voix lui dit exactement ce qu'elle va en faire, à quelle profondeur, à quelle vitesse, pendant combien de temps, la moindre position et la moindre caresse. Cela prendra des heures. Des heures. Puis Ariel Corta sortira à quatre pattes d'un baisodrome trempé de sueur, de salive, de fluides corporels et de lubrifiant onctueux, s'extraira lentement du similicuir qui la contraint. Aucun amant, aucun corps, aucune chair ne peut soutenir la comparaison avec la perfection de cette relation sexuelle qu'elle a avec elle-même.

Depuis ses treize ans, Ariel Corta est joyeusement, passionnément et fidèlement autosexuelle.

L'homme se plie pour essayer de l'atteindre aux genoux avec la clé anglaise. Marina s'écarte d'un bond. Sa force et son inertie l'emmènent haut et loin. Être haut et loin, c'est être vulnérable. L'inertie tue. Marina retombe assez durement pour en avoir le souffle coupé, glisse, percute une poutrelle. Le type des Mackenzie sait se battre. Il est sur ses appuis, clé levée pour l'abattre sur le torse de Marina. Celle-ci lance le pied. Sa botte atteint la rotule. Le craquement de l'os, le hurlement ramène un instant le silence sur le quai. L'homme tombe comme un arbre. Marina brandit la clé.

« Marina ! Non. » La voix de Carlinhos.

Le Mackenzie est grand, en forme, homme. Elle est petite, femme, mais c'est une Joe Moonbeam. Elle a la force de trois autochtones masculins. Un coup de poing lui suffirait pour défoncer la cage thoracique du Mackenzie.

Comment la bagarre a-t-elle commencé ? Comme un feu, à l'instar de n'importe quelle autre : des humeurs combustibles, la proximité, une étincelle, quelque chose pour alimenter la combustion. Le contrôle des sas de Beikou a retenu l'équipe Corta dans l'aire d'attente pendant qu'un convoi de rovers de Mackenzie Metals accostait et débarquait. L'équipe s'agitait : trop de tunnels étroits, d'air vicié, de vieille eau. Elle voulait rentrer. Sa patience s'effilochait. L'équipe Mackenzie — uniquement composée d'hommes, a remarqué Marina — est sortie en file indienne du sas, porteuse de l'odeur épicée de la poussière lunaire. Lorsque son chef est passé devant Carlinhos, trois mots : *voleurs de Corta.* La patience s'est volatilisée. Carlinhos a rugi, mis l'homme à terre d'un coup de tête, et l'aire d'attente a explosé.

Marina ne s'est jamais battue. Elle a assisté à des bagarres dans les bars et les résidences étudiantes, mais sans jamais y participer. Là, elle est une cible. Ces hommes lui veulent du mal. Ces hommes se fichent qu'elle meure. Le Mackenzie est à terre, hors de combat, il marmonne vaguement sous l'effet du choc. Marina s'accroupit — la force est en bas — pour explorer la pièce du regard. Les vraies bagarres ne ressemblent pas à celles des films. Leurs participants vont au sol, tirent, agrippent, essayent de se démolir le portrait les uns les autres. Carlinhos est par terre, sur le dos. Marina attrape par le bras le type qui s'en prend à lui. Celui-ci hurle. Elle lui a déboîté l'épaule. Elle le soulève par le col et la ceinture, le jette à l'autre bout de la pièce aussi facilement qu'elle l'aurait fait d'un vêtement. Elle se retourne, fonce sur le premier Mackenzie qu'elle voit. Elle l'écrase sur un étançon. Elle se redresse, haletante. Elle a des superpouvoirs. Elle est Hulk.

« Où sont les flics ? crie-t-elle à Carlinhos.

— Sur Terre », répond-il sur le même ton en balayant la jambe d'un agresseur. Il lui envoie ensuite son poing dans le visage. Le nez écrasé semble pulvériser du sang rouge tombant au ralenti.

« Merde ! s'écrie Marina. Putain de bordel de merde. » Elle se lance dans la bataille. La séduction de la puissance est horrible et savoureuse. Voilà à quoi cela ressemble d'être un homme sur Terre, de savoir qu'on pourra toujours compter sur ses muscles. Elle donne des coups de pied, agrippe, attrape et brise, elle écrase. Et c'est terminé. Du sang sur le métal fritté. Des sanglots et gémissements. Le contrôle de quai est arrivé et sépare les belligérants à l'aide de tasers et de couteaux, mais les combats ont une demi-vie et celui-ci n'est plus que doigts qui montrent, simulacres d'attaque, cris. Le différend porte désormais sur qui va payer, dédommager. Aux IA légales de se battre, à présent.

« Ça va ? » demande Carlinhos. Marina sent l'odeur de la violence sortir de lui. Elle en a la chair de poule : il s'est battu sans retenue ni passion, comme si la violence n'était qu'un des outils de son métier. Dehors, sur les motos-poussière, il avait dit : *Rafa charme, Lucas manigance, Ariel parle… moi, je me bats*. Elle a cru à une métaphore. Non. Il se bat et il se bat bien. Elle a un peu peur.

Elle hoche la tête. C'est à présent qu'elle se met à trembler, libération physique et chimique. Elle a fait mal à des gens. Elle a brisé des corps, écrasé des visages et elle se sent aussi pure, euphorique et vivante qu'après la Longue Course où l'a emmenée Carlinhos. Extatique et intense ; sale, démangée, dégradée : une assoiffée de sang. Elle ne se reconnaît pas.

« Le bus est là. Rentrons. »

Peut-être est-ce le froid, ou la répartition légèrement différente du poids, ou encore les bruits minuscules et minutieux qu'amplifie la nuit, toujours est-il qu'en se réveillant, Sohni Sharma sait que Rafa n'est pas là. Ils ont fait l'amour presque comme s'ils y avaient pensé après coup : hâtivement, par zèle. *Viens à mon club*, avait-il dit, et peut-être aurait-elle dû déceler l'avertissement dans ces mots. Des hommes bruyants, certains ivres, dans un endroit et un espace à eux, la regardant de haut en bas, l'évaluant la jaugeant donnant des coups d'œil en coin avec pour Rafa un haussement de sourcil ou un sourire. Des hommes propriétaires de biens. Puis est arrivée l'information sur le marché — de nouveaux droits d'extraction, un territoire revendiqué — qui a non seulement pulvérisé l'humeur sombre dans laquelle Rafa était au bar, mais l'a inversée, l'a transformée en lumière dorée. Le club était à lui. Tournée générale, buvez tous, mes amis, buvez buvez. Du bruit, des tapes dans le dos, du grossier et des félicitations : elle était trophée et promesse. La récompense du vainqueur. Le bras de Rafa toute la nuit autour de sa taille, jusqu'au petit matin. Le club PHP n'est pas un endroit sûr, mais elle est restée.

Ses yeux la piquent, ses articulations l'élancent, elle est aussi déshydratée que la surface de la Lune. Est-ce que c'est mauvais de prendre la boucle lunaire avec la gueule de bois ?

L'heure. 5 h 12. La barre solaire est une bande indigo le long du sommet du monde. Il faut que Sohni bouge, qu'elle trouve et rassemble ses affaires. Où est Rafa ? Pas dans la chambre, ni dans la salle de bains communicante, le bureau ou le vaste salon qu'elle traverse nue et sur la pointe des pieds. L'air continue à sentir le propre, le lavé. Il est sur le petit balcon, le bout des fesses sur une chaise. Il parle, à voix basse, dos tourné, conversation qu'il ne faut pas entendre. Qu'elle doit entendre.

Mais Robson est parfaitement en sécurité, je te le promets. Dieu du ciel. Robson est en sécurité, Luna aussi, on ne risque rien à Boa Vista. Je ne veux pas être obligé de me battre contre toi.

Pense à Luna. Elle sera prise au milieu. Reviens. Reviens à Boa Vista, coração. Tu m'as promis que ce ne serait pas pour longtemps. Reviens. Pas pour les enfants. Pour moi…

Nue des pieds à la tête, tremblante sous l'effet de l'alcool et d'une trahison à laquelle elle s'attendait mais qui la blesse malgré tout, Sohni se retourne, s'éloigne, se rhabille, ramasse ses quelques affaires et quitte la Lune à jamais.

Adriana finit par chasser Paulo de sa propre cuisine. C'est son cuisinier, il a étudié la technique, et les imprimantes ont déjà produit le flacon, le maillage, le couvercle et le piston. Mais il ne l'a jamais préparé, testé, ni même humé. Adriana, oui. Il sort de mauvaise grâce. L'arôme s'infiltre dans la climatisation de Boa Vista. Qu'est-ce que c'est que ça ?

Je crois que c'est du café.

Le personnel est aligné devant la cuisine de Paulo : que fait senhora Corta ? Elle le mesure. Elle fait bouillir l'eau. Elle enlève l'eau du feu. Elle compte. Elle soulève l'eau bien haut avant de la verser. Pour quoi faire ? Oxygénation, répond Paulo. Elle va mélanger, aussi : il faut une réaction d'oxydation pour développer pleinement l'arôme. Maintenant, elle attend. Ça sent quoi ? Rien que je voudrais me mettre dans la bouche. Et là, elle fait quoi ? Elle attend encore. C'est plus ou moins un rituel, ce café.

Adriana Corta enfonce le piston. Une *crema* bronze flotte au sommet de la cafetière. Une tasse.

Adriana savoure sa dernière tasse de café. Elle repousse cette pensée. C'est une fête, petite et personnelle, la véritable fête avant le carnaval tape-à-l'œil par lequel Lucas tient à célébrer son anniversaire. *Pas cette fois*, murmure-t-elle aux Mackenzie et à la mort. Mais sa vie est remplie de dernières fois, comme une inondation qui remplit un tunnel. L'eau y monte de plus en plus haut, ou peut-être est-ce sa vie qui descend vers elle.

Le goût du café ne ressemble pas à son odeur. Adriana s'en réjouit. Les humains ne feraient rien d'autre qu'en boire, sinon. L'odeur est le sens de la mémoire. Chaque café rappelle d'innombrables souvenirs, des souvenirs sans bornes. Le café comme drogue du souvenir.

« Merci, Lucas », dit Adriana Corta en servant une deuxième tasse. La cafetière est vide, il ne reste que du marc mouillé. Le café est précieux. *Plus rare que l'or*, murmure-t-elle, souvenir de son époque de lève-poussière. *L'or que nous jetons.*

Adriana emporte les deux tasses au pavillon São Sebastião. Deux tasses, deux chaises. Une pour elle, l'autre pour irmã Loa. Adriana boit encore une gorgée. Comment en est-elle venue à adorer ce breuvage amer, musqué et terreux ? Comment quiconque en est-il venu à l'aimer ? Une autre gorgée. C'est la tasse des souvenirs. En buvant ce café, elle déguste à nouveau sa tasse précédente, quarante-huit ans plus tôt. Ce café-là aussi fêtait quelque chose Ses garçons ont été superbes, la façon dont ils ont arraché Mare Anguis aux griffes des Mackenzie fera partie des légendes de la Lune pendant plusieurs générations, mais le café la ramènera toujours à Achi.

6

J'ai rencontré Achi parce que baiser en chute libre me donnait la nausée. On ne parlait de rien d'autre pendant la formation : la baise en chute libre. Ils ne font que ça, c'est tout ce qui les intéresse. Et ça vous gâche tout : une fois qu'on a baisé en chute libre, on trouve grossier et laid de le faire sous pesanteur. Ces gens de Vorontsov Space sont des ninjas du sexe.

On n'avait pas fini de franchir le sas qu'ils nous appariaient déjà. Ces gens de Vorontsov Space. Il y avait un type, il m'a regardée, je lui ai rendu son regard avec un hochement de tête, oui, d'accord, alors même que la bride rechipait la capsule de transfert au cycleur, coupant notre dernier lien avec la Terre. Je ne suis pas prude. J'ai les bracelets de plage du nouvel an à Barra. Je suis partante pour faire la fête et baiser d'une manière qui change la vie : on ne laisse pas passer une occasion de ce genre. J'ai voulu essayer avec ce type-là. On est montés au hub. Il y avait des corps partout, qui dérivaient, se cognaient les uns aux autres. Les garçons devaient se servir de préservatifs. Personne n'avait envie de se prendre dessus leur machin en train de voler. J'ai dit *sois doux* et j'ai fait pire que du sperme à la dérive. Je lui ai vomi dessus. Je n'ai pas pu m'en empêcher. Ce n'est pas sexy. L'apesanteur m'a mis l'intérieur sens dessus dessous. Il a été très poli et a tout aspiré pendant que je fuyais en gravité.

La seule autre personne dans le bras centrifugeur était une

fille avec des yeux caramel et des mains sveltes aux longs doigts. Toutes les quelques secondes, son visage se renfrognait d'un rien, mais elle ne s'en rendait pas compte. Elle avait du mal à croiser mon regard : elle semblait timide et introvertie. Elle s'appelait Achi Debasso. Un nom dont l'origine m'échappait, différent de tous ceux que j'avais entendus, mais bousculé comme le mien par le cours de l'histoire. Elle était syrienne. Ou plutôt syriaque, ce qui semble presque pareil, mais est un tout autre univers. Elle était d'une famille de chrétiens syriens ayant fui la guerre civile. Elle avait quitté Damas sous forme d'un amas de cellules dans le ventre de sa mère. Avait vu le jour et grandi à Londres avant de faire ses études au MIT, mais sans qu'on lui laisse jamais l'oublier : *tu es syriaque.* Achi était une exilée de naissance. Et voilà qu'elle partait en exil encore plus lointain.

Tandis que nos futurs coéquipiers baisaient là-haut dans le hub, Achi et moi avons discuté au fond du bras centrifugeur avec les étoiles et la Lune qui passaient derrière la fenêtre sous nos pieds. À chacun de ses passages, la Lune tourbillonnante était un peu plus grosse et nous nous connaissions un peu mieux, Achi et moi, si bien qu'à la fin de la semaine, la Lune emplissait la fenêtre tout entière et nous étions devenus amies à force de bavarder.

C'était une fille habitée de fantômes, Achi. Celui de l'absence de racines. Celui de l'exil depuis un pays mort. Celui du privilège : papa était ingénieur logiciel, maman venait d'une famille riche. Londres accueillait à bras ouverts les réfugiés comme eux. Celui de la culpabilité : elle était vivante quand des dizaines de milliers d'autres avaient succombé. Son fantôme le plus sombre était celui de la réparation. Elle ne pouvait rien aux circonstances de sa naissance, mais elle pouvait se les faire pardonner en se rendant utile. Ce fantôme-là ne la lâchait jamais, lui criait à l'oreille : Rends-toi utile, Achi ! Pendant toutes ses études à l'University College de Londres puis son troisième cycle au MIT : Règle les problèmes ! Expie ! Le fantôme de l'utilité l'a envoyée combattre la désertification, la salinisation, l'eutrophication. C'était une guerrière des trucs en « -ation ». Il a fini par l'envoyer sur la Lune. Quoi de plus utile que protéger et nourrir un monde entier ?

Voilà pour ses fantômes, mais l'esprit qui la guidait, son orixá, c'était Iemanjá. Achi adorait l'eau. Sa famille habitait près de la piscine olympique : sa mère l'avait lâchée dedans quelques jours après la maternité. Elle avait coulé, puis nagé. Elle nageait et surfait : longues soirées d'été britannique sur les plages à l'ouest. Froideur de l'eau britannique. Elle était petite et mince, pourtant aucune vague ne lui faisait peur. Moi qui ai grandi avec le bruit des vagues dans ma chambre, je n'ai jamais trempé davantage qu'un orteil dans la tiédeur de l'Atlantique. Nous sommes des gens de plage, pas d'océan. L'océan lui manquait horriblement, sur la Lune. Elle paramétrait les écrans de son appartement pour avoir l'impression de vivre sur un récif de corail. Ça me faisait toujours un peu mal au cœur. Dès que la construction d'un bassin ou d'une piscine lui donnait l'occasion de nager, elle la saisissait, allait et venait dans l'eau. Elle y bougeait de manière si naturelle, si belle. Quand je la regardais plonger et descendre sous la surface, j'avais envie qu'elle reste définitivement là-dedans, avec les cheveux qui lui flottaient autour, les seins en apesanteur, de magnifiques tout petits mouvements des mains et des pieds pour la faire rester au même endroit ou la propulser à l'autre bout du bassin. Je la vois encore, dans l'eau.

Elle m'a présentée à ses fantômes, je lui ai montré les miens : Outrinha, alias Madame Tout-le-monde, alias Celle-qui-fait-son-intéressante. Madame Normale et la Sirène. Qui auraient énormément besoin l'une de l'autre dans les jours et mois à venir. La Lune était un endroit sauvage, à l'époque. Maintenant, elle est vieille comme moi. Mais à ce moment-là, au début, c'était le pays des richesses et du danger, des perspectives d'avenir et de la mort. C'était le pays des jeunes et des ambitieux. Il fallait de l'agressivité pour survivre, sur la Lune. Elle essayait de vous tuer de toutes les manières possibles : par la force, la ruse, la séduction. Il y avait cinq hommes par femme, et c'étaient de jeunes hommes, classe moyenne, instruits, ambitieux et effrayés. La Lune n'était pas un endroit sûr pour les garçons et encore moins pour les filles. Pour elles, il n'était pas sûr non seulement à cause de la Lune elle-même, mais aussi à cause des garçons. Et nous avions tous peur, tout le temps. Peur quand la boucle lunaire tournait pour venir à la rencontre de notre capsule de transfert en train d'accoster, parce que nous savions tout retour impossible. Nous avions besoin les uns des autres et nous nous sommes collés, agrippés les uns aux autres, en combinaison, pendant toute la descente.

Le sexe en chute libre ? Très surfait. Tout bouge dans toutes les mauvaises directions. Les choses s'écartent de vous. Il faut tout sangler pour avoir une prise. Ça ressemble plutôt à du bondage mutuel.

On est sortis du quai de la boucle lunaire — il n'y avait qu'une bride de transfert à l'époque, en orbite polaire… on était cent vingt Joe Moonbeam. C'est un vieux mot que celui-là, un des plus anciens sur la Lune. Joe Moonbeam, Joe Rayon-de-Lune. Ça fait radieux, yeux écarquillés, innocent. Nous étions tout ça.

Avant même de nous souhaiter officiellement la bienvenue, la LDC nous a implanté un chib sur le globe oculaire. On a eu droit à dix inhalations gratuites, ensuite on a commencé à payer. On n'a jamais arrêté depuis. Air, eau, carbone, données. Les Quatre Fondamentaux. Vous êtes née ici : d'aussi loin que vous vous souvenez, vous avez eu ces chiffres dans l'œil. Mais je vous le dis, la première fois qu'on les voit changer parce que le marché a bougé, on a la respiration qui se coince dans la gorge. Rien ne fait mieux prendre conscience qu'on n'est plus sur Terre qu'exhaler à un prix et inhaler à un autre. Après, ils nous ont fait passer au centre médical. Ils voulaient m'examiner les os. On ne pense pas aux os. Pour les Joe Moonbeam, tout est nouveau et difficile. Il faut apprendre à bouger… et à se tenir debout. Il faut apprendre à voir et à entendre. Vous apprenez plein de choses sur votre sang, sur votre cœur, sur la poussière et sur la raison pour laquelle c'est ce qui est le plus susceptible de vous tuer. Vous apprenez les exercices d'évacuation, les alarmes de dépressurisation, de quel côté d'une porte être et à quel moment on peut l'ouvrir sans danger. Vous apprenez quand aider les gens et quand les abandonner. Vous apprenez comment vivre les uns sur les autres, respirer l'air des autres, boire leur eau. Vous apprenez qu'à votre mort, la LDC viendra vous décomposer pour récupérer carbone, calcium et compost. Vous apprenez que votre corps ne vous appartient pas. Rien ne vous appartient. Depuis que vous êtes sortie de la boucle lunaire, tout est en location.

On ne pense pas aux os, mais ils s'usent, sous la peau, perdant masse et structure heure après heure, jour après jour, lunaison après lunaison. Une fois encore, ma sœur, vous êtes née ici. C'est chez vous. Vous ne pourrez jamais aller sur Terre. Mais j'ai eu une fenêtre pendant laquelle j'aurais pu rentrer. J'avais deux ans avant que ma densité osseuse et ma tonicité musculaire se dégradent au point que la gravité terrestre me deviendrait fatale. Deux ans. C'était pareil pour tout le monde : deux ans. Et c'est toujours pareil pour chaque Joe Moonbeam qui débarque à Méridien en quête du pays de tous les possibles. Nous avons tous à affronter notre Jour de Lune, celui où il faut décider de rester ou de repartir.

Ils ont examiné mes os. Ils ont examiné ceux d'Achi. Après quoi, elle et moi n'y avons plus fait attention.

On s'est installées, Achi et moi. Le logement des Joe Moonbeam était un entrepôt cloisonné en espaces individuels. Salles de bains communes, réfectoires. Il n'y avait aucune intimité, on entendait ce qu'on ne voyait pas et on sentait l'odeur de ce qu'on n'entendait pas. Les odeurs. Eaux usées, électricité, poussière et corps pas lavés. Les femmes se sont tout naturellement regroupées : Achi et moi avons échangé nos boxes avec d'autres pour en avoir des voisins, que nous avons fusionnés en un seul. Ce soir-là, nous nous sommes juré d'être sœurs à jamais au cours d'un petit rituel incluant des cocktails au goût bizarre à base de vodka industrielle. Les humains n'étaient installés sur la Lune que depuis cinq ans et il y avait déjà une production industrielle de vodka. On a fabriqué des décorations avec des lambeaux de tissu, on a fait pousser des fleurs hydroponiques. On a invité des gens, on a organisé des fêtes et été le point central du troc de tampons. Ça ressemblait à l'économie parallèle d'une prison, mais avec des tampons à la place des cigarettes. On avait une gravité sociale naturelle, Achi et moi. On attirait les femmes, plus les hommes qui en avaient assez des grosses voix et des vantardises machos : on était les briseurs de monde, les dompteurs de Lune ; on allait s'emparer de ce caillou et en tirer des millions de bitsys. On allait baiser cette Lune. Je n'ai jamais été dans l'armée, mais je pense que ça doit un peu ressembler à la Lune de mes débuts.

On n'était pas en sécurité. Personne ne l'était. Dix pour cent des Joe Moonbeam ne survivaient pas trois mois. Ma première semaine, un ouvrier d'extraction de Xinjiang s'est fait écraser dans un sas sous pression. Des vingt-quatre de mon VTI parti de Kourou, trois sont morts avant même la fin de notre formation aux activités de surface. L'un était assis à côté de moi dans le VTI. Je ne me souviens plus de son nom. On a recyclé leurs corps, on les a réutilisés, on a mangé les fruits et les légumes qu'ils ont fertilisés, sans jamais penser à deux fois au sang dans le sol. On survit en choisissant ce qu'on ne veut ni voir ni entendre.

Je vous ai parlé de la puanteur sur la Lune. Ça puait surtout les hommes. La testostérone. Il y avait toujours de la tension sexuelle dans l'air. Toutes les femmes se sont fait agresser. Ça m'est arrivé aussi, une seule fois. Un ouvrier plus âgé, un lève-poussière, dans le sas où je mettais ma combinaison pour la formation. Il a essayé de glisser sa main. Je l'ai attrapé et l'ai balancé à l'autre bout du sas. Équipe de jiu-jitsu brésilien de l'université de São Paulo. Mon père aurait été fier de moi. Je n'ai plus eu d'ennuis avec ce type ni avec aucun autre, mais j'ai continué à avoir peur qu'ils viennent à plusieurs. Je n'aurais pas pu affronter une bande. Ils pouvaient me faire du mal, peut-être même me tuer. Il y avait des contrats et des codes de conduite, mais personne d'autre que les cadres de la compagnie pour les faire respecter. La violence sexuelle était une question disciplinaire.

Mais Achi ne connaissait pas le jiu-jitsu brésilien. Ni aucune technique de combat, elle n'avait rien pour se défendre contre le type qui avait essayé de la violer. Il n'y était pas arrivé — un groupe d'autres hommes l'en avait empêché. Il avait eu de la chance. Si je l'avais attrapé, il aurait pris un coup de couteau. J'ai été contente de ces hommes. Ils comprenaient qu'il fallait trouver un moyen de coexister. La Lune ne pouvait pas être une autre Terre. Si on se dressait les uns contre les autres, on mourrait tous. J'ai envisagé de retrouver ce mec et de le tuer. Les Corta coupent. C'est notre nom. Durs incisifs rapides. Il y a un million de moyens de tuer intelligemment, sur la Lune. J'y ai beaucoup et longuement réfléchi : fallait-il que cette vengeance reste secrète, ou mon visage devait-il être la dernière chose qu'il verrait avant de mourir ? J'ai choisi un autre moyen. Je suis beaucoup de choses, mais pas une tueuse.

Contre l'agresseur d'Achi, je me suis servie d'armes plus lentes et plus discrètes. J'ai retrouvé sa section de formation aux activités de surface. J'ai procédé à quelques modifications sur le thermostat de sa combinaison. Cela ressemblerait tout à fait à un dysfonctionnement. Je suis une bonne ingénieure. Il n'est pas mort. Ce n'était pas le but. Je considère son pouce et ses trois orteils gelés comme mes trophées. Tout le monde savait que c'était moi, mais rien n'a jamais pu être prouvé. La légende m'a plu. Si du coup les hommes avaient peur en me regardant, tant mieux. Il s'appelait Hanif. Il a juré sur son lit d'hôpital de me violer et de m'ouvrir le bide. Le temps qu'il sorte du centre médical, Achi et moi étions parties travailler ailleurs.

Achi a signé avec les Asamoah un contrat de conception d'écosystèmes pour leur nouvel agrarium sous Amundsen. Mon propre contrat, avec Mackenzie Metals, m'emmènerait sur les mers. Elle serait terrassière, moi lève-poussière. Nous serions séparées le surlendemain. Nous nous sommes cramponnées au quartier d'intégration et d'acclimatation, à nos cabines, à nos amies. Nous nous sommes cramponnées l'une à l'autre. On avait peur. Les autres femmes ont organisé une fête en notre honneur, mojitos lunaires et chœurs avec les logiciels musicaux sur la tablette. Mais avant cette musique et ces cocktails : un cadeau spécial pour Achi. Tout son travail avec AKA se ferait en sous-sol : terrassement, pelletage, ensemencement. Elle ne monterait jamais à la surface. Elle pourrait passer toute sa carrière — toute sa vie — dans les cavernes, les tunnels de lave et les énormes agraria. Sans jamais voir le ciel à nu.

J'ai joué de tout mon charme et de toute ma réputation, mais louer une combinaison restait d'un coût astronomique. J'ai payé pour trente minutes dans une coquille d'activité de surface générique. C'était un hulk blindé, comparé à la spider-woman de ma combiAS souple. Nous nous sommes tenues par la main dans le sas pendant que la porte étanche se relevait. Nous avons monté la pente avec ses cent mille traces de pas. Nous nous sommes avancées de quelques mètres sur la surface, toujours main dans la main. Là, derrière les tours de comm', les relais de puissance et les bornes de recharge pour bus et rovers, derrière la bordure grise du cratère qui s'incurvait non loin sur l'horizon et les ombres que le soleil n'avait jamais atteintes, accrochée au-dessus des limites de notre minuscule monde, nous avons vu la pleine Terre. Pleine, bleu et blanc, tachetée de vert et d'ocre. Pleine, impossible, et plus belle que je ne peux l'exprimer en mots. C'était l'hiver et l'hémisphère Sud nous était proposé, l'océan occupant la moitié de la planète. J'ai vu la grande Afrique. J'ai vu mon cher Brésil.

L'IA de ma combinaison m'a ensuite prévenue de l'approche du terme de notre location d'une demi-heure, aussi avons-nous tourné le dos au bleu de la Terre pour redescendre dans la Lune.

Ce soir-là, nous avons bu à nos embauches, à nos amis, à nos amours et à nos os. Au matin, nous nous sommes séparées.

Six lunaisons ont passé avant que je revoie Achi. Six lunaisons à tamiser de la poussière sur la mer de la Fécondité. J'étais postée à l'unité Messier de Mackenzie Metals. Un vieux truc exigu et grinçant : des nacelles enfouies dans des tranchées et recouvertes de régolite au bulldozer. Il m'arrivait souvent d'être évacuée dans les niveaux plus profonds fraîchement creusés à cause d'une alerte radiations. Chaque fois que je voyais le trèfle jaune de cette alerte clignoter dans ma lentille, je sentais mes ovaires se crisper. Jour et nuit, les tunnels vibraient sous l'effet des excavatrices qui grignotaient la roche. Il y avait quatre-vingts lève-poussière à Messier.

Dont un type gentil, qui s'appelait Chuyu. Un concepteur d'impressions 3D. Doux, drôle et qui savait y faire avec son corps. Au bout d'un mois de rigolades et de baises gentilles, il m'a demandé d'intégrer son amorat : Chuyu, son amor à Reine, son amor à Méridien, l'amor de celle-ci également à Méridien. On s'est entendus sur les conditions : six mois, avec qui je coucherais ou non, la fréquentation de personnes extérieures à l'amorat, l'introduction de personnes dans l'amorat. On avait déjà des nikahs, à l'époque. Chuyu m'a avoué que s'il avait mis aussi longtemps à me le demander, c'était à cause de ma réputation. L'histoire de l'agression d'Achi était arrivée jusqu'à Messier. *Je ne ferais jamais ça à un amor*, je lui ai dit. *À moins d'avoir été méchamment provoquée.* Puis je l'ai embrassé. L'amorat était chaleur et sexe, mais ce n'était pas Achi. Nous avions beau parler ou communiquer par réseau presque chaque jour, la séparation me pesait. Amis et amants sont deux choses différentes.

J'ai obtenu dix jours de permission que j'ai aussitôt pensé passer avec Achi. J'ai bien vu que Chuyu était déçu quand je l'ai embrassé avant de franchir le sas du bus de Messier. Ce n'était pas une trahison : j'avais indiqué dans le contrat que je ne coucherais pas avec Achi Debasso. Nous étions amies, pas amantes. Achi est venue m'accueillir au terminal d'Hypatie et, pendant tout le trajet jusqu'à Reine-du-Sud, on a discuté et ri. Beaucoup ri.

Elle avait prévu tant d'activités pour moi! Messier était exigu et puant, Reine-du-Sud intense, bruyante, colorée. En seulement six lunaisons, elle était devenue méconnaissable. La moindre rue était plus longue, le moindre tunnel plus large, la moindre cavité plus haute. Quand Achi nous a fait descendre en ascenseur vitré le côté de Thoth Quadra, terminé depuis peu, j'ai failli avoir le vertige. En bas du quadra, il y avait un petit bosquet d'arbres nains — des arbres de taille normale atteindraient le plafond, m'a expliqué Achi. Il y avait un café. Dans lequel j'ai pour la première fois goûté du thé à la menthe… et j'ai tout de suite détesté.

C'est moi qui ai construit ça, a dit Achi. *Ce sont mes arbres, mon jardin.*

J'étais trop occupée à lever les yeux vers les lumières, toutes les lumières, qui montaient toujours plus haut.

Tant d'activités! Thé, puis shopping. Il me fallait une robe habillée. Nous allions à une fête spéciale, ce soir-là. Sur invitation. Nous avons épluché les catalogues dans cinq boutiques d'impression différentes avant que je trouve quelque chose que je puisse porter : très rétro — c'est-à-dire les années 1980, pour l'époque —, rembourré, cintré, mais qui cachait ce que je voulais cacher. Puis, les chaussures.

Cette fête spéciale était réservée aux collègues d'Achi. Une capsule ferroviaire à verrouillage de sécurité nous a emmenées par un tunnel sombre dans un espace si vaste, si aveuglant que j'ai été à deux doigts de vomir sur ma Balenciaga. Un agrarium, le dernier projet d'Achi. Je me trouvais au fond d'un puits d'un kilomètre de haut et de cinquante mètres de large. L'horizon est plus ou moins à hauteur d'homme, sur la Lune, tout se courbe. En sous-sol, la géométrie est différente. L'agrarium était ce que j'avais vu de plus droit depuis des mois. Et lumineux : des miroirs occupaient le centre du puits sur toute sa hauteur, se renvoyant la lumière crue du soleil jusqu'à la projeter sur les parois terrassées de râteliers hydroponiques. Au fond du puits, il y avait une mosaïque de viviers sur laquelle s'entrecroisaient des sentiers. L'air était chaud, humide et fétide. Le CO_2 me donnait mal au cœur. Dans ces conditions, les plantes poussaient vite et haut : des plants de pommes de terre gros comme des buissons, des plants de tomates si grands que leur extrémité se perdait dans l'enchevêtrement de feuilles et de fruits. De l'agriculture hyper-intensive : l'agrarium était énorme pour une grotte, petit pour un écosystème. Des poissons barbotaient dans les viviers. N'entendais-je pas des grenouilles ? N'était-ce pas là des canards ?

L'équipe d'Achi avait aménagé un nouveau bassin à base de plaques étanches et d'armatures. Une piscine. Un système audio passait de la Ghana-pop. Il y avait des cocktails. Le jaune était à la mode. Ça allait avec ma robe. Les collègues d'Achi étaient aimables et ouverts. Aucun n'a manqué de me féliciter de ma tenue. Je l'ai ôtée, tout comme mes chaussures et le reste, pour profiter de la piscine. Je me suis prélassée, j'ai pris mes aises. Au-dessus de ma tête, les miroirs bougeaient. Achi est venue me rejoindre à la nage et nous sommes restées ensemble à rire et à nous asperger d'eau. L'équipe de l'agrarium avait descendu des chaises en plastique dans le bassin pour faire un petit bain. Achi et moi avons agité les jambes dans l'eau à température corporelle et bu de la vodka dorée à l'herbe de bison.

Je me suis réveillée le lendemain matin dans un lit avec Achi, la tête dans le cul à cause de la vodka. Je me souvenais qu'on avait fait l'amour maladroitement, sans vraiment parler. En frissonnant et en murmurant des bêtises, peau contre peau.

Je me souvenais de doigts s'activant. Achi était tournée vers moi, recroquevillée sur son flanc droit. Elle avait fait tomber le drap dans la nuit. Un minuscule filet de salive joignait le coin de ses lèvres à l'oreiller, tremblotant au rythme de sa respiration. Je le vois encore aujourd'hui.

Je l'ai regardée dormir d'un sommeil d'ivrogne avec ce ronflement au fond de sa gorge. Nous avions fait l'amour. J'avais couché avec mon amie la plus chère. J'avais fait quelque chose de bien. J'avais fait quelque chose de mal. J'avais fait quelque chose d'irrévocable. Je me suis rallongée pour me coller à Achi, elle a grommelé-marmonné je ne sais quoi en se serrant contre moi, ses doigts m'ont trouvée et on a recommencé.

Ma mère disait que l'amour était ce qu'il y avait de plus facile au monde. L'amour est ce qu'on voit chaque jour. C'est de cette manière qu'elle est tombée amoureuse de mon père : elle passait tous les jours devant lui en train de souder.

Je n'ai pas revu Achi pendant plusieurs lunaisons, après la fête à Reine. Mackenzie Metals m'a envoyée prospecter de nouveaux territoires dans la mer des Vapeurs. Loin d'Achi, il était clair pour moi comme pour Sun Chuyu que l'amorat ne me convenait pas. Je n'avais pas respecté mon contrat, mais à cette époque, avoir des relations sexuelles extracontractuelles n'avait aucune conséquence financière. Tous les amors ont convenu d'annuler le contrat et de me laisser quitter l'amorat. Sans reproche ni demande de compensation. Un simple contrat automatique résilié.

J'ai pris deux semaines de congé en retard pour retourner à Reine. J'ai appelé Achi pour qu'on se voie, mais elle était sur un nouveau chantier à Twé où les Asamoah construisaient leur siège social. Je me suis sentie soulagée. Puis coupable de mon soulagement. Coucher avec elle avait tout changé. J'ai bu, j'ai fait la fête, j'ai eu des aventures d'un soir, j'ai passé de longues et coûteuses heures de bande passante à discuter avec papa et maman là-bas à Barra. La famille entière s'est réunie devant l'objectif afin de me remercier pour l'argent, en particulier les tout-petits. D'après elle, je n'étais plus comme avant. J'avais l'air plus longue. Étirée. Eux étaient au Brésil, heureux et en sécurité. L'argent que j'envoyais finançait leurs études. Santé, mariages, bébés. Et moi j'étais sur la Lune. Outrinha Adriana, qui n'aurait jamais d'homme, mais qui avait les études, qui avait le diplôme, le travail, qui leur envoyait de l'argent depuis la Lune.

Ma famille avait raison. Je n'étais plus comme avant. Cette perle bleue qu'était la Terre dans le ciel ne me faisait plus le même effet. Je n'ai plus jamais loué de combiAS pour sortir la regarder, seulement la regarder. Quand j'étais à la surface, je ne faisais pas attention à elle.

Les Mackenzie m'ont envoyée sur la zone d'extraction Lansberg et c'est là que j'ai vu ce qui a tout changé.

Cinq extractrices étaient à l'œuvre sur Lansberg. Vous avez déjà vu une extractrice ? Non, bien sûr, excusez-moi. Vous n'êtes jamais montée à la surface. Ce sont des machines horribles, avec les entrailles à nu… elles n'étaient pas moins laides à l'époque. Mais je les trouvais magnifiques. Des merveilles d'os et de muscles. Un jour, en les voyant sur le régolite, j'ai eu une révélation qui a manqué me faire tomber à la renverse. Pas une révélation sur ce à quoi elles servaient — séparer les métaux rares du régolite lunaire —, mais sur ce qu'elles rejetaient. Sur ces jets balistiques courbes que ces grosses machines lentes rejetaient en hauteur de chaque côté.

C'était ce que je voyais chaque jour. Un jour, vous regardez ce garçon dans le bus et votre cœur s'embrase. Un jour, vous regardez les jets de déchets industriels et voyez des richesses incommensurables. Le plan s'est formé à ce moment-là, m'est apparu d'un coup dans la tête. Le temps que je rentre au rover, il était complet dans ses moindres détails, complexe, innovant, magnifique, et je savais qu'il fonctionnerait du premier coup. Mais pour cela, il fallait que je prenne de la distance avec tout ce qui pourrait me relier aux déchets de régolite et aux magnifiques arcs-en-ciel de poussière. Les Mackenzie ne pourraient pas en réclamer quoi que ce soit. J'ai démissionné de chez eux pour devenir reine du rail chez les Vorontsov.

Je suis montée à Méridien louer une crypte de données et dénicher le cabinet d'avocats le plus efflanqué, le plus frais, le plus affamé possible pour protéger ce que j'avais vu sur Lansberg. Et j'y ai revu Achi. Elle avait été rappelée de Twé pour résoudre un problème de microbiote qui avait transformé l'agrarium Obuasi en une nauséabonde colonne de vase noire.

Une ville, deux amies, deux amors. On est sorties faire la fête. Et on s'est rendu compte qu'on n'y arrivait pas. Les tenues étaient fabuleuses, les cocktails scandaleux, la compagnie louche et les stupéfiants à tomber, mais dans chaque bar, chaque boîte, chaque fête chez quelqu'un, on se retrouvait ensemble dans un coin à discuter. Faire la fête était ennuyeux. Discuter, agréable, inépuisable et fascinant. Nous avons à nouveau fini au lit, bien entendu. On mourait d'impatience. Les magnifiques et malcommodes tenues des années 1980 finissaient en tas par terre, prêtes pour le recycleur.

Je me souviens quand Achi a demandé : *Qu'est-ce que tu veux ?* Elle était allongée sur le lit à tirer sur une vapette de THC. Je ne pouvais pas en prendre, ça me rendait paranoïaque. Et elle a ajouté : *Rêve, n'aie pas peur.*

J'ai répondu : *Je veux être un Dragon*. Achi a ri et m'a donné un coup de poing sur la cuisse, mais je n'avais jamais été aussi sérieuse.

Durant nos dix-huit mois sur la Lune, notre petit monde avait changé. Les choses allaient vite, à l'époque. On pouvait construire toute une ville en quelques mois. On avait l'énergie, les matières premières et l'ambition humaine. Quatre compagnies s'étaient imposées comme forces économiques de premier plan. Les quatre familles. Les Mackenzie avaient été les premiers à s'installer. Ils avaient été rejoints par les Asamoah dans le domaine de la nourriture et des lieux de vie. Les

Vorontsov avaient fini par délocaliser entièrement leurs opérations terrestres pour gérer le cycleur, la boucle lunaire et le service de bus, et ils étaient en train d'entourer le monde de rails. Les Sun s'étaient longtemps opposés aux représentants de la République populaire au conseil de la LDC avant de se libérer du contrôle terrestre. Quatre compagnies : Quatre Dragons. Je serais le Cinquième.

Je n'ai pas dit à Achi ce que j'avais vu sur Lansberg. Je ne lui ai pas parlé de l'espace de stockage sécurisé et de l'escouade d'IA juridiques. Je ne lui ai pas confié ma brillante idée. Elle savait que je lui cachais des choses. J'ai mis une ombre dans son cœur.

Je suis allée faire mon nouveau travail, poser des voies. C'était utile, facile, physique et satisfaisant. À la fin de chaque période de travail à la surface, on voyait trois kilomètres de rail luire au milieu des traces de pas et de pneus, on voyait aussi au bout de l'horizon l'aveuglante étincelle de Creuset, plus brillante que n'importe quelle étoile, approcher sur les rails posés la veille. On se disait alors : c'est moi qui ai fait ça. Le travail se mesurait concrètement par l'avancée inexorable de Mackenzie Metals sur Mare Insularum. À tel point qu'en le gardant trop longtemps dans son champ de vision, on risquait de percer l'écran solaire de son casque. Des milliers de miroirs concaves concentrant la lumière du soleil sur les creusets. Dix ans plus tard, les voies ferrées feraient le tour du globe et Creuset suivrait le soleil. D'ici là, je serais un Dragon.

Je frittais dix kilomètres en avant de Creuset quand Achi m'a appelée. Ding dong et tout s'est effondré. Sa voix masquant mon mix de musique pour travailler, son visage superposé aux sales collines grises de Rimae Maestlin. Achi me disant que son examen médical de routine lui avait laissé quatre semaines.

Je suis rentrée à Creuset dans le wagon de construction. J'ai attendu deux heures, accroupie dans l'ombre, avec au-dessus de la tête des tonnes de métal fondu et dix mille kelvins de lumière du Soleil. Le temps de me rendre compte de l'ironie de la situation. Ce n'est pas une marchandise commercialisable, ici. Je m'étais cachée des Mackenzie en travaillant loin devant eux, je me tapissais dans les endroits sombres de leur capitale. Je suis retournée à Méridien par un train de marchandises pas très rapide. Dix heures accrochées à une plate-forme de maintenance, sans même la place de me retourner, encore moins de m'asseoir. Je les ai passées à écouter mes morceaux de bossa-nova. J'ai joué à Connecto sur l'affichage tête haute de mon casque jusqu'à ce qu'à chaque clin d'œil, je voie des étoiles dorées tomber en tournoyant. J'ai parcouru hors connexion les publications de ma famille sur les réseaux sociaux. Je suis arrivée à Méridien à deux degrés de l'hypothermie. Comme je ne pouvais pas me permettre de perdre du temps en repressurisation pour le train, j'ai pris un moyen de transport rapide et sale : le BALTRAN. Je savais que ça me ferait vomir. J'ai réussi à me retenir jusqu'au troisième et dernier saut. La tête de l'employé du BALTRAN en me voyant sortir de la capsule à Reine-du-Sud, ça valait le déplacement. À ce qu'on m'a dit. Je n'y voyais rien. Mais si je pouvais me payer la capsule, je pouvais m'offrir la douche pour la nettoyer. Et il y a à Reine des gens qui se font une joie de débarrasser une combiAS de son vomi, du moment qu'on leur donne assez de bitsys. On peut dire ce qu'on veut des Vorontsov, mais ils paient bien.

J'ai fait tout ça, le trajet interminable accrochée au train comme un vagabond lunaire, l'hypothermie et la propulsion au lance-pierre enfermée dans une boîte de conserve de mon propre vomi, parce que je savais que si Achi avait quatre semaines, je ne pouvais guère en avoir plus.

On s'est retrouvées dans un café au douzième niveau de Chandra Quadra, récemment construit. On s'est enlacées, embrassées, on a pleuré un peu. Je sentais bon, à présent. En bas, les excavatrices creusaient et sculptaient, terminant un niveau tous les dix jours. Nous nous sommes tenues à bout de bras pour nous examiner mutuellement. Puis nous avons bu du thé à la menthe sur le balcon.

Nous n'avons pas tout de suite parlé des os. Après ces huit semaines sans nous voir, nous avons bavardé, échangé, partagé. J'ai fait rire Achi. Son rire était comme une pluie fine. Je lui ai parlé de King Dong, que les lève-poussière Mackenzie et les reines du rail Vorontsov traçaient dans la poussière, rien d'étonnant pour des garçons. Prise d'une joie paillarde, elle a mis les mains devant sa bouche, mais ri avec les yeux. Tellement nul. Tellement drôle.

Achi n'avait plus de contrat. Plus on approche de son Jour de Lune, plus le contrat est court, au point de durer parfois seulement quelques minutes, mais là n'était pas la raison. AKA ne voulait pas de ses idées. Ils recrutaient directement à Accra et Kumasi. Des Ghanéens pour une compagnie ghanéenne. Elle soumettait des idées à la LDC pour leur nouvelle base à Méridien — des quadras profonds de trois kilomètres et une ville sculptée, ce serait comme vivre dans les murs d'une gigantesque cathédrale. La LDC était polie, mais cela faisait deux lunaisons qu'elle parlait des moyens de financer le développement. Les économies d'Achi commençaient à s'épuiser. Elle se réveillait le regard rivé au compteur des Quatre Fondamentaux sur sa lentille. Elle envisageait de déménager pour plus petit.

« Je peux payer tes perdiemes, je lui ai dit. J'ai un paquet de fric. »

Puis nous avons discuté des os. Achi ne pouvait rien décider avant que j'aie mon rapport d'examen. La culpabilité, le fantôme de mal faire. Elle n'aurait pas pu supporter que sa décision influence la mienne de rester sur la Lune ou de revenir sur Terre. Ce que je ne voulais pas faire. Je ne voulais pas être là sur ce balcon à boire ce thé dégueulasse. Je ne voulais pas qu'Achi m'impose d'aller voir les médecins. Je ne voulais pas qu'il y ait une décision à prendre.

Puis l'émerveillement. Je m'en souviens si nettement : un éclair doré au coin de l'œil. Quelque chose de merveilleux.

Une femme qui volait. Une femme volante. Les bras tendus, accrochée dans le ciel comme un crucifix. Notre-Dame du Vol. J'ai ensuite vu les ailes miroiter, les couleurs de l'arc-en-ciel passer dessus ; des ailes transparentes et solides comme celles d'une libellule. La femme est restée ainsi un instant, puis elle a replié ses ailes arachnéennes et elle est tombée. Elle a dégringolé, tête désormais en bas, a basculé les poignets, contracté les épaules. Un bout d'aile l'a ralentie, puis elle a déployé son envergure maximale pour sortir de son plongeon et repartir d'un coup en une spirale ascendante qui l'a menée loin au-dessus de Chandra Quadra.

« Oh », ai-je fait. J'avais retenu ma respiration. Je tremblais d'émerveillement. Si on pouvait voler, pourquoi vouloir faire quoi que ce soit d'autre ? C'est banal, à présent, tout le monde peut le faire. Mais à l'époque, à cet endroit, j'ai vu ce que nous pourrions faire là.

Je suis allée au centre médical Mackenzie Metals, où le médecin m'a mise dans le scanner. Il m'a fait passer des champs magnétiques dans le corps et la machine lui a communiqué l'analyse de ma densité osseuse. J'étais à huit jours d'Achi. Encore cinq semaines avant que mon séjour sur la Lune se transforme en citoyenneté.

Ou bien je pouvais rentrer sur Terre, au Brésil.

Cette nuit-là, la femme dorée a fondu sur mes rêves. Achi dormait à mes côtés. J'avais pris une chambre à l'hôtel. Le lit était grand, l'air aussi propre que pouvait le rendre Reine-du-Sud et l'eau n'avait pas un goût qui vous faisait grincer des dents.

Oh, cette femme dorée qui volait en rond dans mes certitudes.

Reine-du-Sud n'étant pas devenue une société en trois-huit, il ne faisait jamais complètement noir. J'ai tiré le drap d'Achi sur mes épaules avant de sortir sur le balcon. Je me suis appuyée à la rambarde pour contempler les murailles de lumières. Des vies et des décisions derrière chacune de ces lumières. C'était un monde laid. Il mettait un prix sur tout. Il exigeait de chacun une négociation. Au terminal ferroviaire, j'avais vu une nouveauté chez les ouvriers de surface : un médaillon, ou un petit objet votif fourré dans une poche plaquée. Une femme en tenue de Vierge Marie, ange noir sur la moitié du visage, tête de mort sur l'autre. C'était la première fois que je croisais Dona Luna. Un demi-visage mort, mais l'autre en vie. La Lune n'était pas un satellite mort, c'était un monde vivant. Auquel des mains, des cœurs et des espoirs comme les miens avaient donné forme. Il n'y avait là ni Mère Nature ni Gaïa pour s'opposer à la volonté des hommes. Tout ce qui vivait venait de nous. Dona Luna était dure et sans merci, mais belle. Elle pouvait être une femme en train de voler avec des ailes de libellule.

Je suis restée sur ce balcon d'hôtel jusqu'à ce que le toit rougisse au lever du soleil. Puis je suis rentrée retrouver Achi. Je voulais lui faire une nouvelle fois l'amour. Par pur égoïsme. Les choses difficiles avec les amis le sont moins avec les amants.

C'est Achi qui a eu l'idée d'en faire un jeu. On mettait une main fermée dans le dos, comme pour papier-caillou-ciseaux, on comptait jusqu'à trois et on ouvrait le poing, dans lequel il y avait quelque chose, un petit objet qui exprimait clairement ce qu'on avait décidé. Il ne fallait rien dire, parce que prononcer le moindre mot nous influencerait. C'était le seul moyen pour qu'elle le supporte : que ce soit rapide, net et muet. Et ludique.

Nous sommes retournées au café nous installer à la table sur le balcon. Deux verres de thé à la menthe. Je me souviens que l'air sentait la poussière de roche, odeur qui s'ajoutait à celles, moins inhabituelles, d'électricité et d'eaux usées. Un panneau céleste sur cinq clignotait. Un monde moins que parfait.

« Je pense qu'on ne devrait pas traîner pour le faire », a dit

Achi en mettant si vite sa main droite dans son dos que j'ai retenu mon souffle. Maintenant, c'était maintenant. J'ai sorti de mon sac mon petit objet, sur lequel j'ai refermé mon poing caché.

« Un, deux, trois », a compté Achi. Nous avons ouvert le poing.

Elle tenait un nazar, un porte-bonheur arabe : des larmes concentriques de verre lunaire bleu, blanc et noir, comme un œil.

Dans ma main, il y avait une minuscule icône de Dona Luna : noire et blanche, vivante et morte.

Les dernières choses ont été simples et rapides. Tous les adieux devraient être soudains, à mon avis. J'ai réservé un passage pour Achi sur le cycleur. Il y avait toujours de la place, sur l'orbite de retour. Elle m'a pris rendez-vous au centre médical de la LDC. Un éclair de lumière, et le chib était définitivement installé sur mon œil. Ni poignée de main, ni félicitations, ni mots de bienvenue. Je n'avais guère fait que décider de continuer à faire ce que je faisais déjà.

Le cycleur ferait le tour par Farside et retrouverait la boucle lunaire en trois jours. Trois jours : cela a concentré nos sentiments, nous a empêchées de trop pleurer.

Je suis allée en train avec Achi à Méridien. Alors que nous avions toute une rangée de sièges à notre disposition, nous nous sommes recroquevillées comme de petits animaux fouisseurs.

J'ai peur, a-t-elle dit. C'était douloureux, de rentrer. Le cycleur vous fait progressivement repasser à la gravité terrestre, et après, les g vous tombent dessus. Peut-être passerait-elle plusieurs mois en chaise roulante. Il paraît que sur Terre c'est en nageant qu'on retrouve les sensations les plus proches de celles qu'on avait sur la Lune. L'eau vous soutient pendant que vous reprenez des muscles et de la masse osseuse. Achi adorait nager. Il y avait aussi les doutes. Et si on l'avait confondue avec quelqu'un d'autre et qu'elle avait déjà dépassé le point de non-retour ? Est-ce qu'ils essaieraient de la ramener sur la Lune ? Elle ne pourrait le supporter. Cela la tuerait aussi sûrement que la Terre lui brisant les os, l'étouffant sous son propre poids. J'ai alors compris qu'elle détestait la Lune. Elle la détestait depuis le début : le danger, la peur, mais surtout les gens. Toujours les mêmes visages qui regardaient le vôtre. Qui voulaient quelque chose de vous. Voulaient, voulaient et voulaient. Personne ne peut vivre ainsi, a-t-elle dit. C'est inhumain. J'étais la seule à lui rendre la Lune supportable. Et je restais tandis qu'elle partait.

Je lui ai donc dit cette chose que je gardais secrète, celle que j'avais vue à Lansberg et qui ferait de moi un Dragon. C'était très simple. J'avais juste regardé d'une autre manière quelque chose que je voyais chaque jour. L'hélium 3. La clé de l'économie post-pétrole. Mackenzie Metals en rejetait tous les jours. Et je me suis dit : comment se fait-il que les Mackenzie ne s'en aperçoivent pas ? Ils doivent sûrement savoir… impossible que je sois la seule. Mais la famille, les entreprises, et tout particulièrement les entreprises familiales, ont des idées fixes et des aveuglements bizarres. Les Mackenzie extraient des métaux. C'est leur travail, l'extraction de métaux. Ils n'imaginent pas faire autre chose, du coup, ils ne voient pas ce qu'ils ont juste sous le nez. Je pouvais y arriver. C'est ce que j'ai dit à Achi. Je savais comment. Mais pas avec les Mackenzie. Ils m'en dépouilleraient. Si j'essayais de me défendre, ils m'enterreraient. Ou me tueraient. C'était moins cher. La cour de Clavius s'assurerait que ma famille serait dédommagée, mais ce serait la fin de mes espoirs de dynastie. J'y arriverais pour moi, je bâtirais une dynastie. Je serais le Cinquième Dragon. Mackenzie, Asamoah, Vorontsov, Sun… et Corta. Ça sonnait bien.

Je lui ai dit tout cela dans le train pour Méridien. L'écran serti dans le dossier du siège montrait la surface. Sur un écran, à l'extérieur du casque, elle est toujours pareille : grise, molle, laide et couverte de traces de pas. À l'intérieur du train se trouvaient des ouvriers et des ingénieurs, des amants et des conjoints, et même deux ou trois petits enfants. Il y avait du bruit, de la couleur, des gens en train de boire et de rire, de jurer et de baiser. Et nous deux, recroquevillées tout au fond contre la cloison. Et c'est cela, la Lune, ai-je pensé.

Achi m'a fait un cadeau, à la porte de la boucle lunaire. C'était sa dernière possession. Tout le reste avait été vendu. Huit passagers se tenaient près de la porte d'embarquement, avec des amis, des parents et des amors pour leur dire au revoir. Personne n'était seul. L'air avait une odeur de noix de coco, très différente de celles de vomi, de sueur et de corps sales à l'arrivée. Il y avait un distributeur de thé à la menthe. Personne n'en prenait.

Le cadeau d'Achi était un tube à documents en bambou. Elle m'a demandé de l'ouvrir après son départ. Qui a été très rapide, comme on le dit des exécutions. Le personnel VTO avait sanglé tout le monde sur son siège et commencé à refermer la porte de la capsule avant qu'Achi ou moi puissions réagir. J'ai vu sa bouche s'ouvrir sur un adieu, j'ai vu sa main s'agiter, puis les sas se sont verrouillés et l'ascenseur a emporté la capsule jusqu'au quai de la bride.

J'ai essayé de me représenter la boucle lunaire : un rayon de roue qui tournait, vingt centimètres sur deux cents kilomètres de fibre M5. Là-haut, l'ascendeur grimpait en direction du contrepoids, modifiant le centre de gravité et expédiant la bride entière dans une orbite très basse. Le câble blanc ne deviendrait visible que dans les derniers instants de l'approche, paraissant descendre verticalement du ciel bondé d'étoiles. Le grappin a atteint son but et la capsule a été arrachée du quai. Là-haut, une de ces étoiles brillantes était l'ascendeur en train de coulisser sur la bride, modifiant à nouveau le centre de gravité pour que l'ensemble passe à une orbite supérieure. Au sommet de la boucle, le grappin relâcherait la capsule, dont le cycleur s'emparerait. Cent pour cent ingénierie, processus, technique. Ainsi ai-je gardé à l'écart le vide atroce, comme avec des amulettes. J'ai essayé de mettre des noms sur les étoiles : le cycleur, l'ascendeur, le contrepoids ; la capsule qui transportait mon amor, mon amour, mon amie. Le réconfort de la physique. J'ai continué à regarder jusqu'à ce qu'on charge une nouvelle capsule dans la porte. Déjà la bride suivante tournoyait sur l'horizon.

Puis je suis allée acheter du café.

Oui, du café. Le prix était scandaleux. J'ai puisé dans mon épargne. Mais c'était du vrai : importé, et non produit par une imprimante organique. L'importatrice m'a laissée le humer. J'ai pleuré. Elle m'a aussi vendu le matériel. Celui dont j'avais besoin n'existait tout bonnement pas sur la Lune.

J'ai rapporté le tout à mon hôtel. J'ai moulu aussi finement qu'indiqué. J'ai fait bouillir l'eau, puis l'ai laissée refroidir à la bonne température. Je l'ai versée de haut, pour une aération maximale. J'ai remué. Je l'ai préparé comme j'ai préparé celui-ci pour vous, ma sœur. On n'oublie jamais ces choses-là.

Pendant que le café passait, j'ai ouvert le cadeau d'Achi. J'ai déroulé les dessins, de l'art conceptuel pour un habitat que jamais les réalités de la Lune ne lui laisseraient construire. Un tunnel de lave, agrandi et sculpté de visages. Ceux des orixás, hauts de cent mètres, ronds, lisses et sereins, orientés vers des terrasses de jardins et de bassins. De l'eau qui tombait de leurs yeux et de leurs lèvres ouvertes. Des pavillons et des belvédères ici et là sur le sol de l'immense caverne ; des jardins verticaux montant rejoindre le ciel artificiel, comme les cheveux des dieux. Des balcons — elle adorait ça —, des galeries et des arcades, des fenêtres. Des bassins. On pouvait nager d'un bout à l'autre d'un de ces mondes-orixás. Elle avait écrit : *une résidence pour une dynastie.*

C'est le cadeau d'Achi, tout autour de vous.

Quand l'importatrice m'a fait sentir une pincée de café moulu, des souvenirs de mon enfance, de la mer, de la faculté, des amis, de la famille, des fêtes m'ont envahie. On dit qu'aucun sens n'est davantage lié à la mémoire que l'odorat. Quand j'ai humé le café que j'avais préparé, il m'est arrivé quelque chose de nouveau. Pas des souvenirs, mais une vision. J'ai vu l'océan, et j'ai vu Achi, Achi désormais repartie, sur une planche en pleine mer. Il faisait nuit et elle pagayait pour conduire sa planche au large, franchissant et dépassant les vagues, suivant la piste argentée de la Lune sur les flots.

J'ai enfoncé le piston, servi le café et savouré son arôme.

J'ai bu mon café.

Son goût ne ressemble toujours pas à son odeur.

7

« On s'est fait balancer comme des gonzesses, bordel. » Vingt moniteurs sur le fauteuil d'assistance vitale de Robert Mackenzie virent à l'orange. « Et ils avaient une gonzesse parmi eux. »

La nouvelle a parcouru la moelle épinière de Creuset à la vitesse de la lumière, d'un familier à l'autre : *Robert Mackenzie sort de Fern Gully.* Sans précédent. Impensable. Contre nature. Jade Sun a supervisé le délicat chargement de l'unité d'assistance vitale de son époux dans la capsule de transit. Ses paroles douces, aimables et encourageantes ont laissé le personnel auxiliaire blême de peur. La capsule a foncé sous le regard incinérateur des miroirs de fusion jusqu'à la voiture 27. Les appartements personnels de Duncan Mackenzie.

« C'était une Joe Moonbeam, dit ce dernier.

— Tu te trouves des excuses pour ce qui s'est passé ? demande Jade Sun, toujours respectueusement en retrait d'un pas derrière l'épaule droite de Bob Mackenzie.

— Ne sois pas ridicule.

— Ce n'est pas la bagarre, ce n'est jamais une putain de bagarre entre lève-poussière. » La voix de Bob Mackenzie est un crépitement de respirateurs : il a inhalé la poussière de la Lune pendant tant d'années que ses poumons ne fonctionnent plus correctement. « Ils nous l'ont mis dans le cul en long, en large et en travers. T'as vu le réseau social ? Les Asamoah, les

Vorontsov, même les Sun se fichent de nous. Même ce putain d'Aigle de la Lune.

— Jamais nous ne ririons de ton infortune, mon amour, dit Jade Sun.

— Alors t'es une idiote. Je le ferais, à ta place. Des putains de Brésiliens sur des motos de gamins.

— Ils ont eu l'info avant nous, dit Duncan. C'est un revers. » *Tu pues*, s'aperçoit-il. Une écœurante odeur excrémentielle, l'aigreur de l'urine mal masquée par les tampons stérilisateurs et les antibactériens. Sa peau sent, ses cheveux sentent. Huiles, sueur et exsudations séchées. Ses dents sentent, ses vilaines dents infectes. Duncan ne supporte pas ces chicots jaunes. Ce serait tellement mieux de donner un bon coup de poing dedans pour qu'elles tombent et qu'il ne les ait plus jamais sous les yeux. Cela tuerait le vieux. Défoncerait sans problème les os fragiles pour aller s'enfoncer dans la purée du cerveau.

« Un revers ? réagit Bob Mackenzie. On a perdu tout notre projet du quadrant nord-ouest. Il va nous falloir cinq ans pour sortir notre exploitation d'hélium de sous ce tas de merde. Adrian a directement eu le tuyau de l'Aigle. Adrian est une sale petite fouine, mais il sait cacher d'où il tire ses informations. Quelqu'un a fait fuiter celle-là. Quelqu'un de chez nous. On a un traître. Et bordel, s'il y a bien un truc dont j'aie horreur, c'est les traîtres.

— J'ai lu le rapport d'Eoin Keefe. Notre cryptage est inviolable.

— Eoin Keefe est un lâche qui protégera toujours ses couilles plutôt que notre famille. » Un pas en retrait derrière l'épaule droite de Jade Sun, la présence souple et intimidante de Hadley Mackenzie. Duncan déteste que son père vienne dans ses appartements, mais c'est le patriarche, le dos argenté, il a le droit d'être là. La présence de Hadley lui reste en travers de la gorge, car elle implique des paroles douces et des décisions murmurées au milieu des frondes vertes de Fern Gully, des décisions auxquelles Duncan ne prend aucune part.

« Hadley a remplacé Eoin Keefe, explique tranquillement Jade Sun.

— Ce n'est pas à toi de décider, dit Duncan. Tu n'as pas à remplacer mes chefs de service.

— Je remplace qui je veux quand je veux, bordel. » La réplique de Robert Mackenzie fait prendre conscience à Duncan de la vulnérabilité de sa position.

« C'est une décision du conseil, murmure-t-il.

— Du conseil ! » Robert Mackenzie crie avec tout ce qu'il arrive à rassembler de salive. « Notre famille est en guerre. »

Duncan voit-il un petit sourire passer sur le visage de Jade Sun ?

« Nous sommes une entreprise. Les entreprises ne font pas la guerre.

— Je l'ai faite, rappelle Robert Mackenzie.

— La Lune a complètement changé.

— La Lune ne change pas.

— Il n'y a aucun profit à tirer d'un combat contre les Corta.

— On aurait notre fierté », dit Hadley. Duncan se tient tout près de lui, nez à nez, les yeux dans les yeux.

« Ça se respire, la fierté ? Sors un peu dire à Dame Lune : *J'ai ma fierté de Mackenzie*. On se bat contre eux comme on le fait le mieux : en gagnant de l'argent. Mackenzie Metals n'est pas fierté, Mackenzie Metals n'est pas famille, c'est une machine à gagner de l'argent. Une machine à restituer des bénéfices à tous ces investisseurs, ces propriétaires de fonds et ces capital-risqueurs qui t'ont fait confiance sur Terre, papa, qui t'ont confié leur argent pour que tu ailles le faire fructifier sur la Lune à leur place. Ce sont eux, Mackenzie Metals. Pas nous. »

Robert Mackenzie gronde dans ses poumons de pierre.

« Mon mari est très fatigué, dit Jade Sun. Les émotions l'épuisent. » Le fauteuil de Robert pivote et Duncan sait que ce n'est pas ce que voulait le vieux monstre. Le sas de la capsule de transit s'ouvre. Hadley salue son demi-frère de la tête avant de suivre l'équipage qui roule lentement.

« On a besoin d'être en paix avec les Corta ! » crie Duncan dans leur dos.

Elle se fige en voyant Wagner sur la chaise.

« Dans ce bar, tout le monde est un loup », indique celui-ci. Elle regarde autour d'elle. Les deux femmes attablées un peu plus loin, le groupe installé dans le fond, le buveur solitaire au comptoir et le beau couple dans le box se tournent pour la regarder. Le barman hoche la tête. Wagner montre le siège en face de lui.

« Je t'en prie. Tu bois quelque chose ? »

Elle donne le nom d'un cocktail aux herbes que Wagner ne connaît pas. Tu avais peur avant d'entrer, pense celui-ci. Mais tu t'es mise en colère dès que tu m'as vu. Je le vois à la dilatation de tes pupilles, à la crispation de ta mâchoire, aux rides sur le dos de la main avec laquelle tu tiens ton verre, à l'évasement de tes narines, à cent indices minuscules. Parfois, les sens intensifiés de son moi-complet déversent sur Wagner un trop-plein d'impressions ; parfois, ils donnent des informations affûtées comme un couteau de combat. Il sent les composants de la boisson qu'elle a choisie : un mélange de vin blanc et de pétillant au basilic et à l'estragon, avec un trait d'acidulé. L'eau est de la Peary glacée.

« Tu as bien monté ton coup, dit-elle.

— Merci. Ça m'a demandé pas mal de travail. Je savais que tu vérifierais. Le profil social t'a plu ? Actionnaire minoritaire des Polar Lunatics. J'ai vraiment acquis une participation dans l'équipe, au cas où tu vérifierais ça aussi. Je l'ai revendue quand mes gars m'ont dit que tu étais à la porte. » Il parle trop. C'est un danger dans son moi-lumineux. Tout est présent à la fois en lui : les mots se battent pour franchir les étroits passages de la pensée et de la voix. Les ordinaires sont si lents.

« Tu n'as jamais été aussi minutieux au colloque.

— Minutieux. Ah oui. Non, j'ai beaucoup changé depuis.

— Il paraît, oui. C'est ton familier habituel ?

— Tout est différent quand la Terre est pleine.

— Tu me fais peur, dit Elisa Stracchi.

— Normal. Il fallait que je sois sûr que tu ne t'enfuirais pas. Mais je veux juste quelques renseignements, Elisa.

— Je ne savais pas à quoi ça servirait. »

Wagner se penche en avant. L'intensité de son regard fait tressaillir la jeune femme.

« Je ne suis pas certain d'y croire. Non, je n'y crois pas une seconde. Une tentative d'assassinat qui cible mon frère ? Des bioprocesseurs spécifiquement conçus pour faire administrer des neurotoxines par une mouche ? Je n'y crois pas.

— Tu me croirais si je te disais que je n'ai aucune idée de l'identité du client ?

— Je crois volontiers que tu effectuerais autant de vérifications sur ton client que tu en as fait sur moi. J'en conclus que le véritable client se cachait lui aussi derrière toute une série de sociétés-écrans.

— Tu parles comme un gros con, Wagner. » Le pied d'Elisa tressaute sous la table. Inutile d'avoir des sens de loup pour déchiffrer ce signe-là.

« Désolé, désolé. À qui l'as-tu livré ?

— Est-ce que je risque quelque chose, Wagner ? »

Wagner aimerait pouvoir arrêter de lire sur son visage. Chaque spasme, chaque tension musculaire inconsciente déclenche en lui angoisse et empathie. Il voudrait parfois pouvoir ne plus percevoir si précisément, ne plus lire si profondément. Mais ce serait cesser d'être Wagner Corta.

« Nous te protégerons. »

Elle transmet à Dr Luz l'adresse d'un espace de stockage d'une entreprise dans le nuage. Dr Luz enquête. Une société-écran, désormais dissoute. Elisa devait le savoir. La question, pour Wagner, est le nombre d'autres sociétés-écrans et boîtes aux lettres mortes par lesquelles le fichier a transité avant d'arriver à un assembleur. Ses pensées suivent déjà à toute vitesse une dizaine de pistes différentes. Wagner considère son esprit complet comme un ordinateur quantique qui explore simultanément les possibilités dans de nombreux univers parallèles, puis effondre les états superposés en une unique décision. Il sait quoi faire ensuite.

« Wagner. »

Il lui faut quelques secondes pour se reconcentrer. Mais elles passent en un instant pour les ordinaires.

« Va te faire foutre bien profond. Corta un jour, Corta toujours, bordel. Personne ne t'a jamais dit non, pas vrai ? Tu ne comprends même pas le mot. »

Mais elle hésite, rien qu'une seconde, juste assez, quand, en se levant pour repartir, elle découvre qu'il n'y a plus personne dans le bar. Wagner n'a pas le pouvoir d'engager des agents de sécurité sur le compte des Corta. Il peut louer un bar sur ses propres deniers. Et le remplir d'amis, de parents, de camarades de meute.

Cette nuit-là, il court avec sa meute dans le toit de la ville. Là-haut, aussi près de la lumière de la Terre que le permet l'architecture, d'anciennes galeries de service ont été aménagées en chambres et en vésicules. C'est un bar, un club, une tanière. C'est comme faire la fête dans un poumon. L'air est stagnant, confiné. Cela sent les corps, les parfums, la mauvaise vodka, en plus des polycarbones des usines. La lumière est bleue, couleur clair de Terre, la musique réelle au lieu d'être transmise individuellement par les familiers, et à si fort volume que c'en est physique.

La meute Magdalena de Reine-du-Sud est venue à Méridien. C'est la plus ancienne des meutes lunaires ; depuis le temps du rêve, elle est menée par Sacha Voltchonok Ermin. Nè affirme être le plus ancien loup sur la Lune, le premier à avoir levé la tête pour hurler à la Terre. Nè est un premièregén, d'une tête moins grand que n'importe quel autre membre de la meute, mais son charisme illumine le bar comme Divali. Wagner trouve Sacha intimidant, qui ne lui accorde aucune considération, le prend pour un aristocrate mou, pas pour un vrai loup. Les membres de sa meute sont rudes, agressifs, estiment être les véritables héritiers des deux natures. Mais ils font des mégafêtes. Déjà les combattants s'alignent dans la fosse, nus et rêvant d'en découdre. Wagner, qui préfère parler que se battre, se trouve dans le dédale de tunnels une cavité à égale distance des acclamations et du DJ, y tient trois conversations à la fois avec un roboticien de Taiyang Moongrid, un courtier de produits dérivés basés sur la physique et une décoratrice d'intérieur spécialisée dans les bois personnalisés.

Une fille de Magdalena arrive en bordure de ces conversations. Quand la Terre est ronde, les loups de la Lune méprisent la mode des ordinaires : elle porte une doublure de combinaison vert citron griffonnée au marqueur de sinuosités et volutes tumultueuses caractéristiques d'une imagination visuelle influencée par le clair de Terre.

« T'es petit t'es doux tu sens bon », murmure-t-elle et Wagner distingue chaque mot dans le capharnaüm des bavardages.

« Drôle de look, lance-t-il.

— Ça a été à la mode, c'est passé et donc, maintenant, ça revient. Je m'appelle Irina. » Elle a pour familier un crâne cornu avec des flammes animées qui lui sortent des yeux et des narines. Un autre look revenu à la mode. Wagner s'est toujours demandé d'où sortait la vogue passagère pour les doublures de combinaison graffitées.

« Je suis…

— Je sais qui t'es, Petit Loup. »

Elle referme les dents sur son lobe d'oreille et murmure : « J'aime mordre.

— J'aime être mordu », répond Wagner, mais avant qu'elle puisse l'enlever, il pose la main sur son sternum. Il sent le moindre battement de cœur, la moindre respiration, la moindre pulsation du sang dans ses artères. Elle a une odeur de miel et de patchouli. « Il faut que j'aille à la fête d'anniversaire de ma mamãe, demain.

— Alors respecte ta maman et ne porte pas une tenue trop déshabillée. »

Les deux types en costume viennent encadrer Lucasinho quand il entre. Il ne les connaît pas, mais il sait à qui ils appartiennent.

Lucas Corta est assis sur le canapé où Lucasinho a dormi. Impeccable, méticuleux, les mains délicatement posées sur les cuisses. Flavia se recroqueville au milieu des saints dans un coin de la pièce, les yeux écarquillés de peur. À voir comment se soulève sa poitrine, chaque inspiration lui est difficile. Ses mains papillonnent sur son torse. Lucasinho n'a jamais vu ça, mais n'importe quel natif de la Lune reconnaîtra les symptômes. La respiration de sa madrinha a été court-circuitée. Elle se noie dans l'air.

« Rends-lui sa respiration ! » crie Lucasinho. Il s'accroupit près d'elle, l'entoure de son bras.

« Pas de problème, répond Lucas Corta. Toquinho. » Flavia prend une profonde et bruyante respiration, se met à tousser, s'étouffe. Lucasinho la serre contre lui. Lit la peur dans son regard.

« Wagner paye son…

— J'ai fait une offre plus intéressante à la LDC, l'interrompt Lucas. Ça me paraît une précaution raisonnable. Si on ne respire pas, on ne parle pas.

— Va te faire foutre.

— Comme tu étais hors réseau, tu ne sais peut-être pas qu'on a remporté une superbe victoire. Corta Hélio. Ta famille. On a délimité de nouveaux territoires d'exploitation d'hélium 3 dans Mare Anguis. La cour de Clavius a validé notre concession. J'ai assuré l'avenir pour toi, fils. Qu'est-ce que tu dis de ça ?

— Félicitations.

— Merci. »

Madrinha Flavia respire désormais normalement, mais reste

recroquevillée comme si chacune de ses inhalations pouvait être la dernière.

« Ah oui. J'ai failli oublier. Active Jinji. Vas-y. C'est aussi bien. »

Démarrage réussi, indique Jinji. *L'accès complet à tes comptes a été restauré.*

« C'est agréable, d'avoir de l'argent, du carbone et du réseau, pas vrai ? demande Lucas. Toquinho. » La configuration de notes au-dessus de l'épaule de Lucas tournoie. Il y a une pulvérisation de notes virtuelles.

Je viens de recevoir une cession de contrat, annonce Jinji. *Celui du compte des Quatre Fondamentaux de Flavia Vila Nova. Tu acceptes ?*

« Ta madrinha a pris soin de toi, explique Lucas. Rien de plus normal à ce que tu veilles sur elle. »

Tu acceptes ? insiste Jinji.

« Flavia, dit Lucasinho. C'est ton compte. Pai veut que je le prenne à ma charge. Il faut que je le fasse. » Puis, à son père : « J'accepte. Ça reste ton argent.

— Oui. Mais je ne t'ai jamais offert d'animal de compagnie dans ton enfance, si ? » Lucas se lève, époussette une saleté imaginaire de son pantalon. Un hochement de tête, et les deux gardes du corps gagnent la porte. « Une dernière chose. La plus importante. La raison de ma venue. Tu adores les fêtes. Comme tout le monde. J'ai une invitation à une fête pour toi. L'anniversaire de ta grand-mère. Apporte un gâteau. Tu sais bien les faire. Je me fiche que tu le prépares avec ou sans vêtements sur le corps, du moment que tu mets quatre-vingts bougies. »

Iemanjá réveille Adriana Corta en musique : *Águas de março*. Son morceau préféré. La reprise d'Elis et Tom.

Merci, murmure-t-elle à son familier. Allongée sous le léger drap, les yeux levés au plafond, elle écoute le morceau en se demandant pourquoi celui-là, ce matin-là. Elle se souvient. C'est son anniversaire. Son quatre-vingtième.

Iemanjá a choisi des tenues de fête : pour elle, le triple croissant de la Lune elle-même, et pour Adriana : Pierre Balmain, 1953, un tailleur à col cassé, manches longues, étroite jupe fourreau avec un gigantesque nœud papillon sur la hanche gauche. Gants. Sac. Élégant. Flatteur sur une chair octogénaire. Avant de s'habiller, Adriana nage vingt minutes dans la piscine à débordement. Elle vénère les orixás devant sa fenêtre avec du gin et de l'encens. Elle prend ses médicaments et s'étouffe un peu avec, comme chaque fois. Elle prend son petit déjeuner, cinq tranches de mangue, pendant qu'Iemanjá lui communique les dernières nouvelles de son entreprise familiale. Mille soucis planent, mais ils ne se poseront pas ce jour-là. Pas celui de son anniversaire.

La première à la féliciter est Helen de Braga. Un baiser, une accolade. Puis Heitor Pereira. En son honneur, il a revêtu un uniforme extravagant avec galons, boutons et épaulettes qui serait ridicule s'il le portait avec moins de dignité. Une accolade, un baiser.

Comment ça va ? demandent-ils.

Je suis pleine de joie, répond-elle. La mort la ronge, lui en laisse un peu moins chaque jour, sa succession est incertaine, mais elle s'est réveillée débordante de joie. Elle en tire des petites choses, de la manière dont la barre solaire tombe sur le visage des orixás, de l'eau qui glisse sur son corps quand elle s'immerge dans le bassin, de l'odeur aigre-douce des mangues, du bruissement de ses habits de fête. De merveilleuses banalités. Il reste encore des sensations nouvelles à apprécier dans ce petit monde.

Les petits-enfants arrivent en courant. Robson a un nouveau tour de cartes à lui montrer : *dans la navette, anjinho*. Luna apporte des fleurs, un petit bouquet dont le bleu s'accorde bien avec sa robe. Adriana les accepte même si elle frissonne au contact de cette chose vivante désormais morte. Elle renifle profondément… Luna pouffe : *les* violetas *ne sentent rien, vó.*

Ensuite, les okos. Il n'y en a plus qu'un à Boa Vista. Amanda

Sun serre sa belle-mère dans ses bras et lui pose un baiser sur chaque joue.

Les madrinhas, à présent. Amalia, Ivete et Monica, Elis jetant un coup d'œil à Robson, dont elle ajuste le col, le nœud de cravate. Rafa, Lucas, Ariel et Carlinhos ont depuis longtemps quitté Boa Vista, mais leurs madrinhas restent. Jamais Adriana ne les chasserait de Boa Vista : les Corta remplissent leurs obligations. Elle préfère les avoir toutes au même endroit, sous son ciel, plutôt qu'éparpillées dans le monde avec leurs potins et leurs secrets. Comme l'autre. La perfide. Une par une, les madrinhas étreignent et embrassent leur bienfaitrice.

Et enfin le personnel. C'est un long processus, serrer les mains, accepter les bons vœux pour ce jour propice, mais Adriana remplit consciencieusement sa tâche : un mot ici, un sourire là. La sécurité forme les rangs derrière elle à l'entrée de la gare, barricade de costumes sombres entre elle et ses petits-enfants, ses plus anciens liges, ses gens. Tout le monde, de sa directrice financière à son jardinier, a fait prendre à son familier des couleurs et formes de fête.

La porte de la gare s'ouvre en chuintant. Les mains se tendent vers les couteaux : Heitor Pereira rechignait à organiser la fête hors de Boa Vista, mais Adriana a insisté. Corta Hélio ne resterait pas terré dans sa forteresse. Les mains retombent. C'est Lucasinho, une petite boîte en carton à la main.

« Bon anniversaire, vó. » Dans la boîte, un gâteau, dôme au glaçage vert délicatement décoré d'arabesques baroques. « C'est un gâteau de princesse suédois. Je ne sais pas ce que signifie suédois. » Accolade et baiser. Les piercings de Lucasinho s'enfoncent dans la peau de sa grand-mère.

« Avec ou sans vêtements ? demande Adriana. Sans, j'espère. » Lucasinho rougit. Ce qui le rend adorable. « Tu t'es maquillé ?

— Oui, vó.

— Cet eye-liner coloré fait vraiment ressortir le doré de tes yeux. Tu devrais peut-être mettre un peu plus tes pommettes en relief. Jouer de tes atouts. » C'est un gentil garçon.

Le groupe voyagera dans deux trams. L'entourage d'abord, puis Adriana, sa famille proche et les gardes du corps dans la seconde navette. Durant les trois minutes du trajet, Robson montre à sa vó son nouveau tour de cartes — une histoire de gens évacuant un habitat qui fuit : les figures s'échappent toutes du haut de la pile — et le gâteau de Lucasinho rend les doigts de tout le monde un peu verts et poisseux.

João de Deus est une ville ouvrière, et jamais Adriana Corta ne sacrifierait un jour de production en donnant congé à tout le monde, même pour son quatre-vingtième anniversaire, mais de nombreux résidents et sous-traitants ont pris quelques minutes sur leur temps de pause pour sortir saluer la Première Dame de l'Hélium. Ils observent la flotte de lapas transporter les Corta sur Kondakova Prospect et gravir la rampe jusqu'à l'hôtel où Lucas a organisé le repas. Ils applaudissent, certains agitent la main. Adriana Corta répond d'un geste de la sienne, gantée. Grâce à leurs micro-hélices silencieuses, des ballons dirigeables en forme d'animaux de bande dessinée manœuvrent comme un cirque divin dans São Sebastião Quadra. Adriana lève les yeux quand l'ombre de M-Kat Xu passe sur elle. Elle sourit.

Cela fait plusieurs jours que les hommes d'Heitor Pereira sécurisent discrètement l'hôtel. Depuis le milieu de la matinée, ils scannent tout aussi discrètement les invités. Des applaudissements, des têtes qui tournent. Adriana arrive au milieu d'un cocktail, tourbillonne d'un visage à l'autre, d'une robe de soirée à l'autre, d'un baiser à l'autre. Ses garçons, ses beaux garçons dans leur meilleur costume. Ariel est en retard, elle l'est toujours pour la famille. Lucas s'en montre ennuyé, mais il n'est pas le gardien de sa sœur. C'est un monde sans police. Pas même de police familiale.

La famille proche et éloignée : une chaleureuse accolade de Lousika Asamoah, qui a toujours été l'oko préférée d'Adriana. Cousins de sang ou par alliance, les Sore du côté de la famille de Carlos et les clans mineurs, les alliés par nikah. La bonne société ensuite. L'Aigle de la Lune a transmis ses excuses — aucun Aigle n'a jamais accepté l'invitation d'Adriana à son anniversaire. Elle danse une élégante valse parmi les Asamoah de Twé, les Sun immaculés du palais de Lumière éternelle et les grands du clan Vorontsov ; maisons de moindre et de petite importance, mondains et lanceurs de mode, reporters et célébrités, amors et okos. Les camarades de course-Lune de Lucasinho sont là, mal à l'aise et restant dans leur orbite sociale, séparés les uns des autres. Adriana Corta a un mot pour chacun. Son sillage social échoue dans cent conversations et communications.

Les politiques en dernier. Bureaucrates de la LDC et doyens de l'université de Farside. Étoiles de soap et musiciens célèbres, artistes, architectes et ingénieurs. Adriana Corta a toujours rempli ses anniversaires d'ingénieurs. Les médias : reporters de réseau social et commentateurs de mode, partageurs et créateurs de contenu. La religion : le cardinal Okogie et le grand mufti el-Tayyeb, l'abbé Sumedho et, tout en blanc, une sœur des Seigneurs du Présent. Irmã Loa fait une révérence à sa mécène.

Ariel apparaît près de sa mère. Un baiser et une excuse, qu'Adriana écarte d'un geste.

Merci.

Si j'avais raté ton quatre-vingtième anniversaire, tu ne me l'aurais jamais pardonné.

Ce n'est pas pour ça que je te dis merci.

Ariel déploie sa vapette à sa longueur maximale et laisse la fête s'emparer d'elle.

Adriana relève la tête avec ravissement en entendant la musique. Bossa-nova. La foule se fend devant elle qui remonte à la source.

C'est le même groupe qu'à la fête de course-Lune de Lucasinho, dit Adriana. *Comme c'est charmant.*

Lucas est près d'elle. Il n'a jamais été à plus de deux pas

pendant tous les virages et pirouettes effectués par sa mère en avançant dans la bonne société.

Tous tes morceaux préférés, mamãe. Ceux de l'ancien temps.

Adriana passe la main sur la joue de son fils.

Tu es un bon garçon, Lucas.

Wagner Corta se glisse à l'intérieur du restaurant. Il est en retard et n'arrive toujours pas à se sentir à l'aise dans son costume fraîchement imprimé : les dimensions sont bonnes, mais le vêtement semble bizarre, serré là où il faut qu'il soit généreux, frictionnant là où il faut qu'il caresse.

« Lobinho ! » Rafa accueille Wagner à bras ouverts et avec effusion. Une accolade écrasante, de puissantes tapes dans le dos. Wagner grimace. Haleine humaine. Wagner peut identifier chacun des composants de chacun des cocktails que son frère s'est envoyés. « C'est l'anniversaire de mamãe, tu aurais pu te raser, non ? » Rafa le regarde des pieds à la tête. « Et ton familier ne m'est pas familier. »

D'une pensée, Wagner chasse Dr Luz et fait apparaître Sombra, même si tous ceux qui le savent des deux moi voient bien qu'il est le loup à sa manière de s'agiter dans sa peau et de sembler à l'écoute de plusieurs conversations à la fois, à son abondante barbe de plusieurs jours.

« Tu lui as manqué dans la haie d'honneur. » Rafa prend sur un plateau un cocktail qu'il lui glisse dans la main. « Fais bien attention d'aller lui dire bonjour avant de voir Lucas. Il n'est pas d'humeur indulgente, aujourd'hui. »

Occupé à savourer chacune des secondes qu'il passait avec Irina, Wagner a attrapé l'express au tout dernier moment. Elle l'a mordu. Elle a sucé si fort sa chair qu'elle a laissé des bleus. Elle a pincé, tordu, a fait crier Wagner. Ses dents douces et aimantes ont tiré sur sa peau. Le rapport sexuel lui-même a été la partie la moins importante, de pure forme, évident. Irina a éveillé des sensations et des émotions nouvelles pour lui. Son système nerveux a résonné toute la nuit. Il a récupéré le costume à l'imprimante de la gare, s'est changé dans les toilettes du train en tirant prudemment la chemise et le pantalon sur ses plaies et contusions encore sensibles. Chacune des minuscules douleurs était extase. Conformément à ses instructions, Irina n'avait laissé aucune marque sur ses mains, son cou et son visage.

« J'ai trouvé quelque chose, annonce-t-il.

— Je t'écoute.

— J'ai reconnu un des processeurs protéiniques. Tu ne verrais rien, mais pour moi, c'est un nom écrit en lettres de néon.

— Tu parles un peu vite, Petit Loup.

— Pardon, pardon. J'ai rencontré la conceptrice — on était à la fac ensemble. Même colloque. Elle m'a donné une adresse électronique. Une boîte aux lettres morte, bien entendu. Mais j'ai mis la meute au travail dessus.

— Doucement, doucement. Tu as fait quoi ?

— J'ai mis la meute au travail dessus. »

La meute de Méridien est composée d'agronomes, de lève-poussière, de roboticiens, d'esthéticiennes, de barmen, de sportifs professionnels, de musiciens, de masseurs, de juristes, de propriétaires de club, d'ingénieurs ferroviaires, grandes ou petites familles : une diversité de talents et d'éducations. Pourtant, quand ils s'assemblent, quand ils se concentrent sur une tâche, quelque chose de merveilleux se produit. La meute semble partager la connaissance, se compléter instinctivement, former une équipe parfaite, avec une unicité de but : presque un gestalt. Wagner y a rarement assisté, a participé une fois, mais n'y avait encore jamais fait appel. La meute s'est réunie, esprits, talents et volontés se sont brouillés, ont fusionné, lui livrant au bout de cinq heures l'identité de l'atelier de mécanique ayant construit la mouche-assassin. Rien de surnaturel là-dedans, Wagner ne croit pas au surnaturel : c'est un miracle rationnel. C'est une nouvelle manière d'être humain.

« C'était une boîte de mécanique à usage unique appelée Smallest Birds, révèle Wagner. Basée à Reine-du-Sud.

Enregistrée aux noms de Joachim Lisberger et de Jake Tenglong Sun.

— Jake Tenglong Sun.

— Ça ne veut rien dire. La boîte a produit un objet, l'a livré et s'est liquidée.

— On sait à qui elle l'a livré ?

— J'essaye de le découvrir. Savoir qui a passé la commande m'intéresse davantage.

— Et tu as des pistes ?

— Je vais sans doute aller en parler avec Jake Sun en personne.

— Bien joué, Petit Loup. » Une autre claque douloureuse dans le dos. Chacune des marques de morsure proteste. Rafa l'a conduit en bordure de la progression d'Adriana au milieu des gens qui la félicitent.

« Mamãe, bon anniversaire. »

Les lèvres d'Adriana Corta se crispent. Puis elle se penche sur lui, invitation à l'embrasser. Deux baisers.

« Tu aurais pu te raser », dit-elle, ce qui provoque des petits rires alentour, mais au moment de s'enfoncer dans la foule, elle lui murmure à l'oreille : « Si tu veux rester un peu, ton ancien appartement à Boa Vista t'attend. »

Marina déteste la robe, qui s'accroche et la démange, qu'elle trouve volumineuse et inconfortable. Elle se sent toute nue dedans, vulnérable, elle a l'impression qu'au moindre mouvement un peu brusque, le vêtement lui tombera des épaules pour s'affaler autour de ses chevilles. Et puis les chaussures sont ridicules. Mais c'est à la mode, c'est ce qu'on attend, et même si personne ne dirait rien en voyant Marina arriver en tailleur-pantalon ou en costume d'homme, Carlinhos lui a bien fait comprendre qu'Adriana s'en apercevrait.

Marina est coincée dans un ennuyeux tourbillon de conversations dominé par un bruyant sociologue de l'université de

Farside qui expose ses théories sur les identités post-nationales chez les lunaires de deuxième et troisième générations.

Et malgré tout, tu n'arrives pas à trouver mieux que lunaires *pour désigner les habitants d'ici*, pense-t-elle. Elle essaye *gens-de-Lune Lunariens Lunarites Lunatiques Luniens.* Aucun ne convient. *Sauve-moi*, implore-t-elle l'orixá des fêtes.

Elle repère Carlinhos qui se fraye un chemin jusqu'à elle entre les corps, les familiers en fête et les verres à cocktail.

« Ma mère veut te voir.

— Moi ? Pourquoi ?

— Elle t'a demandée. »

Il la conduit déjà par la main dans la foule.

« Mãe, je te présente Marina Calzaghe. »

Sa première impression d'Adriana Corta avait été faussée par une lame de couteau sur sa gorge, mais la matriarche semble avoir vieilli davantage que du nombre de lunaisons écoulées depuis… Non, pas avoir vieilli : s'être flétrie, effondrée, être devenue plus transparente.

« Joyeux anniversaire, senhora Corta. »

Marina est fière de son portugais à présent, mais Adriana Corta opte pour le globo.

« Il semble que ma famille vous soit une fois encore redevable.

— Comme on dit, je n'ai fait que mon travail, madame.

— Si je vous en donne un autre, l'effectuerez-vous tout aussi loyalement ?

— Je ferai de mon mieux.

— J'ai bel et bien un autre travail pour vous. J'ai besoin que vous vous occupiez de quelqu'un.

— Senhora Corta, je n'ai jamais été douée avec les petits enfants. Je leur fais peur…

— Ce ne sera pas le cas avec celle-là. Mais peut-être qu'elle, elle vous fera peur. »

Du menton, elle désigne à Marina l'autre bout de la pièce, où Ariel Corta est une flamme brillant au cœur d'un groupe compact de personnel judiciaire et de technocrates de la LDC sobrement vêtus. La jeune avocate rit, bascule la tête, rejette ses cheveux, tisse des idéogrammes de fumée avec sa vapette.

« Je ne comprends pas, senhora Corta.

— J'ai besoin de quelqu'un pour veiller sur ma fille. Je m'inquiète pour elle.

— Si vous voulez un garde du corps, senhora Corta, il y a des combattants expérimentés…

— Si c'était ce que je voulais, elle en aurait déjà un. J'en ai des dizaines. Je veux un représentant. Je veux que vous soyez mes yeux, mes oreilles, ma voix. Je veux que vous soyez son amie et son chaperon. Elle vous détestera, elle se battra contre vous, elle essaiera de se débarrasser de vous, elle vous évitera, vous rabrouera, sera infecte avec vous. Mais vous resterez avec elle. Vous pouvez le faire ? »

Marina n'a pas de mots. C'est impossible, à faire comme à refuser. Debout devant Adriana Corta dans sa robe qui la démange, elle ne peut penser qu'à une chose : *mais Carlinhos ne sera pas là.*

Carlinhos qui lui donne un petit coup de coude. Adriana Corta attend.

« Je peux, senhora Corta.

— Merci. » Son sourire est sincère, et le baiser qu'elle pose sur la joue de Marina chaleureux, mais la jeune femme frissonne, glacée par le froid éternel en attente.

Elle le conduit dans la fête, une danse en robe rouge. D'un coup d'œil par-dessus son épaule, elle s'assure qu'il la regarde et la suit toujours, mais continue d'avancer, de garder ses distances avec lui. Rafa la rattrape sur le balcon. Le bestiaire de montgolfières s'est regroupé autour du restaurant, en suspension, flottant dans le ciel comme des prototypes de dieux n'ayant jamais réussi à se faire admettre au panthéon.

Sans un mot, Rafa l'attire à lui. Ils s'embrassent.

« Tu es ce qu'il y a de plus beau au monde, dit Rafa. Sur les deux mondes. »

Lousika Asamoah sourit.

« Qui s'occupe de Luna ? demande-t-elle.

— Madrinha Elis. Tu lui manques. Elle veut retrouver sa mamãe.

— Chhh. » Lousika Asamoah effleure les lèvres de Rafa d'un ongle carmin. « C'est toujours comme ça. » Ils s'embrassent à nouveau.

« Lousika, le contrat.

— Notre mariage expire dans six lunaisons.

— Je veux le renouveler.

— Même si je vis à Twé, que tu gardes ma fille et qu'on ne se voit jamais, à part dans les fêtes qu'organise ta famille.

— Même, oui.

— Rafa, on m'a invitée à faire partie du Kotoko. »

Rafa admire la politique AKA tout en la trouvant déconcertante. Le Tabouret doré est un conseil de huit membres de famille représentant les abusuas. Sa présidence, l'Omahene, passe chaque année d'un de ces membres à l'autre, tout comme le Tabouret doré lui-même passe d'un habitat AKA à l'autre. Cela paraît d'une complexité et d'une démocratie superflues à Rafa Corta. La continuité est assurée par le Sunsum, le familier de l'Omahene qui renferme toute la sagesse et toutes les archives des Omahenes précédents.

« Cela veut dire que tu ne reviendras pas à Boa Vista ?

— Il faudra huit ans avant que je puisse à nouveau m'asseoir sur le Tabouret doré. Luna en aura quinze. Il peut se passer beaucoup de choses. Je ne peux pas décliner. »

Rafa fait un pas arrière, tient sa femme à bout de bras, comme à la recherche d'indices de divinité ou de folie.

« Je veux renouveler le contrat, Rafa. Mais je ne peux pas revenir à Boa Vista. Pas pour l'instant. »

Rafa ravale une violente déception. Il s'oblige à prendre le temps, à retenir les mots qu'il sent.

« Ça suffit », dit-il.

Lousika le prend par les revers de sa veste pour l'attirer contre elle. Leurs familiers se mêlent et fusionnent, illusions s'interpénétrant.

« On ne pourrait pas s'éclipser de la fête ? »

Lucas avance depuis les limites de la réception pour s'approcher d'Amanda Sun en train de rire avec sa fratrie et ses cousins. Il lui effleure le bras.

« Un mot. En privé. »

Il la prend par le coude, la conduit dans la salle à manger, préparée pour le banquet d'anniversaire autour d'une immense sculpture de glace qui représente des oiseaux en plein envol. Lui fait franchir les portes battantes de la cuisine.

« Lucas, qu'est-ce qu'il y a ? »

L'emmène plus loin que les fourneaux, les éviers et les surfaces de travail en titane, que les réfrigérateurs et garde-manger, que les lames et couperets qui se lèvent et s'abattent, jusqu'à une réserve où il la fait entrer.

« Lucas, qu'est-ce qui te prend ? Lâche-moi. Tu me fais peur.

— On va divorcer, Amanda. »

Elle rit. Le petit rire presque irrité qui trouve ridicule ce qui vient d'être dit. Qui le trouve impensable. Comme si la Lune s'écrasait dans la baie d'Hudson. Puis : « Oh mon Dieu, tu ne plaisantes pas.

— Ai-je jamais plaisanté ?

— Personne ne pourrait dire que tu n'es pas sérieux, Lucas. Et je ne vais pas faire comme si cette idée n'avait rien de séduisant à mes yeux. Mais ce ne sont pas des domaines dans lesquels nous pouvons agir à notre guise, si ? Mon père ne tolérerait pas qu'on insulte sa fille.

— Ce n'est pas moi qui ai tenu à la clause de monogamie.

— Tu l'as signée. Qu'est-ce qui se passe au juste, Lucas ? »

Amanda le dévisage, comme pressentant maladie ou folie.

« Oh mon Dieu. C'est l'amour, pas vrai ? Tu aimes vraiment quelqu'un.

— Oui. Veux-tu que je rompe le contrat, ou les deux parties consentiront-elles à une annulation ?

— Tu es amoureux.

— Je te serais reconnaissant de bien vouloir enlever toutes tes affaires de Boa Vista avant la fin de la lunaison », lance Lucas en ressortant de la réserve. Le personnel de cuisine s'absorbe dans le placement, le parement et le glaçage de ses amuse-gueules sculptés. « On ne se disputera pas Lucasinho. Il est majeur. » Lucas traverse la cuisine à grands pas. Dans la réserve, Amanda Sun rit à en perdre haleine, rit jusqu'à ce que, d'épuisement, elle doive s'appuyer des mains sur les genoux, puis rit à nouveau.

« Salut.

— Ah, salut.

— Pourquoi tu refusais mes messages, alors ? »

Abena Asamoah tord le bout d'un escarpin Rayne satiné, détourne les yeux. Elle tripote le clou dans l'oreille de Lucasinho.

« Tu l'as toujours. Ce maquillage te va vraiment bien. »

Il l'a découverte au bar à cocktails, l'a acculée dans un coin tranquille. Une partie en lui dit : *C'est du harcèlement, Luca.*

« Ma grand-mère trouve aussi. »

Lucasinho sourit jusqu'aux oreilles, voit que cela touche Abena, lui tire un début de sourire.

« Donc, si j'avais vraiment une urgence, je pourrais faire appel à toi. » Il tapote le clou.

« Bien sûr. C'est ce qu'il veut dire.

— Sauf que…

— Quoi ?

— Quand j'étais à la fête à Twé, dans la piscine, tu ne voulais même pas me regarder.

— À cette fête, tu ne lâchais pas Ya Afuom et t'étais complètement défoncé à je ne sais quoi.

— Il ne s'est rien passé avec Ya Afuom.

— Je sais.

— Et qu'est-ce que ça pourrait te faire, s'il s'était passé quelque chose ? »

Abena inspire profondément, comme sur le point d'expliquer à un enfant une vérité difficile telle que le vide ou les Quatre Fondamentaux.

« Quand tu as sauvé Kojo, j'aurais fait n'importe quoi pour toi. Je te respectais. Je te respectais vraiment vraiment. T'étais courageux et gentil… tu l'es toujours. Mais quand tu es allé voir Kojo au centre médical, tout ce qui t'intéressait, c'était son appartement. Tu t'es servi de lui. Et tu as laissé Grigori Vorontsov se servir de toi comme d'un sextoy. Je ne suis pas prude, Luca, mais c'était moche. Tu avais besoin de quelque chose et tu t'es servi de n'importe qui du moment qu'il pouvait te l'obtenir. Tu as cessé de respecter les autres, tu as cessé de te respecter et j'ai cessé de te respecter. »

Lucasinho a le visage en feu. Il pense à des excuses, des défenses, des justifications… j'étais en colère contre mon père, papa m'a coupé les vivres, je n'avais nulle part où aller, j'étais hors réseau, ce n'étaient que des gens pour qui j'avais des sentiments, j'explorais, c'était une période dingue, ce n'était pas pour longtemps, je n'ai fait souffrir personne… ou seulement un tout petit peu. Elles ressemblent à des pleurnicheries. Elles ne peuvent rien changer à la vérité. Il n'a pas baisé Ya Asamoah, mais s'il l'avait fait, cela aurait été pour passer quelques nuits dans son appartement. Un lit confortable, de la chair tiède et des rires. Comme avec Grigori, ou Kojo. Comme avec sa propre tante. Il est coupable. Il n'a aucune chance de se rabibocher avec Abena s'il ne le reconnaît pas.

« Tu as raison. »

Abena reste debout, bras croisés, superbement magistrale.

« Tu as raison. »

Toujours pas un mot.

« C'est vrai, j'ai été infect avec les gens.

— Avec des gens pour qui tu comptes.

— Oui. Avec des gens pour qui je compte.

— Prépare-moi un gâteau, dit Abena. C'est de cette façon que tu fais amende honorable, non ? Un gâteau ?

— Je t'en ferai un.

— Des cupcakes. Trente-deux. Je veux une fête de cupcakes avec mes sœurs-abusua.

— Quel parfum ?

— Tous les parfums.

— D'accord. Trente-deux cupcakes. Et je te streamerai en direct la vidéo de la préparation pour que tu voies bien que je les fais comme il faut. »

Abena lâche un petit cri faussement outragé, ôte sa chaussure droite et frappe l'adolescent sans trop de douceur sur la poitrine.

« T'es un petit insolent.

— Tu as essayé de boire mon sang. »

Alerte de sécurité, avertit Jinji dans l'oreille de Lucasinho. *Garde ton calme, du personnel de sécurité Corta Hélio arrive.* Dans toute la pièce, des mains se portent aux oreilles, des visages demandent : *Hein ? Où ça ?* Une femme en Tina Leser franchit le bar d'un bond, écarte Abena et se place entre Lucasinho et le danger. Elle tient un couteau dans chaque main.

« Qu'est-ce qui se passe ? » veut savoir Lucasinho, et la réponse lui apparaît quand les invités s'écartent de l'entrée du restaurant. Précédant six lames au service de son entreprise, Duncan Mackenzie s'est invité à la fête.

Heitor Pereira s'avance à la rencontre du PDG de Mackenzie Metals, qui s'arrête à quelques centimètres de la main tendue, le sourcil levé en voyant l'extravagant uniforme que porte le chef de la sécurité des Corta. Derrière chacun des deux hommes, leurs liges armés, la main sur la lame.

Rafa traverse la ligne des agents de sécurité. Lucas le suit de près, flanqué de Carlinhos et de Wagner. Il jette un coup d'œil à son fils, qui dépasse sa garde du corps pour se joindre aux hommes.

« Qu'est-ce que vous faites là ? » demande Rafa. Plus personne ne bouge dans la pièce. Plus personne ne boit une gorgée de cocktail ou de thé.

« Je viens adresser mes félicitations à votre mère, répond Duncan Mackenzie.

— On va vous jeter dehors comme on l'a fait à Beikou », crie une voix parmi le personnel de sécurité. Rafa lève la main : assez.

« Les garçons, les garçons. » Adriana effleure Rafa au niveau de la hanche. Celui-ci s'écarte. « Vous êtes le bienvenu, Duncan. Mais pourquoi tant d'hommes ?

— La confiance n'inonde pas le marché, en ce moment. »

Adriana tend la main. Duncan Mackenzie se penche pour la baiser.

« Bon anniversaire. » Puis, tout bas et en portugais : « Il faut qu'on parle. De famille à famille.

— En effet », répond Adriana dans la même langue, puis, impériale : « Faites installer un autre couvert à ma table. À côté de moi. Des boissons pour les hommes de M. Mackenzie.

— Mamãe ? » s'étonne Lucas. Adriana s'éloigne.

« Tu n'es pas encore hwaejang. Ni toi ni personne d'autre. »

La nourriture est délicieuse, plat après plat, succession de mets présentant des harmonies gustatives et des discordances de textures, liquides et gels, géométries et températures, mais Adriana ne peut que picorer avec ses baguettes détectrices de poison. Un arôme, un parfum pour comprendre la théorie et la technique. À sa gauche, Duncan Mackenzie mange avec enthousiasme et force compliments, fait honneur au talent en n'abordant les choses sérieuses qu'une fois le dernier plat débarrassé.

« Félicitations, pour Mare Anguis, dit-il en levant son verre de thé à la menthe.

— Vous ne le pensez pas sincèrement.

— Bien sûr que non. Mais j'admire la manière. Vous avez bousillé notre programme de développement d'hélium 3. Comment avez-vous entendu parler de la licence ?

— Ariel est au pavillon du Lièvre variable. »

Duncan Mackenzie rumine quelques instants la réponse.

« On aurait dû le savoir.

— Et vous, vous l'avez appris comment ?

— L'Aigle de la Lune est terriblement bavard, sur l'oreiller.

— Si je trouve un avantage pour les miens, je m'en sers.

— La Loi d'Airain. Elle nous a bien servi. Il faut que je dise deux mots à Adrian. Il a besoin de nouveaux trucs pour l'Aigle.

— Qu'est-ce que vous êtes venu faire ici, Duncan ? »

Il occupe la place de Lucas, à gauche d'Adriana, Lucas lui-même étant relégué à une petite table d'où il ne cesse de jeter des coups d'œil clairement dégoûtés. Adriana en croise un : *Ce ne sont pas tes affaires.*

« Les anniversaires sont l'occasion de penser à l'avenir.

— Pas à mon âge.

— Jouez le jeu. Dans cinq ans, où serons-nous ?

— Dans cette même pièce à faire la fête.

— Ou là-haut dans le Bairro Alto, à vendre notre pisse, à nous démener pour trouver eau et nourriture, à nous battre pour la moindre goulée d'air. La Lune est en train de changer. Elle n'est plus le monde de l'époque où vous vous affrontiez, mon père et vous. Si nous nous battons maintenant, nous perdons tous les deux. » Duncan Mackenzie parle sur un canal privé, d'Espérance à Iemanjá, subvocalise ses mots. Adriana répond de la même petite voix.

« Je ne souhaite pas revenir aux guerres d'entreprises.

— On y va quand même tout droit. La bagarre à Beikou n'était que le début. Des problèmes ont éclaté à St Ekaterina et Port Imbrium. Quelqu'un va se faire tuer. À Torricelli, nous avons pris une de vos ouvrières de surface en flagrant délit de sabotage d'un rover Mackenzie Metals.

— Qu'est-ce que vous avez fait d'elle ?

— On l'a mise en détention. Il y aura un dédommagement à payer, mais c'est mieux que ce que voulait Hadley, à savoir la jeter hors du sas.

— Mon petit-fils Robson est d'une habileté surprenante au couteau. Vous savez de qui il a appris ça ? De Hadley. Il est par là. Vous le voyez ? Il montre un tour de cartes à Jaden Wen Sun. Il n'arrête pas de faire ça depuis qu'il s'est échappé de Creuset. Si quelqu'un a levé le doigt sur lui…

— Je vous assure que non. Mais vous avez toujours votre fils. Ma fille est morte.

— Nous n'avons joué aucun rôle là-dedans. »

L'échange silencieux s'est enflammé, se trahissant par des mâchoires serrées, des gorges tendues, des lèvres agitées. À l'autre bout de la table ronde, Ariel les regarde. Adriana sait que sa fille est douée pour lire sur les lèvres. C'est utile, dans un tribunal.

« Qui en profite, si nous nous battons ?

— Quand les Dragons se battent, tout le monde se fait brûler », répond Adriana. C'est un proverbe Sun, d'origine récente et lunaire.

« Je serrerai la bride à mes gens si vous en faites de même avec les vôtres.

— Marché conclu.

— Votre famille comprise. »

Les lèvres d'Adriana se tordent de colère devant une telle arrogance. Rafa tient son sang chaud de sa mère, mais celle-ci a appris à se maîtriser au fil de décennies de guerres d'entreprises et de batailles au conseil d'administration, de boniments pour les investisseurs et de différends juridiques. Lui n'a jamais eu besoin d'apprendre cette maîtrise. La colère est un des nombreux privilèges de son fils.

« Rafa est bu-hwaejang.

— Je ne dis pas de le rétrograder. Je ne me permettrais jamais. Je suggère qu'il pourrait partager ses responsabilités.

— Avec qui ?
— Avec Lucas.
— Vous connaissez trop bien ma famille.
— Nous n'avons pas essayé d'assassiner Rafa, assure Duncan à voix haute.
— Nous n'avons pas tué Rachel », répond Adriana. Les têtes se tournent, à présent. « Excusez-moi, Duncan. Je ferai passer la consigne. Mais là, on attend mon discours. » Elle tapote son verre à cocktail avec sa baguette, tintement cristallin qui réduit au silence les bavardages. Adriana Corta se lève.

« Chers invités, amis, collègues et associés, chère famille. J'ai aujourd'hui quatre-vingts ans. Il y a quatre-vingts ans, je naissais à Barra da Tijuca, au Brésil, sur un autre monde. Pendant cinquante de ces années, plus de la moitié de ma vie, j'ai vécu sur notre monde actuel. J'y suis arrivée parmi les premiers colons, j'ai vu grandir deux générations, celles de mes enfants et petits-enfants, et à ce qu'il semble, me voilà une Mère Fondatrice. La Lune m'a changée sur bien des plans. Elle a changé mon corps au point que je ne peux plus retourner sur mon monde d'origine. Pour vous des jeunes générations, c'est une notion étrange. Vous n'avez jamais connu d'autre monde que la Lune, et j'ai beau parler des changements qu'elle a opérés sur moi, ils ne sont rien par rapport à ceux que je vois chez vous. Si grands ! Si élégants ! Quant à vous, mes petits-enfants, eh bien, j'ai l'impression d'avoir besoin d'ailes pour monter vous embrasser ! La Lune a changé ma vie. Outrinha, la Fille Ordinaire de Barra, possède une puissante entreprise. Quand je grimpe dans le dôme d'observation pour regarder la Terre à l'œil nu, je vois toutes ces lumières dans la nuit et je me dis *c'est moi qui les allume.* C'est un autre des changements que la Lune provoque chez les gens : la modestie n'amène à rien.

« La Lune change les familles : je vois des amis, des parents et des collègues originaires de chacun des Cinq Dragons, je vois des liges et des madrinhas, mais je ne suis pas comme vous. Vous êtes venus avec vos familles, vous les Sun, Asamoah et Vorontsov, vous les Mackenzie et vous des petites familles. Quand j'ai créé Corta Hélio, j'ai offert à chaque membre de ma famille sur Terre la possibilité de venir ici travailler avec moi. Aucun n'a accepté. Aucun n'a eu assez de courage ou d'espoir pour quitter la Terre. J'ai donc fondé ma propre famille, avec mon cher Carlos et sa famille, mais aussi des amis si proches qu'ils font pour moi partie de la mienne : Helen et Heitor. Merci pour toutes ces années de service et d'amour.

« La Lune a aussi changé mon cœur. J'étais brésilienne en arrivant, me voilà à présent une femme de la Lune. J'ai abandonné une identité pour en construire une autre. C'est pareil pour chacun d'entre nous, j'imagine : nous conservons notre langue et nos coutumes, nos cultures et nos noms, mais nous sommes la Lune.

« Mais ce que change surtout la Lune, c'est elle-même. J'ai vu ce monde passer d'une base de recherches à quelques habitats industriels, puis à une civilisation complète. Cinquante ans, c'est long dans la vie d'un homme ou d'une femme, ça l'est encore davantage dans celle d'une nouvelle nation. Nous ne sommes plus un misérable satellite, mais un monde. En bas, sur Terre, on dit que nous l'avons violée, que nous nous sommes emparé de sa beauté naturelle et l'avons défigurée avec nos rails, nos trains et nos extractrices, nos piles solaires, nos fermes de serveurs et nos milliards et milliards de traces de pas qui ne s'effaceront jamais. Nos miroirs les éblouissent, en bas, notre King Dong les offusque. Mais la Lune a toujours été laide. Non, pas laide. Ordinaire. Pour voir la beauté de cet endroit, il faut aller sous la surface. Il faut creuser les villes et les quadras, les habitats et les agraria. Il faut voir les gens. J'ai joué un rôle dans la construction de ce monde merveilleux. Davantage que de mon entreprise, davantage même que de ma famille, c'est la réussite dont je suis le plus fière.

« À quatre-vingts ans, il est temps de tirer plaisir de mes réussites. Mon monde est en bonne forme, ma famille est fière et respectée, mon entreprise ne cesse de gagner en force, par exemple avec notre récente acquisition des champs de Mare Anguis. Et donc, enfin, pour Adriana Corta, le repos. Je démissionne de mon poste de hwaejang de Corta Hélio. Rafael sera hwaejang, Lucas bu-hwaejang. Vous ne constaterez aucun changement : ce sont mes fils qui gèrent en réalité la compagnie depuis dix ans. Quant à moi, je vais profiter de ma retraite, de ma famille et de mes amis. Merci pour vos souhaits, je les chérirai dans les jours à venir. Merci. »

Adriana se rassied, voit la consternation. Autour de la table, les bouches béent de stupéfaction. Sauf celle de Duncan Mackenzie, qui se penche vers Adriana pour lui murmurer à l'oreille : « J'ai bien choisi la fête à laquelle m'inviter. » Adriana réagit d'un petit rire, mais brillant, argentin, presque celui d'une enfant. Un rire sans fardeau. Ariel se penche sur la table, Rafa est debout, Carlinhos, Wagner ; tout le monde pose des questions en même temps jusqu'à ce que s'élève un applaudissement sonore et régulier. Lucas se lève, c'est lui qui applaudit. À l'autre bout de la pièce, quelqu'un l'imite, puis deux, quatre autres personnes et enfin toute l'assistance se retrouve debout à faire pleuvoir les applaudissements sur Adriana Corta. Qui se lève, sourit, s'incline.

Les mains de Lucas sont les dernières à s'immobiliser.

Après la surprise, les questions.

Helen de Braga glisse un murmure avant qu'Ariel approche. « Tu n'avais pas dit que c'était trop morbide pour ton anniversaire ?

— Je n'ai fait qu'annoncer que je prenais ma retraite. » Adriana presse la main de sa vieille amie. « Plus tard. »

Ariel embrasse sa mère. « J'ai eu un instant d'épouvante en croyant que tu allais me donner ton boulot.

— Oh ma chérie. » Adriana retrouve son ton de commandement pour s'adresser à son entourage : « Je suis très fatiguée. La journée a été éprouvante. J'aimerais rentrer. »

Heitor Pereira fait venir la sécurité. Qui isole Adriana des questions de ses invités.

« Mes félicitations pour votre retraite, senhora, dit Heitor, mais en ce qui concerne mon poste, tout le monde sait que Lucas veut se débarrasser de moi.

— Je prends soin des miens, Heitor. »

Les gardes du corps livrent passage à Rafa, suivi de près par Lousika Asamoah. Il prend sa mãe dans ses bras. « Merci. Je ne te décevrai pas.

— J'ai longuement réfléchi à la succession. » Adriana lui caresse la joue.

« La succession ? » s'étonne Rafa, mais déjà Adriana se retrouve enlacée d'un geste plein de raideur par Lucas.

« Qu'est-ce qui t'a pris, mamãe ?

— J'ai toujours été attirée par le théâtral.

— Devant ce Mackenzie.

— Il l'aurait découvert. Les murmures parcourent le monde en un instant.

— Le PDG de Mackenzie Metals. Ils ont essayé de tuer Rafa.

— Et je lui ai donné ma parole qu'on ne reviendrait pas aux guerres d'entreprises.

— Mãe, tu n'es plus hwaejang.

— Je ne lui ai pas donné ma parole en tant que hwaejang.

— Ils ne la respecteront pas. Même si Duncan Mackenzie promet, son père ne pardonne pas. Les Mackenzie vous rendent trois fois la monnaie de votre pièce.

— Je lui fais confiance, Lucas. »

Lucas serre les doigts en pince et incline la tête, mais Adriana sait qu'il ne peut pas être d'accord. Après lui arrivent Carlinhos, Wagner, les madrinhas et les enfants : Adriana avance entre deux haies d'applaudissements sonores et de visages souriants. À la porte, elle voit une silhouette au milieu des arbres ornementaux.

« Laissez-moi passer. »

Irmã Loa trouve le crucifix au milieu de ses perles, le soulève. Adriana Corta s'incline pour l'embrasser.

« Quand leur direz-vous ? chuchote irmã Loa.

— Une fois la succession assurée. » Les familiers écoutent, ils entendent les murmures, mais ils ne peuvent pas comprendre les codes personnels. Irmã Loa sort une flasque, propulse quelques gouttes d'eau bénite sur la vieille dame.

« Que la bénédiction des saints Jésus et Marie, de Jerónimo et de Notre-Dame de la Conception, de saint Georges et saint Sébastien, de Cosmos, Damien et du Seigneur des Cimetières, de Santa Bárbara et Santa Anne soit sur vous, votre famille et tous vos projets. »

Des lapas glissent jusqu'à l'intérieur du hall, silencieuses et précises.

Les talons d'Ariel sont superbes et très peu pratiques, mais la rendent encore plus élégante quand elle sort d'un pas vif dans le hall. Marina, avec la forme physique de ceux qui travaillent à la surface et participent à la Longue Course, l'attrape néanmoins par le coude.

« Ça ne me plaît pas plus que vous, mais votre mère m'a ordonné de… »

Une main, une prise, une torsion, et Marina suit le chemin qui ne se termine pas en articulations démises et en fractures. Elle voit la fête tournoyer et se retrouve allongée, le souffle coupé, sur le parquet ciré.

« Quand vous pourrez me faire la même chose, peut-être que j'aurai besoin d'un garde du corps », dit Ariel en montant dans la lapa qui s'est ouverte comme une main devant elle.

« C'est quand même mon travail », marmonne Marina tandis que les agents de sécurité Corta la relèvent et la remettent sur pied, mais la lapa a déjà traversé la moitié de Kondakova Prospekt, brillante bulle de publicités suivie par le bestiaire de montgolfières.

« Salut.

— 'lut. »

Abena pose la main sur le bras de Lucasinho. « T'es occupé ?

— Pourquoi ?

— C'est juste qu'on va en boîte, moi et d'autres. »

Elle aurait pu lui envoyer un message par l'intermédiaire de Jinji, mais elle est venue en personne, pour le toucher.

« Toi et qui ?

— Mes sœurs-abusua, Nadia et Ksenia Vorontsov. On retrouvera quelques membres du colloque Zé Ka. Tu viens ? »

Ils le regardent, dans leurs vêtements de fête, leurs chaussures colorées, et il meurt d'envie de les accompagner, d'être avec Abena pour chercher des occasions de se racheter, de l'impressionner. Deux images refusent de lui sortir du crâne : les deux types en costume de son père venant l'encadrer. Et Flavia blottie au milieu de ses saints, la respiration laborieuse.

« Je ne peux pas. Il faut vraiment que j'aille passer du temps avec ma madrinha. »

Les fêtes ont une demi-vie. Les conversations s'essoufflent. Chaque sujet de discussion possible a été abordé. Parler est fatigant. Tous ceux qu'il fallait draguer l'ont été. Les phrases d'accroche ont ou n'ont pas accroché et plus personne n'écoute la musique. Le personnel commence à débarrasser. Il ne reste qu'une heure avant le service du soir.

Lucas s'attarde, conscient qu'il gêne et que sa présence est à peine tolérée, mais il veut adresser des remerciements ici, serrer des mains là, accorder pourboires ou primes. Il a toujours apprécié le travail bien fait et estime nécessaire de le récompenser.

« Ma mãe était ravie, dit-il au restaurateur. Je suis très content. »

Le groupe range ses instruments. Ses membres ont l'air satisfaits de leur représentation. Lucas les remercie individuellement ; Toquinho distribue de généreux pourboires. Un murmure à Jorge : *Un instant, si vous voulez bien.*

Un regard de Lucas libère le balcon.

« Encore un balcon », dit Jorge. Lucas s'appuie sur la paroi vitrée, les yeux baissés sur la longueur de São Sebastião Quadra. Les dirigeables d'anniversaire ont été ramenés au sol, dieux flottants que de chétifs humains désireux de les dégonfler s'efforcent de maîtriser à l'aide de cordes et de grappins.

« Merci, Jorge. » Quelque chose dans la voix de Lucas étouffe toute velléité de plaisanterie, toute légèreté dans les propos du musicien. Quelque chose de brut, d'étranglé.

« Merci, senhor Corta.

— Senhor…, commence Lucas. Vous avez comblé ma mamãe. Non, ce n'est pas ce que je veux dire. Je suis bu-hwaejang de Corta Hélio, je discute stratégie au conseil d'administration, mon métier consiste à parler et je ne trouve pas mes mots. J'avais un préambule, Jorge. Toutes mes justifications et réalisations. Tout sur moi.

— Quand mes doigts se bloquent, quand je ne trouve pas un vers, quand je sens que la musique ne va pas en moi, je me souviens que je suis là parce que je fais quelque chose que personne d'autre ne peut faire dans la pièce. Je ne suis pas comme tout le monde. Je suis exceptionnel. J'ai le droit d'être arrogant sur ce point. Vous, Lucas, c'est votre droit de dire ce que vous voulez, ce que vous pensez. »

Lucas sursaute, comme si on lui enfonçait un clou entre les yeux. Ses mains se cramponnent à la rambarde

« Oui. Simple. » Il regarde Jorge. « Jorge, voulez-vous m'épouser ? »

Cette fois, Duncan Mackenzie est convoqué dans la serre. *La navette est arrivée,* annonce Espérance. Duncan ajuste ses revers de chemise et de pantalon, la longueur de ses manchettes. Il contrôle une dernière fois son apparence par l'intermédiaire d'Espérance. Il souffle avec bruit entre ses dents et embarque dans la navette.

Son père attend entre les fougères arborescentes. Il flotte une odeur d'humidité et de pourriture. Duncan n'arrive plus à lire la moindre émotion sur le visage paternel. Tout est âge, rides profondément gravées par la Lune. Comme ce serait facile de débrancher ce câble, de tirer sur cette ligne, d'arracher ce tube pour regarder son père se répandre et mourir en gargouillant sur le sol de sa précieuse Fern Gully. De compost à compost. De quoi nourrir les plantes. Les médecins le ranimeraient. Ils l'ont déjà fait trois fois, rattrapant avant qu'elle s'éteigne cette lumière dans son regard, s'en servant pour ranimer ce corps en ruine. *C'est ce qui m'attend.*

Derrière Robert Mackenzie se tient Jade Sun.

« Son anniversaire. Tu as chanté "Joyeux anniversaire, chère Adriana" ?

— Pas elle. » Duncan désigne Jade Sun d'un bref regard.

« Ce que tu dis à Robert, tu me le dis à moi, réplique celle-ci. Avec ou sans familiers.

— Exactement, confirme Robert Mackenzie. Je pensais qu'on était la risée générale, jusqu'ici. Bon sang, tu es allé à sa fête d'anniversaire, mon garçon.

— Je lui ai parlé, de Dragon à Dragon.

— Plutôt de chochotte à chochotte. Tu serreras la bride à nos gens ? À nos gens ? C'est quoi, ce marché de chochottes ? Tu nous lierais les mains en laissant ces voleurs nous jeter cul nu à la surface. À mon époque, on savait s'occuper de ses ennemis.

— C'était il y a quarante ans, papa. Quarante ans. C'est une nouvelle Lune.

— La Lune ne change pas.

— Adriana Corta prend sa retraite.

— Rafael est hwaejang. Ce putain de clown. C'est Lucas qui va mener la barque. Il a ce qu'il faut, ce connard. Jamais il n'accepterait un accord de ce genre.

— Ariel fait partie du Lièvre variable », annonce Duncan.

Le vieillard est si furieux que de la salive lui sort de la bouche. Dans la gravité lunaire, elle flotte en longs et élégants arcs de cercle venimeux.

« Je le sais, bordel. Je le sais depuis des semaines. Adrian me l'a dit.

— Tu ne m'en as pas parlé.

— Et j'ai bien fait. Tu aurais filé te cacher. Ariel Corta est bien davantage qu'un Lièvre variable.

— Elle a été intégrée à la Société sélénite, indique Jade Sun.

— La quoi ? » Duncan Mackenzie secoue la tête, confus et frustré. Il n'a aucune prise dans ce combat, ni sur son père.

« Un groupe de personnes influentes dans les domaines industriels, universitaires et juridiques, explique Jade Sun. Qui prône l'indépendance de la Lune. C'est Vidhya Rao qui l'a recrutée. Darren Mackenzie en est membre.

— Et vous m'avez caché ça ?

— Les opinions politiques de ton père ne sont pas les nôtres. Les Sun ont toujours été d'ardents défenseurs de l'indépendance, depuis que nous nous sommes débarrassés de la République populaire. Nous croyons que c'est la Société sélénite qui a divulgué à Ariel Corta l'information sur la disponibilité de la concession.

— Nous ?

— Les Trois Augustes, précise Jade Sun.

— Ils n'existent pas. » C'est une des légendes de la Lune, née dès que Taiyang a commencé à insérer son système d'IA dans toute la société et l'infrastructure lunaires : les ordinateurs si puissants, l'algorithme si subtil qu'il pouvait prédire l'avenir.

« Je t'assure que si. Cela fait plus d'un an que Whitacre Goddard se sert d'un système algorithmique à stochastique quantique que nous leur avons construit. Tu crois vraiment qu'on laisserait Whitacre Goddard se servir de notre matériel sans installer une *backdoor* ?

— Ouais ouais. » Robert Mackenzie. « Le vaudou quantique. Lièvre variable et Sélénites : l'important est qu'il faut qu'on puisse magouiller. Qu'on puisse faire des affaires à notre façon. Tu as menacé notre modèle économique, mon garçon. Pire, tu as fait honte à notre famille. Tu es viré. »

Les mots sont minuscules, stridents comme les sifflements des oiseaux dans ce terrarium; entendus mais repoussés à distance.

« Je n'ai jamais rien entendu d'aussi ridicule.

— Je suis PDG, maintenant.

— Tu ne peux pas faire ça. Le conseil d'administration…

— Ne recommence pas. Le conseil…

— Oui, je sais, bordel. Tu ne peux pas parce que je démissionne.

— Tu sais quoi, t'as toujours été une petite merde chatouilleuse. C'est pour ça que je t'ai viré il y a cinq minutes. Tes pouvoirs exécutifs sont révoqués. Il n'y a plus que moi à avoir les codes. »

La navette est arrivée, annonce Espérance.

« Me voilà de retour, fils », dit Robert Mackenzie, et Duncan voit à présent de l'émotion là où il n'y avait eu que rage et impuissance. Le corps continue à chuinter et à s'agiter, la puanteur est toujours infecte, mais cette lumière qui est la vie de Robert Mackenzie brille et brûle. Il y a de la tension dans sa mâchoire, de la résolution dans le pli de ses lèvres. Duncan Mackenzie est vaincu. Il est malade de honte. L'humiliation est absolue mais pas encore totale. L'ultime affront se produit quand il repart au milieu des fougères humides et frémissantes vers le sas de la navette.

« Sage décision, commente Jade Sun. Je n'avais pas envie d'appeler Hadley. »

Duncan Mackenzie ravale une colère écœurante de bile. Il entendra jusqu'à la fin de ses jours le bruit de ses talons vaincus sur le sol de la serre.

« C'est toi qui as fait ça ! crie-t-il à Jade Sun depuis le sas. Toi et toute ta famille de merde. Je vous punirai pour ça. On est les Mackenzie, pas vos putains de singes. »

8

Marina, en train de courir. Méridien est idéal pour le jogging : elle passe sous des arbres, monte des pentes assez raides pour mettre ses cuisses à l'épreuve, des escaliers quand elle a besoin de plus physique, elle emprunte des passerelles étroites offrant un panorama prodigieux de chaque côté, foule de l'herbe tendre. Nulle part elle n'a mieux couru qu'à Aquarius Quadra et elle ne veut plus jamais y courir. La première fois, elle est sortie le corps peint, les bras et les cuisses ceints des glands d'Ogum. Elle a couru des heures en écoutant les psalmodies de la Longue Course, en cherchant la belle vague ondulante des corps. Les autres coureurs qu'elle croisait lui souriaient ; certains gloussaient ou se parlaient tout bas à l'oreille. Elle était balourde, elle était visiblement provinciale. Il n'y avait là pas de Longue Course, pas de fusion dans une unicité de respiration, de muscle et de mouvement, dans le corps d'un dieu en train de courir.

Elle a acheté un short moins révélateur, un haut plus convenable. Elle a mis les nattes colorées de São Jorge en stockage sous vide.

Courir n'était que courir. Une mise en forme. Un régime.

Je déteste Méridien. Je l'ai détesté tout de suite, je crois que je le déteste encore davantage que quand je n'avais pas les moyens de respirer et vendais ma propre urine.

Si je me pousse un peu… vous voyez, là ? C'est la vue qu'on a de mon appartement. 53e Ouest, Hub Aquarius. C'est le Hunts Point d'Aquarius Quadra. Suivez-moi. Regardez. Salle à manger séparée. Vous voyez ça ? Pas besoin de déplier le lit. Douche sans minuterie. D'accord, c'est une cage à lapins comparée à chez vous, mais pour la Lune, c'est un palais. Alors pourquoi je ne me plais pas ici ?

En fait, ce n'est pas Méridien, le problème. C'est Ariel Corta. Elle est vaniteuse, narcissique, intéressée par la mode, trop pleine d'opinions et beaucoup moins douée qu'elle le croit. Et puis elle a cette espèce d'*entourage*, des gens autour d'elle dont le seul boulot est de lui dire combien elle est intelligente, fabuleuse, superbe avec cette robe, talentueuse, intelligente et spirituelle. Eh bien, je vois clair dans votre jeu, à tous, et je te le dis, Ariel Corta : tu n'es rien de tout ça. Tu es l'unique fifille à maman Corta, tu es gâtée pourrie. Tu es la Princesse Lune d'origine ; oooh, rien de mal ne peut jamais arriver à la princesse Ariel ! Et cette vapette ? J'ai envie de te la prendre pour te la fourrer dans le cul.

Oui, c'est payé une fortune. C'est bien mieux payé que tout ce que j'ai eu là-haut à la surface avec Carlinhos. J'aimerais y retourner. J'aimerais retourner à Boa Vista. Je savais où j'étais, là-bas. Et, oui, Carlinhos… Mais Boss Maman avait un boulot spécial pour moi et on ne dit pas non à Adriana Corta. Mais Ariel Corta, bordel.

C'est mutuel, au moins. Elle me déteste. Ou plutôt me dédaigne. Ça existe, comme mot ? Bref, elle me méprise. C'est comme si je n'étais même pas en vie. Même un robot est plus utile. Je suis une minable lève-poussière crasseuse de João de Deus sans aucune classe et encore moins de goût, qu'on lui a imposée contre son gré et dont elle n'arrive pas à se débarrasser. Je suis comme une verrue génitale.

L'argent vous arrivera dans deux ou trois jours, promis. Un malentendu entre nos banques et les vôtres. Ils se sont débrouillés pour moins dépendre de l'économie terrestre, ce qui ne plaît pas aux banques sur Terre, mais l'argent reste l'argent. Ça va se débloquer.

Alors, vous en pensez quoi, de mon appartement ?

« Ça ne va pas le faire », dit Ariel en touchant du bout de sa vapette l'épaule, la taille et les cuisses de Marina. Tip tap top.

Marina résiste à l'envie de lui enfoncer son poing jusqu'au fond du crâne. Le bouillonnement du sang dans le cerveau antérieur. Puis elle se détend.

« Qu'est-ce qu'ils ont, mes habits ?

— Vous vous habillez comme une évangéliste. C'est la cour de Clavius, ici. Mes clients tiennent le haut du pavé… du moins, ce sont les plus riches sur la Lune. Ils ont certaines attentes. Tout comme moi. Mon zashitnik s'habille mieux que ça. Donc non, non et non. » Ariel renonce au tip tap top. Elle voit la lave dans les yeux de Marina.

Za-quoi ? veut demander Marina, mais déjà l'imprimante bourdonne.

« Je suis au tribunal à onze heures, à une audition d'évaluation d'actifs à douze, je déjeune avec mon ancien colloque à treize, dit Ariel. Réunions clients de quinze à dix-huit, pré-juridique Akindele à vingt. Je passerai à la réception de mariage des Chawla vers vingt et une, puis au bal des débutantes du barreau à vingt-deux. Là, il est dix heures, alors mettez ça et essayez de ne pas vous casser la figure avec les talons. » Ariel fronce les sourcils.

« Quoi encore ?

— Votre familier.

— Ne touchez pas à Hetty.

— Hetty. Et c'est quoi ?

— Une orque.

— C'est un animal, ça… un poisson ?

— Mon animus totémique. » Un mensonge, mais Ariel n'en saura rien. Hetty est un sarcasme trop loin. Hetty est inviolable :

la relation entre une femme et son familier n'est sujette ni aux caprices ni à la mode.

« Je vois. La religion. Pas d'objection religieuse à *ça*, je suppose ? » Ariel lui tend un bouquet de tissu, sorti doux et parfumé de l'imprimante.

« Qu'est-ce que vous cherchez ?

— Un endroit où me changer. »

L'appartement d'Ariel est plus petit et plus dépouillé que Marina se l'était imaginé. Blanc. Des surfaces. Est-ce un refuge minimaliste contre les voix, couleurs, bruits et agitation incessants des gens, des gens, des gens ? La seule décoration est une impression décolorée qui couvre tout le mur, celle d'un visage sans doute iconique dans une hagiographie inconnue de Marina Calzaghe. Les yeux fermés, la bouche qui s'affaisse dérangent Marina. Hypnotique et orgasmique.

Elle met la main sur une poignée de porte.

« Non, pas là, réagit Ariel avec une rapidité qui décide Marina à enquêter plus tard. Là. »

Marina se glisse dans la robe. La masse de volants et de dentelles est étouffante. Le corsage est ridicule. Comment font les gens pour se déplacer, pour respirer ? Où peut-elle dissimuler les armes ? Le taser dans le décolleté, le couteau dans un étui entre ses cuisses. Ne pas gâcher la ligne de la haute couture.

« Les jambes.

— Quoi ?

— Rasez-les. À un moment ou à un autre, on vous fera épiler définitivement.

— Pas question, bordel. »

Ariel tend à présent une paire de bas simples.

« D'accord. »

Au moment où elle ouvre la porte de la salle de bains, Marina s'aperçoit qu'Ariel introduit ses anciens vêtements dans le désassembleur.

« Hé !

— Une tenue fraîchement imprimée par jour. Au moins.

Mon frère est un sauvage. Il porterait la même doublure de combinaison pendant une demi-lune. »

Marina enfile les bas sur ses jambes désormais lisses. Elle met les chaussures. Même en gravité lunaire, elle ne les supportera jamais plus d'une heure. Ce sont des armes, pas des chaussures.

Ariel la regarde des pieds à la tête. « Tournez-vous. »

Marina arrive à pivoter. Elle a déjà mal à la plante des pieds.

« Vous avez l'air aussi à votre aise qu'une bonne sœur dans une fête masturbatoire, mais ça ira. Tenez. » Ariel lui passe une paire de ballerines souples. « Secret de la bonne société. Gardez ça dans votre sac et mettez-les dès que vous en avez la possibilité. Mais ne laissez personne vous voir avec. Allons au boulot. »

Marina n'imagine pas le petit sourire d'Ariel.

« Ça existe vraiment ?

— Quoi donc ?

— Les fêtes masturbatoires.

— Coração, vous êtes à Aquarius Quadra, maintenant. »

J'en suis à mon troisième jour au tribunal et je ne comprends toujours pas la loi lunaire. Le principe, oui — tout le monde le comprend : il n'y a pas de droit civil ou pénal, rien que du droit contractuel. J'ai passé des dizaines de contrats, des centaines : Hetty s'occupe de la plupart sans même que je sois au courant. Des milliards de contrats passent chaque seconde dans l'air, la roche et les gens. C'est un Cinquième Fondamental, le contrat. La cour de Clavius semble servir à éviter les lois. Ce qu'elle déteste le plus, c'est en établir une nouvelle, parce que cela figerait les choses et supprimerait la liberté de négocier. Il y a beaucoup d'avocats mais peu de lois. Les procès sont des négociations prolongées. Les deux parties se chamaillent sur le choix des juges qui vont présider et sur ce que cela va leur coûter. Ce sont davantage des producteurs de films que des juristes. Les premières séances sont consacrées aux compensations des préjugés… comme on ne part pas du principe que les juges sont impartiaux, il faut que ce soit pris en compte par les contrats ou les procès. Parfois, les juges doivent payer pour pouvoir juger. Tout est négocié. Pour moi, c'est ce qui explique que la Lune soit si ouverte sur le plan sexuel : ce n'est pas une question d'étiquette comme hétéro, gay, bi, poly ou A. La question, c'est vous et ce que vous voulez faire. La relation sexuelle est un contrat entre baiseur et baisé.

La cour de Clavius : le nom en jette, hein ? Genre que du marbre et du romain. Eh bien non. C'est un dédale de tunnels, de salles de réunion et d'audience dans la partie la plus ancienne de Méridien. Ça sent le renfermé, la poussière de Lune et la moisissure. Mais la première chose qu'on remarque, c'est le bruit : des centaines d'avocats, de juges, de plaignants et de parties concernées, tous vantant à tue-tête leur marchandise, se disputant le travail. C'est comme les Bourses dans les vieux films : des types à cravate qui se bousculent en criant offres et demandes. C'est un marché judiciaire. Donc, une fois que vous avez loué vos avocats, vos juges et votre salle d'audience, il faut que vous décidiez comment vous voulez être jugé… car on peut non seulement acheter les avocats et les juges, mais aussi les cadres juridiques. Voilà comment j'ai fini par découvrir ce qu'est un zashitnik. C'est un malabar — en général un homme, en général un Joe Moonbeam, vu que nous avons davantage de force physique. Il est parfaitement légal de trancher un litige par un duel, ou, si on ne veut pas se battre soi-même, d'embaucher quelqu'un pour le faire à sa place. C'est ça, un zashitnik. Apparemment, Ariel a provoqué une importante tempête judiciaire en choisissant le duel et en se déshabillant devant toute la cour pour ne garder que sa tenue de combat. J'ai du mal à l'imaginer. Mais là encore, vu que c'est une avocate spécialisée dans les mariages et les divorces, ce n'est peut-être pas si bizarre que ça.

Donc, je suis au tribunal avec Ariel, c'est-à-dire que la plupart du temps elle discute dans une pièce avec des juges et d'autres avocats pendant que j'attends devant la porte en jouant avec Hetty. Ou en publiant des billets pour vous. Ou en essayant de comprendre la loi lunaire sans me bousiller la cervelle. On pourrait penser que les contrats verrouillent tout, mais même les contrats en béton vont contre le principe lunaire que tout est négocié, tout est personnel. Il doit toujours y avoir des failles… chaque contrat doit laisser un peu de latitude. La loi lunaire ne croit pas à la culpabilité ou à l'innocence, que quelqu'un puisse avoir raison ou tort à 100 %. Ça ne reviendrait pas à faire porter le chapeau à la victime, dites ? Non, la loi lunaire parle de responsabilité personnelle, d'après Ariel. Je n'en sais rien. Pour moi, ça ressemble à l'anarchie, mais les choses se font. Les litiges sont tranchés. Justice est rendue et respectée. Les gens en semblent bien plus satisfaits que nous par nos propres systèmes judiciaires. Personne ne fait jamais appel sur la Lune, ça signifierait qu'il y a eu un défaut dans la négociation, ce qui constitue ici une espèce de choc culturel catastrophique. Si bien que les procès sont longs, avec des discussions interminables, mais ils semblent sûrs. Il y a quand même un point commun avec la loi terrestre : apparemment, la majeure partie du travail se fait en déjeunant.

Désolée. Je me suis endormie. Il est deux heures du matin, je suis à une fête — je crois que c'est une réception, ou peut-être un lancement — et Ariel est encore en train de parler. Je ne sais pas comment elle fait pour parler sans cesse jour après jour. Il n'y a rien de plus fatigant. Ça n'arrête jamais. Je suis épuisée. Je n'arrive même plus à courir.

Je t'entends, maman, tu demandes si Marina ne commencerait pas à avoir un peu de respect pour Ariel Corta ? Bon, comme avocate, peut-être. Comme être humain… eh bien, je peux te dire qu'elle n'a pas l'air d'avoir quelqu'un dans sa vie, ni même de coup d'un soir. Pas un. Jamais. Ce qui ne m'étonne absolument pas.

« Ça va te coûter vingt millions, dit Ariel.

— C'est beaucoup pour une Sun », estime Lucas. Il a irrité

sa sœur en la forçant à venir à Boa Vista, mais il ne veut pas s'abaisser à subir la mêlée des avocats, juges et plaideurs braillant dans les couloirs de la cour de Clavius. Les affaires des Corta se conduisent loin des médias, en buvant des cocktails dans des bars-salons discrets.

« Ils ont commencé à cinquante. »

Toquinho fait apparaître le contrat, pour information. Lucas parcourt un résumé des points principaux.

« Ça lui donne accès à Lucasinho.

— Je l'ai proposé pour faire passer la pilule. Le choix de prendre ou non contact est toujours revenu et reviendra toujours à Lucasinho.

— Vingt millions.

— Vingt millions. »

D'une pensée, Lucas signe le contrat de divorce. D'une autre, il charge Toquinho de prélever vingt millions de bitsys sur son compte et de les transférer à l'IA financière de Taiyang au palais de Lumière éternelle. Il a toujours admiré la pesante dignité de ce nom, même s'il n'a visité qu'une seule fois l'endroit, après son mariage avec Amanda, quand elle l'a emmené faire le tour des strates alambiquées de sa famille. La capitale des Sun était la plus ancienne sur la Lune ; creusée dans le rebord du cratère Shackleton, à quelques kilomètres du pôle Sud, accrochée à la lumière quasi perpétuelle au-dessus des ténèbres éternelles du cœur du cratère. Au fond de celui-ci gisaient les gaz et matières organiques perpétuellement gelés auxquels la Lune devait sa colonisation. Lucas a détesté. Les contrastes étaient trop violents, trop binaires. Haut et bas. Obscurité et lumière. Froid et chaud. Amanda lui a fait faire l'excursion incontournable au palais de Lumière éternelle, la tour construite au sommet du mont Malapert. La lumière éternelle resplendissait à l'intérieur de la lanterne placée au sommet de la construction d'un kilomètre de haut. Dans l'ascenseur avec Amanda, Lucas a grincé des dents en imaginant les radiations en train de traverser les murs, de lui traverser le corps, de dénouer les liens chimiques de la céramique, du plastique et de l'ADN humain. *Baigne-t'en*, l'a incité Amanda quand, au sortir de la cabine, il est entré dans la lumière perpétuelle qui inondait la lanterne en verre. *Le seul endroit des deux mondes où le Soleil ne se couche jamais.* La moindre surface, le moindre signe ou objet était décoloré par la lumière. Lucas a eu l'impression qu'elle brillait à travers lui, le rendait transparent, rendait sa peau pâle et malsaine. Il sentait la manière dont elle avait brûlé l'air, lunaison après lunaison, année après année. Une lumière implacable. *Viens voir*, a dit Amanda, mais il n'a pas voulu la suivre jusqu'aux vitres pour admirer le panorama englobant l'intégralité du pôle Sud lunaire. Il a pensé à la lumière décolorante, aux maléfiques ultraviolets qui, un photon à la fois, s'en prenaient aux molécules du verre. Il a imaginé ces vitres se fracassant comme un verre à cocktail qu'on laisse tomber par terre. *Viens regarder la lumière*. Les humains ne sont pas faits pour la lumière sans fin. Les humains ont besoin de leurs ténèbres.

« Fait », annonce Lucas tandis que Toquinho transmet une copie du contrat à Beijaflor. « Libre, mais fauché.

— Ne sois pas ridicule, répond Ariel. Aucun de nous ne sera jamais fauché. »

Jorge termine *Manhã de carnaval* sur un *sol* majeur 9, tourne la tête vers le batteur. Le plus léger susurrement de balais. Fin du set.

De son box au fond du club, baigné du bleu des biolampes, Lucas applaudit. Le *sol* majeur 9 est un des accords classiques de la bossa, l'esprit même de la saudade, la mélancolie sous le soleil de Rio. Pas complètement résolu et donc satisfaisant. Les applaudissements de Lucas résonnent. Ce sont les seuls dans la salle. Le club n'a jamais été plein, mais les escoltas de Lucas ont discrètement vidé le bar durant le set, une tape sur l'épaule ici, une suggestion à voix basse là. Jorge plisse les yeux dans la lumière des projecteurs.

Lucas avance jusqu'à la scène. « On peut ? »

Le groupe regarde Jorge, qui hoche la tête. D'accord.

Un mojito préparé au goût du musicien attend celui-ci dans le box.

« Un bon set. Tu es meilleur en solo. Le groupe te limite. Sans lui, tu voles. C'est pour cela que tu pars à Reine-du-Sud ?

— Ça fait des lunes que je veux passer solo. Il y a un marché. Assez étroit, mais suffisant. Bossa sur commande.

— Tu devrais le faire.

— C'est plus ou moins toi qui m'y as incité.

— Tant mieux. Je ne voudrais pas penser que tu me fuis. » La main de Lucas effleure celle de Jorge sur le verre dans un geste délicat, presque apeuré. « Pas de problème, j'avais deviné la réponse, comme tu n'appelais pas.

— Je suis désolé. J'ai mal agi. Tu m'as pris au dépourvu… tu m'as fait peur. Je ne savais pas quoi faire. J'avais besoin de recul, d'espace pour réfléchir.

— Je suis redevenu célibataire, Jorge. Je suis libre de cet horrible nikah. Ça m'a coûté vingt millions et les Sun cherchent à en avoir vingt autres pour atteinte à leur réputation.

— Ne le dis pas, Lucas, je t'en prie.

— Que je l'ai fait pour toi ? Tu te prends pour qui ? Non, je l'ai fait pour moi. Mais je t'aime, je pense à toi et je brûle intérieurement. Je te veux dans tous les aspects de ma vie. Je veux être dans tous ceux de la tienne. »

Jorge se penche vers Lucas. Leurs têtes se touchent, leurs mains se trouvent.

« Je ne peux pas. Ta vie est trop. Ta famille… vous êtes les Corta. Je ne peux pas en faire partie. Je ne peux pas être à la table d'honneur, comme à l'anniversaire de ta mère, assis à côté de toi. Je ne supporterai pas les regards et les rumeurs. Je ne veux pas de leur attention sur moi. Je ne veux pas que quand je joue, les gens disent : *C'est l'oko de Lucas Corta. Oh, alors c'est grâce à ça qu'il a pu jouer ici*. T'épouser serait ma fin. »

Lucas forme une dizaine de répliques, mais toutes acérées et cruelles.

« Je t'aime vraiment. Je t'ai aimé dès que je t'ai vu à Boa Vista.

— Non, je t'en prie. Il faut que j'aille à Reine. Laisse-moi partir, s'il te plaît, laisse-moi faire ma vie là-bas. Ne me cherche pas. Je sais que tu peux faire tout ce que tu veux, mais laisse-moi partir.

— Est-ce que tu m'as jamais…

— Quoi ? »

Ces mots-là sont tout aussi acérés, mais ils se coincent dans la gorge de Lucas.

« … aimé ?

— Aimé ? Le premier jour, quand je suis venu dans ta salle d'écoute, je n'arrivais même pas à accorder ma guitare, tellement mes mains tremblaient. Je ne sais pas comment j'ai réussi à parler. Quand tu m'as demandé de rester, ce soir-là sur le balcon, j'ai cru que mon cœur allait exploser. Je n'arrêtais pas de me dire : et s'il veut baiser avec moi ? Je veux baiser avec lui. Chez moi, quand je me branlais, je demandais à Gilberto de me montrer une image de toi et de synthétiser ta voix. C'est répugnant, non ? Si je t'aimais ? Tu étais mon oxygène. Je brûlais de toi.

— Merci. Ce n'est pas correct. *Merci* est trop petit et trop faible. Les mots ne peuvent pas l'exprimer correctement.

— Je ne peux pas t'épouser, Lucas.

— Je sais. » Il se lève, lisse ses vêtements. « Désolé pour le public. Je l'ai fait partir. Je suis bien trop habitué à ce que ça se passe comme je veux. Si tu pars à Reine-du-Sud, je promets de ne pas te suivre.

— Lucas. »

Jorge l'attire à lui. Ils s'embrassent.

« Je resterai à l'écoute, dit Lucas. Tu m'as apporté tant de joie. » Une fois sorti du club, il renvoie ses gardes du corps et marche seul jusqu'à São Sebastião Quadra. La Longue Course traverse Ellen Ochoa Prospekt sur un pont du dixième niveau. Tambours, sagattes et psalmodies. D'ordinaire, la dévotion de Carlinhos à la Longue Course fait ricaner Lucas, mais ce soir-là, la couleur, le rythme, les beaux corps lui arrachent un morceau de cœur. Pouvoir se perdre un certain temps à un endroit donné, être quelque part qui n'est pas soi-même, ce casque osseux coincé dans cette prison de roche. Il a entendu dire que certains participants à la Longue Course croient à présent fournir ainsi de l'énergie à la Lune dans son orbite autour de la Terre. Un tapis roulant cosmique. La foi doit être si réconfortante.

L'appartement l'accueille et lui prépare un dry martini avec son gin personnel. Lucas va dans la salle d'écoute. Ces notes, ces mots et respirations, ces pauses et harmoniques, coincés dans les parois et le sol. Pas de fantômes sur la Lune, mais s'il y en avait, ils seraient de ce genre-là : des mots et des murmures piégés, des souvenirs de pierre. Le seul genre auquel il peut croire.

Rendu muet par la perte, il jette son verre contre le mur. Celui-ci se fracasse avec un bruit que la salle renvoie à la perfection.

Les codes fonctionnent toujours. L'ascenseur réagit à son ordre et attend dans un hall peu utilisé près du principal point d'accès à Boa Vista. L'homme laisse des empreintes de pas dans la poussière accumulée au fil des ans sur le sol et imagine les mécanismes gémir en reprenant le travail après une longue période d'inactivité. La coupole est opacifiée, hémisphère de gris-poussière, mais il sait qu'il est sur la surface. Les systèmes s'animent au contact de son familier. Il fait courir ses doigts sur les canapés de cuir de cuve, y traçant de longues lignes dans la poussière ; les chaises, réveillées, pivotent dans sa direction. Il sent l'odeur de la contamination humaine dans la vieille poussière, le picotement de l'électricité, la légère odeur de brûlé des surfaces bombardées de lumière depuis des années.

Avec lenteur et beaucoup de cérémonie, Wagner ôte l'un après l'autre tous ses vêtements. Il se place nu sous le sommet de la coupole, oscille légèrement sur la plante de ses pieds en une posture de combattant. Son corps est dans un piètre état, violet, croûtes, contusions. L'amour entre loups est féroce. Il respire régulièrement, profondément.

« Désopacification. »

La coupole devient transparente. Wagner se retrouve nu à la surface de la mer de la Fécondité, la poussière à ses pieds va se fondre dans celle du régolite, marqué pour l'éternité d'empreintes de pas et de traces de pneus. De gros rochers dont la présence à cet endroit précède l'apparition de la vie. Le rebord de Messier A au loin.

Rien de tout cela n'explique la venue de Wagner. Il écarte au maximum les bras tout en levant la tête. La pleine Terre brille sur lui.

Il sait depuis toujours à quels moments la Terre est ronde. À sept, huit, neuf ans, blotti au fond des murs de Boa Vista, il restait dans son lit les yeux fixés au plafond, incapable de dormir à cause de la lumière de la Terre qui brillait à l'intérieur de son crâne. À dix, onze et douze ans, hyperactivité, indiscipline et tendance au délire à chaque pleine Terre. Les médecins ont prescrit un traitement contre les troubles du déficit de l'attention. Que madrinha Flavia a balancé dans le désassembleur. Ce gamin est touché par la Terre, voilà tout. Aucun médicament ne va éteindre la grande lumière dans le ciel. Treize ans. La pleine Terre l'a tiré du lit, lui a fait traverser Boa Vista endormie jusqu'à cet ascenseur, cette coupole d'observation. Il a refermé la porte, ôté ses vêtements. Treize ans, l'âge où tout changeait, son corps s'épaississant, s'allongeant, se remplissant. Où il devenait étranger à sa propre peau. Une fois nu dans le clair de Terre, il s'est senti tiraillé par lui, déchiré, divisé en deux Wagner Corta. Il a hurlé, la tête rejetée en arrière. Le sas s'est ouvert, Wagner ayant déclenché une dizaine de systèmes de sécurité. Heitor Pereira l'a trouvé recroquevillé sur le sol, nu, à trembler et glapir.

Heitor n'a jamais dit un mot de ce qu'il avait découvert dans la coupole d'observation.

Wagner se prélasse dans la lumière de la planète bleue. Il la sent cautériser ses plaies, soulager ses contusions, le guérir.

Les courbes fractales de nuages blancs passent sur le Pacifique. Le bleu des océans terrestres l'émeut systématiquement. Il n'existe rien de plus bleu. Il ne pourra jamais y aller. Son dieu est distant, inaccessible. Les loups sont les parias du paradis.

La nuit a déjà touché le bas de la Terre, limite d'obscurité. Au fil des jours, elle va escalader la face du monde. La moitié sombre de la vie de Wagner approche. Il quittera cet endroit, la meute se dispersera, les nès deviendront des elles et des ils. Il découvrira de nouveaux pouvoirs de concentration et de focalisation, d'analyse et de déduction : il ira retrouver Analiese qui verra les cicatrices sur tout son corps et ne dira rien, mais les questions seront toujours présentes.

Wagner ferme les yeux et s'abreuve de la lumière de la Terre distante.

Depuis trente-six heures, Carlinhos traque le commando sur Mare Crisium. Celui-ci a d'abord frappé à Swift : trois extractrices détruites, cinq immobilisées. Les caractéristiques de l'explosion des charges creuses étaient évidentes. Alors même que Carlinhos et ses motos de poursuite remontaient ses traces de pneus, le commando a frappé à nouveau à Cléomède F, trois cents kilomètres au nord. Une base mobile de réapprovisionnement et de maintenance détruite. Deux morts. En arrivant, Carlinhos et ses chasseurs, ses caçadores — d'excellents lève-poussière et motards — ont trouvé le tracteur et l'habitat percés de part en part de trous de cinq millimètres. Les orifices d'entrée et de sortie correspondaient. Des projectiles.

Deux attaques, à trois cents kilomètres l'une de l'autre, en moins d'une heure. Pas de fantômes sur la Lune, mais d'autres entités peuvent hanter une base mobile branchée et repressurisée : rumeurs, superstitions, monstres. Les Mackenzie se téléportent… ils se servent d'une puissante magie australienne… ils ont leur propre vaisseau lunaire.

« Ce n'est pas leur vaisseau, dit Carlinhos en parcourant les données satellite. C'est l'élévatrice VTO *Sokol.* » Depuis l'orbite, les traces de dispersion de la poussière le disent clairement. Carlinhos achète du temps sur les caméras de la boucle lunaire et, au deuxième passage d'ascendeur 2, São Jorge repère une irrégularité dans les ombres du cratère Cléomède H. Le grossissement transforme cette tache en une forme reconnaissable entre toutes : celle d'un vaisseau lunaire. « C'est comme ça que Mackenzie transporte le commando. »

Les chasseurs de Carlinhos sautent en selle et repartent. São Jorge a prédit que la cible la plus probable était la ligne de samba Eckert : une flottille de six extractrices primaires se dirigeant vers l'extrémité sud-ouest de Mare Anguis. Les caçadores mettent pleins gaz jusqu'à ce qu'ils voient apparaître à l'horizon les feux de position des portiques Corta Hélio. Carlinhos positionne son équipe dans l'ombre des lentes extractrices. Les yeux en orbite de São Jorge signalent un vaisseau lunaire posé juste derrière l'horizon au sud-est. Carlinhos sourit dans son casque et défait les fermetures de sécurité des deux étuis à poignard qu'il porte sur les cuisses.

Trois rovers. Dix-huit attaquants.

« Attendez qu'ils soient sortis, ordonne-t-il. Nene, ton équipe et toi, démolissez les rovers.

— Ça va les laisser sans moyen de transport », proteste Gilmar, un motard très expérimenté qui a participé à la construction des premières voies sur Dorsa Mawson. L'abandon de personnes viole toute morale et toute coutume. Dona Luna est l'ennemie de chacun. Sauvez et vous serez peut-être sauvé.

« Ils ont un vaisseau, non ? »

Les vignettes des rovers se subdivisent. Les attaquants se déplacent.

« Attendez, ordonne Carlinhos en se glissant à l'abri de

l'extractrice n° 3. Attendez… » Les vignettes se déploient. Beaucoup de cibles. Beaucoup d'espace. « À l'attaque ! »

Six motos accélèrent, leurs roues soulèvent la poussière. Carlinhos contourne l'excavatrice et se précipite sur la vignette la plus proche. La silhouette en combiAS se fige de surprise. Carlinhos dégaine un couteau.

« Gamma oucha, dit Lousika Asamoah.

— Hucher, rectifie Rafa Corta. Gamahuche. C'est du français.

— Du français.

— Pour ça. Gamahucher.

— Je ne suis pas sûre de bien comprendre. J'apprends mieux en pratiquant. Ucha ? » Elle roule par-dessus Rafa, glisse les jambes sous ses épaules en lâchant un petit *ouuuf* sous l'effort, referme les cuisses sur sa tête.

« Hucher », dit Rafa au moment où elle descend sur sa langue.

Il a toujours adoré Twé. C'est bruyant, anarchique et organisé contre toute logique — un labyrinthe chaotique d'habitats et d'agraria, où des tunnels exigus débouchent sur les à-pics des fermes tubulaires et où les appartements bas de plafond sont adossés à des clairières d'arbustes fruitiers tremblotant de traits de lumière renvoyés par les miroirs héliostats. L'eau gargouille, les murs sont humides de condensation, ça sent la pourriture, les nutriments, la fermentation et un peu la merde. Il est facile de s'y perdre, il est bon de s'y perdre. La première fois que Rafa a visité Twé, à dix ans, il s'est merveilleusement perdu. Un changement de direction l'a conduit loin des foules de gens de haute taille dans des endroits uniquement habités par les feuilles et la lumière. Le personnel de sécurité Corta et Asamoah a parcouru les tunnels en l'appelant à voix haute, les robots ont couru sur les plafonds et dans des conduits trop étroits pour des humains mais beaucoup trop attrayants pour des gamins. Le logiciel l'a trouvé, allongé sur le ventre, à essayer de compter les poissons tilapias qui tournaient en rond dans un bassin d'agrarium. C'était la première fois qu'il voyait des animaux vivants. Des années plus tard, il comprendrait que cette visite avait eu un but dynastique, Adriana évaluant la possibilité d'un mariage entre Corta Hélio et le Tabouret doré. Rafa n'en avait quant à lui retenu que les poissons.

« Ici, avait dit Lousika.

— Ici ? » Mais déjà elle s'était servie de ses nouveaux protocoles Tabouret doré pour verrouiller la porte, déjà elle ôtait sa robe.

L'excuse avait été le match Moças de João de Deus contre Black Stars Women's. Robson était depuis toujours fan de João de Deus et il était temps de faire entrer Luna dans le jeu. Et comme c'est Twé : on peut voir tia Lousika, Rob ; ta mamãe, anjinho. Ce serait génial, non ? Lousika est venue les attendre à la gare. Luna a couru sur tout le quai. Robson lui a montré un bon tour de cartes. Rafa l'a serrée si fort dans ses bras qu'elle a lâché un petit cri et qu'il en a eu les larmes aux yeux. À la mi-temps, dans le stade AKA, une fois les enfants partis chercher des *doces* sous la protection de gardes du corps, Rafa a glissé sa main tiède entre les cuisses de sa femme en disant : *Je vais te baiser à mort.*

Vas-y, a-t-elle répondu.

Si bien que, sur la mousse tiède et humide, Lousika Asamoah chevauche le visage de Rafa Corta qui la suce. Qui gamahuche. De la langue, il tourne autour de l'extrémité du clitoris, lui prodigue de longues caresses. Le flatte. Le harcèle. Elle écrase sa vulve sur son visage. Rafa crachote en riant. Il fouine, explore, pénètre et se retire. Il est rapide, il est lent. Lousika danse avec sa langue au rythme de Rafa, trouve des temps faibles et des dissonances de plaisir frissonnant. Cela dure, semble durer des heures. Elle jouit quatre fois. Il n'insiste même pas pour obtenir une fellation en échange. Cette fois, c'est cadeau.

« Ça m'a tellement manqué. » Elle s'écarte de lui, s'allonge sur le dos dans la lumière des feuilles. De grosses gouttes de condensation tiède dévalent les légers sillons des feuilles, pendent comme une perle, enflent et lui tombent lentement sur le corps. « Tu t'es entraîné ? » Elle lui jette au visage les gouttes qu'elle vient de recueillir dans sa main.

Rafa rit. Il a été bon. La fidélité n'a jamais figuré dans le nikah, mais il y a des règles. On ne parle jamais de ses autres partenaires. On garde le meilleur l'un pour l'autre. Après un tel festin, il est épuisé. Il a mal aux mâchoires. Il a besoin de se rincer la bouche et de recracher, mais ce serait impardonnable. Il a besoin d'une pause entre deux plats. D'un entracte. Là-haut, les miroirs qui pivotent lentement pour suivre le mouvement du lointain soleil lui jettent de l'ombre sur le visage.

« Madrinha Elis ne ramènera pas Luna et Robson avant une heure, et de toute manière, je peux l'appeler pour lui dire de les garder une ou deux de plus. Si j'ai une bonne raison de le faire. Tu vois ce que je veux dire ? »

Rafa roule sur le dos et cligne des yeux, ébloui par les miroirs. Lousika se glisse sur lui. « Alors, à quoi tu t'es entraîné d'autre ? »

Carlinhos tient la lame à l'horizontale, bras tendu. Le saboteur Mackenzie lève les mains en un geste de défense. Carlinhos Corta sait prendre soin des lames, et avec l'inertie, celle-ci, tant affilée, tant aimée, a proprement traversé le bras droit juste sous le coude. Une blessure qui ne laisse aucune chance de survie.

Carlinhos pose un pied par terre pour faire pivoter la moto-poussière et s'aligner sur sa prochaine cible. São Jorge saupoudre des signes vitaux sur son affichage tête haute : respiration, tension artérielle, adrénaline, rythme cardiaque, activité neurale, acuité visuelle, sels, sucres et O_2 dans le sang. Carlinhos n'a pas besoin des informations de São Jorge. Il est en feu.

Sa cavalerie à moto a terminé sa première charge. Cinq Mackenzie hors de combat, le reste en fuite. Les rovers se précipitent pour les évacuer. Le commando est mis en déroute. Carlinhos décrit un cercle en l'air avec sa main au couteau : *Regroupez-vous et attaquez à nouveau.*

« Laissez-les ! crie Gilmar sur le canal commun. Ils s'enfuient. »

Les rovers s'ouvrent, les Mackenzie lâchent leur matériel de sabotage en se ruant sur les sièges, où ils se sanglent en toute hâte. Les motos-poussière peuvent facilement les rattraper. São Jorge superpose une icône du vaisseau Vorontsov qui décolle sur l'horizon pour se précipiter à la rescousse. Qu'il vienne. Un vaisseau lunaire est une bataille qui vaut la peine d'être livrée.

Deux rovers s'éloignent pleins gaz en soulevant des arcs de cercle de poussière ; l'un des saboteurs s'agenouille près du troisième en braquant un long appareil métallique. Il tressaute : le recul. Et la tête de Fabiola Mangabeira explose. Son corps s'envole ; la moto-poussière continue sur sa lancée tandis que le cadavre tournoie dans un jet de verre et de fibre, d'os et de sang qui gèle instantanément. Son nom devient blanc sur l'affichage tête haute de Carlinhos.

« Putain, ils ont un flingue ! » s'écrie Gilmar. Le tireur choisit une autre cible. Recul silencieux. L'affichage de Carlinhos montre l'éjection d'un chargeur thermique comme chauffé au rouge. Le tir traverse l'épaule de Thiago Endres. Un tir peu précis, pas en pleine tête, mortel malgré tout. Les combiAS peuvent soigner, mais pas quand les dégâts sont aussi importants, pas assez vite. Thiago convulse sur le régolite, son sang jaillit dans le vide où il gèle en une épaisse glace brillante. Un autre nom devient blanc.

L'arme se tourne vers Carlinhos. Le jeune homme jette sa monture en dérapage, glisse dans la poussière. Il voit alors Gilmar foncer sur le tireur. Et le percuter violemment. Le tireur passe sous les roues en battant des bras et des jambes ; la moto se rebiffe, Gilmar la mate. L'énorme bande de roulement de la roue motrice déchire combiAS, peau, chair, côtes. L'arme s'éloigne en tournoyant.

Carlinhos court rattraper sa moto toujours en marche.

« Chopez-les, chopez-les ! »

Le troisième rover se referme et part à toute vitesse. Un couteau dans chaque main, Carlinhos hurle, debout dans la poussière qui retombe doucement.

« Laissez-les partir, bordel ! » crie Gilmar.

Carlinhos marche jusqu'au cadavre du tireur. Tissu, os, intestins. Il le contemple pendant de longs battements de cœur : la fragilité de ces matières poisseuses pleines de sang, la totalité de la destruction. La Lune rend fatale la moindre blessure. Une femme, estime-t-il. Sur Terre, c'étaient souvent elles qui tiraient le mieux. Il lève alors le pied, veut écraser le crâne dans le casque. Gilmar le prend par le bras pour le tirer à l'écart. Carlinhos bondit en arrière, lames brandies.

« Carlo, Carlo, c'est terminé. Range tes couteaux. »

Il ne voit rien. Qui est-ce ? Ses signes sont hors limites. Du rouge sur toute sa visière. Qu'est-ce qu'ils disent ? Une histoire de couteaux.

« Ça va », dit-il. La poussière est retombée. Le reste de son équipe l'attend, à une distance entre respectueuse et craintive. Quelqu'un a récupéré sa moto-poussière pour lui. Le sol tremble : derrière l'horizon, un vaisseau lunaire s'élève sur des losanges de flammes, feux clignotants, trois rovers cramponnés à son ventre. Carlinhos donne des coups de couteau dans sa direction, vocifère avec une futilité à deux lames face aux lumières dans le ciel. L'élévatrice pivote, la voilà partie. « Ça va. » Carlinhos rengaine ses couteaux, un à la fois.

Carlinhos a appris jeune à aimer le couteau. Ses gardes du corps jouaient à taper avec la pointe de la lame entre leurs doigts écartés. À huit ans, Carlinhos a tout de suite compris ce qu'un tel jeu avait d'intéressant et de séduisant. Il a compris la faible létalité, la précision simple, l'absence de complexité et d'inutilité des couteaux.

Comme ses frères et sa sœur, Carlinhos Corta a appris le jiu-jitsu brésilien. *Il ne s'applique pas*, a rendu compte Heitor Pereira à Adriana. *Il plaisante et joue la comédie au lieu de le prendre au sérieux.* Carlinhos ne prenait pas le jiu-jitsu brésilien au sérieux parce que celui-ci n'avait rien de sérieux à ses yeux. C'était trop près, cela manquait de dignité, et il détestait la discipline maître-élève. Il voulait une arme rapide et dangereuse. Il voulait l'élégance et la violence, un accessoire de son corps, une extension de sa personnalité.

Quand madrinha Flavia l'a surpris en train d'imprimer des poignards de combat, Heitor Pereira l'a envoyé à Reine-du-Sud dans l'École des Sept Cloches de Mariano Gabriel Demaria. Tous les arts sombres y étaient enseignés : vol, dissimulation et assassinat, escroquerie et empoisonnement, torture et supplice, la voie des deux couteaux. Carlinhos s'est intégré aux gardes du corps et au personnel de sécurité indépendant comme s'ils étaient sa véritable famille. Il a appris à se battre à une ou deux mains, à attaquer et défendre, à tromper et aveugler, à gagner et tuer. Il a rapidement grandi, mince, musclé et avec un équilibre de danseur. *Corta signifie « coupe » en espagnol*, a dit Mariano Gabriel Demaria. *Il est temps d'affronter l'Épreuve de la Cloche.*

Au cœur de l'École s'ouvraient d'anciennes galeries de service, labyrinthe baigné d'obscurité où étaient accrochées les cloches qui donnaient son nom à l'établissement. Parcourir le labyrinthe sans en faire sonner une seule permettait d'obtenir son diplôme. Carlinhos a échoué à la troisième. Il a enragé trois jours durant, puis Mariano Gabriel Demaria l'a convoqué pour lui dire : *Tu ne seras jamais grand. Tu es le petit frère. Tu ne seras jamais à la tête d'entreprises ou de budgets. Tu es plein de colère, mon garçon, tu en es enflé comme un furoncle. Un idiot te dirait de te servir de cette colère, mais les idiots meurent, à l'École des Sept Cloches. Tu n'es ni le plus fort ni le plus malin, mais tu es celui qui tuera pour sa famille. Accepte-le. Personne d'autre ne peut le faire.*

Quatre fois encore, Carlinhos Corta a raté l'Épreuve de la Cloche. La cinquième, il est ressorti à l'autre bout du labyrinthe sans avoir troublé le silence. Mariano Gabriel Demaria lui a offert deux lames assorties fabriquées à la main en acier lunaire ; équilibrées, magnifiques et si affûtées qu'elles pourraient fendre un rêve.

Il a fallu cinq ans à Carlinhos pour comprendre la vérité de Mariano Gabriel Demaria. La colère ne s'en irait jamais. Il ne trouverait jamais moyen de la dépasser. C'est du bla-bla de thérapie. Accepte-le. Accepte-le et voilà tout.

Dans la base remise en état, Carlinhos joue avec ses couteaux, joue inlassablement avec, les fait passer entre ses doigts, les fait tourner, les lance et les rattrape tandis qu'à l'extérieur, des cadavres sont accrochés dans des sacs étanches à un râtelier, leur carbone et leur eau désormais propriété de la Lunar Development Company. Et lui est en colère, toujours terriblement en colère.

Les sœurs ont déçu Lucas Corta. Toquinho l'a conduit à une unité industrielle sur le 83e Est d'Armstrong Quadra à Hadley. Verre fritté, grandes fenêtres, cloisons standard, services fonctionnels, mobilier de catalogue à impression rapide, IA de réception générique. Éclairage blanc et doux à spectre complet. Air parfumé au cyprès et au raisin. Cela pourrait être un cabinet d'esthétique pour petits budgets ou une ferme de développement louable à l'heure. Hadley a toujours été un endroit bon marché, un trou pas cher. Mais Toquinho soutient qu'il l'a conduit au couvent des sœurs des Seigneurs du Présent, leur terreiro.

Et elles le font attendre.

« Je suis la mãe-de-santo Odunlade Abosede Adekola. » C'est une petite Yoruba rondelette, toute vêtue du blanc de la Sororité, des dizaines de colliers de perles et de porte-bonheur au cou. Elle tend à Lucas une main alourdie par les bagues, qu'il ne baise pas. « Les sœurs Maria Padilha et Maria Navalha. » Les deux femmes qui encadrent la mãe-de-santo s'inclinent. Elles sont plus jeunes et plus grandes que la révérende mère, l'une brésilienne, l'autre ouest-africaine. Leurs foulards sont rouges. Filhos-de-Santo des Exus de Rue et Pomba Gira, se rappelle Lucas des enseignements de madrinha Amalia.

« Nous sommes une communauté sans familiers, indique sœur Maria Navalha.

— Très bien. » Lucas chasse Toquinho.

« C'est un honneur, senhor Corta, dit Odunlade. Votre mère soutient énormément notre travail. Je suppose que c'est la raison de votre venue.

— Vous êtes directe.

— La retenue est pour les enfants d'Abraham. Je regrette vivement que vous ayez montré si peu de cœur envers notre sœur Flavia. Laisser cette chère femme craindre de ne plus respirer…

— L'affaire n'est plus de mon domaine.

— J'ai cru comprendre. Je vous en prie. »

Les sœurs Maria Padilha et Maria Navalha invitent Lucas à entrer dans une pièce voisine. Des canapés, encore du mobilier imprimé pour petits budgets, du blanc doux. Lucas est d'une bichromie rebelle, dans son costume gris foncé. Il ne doute pas qu'il y ait, loin derrière ces murs neutres, un sanctuaire dissimulé qu'aucun incroyant et la quasi-totalité des croyants ne verront jamais.

Une tasse en métal pleine d'une infusion.

« Maté ? »

Lucas renifle, le met de côté. Mère Odunlade en prend quelques gorgées, comme il se doit, avec une paille argentée.

« C'est un stimulant léger et une aide à la concentration, explique-t-elle. Nous mettons au point et exportons sur Terre des tisanes et matés spirituels… par l'intermédiaire de fichiers d'imprimante. Nous en avons une gamme complète, cela va de l'euphorisant léger aux hallucinogènes puissants qui font passer l'ayahuasca pour de la limonade. Ils sont piratés dès leur arrivée sur le réseau, mais nous estimons de notre devoir de fournir au monde de nouvelles expériences religieuses.

— Ma mère a donné dix-huit millions de bitsys à votre organisation au cours des cinq dernières années.

— Ce dont nous sommes très reconnaissantes, senhor Corta. Sur la Lune, les ordres religieux sont confrontés à des défis et des occasions uniques. La foi doit respirer. Nous comptons parmi nos donateurs Ya Dede Asamoah, l'Aigle de la Lune et, sur Terre, União do Vegetal, l'Église pentecôtiste ifa de Lagos et la fondation Long Now.

— Je sais.

— Elle dit que vous êtes quelqu'un de consciencieux.

— Ne soyez pas condescendante avec moi. »

Les deux sœurs qui accompagnent la révérende mère se redressent sous l'affront.

« Pardonnez-moi, senhor Corta.

— Servirait-il à quelque chose de demander que cette conversation se poursuive en tête à tête ?

— Non, senhor.

— Mais je suis en effet quelqu'un de consciencieux. Je suis le fils qui ne laissera pas sa mère dilapider son argent avec des arnaqueurs et des escrocs.

— C'est son argent.

— Qu'est-ce que vous faites, mère Odunlade ?

— La Sororité des Seigneurs du Présent est un ordre religieux syncrétique luno-afro-brésilien dédié à la vénération des orixás, au soulagement de la pauvreté, à la pratique de disciplines spirituelles, de la charité et de la méditation. Nous nous consacrons aussi aux recherches généalogiques et aux expériences sociales. C'est ce dernier point qui intéresse votre mère.

— Racontez-moi.

— La Sororité a lancé une expérience visant à produire une structure sociale qui durera dix mille ans. Elle implique généalogie, ingénierie sociale et manipulation des lignées. Les Européens voient dans la Lune un visage, les Aztèques, un lapin et les Chinois, un lièvre. Vous voyez affaires et profit, les universitaires de Farside une fenêtre sur l'univers, et nous, un contenant social. La Lune est un laboratoire social idéal : petit, autonome, contraint. À nos yeux, c'est l'endroit parfait pour mener des expériences sur les types de société.

— Dix mille ans ?

— Le temps qu'il faudra à l'humanité pour devenir indépendante de ce système solaire et se transformer en vraie espèce interstellaire.

— C'est un projet à long terme.

— Les religions s'intéressent aux éternités. Nous collaborons avec d'autres groupes — religieux, philosophiques ou politiques —, mais nous avons tous le même but : une société humaine tellement solide et tellement flexible à la fois qu'elle nous conduira aux étoiles. Nous menons cinq grandes expériences sociales.

— Cinq.

— Exactement, senhor Corta.

— Les membres de ma famille ne sont pas vos animaux de laboratoire.

— Sauf votre respect, si, senhor Corta…

— Ma mère n'abaisserait jamais ses enfants…

— Votre mère a été essentielle à l'expérience.

— Nous ne sommes pas une expérience.

— Nous le sommes tous, Lucas. Chaque humain est une expérience. Votre mère est non seulement une grande ingénieure et une grande industrielle, c'est aussi une visionnaire dans le domaine social. Elle a vu quels dégâts ont infligés à la Terre les États-nations, l'ambition impérialiste et le tribalisme des groupes identitaires. La Lune a donné la possibilité d'essayer quelque chose de nouveau. Jamais les humains n'ont vécu dans un environnement aussi difficile et aussi dangereux. Nous sommes pourtant un million et demi dans nos villes et nos habitats. Nous avons survécu, nous avons prospéré. Les contraintes mêmes de notre environnement nous ont forcés à changer et à nous adapter. La Terre est particulièrement privilégiée. Le reste de l'univers sera comme nous. Vous êtes une expérience, les Asamoah en sont une, les Sun aussi, tout comme les Mackenzie. Les Vorontsov sont une expérience extrême : que deviennent les corps et les sociétés des hommes après plusieurs dizaines d'années en apesanteur ? Vous expérimentez, vous vous faites concurrence. C'est une sorte de darwinisme, j'imagine. »

Supposition qui fait regimber Lucas. Il est le manipulateur, pas le manipulé. Mais il ne peut nier que les Cinq Dragons ont trouvé des solutions complètement différentes pour survivre et prospérer sur la Lune. Ses collègues chez les Vorontsov n'ont jamais confirmé ni démenti la légende rapportant que Valery Mikhaïlovitch Vorontsov, le vieux constructeur de fusées de Baïkonour, est devenu, au fil de décennies en chute libre à bord de son cycleur *Saints Pierre et Paul*, quelque chose d'étrange et d'inhumain.

« Pourquoi est-ce qu'une des sœurs rend visite à ma mère ?

— Parce que votre mère l'a demandé.

— Dans quel but ?

— Vous espionnez votre frère, mais pas votre mère ?

— Je respecte ma mamãe. »

Les sœurs se regardent.

« Votre mère se confesse, indique Odunlade.

— Je ne comprends pas.

— Elle est mourante. »

La lapa se referme autour d'Ariel Corta. Celle-ci lève la main : le taxi s'entrouvre pour qu'elle puisse se faire entendre.

« Pardon ?

— J'ai failli perdre un doigt, là ! » Le véhicule s'était refermé d'un coup au nez de Marina.

« Nous vous aurions dédommagée. Chérie, on en a déjà parlé. Vous ne pouvez pas m'accompagner.

— Il faut que je vous accompagne », dit Marina. Ce matin-là, l'imprimante a livré un costume masculin de style flamenco. Le pantalon plaît beaucoup à Marina, mais elle ne peut s'empêcher de tirer sur la veste pour couvrir ses hanches et son cul. Elle hacke les chaussures depuis un bon moment, désormais. Pas les stupides talons. Ils en sont indignes. Les véritables chaussures : elle ajoute une ligne de code ici pour le confort, une autre là pour améliorer l'adaptation à ses pieds, elle réécrit les semelles pour obtenir adhérence et accélération. Des chaussons pour femme d'action.

« C'est un ordre.

— Je suis aux ordres de votre mère et non aux vôtres, ma petite dame.

— Eh bien, allez lui faire votre rapport, alors. » Ariel referme la lapa. Elle ne s'est pas éloignée d'une rue qu'Hetty a appelé un deuxième taxi pour la suivre.

L'avocate fume théâtralement au moment où la lapa de Marina s'ouvre. Une vieille unité sur le 65ᵉ Ouest d'Orion, intelligemment proche du hub, mais défraîchie et n'ayant aucun mal à passer inaperçue. Exprès, pense Marina. *La Société sélénite*, l'informe Hetty.

« C'est un club privé, lance Ariel.

— Les clubs laissent entrer les gardes du corps.

— Pas celui-là.

— Je vous suivrai. »

Ariel se retourne avec un sifflement de rage.

« Bons dieux, tu vas faire ce que je demande, pour une fois ? »

Marina ravale sa satisfaction. Touchée.

« D'accord, d'accord. Mais il faut que vous sachiez un truc.

— Quoi encore ? crache l'avocate.

— Vous avez filé votre bas gauche sur le mollet. »

Un instant, Ariel semble sur le point d'exploser, les yeux

exorbités comme subitement en dépressurisation. Puis elle éclate d'un rire incontrôlable.

« Sois gentille, cours m'en chercher une paire à l'imprimante publique, ordonne-t-elle. Beijaflor a transféré le fichier à l'imprimante.

— Pourquoi est-ce que vous ne… », commence Marina. Elle ne termine pas sa phrase. Hetty la guide jusqu'à l'imprimante la plus proche, au niveau inférieur. Ariel examine attentivement les bas, puis en change.

« Vous ne devriez pas trouver un endroit un peu moins public ? s'étonne Marina, qui voit ce qu'aucun employé ne devrait voir.

— Pour l'amour des dieux, ne sois pas si terrienne. » Ariel lisse sa robe, le regard au loin d'une femme qui se voit sur la vidéo de caméras publiques. « Je reviens dans une heure. »

Vidhya Rao attend Ariel dans l'entrée. La jeune femme regarde la Société sélénite avec dégoût. Il y a de la moquette. Elle déteste la moquette. Celle-ci est d'un vert écœurant, ternie et tachée par des décennies de passage et de mauvais entretien. Les canapés en cuir de cuve sont du même acabit, et d'un style si démodé qu'il a été branché puis rétro avant de tomber dans une obsolescence définitive. Des lumières tamisées. Universitaire, conformiste, comme une vieille maison de colloque sur un sujet suranné. Il y avait là des poches d'air qu'Ariel soupçonnait de tourner comme des djinns depuis des années.

« Je vous en prie. » Vidhya Rao indique des canapés entourant une table basse. « Vous voulez boire quelque chose ?

— Bloody mary. » Ariel sort sa vapette. Un robot apporte son cocktail et de l'eau pour le banquier. « Nous attendons d'autres personnes ?

— Il n'y aura que moi, j'en ai peur. » Vidhya Rao pose ses mains sur ses genoux, doigts cambrés, une posture pleine d'entrain. Ariel sirote son bloody mary.

« Des pourparlers couronnés de succès, donc. » Vidhya Rao lève son verre. Ariel l'imite. « Belle prouesse. Votre mère va bien ?

— Il est difficile de dire quoi que ce soit sur ma mère. L'entreprise a changé de structure.

— Je suis au courant.

— Vos Trois Augustes l'ont prédit ?

— Je suis accro aux canaux de potins.

— Qu'est-ce que je fais ici, ser Rao ?

— La dernière fois, j'ai dit que nous voulions vous acheter, vous vous souvenez ?

— Dites votre prix.

— La Société sélénite publie un article. Ce qu'elle fait régulièrement pour mettre en valeur divers arguments en faveur de l'indépendance de la Lune : des arguments économiques, politiques, sociaux, culturels et écologiques. Nous aimerions que vous le souteniez.

— Je signerais pour quoi ?

— C'est un article politique, rédigé par moi-même, Maya Yeap, Roberto Gutierrez et Youri Antonenko. Nous donnons trois structures alternatives pour l'abolition de la LDC et l'établissement d'une autonomie lunaire. Elles vont de la véritable démocratie participative à l'anarchisme micro-capitaliste. »

Ariel termine son cocktail. Cela vaut n'importe quel petit déjeuner.

« Il me semble l'avoir dit la dernière fois : je suis une Corta, nous ne faisons pas dans la démocratie.

— En ces termes précis. Ce n'est qu'un article. Nous ne vous demandons pas de signer de votre sang une déclaration d'indépendance.

— Eh bien, du moment que je ne suis pas obligée de lire quoi que ce soit », dit Ariel en tendant son verre vide au robot-serveur en attente.

Le tram de Lucas est arrivé, annonce Iemanjá.

« Laissez-moi », demande Adriana à Heitor Pereira et Helen

de Braga. Avant de se retirer, cette dernière pose la main sur l'épaule de sa vieille amie.

« Tout va bien », assure celle-ci. Lucas ne s'emportera pas comme Rafa : il n'y aura ni cris, ni crises de colère, ni bouderies. Mais il sera furieux. Adriana attend dans le pavillon Nossa Senhora da Rocha, sous le visage d'Oxum.

Les deux baisers, toujours aussi respectueux.

« Pourquoi tu ne m'as pas fait confiance ? » Direct, bien entendu. Ouverture avec la trahison personnelle. Une carte forte. Le fils dévoué, à qui on a menti.

« Ça m'aurait obligée à le dire aux autres. Je n'aurais pas pu le supporter de Rafa.

— J'ai toujours été discret.

— C'est vrai, Lucas. Personne n'a été plus discret, ni plus fiable.

— Ou n'a fait davantage pour l'entreprise. » Adriana sait quelle carte maîtresse il tient, mais il est trop tôt pour jouer le valet de culpabilité. « Tu allais nous le dire quand ? À une autre fête de famille ? À l'anniversaire de Luna ?

— Lucas, ça suffit.

— Alors quand, mamãe ?

— Finis-en avec Rafa. Je ne peux pas supporter ça de toi. »

Lucas ravale sa colère, incline la tête.

« Combien de temps, jusqu'à… ?

— Quelques semaines.

— Semaines !

— Je te l'aurais dit avant…

— Juste le temps des adieux. Merci. Qu'est-ce que tu croyais qu'on ferait, en le découvrant ?

— Ça aurait tout changé. Je vois de quelle manière tu me regardes maintenant et tu es au courant depuis, quoi, cinq heures ? Je ne suis pas ta mère, je ne suis pas Adriana Corta. Je suis la mort en marche. »

Pire que le regard de la mort est celui de la pitié. Adriana ne peut souffrir la pitié, sa sollicitude hennissante, son sourire patient qui dissimule les gros bouillons du ressentiment. *Tu n'auras pas pitié de moi.* Cette mort est à elle seule. Adriana refuse que soucis et blessures empiètent dessus. Ses enfants la priveraient de sa mort, modèleraient celle-ci, la géreraient, la contrôleraient jusqu'à ce qu'il ne reste plus de leur mère qu'une vieille femme en train d'agoniser dans un fauteuil.

« Je n'ai rien dit aux autres.

— Merci.

— Il a fallu que ce soient les sœurs des Seigneurs du Présent qui me l'apprennent.

— Tu n'aurais pas dû mettre leur financement en danger. » Mãe Odunlade l'a contactée au moment où Lucas repartait de la gare de Hadley. Elle avait expliqué à celui-ci pourquoi irmã Loa rendait visite à Adriana. Et quand il avait menacé d'annuler tous les versements à la Sororité une fois sa mère décédée, elle lui avait dit aussi que ce serait Ariel qui prendrait la tête de Corta Hélio. Adriana s'en veut terriblement d'avoir parlé de cela à irmã Lao. Mais elle en veut surtout à Lucas. Il a toujours été brutal sous ses dehors suaves. Quoi qu'elle ait fait d'autre, elle a le droit d'être furieuse contre lui pour cela.

« Tu n'aurais pas dû jouer aux dynasties avec notre famille.

— Lucas, tout est dynasties, toujours. Je voulais ce qu'il y a de mieux pour toi, pour vous tous. Pour la famille. »

Il lui concédera ce point. Cela a toujours été la famille, pour lui. Il va jouer sa carte, à présent. Adriana lui a forcé la main.

« C'est pour la famille que tu as désigné Ariel comme héritière de Corta Hélio ?

— Oui.

— Pas Rafa. Ni…

— Ni toi ?

— Avec Rafa, la compagnie mourra étouffée. Tu le sais. Ariel a sa vie et sa carrière à elle. Tu crois qu'elle veut être hwaejang de Corta Hélio ?

— Peut-être pas, mais c'est ce que j'ai décidé. Après ma mort, Ariel prendra la tête de l'entreprise. Elle ne sera pas hwaejang. Je lui ai inventé un nouveau titre et un autre pouvoir exécutif. Rafa et toi garderez vos postes et vos responsabilités. Vous travaillerez tous ensemble.

— C'est la Sororité qui t'a soufflé cette idée ?

— Cette question est indigne de toi, Lucas.

— Et nous ?

— Nous ? Rafa et toi ?

— Toi et moi, mamãe.

— Lucas, Lucas, voilà pourquoi je voulais que tout ça attende que je sois bien morte.

— Je crois avoir droit à une explication.

— Nous sommes sur la Lune. Tu n'as droit à rien. Ariel sera choego de Corta Hélio.

— Comme je l'ai dit, je n'en ai parlé à personne. Pour l'instant. »

Adriana savait qu'il finirait par faire cela, mais la manipulation, la menace bien huilée lui coupe quand même le souffle.

« Et c'est pour ça que j'ai mis autant de distance que j'ai pu entre le trône et toi, Lucas. »

C'est le couteau. La plaie au-delà de toute cicatrisation. Les coins des lèvres de Lucas tressautent.

« Je m'opposerai à toi.

— Je ne suis pas ton ennemie, Lucas.

— Si tu agis contre les intérêts de Corta Hélio, tu l'es, mamãe. Même toi. Tu m'as blessé, mamãe. Je ne vois pas comment tu aurais pu me blesser plus profondément. Je ne peux pas te le pardonner. »

Il se lève, serre les doigts en pince et s'incline devant sa mère. Pas de baiser en partant. L'air frissonne d'un arc-en-ciel généré par les gouttelettes s'élevant des chutes d'eau de Boa Vista.

« Lucas. »

Il est à mi-chemin de la gare des navettes.

« Lucas ! »

Je peux entrer ?

Lucas, s'il te plaît, non. Tu ne me convaincras pas.

Je ne veux pas te convaincre.

Il se tient devant la caméra de porte de Jorge comme si tous les os de son corps avaient été réduits en morceaux de type sous-régolite et ne tenaient plus ensemble que par la seule force de sa volonté.

Entre, entre donc.

Il ne parle pas, ne laisse échapper aucun mot de sa dévastation intérieure, mais Jorge l'attire à lui, l'étreint, l'embrasse. Ne le lâche pas. Le garde longtemps contre lui, à l'intérieur de la minuscule pièce qui sent mauvais, du lit minuscule.

Après, Lucas pose la tête sur le ventre de Jorge. Il est en forme pour un musicien, accordé et tonique.

L'appartement est miteux, haut dans la charpente de Santa Bárbara Quadra, les pièces en sont microscopiques, exiguës, l'air sur-respiré. Le lit occupe une pièce à lui seul. Accrochée au mur, la guitare observe comme une icône ou un autre amant. Elle met Lucas mal à l'aise, l'ouverture lui fait penser à l'œil d'un cyclope ou à une bouche horrifiée.

« Ta mère est toujours en vie ?

— Non, elle est morte dans le séisme d'Aristarque. » Lucas sent le rythme doux des mots, de la respiration, du cœur de Jorge. « Elle travaillait pour vous. Sélénologie. Rochers et poussière lunaires. »

La Lune est régulièrement la proie de légers séismes : forces de marée, contrecoups d'impacts, expansion thermique quand la croûte glacée se réchauffe au soleil levant ; des tremblements de faible magnitude, un long et lent frisson pour rappeler aux humains qui rampent dans les trous de ver sous sa peau que la Lune n'est pas un crâne de roche morte dans le ciel. Des ébranlements, des remue-poussière. Toutes les quelques lunaisons se produisent des séismes plus puissants, profonds de vingt à trente kilomètres, qui font suspendre leurs activités aux gens dans leurs villes sous la surface, qui fendent les murs et les joints de gaz, abattent les lignes électriques et brisent les rails. Qui ont fait s'écrouler sur ses deux cents occupants la base de recherche et de maintenance de Corta Hélio à Aristarque, construite à la hâte et au rabais. Certaines des actions en dommages et intérêts n'ont pas encore été tranchées par la cour de Clavius.

Lucas tourne la tête pour regarder Jorge.

« Je suis désolé.

— Tu as de la chance, dit Jorge. Tu as de la chance d'avoir la tienne.

— Je sais. Et je prendrai soin d'elle, je la défendrai, c'est moi qui resterai avec elle à lui tenir la main.

— Tu l'aimes ? »

Lucas se redresse. Son regard luit de colère et, un instant, Jorge a peur.

« Je l'ai toujours aimée.

— Je n'aurais pas dû poser la question.

— Si. Personne ne l'a jamais posée. Je vais voir ma mamãe toutes les semaines et personne ne songe à me demander si je le fais par devoir ou par amour. Rafa est celui qui aime. Lucas Corta, le sombre, le comploteur. Mon fils Lucasinho compte plus que tout, pour moi. C'est une merveille, ce garçon, un trésor. Mais quand je lui parle, je n'arrive pas à le dire. Ça se déforme. Ça sort de travers. Ça devient dur. Pourquoi tout est si facile pour les Rafa de ce monde ? »

Lucas s'assied au bord du lit. La pièce est si petite que ses pieds nus sortent dans l'espace de vie.

« Laisse-moi au moins te trouver un appartement correct à Reine.

— D'accord.

— Tu as accepté bien trop vite.

— Je suis musicien. Un musicien ne refuse jamais un logement gratuit.

— J'aimerais venir t'écouter. De temps en temps.

— De temps en temps. Pas tout de suite. Si tu veux bien.

— Entendu. »

Jorge fait se rallonger Lucas, qui s'enroule autour de lui, ventre contre dos, couilles contre cul, innocent et, quelques instants durant, dépourvu de passé et d'avenir, d'histoire et de responsabilité.

« Chante-moi quelque chose, murmure Lucas. *Águas de março.* »

Le chef cuisinier Marin Olmstead est malade. Le chef Marin Olmstead n'est pas malade. Cuisinier est une profession très peu saine. Des horaires déments, des lieux de travail exigus, peu agréables, remplis de vapeurs et de fumées. Un cuisinier ne cesse de maltraiter son corps. Mais il ne passe jamais un jour loin de sa cuisine. Il ne tombe jamais malade. Quand Marin Olmstead demande à Ariel Corta d'aller à sa place rendre compte des délibérations du pavillon du Lièvre variable à l'Aigle de la Lune parce que lui-même est trop malade pour cela, elle comprend qu'il ment effrontément. Et que Jonathon Kayode veut lui parler.

La sécurité, discrète, commence au moment où Beijaflor appelle la lapa pour se rendre à l'Aire. Ariel et Marina ont été soigneusement scannées et contrôlées avant que le taxi se fixe à l'ascendeur et grimpe le long du mur sud-ouest du hub Antarès. Une majordome élégante en veste et chapeau boléro demande à Ariel de bien vouloir la suivre et s'enfonce dans les jardins en terrasse.

L'Aigle de la Lune prend le thé dans le pavillon Orange. Son Aire est une succession de kiosques et de belvédères en verre fritté disposés au milieu de jardins en corniche, chacun d'un thème de couleur différent. Le pavillon Orange est placé au bord de citrus soignés : orangers, kumquats, bergamotiers, tous réduits à taille humaine par les généticiens d'AKA. La vue est fabuleuse : l'Aire est placée à mi-hauteur de la rotonde centrale où se rejoignent les habitats d'Antarès Quadra, assez haut pour offrir un panorama, assez bas pour être aristocratique.

Les poumons d'Ariel se bloquent. C'est sortir sur le bord de l'éternité. Antarès Quadra a huit heures de retard sur Orion Quadra, et la barre solaire s'éveille, jetant une lueur dorée sur la longueur des cinq prospekts. Des lumières brillent dans la pénombre, poussiéreuses comme des étoiles. C'est l'avant-première de l'Aigle et de lui seul.

« Maître Corta. » Jonathon Kayode cueille une bergamote et enfonce ses ongles dans l'écorce verte, libérant dans les airs quelques gouttes d'huile aromatique. « Sentez. » Ariel se penche sur le fruit.

« Je suis incapable de le décrire.

— Impossible, n'est-ce pas ? Les sensations et les émotions ne peuvent s'exprimer que par elles-mêmes. » Il jette le fruit. Ariel ne voit pas où il tombe. Peut-être plus loin que le rebord. « Vous me suivez ? »

L'Aigle montre un petit pavillon à coupole tout au bord de la rotonde centrale, juste assez grand pour une table basse et deux bancs. Ariel dispose sa série de jupons. Une robe corolle Dior, ce jour-là, flottante et cintrée à la taille, d'une féminité flagrante faite pour tromper. La majordome apporte du thé à la menthe pour l'Aigle, un superbe dry martini pour Ariel. C'est toujours l'heure d'un cocktail dans l'un ou l'autre quadra. Ariel sort sa vapette.

« Vous permettez ?

— Je vous en prie. »

Il y a déjà de la circulation dans le ciel : des téléphériques traversent le canyon en oscillant, des bicyclettes et des scooters empruntent les passerelles. Beaucoup plus haut, dans les quartiers pauvres, Ariel arrive à distinguer des silhouettes en train de courir sur les ponts de corde. Drones et hommes volants passent dans l'espace doré.

« Mes sincères excuses pour ne pas être venu à l'anniversaire de votre mère. Le monde ne sera plus le même sans elle à la tête de Corta Hélio.

— Comme ma mère gardait ses distances avec le monde, je serais très étonnée que ça pleure sur le réseau Gupshup.

— Vous n'êtes pas comme elle », dit Jonathon Kayode, dont Ariel prend pour la première fois conscience de la masse physique : le poids et la musculature d'un natif de la Terre. Il l'intimide un peu.

« Dites-moi donc ce que vous voulez, lance-t-elle. Ce que vous voulez vraiment. »

Le sourire de Jonathon Kayode pourrait éblouir des mondes. Il repose son verre de thé pour battre des mains de ravissement.

« Qu'est-ce que vous êtes directe ! Je veux un mariage.

— Ça fait une occasion de sortie pour tout le monde.

— Un mariage Corta-Mackenzie.

— J'ai cassé le nikah entre Hoang Lam Hung Mackenzie et Robson Corta pour négligence parentale de ses droits sexuels, et Luna n'a que sept ans.

— De Lucasinho avec Denny Mackenzie, en fait.

— Le plus jeune fils de Duncan ?

— Oui.

— Vous voulez que je vous dise ce que Lucas répondra ?

— Lucas sera d'accord, une fois que vous lui aurez expliqué qu'en cas de refus, je chargerai la LDC de chercher des irrégularités de procédure dans la licence de Mare Anguis.

— Corta Hélio a beaucoup de fonds.

— Mais ils ne sont pas illimités. Que va-t-il rester de votre trésor de guerre quand nous imposerons un embargo sur vos exportations d'hélium 3 le temps que l'enquête arrive à son terme ?

— Combien de temps resterez-vous dans ce ravissant palais une fois que la Terre sera dans le noir ? »

Jonathon Kayode se penche en avant pour prendre les mains d'Ariel dans les siennes. Il a la peau douce et très chaude.

« Mais rien de tout cela n'est inévitable, Ariel. Lucasinho épouse Denny Mackenzie. Vous obtenez même de rédiger le nikah. Et nous avons la paix entre les Corta et les Mackenzie.

Un mariage dynastique. Je veux la paix, Ariel. Je veux une Lune paisible. Je sais ce que Mackenzie Metals et vous faites dans Mare Anguis. Je ne veux pas que des entreprises se fassent la guerre sur mon monde. Une simple union de maisons. Deux beaux princes. Je leur fournirai même un appartement ici, à la rotonde Antarès, si bien qu'aucun des deux camps ne pourra avoir prise sur eux.

— Deux beaux otages.

— Ariel, vous ne pensez pas ce que vous dites. Combien de nikahs avez-vous rédigés ? »

La jeune femme tire longuement sur sa vapette. Elle n'a pas touché à son cocktail posé sur la table basse.

« Est-ce que vous menacez Mackenzie Metals de sanctions similaires ? »

Le jour est désormais levé, encore une superbe journée à Antarès Quadra.

« Il m'arrive d'oublier que votre famille n'a pas encore l'habitude de la véritable politique. »

Ariel relâche doucement une spirale de vapeur bleue. Celle-ci se déploie au-dessus du prodigieux à-pic qui traverse niveaux et plates-formes, contreforts et piliers jusqu'à la resplendissante place Han-Ying.

« Allez vous faire foutre, Jonathon.

— Je veux que vous transmettiez ce message à votre mère.

— Je ne suis pas la rapporteuse de ma mère.

— Ah bon ? Je pense que vous êtes une petite araignée très rusée.

— Si je peux favoriser ma famille, je le fais.

— Bien sûr. Vous avez agi avec éthique. Mais je sais que le tuyau sur Mare Anguis ne vous est pas arrivé par le pavillon du Lièvre variable. »

Ariel prend calmement sa première gorgée de dry martini. Elle cherche ainsi à faire redémarrer son cœur, comme figé dans la pierre. Il sait. Plaide coupable. Négocie. Ses doigts gantés reposent le verre sans faire naître la moindre ondulation.

« Il n'y a aucune loi contre la Société sélénite. Les dieux nous préservent qu'il y en ait une un jour. Trop de lois font une mauvaise justice. Ce n'est même pas un conflit d'intérêts.

— Mais c'en est un avec mes intérêts, ceux de la LDC. Vous n'êtes pas des citoyens, mais des clients. Ne l'oubliez jamais. Ce tract sur lequel vous avez mis votre nom : fascinant. Absolument fascinant. Absolument pas pertinent : théorie politique ? Nous sommes pragmatiques, ici. Il sera lu par les blablateurs habituels. Par contre, si vous commenciez à associer votre nom à des sujets qui affectent vraiment les gens, comme les Quatre Fondamentaux… Eh bien, cela pourrait causer des troubles, et même de la panique. Il serait impossible à la LDC de fermer les yeux là-dessus. Vous aspirez à la magistrature. Ne le niez pas, Ariel. Votre ambition est admirable, mais n'oubliez jamais que c'est la Lunar Development Corporation qui nomme les juges à la cour de Clavius.

— Jonathon, je vous le redis…

— Oui, que j'aille me faire foutre. Parlez à votre mère. Persuadez votre frère. Invitez-moi au mariage. Qu'il soit grandiose. J'adore les mariages grandioses. »

La majordome arrive. Fin de l'audience. Jonathon Kayode cueille une nouvelle bergamote sur l'arbre, la tend à Ariel aussi délicatement qu'on tend un bébé ou un cœur.

« Prenez cela. Mettez-le au milieu de votre maison et son arôme emplira toutes les pièces. »

Peut-être s'agit-il de la réception Modi ou des retrouvailles du colloque de 79, mais c'est la dixième soirée en cinq jours, il est une heure et demie du matin et Marina pleurerait presque d'envie de rentrer chez elle retrouver son lit. En robe Jacques Fath, installée au bar avec son verre de thé, elle suit des yeux Ariel qui passe de groupe en groupe, de conversation en conversation. Les mêmes visages, les mêmes échanges. D'une banalité écrasante. C'est un savoir-faire, suppose Marina. L'important n'est pas ce qui est dit, mais par qui et à qui. Elle essaye de trouver un millimètre de soulagement à l'intérieur de ses chaussures d'opéra à talons aiguilles rouges. Elle les ôte. Le plaisir est si intense et si immédiat qu'il en devient douloureux. Elle a les pieds enflés, meurtris, ses muscles se détendent de leur ballet de crispation et elle manque lâcher un cri. Elle grimace en enfilant les ballerines souples à semelles plates.

Ariel évolue au milieu de son entourage.

En relevant les yeux après avoir enfilé les chaussures magnifiquement confortables, Marina voit le couteau. L'impression de couteau, le mouvement de la main, les vêtements tirés en arrière, le reflet métallique à l'intérieur du groupe. Couteau. Qu'on dégaine.

Le mouvement brusque en avant.

Muscles de Joe Moonbeam. Marina se propulse de sa chaise, traverse ainsi d'un seul coup le quart de la pièce. Elle percute l'assassin, ce qui détourne la lame qu'il dirige vers le cœur d'Ariel Corta. Le couteau traverse des couches de dentelle et de corsage Givenchy pour s'enfoncer dans le dos de l'avocate. Du sang. Le sang gicle haut et lent sur la Lune. Ariel est à terre. L'assassin titube et veut frapper à nouveau. C'est un natif de la Lune, grand, léger, rapide, plus rapide que Marina. Il modifie sa prise sur la lame. Les armes de Marina sont coincées à l'intérieur de ses vêtements stupides. Elle cherche un objet meurtrier à portée de main, en trouve un. L'assassin se jette en avant, couteau brandi. De toutes ses forces, Marina lui enfonce la vapette sous le menton. Jusqu'au bout. Ses poings se crispent sur le début de barbe. Écrasement d'os. L'extrémité de la vapette traverse le sommet du crâne. L'assassin convulse. Marina ne lâche pas la vapette, se cramponne, tient l'homme empalé dessus, soutient le regard de celui-ci jusqu'à ce qu'elle le voie sans vie. Elle lâche sa lance. Le corps s'affaisse sur le flanc. Du sang a dégouliné le long du titane jusque sur les mains de Marina. Du sang a jailli de la blessure d'Ariel sur le visage et la robe de Marina. L'avocate gît dans une flaque sombre, le souffle court, les membres agités. L'entourage forme son cercle éternel, le regard baissé sur eux. On est horrifiés. On est inquiets. On ne sait pas quoi faire.

« Un médecin ! » hurle Marina. Elle s'agenouille près d'Ariel. Où appuyer, où compresser, comment stopper l'hémorragie ? Tant de sang. Des lambeaux de peau et de chair. « Un médecin ! »

9

Il est resté là tout le temps à attendre que je le fasse venir, à écouter toutes mes histoires et digressions en souriant parce que c'est moi l'ingénieure. C'est moi qui suis censée rester rationnelle, aller droit au but. Il a toujours été patient à l'excès. Carlos, il va falloir que tu attendes encore un peu. Mais juste un peu.

Achi est partie et je ne l'ai plus jamais revue, ne lui ai plus jamais parlé. J'ai travaillé. J'avais des choses à faire. Et pas le temps de regretter les gens. Regardez ma productivité ! Achi ne m'a pas manqué du tout. Heureusement qu'elle était partie : l'amour n'aurait fait que me distraire. J'avais une entreprise à fonder.

J'étais tellement débordée que j'ai raté mon Jour de Lune.

Mensonge. Mensonge aussi qu'Achi ne m'a pas manqué. Elle m'a manqué au point que son absence était une douleur en moi, un vide. Sa douce gravité me manquait, ses petites attentions du genre poser mon thé près du lit tous les matins ou étaler bien comme il faut ma combinaison de surface, son sens de l'ordre là où je ne faisais aucun effort, son attention aux détails, sa manière de redresser les objets si nous étions dans l'appartement, à l'hôtel ou dans une capsule, il fallait que ce soit perpendiculaire aux murs de la pièce. Son incapacité à comprendre mes blagues ou à parler portugais. Tant de choses ! Je les ai toutes refoulées au fond de ma mémoire, je n'ai pas pensé à elles parce que penser à Achi me rappelait tout ce que je perdrais définitivement sur la Lune. Respirer gratis. Sentir le soleil sur mon visage nu. Lever les yeux vers un ciel ouvert. L'horizon au loin, avec au bord du monde la Lune qui trace une voie argentée sur l'océan. Des océans d'eau et non de poussière. Le vent : écoutez !

J'ai travaillé comme une folle, à modéliser, élaborer, planifier. Ça marcherait. C'était simple. Mais travailler ainsi vous mange le ventre et l'âme, à force. J'ai fait une pause. Une pause à l'Adriana Corta. Mes anciens camarades de DEMIN, l'institut des mines, auraient été fiers de moi. J'ai fait la tournée des douze bars d'Orion Quadra. J'ai perdu l'équilibre en franchissant la porte du neuvième. Arrivée au dixième, je prenais les paris sur le nombre de verres à shooter que je pouvais empiler sur le comptoir… quinze. Au onzième, j'étais front contre front dans un box avec un gentil garçon santos à qui je dégoisais tous mes plans et mes ambitions, il m'écoutait, ses grands yeux écarquillés, en faisant comme si ça l'intéressait. Je ne suis jamais arrivée au dernier bar. J'étais au lit avec le Santos aux grands yeux. J'ai été un très mauvais coup. J'ai pleuré toute la nuit. Il a été assez gentil pour pleurer avec moi.

Il m'a fallu longtemps après le Jour de Lune pour appeler ma famille. J'avais peur de me rendre compte que j'avais fait une terrible erreur, sur laquelle je ne pouvais pas revenir. Je me suis dit ensuite que, pendant la plus grande partie de l'histoire de l'humanité, émigrer avait été un voyage sans retour. Autrefois, les familles portugaises organisaient des obsèques pour les enfants qui partaient entamer une nouvelle vie au Brésil. La capacité d'agir sur son destin est un conte de fées réconfortant. La vie est une série de portes qui ne s'ouvrent que dans un sens. On ne peut jamais faire demi-tour. Ainsi est le monde et nous devons y vivre de notre mieux. Mais j'ai écouté beaucoup de musique de l'ancien monde, celle que ma mère aimait et chantait chez nous, et ça a été comme si cette musique montait de la planète bleue qu'on voit là pour s'installer dans un nouveau paysage, non pas les collines grises, les escarpements, les rilles et toute cette laideur, mais les gens. La seule belle chose sur la Lune, ce sont les gens.

Bref, j'étais donc femme de la Lune, désormais. Je m'étais investie dans un nouveau monde et une nouvelle vie. J'avais une idée et j'avais de l'argent — quand vous émigrez, on vous rembourse la valeur du billet retour, diminuée de vos dettes et des inévitables commissions. J'ai acheté des obligations convertibles de la LDC. Sûres, solides, au rendement élevé. J'avais une écurie d'IA pour tout ce qui était juridique et conception, plus un modèle que j'avais hâte de tester dans la réalité. Ce qui me manquait, c'était de savoir comment faire. Plus précisément, je n'avais pas la moindre idée de la manière de transformer tout ça en entreprise. Je n'avais pas de plan. C'était une forme d'ingénierie différente de toutes celles que je connaissais : comment monter une entreprise et la faire tourner.

C'est à ce moment-là que j'ai rencontré Helen. J'avais lancé sur le darknet une recherche de directeurs financiers potentiels — ni moi ni personne dans mon équipe n'étions doués avec l'argent. Tout était délicieusement clandestin, avec des messages cryptés — c'était avant qu'on ait des familiers — et de mystérieux rendez-vous dans des maisons de thé dont l'emplacement changeait à la dernière minute. Je ne pouvais pas prendre le risque que Mackenzie Metals découvre mon plan. Vous trouvez qu'on vit dans un monde sauvage, actuellement ? Ce n'est rien comparé à l'époque de la frontière. Bref, j'ai rencontré cette femme de Porto qui connaissait son affaire et savait quelles questions poser ou ne pas poser, mais pour tout vous dire, ce qui m'a vraiment décidée à l'embaucher, c'était qu'elle parlait portugais. J'ai appris l'anglais et j'apprenais le globo — qui commençait à devenir la langue commune, surtout parce que les machines comprenaient l'accent —, mais il y a des choses qu'on ne peut dire qu'avec ses propres mots. Elle et moi pouvions discuter.

Nous travaillons ensemble depuis, jour après jour. C'est ma plus vieille et ma plus chère amie. Elle ne me décevra jamais, même si je sais que je l'ai déçue plein plein de fois. Elle m'a dit : Ne parlez pas d'argent. Jamais. Ne payez rien d'autre que ce que je vous dis de payer. Jamais. Et il vous faut un ingénieur de projet. J'en connais justement un, un jeune Brésilien, un Pauliste, arrivé depuis trois mois.

C'était Carlos.

Ah ça, il était sacrément arrogant. Grand, beau, marrant et conscient de l'être. Il avait ce sentiment de supériorité pauliste : meilleure éducation, meilleure nourriture, meilleure musique, meilleure éthique professionnelle. Les Cariocas vivaient sur la plage et passaient la nuit à boire. Sans jamais lever le petit doigt pour bosser. On s'est rencontrés dans un bar, on a mangé des nouilles shirataki. Ça vous étonne que je me souvienne de ce qu'on a mangé ? Je me souviens de cette rencontre dans ses moindres détails. La mode était au style décontracté des années 1980 et il portait une chemise hawaïenne sur un chino. Dès que je disais quelque chose, il donnait l'impression de n'avoir jamais rien entendu de plus ridicule. Un type arrogant, ennuyeux, sexiste, il me mettait en rage. Il m'inspirait un peu de haine.

Je lui ai demandé : « Votre problème d'écoute, c'est avec toutes les femmes ou seulement avec moi ? »

Il s'est alors mis à m'exposer en détail, pendant une heure, le plan de développement qui deviendrait les fondations de Corta Hélio.

Ah, quel pied ça a été, cette année à courir après nos idées partout sur la Lune. Les dieux savent comment on a réussi à continuer de respirer. Le remboursement du retour est une assez belle somme d'argent, mais elle vous file entre les doigts comme de la poussière, même quand votre directrice financière et votre ingénieur de projet ne vous prennent que leurs Quatre Fondamentaux et dorment par terre chez des amis.

Les réunions, les arguments de vente, les brochures, les promesses. Les refus, la prise de conscience qu'un « non » rapide vaut mieux qu'un « peut-être » qui tarde. Le frisson quand nous avons convaincu un véritable investisseur et touché ses bitsys. J'ai été claire : je ne voulais pas d'investisseurs ou de fonds d'investissement basés sur Terre, je ne voulais pas faire comme les Sun qui ne cessaient de se battre pour se libérer du contrôle de Beijing. Je voulais ressembler aux Mackenzie. Ça, c'était une vraie compagnie lunaire. Bob Mackenzie avait vendu toutes ses activités terrestres, transféré ses fonds sur la Lune et dit au reste de sa famille : les Mackenzie sont des gens de la Lune, maintenant. Montez ou partez. Je m'étais liée à la Lune : je ne pourrais jamais rentrer sur Terre et je ne voulais pas que la Terre vienne à moi. Les Terriens seraient mes clients, pas mes propriétaires. Corta Hélio serait mon enfant. Helen de Braga est mon amie la plus chère, elle fait partie du conseil, mais elle n'a jamais rien possédé de l'entreprise.

Elle et moi avons travaillé sur les finances pendant que Carlos mettait au point le prototype et montait la société. La Lune était beaucoup plus petite à l'époque, nous n'aurions pas pu construire et tester une extractrice sans que la nouvelle fasse le tour du monde en passant par Farside avant même qu'on ait verrouillé nos casques. Si bien qu'on est allés à Farside louer deux unités à la faculté. Ce n'était pas encore l'université, mais guère mieux qu'un observatoire et un avant-poste de recherche sur les pathogènes létaux. En cas de problème, on ne pouvait pas être plus loin de la Terre et il était possible d'abandonner, de dépressuriser et d'irradier le site tout entier. Les tunnels étaient beaucoup trop près de la surface : chaque nuit, j'imaginais les rayonnements me traverser les ovaires. On toussait tout le temps. Peut-être à cause de la poussière, mais nous suspections un petit souvenir du labo des pathogènes.

Carlos a construit le prototype d'extractrice. Enfin, quand je dis « construit », il a engagé les entrepreneurs, les robots et les équipes de contrôle qualité. Quand il me l'a montré, j'ai dit non non non, ça ne va pas marcher, ce n'est pas assez résistant, cette procédure est inefficace, et les accès pour l'entretien ? On se disputait horriblement. On se chamaillait comme un couple marié. Je ne l'aimais pas pour autant. Je l'ai dit à Helen. Je le lui ai dit, redit et reredit. J'ai dû la rendre folle à force de lui répéter qu'il était idiot, arrogant et buté, mais elle ne m'a jamais répondu de la fermer et de coucher avec lui. Parce que j'étais folle de lui. Il n'aurait pas pu être plus différent d'Achi. Qui était passée d'amie à amante. Lui pouvait être un amant, mais jamais un ami. Les attractions étaient complètement différentes, complètement inappropriées, et vraiment vraiment réelles. Je pensais à lui au lit. Je l'imaginais nu, je l'imaginais faire quelque chose de stupide et de romantique qui ne lui ressemblait pas, comme se pencher sur les plans pour voir de quoi parlait cette femme pénible et m'embrasser de temps en temps. Je me caressais en pensant à lui. Je crois qu'il a entendu. À quoi tient l'attirance ?

Je vais vous dire où j'ai embrassé Carlos pour la première fois : sous une petite coupole qu'il avait construite pour moi sur Mare Fecunditatis. Ce n'était même pas une coupole, plutôt deux nacelles de rover recouvertes de régolite qui nous servaient de base pour les essais sur le terrain. Nous avons démonté le prototype que nous avons expédié par BALTRAN de Farside dans des caisses anonymes, saut après saut après saut pour donner une impression de hasard, mais les caisses ont toutes abouti au moment et à l'endroit voulus. On les a ensuite transférées par rover à notre petite base où notre équipe a remonté le prototype, dans le trou du cul de la Lune, auquel jamais personne ne donnerait un coup d'œil.

Nous consommions à présent l'argent comme si c'était de l'oxygène. Il nous en restait assez pour un essai sur le terrain, une modification et nos VIP. Il fallait que ça marche. On s'est tous réunis sous notre coupole pour regarder l'extractrice partir en bourdonnant sur la mare. J'ai lancé les têtes d'extraction et les vis de séparation. Puis j'ai actionné l'interrupteur du séparateur et les miroirs ont pivoté pour renvoyer dessus la lumière du soleil. J'ai fondu en larmes. Je n'avais jamais rien vu de plus fantastique de ma vie.

On a eu notre premier relevé au bout d'une heure. Je ne crois pas avoir respiré une seule fois durant ces soixante minutes. Indications du spectromètre gazeux : hydrogène. Eau. Hélium 4. Monoxyde de carbone. Dioxyde de carbone. Méthane. Azote, argon, néon, radon. Des substances volatiles que nous pourrions vendre à AKA et aux Vorontsov. Pas ce que nous voulions, ce que nous cherchions : ce minuscule pic sur le graphe, tellement plus petit que tous les autres. J'ai agrandi l'échelle. On s'est tous massés autour de l'affichage. Là. Là ! De l'hélium 3. Exactement là où nous pensions le trouver et dans les proportions attendues. Oh ! quel mignon petit pic de spectrographe. Nous étions dans l'hélium. J'ai hurlé et trépigné de joie. Helen m'a embrassée avant d'éclater en sanglots. Ensuite, j'ai embrassé Carlos. Et je l'ai embrassé une nouvelle fois. Et j'ai continué à l'embrasser sans m'arrêter.

Serrés les uns contre les autres dans notre minuscule nacelle, on a bu de la mauvaise vodka VTO jusqu'à être bêtement, dangereusement ivres, puis j'ai tiré Carlos sur ma couchette et nous avons fait l'amour frénétiquement et sans rien nous dire, en gloussant au milieu des autres qui dormaient.

Nous avons conçu une ville, sur cette couchette. Au fil des ans et des décennies, ces deux nacelles, ce linceul de régolite sont devenus João de Deus.

Je n'ai pas épousé Carlos tout de suite. Il me fallait le bon nikah et de toute manière, après Mare Fecunditatis, on était trop occupés. J'ai appelé nos VIP et acheté leurs billets. Six allers-retours Terre/Lune. Deux pour EDF/Areva, deux pour PFC India, deux pour Kansai Fusion. Je les travaillais depuis des mois, téléconférences, présentations, argumentaires de vente. Je savais qu'ils voulaient échapper au duopole USA/

Russie de l'hélium 3 terrestre, qui maintenait les prix de l'énergie de fusion à un niveau élevé et étouffait le développement. C'était l'ère du pétrole qui recommençait.

C'est en les faisant venir que nous courions le plus gros risque. Des cadres de trois des plus petites compagnies terrestres d'énergie de fusion qui arrivaient en même temps sur la Lune ? Même les Mackenzie pourraient comprendre. Il s'agissait de savoir non pas s'ils allaient réagir, mais quand ils allaient le faire. Notre unique avantage était qu'ils ignoraient qui nous étions. Pour le moment. Si nous pouvions terminer la démonstration, négocier l'accord et signer le contrat avant que Bob Mackenzie lâche ses lames, alors nous pourrions défendre ce contrat devant la cour de Clavius.

Nous les avons installés dans le meilleur hôtel de Méridien. Nous avons pris à notre charge leurs Quatre Fondamentaux. Nous avons acheté aux délégués français du vin, aux délégués indiens du whisky et aux délégués japonais du whisky aussi. Je l'ai déjà dit : on consommait l'argent comme si c'était de l'oxygène.

La veille du jour où nous devions transférer nos VIP à Mare Fecunditatis, Mackenzie Metals nous a découverts. J'ai reçu un message de notre base là-bas. Des lève-poussière avec des logos Mackenzie Metals avaient fait sauter le prototype d'extractrice. Ils étaient en train de détruire les citernes de substances volatiles. Ils venaient s'en prendre à la base. Ils étaient à la base… je n'ai plus eu de nouvelles ensuite.

Je me souviens d'être restée figée dans ma chambre sans savoir quoi faire. Sans savoir quoi ressentir. J'étais engourdie. Je tombais. J'étais comme en chute libre. J'ai voulu vomir. L'extractrice, tout notre travail, mais surtout, surtout, les vies. Des gens avec qui j'avais ri, avec qui je m'étais saoulée, avec qui j'avais travaillé ; des gens qui étaient davantage ma famille que les membres de ma famille. Des gens qui m'avaient fait confiance. Ils étaient morts parce qu'ils m'avaient fait confiance. Je les avais tués. Nous étions des enfants, me suis-je rendu compte. Des enfants qui jouaient à monter des entreprises. Les Mackenzie étaient des adultes et eux, ils ne jouaient pas. Nous étions la croisade des enfants, qui s'enfonçaient dans leur propre ignorance. Je suis restée figée dans ma chambre en imaginant les lames Mackenzie dans l'ascenseur, à la porte, derrière la fenêtre.

Carlos m'a sauvée. Carlos m'a ramenée sur la Lune, Carlos était ma gravité. *Nous gagnons en passant ce contrat de production*, a-t-il dit. *Nous gagnons en construisant Corta Hélio.*

C'était la première fois que j'entendais ce nom.

Sur ses propres deniers, il a engagé des free-lances pour protéger notre équipe et notre matériel. Sur les miens, j'ai pris une place pour les VIP sur la boucle lunaire et les ai informés de notre changement de plan. Nous les ferions tourner par bride autour de la Lune jusqu'à Farside, où nous avions installé notre second prototype d'extractrice d'hélium 3.

Carlos l'avait imposé dès son arrivée à la gestion du projet : ne jamais construire qu'un seul prototype.

Nous avons mis nos VIP dans une capsule, les avons envoyés de l'autre côté de la Lune, les avons suivis dans la capsule suivante et leur avons montré de quoi était capable notre extractrice. Puis nous avons pris l'hélium qu'elle venait de fournir et nous sommes allés faire fonctionner avec le réacteur LDX de l'université de Farside.

Nous avons consacré nos dernières économies à faire rédiger par des IA juridiques le contrat de production, que nous avons signé ce soir-là.

Ce n'était pas tout à fait nos dernières économies. Carlos et moi en avions encore juste assez pour obtenir des IA un contrat de mariage. Et avec le presque rien qu'il nous restait ensuite, on a organisé notre cérémonie.

Ah, ça a été un mariage bon marché et joyeux. Helen a été ma demoiselle d'honneur, la seule autre personne présente étant le témoin de la LDC. Ensuite, on a fait congeler mes œufs et son sperme. On n'avait pas le temps pour le romantisme, pour une famille. On avait un empire à bâtir. Mais on voulait des enfants, on voulait une dynastie, on voulait préserver l'avenir, une fois que nous leur en aurions construit un sans risques. Ce qui pouvait prendre des années, des dizaines d'années.

La création de Corta Hélio n'était rien, comparée à la construction de Corta Hélio. J'ai passé des lunaisons sans voir Carlos. Je dormais, mangeais, prenais de l'exercice, faisais l'amour quand je pouvais, c'est-à-dire rarement. On a besoin d'alliés, a dit Carlos. J'ai essayé d'établir des relations. Le nom de Corta Hélio était parvenu aux oreilles des Quatre Dragons. Les Sun étaient distants, occupés par leurs propres projets et activités politiques. Les Vorontsov avaient les yeux tournés vers l'espace, même si j'ai obtenu d'eux des tarifs avantageux pour les lancements par boucle lunaire. Les Mackenzie étaient mes ennemis. Les Asamoah, peut-être parce que nos activités ne menaçaient pas les leurs, peut-être parce qu'eux comme nous étions arrivés les mains vides sur la Lune et y avions construit quelque chose, peut-être parce qu'ils s'identifiaient à l'outsider, sont devenus mes amis. Et ils le sont toujours.

Bénéficier d'une source stable et garantie d'énergie à bas prix a vite permis à mes clients terriens d'atteindre sur le marché une position qui a obligé leurs concurrents à négocier avec nous pour ne pas faire faillite. Peu après, les marchés d'hélium 3 russe et américain se sont effondrés. J'ai battu l'Amérique et la Russie ! En même temps ! En deux ans, Corta Hélio a atteint une situation de monopole.

Vous voyez ? Rien de plus ennuyeux que de parler argent et affaires. Nous avons construit Corta Hélio. Nous avons transformé en grande ville la petite cabane où nous faisions l'amour. Sacrée époque. La meilleure. L'excitation nous laissait sans voix. Est arrivé un moment où notre réussite engendrait de nouveaux succès. Nous gagnions de l'argent rien qu'en existant. Les extractrices récoltaient la poussière, la boucle lunaire envoyait les collecteurs vers la Terre. On se tenait à la surface, nos casques collés l'un à l'autre, pour regarder les lumières de la planète Terre. C'était ridiculement facile. Tout le monde aurait pu y penser. Mais c'est moi qui y avais pensé.

Vous voyez comment ça vous endurcit ? Dans toute cette agitation, cette excitation et ces tonnes de travail, j'ai oublié les gens qui sont morts sur la mer de la Fécondité ; mon équipe, ceux qui m'ont donné le succès sans jamais avoir la possibilité d'y assister ou de le partager. Les gens disent que la Lune est dure : non, ce sont les gens qui sont durs. Ce sont toujours les gens.

Je continuais à envoyer de l'argent aux membres de ma famille. Je les ai rendus riches, j'en ai fait des célébrités. On les voyait dans le magazine *Veja* : la sœur, le frère de Notre-Dame de l'Hélium. La Main de Fer, la femme qui a éclairé le monde ! Ils avaient un appartement magnifique, de grosses voitures, des piscines, des précepteurs et des gardes du corps, et un jour, j'ai dit *stop*. Vous avez pris pris pris, vous avez dîné en ville, fait la fête, grossi grâce à mon argent et à mon nom, tout ça sans un merci, sans un mot pour reconnaître ce que j'ai fait ici, sans la moindre lueur de gratitude ou d'estime. Vos enfants, mes neveux et nièces ne reconnaissent même pas mon visage. Vous m'appelez la Main de Fer, eh bien, voilà un jugement de fer. Le dernier cadeau venu de la Lune. J'ai mis sur un compte sécurisé le montant d'un aller simple sur la Lune. Si vous voulez l'argent de Corta Hélio, travaillez pour l'argent de Corta Hélio. Avec Corta Hélio. Prenez un engagement envers Corta Hélio ou je ne vous enverrai plus jamais la moindre décima.

Venez sur la Lune. Venez me rejoindre. Venez construire un monde et une dynastie Corta.

Aucun des membres de ma famille n'a accepté mon offre.

Je leur ai coupé les vivres.

Je n'ai parlé à aucun d'entre eux depuis quarante ans.

Ma famille est ici. C'est la dynastie Corta.

Vous trouvez que c'était sévère ? L'argent, ce n'est rien, aucun d'eux ne serait plus jamais pauvre. Vous pensez que j'ai eu tort de leur couper les vivres sans un mot, sans même une pensée ? Je pourrais vous sortir les excuses habituelles : tout se négocie, qui ne travaille pas ne respire pas, la Lune vous rend dure. C'est vrai, la Lune vous change. Elle m'a changée au point que si je rentrais un jour sur Terre, mes poumons s'affaisseraient, mes jambes se déroberaient, mes os s'effriteraient et se fendraient. Et ces 380 000 kilomètres comptent. Quand, dans une discussion avec la Terre, vous devez attendre deux secondes et demie la réponse, ça vous éloigne. Vous ne pouvez jamais combler ce fossé. Il est intégré à la structure de l'univers. C'est la physique qui est dure.

Je n'ai pas pensé à eux en quarante ans. Mais je pense à eux en ce moment. Je pense beaucoup au passé : des choses m'en reviennent malgré moi. Je me dis que je n'ai pas de regrets, mais est-ce la vérité ?

Je ne peux m'empêcher de penser que c'était toutes ces années à monter la compagnie, davantage à l'intérieur qu'à l'extérieur d'une combiAS, à entrer dans des rovers et à en sortir, à monter sur des extractrices et à en descendre, à se blottir contre Carlos dans cette capsule, traversée par les radiations…

C'est plus avancé que je vous l'ai dit, ma sœur. La seule à savoir est la docteure Macaraeg. Je sais que Lucas est allé au couvent : il sait que j'ai une maladie, mais pas sa véritable gravité. Écoutez-moi ces euphémismes. Avancé, gravité. Je sens la mort, ma sœur, je vois ses petits yeux noirs. Ma sœur, quoi que dise Lucas, quelles que soient ses menaces, ne lui dites pas ça. Il voudra absolument tenter quelque chose alors qu'il n'y peut rien. Il se sent toujours obligé de faire ses preuves. Et je l'ai blessé, oh oui, je l'ai terriblement blessé. Il y a tant à réparer. La lumière commence à manquer.

Mais je ne vous ai même pas encore raconté l'histoire du combat au couteau avec Robert Mackenzie !

C'est légendaire. Je suis légendaire. Vous n'en avez peut-être pas entendu parler ? Il m'arrive d'oublier que plusieurs générations m'ont succédé. Enfin, pas vraiment : comment pourrais-je oublier mes petits-enfants ? Mais je n'arrive pas à croire qu'il se soit passé tant de temps depuis cette époque, que les gens puissent ne plus s'en souvenir. Quelle époque c'était !

Les Mackenzie ont cessé d'attaquer physiquement notre matériel dès que nous avons eu les moyens d'embaucher notre propre personnel de sécurité. Il y avait un ancien officier de marine brésilien, remercié quand le Brésil avait décidé que sa marine militaire lui coûtait trop cher. Il avait servi dans les sous-marins et, d'après lui, la guerre sur la Lune était une guerre de sous-marins : tous les véhicules sont pressurisés et évoluent dans un environnement létal. Je l'ai engagé. C'est toujours mon chef de la sécurité. Nous avons décidé qu'une frappe audacieuse mettrait fin à la guerre. Nous avons attaqué Creuset. Les Mackenzie et VTO venaient de terminer Équatorial Un, ce qui permettait à Creuset de raffiner des terres rares en continu. C'était, et ça reste, une formidable réussite. J'oublie que j'ai joué un rôle là-dedans, quand j'ai quitté Mackenzie Metals pour devenir une des reines du rail des Vorontsov le temps de préparer la fondation de Corta Hélio. Carlos a eu une idée : *On va couper Équatorial Un pour paralyser Creuset.* Je me souviens des visages autour de la table : surprise, stupéfaction, peur. Heitor a répondu qu'on ne pouvait pas. Carlos a dit : *On peut. Ton travail consiste à me dire comment.*

On l'a fait avec six rovers : deux équipes de trois. On a choisi d'attaquer juste au moment où Mackenzie Metals allait livrer l'importante quantité de terres rares prévue dans son nouveau contrat avec Xiaomi. Carlos a accompagné la première équipe, moi la seconde. C'était tellement excitant ! Deux rovers remplis de grands escoltas costauds, le second transportant l'équipe de sabotage. Ça a été très simple, vraiment. On a attaqué Creuset dans l'est de Procellarum. Les escoltas ont formé un périmètre, les saboteurs sont passés à l'action au même moment, à trois kilomètres devant et derrière Creuset. J'ai regardé les charges exploser. Les rails ont volé si haut que j'ai cru qu'ils allaient se mettre en orbite. Je les ai vus tournoyer de plus en plus loin en reflétant la lumière du soleil, et rien sur la Lune ne pouvait ressembler davantage à un feu d'artifice. Tout le monde a poussé des hourras et des cris de joie, mais pas moi, je détestais voir un si brillant et si beau travail d'ingénierie détruit en un clin d'œil. Des rails que je pouvais avoir posés moi-même. Je détestais ça, parce qu'à peine on avait construit une chose dont être fier qu'on la détruisait.

Le plus intelligent a été, alors même qu'on fuyait en ayant les rovers de Mackenzie Metals aux trousses, nos attaques secondaires vingt kilomètres en amont et en aval de la ligne. Les équipes de réparation de VTO seraient obligés de refaire la voie à ces endroits-là avant de réparer les dégâts qu'on avait causés plus près de Creuset. Même si VTO envoyait des équipes dans l'heure, Creuset resterait une semaine dans le noir. La date de livraison ne serait pas respectée.

On a semé leurs lames dans le terrain chaotique d'Eddington.

Après Procellarum est, Mackenzie Metals a déplacé la bataille sur le plan juridique, devant la cour de Clavius.

Je crois que j'aurais préféré qu'on continue à se battre avec des lames et des bombes.

Leur tactique changeait, mais leur stratégie était claire et nette : saigner Corta Hélio à mort à coups de frais juridiques. Ils nous ont poursuivis pour violation de contrat, violation de copyright, dommages corporels, dommages d'exploitation, plagiat et dommages et intérêts pour chacun de leurs employés présents sur Creuset le jour de l'attaque. Plainte après plainte après plainte. Nos IA faisaient aussitôt déclarer la plupart d'entre elles irrecevables, mais pour chaque plainte dont on se débarrassait, leurs IA à eux en créaient dix autres. Les IA sont prolifiques, et bon marché, mais pas gratuites. Les juges sur lesquels on s'était mis d'accord ont fini par décider de rejeter toute autre plainte déraisonnable et d'imposer à Mackenzie Metals d'engager des poursuites sérieuses ayant des chances raisonnables de succès.

Ce qui a été fait. Adriana Maria do Céu Mão de Ferro Arena de Corta a été poursuivie pour quarante violations distinctes du brevet de Mackenzie Metals dans la conception des extractrices.

IA, avocats et juges se sont préparés à un long procès.

Pas moi.

Je savais que cela pourrait traîner encore et encore, que Mackenzie Metals s'attaquerait à nos exportations et qu'à chaque attaque qu'on parerait, ils en lanceraient une autre. Ils voulaient nous salir. Ils voulaient réduire en poussière mon nom et ma réputation. Ils voulaient que nos clients sur Terre se méfient de nous, se méfient suffisamment pour envisager une petite mise de fonds dans une entreprise d'extraction d'hélium 3 établie, de bonne réputation et capable de tenir parole : Mackenzie Fusion.

Il fallait que j'y mette rapidement le holà.

J'ai défié Robert Mackenzie, nommément et personnellement, en duel judiciaire.

Je n'ai rien dit à l'un ou à l'autre de mes avocats. Je n'ai rien dit à Helen, je n'ai rien dit à Heitor, même s'il a pu se douter de quelque chose quand je lui ai demandé de m'enseigner les rudiments de la voie du couteau. Je n'ai rien dit à Carlos.

Il y a la colère, il y a la fureur, et derrière, une rage encore plus profonde pour laquelle on n'a pas de nom. Elle est pâle, très pure, glacée. J'imagine que c'est ce qu'inspire le péché au dieu chrétien. Je l'ai vue en Carlos quand il a découvert ce que j'allais faire.

Ça mettra fin au problème, j'ai dit. *Une bonne fois pour toutes.*

Et si tu es blessée ? a-t-il demandé. *Si tu meurs ?*

Si Corta Hélio meurt, je suis morte aussi. Tu crois qu'ils nous laisseront nous en sortir ? Les Mackenzie vous rendent trois fois la monnaie de votre pièce.

Il y avait la moitié de la Lune dans la salle d'audience, ce jour-là, du moins à ce qu'il m'a semblé. En arrivant dans l'arène, je n'ai vu que des visages et encore des visages, tout autour de moi, et qui montaient et montaient encore. Tous ces visages, et moi en short et haut court, avec à la main un couteau emprunté à une escolta.

Je n'avais pas peur, absolument pas peur.

Les juges ont appelé Robert Mackenzie à comparaître. Les juges l'ont à nouveau appelé à comparaître. Puis ils ont ordonné à ses avocats d'approcher. Du centre de l'arène judiciaire où je tenais à la main le couteau d'une autre femme, j'ai levé les yeux vers tous ces visages. Je voulais leur demander : *Pourquoi vous êtes venus ? Qu'est-ce que vous êtes venus voir ? Une victoire ou du sang ?*

« Je te défie, Robert Mackenzie ! ai-je crié. Défends-toi ! »

En un clin d'œil, un silence de plomb s'est abattu.

J'ai à nouveau défié Robert Mackenzie.

Et une troisième fois : « Je te défie, Robert Mackenzie, défends-toi, défends ton nom et ton entreprise ! »

Je l'ai appelé trois fois sans que personne ne me rejoigne dans l'arène. La foule est alors entrée en éruption. Les juges criaient quelque chose que personne n'entendait dans le tumulte. Des gens m'ont hissée sur leurs épaules et sortie de la cour de Clavius, je riais, riais, riais, la main toujours bien refermée sur le couteau. Je ne l'ai lâché qu'une fois arrivée à l'hôtel où l'équipe des Corta avait établi son quartier général.

Carlos hésitait entre le rire et la colère. Il a pleuré.

Tu savais, a-t-il dit.

Depuis le début, ai-je répondu. *Jamais Bob Mackenzie ne pourrait se battre contre une femme.*

Dix jours plus tard, la cour de Clavius a instauré un processus permettant de se faire représenter par des combattants dans un duel judiciaire. Mackenzie Metals a essayé d'intenter un nouveau procès. Aucun juge sur la Lune n'a voulu s'en mêler.

Corta Hélio a gagné. J'ai gagné. J'ai défié Robert Mackenzie au couteau et j'ai gagné.

Et personne ne s'en souvient. Mais j'ai été légendaire.

La mort et le sexe, pas vrai ? Les gens font l'amour après des obsèques. Parfois pendant. C'est le grand cri de la vie. Faites davantage de bébés, faites davantage de vie ! La vie est la seule réponse à la mort.

J'ai vaincu Bob Mackenzie dans l'arène judiciaire. Ce n'était pas la mort — pas ce jour-là —, mais ça a merveilleusement concentré mon attention. Corta Hélio ne craignait plus rien. Il était désormais temps de bâtir une dynastie. Croyez-moi, il n'y a pas meilleur aphrodisiaque qu'être portée hors de l'arène judiciaire le couteau à la main. Carlos ne pouvait pas s'empêcher de me tripoter. Il était possédé. C'était une grande machine à bite. D'accord, ce n'est pas convenable pour une vieille dame de parler de cette manière. Mais c'était un affamé de la baise. Il était mortel. Et il n'arrêtait jamais. Et ça a été la meilleure période de ma vie, la seule où j'aie pu me détendre en me disant : je suis en sécurité. Alors évidemment, j'ai dit : *Faisons un bébé.*

On a tout de suite commencé à faire passer des entretiens à des madrinhas.

J'avais quarante ans. J'avais bu beaucoup de vide, avalé un paquet de radiations, sniffé un océan de poussière. Les dieux seuls savaient si tout fonctionnait encore bien en moi, alors pour ce qui était de ma capacité à mener normalement une grossesse à son terme… Trop d'incertitudes. J'avais besoin de solutions techniques. Carlos m'avait approuvée : des mères porteuses. Des mères de substitution rémunérées qui seraient beaucoup plus que de simples utérus de location. Nous voulions qu'elles fassent partie de la famille, qu'elles s'occupent de ces parties de l'éducation des petits enfants pour lesquelles nous n'avions ni le temps ni, soyons honnête, le goût. Les bébés sont ennuyeux. Les gamins ne commencent à être humains qu'à leur cinquième anniversaire.

On a dû recevoir en entretien trente jeunes Brésiliennes saines, en forme et fécondes avant de trouver Ivete. C'est comme ça que je suis entrée en contact avec votre Sororité. La communauté brésilienne m'a conseillé d'aller voir mãe Odunlade : elle a les arbres généalogiques et les dossiers médicaux de chaque Brasileiro ou Brasileira venu sur la Lune, plus ceux de quelques Argentins, Péruviens, Uruguayens, Ghanéens, Ivoiriens et Nigériens. Elle va te régler ça. Elle l'a fait, je l'ai récompensée pour ses services, et bon, vous connaissez la suite.

Nous avons rédigé le contrat, que les systèmes judiciaires d'Ivete ont examiné, mãe Odunlade l'a conseillée et nous sommes tombés d'accord. Nous avions déjà commencé plusieurs embryons, nous avons demandé à Ivete comment elle voulait procéder. Tout simplement aller au centre médical se le faire implanter, ou coucher avec moi, ou avec Carlos, ou avec nous deux ? Histoire d'en faire quelque chose de personnel, avec de l'affection, des liens.

Nous avons passé deux nuits dans un hôtel de Reine-du-Sud avant de faire implanter l'embryon. Il a tenu tout de suite. Mãe Odunlade avait bien choisi ses madrinhas. Ivete est venue avec nous à João de Deus, nous lui avons donné son propre appartement et une assistance médicale permanente. Neuf mois plus tard, Rafa est né. Les réseaux de potins débordaient de photos et d'excitation — les droits sur les photos faisaient partie de la rémunération d'Ivete —, mais les bravos manquaient de chaleur. Je sentais la désapprobation. Les mères porteuses, les utérus de location. Ils ont baisé comme des lapins tout un week-end dans un hôtel de Reine. Une partie à trois, vous savez.

Rafa était à peine sevré que je préparais déjà le suivant dans la succession. Carlos et moi avons commencé à chercher une nouvelle madrinha. En même temps, je me suis mise à avoir des visions de cet endroit. João de Deus n'était pas un bon endroit pour élever une famille. Il y a des enfants maintenant, mais à l'époque, c'était une ville-frontière, une ville minière, c'était brut, rude et viril. Je me suis souvenue du cadeau d'adieu d'Achi. J'ai retrouvé sans mal les tubes à documents en bambou… dix ans depuis son départ. Déjà ! Cascades et visages de pierre, un jardin creusé dans le cœur de la Lune. C'était comme si elle avait vu l'avenir, ou l'intérieur de mon cœur. J'ai engagé des sélénologues et trouvé cet endroit, dissimulé dans la roche comme une géode pendant des milliards d'années. Un palais, un enfant, un autre en route dans le centre médical de Méridien. Une entreprise et un nom. J'étais enfin la Main de Fer.

Puis Carlos s'est fait tuer.

Vous avez entendu ce que j'ai dit ? Carlos n'est pas mort. Il s'est fait tuer. C'était intentionnel. C'était délibéré et malveillant. On n'a jamais rien pu prouver, mais je sais qu'on l'a tué. Assassiné. Et je sais qui l'a fait.

Je suis désolée. Je me laisse emporter par mes émotions. Ça fait si longtemps… la moitié de ma vie sans lui, mais je le vois très nettement. Il vient se tenir tout près de moi : je vois la texture de sa peau… il avait une peau affreuse. Je sens son odeur, elle était si particulière, si personnelle, douce comme le sucre. L'homme-sucre à l'odeur suave. Ses enfants ont la même, une sueur suave. Je l'entends, j'entends le léger sifflement qu'il faisait en respirant par le nez. Sa dent ébréchée. Je vois tout de manière si détaillée et pourtant ça n'a pas l'air réel. C'est aussi irréel que Rio, pour moi. Ai-je vraiment vécu là-bas un jour ? Ai-je agité mes orteils dans l'océan ? Nous sommes restés si peu de temps ensemble. J'ai vécu trois vies : avant la Lune, Carlos, après Carlos. Trois vies si différentes qu'elles ne me ressemblent pas.

Je continue à avoir du mal à en parler. Je n'ai pas pardonné. Je ne comprends même pas le concept : pourquoi devrais-je arrêter de ressentir ce que je ressens sincèrement, pourquoi devrais-je excuser l'injustice ? Pourquoi devrais-je prendre tout le mal qu'on lui a fait et dire : *Rien de tout ça ne compte, Carlos, j'ai pardonné.* Sottises religieuses. Le pardon est pour les chrétiens et je ne suis pas chrétienne.

Il était parti cinq jours en tournée d'inspection sur les nouveaux champs de Mare Imbrium. Son rover a été victime d'une dépressurisation incontrôlée dans les Montes Caucasus. Dépressurisation incontrôlée… vous comprenez ce que ça veut dire ? Une explosion. Ça se passait il y a quarante ans, nos ingénieurs ne valaient pas ceux de maintenant, mais même à l'époque, les rovers étaient solides, on les construisait résistants. Il ne leur arrivait pas de *dépressurisations incontrôlées.* C'était un sabotage. Il suffisait de pas grand-chose, la pressurisation interne ferait le reste. J'y suis allée en canot de sauvetage Vorontsov. J'ai retrouvé le rover éparpillé sur cinq kilomètres. Il n'y avait même pas de quoi recycler le carbone. Vous entendez ma voix ? Vous entendez comme je la force à rester monotone et concentrée, la manière dont je choisis mes mots comme des outils, précis et commodes ? Aujourd'hui encore, je ne peux pas parler de Carlos autrement. J'ai mis un jalon là-bas, une colonne de titane découpée au laser. Il ne rouillera jamais, ne se décolorera jamais, ne deviendra jamais vieux et poussiéreux. Il restera là plusieurs éternités. C'est ce qu'il faut, je crois. C'est une durée suffisante.

Tu as tué Carlos Matheus de Madeiras Castro, Robert Mackenzie. Je t'accuse. Tu as attendu, tu as pris ton temps et tu as trouvé comment me faire le plus mal. Tu as détruit ce à quoi je tenais le plus au monde. Tu m'as rendu au triple la monnaie de ma pièce.

Trois mois plus tard, Lucas est né. Je ne l'ai jamais aimé autant que j'ai aimé Rafa. Je n'y arrivais pas. On avait pris mon Carlos, on me rendait Lucas. Ça ne semblait pas équitable, comme échange. Et ce n'est pas correct, ce n'est pas juste, mais les cœurs humains sont rarement justes. Malgré tout, c'est Rafa qui a entendu murmurer le nom de l'assassin de son père au-dessus de son lit, c'est lui qui a grandi dans cette ombre, avec la haine dans le cœur. Les Corta coupent. Notre nom nous définit tout entier.

Rafael, Lucas, Ariel, Carlinhos : petit Carlos. Wagner. Je ne pouvais pas être gentille avec ce garçon. On a des idées dans la tête, puis on se rend compte qu'une vie a passé et qu'elles sont devenues dogmes. Et Ariel… Pourquoi est-ce que je n'ai pas… inutile. Ingénieure un jour, ingénieure toujours. Il m'a fallu toute mon existence pour comprendre que les vies ne sont pas des problèmes à résoudre. Mes enfants sont les réalisations dont je suis le plus fière. L'argent… comment peut-on le dépenser, ici ? En achetant une imprimante plus rapide, une caverne plus grande ? Un empire ? Ce monde est un monde de poussière. Le succès ? Aucune substance connue n'a de demi-vie plus courte. Mais mes enfants : pensez-vous que je les ai construits assez solides pour tenir dix mille ans ?

Iemanjá a tracé un chemin argenté sur l'océan, chemin que j'ai suivi jusqu'à la Lune. Ce que j'aime chez les orixás… c'est leur sagesse particulière : elles ne proposent pas grand-chose. Ni sainteté ni paradis, rien qu'une chance, qu'on ne vous donne qu'une seule fois. Si vous ne la saisissez pas, elle ne se représentera jamais plus. Si vous la saisissez, vous pourrez aller jusqu'aux étoiles. Ce qui me plaît. Ma mamãe comprenait ça.

Mon récit est terminé, à présent. Tout le reste n'est qu'histoire. Mais vous savez quoi ? Je n'étais pas moyenne. Je n'étais pas Madame Tout-le-monde. J'étais *extraordinaire*.

Ma sœur, excusez-moi : Iemanjá reçoit un appel d'urgence.

10

Vous franchissez la première ligne de défense à vingt kilomètres de João de Deus. Peut-être arrivez-vous à bord d'un train, d'un bus ou d'un rover, peut-être tombez-vous en direction du récepteur Fecunditatis 27 à l'intérieur d'une capsule BALTRAN, dans tous les cas, la sécurité des Corta se sera renseignée sur votre véhicule, sur votre manifeste des passagers et sur vous-même. Cette première ligne est si discrète que vous la franchissez sans même vous en rendre compte. À moins de déclencher l'alerte.

La deuxième ligne est en réalité un champ qui couvre chaque prospekt et niveau, chaque passerelle et ascenseur, chaque canalisation, tubulure ou cheminée de João de Deus. Des robots rampants, grimpeurs et volants, depuis les énormes tunneliers et machines à fritter jusqu'aux drones d'inspection gros comme des insectes. Des yeux, des oreilles, des sens spécifiques aux robots, tournés vers l'extérieur, en alerte, actifs.

Le troisième cercle est le personnel de sécurité, des hommes et des femmes vêtus de costumes bien taillés et équipés de lames encore mieux taillées, ainsi que d'armes à plus longue portée capables de neutraliser un assassin, biologique ou mécanique, avant qu'il soit assez près pour tuer. Poisons, drones, tasers, insectes à cible spécifique. Heitor Pereira a dépensé sans compter et sur un large spectre. Nul n'a de meilleur arsenal sur la Lune.

Au centre de ces trois cercles, il y a Ariel Corta en coma artificiel dans l'unité de soins intensifs du centre médical Nossa Senhora Aparecida.

Les Corta sont arrivés des quatre quartiers de la Lune. Les médecins refusent fermement de laisser la famille accéder à l'USI. Il n'y a rien à voir. Une belle femme en couchette d'assistance vitale, tubée et câblée, des capteurs et scanners robotisés allant et venant au-dessus de son corps comme les mudrâs d'une danse hindoue. Beijaflor flotte au-dessus de sa tête. Adriana a déplacé sa cour à João de Deus. Corta Hélio a réquisitionné une suite de chambres à l'étage au-dessus de l'USI. Leurs occupants ont été généreusement dédommagés ; ceux pour qui c'était nécessaire ont été admis dans d'autres établissements hospitaliers, transportés aux frais des Corta avec toute l'attention possible, surclassés. Le personnel de Boa Vista imprime des meubles et des tissus, diffuse des appels d'offres aux traiteurs. La presse et les sites de potins campent devant la clinique. Heitor Pereira a déjà capturé trente drones espions.

Leurs familiers leur ont détaillé l'agression et les blessures, mais cela réconforte et console les Corta de se les répéter, de se les mimer, de se les raconter les uns aux autres. Une litanie d'assassin.

« Un couteau en os, dit Adriana Corta.

— Il n'a eu aucun mal à passer les scanners de la soirée avec », continue Rafa. Il est arrivé directement de Twé, trois sauts par BALTRAN. Il est imperturbable, soigné, vêtements, chaussures et cheveux impeccables malgré les outrages du transport balistique. « Ils n'ont rien détecté.

— Le modèle est disponible partout sur le réseau », indique Carlinhos, qui a fait douze heures de rover depuis la petite guerre sur la mer des Crises. Mal à l'aise dans cette chemise et ce costume dont il n'a pas l'habitude, il essaye de desserrer le col. « La moitié de mon équipe s'est baladée avec. C'était la mode il y a un an ou deux. On se servait de son propre ADN comme matrice.

— Un plaideur rancunier, dit Adriana.

— Ce n'est pas vraiment ce qui manque, estime Lucas.

— Ridicule, crache Adriana. Quand on est malmené par un mauvais divorce, on s'en prend à son ex, pas à l'avocat.

— L'histoire tient debout, reconnaît Lucas. L'affaire Barosso contre Rohani. La cour de Clavius a le dossier. Barosso a rompu les négociations pour attaquer en justice. Ariel l'a laminé.

— Et malgré ça, il était invité à cette soirée, rappelle Adriana. Ridicule. Ridicule. »

Personne n'a encore formulé la plus grande évidence, et personne ne la formulera avant qu'Ariel soit hors de danger. Le reste de la Lune peut produire rumeurs, délires et indignations sur le réseau. Cela alimente les Corta, mais moins bien que leur propre dignité dans l'adversité.

« Et où est Wagner ? demande Adriana.

— À Reine, répond Carlinhos. Il a découvert un truc.

— S'il veut être l'un de nous, il faut qu'il soit ici.

— Je vais essayer une nouvelle fois de le contacter, mamãe. »

Mais Lucas a le sourcil levé et jette à son frère un regard qui signifie *il faudra qu'on ait une discussion là-dessus.*

La docteure Macaraeg est là, annoncent les familiers.

Le médecin d'Ariel hésite sur le seuil, intimidé par la phalange de Corta qui lui fait face. Elle s'assied à un bout de la grande table. La famille se regroupe autour de l'autre extrémité.

« Ce n'est pas bon, commence-t-elle. Nous l'avons stabilisée, mais elle a perdu beaucoup de sang. Beaucoup. Il y a eu lésion nerveuse. Le couteau a sectionné une partie de la moelle épinière. Il y a eu perte fonctionnelle.

— Perte fonctionnelle ? tempête Rafa. Qu'est-ce que c'est que ça ? Vous ne parlez pas d'un robot, là. Ma mère a besoin de savoir ce qui est arrivé à Ariel. »

La docteure Macaraeg se frotte les yeux. Elle est épuisée et n'a vraiment pas besoin de la crise futile de Rafael Corta.

« Le couteau a causé une lésion de catégorie B dans la section L5 de la moelle épinière. Avec une lésion de catégorie B, la fonction motrice est perdue. La fonction sensorielle demeure. La section L5 est responsable du contrôle moteur des pieds, des jambes et de la région pelvienne. Tout cela est perdu. Il y a aussi une perte de contrôle de la vessie et des intestins.

— Qu'est-ce que vous voulez dire par contrôle de la vessie et des intestins ? demande Rafa.

— Incontinence. Nous avons mis en place un système de colostomie.

— Elle ne peut pas marcher, dit Carlinhos.

— C'est une paraplégie. Votre sœur est paralysée des pieds aux hanches. Nous avons un autre motif d'inquiétude à propos des lésions cérébrales que pourrait avoir causées une hémorragie aussi importante. »

Carlinhos murmure une invocation umbanda.

« Merci, docteure, dit Adriana Corta.

— Qu'est-ce que vous pouvez faire ? demande Rafa.

— Nous commencerons une thérapie par cellules souches le plus tôt possible. Le taux de réussite est bon.

— Comment ça, il est bon ? s'étonne Lucas. Kojo Asamoah a eu un nouvel orteil en deux mois.

— Il y a une grosse différence entre faire pousser un orteil neuf et réparer les nerfs spinaux. C'est un processus délicat.

— Combien de temps ? demande Adriana.

— Ça peut prendre jusqu'à un an.

— Un an ! s'exclame Rafa.

— Peut-être huit mois, si la greffe prend du premier coup. Il y aura ensuite la convalescence, le réapprentissage complet de l'utilisation des systèmes moteurs, l'établissement des voies neurales. On ne peut pas aller plus vite que la musique. C'est un travail de précision. La moindre erreur est définitive.

— Un an en tout, dit Lucas.

— Tout ce dont vous avez besoin, nous vous l'obtiendrons, promet Adriana. Équipements, nouvelles techniques de la Terre ou je ne sais quoi d'autre. Ariel l'aura.

— Merci, mais notre technologie médicale est en avance sur

tout ce qui existe sur Terre. On fera tout notre possible, senhora Corta. Vraiment tout notre possible.

— Bien sûr. Merci, docteure. » Le deuxième *merci* est pour congédier. Adriana se tourne vers ses fils. « Rafa, Carlinhos, si vous voulez bien ? Il faut que je parle à Lucas. »

« Ce serait idiot et mensonger de ma part de dire que ça n'a pas marché pour moi, confie ce dernier une fois seul avec sa mère.

— Tu t'attends à ce que j'admire ça ?

— Non. C'est répréhensible, mais c'est du bon commerce. Mais ce n'est pas ce qui me préoccupe le plus. Le mariage, mamãe. Sans Ariel pour négocier le nikah, les Mackenzie vont manger Lucasinho tout cru. »

Il voit sa mère essayer de prendre en compte ce nouveau paramètre, comme un composant d'usine d'extraction qui a besoin que des paysages entiers pivotent, un train qui doit commencer à freiner avant d'arriver derrière l'horizon. Elle aurait virevolté comme une danseuse, avant. Rapidité d'esprit, de compréhension. Ce mariage dynastique ne sera pas un piège de longue durée comme celui qu'il a partagé avec Amanda Sun. Ariel négociera un bon contrat de mariage. Le meilleur de sa carrière. Lucas n'en a toujours pas parlé à Lucasinho. Il avait l'intention de ne le faire qu'une fois le contrat prêt. Mais le garçon arrive bientôt de Méridien et Lucas redoute la conversation à venir.

« Qu'est-ce qu'on peut faire ? demande Adriana d'une voix dans laquelle Lucas décèle épuisement et indécision.

— Gagner du temps.

— Les Mackenzie ne le permettront jamais.

— Je vais voir qui je peux trouver. Beijaflor gère les contacts d'Ariel.

— D'accord », dit Adriana, mais Lucas voit bien qu'elle pense surtout à la chambre sous leurs pieds. « On fera de notre mieux pour Lucasinho.

— Mamãe, je m'inquiète pour Ariel, vraiment, mais l'entreprise…

— Occupe-toi de l'entreprise, Lucas. Je m'occuperai d'Ariel. »

« Salut.

— Salut. »

Il va et vient dans les couloirs en quête de nourriture, de thé, de quelque chose pour meubler le temps d'attente dont les centres médicaux sont si généreux. Elle sort épuisée de la pièce où Heitor Pereira l'a débriefée : question après question, des questions, trois heures de questions. Des détails. Des souvenirs. Racontez-moi encore, encore, encore. Le moindre détail secondaire, la moindre chose entraperçue qui pourrait en apprendre davantage sur l'agression. Elle est fatiguée, écœurée.

L'assassin était mort mort mort le temps qu'arrive le reste des gardes du corps. Quelqu'un a desserré les doigts de Marina crispés sur la vapette. Quelqu'un l'a écartée de la mare de sang qui s'étalait. Les robots sont arrivés les premiers, sprintant au plafond, flottant sur leurs hélices. Ils ont évalué l'état d'Ariel Corta, déjà bleuie par l'hémorragie, installé des lignes et des tubes dans ses bras, comprimé et agrafé les lambeaux de peau, imprimé du sang artificiel, placé son corps en position de sécurité et appelé les médecins humains. Une équipe de sécurité free-lance, engagée en urgence par Beijaflor, a fait évacuer les fêtards. Puis Corta Hélio a mis ses ressources à contribution. Un vaisseau lunaire Vorontsov arrivait au sas de surface d'Aquarius Quadra. Ariel devait être conduite à João de Deus. Pas de questions. Les mercenaires de sécurité ont escorté le brancard et l'équipe médicale dans la cale. Marina a dérivé dans leur orbite, satellite taché de sang. Elle n'était jamais montée à bord d'un vaisseau lunaire. C'était bruyant. Tout tremblait. Elle ne se rappelait pas s'être jamais sentie aussi peu en sécurité sur les motos-poussière de Carlinhos. Elle a eu mal au cœur pendant chacune des vingt minutes du vol, a compris ensuite, en vomissant discrètement dans un coin de l'ascenseur en descente dans le hub Nossa Senhora Aparecida, que c'était à cause de la puanteur du sang sur sa robe.

Heitor Pereira l'a empoignée à la porte pour l'écarter des équipes d'urgence. Elle a aperçu mère et frères par-dessus les épaules, entre les corps qui s'activaient.

Dites-moi tout.

Un essaim de caméras.

Il faut qu'on sache. Tout.

Je lui ai sauvé la vie, bordel.

« Ta, euh, robe. »

Marina porte toujours la Jacques Fath. Qui est raide de sang séché, empeste le fer et la mort.

« On ne m'a pas laissée... » Maintenant qu'elle a cessé de bouger, l'inertie des événements, des voix et des visages menace de lui faire perdre l'équilibre. Elle a la tête qui tourne, fatigue, choc, vertige.

« Viens, on va te trouver quelque chose. »

Les grosses imprimantes se consacrent aux dispositifs médicaux ou au mobilier pour Corta Hélio, mais il y a une petite unité publique derrière la maison de thé du centre médical. Les clients ouvrent de grands yeux en voyant le sang, le Corta.

« Arrêtez de me regarder ! crie Marina. Arrêtez, merde ! »

Le désassembleur refuse la robe de Marina. *Tissu contaminé*, l'informe Hetty. *Merci de recourir aux zabbalins pour le recyclage.*

« Tiens. » Carlinhos tend un thé à Marina qui patiente près de l'imprimante. Des vêtements simples, classiques : veste à capuche et leggings. Chaussons.

« Tu permets ? » Marina défait les bretelles de sa robe.

« Je t'ai déjà vue, plaisante Carlinhos.

— Tu peux me donner un instant ? » Toute plaisanterie, toute légèreté est impossible pour le moment.

La robe lui a collé à la peau. Marina tamponne le tissu avec le thé en train de refroidir pour ramollir le sang coagulé. Ses sous-vêtements sont trempés. Elle se déshabille complètement, là, dans le kiosque derrière la maison de thé, ôte tout ce qu'elle a sur elle. Elle sent sa propre odeur. A un haut le cœur. Si elle commence à vomir, elle n'arrêtera plus. Fraîchement imprimés, les leggings et la veste semblent d'une propreté religieuse sur sa peau.

« Viens. »

Carlinhos la prend par le bras et Marina se laisse conduire dans une pièce tranquille au neuvième niveau. Canapés, plaids en fausse fourrure, un endroit où se prélasser et se blottir.

« Un verre ? »

Carlinhos a un blue moon dans chaque main.

« Comment peux-tu…, s'écrie Marina. Pardon. Pardon. »

Carlinhos s'assied à côté d'elle, s'étale. Marina se recroqueville, les bras autour des genoux.

« Tu as bien agi.

— J'ai juste agi. Rien de plus. Je n'ai pas réfléchi. Il n'y avait pas à réfléchir. Juste à le faire.

— Quelque chose a pris le dessus. Pas le corps, pas l'âme, autre chose. L'instinct, peut-être, mais on ne naît pas avec. Je ne pense pas qu'on ait un mot pour ça. Quelque chose d'instantané et de pur. De l'action pure.

— Ce n'est pas pur. Ne dis pas que ça l'est. Je le vois, Carlinhos. Il a eu l'air si surpris. Comme si c'était la dernière chose à laquelle il s'attendait. Ensuite, il a eu l'air ennuyé. Frustré parce qu'il allait mourir sans savoir si son plan avait fonctionné. Je le vois encore.

— Tu as fait ce que tu avais à faire.

— Ferme-la, Carlinhos.

— Tu fais ce que tu as à faire. Quand je parle de pureté, c'est ça. C'est la nécessité.

— Je ne veux pas en parler, Carlinhos.

— Tu as bien agi.

— J'ai tué un homme.

— Tu as sauvé Ariel. Il l'aurait tuée.

— Pas maintenant, Carlinhos !

— Marina, je sais ce que tu ressens.

— Tu ne sais rien », dit Marina, avant de reprendre son souffle, parce que la vérité se lit dans les yeux, les muscles et même l'odeur de la sueur ; vérités inconscientes que nous lisons intimement. « Si, tu le sais. Oh mon Dieu, tu le sais. Ne reste pas près de moi, va-t'en. Je sens l'odeur du sang sur toi. »

Marina repousse Carlinhos. Ses muscles de Moonbeam le propulsent violemment contre le mur, assez violemment pour causer des contusions.

« Marina…

— Je ne suis pas comme toi ! hurle-t-elle. Je ne suis pas comme toi. » Puis elle s'enfuit.

Le loup n'est pas un chasseur solitaire. Wagner Corta, si. Il a compris sur ses deux natures une vérité qui échappe au reste de sa meute, malgré toutes les identités, les discussions sur les pronoms et les nès : il n'y a pas pour lui transformation en loup et vice versa. Il y a deux Wagner Corta, un lumineux et un sombre, ayant chacun un moi distinct et indépendant, une personnalité, des caractéristiques et un savoir-faire uniques. Le Wagner Corta ordinaire est mort douze ans auparavant dans la coupole de Boa Vista. Lui ont survécu le loup et le Wagner Corta sombre.

Il se fond dans la foule d'après match qui se presse sur le 73e Ouest de Falcon. Son familier est de même profondément enfoncé dans le réseau de sécurité de Reine-du-Sud. Wagner a passé des heures à coder le hack qui lui permet de suivre Jake Sun. Des jours à observer celui-ci, ses habitudes et ses rites, ses routines et sa prévisibilité. Rafa a appelé, rappelé encore et encore : Ariel ; quelqu'un a poignardé Ariel, elle est gravement blessée. Viens à João de Deus. Tout de suite. Il ne doit pas tenir compte de ça, il doit se concentrer. Se concentrer sur la chasse.

Jake Sun est un niveau plus bas et une rue plus loin, il revient du match au stade Taiyang. Tigers contre Moços, 34 à 17. Encore une déculottée. Un résultat terrible pour les gars de Rafa. Ce qui fournit un sujet de réflexion supplémentaire à celui-ci. Les supporters sont d'excellente humeur. Jake Sun plaisante avec ses amis, il est heureux, détendu, sans méfiance. Wagner n'aurait aucun mal à s'occuper de lui. Les amis proposent d'aller boire un verre, dîner. Jake va refuser. Il a rendez-vous avec Zoé Martinez, son amor de Reine-du-Sud. Et c'est à cet endroit-là qu'il descendra en ascenseur au 33ᵉ. Wagner prend la cabine parallèle, un niveau derrière. L'appartement de Zoé Martinez est dans une rue sombre et discrète qui donne sur le 33ᵉ. Wagner presse le pas et rattrape sa proie. Qui tourne dans le quartier calme.

« Jake Tenlong Sun. »

Jake se retourne, voit le couteau dans la main de Wagner Corta. Il y a un éclair, davantage de douleur que Wagner en a jamais éprouvé et le voilà tétanisé, par terre. Des mains ont plongé à l'intérieur de son corps pour réduire le moindre muscle en lambeaux. Il roule sur le dos, voit un cercle de lames baissées sur lui. La sécurité Sun.

« Tu es beaucoup trop prévisible, Petit Loup. » Le taser étincelle dans les mains de Jake Sun. « Ça fait une semaine que les Trois Augustes te voient venir. Et tu approches beaucoup trop. Désolé pour ça. »

La ruelle explose en hurlements. Un instant, les tueurs des Sun sont distraits. Cet instant suffit. Des silhouettes plongent des balcons, jaillissent des portes, bondissent par-dessus la rambarde depuis le niveau inférieur. Des corps tombent, une botte s'abat sur une tempe. Wagner roule sur lui-même pour éviter de prendre une lame dans l'œil. La pointe de celle-ci se coince dans la surface tendre de la rue. Durant la fraction de seconde que met le garde du corps à la dégager, une femme en vêtements de sport lui transperce le cou d'un couteau. Des mains attrapent Wagner par le poignet, le tirent à l'écart, le relèvent. Deux assassins Sun sont à terre, les autres, surpassés en nombre, couvrent la retraite de Jake Sun.

« Ça va ? »

Wagner est en proie à un martyre d'aiguilles et d'épingles, mais ses yeux peuvent accommoder, il peut parler. Irina, qui aime mordre. Sacha Ermin. La meute Magdalena.

« Allez, on y va, go », ordonne Sacha Ermin. Sa meute presse Wagner dans la rue. Il est engourdi, il a des démangeaisons, il s'est pissé dessus.

« Vous autres, louveteaux, avez beaucoup à apprendre sur la manière d'être une meute, dit Irina. Vous avez bien trop l'habitude d'avoir en permanence la Terre au-dessus de la tête. On n'arrête pas d'être un loup quand la Terre s'éteint. » Mais elle n'a pas le même air, pas la même odeur, pas la même coiffure, porte une tenue de sport : mille différences indiquant qu'elle n'est pas une louve.

« On a entendu dire que des tendres allaient s'en prendre à toi », explique un grand type musclé en collants de sport et chaussures de jogging. Wagner l'a vu se propulser d'une main par-dessus la rambarde et faire tomber une tueuse des Sun d'un coup dans les reins.

« Merci », dit Wagner. C'est nul, mais absolument sincère.

« Il doit y avoir un meilleur moyen que le chacun pour soi systématique, estime Sacha. On te retapera une fois de retour à la Maison commune.

— Il faut que j'aille à João de Deus, proteste Wagner. Il faut que je voie ma famille.

— Ta famille, c'est nous, maintenant », conclut Irina en lui tendant le couteau qu'il a perdu.

Marina apporte du thé de son salon pour le siroter en regardant l'homme dormir. Depuis toujours, baiser lui cause de l'insomnie. Ses amants s'enfonçaient dans la nuit en ronflant, grognant ou grommelant tandis qu'elle retirait un bras de sous un ventre, repositionnait une jambe, se dégageait d'une épaule, et impossible de dormir jusqu'au lever du soleil.

Elle boit son thé. L'obscurité de la chambre, où les seules lumières proviennent des toilettes et de la rue, veloute la peau de Carlinhos. Il a une peau superbe. Comme tous les lève-poussière, il s'est rasé le corps. C'est un supplice tout particulier que d'enlever sa combiAS quand on a du poil sur le dos. Elle lui touche délicatement la peau, craignant de le réveiller ; cela suffit pour saisir le somme, sentir l'électricité vivante. La lumière projette de belles ombres sur le paysage de son dos, comme un soleil bas révélant les souvenirs d'anciens cratères et d'anciennes rilles. Son flanc, sa hanche et la courbure sculpturale de son cul sont couverts d'un léger entrecroisement de lignes. Des cicatrices.

Celui qui charme, celui qui manigance, celle qui parle, celui qui se bat.

Il respire comme un bébé.

Comme c'est bon d'avoir un homme musclé. Un grand musclé, grand comme ceux de la Lune, assez costaud pour la soulever, la serrer, la subjuguer, c'est ce qu'elle aime. Un type costaud à mettre sur le dos pour le chevaucher. Les autres hommes avaient été des copains étudiants : des geeks et des ingénieurs, des joueurs de dés et à l'occasion des joggers, des snowboardeurs et des skateurs. Des garçons sur une planche. Une fois, un sportif : un nageur. Il était en bonne forme. Des Terriens. Là, c'est un homme de la Lune. Marina a vu Carlinhos nu, quand il faisait un brin de toilette après la Longue Course, quand il mettait ou enlevait sa combinaison, dans ce précieux bassin à Beikou sous les yeux et les griffes d'Ao Kuang, mais elle ne l'avait encore jamais vu comme un homme de la Lune ; sur le ventre, la tête tournée sur le côté, dans son lit à elle. Et il est tellement différent, cet homme de la Lune là. Il la dépasse de plus d'une tête, même s'il n'est pas considéré comme grand par les deuxièmes-générations et que les arbres élancés de la troisième le trouvent plus petit que la moyenne. Sa peau recouvre une musculature différente, un paysage, soumis, comme tous les paysages, à la gravité. Il a de longs orteils flexibles. On s'agrippe avec les orteils. Ses mollets sont ronds et durs : ceux de Marina lui ont fait mal pendant toute la lunaison qu'elle a mise à apprendre à marcher comme une fille de la Lune. Carlinhos a les muscles des cuisses longs et définis, conséquence du jogging, mais sous-développés selon les standards terriens. Ces muscles-là sont trop puissants pour la Lune : ils peuvent vous envoyer percuter gens et murs ou vous faire vous fendre le crâne contre le plafond. Il a un cul magnifique. Marina a envie de le mordre. Mollets et cul vous permettent de bouger, vous donnent ce balancement Gagarin Prospekt. C'est pour cette raison que la mode rétro des années 1950 marche si fort, cette saison-là, ces jupes et jupons, ces vestes droites bougent comme la séduction dans les rues.

Elle ne voit pas son ventre, mais le sait ferme et comble. Sa colonne vertébrale occupe une longue vallée de muscles. Le haut du corps est surdéveloppé, par comparaison. Des épaules lourdes, des pectoraux épais, des biceps et triceps proéminents. Il est lourd du haut. Sur la Lune, on a davantage besoin de force dans le torse que dans le bas du corps. Il est étalé sur son lit comme un superhéros vaincu dans un dessin animé. Il respire par la bouche.

Un homme étrange, un bel homme. Tu as la forme physique adaptée à ce monde et la forme physique est beauté. Mais je suis aussi forte que toi, je t'ai envoyé dans le mur à la clinique, quand tu m'as fait peur. Je t'ai attrapé quand tu as voulu me sucer, je t'ai retourné et tu as ri parce qu'aucun amor ne t'avait jamais fait ça et c'est moi qui t'ai sucé.

Le thé de Marina a tiédi.

Elle a couru, de couloir en couloir, incapable de s'échapper de la clinique, de la ville, de la Lune, jusqu'à ce qu'elle trouve un coin minuscule. Dans lequel elle s'est recroquevillée, les bras autour des genoux, en sentant peser sur elle le ciel de pierre, des milliards de tonnes de ciel. Carlinhos l'a retrouvée là et s'est assis dos au mur d'en face sans rien dire, sans la toucher, sans rien faire d'autre qu'être présent. Là-haut dans Bairro Alto, dans le ciel désespéré, un type armé d'un couteau avait pris le piège à brouillard de Marina et en avait bu l'eau sous ses yeux. Le couteau avait gagné, le couteau gagnerait toujours. Le couteau était sa honte jusqu'à ce que peur, rage et adrénaline l'envoient l'affronter, lui fassent enfoncer une tige en titane si profond dans le cerveau d'un type qu'elle était ressortie par en haut.

« Carlinhos, a-t-elle appelé. J'ai peur. »

Peur ?

« Je suis comme toi. »

Dans sa chambre sous le même ciel de pierre, elle s'allonge en posant la joue au creux des reins de Carlinhos. Elle sent le mouvement de sa respiration, le rythme de son cœur et de son sang. La texture impossible de sa peau. Elle ne sent pas du tout les cicatrices.

« Et maintenant, on fait quoi ? »

« Il a quel âge ? demande Lucasinho.

— Vingt-huit ans, répond Lucas.

— Vingt-huit ! »

À l'âge de Lucasinho, c'est la mort. Lucas se souvient de ses dix-sept ans. Il avait détesté. L'ombre de Rafa le gênait, ses quelques amis étaient tous partis habiter ailleurs, il avait perdu le contact avec eux et se sentait trop maladroit et trop peu sûr de lui pour s'en faire de nouveaux. Rien ne semblait aller pour lui : amis, partenaires, habits, rire et ce qu'à dix-sept ans on prend pour de l'amour. Cela est venu à Rafa comme une averse, l'a baigné de charme, l'a nettoyé. Seul à l'époque, seul à présent.

Il est jaloux de son fils, de sa sexualité décomplexée, de son charme, de son aisance dans son corps. De l'insigne Dona Luna à son revers.

Lucas l'a accueilli à la gare. Lucasinho portait tous ses piercings — c'est une occasion officielle — et tenait une boîte à gâteaux en carton. Lucas a retenu un sourire en la voyant. Où le gamin a-t-il appris cette attention ? Les escoltas ont dégagé un passage dans la foule avide de voir des célébrités. Sur la

Lune, il n'y a pas meilleur sujet de potins qu'une tentative d'assassinat. Lucasinho a tenu son carton comme un bébé tandis que les drones se précipitaient au-dessus de leurs têtes.

Ils sont restés ensemble dix minutes à la fenêtre des soins intensifs. Leurs familiers auraient pu leur montrer Ariel dans ses moindres détails, avec des surcouches de schémas et d'indications médicales, mais cela n'aurait été qu'une image. Le verre rendait la chose physique. Ariel était dans le coma, Beijaflor exécutait de lentes involutions topologiques. Lucas a ensuite emmené son fils à l'étage supérieur, dans sa chambre. Jinji ayant transféré les modèles aux imprimantes de la clinique, le personnel de Boa Vista a pu construire une réconfortante réplique de la chambre de colloque de Lucasinho à Méridien. Puis Lucas lui a parlé du mariage. Il avait soigneusement choisi son moment. Dans sa propre chambre, cela aurait été indécent, et dans son bureau, trop solennel, trop autoritaire.

« Ta mère avait vingt-neuf ans quand je l'ai épousée. Moi, vingt.

— Tu vois ce que ça a donné.

— Ça a donné toi.

— Ne me force pas à le faire.

— Nous ne sommes pas libres pour ces choses-là, Luca. » L'intimité, le petit surnom : il s'est entraîné à le prononcer en allant à la gare, il a essayé de s'habituer à cette gêne dans sa gorge. Il a craint de buter dessus, mais quand il a fallu le dire, c'est sorti sans problème. « L'Aigle de la Lune l'a ordonné.

— L'Aigle de la Lune est le rat de la Lune, comme tu dis.

— Il nous tient, Luca. Il peut ruiner la société.

— La société.

— La famille. Je ne voulais pas épouser Amanda Sun. Je ne l'ai jamais aimée. L'amour ne figurait pas dans le contrat.

— Mais tu as payé pour le rompre. Paye pour me sortir de ce truc.

— Je ne peux pas. J'aimerais, Luca. Je ferais n'importe quoi pour en être capable. C'est politique. »

Le carton contient des macarons, luisants, parfaits, disposés dans l'ordre des couleurs du spectre. C'est ce genre de chose qui donne à Lucas l'impression d'être un infâme traître. Ils sont innocents, gentils, aimables et trahis.

« J'ai une première version de nikah, annonce Lucas.

— Ariel est en soins intensifs.

— Il n'est pas d'Ariel. » Lucas voit la joue de son fils se crisper.

« Quoi ?

— C'est un brouillon. Luca, je pourrais te l'ordonner. Pour la famille et tout. Je te le demande : tu veux bien épouser Denny Mackenzie ?

— Paizinho... »

Cela bouleverse Lucas, un petit séisme : il ne se souvient pas de la dernière fois où Lucasinho s'est servi du surnom familier, de la contraction. *Papa.*

« Pour la famille ?

— Rien d'autre ne compte, si ? »

« T'es là depuis combien de temps ? »

La voix tire Marina de son somme tiède et antiseptique. Les unités de soins intensifs sont très soporifiques. Leur chaleur, le bourdonnement et la danse hypnotique des machines, le parfum de botaniques doux qui lui rappelle les forêts et montagnes de chez elle.

« Vous êtes réveillée depuis longtemps ?

— Trop longtemps », répond Ariel Corta. Beijaflor remonte la tête du lit de l'USI. Les cheveux sales et mal coiffés de la jeune avocate lui pendent mollement autour du visage. Elle a la peau terne, cireuse, grise, les yeux caves. Des tubes et des canules relient ses poignets aux bras blancs et lisses des machines médicales.

« Je ne crois pas que vous soyez censée...

— J'emmerde le *censé* en long, en large et en travers », l'interrompt Ariel. Elle tourne le lit face à Marina. « Qu'est-ce que tu fiches là ?

— Je veille sur vous, vous avez oublié ? » Quand on a sorti Ariel de son coma artificiel, sa famille s'est pressée autour d'elle. Il ne s'est pas passé une heure sans qu'elle ait une ou deux personnes à son chevet en train de lui tenir les mains, de lui sourire, d'être présentes même quand elle retombait dans les longs sommeils réparateurs programmés par l'équipe médicale. Au fil des heures, des jours, leurs obligations à Corta Hélio les ont éloignées. Les veilles se sont transformées en visites. Les médias massés à la porte se sont envolés, l'entourage s'est dissous. Finalement, seule Marina est restée des heures dans l'USI. Elle redoutait la solitude, craignait de ne pouvoir chasser de son esprit l'image de l'homme empalé sur la vapette, mais elle a trouvé cette garde paisible, bénéfique. Du temps loin des gens et de leurs envies. Elle pouvait s'habituer à ce qu'elle avait fait à l'homme qui avait tenté de tuer Ariel. Avec le temps, elle pourrait arriver à le justifier.

« Eh bien, t'as vraiment une sale gueule aujourd'hui, estime Ariel. Et c'est quoi, ce truc que tu portes ?

— Du propre. J'aime bien. C'est confortable. Et vous ne vous êtes pas vue. »

Le rire d'Ariel est une espèce d'aboiement sec et amer.

« Ah çà ! Sois gentille, trouve-moi du maquillage, d'accord ? Je ne vais pas affronter la Lune comme ça.

— J'y ai pensé. » Marina sort de sous son siège l'étui à fermeture à glissière qu'elle pose sur le lit. C'est une simple trousse de voyage Rimmel Luna, quasiment bas de gamme, mais Ariel l'ouvre avec l'impatience et l'excitation qu'on réserve à un cadeau du nouvel an.

« T'es un amour. » Les yeux d'Ariel s'adoucissent tandis qu'elle examine son visage par l'intermédiaire de Beijaflor et supervise le travail de restauration. Des remerciements à profusion pour les cosmétiques, pas un mot pour lui avoir sauvé la vie, songe Marina. « Et où est donc ma famille si attentionnée ?

— En train d'organiser un mariage. » Ariel se redresse d'un coup, puis s'effondre de douleur. « Ça va ? » Le tube de rouge à lèvres s'échappe des doigts d'Ariel.

« Non, bordel, ça ne va pas. Je crois que je me suis abîmé quelque chose. Où est le docteur ? Je veux un humain. Trouve-moi un analgésique.

— Facile. »

Une infirmière arrive en hâte, écarte Marina. La mine exaspérée d'Ariel se laisse apercevoir de temps à autre pendant que le lit est repositionné, les moniteurs vérifiés, le dosage administré. Les cosmétiques sont remis dans leur étui et posés sur une table hors de portée.

« Donne-les-moi », ordonne Ariel une fois l'infirmière repartie. Fond de teint, fard à paupières et eye-liner, puis mascara à petites touches précises. La transformation rituelle de son visage est pour Ariel une récupération de son corps, un début de contrôle dans un environnement, un corps qui lui échappe. Pour finir, les lèvres. Ariel tourne la tête dans un sens puis dans l'autre pour voir sous tous les angles son visage restauré.

« Et donc, le mariage de qui ?

— Votre neveu.

— Lucasinho ? Qui s'occupe du nikah ?

— Lucas.

— Lucas ! Le gamin est foutu. Fais-le venir. Maintenant. Est-ce qu'il a signé quoi que ce soit ? Les dieux nous préservent des marieurs amateurs.

— Les médecins disent que vous êtes encore très fragile.

— Alors je vais les virer pour les remplacer par d'autres qui ont un peu de respect. Je suis censée faire quoi, rester allongée à contempler le plafond pendant que Beijaflor me passe de la musique utérine ? Ce sont mes jambes qui ne fonctionnent pas, mon cerveau va très bien. C'est une thérapie. Beijaflor, fais venir Lucas. »

Les communications externes ont été limitées pour raisons médicales, répond son familier sur le canal commun. Ariel glapit d'exaspération. L'infirmière revient et se voit chassée de la chambre par les beuglements d'Ariel. Marina se détourne pour dissimuler son ravissement.

« Marina, coração, tu peux me faire venir Lucas ?

— C'est déjà fait, senhora Corta.

— Je n'arrête pas de te le dire : Ariel. »

Le cri réveille Marina. Elle est en train de courir dans le couloir avant qu'Hetty ait fini de l'informer de l'alerte dans la chambre d'Ariel Corta. La jeune avocate a été transférée des soins intensifs dans une chambre particulière à l'étage auparavant réservé aux Corta. C'est un niveau clair, spacieux, calme et sécurisé. Les machines passent en marchant ou en voletant, reniflent les signes vitaux d'Ariel et continuent leur chemin. Emportée par son élan, Marina déboule dans la chambre et percute la paroi à côté du lit. Des robots médicaux se déplient de leurs niches murales pour l'examiner. Contusion superficielle, pas de trauma durable.

« Ça va ?

— C'est rien.

— J'ai entendu… Hetty m'a prévenue.

— C'est rien ! »

Le lit remonte Ariel Corta en position assise. Hetty affiche des diagnostics, mais Marina voit la peur dans les yeux écarquillés d'Ariel, sent la crispation dans sa respiration, lit dans le pli de sa bouche l'irritation d'avoir été découverte ainsi : inconvenante.

« Je ne bouge pas d'ici.

— C'est rien. Non. Je l'ai vu.

— Barosso… », commence Marina. Ariel lève la main.

« Ne le dis pas. » Elle lâche un soupir exaspéré, les poings serrés. « Je n'arrête pas de le voir. Quand quelque chose bouge, les robots, une personne dans le couloir ou toi : à chaque fois, c'est lui.

— Ça prend du temps. Tu as subi un traumatisme, un traumatisme grave, il faut que tu guérisses tes souvenirs…

— Arrête ton bla-bla merdique sur la thérapie et la guérison. »

Marina ravale ses paroles. Elle a grandi dans le vocabulaire du bien-être, de l'équilibre, de l'alignement et de la renaissance. Les cristaux tournaient, les chakras luisaient. Les douleurs handicapaient, les traumatismes blessaient, les offenses estropiaient. Elle s'aperçoit qu'elle n'a jamais remis en cause ces principes et croyances. Tout repose sur des analogies. Mais la guérison, la guérison concrète, pourrait ne concerner que le corps et non les émotions. Pour celles-ci, il s'agit peut-être d'un processus différent… si toutefois elles sont blessées, si *blessure* n'est pas qu'une simple analogie pour un domaine sans noms ni mots hors du ressenti de l'émotion lui-même. Ou peut-être n'y a-t-il aucun processus, sinon le temps et le délabrement du souvenir.

« Désolée.

— Conneries de développement personnel, grommelle Ariel. Ce dont j'ai besoin, c'est de pouvoir marcher, de pouvoir pisser ou chier sans sentir un truc chaud dans une poche contre ma hanche. C'est de pouvoir sortir de ce lit. C'est d'un putain de dry martini. »

Tu es en colère, va pour dire Marina. Non. « Mon frère était dans l'armée.

— Ah ouais ? » Ariel s'appuie sur les coudes. Le lit la rattrape. Une histoire humaine. Des gens qui font des choses : voilà qui l'intéresse.

« Il était déployé dans le Sahel. C'était l'époque où on envoyait l'armée pour n'importe quel type d'urgence : épidémie de bactérie multirésistante, réfugiés, famine, sécheresse.

— Ce que vous trouvez moyen de fabriquer en bas, je n'y comprends rien. »

La rage transperce Marina. Pour qui se prend cette salope d'avocate riche et méprisante ? Cette sale avocate riche sur la

Lune. Poignardée et paralysée. Laisse passer l'émotion. Du calme. Soigne.

« Il était dans le soutien informationnel. Toutes les crises ont besoin de soutien informationnel. Mais il a quand même vu des trucs. Des gamins. C'était le pire. Il ne disait rien d'autre. Il refusait d'en parler. Ils refusent toujours d'en parler. On lui a diagnostiqué un stress post-traumatique. Non, qu'il a dit. Je ne suis pas une victime. Ne faites pas de moi une victime. C'est tout ce que les gens verront. C'est tout ce que je vais devenir pour eux.

— Je ne suis pas une victime, dit Ariel. Mais je veux arrêter de le voir.

— Moi aussi », répond Marina.

« Comment ça, tu ne le fais pas avec d'autres gens ? »

Deux heures du matin, nouvelle insomnie de Marina et d'Ariel dans une chambre de centre médical. Elles ont discuté de gens et de politique, de droit et d'ambition, elles se sont raconté leurs histoires et leur passé, et le sujet en est venu au sexe.

« Je ne suis pas sexuellement attirée par d'autres gens », dit Ariel, qui vapote assise dans son lit. La docteure Macaraeg a renoncé à ses remontrances et avertissements. *Qui paye votre air, chérie ?* La vapette est neuve, plus longue et plus meurtrière que celle que Marina a enfoncée dans le crâne d'Edouard Barosso. Son extrémité bouge avec des mouvements d'une fluidité fascinante. « Ils me cassent les pieds. Tout ce dénuement, ce besoin d'attention, cette obligation de penser à eux quand eux ne pensent pas à toi. Toute cette négociation obligatoire autour du sexe, quand on couche ou pas, et puis il y a l'amour. Pitié. C'est tellement mieux de coucher avec quelqu'un qui est toujours disponible, qui sait ce que tu veux et qui t'aime plus profondément que quiconque n'en sera jamais capable : toi-même.

— C'est, euh, wow », réagit Marina. Quand elle est arrivée, Joe Moonbeam tout juste sortie de l'imprimante, Marina a exploré la diversité sexuelle de la Lune, mais il existe dans l'écosystème — une forêt pluviale sexuelle — des niches qu'elle n'avait jamais imaginées.

« Tu es tellement terrienne, dit Ariel avec un petit mouvement de vapette. Baiser avec quelqu'un d'autre est toujours affaire de compromis. Il faut tripoter, enfoncer, essayer que tout colle et qui jouit en premier et qui aime quoi et tu n'aimes pas ce que l'autre aime et vice versa. Il y a toujours quelque chose qu'on garde par-devers soi, la chose secrète qui te plaît et que tu veux essayer ou qui te fait perdre la tête et hurler de toutes tes forces, mais tu ne peux pas en parler parce que l'autre te regarderait en demandant : *Tu veux faire quoi ?* et ne te verrait pas comme un partenaire mais comme un monstre. Il n'y a pas d'endroit plus sale que l'intérieur de sa propre tête. Quand on est seule, quand on se tripote, qu'on s'astique le berlingot, qu'on va à la pêche aux perles, qu'on joue au handball féminin, qu'on se tape une siririca… il n'y a personne d'autre dont s'inquiéter, rien à garder par-devers soi. Personne ne te juge, personne ne te compare, personne ne pense sans le dire à quelqu'un d'autre que toi. L'égobaise est la seule honnête.

— L'égobaise ?

— Solobaise, ça fait sordide, autobaise, c'est avec les robots, et tout ce qui contient le mot "érotique" n'a par définition absolument rien d'érotique.

— Mais qu'est-ce que tu…

— Fais ? Tout, chérie.

— Cette pièce dans laquelle tu ne voulais pas que j'aille, dans ton appartement…

— C'est là que je me baise. J'y ai de ces trucs. J'y ai pris de ces pieds.

— Une conversation de ce genre, ce n'est pas déplacé, entre employeur et employé ?

— Comme tu n'arrêtes pas de me le répéter, je ne suis pas ton employeur.

— Bonté divine. » Une vieille expression de grand-mère,

mais la seule qui vient à Marina pour exprimer de manière adéquate son émerveillement et sa surprise. C'est comme si elle avait ouvert cette porte verrouillée dans le petit appartement austère, et découvert derrière un pays de merveilles infinies avec prairies et arcs-en-ciel, peau huilée, chair tendre et chœurs orgasmiques.

« À qui tu penses ? demande Ariel.

— Je ne pense à... »

Ariel l'interrompt : « Mais si. Quelqu'un à qui tu dis que t'es A se met tout de suite à comparer ce qu'il a connu de mieux sans personne et ce à quoi il arrive de mieux avec son partenaire actuel. Systématiquement. Alors, tu penses à qui ? »

C'est l'obscurité ; c'est les petites heures de la nuit, c'est le cliquètement et le bourdonnement des machines lunaires, toujours présents, mais encore davantage et avec davantage de sonorité dans cette pièce et à ce niveau ; c'est le sentiment d'être seule au monde avec Ariel qui donne à Marina le courage de répondre : « Ton frère. »

Un sourire ravi s'étire sur le visage de l'avocate.

« Oh l'ambitieuse. Faire partie de la famille. C'est pour ça que je t'apprécie autant. Carlinhos ? Bien sûr, qui d'autre ? Il est bel homme. Il prend vraiment soin de lui. Il ne parle pas beaucoup, en plus. Si j'étais le genre de fille qui couche avec des gens, j'aurais envie de coucher avec lui. » Ariel se fige alors qu'elle portait la vapette à ses lèvres. Ses yeux s'écarquillent. Elle se penche pour prendre les mains de Marina. Le geste est saisissant, la peau encore chaude et sèche à cause des médicaments.

« Oh mi coração. Tu l'as fait, pas vrai ? Ne me dis pas que tu l'aimes. Oh que tu es bête. Ma mère ne t'a pas dit ça, sur ma famille ? Ne t'approche pas de nous, ne te soucie pas de nous, et par-dessus tout, ne nous aime pas. »

Soufflant sous l'effort, les dents plantées de douleur dans la lèvre inférieure, Ariel Corta pivote le bassin pour sortir ses jambes du lit. Marina l'observe, au supplice.

« Je peux ?

— Ah non, bordel. » Ariel se pousse jusqu'à l'extrême rebord, les jambes pendantes, remonte sur ses cuisses les jupes et jupons de sa robe longue. « Venez, les jambes. »

Dans le coin de la pièce, des jambes bourdonnent et remuent. Les roboticiens de Corta Hélio les ont conçues et construites en moins d'une journée, tous les autres projets ayant été suspendus pour répondre à l'impératif : faire marcher Ariel Corta. Elles viennent jusqu'au lit. Leur démarche est naturelle, coulante, humaine et on ne peut plus terrifiante pour Marina. On dirait des os dont un corps s'est absenté. Elles arpenteront ses cauchemars pendant plusieurs lunaisons. Elles se blottissent contre les membres qu'Ariel laisse pendre, s'ouvrent comme des pièges et se verrouillent au-dessus des pieds jusqu'aux cuisses. « J'ai besoin de ton aide, maintenant », dit Ariel. Marina la prend par la taille, glisse une épaule sous l'aisselle et soulève la jeune femme pendant que les liens neuronaux remontent comme des araignées la colonne vertébrale à la recherche de la prise installée dans le dos par les chirurgiens. Ariel est légère comme une plume, os et air, mais Marina sent une musculature compacte. Les araignées se glissent entre le tissu plissé et la peau, enfoncent leurs connecteurs dans la prise. Ariel siffle de déplaisir. Deux gouttes de sang.

« Essayons. »

Marina s'écarte. Ariel se laisse tomber sur le sol. Les jambes mécaniques se dérobent, un instant la jeune femme semble sur le point de basculer, puis gyros et servos comprennent ses intentions et la voilà bien droite.

« Soulève la robe. »

Ariel avance d'un pas. Ni hésitation ni vacillement. Elle fait le tour de la chambre, Marina soulevant la traîne de la robe comme une dame de cour.

« Ça fait quel effet ?

— Comme si j'avais sept ans et les chaussures de mamãe aux pieds, répond Ariel. Bon, rends-moi présentable. »

Marina lâche la traîne, arrange plis et couches. Qui ne laissent rien voir des prothèses en dessous. Ariel s'examine par l'intermédiaire de Beijaflor.

« Ça ira pour le moment. » Les greffes lui ont déjà permis de récupérer en partie le contrôle de sa vessie et de ses intestins, mais grâce à son volume, la robe dissimule le discret équipement de colostomie. « Je ne vais pas porter des tenues longues comme ça jusqu'à la fin de mes jours. À moins que je lance une nouvelle tendance. Reste derrière moi, s'il te plaît. Je vais faire mon entrée. »

Lucas est le premier à applaudir quand Ariel franchit la porte de la salle de réception, mais Marina remarque une aigreur momentanée sur son visage. Baisers. Puis Adriana serre sa fille dans ses bras avant de reculer pour admirer l'œuvre des ingénieurs Corta.

« Oh ma chérie.

— C'est temporaire, rappelle Ariel. Purement cosmétique. »

Le troisième membre de la famille à être venu au centre médical est Wagner. Le Corta le plus fascinant de tous aux yeux de Marina. Depuis la fête à Boa Vista, elle ne l'a vu qu'une fois, à l'anniversaire d'Adriana. Comme Carlinhos, il sert la famille hors du conseil d'administration, mais Marina sent qu'il s'agit là davantage de politique que de tempérament. Il a les yeux et la peau sombres, de longs cils, des pommettes hautes, un familier qui ressemble à une sphère de pointes caoutchouteuses d'un noir huileux, et il est là alors que Rafa et Carlinhos sont absents.

Ariel s'assied, croise les jambes, sort sa vapette. Marina reste debout derrière elle pour profiter du spectacle.

« Lucas. Un nikah correct. » Les familiers tremblotent sous le transfert de données. « Voilà qui assurera la sécurité et le bonheur du garçon. Ne lis pas, contente-toi de signer sans te mêler de choses qui t'échappent.

— Les Mackenzie sont d'accord ?

— Ils le seront, ou bien chaque clause devra être renégociée pendant des années alors que Jonathon Kayode brûle d'impatience d'avoir un mariage glamour. »

Lucas incline la tête, mais à nouveau, Marina perçoit du ressentiment.

« Wagner a des informations à nous communiquer, annonce Adriana.

— Ariel, ta garde du corps, dit Lucas.

— Marina reste, décrète Ariel. Je lui fais entièrement confiance. »

Lucas regarde sa mère.

« Elle a sauvé la vie à deux de mes enfants, rappelle celle-ci.

— Je sais que je n'occupe pas une position centrale dans cette famille, commence Wagner. Je me suis arrangé avec Rafa, après l'attaque pendant la fête de course-Lune. Je devais effectuer quelques recherches. Ma… situation spéciale me permet de voir des choses qui échappent au reste d'entre vous. »

Ariel discerne la perplexité sur le visage de Marina.

C'est un loup, murmure Beijaflor sur le canal privé de cette dernière.

Quoi ? répond Hetty sur le même ton. Marina se souvient d'avoir été interrogée par Wagner, à Boa Vista. Carlinhos lui avait demandé si elle avait déjà travaillé en surface. Wagner, dans quel domaine elle était ingénieure. Elle voit l'intelligence sombre, perçoit quelque chose de solitaire, de sauvage, de vulnérable. De *loup*.

« J'ai reconnu quelque chose dans un des processeurs protéiniques et j'ai remonté la piste jusqu'à sa conceptrice. Elle m'a conduit aux gens qui l'avaient engagée : une société-écran jetable et à usage unique, mais qui appartenait entre autres à Jake Tenglong Sun. Je suis allé lui parler à Reine-du-Sud. Il savait que j'arrivais. Il a essayé de me tuer. La meute Magdalena m'a sauvé. »

La meute Magdalena ? chuchote Hetty à Beijaflor, mais Ariel a une question. « Il savait que tu arrivais ?

— Il a dit mot pour mot : "Tu es beaucoup trop prévisible,

Petit Loup. Ça fait une semaine que les Trois Augustes t'ont vu venir."

— Bons dieux.

— Ariel, la reprend Adriana.

— Je fais partie du pavillon du Lièvre variable. Et de la Société sélénite.

— Pourquoi n'en ai-je pas été informé ? demande Lucas.

— Parce que tu n'es pas mon gardien, Lucas, jette la jeune femme avant de tirer longuement et profondément sur sa vapette. Vidhya Rao en est membre aussi.

— Rao de Whitacre Goddard, complète Lucas.

— Eil m'a parlé d'un système analytique IA de Taiyang mis au point pour Whitacre Goddard. Trois superordinateurs quantiques conçus pour effectuer des prédictions extrêmement précises à partir d'une modélisation détaillée du monde réel. Eil a appelé ça une prophétie. Fu Xi, Shennong et l'Empereur Jaune : les Trois Augustes.

— Les Sun sont nos alliés, rappelle Adriana.

— Excuse-moi, mamãe, dit Lucas, mais les Sun sont leurs propres alliés.

— Pourquoi commanderaient-ils un engin destiné à tuer mon fils ? demande la vieille femme.

— Pour nous conduire exactement là où on est, mamãe, répond Lucas. Au bord d'une guerre avec les Mackenzie. »

Lucas se réveille un instant avant que Toquinho l'appelle. Le présent est une illusion. Il l'a lu quelque part quand il était enfant. La conscience humaine a une demi-seconde de retard sur la moindre décision, la moindre chose vécue. Le doigt bouge inconsciemment, l'esprit approuve l'action et s'imagine la déclencher.

Helen de Braga, annonce Toquinho. Esperança Maria, le familier de la directrice financière, apparaît dans le noir devant lui.

« Lucas, ta mère m'a demandé de t'appeler. »

Le moment est donc venu. Lucas ne ressent ni peur, ni effroi, ni angoisse. Il s'est préparé pour cet instant, il a répété de nombreuses fois ses émotions.

« Peux-tu venir à Boa Vista ?

— J'arrive. »

Helen de Braga accueille Lucas sur le quai du tram. Ils s'embrassent cérémonieusement.

« Quand as-tu appris ?

— Je t'ai appelé dès que la docteure Macaraeg m'a informée. »

Lucas n'a jamais eu très bonne opinion de la praticienne. La médecine est une profession inutile. La manière de soigner des machines est tellement meilleure : propre, impersonnelle.

« L'état de votre mère s'est dégradé », dit la docteure Macaraeg. Lucas braque sur elle toute la glace de son regard et elle sourcille. Encore une chose que les machines font mieux : la vérité.

« Depuis quand ?

— Depuis avant son anniversaire. Senhora Corta nous a ordonné de…

— Avez-vous de l'ambition, docteure Macaraeg ? »

Elle est prise au dépourvu. Elle se trouble. « Je n'ai pas honte de le dire, mais oui, je nourris l'ambition de favoriser les consultations privées.

— Bien. La modestie est une caractéristique extrêmement surévaluée. J'espère que vous pourrez réaliser cette ambition. Ma mère doit vous avoir informée de son état. Malgré tout, vous m'en avez caché l'ampleur véritable. Comment croyez-vous que je doive réagir ?

— Je suis le médecin personnel de la senhora Corta.

— Bien sûr, oui. Y a-t-il la moindre raison médicale m'empêchant de voir ma mère ?

— Elle est très faible. Son état est…

— Très bien, interrompt-il. Où est-elle ?

— Dans l'observatoire de surface», répond la praticienne avant d'échapper à l'attention de Lucas. Le personnel de Boa Vista, mené par Nilson Nunes, est sorti sur les pelouses taillées au millimètre. Lucas Corta ne peut répondre à leurs questions, mais c'est un Corta, une figure d'autorité. Il salue d'un signe de tête chacune de ces bonnes et loyales personnes. Ensuite les madrinhas, un mot pour chacune.

« Combien de temps a-t-elle vraiment ? demande Lucas à Helen de Braga.

— Quelques jours tout au plus. Peut-être seulement quelques heures. »

Lucas s'appuie un instant sur le linteau en pierre polie du hall d'ascenseurs.

« Je ne peux pas reprocher à son médecin de lui obéir.

— Elle t'a demandé, toi et toi seul, Lucas, dit Helen de Braga.

— Vous ! » crie-t-il, le regard attiré par du blanc en mouvement : irmã Loa avançant entre les colonnes du hall comme du papier soufflé par le vent. « Hors de chez moi !

— Je suis la conseillère spirituelle de votre mère. » Irmã Loa fait face à Lucas Corta.

« Vous êtes une menteuse et un parasite. »

Helen de Braga effleure son bras.

« Elle a tiré beaucoup de réconfort de la Sororité, insiste irmã Loa.

— J'ai appelé la sécurité. Elle n'a reçu aucune instruction de douceur.

— Mãe Odunlade m'a mise en garde contre vos manières. »

Heitor Pereira et un élégant escolta en costume arrivent. La religieuse repousse les mains qui se tendent vers elle. « Je m'en vais.

— Cette femme est interdite de séjour à Boa Vista, annonce Lucas.

— Nous ne sommes pas vos ennemies ! lui lance irmã Loa.

— Nous ne sommes pas votre projet », rétorque-t-il. Il entre dans l'ascenseur sans laisser le temps à Helen de Braga de lui demander de quoi il parle.

Le dernier quartier de Terre flotte au-dessus de la mer de la Fécondité. Adriana a disposé son siège bien en face. Les traces de pneus dans la poussière laissent penser que les murs dissimulent de discrets robots médicaux. Adriana est seule avec une table de chevet sur laquelle repose une tasse de café.

« Lucas.

— Mamãe.

— Quelqu'un est monté ici il n'y a pas longtemps. » Elle parle d'une voix faible et légère dont la volonté n'est plus qu'une coquille vide. Lucas y entend la vérité : sa maladie est beaucoup plus avancée qu'il ne le soupçonne, ou même que ne le pense la docteure Macaraeg.

« Wagner, l'informe Lucas. La sécurité l'a vu.

— Qu'est-ce qu'il faisait ?

— Pareil que toi. Il regardait la Terre. »

Un tout petit début de sourire passe sur le profil de la vieille femme.

« J'ai été trop dure avec ce garçon. Je ne le comprends pas du tout, mais je n'ai jamais essayé. Il faut dire qu'il me mettait tellement en colère… Pas ce qu'il faisait, juste parce qu'il *était*. Rien que son *existence* ne cessait de me dire : *Tu es une idiote, Adriana Corta.* Je n'aurais pas dû. Essaye de l'incorporer à la famille.

— Mamãe, il ne fait pas…

— Si.

— Mamãe, la docteure m'a dit…

— Oui, une fois encore, j'ai gardé des secrets. Et tu aurais fait quoi ? Rassemblé la famille ? Fait venir chaque Corta de chaque quartier ? Pour que la dernière chose que je voie soit vous tous en train de me regarder avec de grands yeux solennels ? Horrible. Horrible.

— Au moins Rafa…

— Non, Lucas. » La voix d'Adriana sait toujours trancher. « Tiens-moi la main, pour l'amour des dieux. »

Lucas prend entre ses deux mains le fin parchemin, d'une chaleur sèche qui le choque. C'est une mourante. Adriana ferme les yeux.

« Une dernière chose. Helen de Braga va prendre sa retraite. Elle a assez servi la famille. Et je veux qu'elle soit loin de nous, en sécurité. Elle ne fait pas partie du jeu. J'ai peur pour nous, Lucas. C'est un très mauvais moment pour mourir. Je ne sais pas ce qui va se passer.

— Je prendrai soin de l'entreprise, mamãe.

— Vous en prendrez soin tous ensemble. Ce sont les dispositions que j'ai prises. Ne casse pas tout. J'ai choisi cela, je l'ai choisi. »

Adriana serre le poing entre les doigts de Lucas, qui lâche prise.

« J'ai peur pour toi, continue sa mère. Tiens. Un secret rien que pour toi. Pour personne d'autre, Lucas. Si un jour tu en as besoin, tu t'en rendras compte. Au tout début, quand les Mackenzie semblaient pouvoir nous anéantir, Carlos a commandé une arme pour notre vengeance. Il a installé un cheval de Troie à l'intérieur des systèmes de contrôle de la fonderie de Creuset. Un bout de code très malin qui y est toujours. Qui se cache, s'adapte, se met tout seul à jour. Du code très simple et très élégant. Il redirigera les miroirs de fusion sur Creuset lui-même.

— Dieux du ciel.

— Oui. Tiens, Lucas. »

Un très bref vacillement de données entre Iemanjá et Toquinho.

« Merci, mamãe.

— Ne me remercie pas. Tu t'en serviras uniquement quand tout sera perdu et la famille détruite.

— Alors je ne m'en servirai jamais. »

Adriana attrape la main de Lucas avec une force surprenante.

« Ah, une tasse de café, ça te dirait ? Esmeralda Geisha Special en provenance du Panamá. Un pays d'Amérique centrale. Je me le suis fait venir de là-bas. À quoi d'autre vais-je dépenser mon argent ?

— Je ne suis jamais arrivé à aimer ça, mamãe.

— Dommage. Je ne suis pas sûre que tu y arriveras maintenant. Oh, tu ne vois pas ce que je suis en train de faire ? Reste avec moi, Lucas. Passe-moi de la musique. Tu as tellement bon goût. Ce garçon que tu voulais épouser… ç'aurait été bien d'avoir un musicien dans la famille.

— La famille était trop famille pour lui. »

Adriana lui caresse le dos de la main. « Tu as quand même bien fait de divorcer d'Amanda Sun. Je n'ai jamais aimé la savoir en train de fouiner dans Boa Vista. Je ne l'ai jamais aimée du tout.

— Tu as accepté le nikah. »

Il sent un sursaut dans la main d'Adriana.

« Oui, hein ? J'ai pensé que c'était nécessaire pour la famille. La seule chose nécessaire pour la famille est la famille. »

Lucas n'a pas de mots qui conviennent, aussi ordonne-t-il à Toquinho de passer la musique.

« Est-ce que c'est ?…

— Jorge ? Oui. »

Des larmes adoucissent les yeux de la vieille femme.

« C'est toutes les petites choses, Lucas. Le café et la musique. La robe préférée de Luna. Rafa me donnant les résultats de ses équipes de handball, qu'ils soient bons ou mauvais. Le bruit de l'eau à côté de ma chambre. La pleine Terre. Wagner a raison : on pourrait se perdre à la regarder. C'est tellement dangereux : tu n'oses pas regarder parce qu'elle va s'emparer de ton œil et te rappeler tout ce que tu as laissé derrière toi. C'est un endroit horrible, Lucas. »

Il dissimule à sa mère son tressaillement de douleur et lui reprend la main.

« J'ai peur, Lucas. J'ai peur de la mort. On dirait un animal, une sale bête sournoise qui court à mes trousses depuis ma naissance. Quelle adorable musique, Lucas.

— Je vais passer son *Águas de março.*

— Ce n'est pas la peine. »

Adriana ouvre les yeux. Elle s'était assoupie. Ce qui la remplit d'un vertige glacé. Ce sommeil aurait pu être son dernier, alors qu'il reste des choses non dites. Le froid qui lui secoue le cœur ne lui laisse plus le moindre répit. Lucas est avec elle. Elle voit sur son visage qu'il est en train de travailler : Toquinho est un vortex de fichiers, de contacts et de messages. La musique s'est tue. Elle était excellente. Ce garçon sait chanter. Elle demanderait bien à Lucas de la lui remettre, mais elle ne veut pas troubler cet instant où elle est consciente sans qu'il s'en rende compte.

Elle regarde la Terre. Traîtresse. Iemanjá lui a montré le chemin brillant, celui qui, sur l'océan, conduisait de ce monde à la Lune. Elle l'a suivi. C'était un piège. Il n'y avait pas de chemin en sens inverse. Pas de ligne lumineuse qui traversait cet océan sec.

« Lucas. »

Il quitte son travail des yeux. Son sourire est un délice. Les petites choses.

« Je suis désolée.

— De ?

— De t'avoir emmené ici.

— Tu ne m'as pas emmené ici.

— Ne prends pas tout au pied de la lettre. Pourquoi est-ce que tu dois toujours prendre les choses en grippe ?

— Ce monde là-haut n'est pas le mien. Le mien est ici.

— Le monde, oui. Chez toi, non.

— Tu n'as rien dont être désolée, mamãe. »

Adriana prend le café sur la table, mais la tasse est froide.

« Je vais t'en faire préparer encore, décide Lucas.

— S'il te plaît. »

Le terminateur du croissant de Terre descend sur l'Atlantique ; le tourbillon d'un cyclone tropical dérivant nord-quart-nord-ouest, les boulevards de nuage à motif cachemire de la zone de convergence intertropicale disparaissant en silence dans la nuit. Un bout de vert, la pointe nord-est du Brésil, se dessine sur l'horizon. Le côté nocturne de la planète est bordé d'une dentelle de lumières. Amas et tourbillons, ils reflètent les structures météorologiques. Ces vies, là, en bas.

« Tu sais ce qui leur est arrivé ?

— À qui, Lucas ?

— Je sais que quand tu regardes la Terre comme ça, tu penses à eux.

— Ils ont échoué comme tout le monde échoue là-bas. Que pouvaient-ils faire d'autre ?

— Ce n'est pas un monde facile, ici.

— Le leur ne l'est pas non plus. Je pensais à ma mãe, Lucas. En train de chanter dans l'appartement, et pai en train d'astiquer ses voitures dans la concession. Elles brillaient tant au soleil. Je revois Caio. Mais aucun des autres. Je n'arrive même plus à revoir nettement Achi.

— Tu as eu du courage. Il n'y a qu'une Main de Fer.

— Quel nom stupide ! C'est plutôt une malédiction, oui. Repasse-moi cette musique, Lucas. »

Adriana s'installe plus confortablement sur son siège. Les chuchotements et la guitare agile de Jorge l'entourent. Lucas regarde sa mère se laisser porter par les paroles et les accords dans un léger sommeil. Elle respire encore. *Le café est arrivé*, annonce Toquinho. Lucas en débarrasse la domestique et, au moment où il le pose sur la table, voit que sa mère a cessé de respirer.

Il prend sa main.

Toquinho lui montre les constantes vitales.

Elle n'est plus.

Lucas sent sa respiration trembler dans sa poitrine, mais ce n'est pas aussi horrible qu'il se l'imaginait, pas aussi horrible du tout. Iemanjá blanchit lentement tout en se repliant sur elle-même. Le croissant de Terre reste comme éternel sur l'horizon à l'est.

Luna, en robe rouge, sautille pieds nus sur les gros rochers et dans les bassins vides de Boa Vista. Les cours d'eau sont à sec, plus rien ne s'écoule des yeux et lèvres des dix orixás. Rafa ne peut dire pourquoi il a fermé les robinets de Boa Vista, mais à part Luna, personne n'a émis d'objection. La seule explication qu'il ait pu formuler a été que Boa Vista avait besoin de dire quelque chose.

Les obsèques ont été mal fichues et décevantes. Les invités ne pouvaient pas éclipser les Corta dans leurs éloges funèbres, et ceux-ci n'ayant pas de traditions dans ce domaine, leurs hommages ont été sincères, mais hésitants et mal orchestrés ; la Sororité, qui comprenait le théâtre religieux, était quant à elle interdite de cérémonie. Les mots ont été dits, la poignée de compost à laquelle se réduit ce que la LDC leur a laissé du carbone d'Adriana Corta pour les rituels privés a été dispersée, les représentants des grandes familles sont repartis vers le tram. Du début à la fin de ces brèves funérailles, Luna a erré avec une allégresse d'eau, explorant son étrange monde sec.

« Papai !

— Laisse-le, oheneba », dit Lousika Asamoah, elle aussi en robe rouge, couleur de deuil chez les Asamoah. « Il faut qu'il s'habitue aux choses. »

Rafa traverse la rivière à sec par les pierres de gué, pénètre dans la bambouseraie. Il lève les yeux vers les lèvres ouvertes et les yeux écarquillés des orixás. Des pieds menus ont tracé un sentier entre les tiges : ceux de Luna. Elle connaît mieux que lui l'endroit et ses secrets. Mais cela lui appartient, désormais, lui le Senhor de Boa Vista. Il y a un univers de différences entre vivre dans un endroit et le posséder. Rafa promène ses doigts dans les longues et rugueuses feuilles de bambou. Il avait cru qu'il pleurerait. Qu'il serait inconsolable, qu'il sangloterait comme un enfant. Rafa sait avec quelle facilité ses émotions l'emportent vers la colère, la joie ou l'exultation. *Ta mère est morte.* Ce qu'il a ressenti : un choc, oui, l'inutile paralysie du besoin de faire quelque chose, une centaine de choses, tout en sachant qu'aucune ne changerait la vérité de la mort. De la colère… un peu, devant la soudaineté, la révélation qu'Adriana était malade depuis longtemps, agonisante depuis la fête de course-Lune. De la culpabilité parce que le tourbillon des événements après la tentative d'assassinat avait noyé tous les signaux qu'Adriana avait pu émettre quant à son état. Du ressentiment parce que c'était Lucas qui l'avait accompagnée durant ses dernières heures. Mais il n'a été ni inconsolable ni terrassé : il n'a pas eu de larmes.

Il reste quelques instants dans le pavillon São Sebastião, ses cours d'eau désormais à sec, leurs sédiments formant une croûte qui se fend en hexagones. Ce pavillon avait été le préféré d'Adriana à Boa Vista. Il y en avait un pour prendre le thé, un pour rencontrer les invités et un pour rencontrer les relations d'affaires, un pour recevoir la famille et un pour lire, il y avait celui du matin et celui du soir, mais ce pavillon-ci, à l'extrémité est de la cavité principale de Boa Vista, était celui où elle travaillait. Rafa n'a jamais aimé les pavillons, qu'il trouve maniérés et stupides. Adriana a construit Boa Vista avec égoïsme : le palais de ses rêves à elle. L'endroit appartient dorénavant à Rafa, mais ne sera jamais sien. Adriana est dans les étangs et cours d'eau à sec, dans les bambous, les coupoles des pavillons, les visages des orixás. Il ne peut pas en changer la moindre feuille ni le moindre caillou.

« Eau », murmure Rafa, qui sent Boa Vista trembler sous le mouvement dans les tuyaux et les pompes ; un gargouillement ici, un filet là ; arrivant en crues soudaines ou coulant de robinets, les ruisselets se rejoignant, les canaux se remplissant, l'eau gloussant autour des rochers, porteuse de tourbillons, d'écume et de feuilles mortes ; l'eau s'amassant dans les yeux et les bouches des orixás ; enflant peu à peu jusqu'à former de grosses larmes qui tremblotent sous l'effet de la tension de surface, puis explosent en lentes cascades ; d'abord averses et filets, puis rebondissantes chutes d'eau. Avant de les faire taire, Rafa ne s'était jamais rendu compte que les bruits d'eau vive remplissaient Boa Vista à ce point.

« Papai ! s'exclame Luna, la robe relevée et les mollets dans le courant. C'est froid ! »

Boa Vista est à Rafa, désormais, mais Lousika persiste à ne pas vouloir la partager avec lui.

« Tu crois que tu reviendras ? » demande-t-il.

Lucas secoue la tête. « Trop près. J'aime garder mes distances. Et l'acoustique est horrible. » Une main sur la manche de la veste Brioni de Rafa. « Il faut que je te parle. »

Rafa se demandait pourquoi Lucas était venu le retrouver tout au bout du jardin au risque de mouiller ses revers de pantalon et de tacher ses chaussures entre les pierres de gué et les étangs.

« Je t'écoute.

— Mamãe et moi avons beaucoup parlé, dans ses dernières heures. »

La gorge et la mâchoire de Rafa se crispent de rancœur. Il est l'aîné, il est hwaejang, le fils chéri. C'est lui qui aurait dû recueillir ses dernières paroles.

« Elle avait un plan pour la compagnie », dit Lucas. Le bruit des chutes d'eau couvre ses paroles. « Son testament. Elle a créé un nouveau poste : choego. Elle voulait qu'Ariel l'occupe.

— Ariel.

— Je suis bien d'accord, mais elle s'est montrée inflexible. Ariel sera choego. Le plus éminent. Chef de Corta Hélio. Au-dessus de toi et de moi, irmão. Ne discute pas, ne fais aucune suggestion. J'ai déjà tout préparé. On ne peut rien faire contre le testament. C'est réglé, définitif.

— On pourrait attaquer…

— J'ai dit : ne discute pas, ne fais aucune suggestion. Attaquer en justice serait une perte de temps et d'argent. Ariel connaît les tribunaux, elle nous coincerait jusqu'à la fin des temps. Non, il faut le faire de manière constitutionnelle. Notre sœur a été gravement blessée dans une agression au couteau. Elle est paraplégique. Sa guérison sera lente et rien ne dit qu'elle sera complète. La constitution de Corta Hélio contient une clause d'aptitude médicale qui permet de destituer un membre du conseil en cas de maladie ou de blessure l'empêchant de s'acquitter pleinement de ses fonctions.

— Tu suggères de…

— Exactement. Pour la compagnie, Rafa. Ariel est une avocate extrêmement compétente, mais elle ne connaît rien à l'extraction d'hélium. Ce ne serait pas un putsch de conseil d'administration, simplement une suspension temporaire de ses pouvoirs et responsabilités.

— Temporaire jusqu'à quand ?

— Jusqu'au moment où nous pourrons restructurer la compagnie pour la rendre plus conforme à ce dont elle a besoin, plutôt qu'aux caprices de notre mère. Elle était très malade, Rafa.

— Ferme ta putain de gueule, Lucas. »

Lucas recule, les mains levées en un geste de supplication.

« Bien sûr. Pardon. Mais je vais te dire une chose : notre mère n'aurait jamais survécu à sa propre clause d'aptitude médicale.

— Non mais va te faire foutre, Lucas. »

Lucas recule d'un autre pas. « Il nous faut juste deux certificats médicaux, et je les ai. L'un du centre médical de João de Deus, l'autre de notre docteure Macaraeg, très contente d'avoir conservé son poste de médecin de famille. Deux certificats, et une majorité. » Lucas lance dans les gouttelettes d'eau : « Tu me diras ! »

Luna patauge dans le ruisseau, projetant du pied des pulvérisations d'eau argentée qui retombent doucement. Elles renvoient la lumière de la barre solaire, la diffractent : une enfant couronnée d'arcs-en-ciel.

La porte du tram se referme, se rouvre. Ariel regarde à l'extérieur. « Bon, tu viens ? »

Elle ne pourrait s'adresser à personne d'autre qu'à Marina, sur le quai, malgré tout celle-ci lève les sourcils et articule en silence : *Moi ?*

« Oui, toi, qui d'autre ?

— Techniquement, je n'ai plus de contrat…

— Ouais ouais, tu ne bossais pas pour moi, mais pour ma mère. Eh bien, maintenant, tu bosses pour moi. »

Un carillon d'Hetty : du courrier. Un contrat.

« Viens, tirons-nous de ce putain de mausolée. On a un mariage à préparer. »

11

Méridien adore les mariages, et celui de Lucasinho Corta avec Denny Mackenzie est le plus grand de tous. L'Aigle de la Lune a mis ses jardins privés à la disposition de la cérémonie : les arbres ont été habillés de nœuds, de biolumières et d'étoiles scintillantes. Les bergamotiers, kumquats et orangers nains, passés à la bombe argentée. Des lanternes en papier, accrochées entre les branches. Le sentier sera jonché de pétales de rose. AKA a donné cent colombes blanches pour un spectaculaire lâcher durant lequel elles applaudiront de leurs ailes. Elles ont été conçues pour ne pas vivre plus de vingt-quatre heures : les lois sur les animaux nuisibles sont strictes.

Les contrats seront signés dans le pavillon Orange. Derrière l'heureux couple de garçons, un escadron de voltigeurs exécutera un ballet ailé haut dans le hub Antarès, tissant des idéogrammes dans les airs à l'aide des rubans fixés à leurs chevilles. L'Aigle de la Lune a accordé de petites subventions aux résidents du hub Antarès pour qu'ils décorent leur quartier. Des étendards pendent aux balcons, des serpentins festonnent les passages, et les ponts dégoulinent de guirlandes de biolumières Divali. Des aérostats en forme de chauves-souris, papillons et canards manhuas vont et viennent dans l'espace aérien du hub. La location d'un des balcons bénéficiant de la meilleure vue a atteint six cents bitsys. Les postes d'observation privilégiés sur les ponts et passerelles ne sont plus disponibles depuis longtemps. L'exclusivité des images a été accordée à Gupshup à l'issue d'enchères très disputées. La convention d'accès est draconienne : les drones des médias doivent rester à distance respectueuse et aucune interview directe avec l'un ou l'autre des okos ne sera admise.

Pour s'occuper des quatre cents invités, on a prévu quatre-vingts extras en renfort des vingt employés des traiteurs. Les régimes alimentaires des diverses religions et cultures seront respectés, toutes sortes d'intolérances alimentaires prises en compte. Il y aura de la viande. Il se dit pour plaisanter que le gâteau de mariage a été préparé par Lucasinho, dans son style caractéristique. C'est faux : les gâteaux d'oko et de Lune de la boulangerie Ker Wa ont fait depuis longtemps la réputation de celle-ci. Kent Narashima du Full Moon, le bar de l'Holiday Inn de Méridien, a créé un cocktail commémoratif : le blushing boy, autrement dit le garçon qui rougit. Avec du gin unique de designer, de la mousse de bulles, des cubes de gelée dont la dissolution fait monter des spirales de couleurs et d'arômes dans le gin, et des flocons de feuilles d'or. Des cocktails sans alcool et des boissons aux plantes sont également disponibles.

Les contrôles de sécurité ont commencé une semaine plus tôt. Les services idoines de la LDC, des Corta et des Mackenzie ont collaboré à un niveau sans précédent. Les jardins de Jonathon Kayode sont en cours de scannage poussé qui va jusqu'aux grains de poussière et aux cellules de peau morte.

Trois jours avant le mariage de l'année! Que porteront les deux garçons? Les derniers looks de Lucasinho Corta s'étalent sur plusieurs colonnes. Le gamin de colloque BCBG. Le tweed et le pantalon brun-roux de sa fête de course-Lune. Ses deux semaines comme icône de la mode, quand tout le monde portait des doublures de combinaison et dessinait dessus au marqueur. Les quatre-vingts ans de sa grand-mère; les obsèques de celle-ci, si tristes, si tôt. Son retour sous les projecteurs de la mode : de qui est son maquillage? Cela sera absolument décisif pour la saison. Attention, les gars ! Vous allez tous avoir ce look. Denny Mackenzie ? Ça n'intéresse personne, si ? Y a-t-il jamais eu un jour un Mackenzie à la mode ? Mais qui va dessiner les costumes de mariage ? On ne peut tout simplement pas laisser ça aux familiers. Parmi nos IA grandes couturières préférées, il y a Loyale, San Damiano, Boy de la Boy, Bruce and Bragg, Cenerentola. Qui remportera le contrat ? Et les produits de beauté…

Deux jours avant le mariage de l'année ! Ce qui rend les Dragons tellement meilleurs que n'importe lequel d'entre nous, c'est la classe. Les Corta ont fait preuve d'une vraie classe pendant tout le processus matrimonial. Cela ne fait pas un mois qu'Ariel Corta a été victime de cette terrible agression, et non seulement elle est plus mobile que jamais sur ses jambes robotisées, mais elle s'est aussi occupée du nikah depuis son lit d'hôpital ! Et il y a seulement deux semaines, la nouvelle du décès d'Adriana Corta a secoué et peiné la Lune entière. Mais quel meilleur moyen de montrer son courage, pour les Corta, que de redresser le menton, se mettre sur son trente et un, produire du glamour : le mariage de l'année ! La classe intégrale.

Un jour avant le mariage de l'année. Le signifiant social incontournable du jour est incontestablement de figurer ou non sur la liste des invités. Personne ne dit rien, mais Gupshup s'est fait renvoyer quelques ascenseurs, a glissé quelques menaces, baisers et micro-chatons, si bien que nous pouvons en exclusivité vous révéler qui est sur cette liste ! Et qui n'y est pas ! Préparez-vous à des surprises…

Le jour du mariage de l'année. Il commence par une petite dispute entre les amateurs de célébrités ayant loué les meilleurs emplacements et les dirigeables en forme de chauves-souris, de papillons et d'autres créatures de bon augure. Au moment fixé, les résidents du hub Antarès font tous passer leur étendard par-dessus la rambarde de leur balcon pour qu'il se déroule lentement, l'ensemble formant une tapisserie de bénédictions et de vœux de bonheur. Le personnel de sécurité se met en place tandis qu'arrivent les ascenseurs des invités. Les invitations sont scannées, leurs détenteurs dirigés vers la réception où on leur remet leur blushing boy confectionné par le Full Moon. Jonathon Kayode et Adrian Mackenzie font des hôtes charmants. Les drones-caméras volettent et se placent à la distance convenue, se disputant les gros plans des célébrités. Une demi-heure avant la signature, on redirige les invités vers le pavillon Orange. La chorégraphie est subtile et stricte, le plan de salle rigoureusement respecté. Des assistants lancent des fontaines de pétales de rose dans les airs. Vingt minutes : les familles arrivent. Duncan Mackenzie et ses okos Anastasia et Apollinaire Vorontsov. Sa fille Tara et les okos de celle-ci, leurs turbulents enfants des deux sexes. Bryce Mackenzie, s'appuyant lourdement sur deux cannes, avance avec détermination, accompagné d'une dizaine de ses adoptés. Hadley Mackenzie, beau et posé. Incapable de quitter Creuset, Robert Mackenzie adresse ses excuses et ses félicitations à l'heureux couple, ainsi que tous ses espoirs en un règlement pacifique entre ces deux grandes maisons que sont les Mackenzie et les Corta. Il est représenté par Jade Sun-Mackenzie.

Les Corta : Rafa et Lousika, Robson et Luna. Lucas seul. Ariel et sa nouvelle escolta, qui, en prenant place au sein de la famille, déclenche force murmures parmi les invités. Carlinhos, très bien dans son costume. Wagner avec son oko Analiese Mackenzie, l'air nerveux, et ses camarades de meute : ils sont trente, vêtus de sombre, une noce à eux seuls, ajoutant une touche de danger à l'argent et aux rubans du jardin de mariage.

Ils s'installent, un petit orchestre joue *Blooming Flowers and Full Moon Night*.

Tout ce qu'il manque désormais au mariage de l'année, ce sont les deux futurs mariés.

Un homme doit se déshabiller en commençant par le bas, a entendu dire Lucasinho, aussi doit-il s'habiller dans l'ordre inverse. La chemise, fraîchement sortie de l'imprimante. Des boutons de manchette en argent. L'or, c'est ringard. La cravate, une colombe grise à motif Seikai-ha, est nouée en Eldredge, un nœud compliqué à cinq boucles que Jinji lui a montré et auquel Lucasinho s'est entraîné une heure par jour. Sous-vêtements en soie d'araignée. Pourquoi tous les vêtements ne sont-ils pas faits de cette matière-là ? Parce que personne ne ferait jamais rien d'autre qu'en adorer le contact. Des chaussettes, même matière, qui montent à mi-mollet. Pas de cheville visible : un terrible péché. Le pantalon, à présent. Lucasinho a hésité plusieurs jours avant de choisir le Boy de la Boy. Il a refusé cinq propositions de style. Le tissu est gris, un tout petit peu plus foncé que la cravate, avec un semblant de motif damassé floral. Pantalon : pas de revers, nettement froissé, deux plis. Deux plis, c'est la mode en cours. Qui est de deux pour tout : la veste, deux boutons devant, deux à chaque poignet, découpé devant. Revers de quatre centimètres commençant haut. Une boutonnière pour y mettre une fleur. Pochette carrée, pliée en deux triangles. Le pli carré aligné est dépassé depuis une lunaison. Chapeau mou assorti à bord étroit et orné d'un bandeau de soie de deux centimètres avec nœud. Lucasinho le portera à la main, pas sur le crâne : il risquerait de déranger sa coiffure.

« Montre-moi. »

Jinji lui transmet son image telle que la captent les caméras de la chambre d'hôtel. L'adolescent se tourne, plisse les lèvres.

« La vache, qu'est-ce que je suis hot. »

Avant la coiffure, le maquillage. Lucasinho glisse une serviette dans son col, s'assied à une table et laisse Jinji se rapprocher de son visage. La trousse à cosmétiques est elle aussi une commande spécifique à Coterie. Lucasinho apprécie la rythmique du rituel : les couches qu'on applique, les améliorations et mélanges, les dernières retouches et nuances. Il cligne ses yeux fardés de khôl.

« Oh yeah. »

Ensuite, à la même table, la coiffure. Lucasinho monte soigneusement la banane, qu'il renforce par des coups de peigne en arrière et par l'application stratégique de spray, de mousse, de gel, de béton à cheveux. Il secoue la tête. Sa chevelure bouge comme une créature vivante.

« Je m'épouserais moi-même. »

Dernière chose. L'un après l'autre, il insère ses piercings. Lucasinho Corta se jette un ultime coup d'œil par Jinji, puis inspire à fond et sort de l'Home Inn d'Antarès.

La lapa en attente s'ouvre pour permettre à Lucasinho Corta de monter à bord. Un ordre de Jinji lance le véhicule bourdonnant dans la circulation sur la place Hang-Yin. L'hôtel est central, à un voyage en ascenseur de l'Aire de l'Aigle. Rien n'est laissé au hasard. Les gens sur la place jettent un coup d'œil, puis un deuxième, le reconnaissent. Certains lui font signe de la tête ou de la main. Lucasinho redresse sa cravate et lève les yeux. Le hub est une cascade d'étendards colorés ; des aérostats manhuas ballottent et se bousculent doucement. Les ponts sont bourrés d'humanité, il entend les voix résonner dans le grand puits du hub Antarès.

Là-haut a lieu le mariage de l'année. Sur la place, à l'opposé de l'entrée du Home Inn, se trouve une boutique AKA, un commerce haut de gamme pour cuisiniers amateurs. Lucasinho entame la traversée. La circulation le contourne, des ondulations d'auto-organisation partant de la place pour se répandre dans les cinq prospekts. Des plateaux de légumes de couleurs vives en vitrine, une très visible chambre froide dans laquelle pendent des canards laqués et des saucisses de volaille ; des poissons et des grenouilles sur lit de glace ; à l'arrière du magasin, des réfrigérateurs et des bacs de lentilles ou de haricots, des bouquets de salades sous brumisation rafraîchissante. Tranquillement installées au comptoir, deux femmes d'un certain âge partagent un rire secret. Elles portent des familiers adinkra, à la manière Asamoah : l'oie de Sankara, l'astérisque d'Ananse Ntontan.

Elles cessent de rire quand Lucasinho entre.

« Je suis Lucas Corta junior », annonce-t-il. Elles le savent. Cela fait une semaine que les canaux mondains montrent son visage en boucle. Elles semblent avoir peur. Il pose son feutre mou sur le comptoir. Ôte de son oreille gauche le clou d'acier, qu'il pose près du chapeau. « Veuillez montrer ceci à Abena Maanu Asamoah. Elle comprendra. Je réclame la protection du Tabouret doré. »

Nous sommes Terre et Lune, pense Lucas Corta. Bryce Mackenzie est une planète gravide, moi un petit satellite svelte. Lucas tire plaisir de cette analogie. Un autre plaisir : c'est de ce même hôtel que Lucasinho a pris la fuite. Deux petits sourires. C'est la seule joie que lui procurera cette réunion.

Bryce Mackenzie gagne lourdement le canapé, canne, pied, deuxième canne, pied, comme une vétuste machine d'abattage quadrupède. Lucas a du mal à le regarder faire. Comment cet homme peut-il se supporter ? Comment ses nombreux amors et adoptés arrivent-ils à le supporter ?

« Un verre ? »

Bryce Mackenzie grogne en se laissant tomber sur le canapé.

« Je vais prendre ça pour un non. Pas d'objection à ce que j'en prenne un ? Le personnel du Holiday Inn est payé à l'heure et bon, vous me connaissez : j'aime toujours tirer le maximum de profit de la situation, quelle qu'elle soit. Et ces blushing boys sont plutôt bons.

— Votre légèreté est malvenue, réplique Bryce Mackenzie. Où est le garçon ?

— Lucasinho devrait arriver à Twé, à l'heure qu'il est. »

Les invités, les familles, puis l'officiant. Rôle qui consiste simplement à être témoin de la signature des nikahs, mais auquel Jonathon Kayode a donné toute la magnificence de l'Aigle de la Lune. Quand Ariel lui a suggéré de le tenir, il a feint la surprise, et même la timidité. *Non non non, je ne pourrai pas ; bon, eh bien d'accord.*

Jonathon Kayode a revêtu un agbada de cérémonie, orné

d'insignes commandés par ses soins pour l'occasion. « Il porte des chaussures à semelles compensées ? » a murmuré Rafa à Lucas. Une fois qu'on l'a remarqué, cela éclipse tout le reste. Sans de telles chaussures, l'Aigle serait arrivé aux épaules du couple qu'il marie. Rafa a retenu sa propre plaisanterie. Il a fermé hermétiquement les yeux, crispé les lèvres, mais tremblé de rire contenu.

« Arrête, a soufflé Lucas. Il faut que je monte accompagner Lucasinho. » La contagion était irrésistible. Il a ravalé un gloussement et essuyé discrètement les larmes dans ses yeux. L'orchestre a attaqué *The Blooming of Rainy Night Flowers*. Bryce Mackenzie s'est levé pour aller prendre sa place à côté du pavillon Orange. Toutes les têtes se sont tournées. Denny Mackenzie arrivait sur le chemin de pétales de rose. D'une démarche maladroite, timide, sans conviction. Il ne savait pas quoi faire de ses mains. Bryce Mackenzie rayonnait. Jonathon Kayode a ouvert les bras comme un prêtre appelant à venir à lui.

« En piste », a glissé Rafa à son frère. Et chaque Corta s'est alors entendu murmurer par son familier : *Un appel de Lucasinho.*

En trente secondes, Gupshup a fait circuler l'information d'un bout à l'autre de la Lune. *Lucasinho Corta, fiancé en fuite.*

« Vous avez été en contact avec votre fils ? demande Bryce Mackenzie.

— Je n'ai aucune nouvelle de lui.

— Tant mieux. J'avais l'impression que c'était quelque chose de mijoté entre vous.

— Ne soyez pas ridicule. »

Bryce Mackenzie secoue la tête, un tic qui dénote l'ennui. « La question est maintenant : comment réparer le préjudice ?

— Il y a un préjudice ? »

Un autre tic : écarquillement des narines, respiration audible. « Atteinte à l'image de ma famille, à la réputation de Mackenzie Metals, plus un dédommagement pour le procès que va nous faire Gupshup.

— La note de bar doit être plutôt salée aussi», dit Lucas. Il a rencontré Bryce Mackenzie à deux reprises, toujours dans une soirée, jamais pour affaires, mais il a compris le truc, le malandragem. Intimidation physique, non par le muscle, mais par la masse. Bryce Mackenzie domine une pièce comme par gravité : s'il trébuche, s'il tombe, il vous brise. Je sais comment marche ton truc, pense Lucas. Mais tu es la Terre et moi la Lune. Le potentiel qu'il sent lui fait tourner la tête. Tout est clair, clair comme jamais.

«Quelle désinvolture», dit Bryce Mackenzie. Il sue, c'est un homme imposant et en nage.

«Ni votre famille ni la mienne ne se laissent intimider par des menaces de poursuites judiciaires. Que proposez-vous ?

— On repousse le mariage. On partagera les coûts d'organisation. Pouvez-vous me garantir que votre fils viendra ?

— Je ne garantis rien. Je ne peux pas parler au nom de mon fils.

— Vous êtes son père, oui ou non ?

— Je le répète : je ne peux pas parler pour Lucasinho. Mais je le soutiens de tout mon cœur. Quant à moi, je dis : va te faire foutre, Bryce Mackenzie.»

Un troisième tic : un mâchonnement de la lèvre supérieure. Les deux autres dénotaient l'irritation. Celui-ci est de rage.

«Très bien.» Les lames de Bryce arrivent de l'entrée pour l'aider à se lever du canapé, à se mettre sur ses pieds d'une finesse surprenante, à s'appuyer sur ses cannes. L'homme passe devant Lucas, clic après clic. Il y a un troisième plaisir, se rend compte Lucas, un petit plaisir mesquin, mais très net, à importuner Bryce Mackenzie.

À la porte, l'homme se retourne, un doigt levé, sa canne se balançant à son poignet par la dragonne. «Ah oui. Une dernière chose.» Il fait un pas pour gifler Lucas en plein visage. Le geste n'a pas beaucoup de poids : Lucas recule sous le choc, l'audace, l'implication. «Nommez vos seconds et votre zashitnik si vous vous faites représenter. L'endroit et le moment seront déterminés par la cour. Les Mackenzie feront couler le sang pour cela. »

L'un après l'autre, les familiers du Kotoko apparaissent autour d'Abena Maanu Asamoah. Sa respiration se fige dans sa gorge. Elle est plus impressionnée qu'elle ne s'y attendait. Les adinkras luisent dans sa lentille, chaque seconde en voit apparaître un nouveau. Elle est cernée par des aphorismes lumineux. Abena a préparé sa chambre avec respect. Les membres du conseil sont peut-être les gens qu'on rencontre dans les tunnels, dans les fermes tubulaires, les rues ou les complexes, mais le Kotoko est davantage que la somme de ses membres. Il est continuité et changement, lignée et diversité, abusua et société commerciale. N'importe qui peut consulter le Kotoko, la question implicite étant : pourquoi en as-tu besoin ? Abena a rangé ses quelques affaires, replié les meubles, installé des biolumières noire, rouge et blanche en triangle sur le sol, s'est placée au milieu. Elle s'est douchée.

Le dernier à apparaître est le Sunsum, le familier de l'Omahene. Abena frissonne. Elle a fait venir des forces puissantes.

« Abena », dit Adofo Mensa Asamoah. Chaque familier parle avec la voix de son client. « Comment vas-tu ? Le Tabouret doré te salue.

— *Yaa Doku Nana*, dit Abena.

— Oh, tu as rangé, formidable, s'extasie Akosua Dedei depuis Farside.

— Bonne idée, les lumières, la félicite Kofi Anto depuis Twé.

— Alors, qu'est-ce que tu as besoin de nous demander ? » veut savoir Kwamina Manu depuis Mampong. La question cachée.

« J'ai fait une promesse, raconte Abena dont les doigts tordent, sans qu'elle s'en rende compte, la chaîne de son collier Gye Nyame. Et je dois maintenant la tenir, mais je ne sais pas si j'avais le droit de promettre quoi que ce soit.

— Cela concerne Lucasinho Corta, dit le familier qu'Abena sait être Lousika Asamoah.

— Oui. Je sais que nous sommes redevables aux Corta du sauvetage de Kojo dans la course de Lune, mais si les Mackenzie s'en prenaient à nous comme ils s'en sont pris aux Corta ?

— Il a demandé asile, rappelle Abla Kande depuis l'agrarium Cyrille.

— Mais avais-je le droit de le lui proposer ?

— Que penserait la Lune si nous ne tenions pas nos promesses ? » demande Adofo Mensa. Des voix murmurent en chœur dans le cercle des familiers : *Fawodhodie ene obre na enam*. L'indépendance ne va pas sans responsabilités.

« Mais les Mackenzie… je veux dire, comme famille, nous ne sommes ni la plus grande, ni la plus riche, ni la plus puissante…

— Permets-moi de te rappeler l'histoire, dit Omahene Adofo. Tu as raison : AKA n'est ni le plus riche ni le plus ancien des Cinq Dragons. Nous n'exportons rien, nous ne permettons pas à la Terre de s'éclairer comme les Corta, nous n'alimentons pas les industries de pointe terrestres comme les Mackenzie. Nous ne sommes pas des industriels ou des géants de la haute technologie. Nous sommes arrivés sur la Lune sans soutien politique comme les Sun, sans fortune comme les Mackenzie, ni accès à des sites de lancement comme les Vorontsov. Nous n'étions ni asiatiques ni occidentaux, mais ghanéens. Des Ghanéens qui vont sur la Lune ! Quelle outrecuidance ! C'est pour les Blancs et les Chinois. Mais Efua Mensah avait une idée, elle a vu une chance à saisir et s'est démenée en actes et en paroles pour venir sur la Lune. Sais-tu ce qu'elle a vu ?

— Qu'on peut éventuellement s'enrichir en pelletant la poussière, mais qu'on le fait à coup sûr en vendant la pelle », répond Abena. Les enfants apprennent tous le proverbe dès qu'on les a équipés d'une prise, d'une lentille et d'un lien pour un familier. La sagesse des anciens lui a toujours paru assommante et louable. Des boutiquiers, des épiciers, rien de prestigieux comme les Corta et les Mackenzie avec leurs beaux lève-poussière ou les Vorontsov avec leurs délicieux jouets.

« Nous avons payé cher notre indépendance », dit Adofo Mensa. Son familier est fait de crocodiles du Siam et d'Ese Ne Tekrema, les adinkras de l'unité et de l'interdépendance. « Nous n'y renonçons pas. Nous ne nous laisserons pas malmener par les Mackenzie.

— Ni par personne, ajoute Kwamina Manu.

— As-tu ta réponse ? » s'enquiert Omahene Adofu.

Abena incline la tête et serre les doigts en pince, de ce geste lunaire signifiant l'acceptation. L'un après l'autre, les familiers du Kotoko disparaissent. Il ne reste plus que Lousika Kande Asamoah-Corta.

« Tu ne l'as pas, exact ?

— Quoi donc ?

— Ta réponse.

— Si, c'est juste que je ne suis pas…

— Rassurée ?

— Je crois que j'ai mis la famille en danger.

— Combien y a-t-il de gens sur la Lune ?

— Hein ? À peu près un million et demi.

— Un million sept. Ça paraît beaucoup, mais ce n'est pas suffisant pour que nous n'ayons pas à nous soucier du patrimoine génétique.

— Consanguinité, accumulation de mutations, dérive génétique. Rayonnement de fond. J'ai vu ça en classe.

— Et chacun de nous a adopté un mécanisme différent pour gérer le problème. Nous avons perfectionné le système abusua et toutes ces règles sur les gens qui ne peuvent pas coucher avec vous. Tu es une quoi ?

— Bretuo. Aseni, Oyoko, et bien entendu mon propre abusua.

— Les Sun épousent tout le monde et n'importe qui, la moitié de la Lune est Sun ; les Corta ont leur système bizarre de madrinhas, mais tout cela est un moyen de conserver un patrimoine génétique propre et ouvert. Chez les Mackenzie, c'est différent. Ils restent en famille, ils ont peur de polluer la lignée, de diluer leur identité. Ils se marient entre eux, endogamie et rétrocroisement : d'où crois-tu que viennent toutes ces taches de rousseur ? Mais c'est risqué… très risqué, si bien qu'ils doivent s'assurer de ce qu'ils engendrent. Ils nous payent pour mettre au point leur lignée. Ce qu'on fait depuis trente ans. C'est notre secret, mais du coup, nous n'avons rien à craindre des Mackenzie. La peur du bébé à deux têtes. »

Abena adresse à voix basse une prière à Jésus.

« Les Asamoah gardent les secrets de tout le monde. Mais attention à Lucasinho, Abena. Même si les Mackenzie n'osent pas s'en prendre à nous, ils ont la rancune aussi longue que leurs couteaux. »

Des zabbalins ramassent soigneusement et emportent les colombes mortes qui jonchent les jardins de Jonathon Kayode. Leur lâcher avait été programmé : les cages se sont ouvertes d'un coup, les oiseaux envolés dans un applaudissement d'ailes pour se disperser au-dessus des invités sur le départ. Ariel avance prudemment sur les pétales de rose en train de pourrir. Sur ce terrain glissant, elle ne fait pas confiance à ses bourdonnantes jambes robotiques. Comme sa mère, elle n'aime pas la matière vivante. L'organique se gâte si vite.

Jonathon Kayode la reçoit dans son appartement, qui donne sur le jardin. Rubans et fruits argentés ornent toujours les citrus, les pelouses sont parsemées de restes de nourriture. Les robots font diligence, mais quatre cents invités, cela laisse beaucoup de déchets.

« Eh bien, quel gâchis, lance Jonathon Kayode en accueillant Ariel.

— Nous engageons des gens pour nettoyer notre gâchis, répond Ariel.

— Je n'ai pas eu l'occasion de le mentionner durant l'“événement”, mais c'est merveilleux de vous voir aussi mobile.

Cette robe longue vous va à ravir. Je me suis un peu promené ici ou là. Le mariage de l'année fait un flop, mais la tante du fiancé lance une nouvelle mode. Comment va le garçon ?

— Les Asamoah lui ont accordé asile.

— Vous avez toujours été proches, les Corta et les Asamoah.

— Je veux que vous arrêtiez ça, Jonathon. »

Il secoue la tête, se touche le front du doigt.

« Ariel, vous savez aussi bien que moi…

— Quand la LDC veut qu'une chose arrive ou n'arrive pas, elle trouve un moyen. »

Ils sont assis face à face, chacun d'un côté d'une table basse. Un robot apporte deux blushing boys.

« Vous savez quoi, j'y ai vraiment pris goût », dit l'Aigle. Ariel ne l'a pas, cet après-midi-là. L'Aigle boit une gorgée. Il fait beaucoup de bruit en buvant.

« Ça fait deux ans qu'il n'y a pas eu de duel à la cour de Clavius, dit Ariel.

— Pas tout à fait. » Jonathon Kayode repose son verre. « Alayoum contre Filmus.

— Ce ne serait jamais arrivé jusqu'aux lames. Je le savais. Malandragem. C'est ma manière de gagner. Et les deux affaires sont différentes. Il s'agissait d'un divorce. Là, on a un bon vieux défi, une affaire d'honneur.

— Bryce Mackenzie a vraiment pris l'avantage sur votre frère.

— Vous pouvez l'arrêter, Jonathon.

— Vous êtes sûre que vous ne voulez rien boire ? » demande l'Aigle de la Lune en levant son verre. Par-dessus le rebord, son regard croise celui d'Ariel, puis se braque sur le fond de l'appartement, une, deux, trois fois. Les yeux de l'avocate s'écarquillent.

« C'est encore un peu tôt pour moi, Jonathon. » Il y a une blague bien connue dans les tribunaux et les milieux judiciaires : Adrian Mackenzie a si bien ligoté l'Aigle de la Lune qu'il aurait sa place dans une exposition sur le shibari. Ce n'est pas une blague.

Ils veulent du sang, articule-t-il en silence. « Qui représente Lucas ?

— Carlinhos. »

La bouche de Jonathon Kayode bée de stupeur. *Ton oko ne t'a pas dit que le sang qu'ils veulent est celui du cœur.*

« Ils ont choisi Hadley Mackenzie comme zashitnik. Nous avons été obligés d'en prendre un de statut égal. »

Elle ne laissera pas l'Aigle de la Lune détourner le regard. *Tu peux arrêter tout ça, sauver deux jeunes hommes.*

« Jonathon ?

— Je ne peux pas vous aider, Ariel. Je ne suis pas la loi.

— Il faut croire que je suis en train de prendre l'habitude de vous le dire, Jonathon, mais : allez vous faire foutre. » Ariel veut que ses jambes la fassent se lever. Elle attrape sa pochette. Elle hausse la voix, adopte celle de tribunal pour se faire entendre jusqu'au fond du salon. « Et vous aussi, Adrian, allez vous faire foutre. J'espère que mon frère découpera le vôtre en petits morceaux. »

Il est reparti à Boa Vista pour le combat. Je ne pourrais pas, pense Ariel. Même dans les profondeurs de l'obscurité, quand elle se sentait ouverte, pénétrée, violentée, quand elle craignait que ses fines jambes ne puissent plus jamais la porter, quand elle voyait le couteau chaque fois qu'elle fermait les yeux, elle a refusé de laisser sa mère la ramener à Boa Vista. Tu vois le couteau aussi, Carlinhos. Chaque fois. Il est derrière moi, il est devant toi. Je serais paralysée de peur.

Il est allongé sur le ventre sur une table dans le pavillon Nossa Senhora da Rocha. Des gouttelettes venues de la cascade d'Oxum se regroupent et tombent du rebord de la coupole. Un masseur s'occupe de son corps, les doigts enfoncés dans les fibres musculaires. Carlinhos gémit, de petits cris qui ressemblent à ceux qu'on lâche en baisant. Ariel trouve répugnant que quelqu'un d'autre touche votre corps de manière si intime. Quelqu'un d'autre a touché le sien, de manière plus intime qu'un massage ou une relation sexuelle.

Carlinhos tourne la tête vers elle et lui sourit.

« Olá.

— Mon éloquence n'a servi à rien, cette fois-ci, Carlo. »

Le visage de son frère a un spasme de tristesse. Puis fait une autre grimace à cause d'une action en profondeur du masseur. Tu es magnifique, se dit Ariel, et je pense à des couteaux qui tranchent cette peau parfaite et ça me glace d'horreur.

« Désolée.

— Il n'y a rien dont être désolée.

— Je peux essayer… Non, je ne peux rien faire. Je suis à court de mots. Ils auront leur duel.

— Je sais. »

Ariel embrasse son frère sur la nuque.

« Tue-le, Carlo. Tue-le lentement et en le faisant souffrir. Tue-le sous leurs yeux pour qu'ils voient tout ce qu'ils espéraient faire à notre famille se vider de son sang devant eux. Tue-le pour moi. »

« Je peux venir ? Je peux ?

— Non », tonne Rafa. Robson trotte sur les talons de son père.

« Je veux encourager Carlinhos.

— Non, répète Rafa.

— Pourquoi ? Tu y vas, toi. Tout le monde y va. »

Rafa se tourne vers son fils.

« Ce n'est pas du handball. Ce n'est pas un jeu. Ce n'est pas quelque chose dont on est supporter. Nous y allons parce que Carlinhos ne se bat pas seul. Je ne veux pas y aller. Je ne veux pas qu'il y aille. Mais j'irai. Et pas toi. »

Robson s'agite, se renfrogne. « Alors je veux le voir maintenant. »

Rafa soupire d'exaspération. « D'accord. »

Le gymnase est la moins utilisée des cavités de Boa Vista. Les robots ont nettoyé des années de poussière, réchauffé lentement l'endroit pour en chasser la froideur des profondeurs de la roche éternelle. Carlinhos a accroché des cloches en céramique au plafond à l'aide de rubans. Sept cloches. Vêtu d'un short, il enchaîne sur le sol feintes et esquives, coups et pivotements.

« Irmão. »

Le souffle court, Carlinhos approche de la rambarde. Il pose le couteau sur le rebord, appuie le menton sur ses bras croisés.

« Salut, Robson.

— Tio.

— Tu en as fait sonner ? demande Rafa en désignant de la tête les cloches suspendues.

— Je n'en fais jamais sonner », répond Carlinhos. Un mouvement, si rapide et si inattendu qu'il le prend au dépourvu. Robson appuie la pointe de la lame contre la peau tendre sous l'oreille droite de son oncle.

« Robson…

— Hadley Mackenzie m'a appris que si on prenait le couteau d'un homme, il fallait s'en servir contre lui. Ne lâche jamais le couteau. »

Carlinhos est action liquide : il plonge sous la pointe du couteau et d'un même mouvement, tord assez fermement le poignet de Robson pour lui apprendre la douleur. Il ramasse ensuite le couteau tombé sur le sol.

« Merci, Robson. J'y prendrai garde. »

Toutes les cloches se mettent à sonner en un doux tintamarre. Encore un petit séisme.

Carlinhos sort de la salle de bains, les yeux écarquillés.

« Il y a un bain à remous là-dedans. Je n'en ai jamais eu à Boa Vista.

— C'est le moins que je puisse faire, Carlo. »

La préparation par Lucas du camp Carlinhos a été d'une

difficulté inhabituelle. Le fiasco du mariage pollue encore l'atmosphère sociale. Si l'information d'un duel entre Dragons ennemis fuite, même la menace de poursuites judiciaires par les Corta et les Mackenzie ne retiendra pas les réseaux de potins. Deux jolis garçons qui se battent presque nus. Encore mieux que deux jolis garçons qui se marient. L'appartement chic sur le hub Orion a été loué par des sociétés-écrans, les matrices pour imprimantes commandées par une autre et les masseurs, kinésithérapeutes, psychologues, cuisiniers, diététiciens, forgeurs de couteaux et discrets gardes du corps embauchés de manière anonyme par des agences IA. Une salle d'entraînement a été construite, Mariano Gabriel Demaria amené discrètement de Reine-du-Sud, puis installé dans l'appartement contigu. Pour finir, on a fait venir de João de Deus et installé dans le dojo les poignards de combat en acier lunaire de Carlinhos.

« Voici la chambre.

— Je peux faire le tour du lit. »

Carlinhos se laisse tomber sur le matelas, se passe les bras derrière la tête. Sa joie est radieuse. La bouche de Lucas se crispe.

« Désolé.

— Quoi ?

— Je suis désolé. Pour ça. Je n'aurais jamais dû te demander…

— Tu n'as pas demandé. C'est moi qui ai proposé.

— Mais si je n'avais rien caché à Lucasinho…

— Ariel est venue me voir à Boa Vista. Tu sais ce qu'elle a dit ? Qu'elle s'excusait de n'avoir pas pu l'empêcher. Et toi, tu t'excuses parce que tu crois que c'est ta faute. J'ai toujours su que ça arriverait un jour, Luca. J'ai imprimé mon premier couteau, je l'ai regardé et j'ai vu ce qui arrive aujourd'hui. Pas Hadley Mackenzie, mais un combat dans lequel la famille dépendrait de moi. »

C'est un pardon.

« Hadley Mackenzie est en forme et très rapide.

— Je suis encore plus en forme que lui.

— Carlinhos… » Lucas regarde son frère, ravi de se vautrer sur une literie de coton véritable. Tu pourrais être mort dans vingt-quatre heures. Comment peux-tu supporter ça ? Comment peux-tu supporter de perdre un seul instant à des futilités ? Peut-être est-ce la sagesse du combattant : la futilité, la matérialité immédiate du coton importé de qualité supérieure, les choses senties sont les plus vitales.

« Quoi ?

— Tu es plus rapide. »

Wagner saisit les couteaux, en trouve d'instinct l'équilibre. Il regarde ce qu'il a dans les mains. Il vient de s'assombrir complètement, aussi sa concentration et sa focalisation sont-elles à leur intensité maximale. Il pourrait rester des heures obsédé par le tranchant des lames, par leur métallurgie.

« Tu fais ça avec trop de facilité, estime Carlinhos.

— Ils sont effrayants. » Wagner les repose dans le coffret. « Je viendrai. Je ne veux pas venir, mais je serai là.

— Je ne veux pas venir non plus. »

Les deux frères s'étreignent. Carlinhos a proposé une chambre dans l'appartement, mais Wagner a fait appel à la meute. La Maison commune est un endroit froid et morne quand la Terre est sombre. Il est arrivé de Théophile la nuit précédente et a dormi par à-coups dans le lit de meute, occupant minuscule qui prend autant de place que possible, mais qui n'est qu'un seul homme ; troublé par des rêves récurrents dans lesquels il se retrouve nu au milieu de l'océan des Tempêtes. Analiese ne croit pas qu'il aille à Méridien pour une affaire de famille, mais ne trouve aucun mensonge évident qui lui permettrait de creuser davantage.

« Je peux faire quelque chose ? » demande-t-il. Le rire de Carlinhos le fait sursauter.

« Tous les autres me disent qu'ils sont vraiment désolés, qu'ils se sentent coupables. Personne n'a demandé s'il pouvait faire quelque chose pour moi.

— Et je peux faire quoi ?

— J'aimerais vraiment beaucoup manger de la viande, répond Carlinhos. Oui, beaucoup.

— De la viande.

— Tu peux en manger ?

— Pas quand je suis comme ça, normalement, mais pour toi, irmão… »

Sombra localise une churrascaria, d'un coût indécent. Elle propose du porc d'une espèce rare ainsi que du bœuf Kuroge Washu nain massé au gin et bercé de musique. Les portes vitrées des chambres froides permettent de voir les carcasses pendues à l'intérieur, pas plus grosses que des animaux de compagnie. Les prix sont vertigineux. Carlinhos et Wagner choisissent un box où ils discutent en trempant leurs fines et exquises tranches de bœuf dans les sauces, mais gardent la plupart du temps un silence complice, comme cela se fait entre hommes proches, et s'aperçoivent qu'ils se sont tout dit.

Cours avec moi, a-t-il lancé.

Marina et Carlinhos collent au train de la Longue Course. En cinq respirations, ils se sont mis rythmiquement à l'unisson du rituel. Marina ne craint pas de chanter, cette fois. Il n'y a qu'une Longue Course. Qui, de jour comme de nuit, ne s'est jamais arrêtée depuis la dernière fois où Marina en est sortie. Puis le cœur, le sang, les muscles de la jeune femme s'accordent à l'unité.

Oui, d'accord, oui, a répondu Marina. Carlinhos l'avait appelée et elle était venue en s'attendant à coucher avec lui, en espérant autre chose. Autre chose qui les sorte de cet appartement empuanti par la proximité de la mort. Carlinhos voulait rentrer courir. João de Deus n'était qu'à une heure par train rapide. Ils l'ont pris dans leur tenue de Longue Course. Ce qui leur a valu sourires et coups d'œil admiratifs. *Ils sont mignons ensemble. Tu sais qui c'est? Ah oui, t'es sûr?* La tenue de Marina est plus petite et plus serrée qu'elle ne l'a jamais osé, sa peinture corporelle plus agressive. *Je suis plus serrée et plus agressive*, a-t-elle pensé. Elle a récupéré au stockage sous vide les glands verts d'Ogum, qu'elle porte avec fierté.

Marina accélère vers la tête de la course. Carlinhos rit en remontant à ses côtés. *Lame insatiable, le couteau d'Ogum coupe au grand air. Lame insatiable. Le couteau d'Ogum cherche à tuer.* Puis le temps, le moi, la conscience disparaissent.

Ils manquent s'écrouler en montant à bord du train du retour, s'écroulent recouverts d'une douce sueur sur les sièges tandis que le train part en direction d'Équatorial Un, s'écroulent ensemble. Marina se blottit contre Carlinhos. Il est tellement bon, il fait ressortir le félin en elle. Elle adore l'altérité des hommes, ils sont aussi inconnaissables que des animaux. Elle les adore comme des choses différentes d'elle, merveilleuses pour elle.

« Tu viendras ? » marmonne Carlinhos.

Elle attendait et redoutait cette question, aussi a-t-elle une réponse toute prête.

« Je viendrai, oui. Mais…

— … tu ne regarderas pas.

— Carlinhos, je suis désolée. Je ne peux pas te voir te faire blesser.

— Je ne mourrai pas. »

Méridien dans dix minutes.

« Carlo. » C'est la première fois qu'elle l'appelle par son nom le plus intime, celui réservé à la famille et aux amors. « Je vais partir de la Lune. »

Il répond : « Je comprends », mais elle le sent se crisper contre elle.

« J'ai l'argent pour soigner maman, et ta famille a été merveilleuse avec moi, mais je ne peux pas rester. J'ai peur tous les jours. Tous les jours, tout le temps. J'ai tout le temps la frousse. Ce n'est pas une façon de vivre. Il faut que je parte, Carlinhos. »

Les passagers se lèvent déjà, se préparent à l'arrivée en rassemblant leurs enfants, leurs bagages, leurs amis. Dans la partie pressurisée du quai, Marina et Carlinhos s'embrassent. Elle se met sur la pointe des pieds. Les voyageurs sourient.

« Je serai là », dit Marina. Chacun regagne son appartement, et au matin, Carlinhos part se battre.

Les robots finissent d'épousseter la salle d'audience quelques instants avant l'arrivée des combattants. Elle n'a pas servi depuis dix ans. L'air a été purifié : aucune trace, réelle ou imaginaire, de sang datant de cette époque. La salle semble glaciale, même si elle a été chauffée à température cutanée. Elle est petite et vraiment belle, avec des lambris et un parquet en bois. Le ring en est le cœur, cinq mètres de parquet flottant idéal pour danser ou se battre. D'étroites galeries l'entourent : les bancs des témoins et des juges. Adversaires et juges sont installés suffisamment près pour se retrouver aspergés de sang en cas d'artère sectionnée. Telle est la moralité du tribunal de combat : la violence touche tout le monde.

Sur les bancs Mackenzie : Duncan et Bryce Mackenzie. Ce dernier tient tout juste dans l'étroite tribune. Une fois encore en lieu et place de son époux Robert, Jade Sun-Mackenzie, mère du zashitnik. Sur les bancs Corta : Rafa, Lucas, Wagner et Ariel Corta. Et l'escolta de celle-ci, Marina Calzaghe. Ariel a fait échouer une assignation de dernière minute de l'équipe juridique des Mackenzie cherchant à mettre Lucasinho, Robson et Luna dans l'obligation d'assister au duel. La présidence est assurée par les juges Rémy, el-Ashmawi et Mishra, qui n'ont jamais travaillé avec Ariel Corta.

Le juge Rémy ouvre la séance. Le juge el-Ashmawi fait lecture de l'offense. La juge Mishra demande s'il y aura excuse ou conciliation. Ni l'une ni l'autre, répond Lucas Corta.

Les formalités calment, elles mettent de l'ordre, elles tiennent à distance de ce qui va se passer sur ce ring en bois.

Les seconds entrent. Pour les Mackenzie : Denny Mackenzie

et Constant Duffus, adjoint au chef de la sécurité. Pour les Corta : Heitor Pereira et Mariano Gabriel Demaria. Chaque camp soumet les poignards de combat aux juges. Ceux-ci les examinent avec soin, même s'ils n'y connaissent rien, en choisissent un dans chaque coffret. Mariano Gabriel Demaria embrasse le manche au moment de remettre le couteau d'acier lunaire dans son berceau.

Les combattants arrivent de leurs écuries sous la salle. Tous deux lèvent les yeux en entrant, puis balayent les lieux du regard pour jauger l'espace et les limites. Ils s'attendaient à plus grand. Ce sera proche, rapide et féroce. Carlinhos porte un short crème, Hadley un gris. Pour l'un comme pour l'autre, une couleur qui contraste avec la peau. Ils sont numériquement nus, sans familiers. Les bijoux constituent une faiblesse, mais Carlinhos porte un cordon vert autour de la cheville droite : la faveur de São Jorge. Ses seconds s'approchent de lui.

Marina se cache le visage dans les mains. Elle ne peut pas regarder Carlinhos, elle doit regarder Carlinhos. C'est un garçon, un grand garçon souriant qui est passé nonchalamment d'une pièce à l'autre, sans se rendre compte que chaque porte est verrouillée dans son dos et chaque pièce moins grande que la précédente, jusqu'à se retrouver là, dans l'arène. Marina ne se sent pas bien, une nausée de chaque muscle et de chaque tendon. Carlinhos s'agenouille, Heitor et Mariano penchés sur lui, et murmure. À l'autre bout, Hadley Mackenzie sautille, bondit, renifle, regarde, tourbillon d'énergie et de volonté d'en découdre. Il va mettre Carlinhos en pièces, pense Marina. Elle n'a jamais eu aussi peur, même quand elle a appris la maladie de maman, même quand le VTI s'apprêtait à décoller à White Sands.

La cour enjoint aux combattants de se rapprocher d'elle. Avec ses deux mètres dix, Carlinhos est plus grand que Hadley, mais plus lourd. Le Mackenzie n'est que câble et acier. Le juge Rémy s'adresse à eux : « Sachez que ce combat, bien qu'il n'ait rien d'illégal, ne reçoit pas l'approbation de la cour de Clavius.

Il est barbare et inconvenant pour vos familles et vos sociétés. Vous pouvez continuer. »

Mariano Gabriel Demaria remet son poignard à Carlinhos. Celui-ci le soupèse, referme les doigts dessus, en trouve l'équilibre et la vitesse. Il teste sa masse et son inertie, braque la pointe dans les neuf directions. Prise, ferme mais flottante. Effort/absence d'effort. Feindre, se fendre, pivoter n'est pas couper. Tout doit tendre à couper. Vivre à l'extension ultime de chacun des sens, chercher les cloches invisibles accrochées dans le labyrinthe obscur.

« Seconds, sortez. »

Heitor et Mariano se replient dans leur box sous la tribune des témoins. Il n'y a pas de rounds, pas de moments de repos ou de conseils dans un coin. On se bat jusqu'à ce qu'il y ait un vainqueur.

Carlinhos adresse un signe de tête à sa famille. De grosses larmes coulent lentement sur le visage de Marina Calzaghe.

« Approchez. »

Carlinhos et Hadley s'avancent vers le centre du ring, lèvent leur lame en guise de salut.

« Combattez. »

Les duellistes prennent aussitôt position, bien en équilibre, bras levé. Et s'affrontent. Carlinhos pivote, essaye de tirer Hadley, de le désynchroniser, mais le Mackenzie est vif et rapide, si rapide que Carlinhos perd un instant le tempo. Il le retrouve. Marina n'a jamais assisté à un combat au couteau. C'est horrible, outrageant, cru. Il n'y a rien de glorieux là-dedans, cela n'implique pas de maîtriser l'estoc et la taille, la parade et la riposte, la lame en attaque et en défense comme dans la voie de l'épée. Dans celle du couteau, le premier contact sera le dernier. La moindre touche sera définitive. Trancher, désarmer, percer, bloquer. La vitesse est vertigineuse. Plus rapide que la pensée. Hadley a un sourire de tête de mort, sa concentration est totale. Et il est plus rapide, plus léger, plus vif. Feinter, pivoter, récupérer. Elle jette un coup d'œil aux autres Corta.

Rafa a fermé les yeux. Ariel a les mains sur la bouche. Wagner est un masque de concentration absolue. Le visage de Lucas ressemble à un crâne. Elle voit les mêmes expressions dans le camp Mackenzie.

Elle n'arrive pas à regarder. Elle n'arrive pas à détourner les yeux.

Personne ne peut suivre ce rythme mortel. Elle voit que Carlinhos est déséquilibré. Ses réactions sont trop lentes d'une fraction de seconde. La sueur luit sur sa peau. Il a le regard dur, le visage fermé. C'est une danse, un mortel pas de deux. Coups violents, tendus, rapides : la main qui tient le couteau, les tendons de la jambe. En haut, en bas. Carlinhos feinte, Hadley bloque avec sa lame, entaille le biceps d'un coup qui tourne pour lacérer l'abdomen. Carlinhos s'écarte déjà, une ligne de sang sur le ventre. Il ne s'en rend pas compte. Il brûle d'adrénaline, il est au-delà de la douleur, de tout ce qui n'est pas l'unité du combat. Mais l'entaille sur son biceps est profonde. Il perd du sang. Il perd le contrôle. Il perd le duel. Carlinhos pivote et recule, prend de la distance. Le Mackenzie avance pour réduire celle-ci, mais Carlinhos change à ce moment-là son arme de main. La surprise ne dure qu'un instant, mais suffit à obliger Hadley à reculer. Celui-ci secoue la tête comme pour se débarrasser d'un torticolis et fait lui aussi passer sa lame de la main droite à la main gauche.

Les pieds nus glissent dans le sang tiède et suave de Carlinhos.

Carlinhos voit toutes les possibilités dont dispose Hadley Mackenzie pour sa prochaine attaque, il les voit toutes à la fois et, dans chacune, la lame lui ouvre les tendons de la main, le désarme, lui tranche les tendons des jambes, le fait tomber, l'éventre.

Et il meurt.

Il voit alors l'autre possibilité, qui n'est pas la voie du couteau. Celle du malandragem. Qui se sert de jiu-jitsu brésilien dans un combat au couteau ? Carlinhos lance son arme.

Celle-ci se plante en vibrant dans les parois en bois de la salle. Hadley la suit des yeux, et Carlinhos met cet instant à profit pour entrer dans sa garde, bloquer des deux mains son swing et lui briser le coude.

Le craquement résonne dans toute la salle. Le couteau tombe.

Carlinhos tord le bras fracturé dans le dos de son adversaire. Les deux hommes sont tout près l'un de l'autre, comme des amants. Carlinhos ramasse la lame de Hadley et, poursuivant le mouvement, la lui enfonce dans le cou pour la ressortir en sectionnant la jugulaire interne.

La salle est debout.

Hadley a l'air un peu surpris, puis déçu. Son sang jaillit de l'immonde plaie, ses mains battent inutilement pour repousser la mort. Carlinhos le laisse glisser à terre où il gargouille et convulse dans la mare de sang de plus en plus grande.

Carlinhos rugit. Rejette les épaules en arrière, serre les poings, rugit. Il donne des coups de pied dans le bois de la galerie, frappe et frappe, lance le poing dans les murs. Rugit. Il fait face à sa famille, secoue la tête pour chasser la sueur de ses cheveux, barrit sa victoire.

Marina se cache le visage dans les mains. Ce qu'elle voit lui est insupportable. Carlinhos est ainsi. Carlinhos a toujours été ainsi.

Hadley ne bouge plus, et une autre voix s'élève dans la salle : un long gémissement funèbre, si sinistre et si inhumain que sa source ne devient évidente qu'au moment où Jade Sun se précipite sur la rambarde. Duncan Mackenzie l'intercepte, la retient. Elle continue à pleurer, folle de deuil et d'affliction. Les seconds de Hadley recouvrent son corps.

« La cause est entendue, crie la juge Mishra dans les rugissements et les gémissements. L'audience est levée. »

Heitor Pereira et Mariano Gabriel Demaria essayent de faire sortir Carlinhos. Il leur échappe et traverse le ring pour beugler devant les Mackenzie. Son corps dégouline d'une sueur mêlée de sang. Il pointe un doigt accusateur sur Jade Sun, sur Bryce Mackenzie.

Marina est à l'agonie.

« Seconds, contrôlez votre zashitnik ! » crie le juge el-Ashmawi. Heitor et Mariano s'emparent de Carlinhos, chacun mettant une main sur son épaule, et l'entraînent vers la porte. Jade Sun crache. La salive vole loin, sur la Lune. Elle atteint Carlinhos à l'épaule. Le Corta se retourne, expédie d'un coup de pied un peu du sang sur le sol en direction de Jade Sun. Les gouttelettes pleuvent sur le visage de celle-ci, mouchettent les Mackenzie.

« Sortez-le de là ! » s'écrie Rafa.

Marina a déjà fui. Elle se plaque le dos au mur, dans l'espoir qu'il sera assez frais et assez solide pour refouler les pulsations nauséeuses. Les escoltas passent en vitesse, escortant les Corta qui regagnent leur moyen de transport ; une paroi de verre sépare leur côté du couloir de celui des Mackenzie. Que leurs lames entourent, mais Marina voit Duncan Mackenzie essuyer le sang sur le visage de sa belle-mère.

« Oh, Carlinhos, murmure-t-elle. J'aurais pu t'aimer. »

La première extractrice Corta Hélio cesse de donner signe de vie moins de dix minutes après la victoire de Carlinhos Corta dans la cour de Clavius. La deuxième l'imite trente secondes plus tard. En trois minutes, toute la ligne de samba d'Imbrium nord a disparu.

Dans la nacelle du vaisseau lunaire VTO *Pustelga*, les familiers de Rafa, de Lucas, de Carlinhos et d'Heitor Pereira s'allument. Dans le train de retour à Hypatie, Sombra alerte Wagner Corta. Dans la lapa se dirigeant vers l'appartement de Méridien, Beijaflor et Hetty informent leurs clientes.

Corta Hélio est attaqué.

Louer un vaisseau lunaire VTO est coûteux même pour un Dragon, mais Rafa savait qu'il lui faudrait mettre très vite la famille en sécurité à l'issue du duel à la cour de Clavius, quelle qu'elle soit. Quand le vaisseau se pose à João de Deus, Imbrium est, Imbrium ouest et Sérénité centre ne répondent plus non plus.

« Nous venons de perdre Sérénité ouest, annonce Heitor Pereira tandis que le vaisseau descend la nacelle sur le tracteur. J'ai Sérénité sud, je vous y connecte. »

Chacun voit apparaître sur ses lentilles les images d'une caméra de casque : une ligne de samba dévastée. La caméra panoramique sur tout le régolite jonché de décombres et de débris, de morceaux de métal et de plastique : cinq extractrices détruites, un rover fendu comme un crâne par la chute de poutrelles.

« Vous voyez ce qui arrive ? » crie une femme. Son familier sous forme de nom l'identifie comme Kiné Mbaye : Mare Serenitatis. « Ils nous éliminent. » Derrière elle, un éclair dans le ciel, une décharge lumineuse. Toute une structure pivote en direction de la caméra. La femme jure en français. Les images s'interrompent. Le nom devient blanc.

« Carlinhos ! » Rafa secoue son frère. Après son explosion de rage et de folie dans l'arène, Carlinhos a sombré dans la catatonie. Ses seconds l'ont descendu dans les écuries des zashitniks où un médbot a refermé ses blessures aux abdominaux et au biceps, puis lui a injecté une bonne dose de tranquillisant. Les seconds l'ont douché pour faire disparaître le sang, l'ont rhabillé en tenue de ville et l'ont monté à bord du *Pustelga.* « Qu'est-ce qui se passe ? »

Carlinhos essaye de se concentrer sur le visage de son frère.

« On a perdu toute la ligne de samba de Sérénité sud », dit Heitor Pereira. Il a le visage gris. Les sas se connectent et s'équilibrent, les passagers entrent dans le hall d'ascenseurs. « Trente vies.

— Carlinhos ! C'est toi, le lève-poussière.

— Montre-moi. » Il visualise trois fois la séquence de Kiné Mbaye en attendant l'ascenseur. « Arrêtez toutes les lignes de samba.

— Qu'est-ce qui se p… », commence Rafa, mais Lucas l'interrompt.

« J'ai donné l'ordre.

— Ça ne les retiendra pas beaucoup. Juste le temps de recalculer les trajectoires. » Carlinhos les regarde l'un après l'autre dans l'ascenseur pour voir s'ils ont compris. « Ils nous lancent des capsules BALTRAN dessus. On en voit une dans les images de Sérénité sud, si on les ralentit suffisamment, juste avant l'impact. Cet éclair n'en est pas un, mais un impact de capsule BALTRAN.

— On ne peut se cacher nulle part, dit Rafa.

— Ce n'est pas un truc qu'on improvise sur un coup de tête, dit Lucas. Il faut calculer l'emplacement de chacune de nos extractrices, louer les capsules, pointer les lanceurs. Ils préparaient ça depuis un bon moment.

— Qui ? » demande Heitor Pereira.

Lucas se tourne vers lui. « À votre avis, vieil imbécile ? »

São Sebastião Quadra, Kondakova Prospekt, annonce l'ascenseur.

« Qu'est-ce qu'on peut faire ? demande Rafa.

— Enchérir sur eux, répond Lucas. Personne ne peut battre le Général Argent. » Il donne des ordres à Toquinho. Le familier marque un temps d'arrêt. Ce qui ne lui est jamais arrivé.

L'accès aux comptes de Corta Hélio est momentanément indisponible, indique-t-il.

Les portes de l'ascenseur s'ouvrent.

« Explique », commande Lucas.

Nos systèmes bancaires subissent une attaque par déni de service, répond Toquinho.

Le hall des ascenseurs tangue. Toutes les vies sur Kondakova Prospekt lèvent les yeux, instinct de cavernicoles.

« On avait bien besoin de ça, dit Rafa. Un séisme.

— Pas un séisme, corrige Carlinhos. Des charges creuses. »

Une femme, un homme, élégamment vêtus à la mode du moment, débarquent de l'express 28 et accèdent par les sas à la gare de Twé. Ils évoluent avec aisance et résolution au milieu de la foule des passagers, l'air de savoir exactement où ils vont dans l'agencement notoirement labyrinthique de Twé. Ils sont guidés. Ils récoltent à une imprimante publique deux couteaux en plastique commandés à l'avance, des lames crantées, affûtées et impatientes de nuire. Ce sont deux assassins engagés pour localiser et éventrer Lucasinho Corta. Leurs familiers se verrouillent sur Jinji. Le garçon est une personne publique, exposée. Ils remontent sa piste par les tunnels et les agraria, par les hautes passerelles qui enjambent les fermes tubulaires escarpées, par les rampes qui montent en colimaçon dans les zones résidentielles, chaque pas réduisant la distance avec leur cible.

Lucasinho Corta a passé la matinée dans sa chambre à se ronger de culpabilité en attendant les nouvelles de la cour de Clavius. Son père lui a dit et répété que ce n'était pas à cause du mariage, mais de la gifle. L'insulte calculée, la provocation en duel. C'est entre lui et Bryce Mackenzie. Le mariage était le prétexte.

Je viens, a dit Lucasinho.

Pas question, a tranché Lucas.

Il faut que j'y assiste, a répondu Lucasinho.

Personne n'a besoin d'y assister, a dit son père. *Reste à Twé. Tu y es en sécurité. Je te tiendrai au courant.*

Lucasinho a essayé de s'asseoir, a essayé de marcher, a essayé de jouer, de parcourir les réseaux sociaux, de cuisiner quelque chose. Il n'est pas arrivé à se calmer. Il n'est pas arrivé à se concentrer. Il était malade d'appréhension. Puis Jinji s'est illuminé d'un message de Lucas. *Carlinhos a gagné.* Rien de plus.

Carlinhos a gagné. Lucasinho se sent léger. Il se sent libéré. Il exulte. Il faut qu'il le dise à quelqu'un, qu'il voie quelqu'un. Un message par familier ne conviendra pas. *Abena, viens me voir.* Il court presque dans les tunnels de Twé. Les assassins s'échangent des informations par leurs familiers. La cible se déplace. C'est tellement plus simple qu'avoir à hacker la sécurité de l'appartement. Ils l'isoleront au rond-point Nkrumah où ils lui feront son affaire, en public. Ils s'imaginent que leurs canaux sont sécurisés. Là. Leurs mains s'approchent de leurs couteaux dissimulés. Ils avancent chacun d'un côté de Lucasinho.

Danger, lance Jinji. *Danger, Lucasinho Corta!* L'adolescent se fige, tourne sur lui-même au milieu de la place Rawlings pour essayer de voir qui parmi ces centaines de personnes veut le tuer. Il voit l'homme s'approcher de lui, la main sur le couteau. Il est tout près. Il ne voit pas la femme dans son dos.

Mais le robot sur le toit la voit, lui. L'arrivée de ces deux passagers, l'activité de l'imprimante de la rue Kuffuor et l'évolution des événements à la surface ont attiré à elles trois l'attention des IA AKA. Celles-ci ont chargé un robot de sécurité, une araignée intelligente qui trottine discrètement sur les plafonds encombrés des tunnels bondés de Twé, de remonter la piste des assassins tandis qu'eux-mêmes remontaient celle de Lucasinho Corta. Le robot verrouille sa cible et attaque. Il saute au cou de la femme-assassin, enfonce une aiguille neurotoxique. Au moment où les poumons de la femme se paralysent, un saut périlleux le conduit par-dessus l'épaule de Lucasinho en plein sur l'autre assassin. Le voilà cramponné à sa tête avant même que l'homme ait le temps de lever les mains pour se protéger. AKA a conçu cette toxine BTX pour qu'elle soit rapide et sûre. Les deux assassins s'écroulent, l'un à gauche et l'autre à droite de Lucasinho Corta, tandis que l'araignée s'éclipse dans la sous-architecture de la place. AKA n'aime pas se mêler de la politique des autres Dragons, mais quand c'est nécessaire, le Tabouret doré a pour politique d'agir de manière rapide et décisive.

Tu es en sécurité maintenant, dit Jinji. *Les secours sont en route.*

Wagner s'est pris d'affection pour le pilier calme de la gare d'Hypatie. C'est un endroit entre les mondes, le monde plein et le sombre, qui est devenu un endroit entre les époques : le passé et l'avenir. Tous les Dragons, y compris un demi-Dragon comme lui-même, vivent à l'ombre de la violence. Il sent encore l'odeur du sang. Il la sentira jusqu'à son dernier jour. Il imagine qu'il empeste le sang et que tout le monde à bord du train s'en aperçoit. Wagner connaît le loup en lui, mais dans l'arène judiciaire, il a vu à l'intérieur de Carlinhos une chose au-delà des loups, une chose qu'il ne connaît pas et qui l'effraie, parce qu'elle a toujours vécu en Carlinhos sans qu'il s'en rende jamais compte. Ce qui fausse chaque instant et chaque aventure qu'ils ont partagés en tant que frères.

Quand les Dragons s'affrontent, qu'en est-il du loup ?

Sombra s'illumine : un appel d'Analiese.

« Wagner, où es-tu ?

— À Hypatie.

— Retourne à Méridien.

— Qu'est-ce qui ne va pas, Ana ?

— Retourne à Méridien, Wagner. Ne viens pas ici. Ne rentre pas à la maison. »

La légère insistance dans sa voix, son ton très bas, le mystère dans ses sifflantes, tout cela écorche la concentration de Wagner, lui hérisse les poils des bras et de la nuque.

« Qu'est-ce qui se passe, Ana ? »

Elle se met presque à chuchoter. « Ils sont là. Ils t'attendent. Oh mon Dieu, ils m'ont fait promettre…

— Ana, qui…

— Les Mackenzie. Ils m'ont obligée, ils disent qu'on fait ou qu'on ne fait pas partie de la famille. Ne reviens pas, Wagner. Ils veulent tuer tous les Corta.

— Ana…

— Moi, je fais partie de la famille. Je ne risque rien. Je ne crains rien, Wagner. » Il entend un sanglot étouffé, effrayé. « Pars ! »

J'ai perdu la connexion, annonce Sombra.

« Rappelle Ana. »

Je ne peux pas, Wagner.

Les familles grouillent sur les quais. Des voix d'enfants résonnent, que les échos encouragent à crier encore plus fort. Des boîtes de nouilles, emportées par les étranges vents qui soufflent sous la voûte, échappent aux robots nettoyeurs. En haut, les Corta et les Mackenzie s'affrontent. Dans la gare, les gens changent de train pour le travail, la famille, les amis, l'amour, le plaisir. S'ils voyaient l'homme collé au pilier les genoux relevés contre le torse, s'imagineraient-ils un instant qu'il se bat pour sa vie ?

Analiese est là-bas. Il ne sait pas ce qui lui est arrivé.

Pars, a-t-elle dit.

Wagner se lève pour traverser le quai jusqu'à la voie d'en face. L'exil, donc, en compagnie des loups.

Kondakova Prospekt tremble à nouveau. De la poussière tombe du haut plafond en nuages scintillants pleins de grâce. La rue s'immobilise. Les gens lèvent d'abord les yeux vers les hauteurs, puis se regardent les uns les autres.

Perte d'étanchéité aux sas principaux de Santa Bárbara et de São Jorge, signale chaque familier à son client. *La sécurité des ascenseurs est compromise.*

« Ils arrivent par le toit », comprend Rafa.

Unités armées et hostiles à la gare principale.

« Montre-moi », ordonne Carlinhos. São Jorge lui transmet des images de gens en armure corporelle qui débarquent des sas des trains pour se regrouper en sections sur le quai. Ils portent des lames croisées et des étuis de taser. Une invasion banale, par le train semi-direct 87. Les passagers froncent les sourcils, perplexes : tournage d'un épisode de *Hearts and Skulls* ? Passagers et civils ne constituent pas des objectifs légitimes. « Combien ? »

Cinquante. Dix dans les sas de Santa Bárbara et de São Jorge. Cinq dans chacun des ascenseurs de São Sebastião. Une nouvelle décharge fait trembler São Sebastião Quadra. *Nous venons de perdre le sas de secours. Mes caméras ne fonctionnent plus.*

La barre solaire vacille. La barre solaire ne vacille jamais. D'un bout à l'autre de Kondakova Prospekt monte un terrible gémissement de peur. La plus grande crainte est d'être piégé dans le noir tandis que l'air s'échappe. *Personnel ennemi dans São Sebastião Quadra. Personnel ennemi en progression sur Kondakova et Ellen Ochoa Prospekts.*

« Ils vont nous massacrer, ici en bas, dit Carlinhos. Heitor, je veux deux escoltas avec Lucas et Rafa. Rafa…

— Il faut que je retrouve mes gamins. Ils sont peut-être à Boa Vista…

— Tu ne peux pas arriver à la gare par ce côté-ci du quadra. Prends le tunnel périphérique jusqu'au 12e Ouest. Sers-toi de l'entrée de Serova Prospekt. Lucas.

— Je déclenche l'alerte d'évacuation générale.

— C'est bien. Mais il faut que tu partes, toi aussi.

— Je reste avec la famille.

— Tu n'es pas celui d'entre nous qui se bat, Lucas. Ils vont te découper en petits morceaux, mon gars.

— Ils ont essayé de tuer Lucasinho, Carlo. Ils ont essayé de tuer mon garçon.

— Tu es Corta Hélio, maintenant. Désolé, Rafa. Sauve l'entreprise. Tu as un plan ?

— J'en ai toujours un.

— Pars, alors. »

La barre céleste clignote. Sept courts, un long : évacuation générale. La chose que vous redoutez le plus… vient de se produire. Rayonnements, incendie non circonscrit, dépressurisation, écroulement du toit. Invasion. Mettez-vous en sécurité, allez dans les refuges, sortez. Mille familiers sur Kondakova Prospekt et sur chaque niveau, prospekt ou quadra de João de Deus retransmettent l'alerte. Le quadra reste un moment figé de stupeur, puis explose en mouvements. Les lapas font une embardée et conduisent leurs passagers au point de rassemblement le plus proche. Les piétons se mettent à courir, les hommes volants plongent vers les points de sécurité que viennent de leur montrer leurs familiers. Magasins, cafés, bars, clubs se vident. Des gens ivres et paniqués fixent le ciel du regard comme s'il leur tombait dessus. Les instituteurs rassemblent leurs classes et emmènent à la hâte leurs élèves en larmes vers les refuges. Où est mãe, pai ? Les parents hèlent leurs enfants, les enfants perdus poussent des cris de panique, les robots localisent les gamins abandonnés ou perdus qu'ils conduisent en sécurité. Les familles seront réunies après, s'il y a un après. Dans les quadras *noche* et *mañana*, les dormeurs, les gens du petit matin, les travailleurs en trois-huit sont arrachés au sommeil. Peur, feu, chute ! Bureaux, appartements se vident ; martèlement de pieds sur les niveaux et passerelles. On dévale les escaliers, on saute des niveaux les plus bas en profitant de la faible gravité.

Des silhouettes en armure de combat avancent sur Kondakova Prospekt sans s'intéresser aux fuyards autour d'elles. Dans leur dos, les bureaux de Corta Hélio explosent, l'un après l'autre, projections de plastique de construction, de bois bon marché et de tissus d'ameublement.

« São Jorge, imprime-moi mon armure. »

Disponible dans trois minutes à l'imprimante publique du 15e Ouest.

« Heitor, mes couteaux. »

Heitor Pereira ouvre le coffret de cérémonie. La lumière de la barre solaire se reflète sur les lames d'acier lunaire de Carlinhos Corta. Une section de gardes Corta Hélio arrive à bout de souffle ; sans équipement, déconcertés, trop peu nombreux.

« Vous et vous, avec Rafa et Lucas. Heitor, prenez cinq escoltas et repliez-vous. » Carlinhos ne peut se permettre cinq escoltas. Mais quand les bureaux ont explosé, il a vu des corps voler au milieu des débris. Les Mackenzie détruisent le corps et l'âme de Corta Hélio. « Passez un appel général : tous les employés de Corta Hélio doivent venir vous retrouver. Emmenez-les au refuge de Sebastião est. Les Mackenzie les laisseront tranquilles, là-bas.

— Vous croyez ?

— Les refuges sont sacrés. Même les Mackenzie n'en feraient pas sauter un. Allez-y. »

Heitor fait signe à ses troupes. Ils remontent Kondakova Prospekt au pas de course, la main sur le manche de leur couteau. Vision de courage, vision de désespoir. João de Deus est trop grand, trop disparate, s'étale sur trop de fuseaux horaires et les Mackenzie sont déjà partout. João de Deus est perdu.

« Rafa ! »

Déjà un niveau plus haut, Lucas, accompagné de deux gardes du corps, grimpe des échelles quasi verticales en sens inverse du flot de réfugiés. Pour un spécialiste de la manigance, il se débrouille bien.

« Sors de là !

— Carlo ! »

Lucas appelle de deux niveaux plus haut. Les rues et le prospekt se vident, à présent : des lapas abandonnées encombrent les sas de refuge, des robots vont et viennent sans but.

« Je peux les brûler. Les Mackenzie. Robert, Jade, Duncan, Bryce et les autres. Je peux tous les réduire en cendres.

— Nous ne sommes pas comme eux, Lucas. »

Lucas hoche la tête, puis recommence à grimper aux échelles. Rafa jette un dernier coup d'œil avant de se baisser pour disparaître dans une rue transversale. Carlinhos sangle son armure, glisse ses poignards dans les fourreaux magnétiques.

« On gagne du temps », ordonne Carlinhos à son équipe. Huit escoltas. Les lames des Mackenzie avancent à vingt de front sur toute la largeur de Kondakova Prospekt. « On se replie en combattant. Gagnez le plus de temps possible. Bon, avec moi. » Il se met à courir. Ses combattants forment un coin. Carlinhos lâche un cri de défi et sa voix résonne entre les murs de São Sebastião Quadra déserté.

Rafa court. Sa veste et sa cravate battent. Ses chaussures le gênent. Les gyrophares de l'éclairage de secours envoient des éclats de lumière orange. Le sol du tunnel orbital est jonché de bouteilles d'eau vide, de sagattes ainsi que de glands aux couleurs des orixás. La Longue Course a fini par s'arrêter.

Avant de quitter l'appartement avec Marina, Ariel remplit leurs sacs d'argent liquide.

« Lucas a dit que les comptes étaient bloqués, explique-t-elle. Cette forme-là fonctionne partout.

— Dans le train ?

— J'ai pris les billets il y a dix minutes. »

Corta Hélio est en train de s'écrouler. João de Deus est attaqué. Carlinhos se bat, Rafa essaye d'aller à Boa Vista. Personne ne sait où est Lucas. Wagner est à Méridien, Lucasinho à Twé. Ariel et Marina vont l'y rejoindre et y chercher asile. La vitesse à laquelle tout s'est effondré laisse Marina abasourdie.

Vingt niveaux, un kilomètre jusqu'à la gare de Méridien. Cent morts pourraient les attendre à l'extérieur. Les lapas sont rapides, mais quelqu'un pourrait les hacker. Ascenseurs et escaliers mécaniques dissimulent peut-être dix lames. N'importe laquelle ou lesquelles des centaines de personnes dans la rue pourraient être des mercenaires. Peut-être des drones étaient-ils en train de cibler l'appartement, des robots-assassins et des insectes neurotoxiques d'arriver par les conduits.

« Prends tes jambes, dit Marina. On va marcher. »

Ariel se fige à mi-chemin de la ladeira.

« Allez, crie Marina.

— Je ne peux pas. Mes jambes ne fonctionnent plus. »

Marina a envisagé toutes les menaces, tous les hacks, sauf le plus personnel et le plus débilitant.

« Enlève-les. » Le hack suivant pourrait obliger les jambes à conduire Ariel droit dans un cercle de lames.

« Je n'arrive pas à les déconnecter. » L'effort et la peur font siffler sa respiration. Marina dégaine son couteau.

« Désolée. »

Le premier coup expédie la jupe au sol. Le deuxième et le troisième sectionnent les câbles flexibles reliés à l'alimentation. Leurs servos se retrouvant privés d'électricité, les jambes se dérobent. Ariel bat des bras, tombe, Marina la rattrape.

« Enlève-les-moi, enlève-les-moi », crie l'avocate en tentant maladroitement de se débarrasser de ses prothèses mortes.

« Je ne veux pas te blesser. » À gestes prudents et rapides, Marina travaille de la pointe du couteau sur les fermetures et attaches en plastique. Sa concentration est maximale. « Ne bouge pas ! » Encore deux connecteurs. L'appartement d'Ariel est à proximité d'une petite rue calme, mais peut-être ceux qui ont hacké les jambes robotisées vont-ils venir dans quelques secondes voir pourquoi leur plan n'a pas fonctionné. Et la rue est en impasse. « C'est bon. » Marina ouvre les jambes de force. Ariel s'en extrait.

« Tu peux grimper ?

— Je peux essayer, répond Ariel. Pourquoi ? »

Marina désigne du menton l'échelle de service au fond de la ruelle.

« Je ne sais pas si j'arriverai à tout descendre, avoue Ariel.

— On ne descend pas. Il y aura un Mackenzie par mètre entre ici et la gare. On va monter. » Monter dans les endroits pauvres, les endroits haut placés, le Bairro Alto. La ville des sans-grade. Où la plus grande spécialiste en droit matrimonial de la Lune et sa garde du corps peuvent disparaître dans le toit du monde. « Je vais t'aider. Mais d'abord… » Marina se touche entre les yeux. Extinction des familiers. Beijaflor disparaît un instant après Hetty. « Passe en premier.

« Aide-moi », ordonne Ariel qui se débat avec sa veste de tailleur. Marina l'aide à l'enlever. Ariel se retrouve en collants Capri et soutien-gorge de sport : sa tenue de combat.

« Donne-moi mon sac. » Marina écarte l'objet d'un coup de pied.

« Tu vas le porter comment ? Entre les dents ?

— Le cash pourrait s'avérer utile.

— Plus que ne pas te faire trancher la gorge ? »

Ariel se hisse de deux, trois, quatre barreaux sur l'échelle.

« Je ne vais pas pouvoir aller très loin.

— J'ai dit que je t'aiderais. » Marina se baisse près de l'échelle afin de glisser la tête entre les jambes paralysées de l'avocate. « Penche-toi en avant pour faire reposer ton poids sur mes épaules. Il va falloir se coordonner. Les mains gauches. Les mains droites. Mon pied droit, puis mon pied gauche. » L'une sur l'autre, les deux jeunes femmes escaladent l'échelle. Les muscles de Joe Moonbeam et la gravité lunaire réduisent le poids d'Ariel, mais ne le font pas disparaître pour autant. Marina estime le poids apparent à une dizaine de kilogrammes. Combien de temps arrivera-t-elle à monter des échelles verticales avec dix kilos sur les épaules ? Elles n'en ont grimpé qu'un et elle souffre déjà.

Deux niveaux. Trois. Soixante jusqu'au toit du monde. Ce qu'elle fera arrivée là-haut, Marina n'en sait rien. Elle ne sait pas davantage si les Corta vont ou non mourir, si leur empire va tenir ou s'effondrer. Ni si elle va trouver où aller dans Bairro Alto, si elle va survivre ou si les Mackenzie seront là à l'attendre. Elle sait uniquement : mains gauches mains droites, pied gauche pied droit. Mains gauches mains droites, pied gauche pied droit, barreau après barreau, niveau après niveau, Marina et Ariel grimpent en exil.

La salle d'écoute brûle, des nappes de flammes dansent sur les murs et le sol à l'acoustique idéale. Les mécanismes parfaits cachés dessous craquent et éclatent. La fumée tourbillonne, rassemblée par le système de climatisation en démons et fantômes, agitée par le feu. La boule de vapeur et de fumée s'embrase. Le système anti-incendie se déclenche, isole la pièce et l'inonde d'halon.

Le premier taser atteint Carlinhos dans le dos. Le jeune homme est tétanisé. Le moindre de ses muscles se crispe. Carlinhos mobilise tellement de forces pour ne pas lâcher ses couteaux qu'un cri lui échappe. Il sursaute au moment où il sectionne les câbles reliant les électrodes au pistolet. Fait volte-face en sabrant l'air. Les lames reculent. Il est seul, à présent. Tous les escoltas de son groupe gisent sans élégance dans leur sang sur Kondakova Prospekt. Les lames Mackenzie dansent autour de Carlinhos Corta, qui ne cesse pas pour autant le combat. Son armure est constellée et striée de coups de lame, hérissée d'électrodes aux endroits où les tasers ont atteint le kevlar au lieu de la chair. Il a vaincu cinq Mackenzie, mais il ne cesse d'en arriver d'autres.

Carlinhos s'est battu pas à pas, un Mackenzie à la fois, dos au sas du refuge est. Heitor Pereira est mort, ses escoltas avec lui, mais le refuge est plein, verrouillé et en sécurité.

Les lames se pressent autour de lui, feintant, cherchant à frapper. Il ne peut pas se dégager. Il ne peut pas se dégager. Le deuxième taser le met à genoux. Le troisième le désarme. Le quatrième le transforme en une marionnette de chair qui convulse sous un réseau de filins électriques grésillants. Sa force, son agilité, ses couteaux ne sont plus. Il mourra à genoux dans une grotte sur la Lune. Il ne reste que la rage. Une lame s'avance en ôtant son casque. Denny Mackenzie. Qui ramasse les couteaux de Carlinhos, en admire la finesse de ligne et de tranchant.

« Joli. »

Qui tire la tête de Carlinhos en arrière et lui tranche la gorge à travers la trachée.

Une fois le corps vidé de son sang, les lames le déshabillent. Elles tirent Carlinhos Corta jusqu'au passage du 7e Ouest et le pendent au pont par les talons.

Cinq minutes plus tard, les contrats sont expédiés. À tous les employés, sous-traitants et agents de Corta Hélio qui ont survécu. Termes, conditions et rémunération pour le transfert d'allégeance à Mackenzie Metals. La somme est plus que généreuse. Les Mackenzie vous rendent trois fois la monnaie de votre pièce.

Le rover fonce vers le nord sur la mer de la Fécondité.

Celui qui ne prévoit qu'un seul moyen de s'enfuir est un imbécile.

Lucas a commencé à mettre au point des stratégies de ce genre quand on l'a nommé au conseil d'administration de Corta Hélio. Il les révise et les met à jour chaque année en prévision d'une situation pareille. Toutes se basent sur la même constatation : on ne peut se cacher nulle part, sur la Lune. Il en a pris conscience la première fois qu'il s'est installé à l'élégante table du conseil d'administration en sentant la fragilité du meuble de bois poli sous ses mains, le manque de robustesse de la chaise sous ses fesses, le poids de la roche sur sa tête, le froid de celle sous ses pieds. Il n'y a nulle part où se cacher, mais il existe une porte de sortie. La dernière instruction qu'il a donnée à Toquinho avant de l'éteindre a été de paramétrer l'itinéraire pour le terminal de boucle lunaire Mare Fecunditatis centre.

Dix millions en or, déposés à la banque Mirabaud de Zurich, sur Terre, cinq ans plus tôt. Les Vorontsov raffolent de l'or. Il leur inspire davantage confiance que leurs machines, leurs vaisseaux, leurs frères et sœurs.

Sauvez-vous, a-t-il ordonné à ses escoltas devant le sas. *Jetez vos couteaux, débarrassez-vous de votre armure, fondez-vous dans la masse. Je vais me débrouiller seul.*

Il ne voulait pas qu'ils sachent son véritable plan. Il espère qu'ils s'en sont sortis. Lucas a toujours apprécié le service de qualité. Les Mackenzie aussi, si bien qu'ils ne gâcheront pas bêtement de la bonne main-d'œuvre en faisant couler davantage de sang que nécessaire. Lui-même n'agirait pas autrement. Lucas a dû courir vite et sans bruit pour ne pas se faire repérer par les Mackenzie. João de Deus doit être tombé. Carlinhos doit être mort. Il reste seulement à espérer que Rafa a réussi à regagner Boa Vista, que les madrinhas ont mis les gamins en sécurité. Les Mackenzie élimineront sa famille sans en épargner le moindre membre. Lui-même n'agirait pas autrement. Wagner est en cavale. Ariel. Il n'a aucune idée de ce qu'elle devient. Lucasinho est en sécurité. Les Asamoah ont fait valoir leur indépendance en éliminant deux assassins Mackenzie. Ce qui réchauffe Lucas dans sa bulle environnementale en plastique cramponnée au ventre du rover Corta Hélio. Son fils est en sécurité.

Arrivée au terminal de Fecunditatis centre dans cinq minutes, annonce le véhicule.

« Préparer la capsule », ordonne Lucas. L'écran courbe lui montre le terminal, un bâtiment en forme de tour haut d'un kilomètre, desservi par une longue rangée de nacelles de transfert pour la bride. Des installations de chargement et d'amarrage, une ferme solaire, une voie de garage d'Équatorial Un, tout proche : le terminal de Fecunditatis centre est une importante plate-forme de fret pour les cartouches d'hélium 3 des Corta et les palettes de terres rares raffinées des Mackenzie. Cette fois, la cargaison sera d'une tout autre nature.

« Entamer la séquence d'amarrage. » L'agile rover pénètre dans un cercle de lumières bleues clignotantes : l'avant-sas. Et s'immobilise.

« Rover, effectuer l'amarrage au terminal. »

Le véhicule reste paralysé sur la mer de la Fécondité à cinq mètres du sas.

« Rover…

— Ça ne marchera pas, tu sais. » La voix s'introduit par les canaux de communication. Un visage apparaît sur l'écran : Amanda Sun.

« Ce n'est pas un peu excessif, comme vengeance post-divorce ? Tu n'aurais pas pu te contenter de mettre quelques vestes en charpie ? »

Amanda Sun éclate d'un rire franc et profond.

« Je dois te l'accorder, Lucas, tu es un pro. Mais enfin, des vestes ? Un désassembleur ? Non, ce qui va se passer maintenant n'a rien à voir avec notre divorce. Et tu le sais très bien. Je vais te tuer. Cette fois, je vais y arriver. À moins que tu aies une serveuse de cocktails pleine de courage et de ressources planquée quelque part là-dedans ? Il me semble bien que non.

— On s'est toujours demandé comment cette mouche avait pu passer les contrôles de sécurité. »

Amanda Sun se tapote le lobe de l'oreille. « Les bijoux, chéri. Ton demi-frère aurait fini par le découvrir. C'est quelqu'un de méthodique. Vous êtes ridiculement faciles à manipuler, les Corta. Tout ce machisme brésilien. Les Mackenzie ont à peine eu besoin qu'on les pousse. Mais c'est bien trop facile quand on peut prédire ce que va faire l'ennemi. C'est pour ça qu'on savait que tu essaierais de quitter la Lune. Si bien que me voilà dans ton logiciel. Mais nous perdons du temps. Il faut que je te tue. J'ai plusieurs possibilités. Je pourrais te faire sauter, mais tu es un peu trop près du terminal. Je pourrais dépressuriser le rover. Ce serait assez rapide. Mais je crois que je vais tout simplement lui ordonner de se remettre à rouler et de continuer jusqu'à ce qu'il ne te reste plus d'air. »

Dépressuriser le rover. La peau humaine fait une excellente combinaison élastique. Le corps humain peut fonctionner quinze secondes dans le vide. Course de Lune. Il faut qu'il continue à la faire parler pendant qu'il cherche dans la cabine le nécessaire pour sa survie. Elle a toujours été trop vaniteuse.

« J'ai une question.

— Oui, la coutume veut qu'on accorde une dernière volonté. Quelle est ta question, chéri ?

— Pourquoi ?

— Oh, ce ne serait pas drôle du tout. La méchante révèle tout son plan ? Allez, je te donne quand même un indice. Tu es un garçon intelligent, Lucas. Tu devrais réussir à trouver la réponse. Ça te donnera autre chose à faire qu'à regarder baisser la jauge de pression d'air. Depuis le premier jour, ma famille prend des options sur du terrain de surface contigu à Équatorial Un. Il y a deux lunaisons, nous avons commencé à exercer ces options. Voilà. Ça devrait te distraire un peu.

— J'y consacrerai toute mon attention », répond Lucas avant de se ruer à l'autre bout de la capsule. Il écrase la commande d'ouverture d'urgence. L'écoutille est expulsée. Lucas hurle en sentant des aiguilles lui transpercer les tympans. Chacun de ses sinus est rempli de plomb bouillant. Le hurlement est bon. Le hurlement empêche ses poumons de se déchirer. Le hurlement cesse quand l'éjection de l'air de la capsule projette Lucas en veste, pantalon plissé et cravate sur la mer de la Fécondité. Il tombe sur le régolite dans un nuage de poussière, roule sur lui-même. Les yeux. Garde-les ouverts. Si tu les fermes, le gel te soudera les paupières. Aveuglement est désorientation. Désorientation est mort. Il se relève. Du coin de l'œil, il voit le rover braquer ses roues. Commencer à rouler. Amanda veut l'écraser. Un pas, deux pas. C'est tout. Un pas, deux. Mais tout est en train de mourir. L'intérieur de son corps part en morceaux. Lucas avance comme il peut dans ses mocassins bicolores, atteint le panneau. Les lumières bleues cessent de clignoter. Le sas s'ouvre d'un coup. Lucas se traîne à l'intérieur. Le sas se referme. Les poumons, les yeux, les oreilles et le cerveau de Lucas sont sur le point d'éclater. Il entend alors le rugissement de l'air qui déferle à l'intérieur du sas. Il entend aussi sa propre voix. Il n'a pas un instant cessé de hurler. Un choc, le sas tremble. Amanda l'a percuté avec le rover. Les constructions des Vorontsov sont solides, mais la résistance à une attaque par rover lunaire possédé ne figure pas dans les spécifications. Lucas inspire de l'air, rampe vers la porte intérieure. Elle s'ouvre, il tombe de l'autre côté. Elle se referme. Le terminal tangue à nouveau. Lucas plaque la joue contre les magnifiques et solides grilles de sol glacées. Juste devant lui, sur le mur, il y a une icône de Dona Luna. Il tend la main pour caresser du doigt le visage osseux de Dame Lune.

Mais ce n'est pas terminé.

« *Corcovado, Dorolice, Desafinado* », croasse-t-il.

Bienvenue, Lucas Corta, dit le terminal en reconnaissant le code. *Votre capsule est prête. Rendez-vous avec la boucle lunaire et transfert orbital dans soixante secondes.*

Il mobilise ses dernières forces pour gagner la capsule.

Veuillez noter que l'accélération maximale atteindra temporairement six gravités lunaires, l'informe la capsule en abaissant les barres de sécurité sur son torse tout en lui enserrant la taille d'une étreinte capitonnée. Les sas se referment. *Ascension du terminal.* Une secousse différente fait presque pleurer Lucas de soulagement dans la capsule : celle-ci s'est désamarrée pour escalader la tour jusqu'à la plate-forme de la bride. *Ascension en cours. Boucle lunaire dans vingt secondes.*

Il imagine la boucle lunaire arriver en tournoyant sur l'équateur, expédiant des contrepoids vers le haut et le bas sur toute sa longueur pour plonger plus bas dans le puits de gravité lunaire et y attraper ce colis vivant. Il pousse ensuite un cri quand le grappin se referme sur la capsule. Avec Lucas Corta qui hurle à l'intérieur, celle-ci est projetée dans le ciel, de plus en plus loin de la Lune, dans l'obscurité infinie.

Des corps jonchent comme des débris de surface le quai de la gare de Boa Vista. Toute une section de lames Mackenzie liquidée. Des lance-fléchettes pivotants se braquent sur Rafa avec une vitesse et une précision qui lui glacent le sang. Les armes hésitent. Si les Mackenzie ont hacké la sécurité, Rafa mourra avant d'atteindre l'entrée. Les lance-fléchettes se détournent et disparaissent. Passez, l'ami.

Socrate a essayé de localiser Robson et Luna, mais le réseau de Boa Vista est hors service.

Rafa sort de la gare en s'attendant à tomber sur des horreurs. La longue vallée est déserte. L'eau tombe en cascade entre les visages impassibles des orixás, gargouille dans les cours d'eau, alimente les bassins et les chutes. Les bambous remuent, les feuilles oscillent dans la légère brise. La barre solaire est à son emplacement de début d'après-midi.

« Olá Boa Vista ! »

Sa voix lui revient en une douzaine d'échos.

Peut-être qu'ils s'en sont sortis. Peut-être qu'ils gisent morts dans leur sang entre les colonnes et dans les cavités.

« Olá ! »

Pièce vide après pièce vide. Boa Vista ne lui a jamais moins semblé son palais. L'appartement de sa mère, des pièces spacieuses donnant sur les jardins. Les pièces de réception, la salle du conseil. Les quartiers du personnel. L'appartement qu'il avait partagé avec Lousika, le petit espace où Luna se cachait pour espionner en croyant que personne n'était au courant. Déserts. Il passe dans la zone de service et un bras l'attrape, le retourne, le jette contre le mur puis à terre. Penchée sur lui, madrinha Elis tient la pointe d'un couteau à un centimètre de son œil gauche. Elle fait disparaître sa lame.

« Pardon, senhor Rafa.

— Où sont-ils ?

— Dans le refuge. »

Boa Vista tremble. De la poussière tombe du plafond. Impossible de se méprendre sur le bruit sourd et terne des charges creuses.

« Venez avec moi. »

Madrinha Elis prend Rafa par la main. Pièce après pièce, dans le labyrinthe des couloirs toujours plus longs de Boa Vista. Le refuge est une citerne d'acier, d'aluminium et de plaques de verre habillée de rayures noires et jaunes, le signal universel de danger. Madrinhas et domestiques se pressent nerveusement sur les bancs ; Robson et Luna courent jusqu'à la fenêtre, plaquent les mains dessus. Les familiers peuvent communiquer par le réseau local. Rafa s'agenouille pour appuyer la tête sur la vitre.

« Dieux merci dieux merci dieux merci, j'ai eu si peur.

— Papai, tu viens ? demande Luna.

— Dans une minute. Il faut d'abord que je voie s'il y a quelqu'un d'autre dehors. »

Boa Vista vibre à nouveau. Le refuge grince sur ses ressorts amortisseurs. Il est conçu de manière à permettre à vingt personnes d'être en sécurité et d'arriver à respirer, quoi que la Lune lâche dessus.

« Je peux le faire, senhor Rafa, propose madrinha Elis.

— Vous en avez assez fait. Entrez. Allez. »

Le sas s'ouvre. Du regard, madrinha Elis interroge une dernière fois Rafa, qui secoue la tête.

« Je reviens avant que t'aies le temps de dire "ouf" », promet-il à Luna. Ils se touchent la main à travers la vitre.

Il a vérifié toute l'aile sud à part les bureaux de la société et les dépendances au nord des jardins.

« Olá ! »

Une autre décharge. Il faut qu'il se dépêche. La génératrice d'air, l'unité de recyclage d'eau, les centrales électrique et thermique. Personne. Une nouvelle explosion, la plus puissante jusqu'à présent, arrache les feuilles des arbres. Des blocs de pierre tombent du pavillon São Sebastião. Une fêlure apparaît sur le visage d'Oxóssi le Chasseur.

Personne.

Absolument personne. Il a été idiot de venir. Luna et Robson n'avaient pas besoin qu'il sauve ça. Les madrinhas se sont occupées d'eux, calmement, efficacement. C'est lui le problème, le danger. S'il va dans le refuge, les Mackenzie mettront celui-ci en pièces pour le trouver. Ils se frayent un chemin jusqu'à lui depuis la surface à coups de charges creuses. Boa Vista est un piège. Une autre explosion, encore plus forte. La fêlure sur le visage d'Oxóssi devient fente. La coupole du pavillon São Sebastião s'écroule dans l'eau. Rafa se met à courir.

Le tramway n'est pas disponible pour le moment, indique l'IA du sas. *Le tunnel s'est écroulé au kilomètre 3.*

Rafa regarde bouche bée le sas, comme si celui-ci l'avait insulté personnellement. Toutes ses idées ont pris la fuite. Le sas de surface. Il peut se glisser dehors comme l'a fait Lucasinho, dans un scaphandre d'urgence. João de Deus est perdu, mais il y a un entrepôt à Rurik : deux heures de course à la vitesse maximale du scaphandre. Récupérer un rover, aller à Twé. Se remettre et se restructurer. Rassembler la famille, répliquer.

Il court en direction de l'ascenseur du sas de surface. Est jeté à terre par une énorme détonation qui soulève et laisse retomber Boa Vista comme un combattant brisant la colonne vertébrale de son ennemi. L'avant du hall d'ascenseurs s'écroule. Assourdi, étourdi par l'onde de pression, Rafa comprend ce que signifient ces débris volants. Ils ont fait sauter le sas de surface. Boa Vista est exposée au vide.

L'onde de pression s'inverse. Boa Vista est en train de se vider de son atmosphère. Les jardins explosent. La moindre feuille d'arbre est arrachée, le moindre objet aspiré vers le puits du sas de surface et éjecté en un flot de détritus, de feuilles, de mobilier de jardin, de verres à thé, de pétales, d'herbe coupée, de bijoux perdus, de débris de l'explosion. Portes et fenêtres ploient et se brisent. Les alarmes de dépressurisation hurlent, leurs voix s'affaiblissant au fur et à mesure que diminue la pression de l'air. Rafa s'accroche à un pilier du pavillon São Sebastião. Le vent meurtrier le laboure. Ses vêtements, sa peau se font lacérer par les milliers de tessons volants. Les poumons de Rafa s'embrasent, son cerveau brûle, sa vision rougit tandis qu'il extrait de son système sanguin les dernières molécules d'oxygène. Sa bouche bée en une ultime et superficielle inspiration qui ne lui apporte pas d'air. Il meurt, mais ne veut pas lâcher prise. Sa vision s'obscurcit toutefois, ses forces s'évanouissent. Les synapses périssent l'une après l'autre. Ses doigts se desserrent peu à peu. Il ne peut plus tenir. Ça ne sert à rien, il n'y a plus d'espoir. Avec un dernier cri silencieux, Rafa glisse du pilier dans la tempête.

La capsule de la boucle lunaire passe derrière la face cachée de la Lune. S'il disposait de caméras ou de fenêtres, Lucas

Corta pourrait admirer dans son ciel un demi-Farside brillant comme un diamant. Il n'a ni fenêtres ni caméras, très peu de matériel de communication, de divertissement ou d'éclairage. Toquinho est désactivé : tout est sacrifié pour que Lucas continue à respirer. Il n'y a même pas assez d'énergie pour appeler Lucasinho, pour lui faire savoir que son père est vivant. Les calculs sont rigoureux, mais exacts. Ils n'ont nul besoin de foi : ce sont des équations.

La cravate de Lucas est sortie de sa veste et flotte en chute libre.

Le plan de Taiyang est puéril de simplicité. Lucas a du temps pour y réfléchir dans sa capsule, et quelques secondes lui ont suffi pour le déduire des aveux d'Amanda. Ne jamais avouer. C'est une erreur qu'il fera payer le triple. Amanda n'a jamais eu d'estime pour lui. Les Sun ont toujours considéré les Corta comme des crasseux de classe inférieure. Des gauchos ridicules. Des *favelados* ayant réussi. Mackenzie Metals anéantit Corta Hélio. La planète Terre assiste à cette destruction en tremblant pour ses usines de fusion d'hélium. Mackenzie Metals dispose d'une réserve d'hélium 3 depuis ses tentatives pour s'introduire de force dans le marché de Corta Hélio, mais la stratégie à long terme, c'est l'exercice par Taiyang des options prises longtemps auparavant sur la ceinture équatoriale. Installer de chaque côté d'Équatorial Un une bande large de soixante kilomètres de panneaux solaires frittés à partir de régolite lunaire, et transmettre l'énergie sur Terre par micro-ondes. Taiyang a toujours été informations et énergie. La Lune comme centrale électrique orbitale permanente et inépuisable. L'humanité n'a jamais eu de programme d'infrastructure plus grand ou plus coûteux, mais dans la paranoïa provoquée par la disparition de Corta Hélio et la diminution de la production d'hélium 3 lunaire, les investisseurs se battront comme des chiffonniers pour déposer du cash sur la table de Taiyang. Ce sera l'ultime victoire des Sun dans leur long conflit avec la République populaire de Chine. C'est un plan magnifique. Lucas l'admire sans réserve.

C'est sa simplicité qui en fait la magnificence. Mettez en œuvre quelques éléments moteurs de base et la fierté humaine fera le reste. La mouche-assassin était une idée brillante : un brouillage de pistes très simple qui assombrissait les relations entre les Corta et les Asamoah, mais montrait du doigt les Mackenzie. Lucas ne doute pas que la défaillance logicielle qui a tué Rachel Mackenzie provenait d'un serveur Taiyang, ou que le couteau qui a handicapé Ariel sortait du palais de Lumière éternelle. Des petits déclencheurs. Des boucles de rétroaction. Des cycles de violence. Conspirer pour que vos ennemis se détruisent les uns les autres. Depuis combien de temps les Sun mettaient-ils cela au point ? Ils travaillaient sur plusieurs décennies, planifiaient sur plusieurs siècles.

C'est bien trop facile quand on peut prédire ce que va faire l'ennemi, a dit Amanda. Wagner en a parlé et Ariel a confirmé : Taiyang a conçu un système informatique quantique pour Whitacre Goddard. Les Trois Augustes. Des prévisions très précises à partir d'une modélisation détaillée du monde réel. Ce qui est bon pour Whitacre Goddard est encore meilleur pour les Sun.

Ils n'avaient pas prédit que Lucas allait survivre.

Toquinho se lance, interface basique basse-rés qui permet à Lucas de communiquer avec les capteurs et systèmes de contrôle de la capsule. Celle-ci a envoyé un ping et la destination a répondu de la même manière. Tout était calculs. Non loin de là, presque au bout de son contournement de la Lune dans son orbite de retour vers la Terre, le cycleur VTO *Saints Pierre et Paul* a contacté la capsule et en a pris le contrôle. La cravate de Lucas retombe tandis que la capsule tressaute sous l'effet de micro-accélérations : des rots des propulseurs pour la mettre en orbite de rendez-vous. Le cycleur est entré dans le champ des caméras, aussi Toquinho montre-t-il à Lucas le spectacle à couper le souffle du vaisseau éclairé par le soleil :

deux anneaux d'habitation disposés de part et d'autre du moteur central et de l'axe de soutien vital, une couronne de panneaux solaires.

Les dix millions en or à Zurich permettront à Lucas de s'y acheter asile le temps qu'il lui faudra pour calculer son retour et sa vengeance.

Les propulseurs éructent et les bras d'amarrage se tendent pour saisir la capsule et tracter Lucas Corta jusqu'au cycleur.

Le vaisseau lunaire arrive à basse altitude au-dessus du champ de débris. Les éjectas de Boa Vista sont retombés en un vague disque de cinq kilomètres de diamètre, classés par tailles et par poids. Les débris les plus légers — feuilles, herbe coupée — forment les anneaux extérieurs, viennent ensuite les éclats de verre, les morceaux de métal, de pierre et de frittage. Les objets les plus lourds et les plus gros, les moins abîmés, sont les plus proches des restes du sas. La pilote effectue son approche en manuel, à la recherche d'un endroit sûr où poser son appareil. Elle joue des micropropulseurs comme d'un instrument : le vaisseau danse.

À bord de la nacelle d'activités de surface, Lucasinho Corta, Abena et Lousika Asamoah s'équipent pour sortir avec les secours VTO et les services de sécurité AKA. Cela fait à présent deux heures que Boa Vista ne donne plus signe de vie, sinon par la pulsation de la balise du refuge. Les refuges sont résistants, mais la destruction de Boa Vista dépasse largement les spécifications ayant régi leur construction. Lumières vertes. Le vaisseau s'est posé. La nacelle se dépressurise. Lucasinho et Abena mettent leurs casques en contact pour se signifier leur amitié et leur peur de ce qu'ils vont découvrir. Les familiers se réduisent à des noms au-dessus de l'épaule gauche.

VTO a protesté que se dérouter sur Twé pour récupérer Lousika Asamoah ferait perdre quelques précieuses minutes à sa mission de sauvetage. « Ma fille est là-dessous. » VTO a continué à soulever des objections. « AKA paiera les frais supplémentaires en combustible, en temps et en air. » Cela a réglé l'affaire. « Nous serons trois. »

Nacelle dépressurisée, annonce Jinji. *Ouverture des portes.*

Abena presse la main de Lucasinho.

L'adolescent n'a jamais voyagé en vaisseau lunaire. Il s'attendait à de l'excitation : foncer au-dessus de la surface plus vite qu'il ne s'était jamais déplacé, propulsé par des fusées, pour une mission de sauvetage. La réalité a plutôt consisté en un siège dans une nacelle aveugle, en une série de secousses imprévisibles, de bruits sourds et d'accélérations qui l'ont bringuebalé dans son harnais. Il a de plus eu beaucoup de temps pour imaginer ce qu'il trouverait en bas.

L'équipe de secours VTO se fraye un chemin entre les débris, atteint le sas où elle installe des trépieds et des éclairages. Accompagnée d'Abena, de Lucasinho et de ses gardes du corps, Lousika descend à la surface par la passerelle. Les projecteurs du vaisseau jettent de longues et lentes ombres à partir du mobilier de jardin déformé, des poutrelles tordues, des éclats de verre blindé enfoncés dans le régolite, des machines détruites. Lucasinho et Abena passent entre les décombres.

« Nana. »

Les gardes du corps de Lousika ont trouvé quelque chose. Leurs lumières de casque passent sur du tweed, sur la courbe d'une épaule, sur une pelote de cheveux.

« Reste où tu es, Lucasinho, ordonne Lousika.

— Je veux le voir.

— Reste où tu es ! »

Deux gardes du corps empoignent Lucasinho et le forcent à se détourner. Il tente de se dégager, mais ce sont des ouvriers montés d'Accra depuis six mois seulement, aussi leur force musculaire surpasse-t-elle largement celle de n'importe quel jeune troisième-gén lunaire. Abena se met devant lui.

« Regarde-moi.

— Je veux le voir !

— Regarde-moi ! »

Lucasinho tourne la tête. Il aperçoit Lousika à genoux sur le régolite. Elle a plaqué les mains sur l'avant de son casque et se balance d'avant en arrière. Il entrevoit quelque chose d'écrasé et de déformé, quelque chose qui a éclaté et a été lyophilisé en cuir. Puis les mains d'Abena claquent sur le casque de l'adolescent, une de chaque côté, et le font pivoter vers elle. Lucasinho saisit à son tour le casque de l'adolescente qu'il tire au contact du sien, baiser de lève-poussière.

« Je ne pardonnerai jamais à ceux qui ont fait ça, jure Lucasinho sur un canal privé. Robert Mackenzie, Duncan Mackenzie, Bryce Mackenzie, je vous nomme et vous revendique. Mes intentions sont claires. Je vous aurai.

— Lucasinho, ne dis pas ça.

— Laisse-moi, Abena. C'est à moi, tu n'as pas ton mot à dire.

— Lucasinho…

— C'est à moi.

— Madame Asamoah-Corta. »

L'appel de l'équipe de secours VTO sur le canal commun fait sursauter Lousika.

« Nous sommes prêts. »

Elle pose une main sur l'épaule de Lucasinho. Les haptiques des combiAS communiquent la texture du terrain, le contact d'une main.

« Luca, ça va te tuer. »

Il a seulement entraperçu, on ne l'a pas laissé voir ce que Lousika a vu : son oncle à lui, son oko à elle… mais ce qu'il a vu le hantera jusqu'à la fin de ses jours.

« Nana, on nous attend », dit l'un des gardes du corps. Elle prend bien soin de guider Lucasinho pour qu'il tourne en permanence le dos à la chose morte. La Lune tue salement.

L'équipe Vorontsov accroche Lousika puis Lucasinho et enfin Abena au treuil. Le jeune Corta se balance au-dessus du gosier sombre du puits du sas. Il jette un coup d'œil vers le bas, ses lumières de casque balayent les parois de la fosse. L'énorme explosion de la dépressurisation de Boa Vista a arraché du puits tout ce qui pourrait accrocher et déchirer une combiAS. Cela reste malgré tout une descente dans la terreur et l'obscurité. Le refuge n'a pas cessé d'émettre, mais il a pu bouger, tomber en panne, se bloquer, se casser.

« Treuillage. »

C'est ce qu'avait dû vivre Adriana en descendant explorer le tunnel de lave qu'elle ferait ensuite sculpter en palais. La lumière sur la roche, la vibration du treuil dans le filin. *C'est par là que tu es monté quand tu es parti furieux contre ton pai*, pense Lucasinho en brûlant un instant d'embarras. *Quelle différence au retour…*

Puis les capteurs de proximité de Lucasinho bipent et ses pieds touchent le sol. Crissements et débris sous ses semelles. Il déboucle son harnais et pénètre dans Boa Vista. L'équipe Vorontsov a installé des projecteurs, qui laissent deviner davantage qu'ils ne montrent : des ombres épaisses dans les orbites de Xangô. Des pavillons effondrés et dispersés comme des tours de cartes qui ont échoué. Des arbres dénudés, gelés à cœur, dans une lumière faible et sinistre. Les lèvres pleines et sensuelles d'Iansã. Des reflets de glace : les larmes gelées des orixás ; les lumières de casque de Lucasinho passent sur des pelouses mortes raides de gel, sur des lentilles de glace noire dans les bassins et cours d'eau à sec. L'eau que n'a pas emportée la dépressurisation a gelé d'un coup, comme vitrifiée.

Lucasinho heurte un objet qui se met à glisser sur le trottoir carrelé. Ses lumières le retrouvent : ce qu'il reste de la vieille table du conseil de Corta Hélio, fendue, un pied en moins. Il la redresse. Elle bascule aussitôt. Il franchit des chambranles brisés, laisse derrière lui des chaises fracassées, passe sous des arbres drapés de literie en lambeaux. Écrase sous ses bottes des débris de verre et des brindilles gelées par le vide. Pas un seul pavillon n'est resté debout. Il éclaire les visages des orixás. Oxalá, Seigneur de Lumière. Iemanjá la Créatrice. Xangô le Juste. Oxum l'Amoureuse. Ogum le Guerrier. Oxóssi le

Chasseur. Les Jumeaux Ibeji. Omolú, Seigneur de la Maladie. Iansã, Reine du Changement. Nanã la Source.

Il n'a jamais cru à l'un ou l'autre d'entre eux.

« Je restaurerai tout ça, murmure-t-il en portugais. C'est à moi. »

Un deuxième double faisceau de casque surgit et l'inonde de lumière, puis un troisième : Lousika et Abena sont arrivées, mais il les précède, descend le lit de la rivière morte entre les orixás jusqu'à l'endroit où les secours attendent.

GLOSSAIRE

On parle de nombreuses langues sur la Lune, où le vocabulaire emprunte allégrement au chinois, au portugais, au russe, au yoruba, à l'espagnol, l'arabe et l'akan.

A : diminutif habituel d'asexuel.

Abusua : groupe de personnes ayant un ancêtre maternel commun. AKA se sert de ces groupes et de leurs tabous sur le mariage pour préserver la diversité génétique.

Adinkra : symboles visuels akans représentant des concepts ou des aphorismes.

Agbada : robe de cérémonie yoruba.

Amor : amant/partenaire sexuel.

Amorat et polyamorat : une des nombreuses formes d'union et de mariage sur la Lune.

Anjinho : petit ange.

Apatoo : esprit de discorde.

Bania : sauna et bain de vapeur russe.

Berçário : nursery.

Bitsy : monnaie numérique lunaire, divisée en dix décimas et dont le nom vient de *bitcoin*.

Bu-hwaejang : titre d'entreprise coréen : vice-président. Voir aussi : hwaejang, jonmu.

Caçador : chasseur.

Chib : sur une lentille de contact interactive, petit panneau virtuel présentant le solde des comptes du porteur pour les Quatre Fondamentaux.

Choego : titre d'entreprise coréen : le plus éminent.

Churrascaria : barbecue brésilien/argentin.

CombiAS : combinaison pour Activités de Surface.

Coração : « Mon cœur ». Terme d'affection.

CPD : numéro de sécurité sociale au Brésil, indispensable pour de nombreuses transactions sociales et financières.

Escolta : garde du corps.

Familier : assistant numérique personnalisé, perceptible au porteur comme à n'importe qui en réalité augmentée.

Gye Nyame : symbole adinkra signifiant « À part Dieu (je ne crains personne) ».

Globo : forme simplifiée de l'anglais, avec une prononciation codifiée compréhensible par les machines.

Gupshup : principal canal de potins sur le réseau social lunaire.

Hwaejang : titre d'entreprise coréen : président.

Irmã/irmão : sœur/frère.

Joe Moonbeam : littéralement, Joe Rayon-de-Lune : nouvel(le) arrivé(e) sur la Lune.

Jonmu : titre d'entreprise coréen : directeur général.

Keji-oko : deuxième conjoint.

Kotoko : conseil de l'AKA, avec roulement des membres.

Kuozhao : masque antipoussière.

Ladeira : escalier entre deux niveaux d'un quadra.

Lapa : taxi automatique à trois roues.

Lève-poussière : terme général pour un travailleur de surface.

Madrinha : mère porteuse. Littéralement, « marraine ».

Malandragem : art de l'escroquerie, arnaque.

Mamãe/mãe, papai/pai : mère/maman, père/papa.

Manhua : manga chinois.

Miúdo : gamin.

Nana : terme de respect ashanti pour s'adresser à un aîné.

Nikah : contrat de mariage. Terme venant de l'arabe.

Norte : personne venue d'Amérique du Nord.

Oheneba : « Petite princesse ». Terme d'affection.

Oko : conjoint légal.

Omahene : PDG d'AKA, qui change tous les huit ans.

Onyame : un des noms de l'Être Suprême dans la religion traditionnelle des Akans.

Orixá : saint ou divinité dans la religion umbanda afro-brésilienne syncrétiste.

Patrão : « parrain », mais sur la Lune, ce terme implique une relation employeur/employé : « patron ».

Quadra : une partie d'une ville lunaire, en général constituée d'un énorme tunnel sous la surface.

Quatre Fondamentaux : air, eau, carbone et données : les biens de première nécessité sur la Lune, payés quotidiennement par le système du chib.

Saudade : mélancolie. La douce mélancolie est un des composants essentiels et raffinés de la bossa-nova.

Shibari : bondage japonais à l'aide de cordes.

Ser : formule de politesse pour s'adresser à un neutro.

Siririca : argot brésilien pour « masturbation féminine ».

Tabouret doré : titre honorifique de l'Omahene d'AKA.

Terreiro : temple de l'umbanda.

Tia/tio : tante/oncle.

Yin : signature numérique.

Zabbalin : récupérateur indépendant de substances organiques, qu'il revend à la LDC, propriétaire de tout ce qui est organique.

Zashitnik : mercenaire engagé pour les jugements par combat. Littéralement : défenseur, avocat.

CALENDRIER HAWAÏEN

La société lunaire a adopté le système hawaïen qui donne à chaque jour d'une lunaison (c'est-à-dire d'un mois lunaire) le nom d'une phase lunaire distincte. La lunaison a donc trente jours et pas de semaines.

1 : Hilo
2 : Hoaka
3 : Ku Kahi
4 : Ku Lua
5 : Ku Kolu
6 : Ku Pau
7 : Ole Ku Kahi
8 : Ole Ku Lua
9 : Ole Ku Kolu
10 : Ole Ku Pau
11 : Huna
12 : Mohalu
13 : Hua
14 : Akua
15 : Hoku
16 : Mahealani
17 : Kulua
18 : Lā'au Kū Kahi
19 : Lā'au Kuū Lua
20 : Lā'au Pau
21 : 'Ole Kū Kahi
22 : 'Ole Kū Lua
23 : 'Ole Pau
24 : Kāloa Kū Kahi
25 : Kāloa Kū Lua
26 : Kāloa Pau
27 : Kāne
28 : Lono
29 : Mauli
30 : Mukurzcau

Composition UTIBI
Impression Grafica Veneta S.p.A.
à Trebaseleghe (Pd).
Dépôt légal : février 2017

ISBN : 978-2-207-13495-5/Imprimé en Italie

303151